荒神

宮部みゆき

朝日新聞出版

蘇軾白話名言錄

荒神　目次

装画　こうの史代
装丁　田中久子

主な登場人物

※［　］は場所

〈永津野《ながつの》藩〉　主藩　☆竜崎家

［津ノ先城《つのさきじょう》］

竜崎高持：永津野藩藩主

曽谷弾正《そやだんじょう》：藩主側近。幼名・市ノ介。御筆頭様

音羽《おとわ》：弾正の妻

一ノ姫：弾正と音羽の娘。小夜《さよ》

［名賀《なか》村］

朱音《あかね》：弾正の妹。上州植草郡自照寺より名賀村の溜家《たまりや》へ。小台《おだい》様

榊田宗栄《さかきだそうえい》：溜家に居候する用心棒

おせん：朱音付きの女中

加介《かすけ》：村の若衆

じい：溜家を守ってきた村一の長寿者

長橋茂左右衛門《ながはしもざえもん》：名賀村を束ねる庄屋〈箍《たが》屋〉当主

長橋太一郎：茂左右衛門の孫

〈香山《こうやま》藩〉　支藩　☆瓜生《うりゅう》家

［御館《みたち》］

瓜生久則《うりゅうひさのり》：香山藩藩主

由良《ゆら》：久則の側室。御館《みたち》様

三郎次《さぶろうじ》：瓜生家の庶子。おつぎ様

柏原信右衛門《かいばらしんえもん》：香山藩置家老

＊

菊地圓秀《えんしゅう》：相模藩御抱絵師菊地家の養子

［仁谷《にだに》村］

蓑吉《みのきち》：十一歳の少年

源一：蓑吉と暮らす村一の鉄砲撃ち

［本庄村］

出水金治郎《いずみきんじろう》：本庄、仁谷を含む北二条五カ村を束ねる庄屋〈秤屋〉当主

［御館町《みたちまち》］

小日向直弥《こびなたなおや》：藩主小姓だったが療養中

小日向希江：直弥の母

お末《すえ》：小日向家の女中

志野達之助：直弥の幼馴染み。幼名・金吾

志野兵庫之助《ひょうごのすけ》：達之助の父。番方支配徒組総頭

志野奈津：達之助の妹。直弥の許嫁

やじ：兵庫之助に仕える

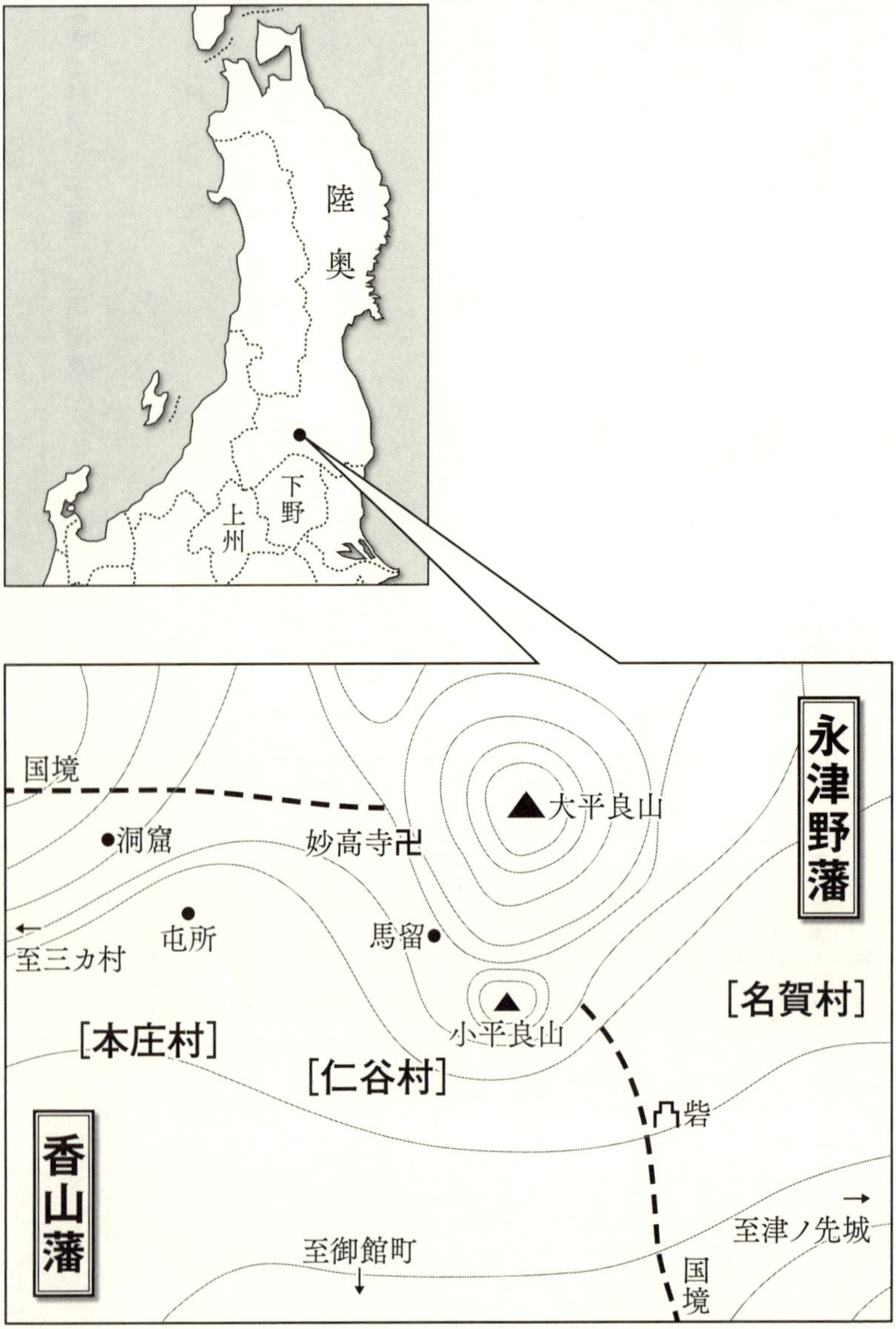

陸奥
下野
上州
永津野藩
国境
大平良山
洞窟
妙高寺
屯所
馬留
至三カ村
[名賀村]
[本庄村]
小平良山
[仁谷村]
砦
香山藩
至津ノ先城
至御館町
国境

荒神

序　夜の森

つんのめるように駆ける、駆ける。

裸足《はだし》の指がつかむ土の感触が変わった。小平良山《おだらやま》を登り切るまで、あと少しだ。

蓑吉《みのきち》は足を緩めた。走るのをやめると身体《からだ》じゅうの力も抜けてしまい、よろめいて地面に倒れ込んだ。ようよう腕をついて頭を上げ、胸をあえがせて息をつく。

夜の森に、聞こえるのは己の激しい呼気ばかりだ。蓑吉のほかには誰もいない。

——先に行け！　小平良様を登ったら、滝沢へ下りろ！

蓑吉を番小屋から追い立てるとき、じっちゃが大声でそう叫んだ。滝沢の方へ半里も下りれば、山道の途中に仁谷《にだに》村の馬留《まどめ》がある。村の暮らしでは月に何度となく通る場所で、蓑吉も身体で覚えているはずだけれど、この夜の底では勝手が違った。

今日は昼からずっと薄曇りで、夜になっても雲が月と星を隠している。それでも提灯《ちょうちん》ひとつなしで何とかここまで走ってこられたのは、痩せた雲の上に昇っているはずの月の光が、雲を突き抜けてわずかに届いているおかげだ。四方の山々の頂が綿帽子のように雪をかぶり、かすかな雪明かりを放っているが、その弱々しい光では、空と山、夜と森、小道と藪《やぶ》を分けるのが精いっぱいで、方角までは教えてくれない。

本当にこっちで合っているだろうか。

震える手で地面を撫でてみる。ざらざらした感触は、小平良山のふうわりとした土のそれとは明らかに違う。大平良山《おおたらやま》の土だ。それでようやく、もうひと息つくことができた。

強く握りしめると、尖った砂利の粒が掌《てのひら》に痛い。たった十一の蓑吉の掌はまだ柔らかい。足の裏だって同じだ。蓑吉は赤裸足である。馬留にたどり着けば草鞋《わらじ》があるだろうが、そこまでは少し辛《つら》くなる。

大平良山の上から、風が唸《うな》りながら吹き下ろしてきた。弥生《やよい》三月の十日。このあたりの高さでは、山でも雪が溶け、春の兆しがそこここに芽生えている。しかし、山頂から下りてくる風はまだ冷たく、へたりこんだ蓑吉の頬を打ち、冷汗に濡れた身体をおびやかす。

じっちゃ、何で追いついて来ん。

仁谷村は、肩越しに見おろす先に溜まる闇の向こうにある。灯も火も見えず、耳に突き刺さるようだった村人たちの悲鳴も聞こえてはこない。もう済んだのか。それとも、ただこちらが風上だから、何も聞き取れないだけなのか。

——ええか、小平良様を越えたら滝沢へ下るんじゃ。ずっと風上にいたらいかん。

——じっちゃは?

——わっしもすぐ行く。本庄村《ほんじょう》に知らせにゃならん。馬留で待っとれ!

じっちゃは叱りつけるようにそう言い置いて、自分は鉄砲を手に村長《むらおさ》の家の方へと駆けていった。

じっちゃが向かって行く先では、村の男たちの怒声と、女たちの泣き騒ぐ声が入り乱れていた。不気味な地響きと、物の壊れる派手な音もした。家具や道具の類いだけではなく、小屋の屋根が崩れ柱が倒れるような重たい物音だった。

あれはいったい、何だったのか。

蓑吉はじっちゃと二人暮らしだ。山作りに携わらず、若いころから一途に鉄砲撃ちで暮らしてきたじっちゃの腕前は村いちばんで、村長にも頼りにされている。ずっと二人で番小屋に住んでいるのも、そこが村の守りの要《かなめ》になる見張り場所だからだ。

その一方でじっちゃは、うっかり鉄砲を子供に見せることさえ厭《いと》うていた。村のなかで持ち歩くときには筵《むしろ》で包んで荒縄を巻く。こんなもんは、どうしてもこれを使わねばならん者だけが触ればいいと、蓑吉からも遠ざけていた。おまえは鉄砲撃ちになっちゃならん。山作りになれ。蓑吉はそう言い聞かされて育ってきた。

そのじっちゃが、剝《む》き出しの鉄砲を抱えて村のなかへ走っていった。腰につけた小さな壺《つぼ》のなかの火種が、赤い点になってじっちゃと一緒に飛んでいった。

たかだか四半刻くらい前のことだ。ぐっすり眠っていたところを起こされたから、蓑吉はまだ寝ぼけていた。起きろ、起きて走って逃げろ。仁谷村では番小屋と村長の家だけに許されている常夜灯の淡い光に、じっちゃの白い顔が見えて、怒った声がそう急《せ》き立てた。その声にかぶって、戸外からは村人たちが叫ぶ声が切れ切れに聞こえてきた。

夜の闇のなか、深く寝静まっていた村。何かが入り込んできて、村人たちを襲っている。子供の蓑吉にも、それはわかった。熊はまだ早い。山犬の群れか。あいつらが早く村に近づく年は凶作になる。

――今年は風の巡りがおかしいな。

昨日か一昨日だったか、雲の切れ目からのぞくお天道様を仰いで、じっちゃがそう呟《つぶや》いたのを、蓑吉は覚えていた。

――沢沿いに吹き登る風が、雲を大平良様へ押し上げとうで。わしもこんなのは知らん。

風がおかしいから、今年は山犬の動きも違っているのか。

――じっちゃ、山犬か？

寝ぼけ眼で問い返した蓑吉に、鉄砲の弾を数えて小さな革袋に詰めながら、じっちゃは振り返りもせずに答えた。

――あれは違う。

そんなら人狩りか。さらに問いたいところを、蓑吉はぐっと堪《こら》えた。問うのが怖いという気持ちもあった。口に出したら本当になってしまいそうだとも思った。

じっちゃ、どうしたんだ。

夜の森で一人、何とか腰をあげて立ち上がり、しかし蓑吉は動けない。息ばかりが荒く、膝《ひざ》が震える。じっちゃ、早く来い。早く追いついて来てくれ。おいら、独りじゃ怖い。

そのとき、暗い森の向こう、仁谷村があるはずの方角で火の手があがった。蓑吉の目には、夜の底で地獄の釜の蓋《ふた》が少しだけ開き、炎の舌がちろりと覗《のぞ》いたかのように見えた。

やっぱり人狩りだ。村に火をかけて、みんなを追い立ててるんだ。

戻ろう。一人で逃げることはできない。じっちゃを助けなくては。足を踏み出したとき、背後の藪が動いて人の声がした。

「蓑吉、そこにいるのは蓑吉かあ？」

泳ぐように藪をかき分けて頭を出したのは、伍助《ごすけ》だった。ふやけた声で、すぐわかる。

「伍助さん、そんなところで何してんだ」

何っておまえと、伍助は藪から這《は》い出てきた。

「あんなもんを見たら逃げるしかねぇわ。源じいはいっしょにおらんのか」

名を源一《げんいち》、村人たちには源じいと呼ばれているのが蓑吉のじっちゃだ。

「じっちゃは村にいる」

「ああ、それじゃもういかん」

這いつくばったまま、伍助はぐらぐらと首を振った。

「いかんって、何だよ。じっちゃは鉄砲撃ちだぁ。山犬なんかに負けるもんかい」

「あれが山犬であるもんかぁ」

ふるい起こした蓑吉の勇気が、その情けない震え声にたちまちくじけた。

あんなもん。伍助はそう言った。あんなもんを見たら。

伍助は村の持て余し者だ。山作りも畑仕事もせず、女房に働かせて酒ばかり呑んでいる。仁谷村のような山里に、こんな男に呑ませる酒などない。だから伍助は山に入り、木の実や草の根を採ってきては醸《かも》して、自前の酒を調達している。そこだけは妙に器用なのだが、見よう見まねの猿酒まがいのしろものだから、呑めばただ酔っ払うだけでなく、伍助はいつも正体不明にとろんと呆《ほう》けている。

そんな男の言うことだ。普段なら蓑吉だって聞き捨てにするのだが――。

「じゃ、いったい何なんだよ」

伍助の表情までは見て取れない。痩せたしゃくれ顎《あご》の形がわかるばかりだ。

「誰か、火ぃかけやがったかぁ」

その場に座り、村に向かって拝むように両手を合わせると、なまんだぶなまんだぶと、腑抜《ふぬ》けた声で唱え始めた。

蓑吉も、目を凝《こ》らすまでもなかった。地獄の釜の蓋がさらに開いて、火が燃え広がってゆく。

「わっしゃ、厠《かわや》で寝とったんじゃ。おかげで命を拾ったがぁ」

自分でもまだそれが信じられぬというように、伍助は譫言《うわごと》めいた呟きを漏らした。

「村の衆《しい》はもうみんないかん」

いっそう激しく両手を擦《こす》り合わせる。震えながら泣きながら、なまんだぶなまんだぶと繰り返す。

蓑吉はぞくりと震えた。「伍助さん、あれは人狩りかぁ?」

手を合わせ目を閉じたまま、伍助はかぶりを振った。「弾正《だんじょう》めの牛頭馬頭《ごずめず》どもは、人は狩っても村は焼かねえ」

隣藩、永津野《ながつの》藩の御側番方衆筆頭《おそばばんかた》・曽谷《そや》弾正が手足のように使う役人たちを地獄の獄卒になぞらえ、香山《こうやま》の民はそう呼んでいる。

ここらは山国で、海はない。〈板子一枚下は地獄〉という水夫《かこ》の言い回しは知らないが、森ひとつ、尾根ひとすじが地獄と極楽の分かれ目だ。あっちの永津野が地獄、こっちの香山が極楽。瓜生《うりゅう》のお殿様がいらっしゃる限り、香山は極楽だ。

「蓑吉、もう行こう」

涙と洟水《はなみず》を垂らしっぱなしに、伍助はよれよれと起き上がった。

「おまえが逃げねえと、源じいも浮かばれねえぞ」

「おかしなこと言うな！」

「し、したって」

子供の蓑吉にさえ気圧《けお》される伍助は、てんで意気地無しだ。

「そんなら、わっしゃ一人で行く。お庄屋様に知らせんと」

小平良山を北へ登り切り、東に下れば永津野領内へ達し、西へ下れば香山の領内で、仁谷村の馬留を過ぎ滝沢を経て二里ばかり行ったところにあるのが、このあたりの五カ村を束ねる庄屋の住まう本庄村だ。

じっちゃもそう言ってた。本庄村に知らせにゃならん。けど、伍助みたいな呆け者が言うことに、お庄屋様が取り合ってくださるだろうか。仁谷村で何が起きているのか、伍助はちゃんと言えるのだろうか。

「伍助さん、ホントにあれは何なんだ。知ってンなら教えてくれろ」

凍える身を自分の痩せた腕で抱きながら、伍助は首を縮めて、さらに燃え広がってゆく火の色を遠く見遣《みや》っている。

「ありゃ――お山じゃ」

お山ががんずいとる。

「おまえ、源じいから聞いてねえのか。わっしゃ、おまえより小さいころ、じいさまに教わったぞ。お山にゃあ、古ぅい話も、おっかねえ話も、たんとあるがぁ。古沢《ふるさわ》の子取り銀杏《いちょう》やらぁ、妙高《みょうこう》寺の鳴らずの鐘やらぁ」

「伍助さんとこは、じいさまもとっちゃも酔っ払いじゃねえか」

何を教わったって信じられるもんか。蓑吉が思わず毒づくと、伍助はさらに小さくなり、自分の胸元にぼそぼそ呟く。

「したって作り話じゃねえ。わっしのじいさまは言っとったぞ。お山ががんずいたら、もうどうしようもねえんだぁ。お鎮まりになるまで隠れてるしかねえ」

不意に、その呟きが恨《うら》み言《ごと》のようになった。

「山作りなんぞしよるからじゃ！」

吐き捨てて、伍助は蓑吉に背を向け、とぼとぼと歩き出した。右足は裸足で、左足に脱げかかった草鞋が引っかかっている。普段は走ることなどないので、どこか痛めたのだろう。裸足の右足を引きずっている。

蓑吉は強《し》いて、その惨めったらしい背中から目を引きはがした。村へ戻ろう。火に追われてこっちに逃げてくる人たちと行き会うかもしれない。

また一陣の風が吹きつけてきて、蓑吉の半身を叩《たた》いた。

今度の風は冷たくなかった。大平良山のてっぺんからの吹き下ろしでもない。もっと近い。小道を挟む藪の片側が不穏にざわつく。

生臭い。

おかしい。この臭いは何だ？

蓑吉は動けなくなった。足が一歩も前に出ない。首を巡らせることさえできない。

藪はまだざわめいている。ただ揺れ騒いでいるだけではない。その揺れが移ってゆく。小道に沿って、闇のなかを。

夜風が低く唸る。唸りながら動いてゆく。

いいや、ただの夜風じゃない。

目玉だけ動かして、蓑吉はその動きを追いかける。

背後で、ひゅっと息を吸い込むような音がたった。ほんの一瞬のことだった。

夜の底で赤々と燃えあがる火の色は遠く、蓑吉を包み込む闇はいっそう濃い。

「――伍助さん？」

伍助の返事が聞こえない。

思い切って、蓑吉は振り返った。

伍助の姿は消えていた。もう行ってしまったのか。あの足取りで、たちまち姿が消えるほど遠くに？

にわかに心細さに襲われて、蓑吉は跳ねるように身を動かし、さっきまで伍助がいたところに駆けつけた。

脱げた草鞋が落ちていた。

その草鞋に点々と、黒く濡れたものがついていた。血だ。

藪が騒ぎ、闇がうごめく。

――ありゃ、お山じゃ。

蓑吉は、取り返しがつかないほどはっきりと、彼を押し包む闇が迫ってくるのを感じた。

第一章

逃《ちょう》散《さん》

一

何に驚かされたものか、鎮守の森から鳥たちがいっせいに飛び立った。

小日向直弥《こびなたなおや》は読みさしの書状から目をあげると、こぢんまりした社《やしろ》の茅葺《かやぶ》き屋根を仰いだ。日に日に温《ぬく》もりを増す春の日差しに目を細める。

この鎮守社のささやかな境内は、幼いころから直弥が好んで足を運ぶ場所だった。北方には大平良山《おおたらやま》の峰を仰ぎ、見返れば緩やかにくだる丘陵地のその先に香山《こうやま》藩一万石を治める瓜生《うりゅう》氏の陣屋と、それを囲む町並みを見渡すことができる。

陸奥《むつ》の南端、下野《しもつけ》との国境《くにざかい》の山また山のなかであるここ香山の地は、旧くは〈加山〉と書いて〈かやま〉と読んだ。小さな山々が互いの裾を踏み合うような眺めからうまれた地名である。これを〈香山〉に変えたのは、関ケ原の戦役の後、陸奥瓜生氏がここに立藩を認められた折のことだ。

瓜生の姓は諸国にあるが、越前と岩代の瓜生氏は名族であることで知られている。陸奥瓜生氏は、源流をたどればこのあたりの土豪に過ぎず、いささかも名族の誉れに浴する家柄ではない。しかし、かつて天下が麻のように乱れた時代に、主家である永津野竜崎《ながつのりゅうざき》の「捨て石」とまで評され、哀れまれたこの地と民人《たみびと》を守り抜いたのは、この無名の一族だ。

瓜生氏のつましい陣屋は、領民たちには御館《みたち》と呼ばれており、そこに成った町は御館町《みたちまち》という。藩主の足元にひれ伏すのではなく、慕い寄り添うように集《つど》った町並みだ。この地が味わってきた苦難の歴史を聞き知る者の目には、確かにそう見える。

三月も半ば、御館町にも、暦の上ばかりではない春が来た。これから月末にかけて、花という花が一斉に咲き始める。一年で、この町がもっとも美しく装う季節だ。

――もう綿入れも重たいな。

お散歩ならお召しになっていってくださいと、お末《すえ》があとを追ってきて着せかけてくれたものだが、この明るい日差しと青空の下では、不格好にさえ見える。

――私の長かった冬も終わった。

とはいえ、勝手にそう決めてしまうわけにもいかない。そろそろ戻らなければ、お末どころか伊織《いおり》先生にまでお小言をいただく羽目になる。直弥は書状をたたむと懐に収め、境内の隅の切り株から腰をあげた。それを待っていたかのように、背後から声がかかった。

「おお、いたいた」

生木を組んだだけの素朴な鳥居をくぐり、志野《しの》達之助《たつのすけ》がのしのしと近づいてくる。叱りつけるような太い声を出しながら、顔は大らかに笑っていた。

小日向、志野の家はどちらも香山藩では平士の家格で、御館を囲む二の輪に屋敷を持つ。それぞれの父が親しみ合う間柄で、直弥と達之助も自然と兄弟のように育った。

昨年十月の末に直弥が小姓の役を解かれ、町外れの岩田の寮に移ってからは、顔を合わせる折がなかった。寮の病人に面会できるのは家族に限られている。達之助は使いを寄越して様子を聞きたがり、一度は訪ねてきたこともあったが、伊織先生に追い返された。直弥としても、頑健そのもので風邪ひとつ引いたことのない達之助に、病みやつれた顔を見せたくはなかった。

「金吾《きんご》、おまえがここで神妙に手を合わせるとは、珍しいこともあるものだ。いつ宗旨を変えた？」

直弥も明るい声で応じた。金吾は達之助の幼名である。

「俺が鎮守様に願い事をするなど、熊が赤子の守りをするほどに面妖か」

「また突飛《とっぴ》なことを言う奴だ」

声をたてて短く笑うと、達之助は拳骨《げんこつ》を固め、それで軽く直弥の肩を打った。

「すっかり肉が落ちているな。戻ってきたら俺が鍛え直してやろう」

達之助は、御館町にある不影流《ふえいりゅう》堀田道場の高弟である。

「よかったな、大野様からちゃんと聞いてきた。おまえはもう本復しているそうだ」

岩田の寮——香山藩の養生所の長《おさ》は、本道（内科）を専らとする医師・大野伊織である。医家の大野家は瓜生家の親戚筋で、伊織とその兄、藩医を務める清策《せいさく》は、藩主・瓜生久則《ひさのり》と従兄弟《いとこ》の間柄になる。そのため、藩士は大野家の人を様付けで呼ぶのだが、寮では皆、親しみを込めて〈伊織先生〉で済ませている。

「殿のおそばに付く小姓という役務でさえなければ、寮を出て御館勤めに戻ってもかまわないんだろう。この際、おまえも柏原《かいばら》様に願い出て、番士として復職したらいい」

町場の者はめったに立ち寄らない鎮守の森に二人でいるという気安さに、達之助は勝手なことを口にする。

直弥は嬉しく思った。私は癒えた。もう病人ではない。

それにしても——

「金吾、山に入るのか」

達之助は小袖に裁付袴《たつつけばかま》、打裂羽織《ぶっさきばおり》を着て、背には馬笠をつけている。これはいわゆる馬上笠だが、香山のものは独特で、耳にかぶるくらいの直径の短い笠の縁を、油引きした麻紐《あさひも》でぐるりとかがってある。こうしておくと、笠の縁に雪が凍りつかない。

いずれも、香山藩番士が山番につくときの出で立ちだ。両刀のほかに短刀を帯びていることもそうだった。山道で小枝を伐《き》るために使うのである。

直弥の問いに、達之助はうなずいて、太い眉根を寄せた。

「さっきの喩《たと》えじゃないが、熊が赤子をおぶって子守歌を唄うほどに面妖な事が起こってな」

剽《ひょう》げた言い方だが、顔から笑みが消えた。

「実は、北二条の仁谷《にだに》村で逃散《ちょうさん》があった」

直弥が目を瞠《みは》ると、

「――らしい」と、急いで言い足した。「詳しい事情はわからんのだ。秤屋《はかりや》から使いが来たのが昨日、それも夜も更けてからだというし、その使いがまた取りのぼせていて要領を得ん」

ただ、仁谷村のおおよそ十五世帯が火事で焼け、あるいは打ち壊されて見る影もない無残な有り様となり果てて、村人は一人残らず姿を消している。それだけは確かだという。

秤屋というのは、本庄《ほんじょう》村の庄屋の屋号である。香山では庄屋の家に屋号を持たせる習わしがあり、道具や縁起物にちなんで名付けることが多い。

「秤屋はどうしてそれを知ったのだろう」

「十二日の午《ひる》に、本庄で北二条五カ村の村長《むらおさ》の寄り合いがあったんだが、仁谷村の長平衛《ちょうべえ》が来なかったんだ」

代わりの者を寄越すわけでもない。音信もない。長平衛が日取りを間違えたのだろうと、本庄村から使いをやってみて、惨状が知れた。

「秤屋の使いは、怯《おび》えて泡を吹かんばかりに駆け戻ってきたそうだ」

秤屋の主人、五カ村を束ねる本庄村の庄屋の金治郎《きんじろう》は村の男手を集め、彼らを率いて自ら仁谷村に向かった。惨状に間違いはなかった。男衆《おとこし》が声をあげて仁谷村の者たちを呼んでも、それに応える声はなかった。

こういう話を聞いたとき、香山の者なら誰でも思うことを、直弥も口にした。

「また曽谷《そ》弾正《やだんじょう》の仕業じゃないか」

眉を寄せたまま、達之助はかぶりを振る。

「彼奴《あやつ》らが村を焼くはずはない。そこまでするると、言い訳が立たんからな」

「村人が抗《あらが》って、揉《も》めているうちに火が出てしまったのかもしれない」

「秤屋でもそう考えたらしい。だが、地面に油を撒《ま》いた痕《あと》が残っていたというんだ」

「じゃあ、やっぱり襲った者たちが火をかけたんだろう」

「今まで、あの牛頭馬頭《ごずめず》どもがそんな手を使ったことはない」

直弥とやりとりしながらも、達之助は考え込んでいるようだった。

「では、なぜ逃散だというのだ?」

「それは秤屋の言《げん》だよ」

まばたきをして、達之助は直弥の顔を見た。

「自分の束ねる村民が、いるべき場所からいなくなったのだ。庄屋としては、まずは逃散でございますと恐れ入るしかないだろう。実際には、仁谷村の者たちはただ逃げたんだ。逃げなければならないような何かが起こってな。俺はそう思う」

しかし――と、達之助はいったん言葉を切ってから続けた。

「逃げた方角が解《げ》せんのだ。秤屋の男衆が足跡をたどってみると、皆、村から東へ逃げているという。あるいは北の大平良山かもしれないが、ともかく西側には誰も来ていない。現に本庄村にも来ていないんだ」

「そんなことが――」

「そうだ」と、達之助はうなずく。「香山の民が、永津野へ逃げたということになる」

「ならば、やはり人狩りなのだろう。村人たちは牛頭馬頭どもに、永津野側へ追い立てられたのだろう」

さっき直弥がそうしたように、達之助も、鎮守の社の上に広がる空を眩しげに仰ぎ、目を細めた。

「おまえは、仁谷村がどういう場所か知っているか」

直弥はちょっと気色ばんだ。「無論だ。足を運んだことはないが、仁谷村だけでなく、北二条の五カ村がどんな場所なのか、よく承知している」

四方を山に囲まれた香山で、〈北○条〉〈南○条〉という言い方をする場合は、その方角の山中でどこまで山作りが進んでいるかを示している。〈一条〉は田畑にして五反ほどの面積にあたる。

香山一帯を覆う森には、昔から香木や、生薬の素となる実をつける灌木《かんぼく》や、野草が多く自生していた。それをただ山の恵みとして用いるだけでなく、採取してよく調べ、積極的に栽培し、藩の産物にしようという動きは、立藩後間もなく始まったものだ。そのために山に入り、開拓して畑にしたり、雑木林を刈って特定の樹木を植林したりする作業を、ひとくくりにして〈山作り〉と称している。

その道程は困難を極めた。香山の急峻な山々は、容易に人を寄せつけない。まず道を造るところから始めねばならない場所が多かった。山作りにかかってからでも、冬場は積雪で何もできなくなる。前年の春から秋にかけて丹精した植林や畑が、ひと冬越してみたら凍気に枯れ果てていたり、雪崩《なだれ》に押し流されて失くなっていたりすることもしばしばだった。

熊や山犬への用心も必要だ。山を切り開くということは、獣たちの縄張りを荒らすことでもある。

山作りは藩の南方の山中から始まり、西へ、次に東へと進み、百年弱を経過した今、もっとも手強《てごわ》い北方が残された。仁谷村を含む五カ村は、その北方の山作りに携わる人々が住まう開拓村なのである。

北方の山作りが困難なのは、ひとつにはその厳寒が何よりの理由だが、もうひとつには、そこにそびえる大平良山の存在がある。この山は土地の者たちにとっては古くから山神の住まう神聖な場所で、「お止め山」であった。加えて、ここは隣接する永津野藩の領地なのである。大平良山はその足元にこぶのように突き出た小平良山《おたらやま》という小山を持つが、その小平良山は香山領、大平良山は永津野領だ。

無論どちらの山を覆う森にも岩場にも、それと見てわかる境界線があるわけではない。地図の上だけのことだ。急峻で深い森は、長いあいだ厳然と人の立ち入りを拒んできた。天下が治まる以前の戦国のころでさえ、ここを踏み越える軍はなかった。

そこへ今、ようやく山作りの鍬《くわ》が届き、小平良山までは開拓が進んだ。当初の政策としては北三条までが目処《めど》になってはいるが、二条へ到達しただけでも立派なものだ。さらに北上すると大平良山に迫り、永津野を刺激することになりかねない。

それでなくても、香山が山作りに励み、香木や生薬を主産物として売り出し始めると、永津野はすぐ剣呑《けんのん》に反応した。どういう植生の差があるのか、小平良山より東の永津野一帯では、香山で採れる物が採れない。遠く戦乱の時代には、小規模ではあるがいくつかの金山を掘り当てて潤っていた永津野は、山から金以外の富を得ようという考えもなければ、その工夫も持ち合わせていない。

この十年ほどで、香山藩産の香木や生薬、わけても傷薬が名薬として江戸表や上方にまで評判を呼ぶようになって以来、永津野ではその功と富をせしめようと狙《ねら》っている。

皮肉でもあり、無残な事態でもある。なぜなら、遡《さかのぼ》れば永津野と香山の源はひとつなのだから。現状でも、公《おおや》けにはこの二藩は主藩と支藩の間柄にあることになっている。

だが、永津野の方はそう思っていない。香山藩は、古くから永津野を治める竜崎氏の家老《おとな》の一人に過ぎなかった瓜生氏が、天下分け目の関ヶ原の戦役を契機に、竜崎氏の領地の一角を掠《かす》め取ったものだというのが彼らの認識であり、不当に奪われた土地と民なのだから、取り返す権利どころか義務があると考えている。

二藩の領地が接するのは、香山から見て北方と東方になる。東方の国境《くにざかい》には、双方で小さな砦を設けて監視にあたっている。

北方ではそれが難しかった。なにしろ道さえ通っていなかったのだ。また、ここを占めても得る物がないと永津野が思っているうちは、山神のおわす大平良山を双方から仰ぎながら、ただ睨《にら》み合っているだけで済んでいた。

だが、北二条まで山作りが進むと、そうはいかなくなってきた。ここ数年、永津野による人狩りが白地《あからさま》で頻繁になってきたのも、このせいだろう。永津野の役人たちは、東の国境の砦から堂々と出張ってくる。永津野領から香山領に逃散した農民どもを探し出し、捕らえて連れ戻すという名目を掲げているからだ。

事実、永津野の圧政に耐えかねて香山に逃げ込む領民たちは、昔からいた。これは幕府の定めた郷《ごう》村掟《そんおきて》に背《そむ》く行為であり、どれほど哀れだと思っても、香山では彼らを救ってやることができない。せめて、香山領では彼らに手荒なことをせず、病人や怪我《けが》人は癒えてから永津野に戻すようにするしかなかった。

八年ほど前になるか。曽谷弾正という男が現れ、永津野藩藩主・竜崎高持《たかもち》の側近として権勢をふるうようになってから、この状況はさらに悪化した。弾正は騎馬隊を率いて香山領に乗り込んでくると、逃げた領民だけでなく、香山藩の民をも連れ去るようになったのだ。主藩である永津野の領民の逃散を助けた罪を問うというのがその根拠である。

これは、向こうにとっては実に便利な言いがかりだった。実際には永津野から逃散者が出ていなくても、それを追ってきたという口実で押し寄せてきて、

「おまえたちが逃がしてやったのだろう。どこに逃がしたのか白状させてやる」

と、香山の人々を連れ去ることもできるからだ。逃散者を追う永津野の役人たちが〈人狩り〉と恐れられ、牛頭馬頭とまで呼ばれるようになったのは、この図々しいやり口が使われるようになってからのことである。

もちろん、自国の民に手を出され、香山瓜生氏が指をくわえて見ているわけはない。そのたびに厳しく追及し、返還を迫ってきたが、永津野は――いや曽谷弾正は、言を左右にして容易に応じない。逃散を助けた咎《とが》で労役につかせると、香山の領民を何年も永津野に留め置く。ただ獄舎に繋ぐわけで

はなく、本当に働かせるのだが、まさに牛馬のような労働を強いられて、連れ去られた者たちは、解放される前に皆死んでしまう。

あるいは、領民と交換に法外な罰金を要求してくることもある。香山がこれまで辛苦を重ねてつくりあげてきた香木や生薬製造にかかわる技術や、開拓の進んだ山をひとつ寄越せと迫ることもある。いずれにしろ意地汚い所業だが、領民という人質をとられている香山藩は、そのたびに必死の交渉にあたってきた。

天下が治まってやがて百年。徳川将軍家も五代綱吉公の治政となった。今さら戦などできようはずもなく、仮に仕掛けたとしても香山藩に勝ち目はない。圧政と搾取で領民を締めあげながらも――いや、締めあげているからこそ、永津野は今もひとかどの軍事力を擁し、香山を威圧して憚《はばか》らないのだ。

こうした情勢下だから、仁谷村を含む北二条の五カ村は、ただ北の山作りの最前線だというだけではない。隣り合わせで睨み合う永津野と香山の火薬庫でもある。ここから火がついたら、これまで燻《くすぶ》ってきた諍《いさか》いが、大きく爆《は》ぜて燃え広がりかねない。

その村の者たちが、あろうことか香山から永津野へと逃げ出した――

にわかに信じられる話ではない。秤屋も取りのぼせているのではないか。あるいは仁谷村で強訴《ごうそ》でも起こす動きがあり、それを隠そうとしているのかもしれない。

「俺たちはこれから検視に向かうのだが」

ため息をひとつ吐《つ》いて、達之助が言う。

「こんなことがなくても、俺は来月から北二条に詰めることになっていた」

香山では、領内の警備にあたる役職を等し並みに〈番士〉と呼ぶ。組織としては〈番方支配〉に属し、徒組《かち》や鉄砲組、騎馬組という区分けがあって、五人一組の隊ごとに〈〇番組〉と称するが、御館を守るのも、町を守るのも、山村を守るのも全て番士だ。陣屋付きの番士と領民に近い番士のあいだに差を設けず、等しく「香山領を守護する」という心が育つように、彼らは一年交代で様々な場所の守りにつくよう定められている。

志野の家は代々番士を務め、達之助の父は徒組の総頭《そうがしら》にまで昇っている。嫡男《ちゃくなん》の達之助も徒組に属し、昨春から一年は陣屋付きだった。この春からは、山番に回るのだ。

「本庄村だな?」

山奉行の北二条の屯所《とんしょ》はそこにある。山奉行は、山作りを指揮する総監督所だ。

「うむ。出立《しゅったつ》の前にゆっくりおまえを見舞おうと思っていたのだが、こんな慌ただしいことになってしまって、すまない」

精悍《せいかん》な顔に笑みが戻った。

「おまえの病臥《びょうが》で、年明けのはずだった祝言《しゅうげん》が流れてしまった。本復したのだから、早いところ奈津《なつ》を娶《めと》ってやってくれ。それを頼みに来た」

奈津は達之助の二歳下の妹で、直弥の許嫁《いいなずけ》である。

「こちらが勝手に決められることではないが……」

「奈津は承知だ。今さらほかの縁談など見向きもしないよ」

直弥は幼馴染《おさななじ》みの目から逃げるようにうつむいた。しかし達之助は彼の前で姿勢を正し、神妙な顔をして頭をさげた。

「よろしく頼む。おまえに任せられるなら、俺も心残りはない」

「おかしなことを言うな」

もう山から戻らないような言い方だ。

「たった一年、山番になるだけじゃないか」

「そうさ。別に何もおかしくはない」

からりと笑って、

「ところで、さっき何か読んでいたな」

「ああ、文《ふみ》だよ。昨日届いたのだ。寮ではゆっくり読めないから――」

達之助は遮るように片眉を持ちあげた。「もしや」

直弥はうなずく。「菊地圓秀《きくちえんしゆう》殿からの文だ」

昨年の秋、菊地圓秀という絵師が陸奥の旅の途中で香山を訪れていたのである。圓秀は江戸深川の裕福な商家の一子だが、幼いころから画業に憧れてよく学び、その才を買われて、相模《さがみ》藩御抱《おかかえ》絵師の菊地家の養子に入った。昨年の旅は、見聞を広めるべしというその養父の命により、藩の許しを得て陸奥の各地を訪れたものだった。

圓秀は、香山では御館町の光栄寺《こうえい》に滞在していた。そこは藩士の多くの菩提寺《ぼだい》であり、小日向家の墓もある。

昨年九月の初め、父の七回忌で光栄寺に出向いた直弥は圓秀と語らい、たちまち意気投合した。歳は圓秀の方が十は上だが、絵のことを語り始めると子供のように目を輝かせて飽きることがない。その話は直弥の耳にも楽しく、圓秀が香山を立ち去るころには、二人は昵懇《じつこん》の間柄となっていた。以来、何度か音信を交わし合っている。

「おまえ宛てに届いたものか」

「いや、ご住職を介している」

それならいいと、達之助は言った。「痛くもない腹を探られてはつまらんからな」

幼馴染みの言わんとすることなら、直弥にもよくわかっていた。

「誰に見られても困る内容のものではないよ。絵のことばかりだ。圓秀殿は今、こちらで描いた下書きをもとに、大作に取り組んでおられるらしい」

五代将軍綱吉は、その座に就くなり、いくつもの改革や刷新を行っている。そのなかでも世を驚かせたのは、彼の諸大名への締め付けが厳しく、公儀に対して少しでも不届きがあれば、容赦なく改易《かいえき》を行うことだった。

その振り出しは延宝九年の六月、前政権が裁断を下して既に決着を見ていた越後騒動の再審を行い、藩主松平光長を改易した上に、前将軍家綱のもとでこの騒動の審理を行った大老酒井忠清や老中久世広之まで咎めたことだ。両名が既に没していたので、その嫡子《ちゃくし》を逼塞《ひっそく》処分にしたのである。

以来、十年足らずのあいだに、明石藩、横須賀藩、長沼藩と土佐中村藩、延岡藩で減封《げんぽう》や転封《てんぽう》、改易、廃藩があり、一昨年・元禄五年には、陸奥でも白河藩主松平忠弘が御家《おいえ》騒動の責任を問われて出羽国山形へ減封されている。

綱吉がそうした冷酷あるいは果断な措置をとることができるのは、ただ将軍の権威があるからではない。公的な報告に依らない、報告者の利害や情によって歪められていない、彼の耳に直《じか》に繋がる正確で詳細な情報があるからだ。現政権の水面下で音もなく働く、公儀隠密《おんみつ》の存在があるからだ。それを使いこなすことにかけて、五代将軍は先の誰よりも自覚的であり、長《た》けているのである。

公儀隠密の目は、国じゅうの至るところで光り、その耳はあらゆる音を聞きつける。直弥が圓秀から聞いた話では、江戸ではそうしたことどもを種にした落首が飛び交っているという。

陸奥の山中の小藩のこととはいえ、関ケ原以来の因縁を引きずって睨み合う永津野と香山にとって、他藩のそうした〈不始末〉は、けっして他人事《ひとごと》ではなかった。両者が主藩と支藩にされている以上、そこで起こる揉め事は内訌《ないこう》にほかならない。そして綱吉は御家騒動を憎むこと甚だしい。源をたどれば主従の間柄にある藩が、今もまだ領地をめぐって睨み合い、領民の取り合いをしているなど、儒者でもある綱吉がもっとも嫌う諍いであろう。ならば、けっして知られてはならない。

それ故に、香山では領内の人の出入りにぴりぴりと注意を払っている。誰が公儀の手の者かわからない以上、可能な限り他所者《よそもの》を領内に入れぬことが、まず第一だ。番士ばかりか、直弥のような役方や奥付も、たびたび注意を促されている。

そんなところで、不用意に他国の絵師などと文のやりとりなどするものではないと、達之助はやんわり直弥を叱っているのである。

「おまえの目には軽率に見えるかもしれないが、俺も重々気を使っているのだ。圓秀殿は身元の確かな人物だし、受け取った手紙は、必ずご住職にもお目にかけている」

「わかったわかった」

達之助は直弥を押し戻すような仕草をしてみせた。

「まあ、おまえの道楽も今のうちだけだ。寮を出て二の輪の屋敷に戻ったら――」

「もちろん、重々身を慎んで忠勤に励む」

直弥の強い口調に、達之助は顔をほころばせた。

「よし、俺はもう行く。しつこいようだが、奈津を頼んだぞ」

軽快に身を翻し、鎮守の森の小道を下りてゆく。

——本当にしつこいぞ。

あるいは直弥との縁組みのことで、奈津からなにがしかの不安を訴えられているのか。しかし、万事に率直な達之助のことだ。それならそうとはっきり言うだろう。あのように頭を下げるなど、らしくもないふるまいだった。

友の背中を見送りながら、直弥はふと、漠とした不安を覚えた。

——二度と会えぬようではないか。

思わず、呼び止めたくなるのを堪えた。達之助の姿は小道の先に消えていった。

二

新家《しんや》の普請場から、木槌《きづち》の音と、威勢のいいかけ声がいくつも重なって聞こえてくる。

地ならしが済んで、土台造りが始まったのだ。普請場の脇には、太い材木が何本も積み上げられている。今日は縄張りをするのか、やがて立ち上がる屋敷の輪郭に沿って杭を打ち込んでいる。その音が、朝の空気のなかによく響き渡るのだ。

「うひゃぁ～」

溜家《たまりや》へ戻る坂道の途中で足をとめ、おせんが歓声をあげた。

「小台《おだい》様、ごらんくだせぇまし。あの杭から杭のところが、お屋敷の表にあたるんでございましょうかね。あのちっと出っ張ったところが厨《くりや》になるんかねえ」

額《ひたい》に手をかざし、背伸びをするだけでは足りなくて、ぴょんぴょん跳ねている。

「おせんったら、子供みたいにはしゃいで」

おせんは十六、朱音《あかね》は三十八だ。母子のような組み合わせだから、おせんが子供じみたことを言うのはちっともおかしくない。朱音もつられて微笑《ほほえ》んでいる。

「あげな立派なお屋敷の普請は、こン村じゃ初めてでございますぅ。目の果報だぁ」

手を合わせてから、おせんは慌てたようにその手で口元を押さえてぺこりとした。

「あいすみません。小台様のお屋敷なぁに、勝手に喜んで」

「わたくしの家ではなく、名賀《なか》村のお蚕《かいこ》様にお住まいいただくための家ですよ」

「はい！」

おせんはまたぺこりとして、起き直るついでに背中の風呂敷包みを背負い直した。そのなかには、庄屋の長橋《ながはし》家で持たせてくれた、細々《こまごま》した日用の品々が入っている。

壊れ物ではないが、お女中らしくふるまうならば、本来は両腕で胸に抱く方がふさわしい。当たり前のように背に負ってしまうところが、この娘のたくましさだ。

朱音もいちいち咎めない。山里の暮らしに、そんなしとやかさなど無用だし、今でこそ、この名賀村で〈小台様〉と仰がれる立場にあるが、もとをたどれば朱音も山育ちだ。おせんの朴訥《ぼくとつ》な明るさには、懐かしいものを覚えずにいられない。

名賀村は永津野藩の西方、大平良山とその足元の小平良山の裾の森深いところにある。山中に田畑を開き、炭を焼いて細々と暮らしてきた村だが、永津野藩が養蚕の振興を始めてから、ここでも桑を植え蚕を飼うようになった。今、朱音がおせんと二人でたどる小道の周囲も桑畑である。

朱音が上州植草郡《うえくさごおり》の小さな法華寺《ほっけでら》から永津野に居を移し、名賀村に身を落ち着けて、四度目の春が来た。永津野の春の足は植草郡よりもたっぷりひと月は遅く、その分、より悦《よろこ》びが大きい。好天の日差しに、朱音は眩しく目を細めながら、おせんを促してまた歩き始めた。

十六の歳に別れて以来、十六年間も音信さえなかった兄・市ノ介《いちのすけ》が、陸奥永津野藩に禄を得ているばかりか、藩主・竜崎高持にその才を買われ、御側番方衆という側近の一人として親《ちか》しく仕えているということを知ったのは、六年前の夏のことである。その折に、兄が今では曽谷弾正と名乗っていることも教えられた。曽谷の姓は、兄がどこで見つけたのか、兄妹《きょうだい》の姓ではない。全くの偽名である。

植草郡の寺は自照寺《じしょうじ》といい、温厚で何かと世話焼きの住職・慈行和尚《じこうおしょう》は、多くの宗徒《しゅうと》に慕われていた。朱音はこの山寺の宿坊の下働きを務め、自身の育ての親でもある住職を助けて、つましいながらも働きがいのある暮らしをしていた。そこへ唐突に、麗々しく着飾った永津野藩からの使者が訪れて、兄・市ノ介あらため曽谷弾正が、ただ一人の妹である朱音を永津野へ迎えたがっているという口上を述べたのである。

朱音は驚くというよりも、まずにわかには信じられなかった。

——兄上は、生きておられた。

兄妹の人生は、その初めからして平らかなものではなかった。二人は物心つく以前に家を失った。両親は流行病《はやりやまい》で死んだという。朱音はその顔さえも覚えていない。兄妹は孤児《みなしご》として自照寺に引き取られたものの、すぐとその暮らしに馴染んだ朱音とは違い、市ノ介は寺を嫌い、仏道を嫌い、慈行和尚を嫌い、継ぐべき家も守るべき身分もない己の運命を憎んで、少しも安らぐことがなかった。

その暴れ馬のような気性には、しかし英明の質も潜んでいる。賢く覇気に満ちているからこそ、市ノ介はこのように荒れるのだと見抜いた慈行和尚は、彼を郡奉行配下のある平士の家に預けた。市ノ介が十歳のときである。

兄妹の生家とは比べものにならない小身《しょうしん》ではあったけれど、武家は武家であり、これで仕えるべき主君も得ることになる。

「市ノ介には、御仏《みほとけ》の慈悲よりも、武士の矜持《きょうじ》こそが要るのだろう」

慈行和尚のそんな呟《つぶや》きに込められた心情を、まだ解する歳ではなかった朱音も、寺を出て養家《ようか》へとゆく兄の横顔に、それまで垣間見たことさえなかったほのかな明るさを見つけて、小さな胸をなで下ろしたものだった。

だがしかし、市ノ介は、元服すると間もなく、この養家を飛び出した。そして、

――これが今生《こんじょう》の別れになる。

自照寺の朱音に、ひそかに暇《いとま》を告げに立ち寄ったのだった。

兄が何に憤り、あるいは行き詰まって養家を出奔《しゅっぽん》するのか。兄の顔、その形相を見るだけでおおよそ察しがつくような気がして、尋ねることが怖かった。

――兄様《にいさま》はこれからどうするの。

――江戸へ出る。

世間を知らぬ鄙《ひな》の青侍が、何の後ろ盾もなく江戸を目指してどうなるものでもあるまい。兄が言うとおり、生きて顔を合わせるのはこれが最後になるだろうという不吉な確信に、朱音は泣いた。

その兄が、生きていた。

そればかりか、小藩とはいえ禄を得て要職に就いている。こうして藩の使者を差し向け、生き別れの妹を迎えて、共に暮らしたがっているというのだ。

朱音が知らぬ歳月を過ごしていた兄は、永津野で妻を娶り、まもなく子供も生まれるという。継ぐべき家と両親を共に失った市ノ介は、縁もゆかりもない陸奥の国の永津野という土地に、己の力で新たな家を立てたのである。

それでも朱音は躊躇《ためら》った。飛び立つように兄のもとへ向かう気持ちにはなれない。

永津野からは、再三使いが訪れた。朱音の決心を促そうと、そのたびに美麗な反物、装身具などを携えてくる。市ノ介が永津野藩に取り立てられる契機となった御前試合の逸話や、今の兄の精勤ぶり、藩主高持公の信任の厚いことについても、使者は熱心に語って聞かせた。

それらの言葉は、野分《のわき》のように、朱音の心のなかを吹き抜けた。長いあいだ朱音のなかで凪《な》いでいたものをかき乱した。その凪《なぎ》は諦めでもあり、救いでもあったのに。

結局、朱音は自分で心を決めることができなかった。最初の使者の来訪から年が二度あらたまるまで時を費やし、とうとう永津野へ赴くことを決めたのは、慈行和尚が世を去ったからである。

――少しでも迷いがあるならば、市ノ介のもとへ行ってはいけない。

己の心の声に耳を澄ませ、そこに小さな囁《ささや》きであっても、止め、咎める声が聞こえるならば、その声に従いなさい。そう諭《さと》してくれた親代わりを失って、ただ心細いだけではない。仏道に帰依するわけではなく、どこへ嫁ぐこともないまま宿坊で働き、慈行和尚の身の回りの世話をしてきた朱音には、これと定まった立場がなかった。宗徒のなかには、朱音と住職とのあいだを疑う向きもあった。御仏の鼻先、足元でさえ、そのように生臭いことに考えが及ぶのが人という生きものなのだ。

当時の朱音は三十四歳。自照寺に籠もったまま娘盛りを過ぎてしまった。慈行和尚という後ろ盾を失った身の上に、親切に縁談を世話しようという宗徒もいたが、なかには明らかに妾《めかけ》奉公の口ききとわかる種類のものもあった。仕方がない。朱音はもう年増もいいところだ。だが、朱音の耳元に「悪いようにはしない」と露骨に言い寄る男が、かつては慈行和尚とも親しく、まわりの人々に頼りにされている土地の名士だったことには心底から呆れ、失望した。

野垂れ死にを覚悟で一人寺を離れるか。周囲の親切を果報と戴き、気に染まない縁談を呑むか。それともあの兄を頼るか。

そんな煩悶《はんもん》を察知したかのようにまた訪れた使者に、朱音はとうとう折れた。まさに心が折れ、気が弱って、すがるように永津野行きの誘いを受けてしまったのだった。

後知恵で思い至ったのだが、兄は朱音の暮らしぶりを知るべく、先から手配りをしていたものであるらしい。そうでなければ、あんなに折良く使者を寄越せるはずはなかった。

——わたしはまた、兄様《にいさま》に流される。

せめて浮雲のように、明るい空の高い風に乗ってゆくならばよかろうものを、この身にそんな軽やかさは望むべくもない。

死んだと思っていた兄が生きていた。しかも自力で栄達の道を見出《みいだ》し、家を再興している。当たり前の心の持ち主ならば、誰もが手放しで喜ぶはずの吉事であるのに、朱音が逡巡《しゅんじゅん》せずにはいられないその理由を、もう誰も知らない。ただ一人、その所以《ゆえん》を知って固く秘していてくれた慈行和尚は、既に此岸《しがん》の人ではなくなっている。

孤独のうちに、随行する使者にさえ密《ひそ》かにそのうち沈んだ様子を訝《いぶか》られつつ、朱音は、永津野の地へ赴く旅路についた。

陸奥永津野藩三万石は、古くからこの地に栄えてきた郷士の一族である、竜崎氏の治めるところだ。その居城は津ノ先城《つのさき》という。

山寺の和尚ながら博学だった慈行和尚のおかげで、朱音はひととおりの読み書き以上の教育を受けており、〈津〉という文字には船着き場の意味があることを知っていた。山また山で、海もなければ大きな湖もないというところに、なぜ永津野という地名がついているのか。朱音が抱いたかすかな疑問は、つづら折りの山道を登り峠を越え、初めてその地を見おろしたとき、きれいに氷解した。

永津野領のほぼ中央には、あたかも船着き場の桟橋のように細長く、そこだけ山々が消え失せたかのように、高原が広がっている。これが地名の由来であった。津ノ先城も、その桟橋のような高原の一端に置かれたことから、その名がつけられていた。

津ノ先城の城下町は、武家屋敷と武者長屋、商家と町屋が層をなし、城を取り囲むようにして成っている。重臣たちと上士の住まうところを一の輪、平士と下士の住まうところを二の輪・三の輪、商家の立ち並ぶその外側を城端《しろはた》と称する。朱音が逡巡している一年半あまりのあいだに、御側番方衆筆頭の地位にのぼっていた曽谷弾正は、一の輪に重厚な構えの屋敷を与えられていた。

朱音はそこで兄と対面した。

面影は、確かにあった。しっかりと通った鼻筋。こけていた顎には肉がつき、歳相応の、いや今の身分相応の貫禄を漂わせている。朱音が覚えている、彼の生来の勝気《かちき》をよく表していた吊り上がり気味の眉も、再会の悦びに温かく緩んでいた。

「久しいな、朱音」

彼は長身を屈《かが》めて朱音の手を取り、刹那《せつな》だが泣き咽《むせ》んだ。

「よくぞ参った」

そして首を巡らすと、周囲に控えている家人《けにん》たちに、誇らしげに声をあげた。

「これが儂《わし》のただ一人の妹だ。どうだ、先から話しておったとおりの美貌《びぼう》だろう」

家人たちは一様に歳若い。主人の感涙にもらい泣きしている者もいた。

兄・市ノ介あらため曽谷弾正は、別れて以来の歳月のどこかで左目を失っていた。黒い眼帯に隠されたその目に何があったのか、一瞥《いちべつ》しただけではわからない。ただ、ひとつ残された兄の右目には、双眸《そうぼう》を以てひたと朱音を見つめたあの十六歳の夜よりも、さらに鋭い光が宿っているように思えた。

——俺にもおまえにも、味方というものは一人もいない。この世におるのは敵《かたき》ばかりだ。

ものぐるわしい目をしてそう囁いた、あのときよりも。

旅の埃《ほこり》を落としてから、朱音は弾正の妻・音羽《おとわ》と、二歳になる一ノ姫にも対面した。遠方から呼び寄せられた夫の妹を、珍しそうにしげしげと眺め回す音羽は、人形のように愛らしい。弾正にも朱音にも、妻や兄嫁というよりは娘のような年頃である。朱音を怪しんだり嫌ったりするよりも、素直に好奇の眼差しを向けてくる。身体は女であり、弾正とのあいだに子をなしても、心はまだいとけないような子供であった。

少し後に、朱音は兄からではなく、兄が付けてくれた女中の口から、音羽が永津野藩では〈御蔵《おくら》様〉と敬われる竜崎家の親族の娘で、弾正との縁組みは、藩主・竜崎高持が直々《じきじき》に取りまとめたものであることを聞いた。

「御蔵様のお嬢様が家臣に嫁ぐなんて、めったにあることじゃございません。御筆頭様はそれほどに、お殿様の覚えがめでたくていらっしゃるんです」

今の弾正は、自分の屋敷のなかでも〈御筆頭様〉と呼ばれていた。

――抜擢《ばってき》者らしいことだわ。

朱音は自照寺という狭いところで育った。しかし寺とは、人の清濁が煮詰められて寄りつく場所である。世間に身をさらしておらずとも、嫌でも世間知が肩に積もる。

その朱音の目には、いろいろなものが見てとれた。

浪々の身を取り立ててもらい、短いあいだに側近中の側近にまで成り上がった曽谷弾正に、代々竜崎氏に仕えてきた永津野の重臣たちは、気を許していないのだろう。曽谷屋敷の者たちが一様に若いのは、ここで弾正を支えようとする古参の人材がいないからに違いない。

弾正と、めったにないという音羽との縁組みも、長く藩の屋台骨を支えてきた重臣たちにとっては主君の横紙破りのふるまいであり、どこの馬の骨とも知れぬ新参者を、贔屓《ひいき》のし過ぎに思えたはずだ。

果たせるかな、これは音羽との語らいのなかで、

「高持様は小さなときからやんちゃな方だと伺っていましたが、今もやんちゃのままで、家老どもを困らせているようです」

という言葉を聞くことができた。

身辺が落ち着いてからも、多忙を極める弾正と、ゆっくり語らう機会はなかった。朱音にとってはそれでよかった。離ればなれになっていた年月を共に振り返り、兄の来し方をつくづくと聞き出す以前に、永津野藩の様子と、兄が今そこでどのような立場にあるのか、そちらの方をこそ、少しでもい

いから朱音は知っておきたかった。

竜崎高持は、父の急死によって十七歳で藩主となった。他に兄弟はおらず、姉が一人いるだけである。嫡子として家を継ぐ覚悟はあったろうが、先君の死は思いがけぬ急死であり、殿が国許《くにもと》で病臥されたという急使と踵《きびす》を接するように逝去の報が舞い込むという慌ただしさであったという。

青年藩主は初の国入りをすると、間もなく、武士《もののふ》の意気を尊んだ先君の威徳を偲《しの》ぶと称して、津ノ先城下では長く行われたことがなかった御前試合の催行を決めた。広く人を集め、首尾良く勝ち抜いた者を番士として取り立てるという。これには、太平の世に禄にあぶれた浪人たちが押し寄せる仕儀となった。

市ノ介も、その浪人たちの一人であったのだ。彼は御前試合に集まった浪人たちをことごとく退け、最後の立ち合いでは、永津野藩剣術指南役を見事に打ち負かして、青年藩主の心をとらえてしまった。

朱音も兄の剣術の腕前は知らない。上州植草郡で郡奉行配下の養家にいたころ、兄にその筋の評判があったということも聞かない。腕を磨いたのは、その後の年月のなかでであろう。

但し、その剣は〈野剣《やけん》〉であったという。これも女中の口から、当時の人々が評判していたこととしてぽろりと漏れたもので、女中はそれがあまりいい意味を持つ言葉でないことさえ知らないようだった。

朱音と別れた後の浪々のなかで、兄は確かに江戸に出た。しかもある年月を江戸で暮らしていたようだ。よく身についた歯切れのいい江戸言葉がその証《あか》しである。

朱音は思った。病に呆気なく父を奪われ、永津野三万石を背負うことになった若い藩主には、市ノ介のその野剣の凄みだけでなく、江戸で生まれ江戸に育った者にとっては懐かしい、彼の口にする江戸言葉にも、抗いがたい魅力があったのではないか。

その臆測の裏付けには足りないかもしれないが、曽谷屋敷では永津野のお国訛りをしゃべる者はいない。皆、御筆頭様に倣《なら》って江戸言葉を使っている。女中に尋ねると、

――若殿様がお国入りなすってからは、お城でも皆様江戸言葉を使うようになったそうでございますよ。

主君がそれを好むからにほかなるまい。

朱音も、離れてみて初めて、己の血肉となっている、上州のあのぶっきらぼうなお国訛りを懐かしく思い起こすようになった。人にはそういう性《さが》があるのかもしれない。藩主の妻子を江戸に留め置くという公儀の施策は、諸大名を治めるためには有効でも、代が重なるうちには、そうした人の性を裏切るものになるのかもしれなかった。

ともあれ、目覚ましい栄達を遂げた抜擢者としての兄の立場は、ひとえにこの若き主君の心ひとつにかかっている。そして兄・弾正は、その心をよくつかんでいる。

竜崎高持はようやく二十歳をいくつか超えたばかりの若さだ。正室とのあいだには既に嫡男をもうけている。側室もはべらせ、さらに子供には恵まれることだろう。よほどの失策がない限り、この殿の治政のあいだは、曽谷の家は安泰だ。

そして朱音の兄は利《き》け者である。実際、剣術の腕で禄に有り付いた弾正が、「浪々の武芸者の一匹や二匹、殿がどうしてもお望みならば、犬を飼うようなものだ。捨扶持《すてぶち》をくれてやればよい」というぐらいに侮っていた重臣たちの鼻先で、数年のうちに、藩政に関わることさえ許されるほどの存在となり得たのは、それだけの働きがあったからなのである。

御側番方衆は本来、主君の身辺警護を第一とするお役目だ。間近に親《ちか》しく仕えるからといって、その本分を超えたふるまいが許されるものではない。それを押しても、若き藩主が曽谷弾正を重んじるようになったのは、彼のいくつかの施策の提言に目を瞠ったからだという。

そのうちのひとつが、永津野に養蚕の技術を導入することであった。

蚕を飼って繭《まゆ》をとり、絹糸を紡ぎ絹織物を産する。そのために、山や森を開墾して蚕の餌《えさ》となる桑畑を作る。北国《きたぐに》でも養蚕は広く行われているが、なぜか永津野には、産業としては根付かなかった。厳しく長い冬と戦いながら水田耕作の苦労を重ねてきた永津野の人々は、まず自藩を養うだけの米の収穫を保つことに汲々《きゅうきゅう》としてきた。

この周囲の山々には、かつてはいくつか、小規模だが良質な金鉱があった。皆、江戸開幕以前に掘り尽くしてしまったし、仮にそれらが残っていたならば、ここは将軍家直轄の天領とされ、竜崎氏は永津野から追われていたことだろう。

しかし、豊かだったころの記憶は容易に消え去るものではない。永津野藩には今も、鉱脈探しを生業《なりわい》とする〈金売り〉の人々を束ねる役職が残っているほどだ。

そうした歴史を肌身に染みて知らない若き藩主に、弾正は養蚕の効を説いた。直に人を養う米を作るのではなく、藩政を潤す金の元となる絹を作る。世が平らかに治まり、江戸や上方では富貴《ふうき》な商人《あきんど》たちがのさばるようになったこれからは、人々が衣食足りて、さらに贅《ぜい》を望む時代がやってくる。聞きかじりの知識ではなく、実際に江戸の市井《しせい》で暮らした実感を以て、弾正は竜崎高持を説きつけた。

養蚕が盛んな盛岡藩や一関藩と誼《よしみ》を通じ、礼を尽くして教えを請うならば、技術の導入はけっして難しい業《わざ》ではない。多少なりとも先の見える治政者たちならば、他藩に技術を教えて競合することを恐れるよりも、互いに殖産に励んで市場を大きく育てることの方が得策だとわかるはずである。それは、他藩で絹織物を取り扱っている商人たちであればなおのことだ。

竜崎高持は、この献策をすぐにも取り入れた。彼がそれまでの永津野の歴史にこだわらない白紙の若者であったことと、その気性が素直で闊達《かったつ》であることも幸いした。

こうして、永津野領内で大規模かつ本格的な養蚕が始まった。朱音が永津野に入ったのは、その三年目のことであった。

領内のあちこちに、藩主が直々に定めた養蚕を主業とする〈お蚕様の村〉があること。そこでは多くの男女が汗を流していること。弾正がしばしば、この殖産策の監督役として各地を巡回し、領民たちを励まし、首尾のほどを見届けていること。曽谷屋敷では、少し水を向ければ、若党であれ家人であれ女中であれ、御筆頭様の手柄話を嬉々《きき》として語ってくれる。そのなかからこうした事どもを聞き取るうちに、朱音は心を惹かれるようになってきた。

――わたしも働きたい。

兄を頼るしかなかった、流れ藻《も》のようなこの身の非力なことはわかっている。だが、流され寄りついた兄の足元に留《とど》まるだけでは甲斐《かい》がなさすぎる。同時に、本来ならば頼るべきではなかった兄の元に流れてしまった己の心を縛るものを、せめて身体だけでも引き離すことで、いくばくかでも緩めたいと思う本音もあった。

朱音は兄に、領内のどこかのお蚕様の村へ遣わしてほしいと願い出た。

「わたくしが率先して学び、一心に働くことは、お蚕様によって永津野の民を潤したいという、殿と兄上のお心にもかなうはずでございます」

弾正は大いに驚いた——顔をした。

「この屋敷の暮らしに飽いたか」

「わたくしには勿体《もったい》ない暮らしにございます」

「儂はおまえを、相応の家格のところへ縁づけたいと思っている。そのために、然《しか》るべき伝手《つて》を頼んでいるところだ」

さらに、遠からず殿がこの屋敷に下向されることになっている、という。

「音羽を見舞うという名目でな」

弾正の幼妻の音羽は身弱で、しばしば風邪や頭痛に悩み、伏せっていることも多い。確かにその枕べを見舞うというのならば、口実としては成り立つだろう。

「殿は以前から、弾正自慢の妹の顔を見たいと仰せであった。おまえにとっても、殿へのお目通りがかなえばこの上ない誉れとなる。殿の此度《こたび》の慈悲深いお計らいに、おまえの口から御礼申し上げるまたとない機会にもなろう」

肉親とはいえ、他国に根付いていた朱音を迎え取るには、藩主の許可がなくてはならなかった。その慈悲が云々《うんぬん》と、弾正は言っている。

「兄様《にいさま》」

昔の呼び方をして、朱音は隻眼《せきがん》の兄を見つめた。

「お言葉でございますが、それは軽率であるばかりか、増上慢《ぞうじょうまん》に過ぎるお考えでございましょう。ご家中の皆様の兄様を見る目に、今少しお気を配られるべきかと存じます」

どこの馬の骨とも知れぬ風来坊を仕官させて重用するばかりか、さらにどこの馬の骨とも知れぬその妹の顔を見に下向する。それを求める方も求める方なら、かなえようとする方もかなえようとする方だ。

「そういう説教臭いところは、慈行和尚にそっくりだ」

弾正は朱音に横顔を見せて、短く笑った。眼帯に隠された側がこちらを向いているので、朱音には、兄の眼も面白そうに笑っているのかどうか、わからなかった。

「殿に下向を賜るのが畏《おそ》れ多いならば、おまえがお城にご挨拶にあがるか。苦しゅうない、召し出せというお言葉もあったのだぞ」

なに、そのまま奥へ上がれというわけではないと、また笑う。

「おまえは今も美しいが、殿のお心をなびかせるには、少々薹《とう》が立ちすぎている」

今度は朱音の方に向き直ったので、兄が眼から笑っているのが見えた。

「戯《ざ》れ言をおっしゃいますな。兄様、わたくしはわたくしなりに、兄様のお役に立ちたいと願っているのでございます」

「いいところに縁づけば、それがいちばん役に立つ」

「わたくしのような大年増《おおどしま》に、今さら良縁などございません。無理を通せば、かえって兄様の面目を傷つけることになりましょう」

朱音がきっと口を結ぶと、弾正も顔から笑みを消した。

「朱音」

六尺近い偉丈夫《いじょうふ》に、年齢と立場による貫禄も加わっている。朱音は気圧《けお》されまいと、まばたきさえも堪《こら》えた。

「おまえは、俺が怖いか」

朱音の心の底に氷が張った。二人のあいだに、ぴんと緊張の糸が張った。

その問いに答えるかわりに、朱音は別の問いを投げかけた。「兄様は、和尚様を思い出すことがおありなのですね」

弾正は鼻先でふんと言った。「大して覚えてはおらん。おまえと違って、俺はすぐあの寺を追い出されてしまった」

剽げたような言い方に、心の底の氷はそのままながら、二人のあいだの糸は切れた。

「和尚様が追い出したのではありません。兄様が坊主になるのは嫌だと泣いてだだをこねたので、和尚様は養家を探してくださったのですよ」

「郡奉行の下っ端の、出世の道など最初《はな》から閉ざされている家にな」

「でも、その家でこそ、今の兄様の礎《いしずえ》は築かれたのではございませんか」

弾正は答えない。

「植草郡に人を遣るならば、わたくしを迎え取るその以前に、兄様はかの養父母に不孝と不義理をお詫《わ》び申し上げるべきでございました」

弾正はまた「ふん」と言い、くつろいだふうに破顔した。

「まったく、おまえは変わらんな。いちいちうるさい。妹ではなく、躾《しつけ》に厳しい姉のようだ」

「では、これからは姉になりましょうか。無理な話ではないと存じますが」

朱音と弾正は、実は同い歳、双子の兄妹なのである。

「戯《たわ》けたことを申すでない」

言って、弾正はかすかに眉をひそめた。「今さら念を押すまでもなかろうが、このことは――」

朱音はうなずいた。「心得ております。表向きには、わたくしは兄様の年子の妹。これまでどおり、そのようにしておきましょう」

武家や商家のなかには、「家を分かつ」「身代を割る」と、双子を嫌う風潮がある。だから、かつて市ノ介の養子話をまとめる折に、先方の意向をおもんぱかって、二人は年子の兄妹だということにしたのであった。

自照寺の慈行和尚は、「一度にふたつの宝を授かるのだから」と、双子を尊び喜ぶ地方もあると、朱音に教えてくれたことがある。人の心の向きは、土地柄により、気候により、貧富によって様々に変わるものだ。時代が変えてくれることもある。

――じゃから、おまえ様方はいつどのような時でも、どこにおっても、兄妹仲良く互いを思いやって暮らすのだよ。

その優しい声がふと耳朶《じだ》に甦《よみがえ》り、朱音は呟いた。「兄様とまたこうしたやりとりを交わすなど、夢にも思っておりませんでした」

弾正はすぐに言った。「儂は常々思い描いていたぞ」

二人の目が合い、弾正の方が先に逸らした。

そのとき、朱音は今まで思ってもみなかったことを思った。

――おまえは、俺が怖いか。

そう問うた兄もまた、朱音を恐れているのではないか。

再会を、常々思い描いていたという。だが、それは思いやりの故ばかりではない。恐れているからこそ忘れられず、思い切れなかっただけではないのか。だから朱音を迎え取り、しかし離れてゆこうとするのを厳しく引き止めることはしない。いや、できない。

そのときの話はそれきりだったが、ほどなくして朱音はまた弾正に呼ばれた。

「永津野領の西、香山との国境の近くに、名賀村という村がある。村民こぞって盛んにお蚕様を育てているところだ。およそ城下とは勝手が違う不便な土地だが、気に染むなら行くがいい」

再び、殿のお許しは得た、という。

「弾正の妹は、女ながら忠義に厚く気概があると、お褒《ほ》めの言葉をいただいたぞ。いずれ、殿御自ら巡視にお出かけになるだろう。そうしてお目通りを賜るのならば、城方のうるさい連中も文句はなかろう」

朱音は兄に深く頭を下げた。「わたくしの我が儘《まま》をお聞き入れいただき、ありがとうございます」

「おまえの身辺を守る番士は、儂がこれから選んでやろう。女中は使い勝手のいい者を連れてゆくといい」

「兄様、わたくしは働きに行くのですよ。そのようなお気遣いは無用なばかりか、邪魔になります」

すると弾正は苦笑した。「おまえのことだ、そう言うだろうと思っていた。だから名賀村にしたのだ」

村の近くに国境を守る砦があり、弾正に忠実な番士たちが駐屯しているのだという。

「名賀村の庄屋も、儂への忠心が厚い者だ。おまえの好きなようにさせてくれるだろう」

所詮は弾正の掌《てのひら》の上だが、こんなことを言い出したときから、それは覚悟の上だ。御筆頭様の妹御の「お好きなように」してさしあげましょうというつもりの庄屋が、目を剝《む》くほどの働きぶりを見せてやろう。

「それならば、安心して参ります」

朱音が名賀村へ移り住むと決まると、曽谷屋敷のなかでもっとも深く別れを惜しんでくれたのは、意外にも弾正の妻の音羽であった。

「まことの姉様のように思っておりますのに」

一人になる寂しさを訴え、心細げに、涙さえ浮かべて翻意を促す様に、朱音も涙ぐんでしまった。

「わたくしのような者がおらずとも、音羽様には御筆頭様がおいでてございます」

慰めの言葉は、けっして上辺だけのものではなかった。少女のようなこの人に、本当の気持ちを打ち明けることはできない。だが、この少女のような人にも申し訳ないからこそ、朱音は兄から離れようと思うのだ。

冬場の雪道を行くことを避け、春の到来を待ったので、朱音が名賀村に移ったのは、翌年の四月のことであった。曽谷屋敷では一年余りを過ごしたことになる。自身ではつましくと心がけていても、宿坊での下働きのころとはまったく違う裕福で安楽な暮らしに、生来の美貌にも磨きがかかっていた。

弾正の言葉にあったとおり、名賀村は隣藩の香山領との国境に近い。朱音が住まいとしてあてがわれた〈溜家《たまりや》〉という屋敷は、この国境を守るための堅固《けんご》な砦が造られる以前に、警備の番士たちの武者溜、屯所として使われていたところからその名を付けられ、今は空き屋敷になっていた。

朱音はここの新たな主人となり、村の人々からは小台様と仰がれるようになった。

〈小台〉というのは、永津野の武家や大きな商家や豪農の家などで、当主の姉や妹を指す呼称である。他家へ縁づいてしまっても、生家の側からはこう呼ばれる。

朱音もここへ来てようやく日々耳にすることになった永津野のお国訛りは、独特に過ぎていちいち意味を問わねばならない物の名前の呼び方や、感情表現などを別にすれば、言葉の継ぎ目や語尾をのんびりと引っ張る長閑《のどか》なものだった。

「長い冬を越すには、人の気ぃも長くなります。なにしろ凍《しば》れますから、皆、あまり大きく口を開けてしゃべりゃあせん。言葉が口に籠もるしぃ、万事にのんびりした響きになるんでございましょう」

そう教えてくれたのは、名賀村を束ねる庄屋の長橋家当主、茂左衛門《もざえもん》である。朱音から見ると父親ぐらいの歳にあたる。その温かな人柄には、自照寺の慈行和尚を思い出させるところがあった。

永津野訛りでは〈小台様〉も〈おだぁさま〉ぐらいの音になる。これがこなれて〈おだぁさん〉になることも多いが、朱音に限っては誰もがきっちり〈おだいさま〉と呼ぶ。

お城の御側番方衆筆頭・曽谷弾正の妹御というだけで畏れ多く、そんな方をお迎えしたら、これからどれほど気を兼ねて暮らさなくてはならないかと怯えていた名賀村の人々は、朱音がここにはお蚕様のことを学び、お蚕様に仕えて皆さんと共に働くために参りました、どうぞよしなに教えてくださいと礼を尽くして頭を下げると、まさに目を白黒させた。茂左衛門も、あとで朱音に、

――皆で、こりゃあ狐《きつね》に化かされとるんではなかろうかぁと話し合っておりました。

と、笑って打ち明けたものである。それを聞いて、朱音の心の妙な気負いも一気にほどけた。

朱音は「曽谷屋敷の暮らしは退屈でございました」と、まわりの山や森を仰いで目を細め、煮炊きや掃除や水汲みまでどしどしする上に、手慣れている。

「わたしは上州の山のなかの、法華寺の宿坊で育ったのですよ。女人《にょにん》成仏を説くありがたい法華の教えでは、御仏のおそばからおなごを遠ざけることがありません。進んで働くことが尊ばれました」

名賀村の人々はたちまち朱音に馴染み、心を寄せるようになった。朱音が彼らから様々なことを教わり、お蚕様に関わる仕事を覚えるようになると、小台様という呼称に、とおりいっぺんの尊称ではない親しみも混じるようになった。

こうして、朱音もまた名賀村に馴染んだ。四度目の春を迎える今は、お蚕様に関わる仕事の隅々まで習熟し、機屋《はたや》でも腕利きになっている。

この立場の土台には兄の存在がある。だが、その土台の上に築いた信用は、朱音がこの手で得たものである。それが誇らしく嬉しく、この里に骨を埋めることができるのならば、はるばる永津野へ寄りついたこの流れ藻の身にも、生きる意味があったというものだとしみじみ思う。

さて今朝の朱音は、おせんを伴い、庄屋のもとを訪ねて戻る途中である。月に一度、茂左右衛門と彼の家族と朝餉《あさげ》を共にすることが習いになっている。

名賀村に移ってきた当時は、曽谷屋敷からついてきた女中が二人いたが、山里暮らしを辛がって鬱《ふさ》いでばかりいるので、早々に城下へ帰してしまった。それからは、茂左右衛門の計らいで村の者が溜家であれこれ働いてくれるようになり、朱音付きの女中としては、おせんは三人目である。

先の二人も気立てのいい働き者で、一人は良縁を得たし、二人目は嫁いでなかなか授からなかった子宝に恵まれた。そのためか、小台様のおそばにいると吉事があるという噂《うわさ》がたち、近ごろでは村の娘たちや若妻たちが、くじ引きをして女中奉公の順番を決めているという。

溜家はもともと屯所だったから、警備や合戦に備えた造りになっており、頑丈で心丈夫ではあるが、天井が高く、一間一間が広いので冷え込みがきつい。そこで近くに土地を開き、新家を建てている。この際、村の家々で少しずつ育てているお蚕様も、まとめてここでお世話できるような建物にしようというのは、茂左右衛門と朱音の一致した考えだった。

雪解けを待って作業に取りかかったので、まだ端緒についたばかりだが、新家が完成したあかつきには、そこでお蚕様のお世話をするために、もっと多くの村人たちが立ち働くことになるだろう。

「小台様、小台さまぁ！」

急《せ》き込んだ声がして、溜家に向かう緩い上り坂を、加介《かすけ》が駆け下りてきた。彼も村の若衆《わかしゅ》の一人で、日々まめまめしく務めてくれる。おせんよりは兄貴分の十七歳だというのに、おとなしい気質《たち》のせいで、何かと言い込められているのが可愛らしくて可笑《おか》しい。

その加介が慌てている。まさに転がるようにして駆け下りてくる。

「すんません、お姿が見えたのでぇ」

息を切らし、顔色を変えている。

「どうしました」

その腕に手を添えてやった朱音は、彼が震えていることに気がついた。

「宗栄《そうえい》様が、裏山で怪我人をめっけられて」

たった今、溜家に担ぎ込んだところだという。

「ひどい怪我ですか」

「怪我もひどいですが、飢えて凍えて、今にも脈が絶えそうになっとるちゅうでぇ」

万事に控えめな加介は、膝を笑わせながらも、朱音の手にすがってくるようなことはない。気を取り直そうと、ここで大きく息を吐いた。

「こんまい童子《わらし》です。なんでここの裏山なんぞに迷っておったんかぁ」

「加介さん、しっかりせんと」

おせんは腕まくりせんばかりになった。

「すぐ湯を沸かして、晒《さらし》もたんと要るよ。宗栄様をお手伝いせんと」

「うん、うん」

おせんにうなずきかけ、しかし加介は顔色を失ったままだ。要領を得ないままながら、朱音は察するところがあった。

「その怪我人に、何か怪しいことでもあるのですか」

加介の口の端が震えた。「その童子が腰につけとる手ぬぐいに、秤《はかり》のしるしが入っておりましてぇ」

「秤のしるし？」

小首をかしげて、朱音は傍らのおせんを見返った。そして、元気者の女中がたちまち頬を強張《こわば》らせるのを見て驚いた。

「それはどういうことなの、おせん」

おせんは朱音には答えず、ぐいと加介に迫ると、声をひそめて問いかけた。

「屋号ちゅうことかね」

おせんの方が年下なのに、声が強《こわ》い。加介はがくがくとうなずく。

頬を強張らせたまま、今度はおせんが「わかった」と強くうなずいた。

「加介さん、このことぉ、ほかには言っちゃいけないよう」

「言うもんかぁ」

「きっとだよ」

「わ、わかってるが」

加介は溜家へ駆け戻っていった。

朱音はぽかんとしていた。

「おせん、どうしたというの。屋号というのは、庄屋様の屋号のこと?」

足を踏ん張るようにして突っ立ったまま、おせんは朱音の顔を見た。

「はい。おらたちの庄屋様は、〈箍屋《たがや》〉という屋号をお持ちでございます」

「ええ、知っていますよ。では秤屋は」

おせんはさっきよりもさらに声を低くした。「――香山の庄屋の屋号です」

やっと、朱音にも話の筋が見えた。

「では、その怪我人は香山の子供なのですね」

ここ永神野の隣藩、香山藩一万石である。

「はい。溜家の裏山は小平良様に通じておりますからぁ、国境を越えてぇ来たんでしょう」

そンでも、うっかり越えるようなところじゃねえと、おせんは怖い顔で言う。

「まンず、困ったもんだ。宗栄様も山サお入りになるはええがぁ、何でそんなおっかないもんを見つけなさるがねえ」

この娘まで身震いしている。

「おせん」と、朱音は女中の手を取った。「ともかく早く戻りましょう」

先ほどまでの浮き立つような気分は消え、朱音の胸にも重いものが落ちてきた。

――もしやその子供は。

香山で人狩りに遭い、命からがら逃げ延びてきたのではあるまいか。

ならば、何をおいても助けねばならない。おせんにも加介にも悪いが、わたしにはそれだけの義理があると、朱音は思った。

三

榊田《さかきだ》宗栄は、半月ばかり前から溜家に滞在している客人である。

歳のころは三十過ぎであろう。朱音が長橋家で初めて挨拶したときには、ほうほうと伸びた総髪に、くたびれた旅袴《たびばかま》と脚絆《きやはん》という出で立ちで、ただの浪人者というよりは、まさに旅の武芸者というふうに見えた。その風貌《ふうぼう》に、朱音はふと、かつての市ノ介の姿もかくやと思ってしまったほどである。

宗栄の身分や立場、その旅にどんな目的があるのか、実のところを朱音はよく知らないが、庄屋の茂左右衛門はよく承知しているはずだ。まず道中手形を検《あらた》めないことには、他国者《たこくもの》を村に寝泊まりさせるどころか、通り抜けさせることさえ禁じているのが今の永津野である。

もっとも、人の出入りに厳しいのはどこでも同じだ。世が平らに治まり、街道が整備され、人々は国中を行き交うようになった。だが、そのためには相応の手続きが要る。たとえ武芸者の武者修行の旅であろうと、思い立っただけでできるものではない。現に朱音の兄も、陸奥の地に至る旅のためには、江戸で縁のあった新陰《しんかげ》流の道場の師範を通して手形を戴いたと聞いた。

宗栄が名賀村を訪れたのは、彼が津ノ先城下の旅籠《はたご》に投宿していたとき、長橋家の孫・太一郎《たいちろう》と会ったことがきっかけだった。祖父の使いで城下に出ていた太一郎は、そこで急にひどい熱を出して寝込んでしまった。にぎやかな城下とはいえ、不案内な出先でうんうん唸《うな》っているところへ、たまたま泊まり合わせていた宗栄が、親切に世話を焼いてくれた。おかげで本復した太一郎は、江戸へ戻る途上にあるという宗栄に、しばらく名賀村に滞在することを勧めた。雪解けにかかるころの国境越えの道は、雪崩が怖い。急ぎの旅でないのならば、少し時期を待った方が安全だ。

太一郎の勧めを受け入れ、名賀村を訪れた宗栄は、庄屋の長橋家でたいへんな歓待を受けることになった。

太一郎の父親は茂左右衛門の一人息子だったが、妻を娶り太一郎をもうけて間もなく、不幸にも早死にしてしまった。茂左右衛門にとって、太一郎は二重に大事な跡取りなのである。とはいえ既に立派な大人であり、ゆくゆく庄屋となって名賀村を束ねる立場になる若者だから、甘やかしてばかりはいられない。だからこそ名代《みょうだい》で城下へ遣るようなこともしているのだが、太一郎に万が一のことがあれば、長橋の家は絶えてしまう。その大事な孫が世話になった恩人だというので、茂左右衛門は宗栄に、下にも置かないもてなしをしたのだった。

ところがこの厚遇が、当の宗栄にはかえって居心地が悪かったらしい。

宗栄が長橋家に逗留《とうりゅう》して五日ほど経ったころ、溜家でちょっとした変事が起こった。屋敷の周囲で山犬の騒ぐ声がたったのである。ひと晩目にはうなり声ばかりだったのが、ふた晩目には裏庭に足跡を残し、三晩目には用心して囲いの内に入れておいた鶏を襲ってすっかり喰らってしまった。

山犬は大平良山にも小平良山にもいる。大平良山は古くから山神の住まう神域とされていて、人が立ち入らないから、獣たちにとっては格好の住処《すみか》となっているはずだ。

しかし、山の獣たちはみだりに人里に近づいたりしない。とりわけ山犬は、毎年大平良山と小平良山に雪が残っているあいだは、このあたりの山や森から姿を消している。群れをつくって暮らす彼らには、彼らなりの縄張りと、獲物を漁《あさ》る筋があるのだ。それがどうして今年に限って、こんなおかしなふるまいをするのか。

茂左右衛門の指示で村は守りを固め、数日は夜通し松明《たいまつ》を焚いたり、不寝番《ふしんばん》を立てたりした。山犬の気まぐれなふるまいはその三晩を限りにやみ、あとはどうということもなくて胸をなで下ろしたものの、茂左右衛門の懸念はやまなかった。

溜家に住んでいるのは、朱音とおせんに、男手といったら加介と、ここが空き屋敷だったころから住み込んでいる屋敷番の老人がいるだけである。陽《ひ》のあるうちは、朱音はお蚕様のお世話や機屋に出ているし、溜家の造りに不安はないから、それで充分に用が足りていた。

だが、こうなるとあまりに物騒だ。もっと早く手を打っておくべきだった。砦に知らせて警備の番士を出していただこう、という茂左右衛門の申し出を、朱音は固く退けた。

「何を遠慮なすってるんでぇございますか。小台様の御身を守るためならばぁ、砦番の方たちは、一も二もなく馳せ参じてくださります」

「だからこそ嫌《いや》なのです」

いつにない頑なな朱音の態度に、茂左右衛門は顔を曇らせた。永津野における砦と砦番の意味、それを束ねて駆使する曽谷弾正の意図を、茂左右衛門は朱音以上によく知っている。

庄屋は座り直し、声音まで改めた。

「小台様、いい折でございますでぇ、ぜひともひとつ申し上げさせていただきます」

そこへ、茂左右衛門の鼻先に水をかけるように、唐紙《からかみ》の向こうから声がかかった。

「ごめん」

茂左右衛門と朱音は、長橋家の奥の一室で対面していた。声のあとひと呼吸して、唐紙ががらりと開き、宗栄が顔を出した。

「溜家の小台様がおいでと聞きましたので、ご挨拶をと思いましてな」

今のやりとりの切れ端が耳に入っていたろうし、茂左右衛門の険しい顔も目に入っているのだろうに、のほほんと言う。

そして朱音に、「いかがでござる。その後、山犬に脅かされることはござらんか」

「は、はい。おかげさまで」

「しかし、誰に聞いても、この時期に山犬が村に寄りつくなどおかしいと首をひねっておりますな。おかしな出来事というのは、ひとつ起こると何故《なぜ》かしら続くのが世の常でござる。小台様もお心細いでしょう」

そして茂左右衛門に、

「庄屋殿、それがしを溜家へ遣わしてはくださらんか。これでも武士の端くれ、害獣の類《たぐ》いぐらいはこの剣にて退け、小台様をお守りするお役に立ちましょう」

庄屋に持ちかけながら、目顔で朱音に笑いかけてくる。

一も二もなく、朱音は飛びついた。「ありがたいお言葉でございます」

「へえ？　いや、それは小台様――」

「茂左右衛門殿、お世話になり申した。まったくこの数日は、竜宮城を訪れたような心地でござった」

茂左右衛門が渋る暇を与えず、話をまとめてしまった。宗栄はすぐと支度を調《ととの》え、長橋家で与えられたこざっぱりした着物から元のくたびれた旅装に戻ると、両刀と振り分け荷物だけを供に、溜家へ移ってきた。

「いや、助かりました」

苦笑いをしながら頭を下げて言うには、

「それがしのような武骨者には、あれほどの歓待はかえって息が詰まり申す」

こうして彼は溜家のにわか番士――本人の言を借りるなら用心棒となった。

大らかな人柄である。きびきびと溜家の守りを見直し、加介たちに何かと指図することも的確だ。用のないときには村内をぶらついたり、溜家に残っている古い書き物を読んでみたり、のんびりと寛《くつろ》いでいる。

つかみどころのない、不思議な人物であった。朱音よりは歳若いはずだが、ふとした拍子に妙に老成して見えることもある。

普段ならば他所者には用心深いはずのおせんと加介も、たちまち宗栄に親しんだ。なにしろ庄屋様お墨付きの用心棒だ。頼りにしつつ、おせんなどは遠慮なしに物も言う。とりわけ、宗栄が村内ばかりでなく、ふらりと裏山にも分け入るのを見つけると、がみがみ怒った。

「宗栄様ぁ、お山で迷ったらどうなさいますがね」

「そう叱ってくれるな。溜家の屋根が見えるところまでしか登らんから」

「村の見えてるとこでも迷うのが、お山のこわいところなんですがぁ！」

「ならばおせん、おまえがお山の歩き方を教えてくれんか。他国者には、ここらの山の景色は珍しいことばかりなのだ。ひとつ頼む」

「しょうがないですねぇ。ンでも、そんならいっぺん加介さんに案内してもらうのがいちばんだぁ」

万事がこんなふうである。そういえば宗栄は、ずっと空き屋敷だった溜家を一人で守り、めったに口をきく相手もなく、村の者たちにも「じい」と呼ばれるだけで、いつの間にか自分の名前を忘れてしまっていた屋敷番の老人の名前を思い出させ、実は村いちばんの長寿者であることも聞き出した。

「そんでも、わっしは〈じい〉でござりますがぁ」

「ならば、それでよかろうよ」

宗栄自身も、溜家に住み着くと早々に、しからばそれがしをやめてしまい、朱音のことも小台様ではなく、「朱音殿」で済ませるようになった。久々に他人の声で名を呼ばれると、朱音ははっとした。そのことには自分でも驚いた。心が温かくなるような、嬉しい驚きであった。

さて、朱音とおせんが溜家に馳せ戻ってみると、すぐと奥からじいが現れた。

「おかえりなせぇまし。とんだことでぇ」

「怪我人は」

「東の間にぃ寝かせてございます」

「わかりました。ありがとう」

それから——と、声を落として、

「もう少し落ち着くまで、庄屋様にはお知らせしないでくださいね。お騒がせしてはいけません」

「あい、かしこまりましたぁ」

朱音は急いで東の間に向かった。

「朱音でございます。ただいま戻りました」

薄い布団に晒を敷き詰めた上に、怪我人は仰向けに寝かされていた。なるほど、まだ身体《からだ》の細い子供——男の子だ。着物は脱がされて下帯ひとつ、傍らについた宗栄が、その腕を取って、ゆっくりと曲げ伸ばししている。

「幸い、骨はどこも折れていないようです」

子供から目を離さず、今度は肩のあたりを探りながら、宗栄が言った。

「裏の森の木の根元に、根っこが入り組んで小さな洞《うろ》になっているところがありましてな。そこに頭をつっこんで倒れていました」

首の前の方まで慎重に手を滑らせ、宗栄はうなずいている。

「このあたりも……うむ、肋《あばら》も無事のようです」

「擦り傷だらけでございますね」

「高いところから転がり落ちたか、滑り落ちたかしたのでしょう」

打ち身も負っているのだろうが、凍えて肌の色が変わっているので、よく見てとれない。

「今、じいに湯をたててもらっています。骨折さえしていなければ、人肌ぐらいの湯に身体ごと浸しても害はないでしょう」

東の間には日がさしかけて明るい。じいと加介がありったけの火鉢をかき集めて持ち込んだらしく、そこらじゅうが火鉢だらけで、おかげで暖気が籠もっている。

宗栄の後ろに、盥《たらい》がひとつ置いてあった。子供から脱がせた着物が入れてある。ところどころが裂けているが、こうして見た限りでは、血に染まっている様子はない。

「背中を検めてみましょう。朱音殿、手を貸してください」

二人でそっと子供の身体を裏返した。

痩せた背中に、いくつか傷がある。血は止まっており、かさぶたのようになって貼りついている。何かで突かれたような丸い傷だ。右肩の後ろから脇腹にかけて、点々と続いている。その点を結ぶと、緩い弧を描いているようだ。

――刀傷ではないわ。

まず、それに安堵《あんど》した。朱音は止めていた息を吐いた。

宗栄は傷のまわりを指で検めている。

「さほど深い傷ではないようだ。これなら、湯に浸けてまた血が流れても、血止めがあれば大事には至らんでしょう」

名賀村に医者はいない。山里では、怪我や病への備えはそこに住む人々の知恵と工夫ばかりである。溜家にも大きな薬箱がある。

「血止めも傷薬も、熱冷ましもございます」

「それはよかった。おせんの父親が生薬に詳しいと聞いていますが」

「はい、ここに備えてあるのも、すべておせんの家からもらったものなのです」

そこへ、加介がやってきた。

「宗栄様、風呂の支度ができましたでぇ」

「よし、運んでくれ」

加介が子供を抱き上げ、そろそろと湯殿に向かう。宗栄は立ち上がり、袖まくりすると、懐から襷《たすき》を取り出して手早くかけた。立ち合いにでも行くかのようである。

「——宗栄様」

朱音は不安で、つい口に出した。

「わたくしも、人がひどく凍えたときの手当てをよく知っているわけではありませんが、いきなりお湯に浸けるよりは、擦《こす》って温めるものだと聞いております」

「左様。私もあの子を見つけたとき、正気付けようとすぐ顔や身体を擦ったのですが」

肌が剝けるのですと、宗栄は言った。

「少し擦るだけで、触れたところが剝けてしまうのですよ」

身体ぜんたいが凍てついているからわかりにくかったが、よく見ると、肌のところどころが既に剝けていたし、そういう部分には、氷でも霜でもなく、子供の血でもない何かがくっついていたという。

「あの子はあの傷を負ったとき、肌を傷《いた》めるような——いっそ〈溶けるような〉と言った方がいいかもしれませんが、そういう何かをかぶったか、何かにまみれたかしたのでしょう。ならば、多少の無理は押してもまず洗い流さないことには」

「わかりました。差し出がましいことを言って申し訳ありません」

「手探りですから、これが本当にいい手当てなのかどうか知れません。朱音殿が詫びるのはまだ早い。それより、おせんを家に遣って、打ち身と火傷《やけど》の薬をもらっていただけませんか」

「膏薬《こうやく》でございますね」

「子供の身体ですし、肌があのようでは、いきなり強い薬はいけないでしょうが、おせんの親父《おやじ》殿なら何とかしてくれそうだ」

「すぐ遣ります」

「それといまひとつ」

宗栄は朱音の目を見て、いったん口元を引き結んだ。

「これは朱音殿には易《やす》くても、小台様には聞き入れにくいお頼みと思いますが」

ちらりと、後ろに置いた盥に目をやる。

「あの子供が身に着けていたもののなかに、かなり難儀なものがあったそうですね」

朱音は黙ってうなずいた。

「しばらく、そのことは伏せておいていただけませんか。あの盥の中身は――」

「焼き捨てた方がよろしゅうございますか」

思い切りのいい問いに、さすがに驚いたのか、宗栄は両眉を持ち上げた。

「いや、まだ調べたいことがあります」

「わかりました。では、わたくしは何も見ておりません。これから何を見ても、見なかったことにいたします。おせんと加介とじいも、何も存じません。そのように、わたくしから頼みます」

ともかくも香山の子供を匿《かくま》う。そう決めた。朱音に迷いはない。

「あの子はどこの誰かわからない。手がかりもない。山で死にかけていた迷子でございます」

宗栄の口元がかすかに緩んだ。

「かたじけない」

朱音はおせんを見つけて家に走らせ、東の間の板戸と雪見障子を開けて、少し外気を入れた。いったん離れてから戻ってみて気づいたのだが、暖気のなかに、血の臭いではないけれど、何となく生臭いような臭気がうっすらと漂っていたのだ。

——何かしら。

今まで嗅いだことがないようなあるような。

また炭をかき立てて暖気を溜め、布団に敷いた晒も取り換えた。そのうちに、今度は宗栄が怪我人を抱いて戻ってきた。洗い清めて温めた身体には、浴衣《ゆかた》が着せかけてある。

ちょうどおせんも使いから駆け戻ってきた。小さな包みを抱きしめている。

「ああ、血の気が戻ったでぇ」

子供の顔を覗《のぞ》いて、泣きそうになった。

「よかったぁ、もう大丈夫でございますね」

「うむ、どうやら命は拾ったようだ。おせん、親父殿はいい薬をくれたか」

「はい。うちに作り置きしてあった分、すっかりくれました。怪我の様子がよくわかったらばぁ、またそれに合わせてこしらえると言ってますでぇ」

「ありがたい」

洗い清めた子供の身体に、宗栄はてきぱきと手当てをほどこしていった。子供はまだぐったりとして、目を閉じたままだ。髪がほどけて乱れている。

指でそっと整えてやる。朱音は痛ましさに胸が詰まった。

——ごめんなさい。

手当てが済むと、朱音と宗栄は怪我人が身に着けていたものを調べることにした。

盥の中身を手元に、あらためて朱音は気づいた。生臭い。さっき感じた臭いは、ここから発したものだったのか。

宗栄も、つと顔をしかめる。「臭いますね」

魚の腸《はらわた》が腐ったような臭いだ。

「風呂場でこの子の身体を洗い流したときも、この臭いがむうっと立ちのぼったんですよ」

宗栄は、慎重な手つきで盥の中身をつまみ出しながら、鼻先をくっつけて、その臭いを確かめている。

「どうやら、この子の肌を傷めた何かと、この嫌な臭いの元は、同じもののようです」

朱音もそう思う。この子はそんなしろものに、何故頭からまみれていたのか。

「ずいぶん着古した小袖だ。帯ではなく麻紐《あさひも》、履物はなし。お守りや名札の類いもなし。あるのは手ぬぐいだけか」

確かに、秤屋の屋号が染め抜かれた手ぬぐいである。

「いくら春めいてきたとはいえ、山に入るとき、この薄着では寒いでしょうな」

「宗栄様、これはきっと寝間着でございますわ。この子は寝ていたところを何かに驚かされて、着の身着のまま、裸足《はだし》で山に逃げ込んだのでございましょう」

その光景を想像すると、朱音の胸はまた疼《うず》く。いったい何に追われたの？

「いずれにしろ、つましい身の上のようだ」

「山里の子でございますもの」

寝間着らしい小袖を広げてみると、その破れ具合がはっきり見てとれた。やはり、刀傷ではない。

すっぱりと断ち切られているところはどこにもなく、千切れたり、引き裂かれたりしている。穴が開いているところもあった。

「この、背中の側の穴の並び方——」

宗栄が、ひとつ、ふたつと指し示してゆく。太い錐《きり》で突いたような穴だ。

「この子の傷と一致します」

つないでゆくと、緩い弧を描く。そうとう大きな弧の一部分のようだ。

宗栄は腕組みをした。「歯形のように見えなくもありませんね」

朱音はきょとんとした。

「こんな大きな山犬がいるものでしょうか」

これが歯形だとすると、馬の口よりさらに大きい。

「いや、山犬に限らずに」

熊だとかと、宗栄はおぼつかない感じで呟く。朱音はつい笑ってしまった。

「宗栄様、熊はいきなりこんなふうに人の背中に嚙《か》みついたりしません」

「では、ほかにもっと大きな獣で、思い当たるものはありませんか」

朱音には見当もつかない。

「じいに訊いてみましょうか。このあたりの山のことなら、じいがいちばんよく知っています」

「そうですね。ともあれ、これは人の仕業ではない。ご安心ください」

朱音は、飄々《ひょうひょう》としている宗栄の顔を見返した。心中を悟られていたらしい。

「つまり今度は、朱音殿は謝るのが早いのではなく、そも謝る筋ではないということです。気に病むのはおよしなさい」

　きっぱり言い切ると、宗栄は立ち上がった。

「この子が倒れていたあたりを、もう一度ぐるりと調べてみます。あるいは、ほかにも誰かいるかもしれません」

「お一人で行かれるのですか」

「本当は人手が欲しいところですが、庄屋殿に伏せたままでは難しいでしょう」

「ああ、そうですね……」

　朱音は唇を噛んだ。宗栄は軽く笑った。

「なに、もう陽は高い。いくら私がお山のことに疎《うと》くても、この子にこんな怪我を負わせるほどの獣に不意打ちを喰らう心配はありません」

　これでも用心棒です、という。

「この子は、自然に目を覚ますのを待ちましょう。口が渇くでしょうから、ときどき水で湿してやってください」

「かしこまりました。宗栄様、砦番の見回りにはご用心くださいませ」

　朱音はそう言わずにいられない。

「心得ました」

　宗栄は出かけていった。朱音は一人、昏々《こんこん》と眠る子供の枕頭《ちんとう》に残った。

　あどけない顔だ。山育ちらしく、手足がしっかりと引き締まっている。この歳なのに、掌は固く、指の付け根にいくつか胼胝《たこ》がある。家業を手伝っているのか。

家には、親もおれば兄弟姉妹《きょうだい》もいるはずだ。その人たちはどうしているのか。香山のこの子の住む場所で、いったい何があったのか。

——本当に、兄様のせいでなければいいのだけれど。

曽谷弾正の命による、非道な人狩り。

この名賀村での穏やかな暮らしのなかで、唯一、朱音の心を騒がせることといったら、そればかりである。

城下にいるころは、何も知らなかった。一の輪や二の輪はもちろん、城端でさえ、曽谷弾正の悪口を言う者はいない。実は弾正を嫌い、その心底《しんてい》を疑っているらしい重臣たちでさえ、表面はにこやかに取り繕っている。

だが、領内のほかの場所では風向きが違った。城下から外に出て初めて、朱音は兄の別の顔を知ることとなった。

永津野に、できるだけ早く養蚕を振興し根付かせるために、弾正は強引な手を打った。いくつかの村や山里を勝手に選んで、養蚕と桑畑の耕作を命じたのだ。養蚕のために新たに山を開いて桑畑をつくるのはまどろっこしいので、既存の田畑を潰させたのである。

もちろん、こうした村や山里では何年か年貢を軽減するとか、首尾良く養蚕が軌道に乗れば奨励金を下賜《かし》するなどの〈飴《あめ》〉も用意されていたが、藩主による下命だから、逆らったらどうなるか、領民たちの目には見えている。〈鞭《むち》〉は先から彼らの鼻先で鳴っている。

もともと、永津野藩は年貢の取り立てが厳しかった。公儀に認められた石高《こくだか》、いわゆる〈表高〉と、実質的な財政の豊かさを表す〈内高《うち》〉にほとんど差がないのは、永津野の領民たちが、ともかく食べてゆくだけで精いっぱいだったことと、そんな領民たちの愚直な働きに頼ってきた、竜崎氏の代々当主たちの無策をよく表している。

その分、皮肉にも彼らは、領民たちから確実に年貢を剝《は》ぎ取るための手段と、剝ぎ取れなかったときにどう制裁を加えるか——つまり、鞭の使いようには長けることになった。

曽谷弾正の養蚕振興策は、このような土壌の上に展開されたのだ。そして、鞭の鳴る音に怯えながらも、この新しい、しかし乱暴な施策に抗う領民たちは、驚くべきことに、少なからずいたのだった。

険しい山を開墾して田を拓《ひら》き、北国の冷夏に強い種を求めて営々と苦労を重ねてきた者たちは、永津野で育つ米に愛着を持っている。米作を減らせ、そこで桑を育てろ、金になる絹を作るのだという唐突な命令に、不安を感じても無理はない。米を作るのを減らしたら、誰がわしらの口を養ってくれるのか。人は桑を食って生きることはできない。絹織物を売って金を儲《もう》けるのは、城下の者たちだけではないか。

永津野で生き抜いてきた領民たちは、この土地を、山々を知り抜いているという誇りがあり、意地もある。江戸育ちで、この国のことなど知らん若殿様と、そのご機嫌取りが上手いだけの他国者の言うなりになどなってたまるか、と。

そうした反抗を、曽谷弾正は力ずくで押さえ込んで、許さない。藩主の威光を背中に、一瞬の躊躇《ちゅうちょ》もなく、苛烈《かれつ》に罰するのだ。家作や田畑を取り上げ、獄に繫ぎ、あるいは水牢に放り込む。それが庄屋や村長《むらおさ》であっても手加減しない。

その一方で、弾正にとっては〈与党〉ともいうべき者たちも現れた。当初は泣く泣く彼の施策に従い、田を潰して養蚕に励んだ結果、豊かな手応えを感じた領民たち。あるいは当初から、進んで養蚕振興を受け入れて、やはりそこに光明を見出した者たちである。

ここ名賀村の庄屋、長橋茂左右衛門は、後者の筆頭であった。貧しい土地で米作にのみすがって飢え細るより、思い切って新しい施策に従ってみよう、と賭けたのだ。

このようにして、曽谷弾正を巡り、彼につくか、彼に背くかで、永津野の民は二つに割れた。その割れた人心につけ込んで、為政者の側も割れる。弾正に取り入ろうとする者と、弾正を追い落とし、追い出したいと願う者と、双方が二つに割れた領民たちを束ね、あるいは密かに煽《あお》る。

この二つの勢力も、まったく定まって動かないものではない。何とか米作から養蚕に切り替えた村でも、凶作の年には不満の声があがる。腐った根太《ねだ》を踏み抜くように容易《たやす》く、暮らしの均衡が破れてしまえば、先月までは弾正に恭順していた者たちでも、今月には彼を憎むようになる。そうして揺れ動く人心に、またつけ込もうとする城方の者がいる。

朱音の兄、曽谷弾正は、これらの動きも見逃してはいない。こうしたことも、最初《はな》から計算のうちに入っていたかのようだ。

彼がしばしば行う領内の巡視は、養蚕振興の進み具合を見定めるためだけのものではなかった。彼に逆らう者たちへの威嚇行為であり、永津野という小さな天下の風が今どちらに吹いているのか、藩主・竜崎高持の意を受けているのは誰であるのか、折々に領民たちに知らしめるための行いでもあるのだった。

従う者は愛《め》でて励まし、逆らう者は厳しく迫害し改心を迫る。もとは同じ領民でありながら、愛でられる者たちと責められる者たちとのあいだには隔てが生まれ、憎み合い嫌い合う感情が育ってゆく。

朱音は名賀村で、「御筆頭様の妹御」と畏れられた。場所が違えば、「あの鬼の妹か」と恐れられたろう。たとえば、名賀村から山ひとつ南に越えた赤石村《あかいし》というところならどうだったろう。苦心惨憺《さんたん》して開いた田圃《たんぼ》を守ろうとした結果、村長は拘引され、男たちの大半は他の土地に連れ去られてしまった、悲劇の村である。残された女子供と老人たちだけで養蚕に携わったが、やはりそれでは食うに苦しく、逃げ出す者が後を絶たず、今では無人の廃村となり果てている。

そう、永津野では、曽谷弾正に逆らう村や山里では逃散が起こるのだ。

それを放置しておいては藩の規律が乱れ、高持公の威光を損なう。領内の労働力が減ることも痛い。そこで弾正は逃散者を狩るために、自ら腕利きの番士を選んで隊を設けた。この隊は常に国境に目を光らせている。ここ数年は、弾正の巡視にも、堂々と彼らが随行するようになった。

曽谷弾正の牛頭馬頭と呼ばれ、恐れられる番士たちである。黒い衣と武具防具を身に着け、顔は鬼のような角のある面で隠している。そして疾風迅雷《しっぷうじんらい》の如く山道を駆ける。

こうした一連のことどもを、朱音は名賀村で暮らす日々のなかで、少しずつ、少しずつ、聞きかじり、聞き集め、聞き取ってきた。聞いて聞かぬふり、知って知らぬふりをしながら、心の内に納めてきた。

名賀村は弾正を敬う茂左右衛門が束ねるところだから、当たり前にしていれば、朱音がこのようなことに気を留める機会はなかったろう。それでも気づいてしまったのは、朱音にも茂左右衛門にも不運であった。

きっかけは、朱音が溜家に落ち着いて間もなくの、ささいな出来事だった。砦で病人が出て、これが流行病《はやりやまい》のように見受けられたので、係の者が二人、薬を求めるのと同時に、名賀村でも同じ病が蔓《まん》延《えん》していないかどうか、様子を見に訪れたのだった。

それまで、朱音は砦の番士たちに会ったことがなかった。名賀村は厚遇されているから、彼らが厳しく巡視に来ることもない。山犬の一件があってようやく茂左右衛門があわてたように、朱音は当初から溜家に警備をつけることを固く断っていたし、その方がかえって目立たないだろうと、弾正も折れていた。だから朱音の身辺に、弾正の息のかかった番士が現れたのは、まさにこのときが初めてだった。

朱音は庄屋の長橋家に招かれ、そこで彼らの挨拶を受けた。

城下、一の輪の曽谷屋敷に勤める者たちがそうであったように、砦の番士もまた歳若かった。筋骨たくましく、眼光炯々《けいけい》とした武士である。茂左右衛門は彼らを下にも置かぬ扱いをし、一方の番士の二人は朱音に、まるで天下人の正室を仰ぐように慇懃《いんぎん》、謙譲に対した。

それなのに朱音は、なぜか寒々しいものを感じた。

自分でも解せなかった。この番士たちの何がいけないというのだろう。彼らの何が、朱音の首筋に、二の腕に、ぞわりと鳥肌を浮かべさせるというのだろう。

番士たちが砦に引き揚げて、しばらくしてからだ。朱音はふと思い至った。

——あの二人の、目だ。

険があったわけではない。ただ、あの目に宿っていた底光りが、朱音には恐ろしかった。

昔、自照寺でもああいう目をした人に会ったことがある。慈行和尚の近くにもいた。

何かを一途に思い、疑うこともなく、和らぐこともない眼差し。たとえばその対象が御仏の教えであったとしても、あの底光りが目に宿ることを、人の心は喜ばない。少なくとも、人の情を尊ぶ者は喜ばない。

永津野の領民たちにとって、あの番士たちはどんな存在なのだろう。朱音が疑問を抱いたのは、このときからである。以来、村の者、村に出入りする者たちに、折あらば何げなく問いを投げ、あるいは自分の考えを述べるようにして、朱音は人々の声を聞き集めた。

そうして、砦の番士たちが〈曽谷弾正の牛頭馬頭〉であることと、彼らの働きの実際をつかむようになった。

朱音のまわりにいて、朱音の身分を知っている村の人々が、弾正や彼の手下について、恐れ憚ることは言っても、悪いことを言うわけはない。それでも、「泣く子も黙る」という彼らの威勢を讃える話は、裏返せば、彼らに抗う者にとって彼らがどれほど恐ろしい存在であるかという証しになる。不届きな逃散者を追う彼らの働きを褒める話は、朱音に、そもその〈不届きな逃散者〉がなぜ現れるのかと考えるよすがとなった。

——兄様は、人を押し流している。

抜擢者の栄達のために、永津野の領民を、ひいては藩そのものを二つに割り、自分になびかぬ者たちを虐《しいた》げているのだ。

朱音のこのような心の動きを、茂左右衛門はいくらか悟っているらしい。山犬騒動のとき、溜家に番士の警備を入れたくないという朱音を、座り直して諭そうとしたことからも、それは見て取れる。茂左右衛門はいち早く養蚕の施策を受け入れ、曽谷弾正という勝ち馬に賭けた側だ。ほかでもないその弾正のただ一人の妹である朱音が、彼に対して厳しい眼差しを向けるなど、不審で仕方がないのだろう。

だが朱音には、ほかのことでは道理を弁《わきま》え人情に厚い茂左右衛門が、どうしてこの仕儀を放っておけるのか、どうして曽谷弾正を敬うことができるのか、そちらの方こそ不思議で不審でたまらない。

どれほど正しいことであれ、また正しく見えることであれ、それに反対する者を押し潰し、押し流すのは正しいことではない。

この素朴な正邪の見極めを、朱音は慈行和尚から習った。時に仏敵と闘うことをも厭《いと》わぬ気概は尊いが、人が人に為すことに、おびただしい血を流し骨肉を削るような無残があっては、御仏はけっしてお喜びにならぬというのが、慈行和尚の固い信念だった。

それに照らせば、朱音の兄は明らかに人の道を踏み外している。

近年では、弾正の牛頭馬頭は領内ばかりに留まらず、隣藩の香山領にまで踏み込んで、逃げた領民を狩っている。その際に、逃散者を匿った香山の領民まで、一緒くたに捕らえて連れ帰ることもあるという。それが〈人狩り〉である。

永津野藩と香山藩は、主藩と支藩の間柄にある。両藩がその間柄に落ち着くまでには、古い経緯《ゆくたて》があるらしい。江戸開幕以前に遡るというその因縁話を、朱音はまだよく知らないのだが、ただ、香山とのあいだには領地をめぐって長い争いがあり、弾正が香山藩の領民を狩って恥じるところがないのも、そこに根があるからのようだ。それを裏付けるように、香山藩の方からも事を荒立てる動きはなく、人狩りは続けられている。

朱音には何もできない。ならば、このようなことなど知らない方がよかった――と、気が弱ってしまうこともあった。

だが、今は違う。今は朱音の目の前に、血の気を失い、傷だらけの身体を横たえて昏々と眠る子供がいる。逃げてきた理由が何であれ、香山の子であるというだけで、この子の命は危険にさらされている。助けなくては。

朱音の心の声を聞き取ったかのように、子供が小さく呻《うめ》くような声をあげた。

まだ目は覚まさない。だが表情が動いた。眉を寄せ、歯を食いしばる。身を縮めようとするが、傷んだ手足は思うように動かず、指先がぴくぴくする。膝頭《ひざがしら》がぎくしゃくとぶつかり合って揺れた。

朱音は息を詰め、子供の顔に顔を近づけた。呼気がかかる。浅く、速く、乱れている。

「大丈夫ですよ」

額にそっと手をあてて、呼びかけてみた。

「もう何も怖いことはありません。わたくしがついていますよ」

子供はさらに顔をしかめ、肩や足を動かして寝返りを打とうとした。いや、眠ったまま、夢のなかで、まだ何かに追われているのだろう。その何かから逃げようとしている。

その様があまりに痛ましく、朱音は思わず子供に寄り添い、両腕で抱きしめようとした。首の下に片手を入れ、抱き起こす。子供の身体は一度強く弓なりに反ると、急に脱力して朱音にもたれかかってきた。食いしばった口元から、泣き声が漏れた。

「いい子、いい子。泣かないで。安心なさいね。何も怖くないわ」

子供の頭を肩に、優しく、ゆっくりと揺すってやる。子供の呼気がさらに速まる。

そして咳《せ》き込んだ。げほ、げほっと、えずくようだ。朱音は、もっと呼吸を楽にしてやろうと、彼の半身を起こそうとした。

そのとき、子供が出し抜けに叫んだ。

「じっちゃ！」

ぱちりと目を見開く。まなじりが裂けてしまいそうなほど大きく瞠った目は、しかしうつろで、どこにも焦点が合っていない。ひと声叫んだまま開けっ放しの口の端から、血の混じった涎《よだれ》がひと筋垂れた。

「――気がついたのね」

安堵のあまり、朱音は涙が出てきた。さらにしっかりと子供を抱きかかえようと、膝を乗り出し、腕に力を込めた。

「あなたは怪我をして、森で倒れていたのよ。手当てをしたから、もう大丈夫」

子供は目を瞠ったままだ。下顎《したあご》ががくがくと震えている。身体は縮み上がっているのに、頭はもうろうとしているようだ。悪い夢から全力で走って逃げ出してきたのに、まだ覚めきっていない。

「安心なさい。ここには何も怖いことはありません。あなたは助かったのよ」

朱音の呼びかけに、子供がやっとこちらを見た。大きな目が瞬きをする。その瞳を覗いて、朱音は笑いかけた。

「どこか痛いところはない？　苦しいところはない？」

子供は呆然としたまま、かすかにかぶりを振った。ああ、話が通じた！　朱音はまた涙が出てきた。

「あなた、名前は何というの？」

子供の目がちょっと泳いだ。

「わたしは朱音といいます。この家に住んでいるのよ」

朱音がまわりを見回してみせると、つられたように子供の目も動いた。驚いている。怯えの混じった驚きではない。身体の震えは静まってきた。

「怪我がよくなるまで、あなたはこの家でゆっくり休んでいいの。何も心配することはありませんよ」

こっくりと、子供がうなずいた。そして、口のなかで小さく何か呟いた。

朱音は耳を寄せた。「何て言ったの?」

「――みのきち」

この子の名前か。

「あなた、蓑吉《みのきち》というのね」

さっき「じっちゃ」と叫んだのは、この子の祖父のことだろうか。

「蓑吉、あなたはあなたのお祖父《じい》様と一緒にいたの? どこからか、二人で逃げてきたの?」

今度は、蓑吉は首を横に振った。その目がみるみる暗く翳《かげ》り、また歯の根が鳴るほどに身体が震える。

「――じっちゃ」

呟いて、激しくかぶりを振り始めた。

「じっちゃ、じっちゃ、じっちゃ」

「いいのよ、蓑吉。思い出さなくていい。ごめんなさいね」

朱音はあわてて蓑吉を抱き寄せた。朱音の腕のなかで、蓑吉は震えながらまだ首を振っている。

「みんな、みんな、みんな」

「みんな?」

「おいら、独りじゃ怖い」

「そうね、独りぼっちで怖かったでしょう」

蓑吉の頭を撫でてやりながら、朱音は思いきって問いかけた。

「ねえ、蓑吉。何があったの？　どんな怖いことがあって、あなたは逃げてきたの？」

蓑吉は奥歯を食いしばった。歯の隙間から、掠れた声が漏れてくる。

「――お山が」

ぜいぜいと喉《のど》が鳴る。

「お山が、がんずいとる」

そして蓑吉は目を閉じると、すとんとどこかへ落ち込むように、また眠ってしまった。

お山が、がんずいとる。朱音には意味がわからない言葉だ。

蓑吉の身体をもとのように横たえ、冷汗に濡れた額を撫でてやっていると、おせんが様子を見にやってきた。

「目ぇ、覚ましたんですか。よかったぁ」

ひとしきり安堵しあってから、

「小台様、宗栄様はどちらですかね」

朱音が説明すると、おせんは思いっきり渋い顔をした。

「裏山でうろうろしとるとこぉ、男衆に見られないとええがぁ。うちのとっちゃには、宗栄様がお散歩で転んで怪我されたンでぇ、膏薬がほしいって言ったぁで」

「ああ、そうなのね」

こういう細かいところで、隠し事というのは厄介なものだ。

「ごめんなさい。わたくしがおせんに嘘をつかせてしまった」

「小台様のせいじゃなぁですが。おらが勝手にしたことです」

眠る蓑吉の顔を見つめて、おせんは何度も何度も、自分に言い聞かせるようにうなずいている。

「怪我がよくなったらぁ、この子、小平良様を越えて西へ逃がしてやりましょう」

人狩りはおっかないです、という。朱音の耳には、「人狩りは良くない、正しくない」というふうに聞き取れた。その良くない、正しくないことに、抗うことはできずとも加担はしたくない。そのように聞こえた。

「ねえ、おせん。がんずいとる――がんずくって、どういう意味の言葉かしら」

おせんは目を丸くした。

「永津野の言葉かしら。この子が言ったの。お山ががんずいとるって」

「さてぇ……そんなこと言うかなぁ」

おせんは使わない言葉だし、まわりで聞いたこともないという。

「香山言葉じゃないですかぁ」

「隣り合っているのに、そんなに言葉が違うものかしら」

「うちのじっちゃの話だとぉ、永津野と香山は、昔はひとつの国だったらしいですがぁ。けンど、いつの間にか仲違《なかたが》いして二つに分かれちまったんでぇ、言葉にも違いがあるんですよ」

「そう。じいと加介にも訊いてみましょう。呼んできてくれる?」

加介が先にきた。気が優しいという美点の持ち主は、同時に気が小さいらしい。おせんよりもよほど怖《お》じけていて、蓑吉が目を覚ましたと教えたら、さらに怖じけた。

「小台様ぁ、やっぱりこのことぉ、庄屋様に」

「もう少しこの子がよくなったら、わたくしからお知らせします。加介は心配しないで」

彼もおせんと同じで、「がんずいとる」「がんずく」という言葉は知らないという。

入れ替わりにじいが来たところへ、ちょうど宗栄も裏山から戻ってきた。手ぶらだ。ほかには誰も、何も見つからなかったという。眉根を寄せて、難しい顔をしていた。

朱音は二人に、蓑吉が目を覚ましたときの様子を話した。

「がんずいとる、ねえ」宗栄は首をかしげる。「どうだい、じいや」

じいはちまちまと目をしばたたく。土いじりをしていたのか、手が汚れ、爪のあいだまで黒くなっている。その手の甲で、鼻の下をぐいと拭《ぬぐ》った。

「――古ぅい、言い回しでがんす」

「じいは知ってるのね？　意味はわかる？」

「わかりますがぁ、んなことがあるかねえ」

「意味が通らなくておかしいということか」

じいは背中を丸めてうなずくと、朱音にではなく宗栄に答えた。

「がんずくっちゅうのは、よくねえ言葉でございますで」

「汚い言葉なんだな」

「うんとぉ腹サ減らして、がつがつしてることを言いますがぁ」

「飢えているという意味か」

「ただ、がつがつしとるだけじゃなぁで……」

じいは言いにくそうというよりは、言いたくないという様子だった。

「昔ぃ、まンだ竜崎のお殿様が上杉様にお味方して、戦ぁしとったころに」

宗栄が破顔した。「そりゃまた、ずいぶんと昔のことだろう」

じいは渋い顔でうなずく。「はぁ。しっかし笑い話じゃなぁです。永津野も香山も、昔は戦に巻き込まれてばっかりでぇ、山も焼かれて田圃も潰れて」

そういう戦のひとつひとつで——と、じいはもごもご続けた。

「山城をひとつ、攻め落とすときにぃ、干ぼしにしたことがあったそうで」

「兵糧攻めだな」

「そりゃあ、酷《むご》い眺めだったそうでぇ」

敵方の将兵おおよそ百人ほどが、その攻防で死んだという。

「そのあとしばらく、夜サ更けると、〈がんずいぃ〉〈がんずいぃ〉って、恨みの声が聞こえたちゅうんです」

その声があまりにうるさく、守りについている永津野の将兵たちのなかには、脅《おびや》かされて病みつく者も現れた。

「その山城はぁ、次の戦で落とされて、焼かれてしまいましてな。そンときは、今度は永津野のお侍がたくさん死んだで。斬り合って死んだのに、みんなどうしてか、がんずいぃ、がんずいぃ、騒ぎながら死んだぁいうです」

何と忌まわしい。そして悲しい。

「つまり、〈がんずく〉というのは、ただ飢えている、腹を減らしているというだけではない。飢えて怒り、恨《うら》みに燃えている。そういう意味なのだな」

「じゃあ、お山が〈がんずく〉というのは」

「ンなこと、あるわけねえ」

めったに聞いたことのない強い声で、じいは抗弁した。朱音も宗栄も驚いた。

「何故《なぜ》そう言い切れるのだね」

「ここらのお山の山神様は、慈悲深くていらっしゃりますがぁ」

「山神様は、飢えることもないか」

「わしら大事に、お祀《まつ》りしとりますで」

そこで急にじいは顔を歪め、「瓜生の衆《しい》は知らんが」と吐き捨てた。

「あの衆は、昔っから罰《ばち》あたりだで」

これまたいつものじいらしくない、強い口調だった。気まずそうに、宗栄が指で鼻筋を掻《か》く。

「まあ、仕方がない。蓑吉が目を覚まして、もう少しちゃんと話ができるようになるのを待つしかありませんな」

朱音はうなずき、今は夢も見ていないのだろう、静かな寝息をたてている蓑吉の額に、もう一度手をあててみた。

この子は、何を見たのだろうか。

第二章

降魔

一

達之助《たつのすけ》を見送って数日後、岩田の寮で、直弥《なおや》は大野伊織《いおり》の診療部屋へと呼び出された。

日差しの温かい、好天の午過《ひる》ぎである。中庭に面した縁側を通りながら覗《のぞ》いてみると、大部屋で枕を並べている患者たちも、今日はほどけてくつろいだ様子だ。見舞いに来ている者たちの顔も明るい。

そこで、そういえば今日はまだお末《すえ》の顔を見ていないと、直弥は気づいた。珍しいことがあるものだ。

彼が病を得て以来、母の希江《きえ》が一人で住まう二の輪の小日向《こびなた》家とこの寮のあいだを忙《せわ》しく往復し、あちらでは希江の世話を、こちらでは直弥の世話を焼く。それがお末の毎日だった。

寮には病人の看護を役務とする男女がいるので、直弥は、お末がいなくても、とりわけ不便なことはなかった。が、それをお末は承知しない。病人は大勢いるのに、看護人は限られている。あれでは手が回らなくて直弥様はきっとご不自由に違いないと頭から決めつけて、どしどし押しかけてきた。

しかも騒がしい。

温和な伊織先生にさえ、「轡虫《くつわむし》のように喧《やかま》しいおなごだ」と渋い顔をされているのだが、お末に懲《こ》りる様子はなかった。それどころか、寮の看護人たちと馴染《なじ》んでしまい、どうかすると半日もこちらに居座って立ち働いている。屋敷の方はいいのかと、逆に直弥が案じるほどだった。

伊織先生の診療部屋は、東側の一間である。手前の小座敷では、先生の弟子や手伝いの者が、しょっちゅう薬草を干したり薬研《やげん》を使ったりしている。

今日は誰もいなかった。仕切りの格子戸の向こうもしんとしている。

「小日向直弥が参りました」

声をかけると、すぐと返事があった。

「どうぞお入りなさい」

診療に使うこまごました道具や薬、晒《さらし》や包帯がきちんと整理された棚に囲まれ、壁に貼った人体図を背負って、大野伊織は文机《ふづくえ》に向かい、筆を執って何か書いていた。

診療部屋にも、ほかに人はいない。いつもは先生の助手の若い医師が二人、交代でついているし、看護人のなかでは最古参のお松という女中が控えているのに。

ここの仕切りの格子戸は、桟を動かして自在に明るさを加減できるようになっている。直弥は戸を閉めるついでに、この桟もぴしりと閉じた。

振り返ると、伊織先生が硯箱《すずりばこ》に筆を戻し、こちらに向き直っていた。「さすがに、察しがいい」

切り出した声音は沈んでいた。

「内密の話があって来てもらいました」

香山瓜生《うりゅう》氏の血縁者には、下ぶくれのおっとりとした顔立ちの人々が多い。伊織先生もその口で、骨太で大柄な身体の上に、人の好《よ》さそうなふっくら顔が載っている。

「本来なら貴方には、とっくに退寮の許しを出しているところだったのですが」

患者が士分の場合、家格や身分の上下を問わず、伊織先生の口調は丁重だ。

「遅滞してしまって申し訳ない。厄介な事が起きているのです」

どこかが痛むかのように、伊織先生は顔を歪めている。

「実は、一昨日の夕刻、三郎次《さぶろうじ》様がまた発熱されたのですよ」

直弥の胸の奥に、暗い塊が落ちてきた。

「お加減はいかがなのですか」

伊織先生は肩を落とし、辛そうに直弥の顔を見つめた。

「以前の貴方と同じです。朝方になると熱が下がり、夕刻になると上がる。そして乾いた咳《せき》が出る」

「夜も眠れないほどに」と、直弥は言い足した。

「左様。〈かんどり〉の症状です」

香山《こうやま》に多い風土病である。肺病の一種で、上がったり下がったりを繰り返す発熱と激しい咳が特徴だ。頑健な成年なら、この病だけで死ぬことはめったにない。だが、子供や老人の場合は、熱と咳による消耗のため死に至ることもある。妊婦がかかると、腹の子の成育に障《さわ》る。流産を起こすこともある。

〈かんどり〉というのは〈神取り〉〈神獲り〉の謂《いい》らしい。神に呼吸《いき》を取られる、あるいは獲られる。香山藩の藩譜でも、この病の起源については不明だと書かれているほど古いことなので判然としないが、重症の場合には半年も咳に苦しむことがあるので、神罰のように厳しく感じられるところからきた命名だろう。

問題は、そんな罰を受けるほどの何を、この地の人々がしたのかということだ。それは、直弥もこれを病んで初めて身に染みて、そしていくばくかの怒りをも込めて、つくづく疑問に思った。

「まことに残念なことではありますが、しかし先生、三郎次様のご発病と、既に本復している私が退寮できないことと、どう関わりがあるのでしょう」

「推察できませんか」

「はい、わかりかねます」

嘘だった。察しはつく。

「由良《ゆら》殿は、貴方が引き受けたはずの〈かんどり〉が、三郎次様の御身に戻ってきたのだとお考えになっております。病というのはそういうものではないと、兄が説得したのですが」

伊織先生の兄、藩医の大野清策《せいさく》である。

「何をどう説いても、由良殿はお聞き入れになりません。小日向はどうしておる、三郎次に病を返して、自身はぬけぬけと本復したのかと、きついお尋ねでしてな」

ぬけぬけと本復した、か。

「私は兄と口裏を合わせ、小日向はまだ病みついておりますとお答えしました」

庇《かば》ってくれたのである。

「ありがとうございます」

姿勢を正し、直弥は頭を下げた。伊織先生は無言で、かすかに首を横に振っている。

直弥の身体に〈かんどり〉の症状が現れたのは、昨年の十月末のことだ。その幾日か前からときどき寒気を覚えていたのだが、その日の朝に、間違えようのない乾いた咳が立て続けに飛び出して、希江とお末が青ざめたのが始まりである。

直弥は伊織先生の診察を受け、たちまち寮に入ることになった。彼の場合、熱はあまり上がらなかったが、最初から咳がひどかった。

直弥は歳若く、身体も壮健だ。ただ運悪く〈かんどり〉を引き込んだというだけならば、治療を受けて養生し、癒えてしまえばそれだけの話だった。〈かんどり〉は、一度かかるとまず二度はかからない。

ところが、このとき、「それだけ」ではない事が、香山藩の中枢、瓜生氏の陣屋の奥で起こっていたのである。

由良は藩主・瓜生久則《ひさのり》の側室で、家中や城下の者は「御館様《みたちさま》」と呼んでいる。諸大名の正室と嫡子《ちゃくし》を人質として江戸に留め置くという幕府の施策のために、どこの藩にも、藩主の孤独を慰める、いわゆるお国様がいるものだ。由良もそういう女人《にょにん》である。

そして由良が久則とのあいだにもうけた男子、三郎次は、今年八つになる。この子が、直弥が発病するほんの二日前にやはり〈かんどり〉の症状を見せて、大野清策の診療を受けていた。三郎次も咳が激しく、由良を始め奥の女たちは大いに狼狽した。

ところが、だ。直弥が〈かんどり〉を発し、岩田の寮に移るのとほとんど同時に、三郎次の症状は消えた。嘘のようにきれいさっぱりと消えて失くなってしまった。

こういうことが起きたとき、普通に分別のある大人ならば、まずは三郎次の幸運を悦《よろこ》び、直弥の発症と重なったのは、偶々《たまたま》のことだと気にもとめないだろう。

だが、由良は違った。この出来事に意味を読み取ってしまった。

——小日向が、我が子に代わって病を引き受けてくれたのですね。

こんな解釈が出てきたのには、直弥が藩主のそばに仕える小姓であり、そのために御館様にも三郎次様にも顔や人となりを知られていたということが、まず大きい。小藩の陣屋暮らし故の気軽さと、瓜生久則の大らかな人柄のせいもあって、香山藩では、小姓や児小姓《こごしょう》、御用係に就く者は、その必要があれば奥向きの御用も承る。表と奥が、さほど厳しく隔てられてはいない。

聡明《そうめい》で気働きがよく、何より（これは志野達之助がからかうように言っていたことだが）見目麗しいというので、直弥はもともと御館様の覚えが目出度《めでた》かった。それは直弥自身も感じるところがあった。だからこのときも、御館様からそのようなお言葉があったと小姓頭から聞き、直弥は神妙に、この小日向が三郎次様の分の病も平らげてお見せいたしましょう、と述べたものだった。

本気で言ったことではない。その場限りの言い捨てで、後に障るとも思わなかった。

三郎次様は〈かんどり〉にかかったが、軽くやり過ごされた。麻疹《はしか》や疱瘡《ほうそう》でも、かかって軽く済む幸運な者はいる。直弥も療養に専念し、伊織先生の言いつけを守って、一日も早く本復すればいい。

――それだけのはずだったのに。

直弥が癒えた今になって、三郎次様に〈かんどり〉の症状が現れたとは。此度《こたび》もまた偶々だ。が、先の偶々を偶々と思わなかった御館様は、今度の偶々も偶々とは思わないのだ。

――三郎次に病を返して寄越して。

先の思い込みが、今度の思い込みに繋がっている。

伊織先生の表情は硬い。「小日向殿、これはひとつ間違えば貴方の命ばかりか、小日向家の存亡にかかわる大事になることです」

「先生、それは少々大げさでしょう」

「由良殿のような女人の思い込みを、侮ってはなりません。ひとたび何かを言い出したら、けっして引き下がらない。だから殿も折れてしまわれるのです。貴方が御褒禄《ごほうろく》をいただくことになった経緯《ゆくたて》を顧みてごらんなさい」

御褒禄というのは、家中の重要な役職を勤め上げたり、目立った功績のある年配者に、文字通り褒美として下賜される禄である。これまた達之助の言を借りれば、〈名誉ある捨扶持《すてぶち》〉だ。

それを、今の直弥はいただいている。この若さで、前例のない報償だ。寮に入って間もなく、その下知《げち》を携えてきた小姓頭は、感嘆のふうを装いつつも、奥歯で苦いものを噛《か》み潰すような顔をしていた。

――御館様が殿に、三郎次様の病を引き受けたおまえの忠義に報いたいと、たってお願いしてくださったからこその仕儀だぞ。ありがたく思うがいい。

たっての願い、だ。それほどの厚意が、今度は逆風になって吹きつけてくる。

「ここで由良殿の機嫌を損ねてしまえば、貴方は復職がかなわず、小日向家は断絶させられるかもしれない。しつこく言うが、由良殿はそれぐらいのことをしかねない女人ですよ」

勝手な思い込みで独り合点し、褒めたり責めたり、与えたり取り上げたりする。

「いたく歯がゆいことではあるが、殿も由良殿には弱くておられる。あのような女人のどこがお気に召しているのか、私も兄もさっぱりわからないのだが」

由良は家中の上士の娘である。父親は御旗奉行配下の同心だった。十年前、陣屋内郭《うちぐるわ》で催行された観桜茶会の席で殿の目にとまり、召し出されたという。

希《まれ》な玉の輿《こし》に、由良の背後には何やら薄暗い権力争いがあって、彼女はただの人形に過ぎないと思いたくなるところだが、当の由良の父親は娘が奥にあがるとすぐに卒中で死んでしまい、跡継ぎもいなかった。由良は一人娘で、本来なら婿取りをするところだったのだ。彼女の生家は、藩の重臣とも名家とも何の関わりもない、ただ古くから瓜生氏に仕えているというだけの、凡々とした血筋だった。

生家を失った由良を哀れみ、殿の寵愛はますます厚くなった。やがて三郎次が生まれ、二人の仲はさらに睦《むつ》まじくなる。由良の周囲には、彼女に取り入ろうとする者たちが、腐肉にたかる虫のようにちょろちょろするようになった。

一方で、これという誉れもない家の出である由良を軽んじる向きもある。瓜生氏の血族である大野家の人々もそちら側だ。だからけっして御館様とは呼ばず、「由良殿」で通している。

——張り子のように中身のない女。

一度だけだが、伊織先生がそのように口を滑らせたのを聞いたことがある。

——あの愚《うろ》かで心が洞な女が、よからぬ党派に担がれ、香山藩を害するようにならねばいいのだが。

藩を害するかどうかはさておき、小日向家を害することぐらい、由良にはできる。伊織先生の言うとおり、普段は大らかでありながら知性の勝った人柄であるのに、殿はなぜかこの愛妾《あいしょう》にだけはからっきし弱い。

小日向家は代々、番士の騎馬組付のお馬番である。直弥の父は、馬を愛し、ただ乗りこなすばかりか進んで養育することにも熱心だった先君から厚い信任を受けていた。二人は君臣の境を越えて親しみ合う間柄で、直弥が幼いうちから児小姓として召し出されたのも、そのためであった。

働きぶりが認められ、長じて、直弥は現藩主・久則の小姓になった。直弥の父は喜んでいた。私は馬が好きだから、馬番で充分だった。だが小日向家のためには、おまえのような出来物《できぶつ》が現れたことが嬉しい——

その直弥が、小日向家を潰してしまうことになるかもしれない。

「確かに笑い事ではありませんね、先生。私はどうしたらいいでしょう」

「とりあえず、ここの部屋に籠もっていなさい。三郎次様が病んでいるのに、貴方は元気でぴんぴんしていると露見することが、いちばん恐ろしい。由良殿が貴方の様子を探ろうとして人を寄越したら、病状が悪いので隔離してあると言い訳しておきます」

御館様は、そんなことまでするだろうか。いや、するか。御館様のご機嫌伺いをする者たちが、そうするか。

「兄は三郎次様の治療に全力を尽くしています。三郎次様が本復してくださることが、今般の出来事の、もっとも望ましい解決ですからね」

直弥も心からそう思う。己の身に関わる厄介事を抜きにしても、三郎次様には元気になっていただきたい。それにしても少し訝《いぶか》しいのは、

「三郎次様の昨年の発症は、〈かんどり〉ではなかったのでしょうか」

「わかりません。兄もまだ診断を下してはおりません」

あちらが〈かんどり〉で、今度のこちらが風邪なのか。あるいはその逆なのか。

「三郎次様は運悪く、〈かんどり〉を二度引き込んでしまわれたのかもしれません。希にはあることのようです。同じ病でも、子供がかかるときと大人がかかるときでは、様子が違いますしね」

少し考えて、直弥は敢《あ》えて問いかけた。

「先生、もしも三郎次様に万が一のことがあった場合には」

皆まで聞かず、伊織先生は座り直した。その温和な目元に決然とした線が浮かんだ。

「そのときは、私が貴方と貴方の母上を逃がすとお約束します」

直弥も姿勢を正した。「痛み入ります。先生のそのお心だけで、私は充分に報いられる思いがします」

「そんな綺麗《きれい》ごとを言っていてどうします。母上のお気持ちを考えなさい」

ひと声きつく叱責《しっせき》してから、

「今朝、お末が顔を見せたとき、小日向の大奥様にお渡しするよう、文を持たせて追い返しました。貴方が退寮できなくなった事情をしたためた文です」

伊織先生はつくづく辛そうな顔をした。

「大奥様は必ず、たいそう悲しまれるから、よくお慰めするよう、お末には言い含めておきました。まったくがちゃがちゃと騒々しいおなごですが、元気と忠義には溢れている。あれがおそばにいれば、貴方の母上も少しはお心丈夫でしょう」

なるほど、それで今日はお末の顔を見なかったのだ。今も二の輪の屋敷で、母・希江のそばについていてくれるのだろう。

「もしもの時には、お末の身の振り方を考えてやらねばなりません」

確かに、あれは本当にいい働き者だ。

「私は武士、母も武家の女です。己の家の名利《みょうり》よりも、主命にかなうことこそが生きる道筋。覚悟はできています。しかし、お末は違いますから」

巻き添えにすることはできない。

「小日向さん」

年長者として歳若い者を諌《いさ》めるために、伊織先生は気さくに直弥にそう呼びかけた。

「主君の愛妾の気まぐれや言いがかりは、主命ではありません。そこをはき違えてはいけません」

それだけ言い置いて、伊織先生は直弥を部屋に帰した。同じ縁側を通りながら、先ほどはくつろいでいた病人たちの様子が、今度は違って見えた。外の世間は春の到来に浮き立っているのに、自分たちはここに閉じ込められ、ただ寝そべっている。春を持て余す、この身が恨《うら》めしい。

――行きはよいよい帰りはこわい、だ。

自室に戻ると、明るい日差しのなかにうっすらと埃《ほこり》が舞い、三畳間の板敷きの隅に、小ぶりの行李《こうり》がふたつ、きちんと積み上げてある。いつでも退寮できるよう、荷物を片付けていたのだった。

その行李に寄りかかり、直弥はしばらく放心した。

寮のこちら側の棟は家中の者たちが入る部屋だが、本来はぶち抜きにして使うべきだった。直弥の場合だけ板戸を立て、狭苦しい三畳間ながら一人部屋としたのは、この寮のなかでさえ、前例のない御褒禄をいただく身となった二十歳の若者に、好意的な藩士は少なかったからだ。

――たまたま同じ時に病んだというだけなのに、殿もおかしな贔屓《ひいき》をされたものだ。

――どうやって売り込んだものかのう。

――小日向は、御館様とけしからぬ関係にあるのではないか。

「旦那様！」

呼ばれて、直弥は我に返った。お末がそばに正座して、きょとんと目を瞠《みは》っている。

「何だ、そんな顔をして」

「旦那様こそ、目を開いたまま眠っておられたじゃございませんか」

お末はこの御館町の八百屋の娘なのだが、香山訛りは薄い。きびきび物を言うからうるさく聞こえる、という損はしているかもしれない。

「どうした？」

「どうしたじゃありませんよ。旦那様、お気持ちは大丈夫でございますか」

うん――と、直弥は半端な返事をした。

「母上はいかがなされている？」

「大奥様はご立派な方です」

お末はいっそ腹立たしそうに言った。

「このくらいのことで、がっかりされる方じゃございません。お強いんですから」

確かにそのとおりだ。頑健で風邪ひとつ引いたことのなかった父が、直弥の元服を待っていたかのように病に倒れ、半月もしないうちに逝ってしまったときも、母は人前では涙を見せなかった。

直弥はひょいと立ち上がった。「お末、散歩に行こう」

「え？　旦那様、隠れてないといけないんでしょう」

「ほっかむりしていくさ。そうだ、ここの男衆に半纏《はんてん》を借りてきてくれ。あれを着込んでいれば、寮の介護人に見えるだろう」

二人は寮の裏庭から外へ出た。岩田の寮は町外れにあるから、脇道を通り御館町の外側をぐるっと巡っていけば、あまり人に行き会うこともなく、だいたいどこへでも行ける。

「光栄寺《こうえいじ》へ行こう。ご住職に、圓秀《えんしゆう》殿からの文を届けていただいたお礼を申し上げなくては」

「旦那様、まだあんな怪しげな絵師の人なんかと文をやりとりなすってるんですか」

お末まで、志野達之助と似たようなことを言う。

「金吾《きんご》にも叱られたよ」

「そうでしょう、そうでしょう。志野様はご立派な方でございますから」

「金吾も立派か。母上とどちらがより立派だ？」

「つまらないことをおっしゃると、大奥様の作られたお菜《かず》を差し入れてあげませんよ」

すぐ後ろを歩くお末は、直弥より頭ひとつ分よりもさらに小柄だ。こんなに小さいのに口うるさい。轡虫のように喧しいとは、伊織先生も言い得て妙だった。

「おまえも年頃の娘なのに、そんな生意気な口ばかりきいていると、嫁のもらい手がなくなるぞ」

お末は番茶も出花の十八歳である。

「あたしはお嫁になんか参りません。ずっと大奥様のおそばにおいていただきます」

声を強めるわけでもなく、意地を張るような顔つきもせず、お末はさらりとそう言った。

「旦那様が奈津《なつ》様をお迎えになったら、大奥様はこのお末を連れて隠居所に暮らそうって、先からおっしゃっているんですから」

「そんな話、私は聞いたことが」

ないと言い返しかけて、直弥の声は細った。

そう、奈津だ。あの人にも、私がこの厄介な立場に追い込まれたことを知らせなくてはいけない。

そして早急に、きっぱりと破談にしないと、もしもの場合は志野の家も巻き込んでしまうことになる。不便なことに、志野家は今、達之助が不在だ。当主である彼の父に話を持ち込めば、事が大きくなる。達之助を介せないならば、奈津と直《じか》に話して、彼女の方からこの縁談を断ってもらう形にするしかない。

「――お末、奈津殿はもう、小日向の家には来ない」

返事がない。直弥が振り返ると、お末は足を止めてうつむいていた。口をへの字に曲げている。

「奈津様がお気の毒です」

泣くような声だった。

「志野様もお気の毒です」

その顔と声のまんまでお末が言うには、山番に行く前に、達之助は小日向家を訪ねてしばし希江と語らい、直弥の本復を喜んでいたという。

「お帰りになる際に、あたしにまでお声をかけてくださって」

――やっと奈津が片付く。お末には面倒をかけるが、よろしく頼むぞ。

「金吾め、そんな挨拶をしていたのか」

お末はくしゅんと鼻を鳴らした。

「ちょうどいい。ご住職に会う用が、もうひとつ増えた」

住職に頼み、奈津と寺で会えるように手配してもらおう。

「なぁに、奈津殿はお美しいし、気立てもいい。すぐにまた良い縁が来るよ」

「でも志野様は、奈津様が旦那様と夫婦《めおと》になられるのを楽しみにしておられました」

直弥も同じ気持ちだった。名実ともに、達之助と義兄弟になるのだ。

「仕方がないさ。ままならないこともあるのが世間というものだ」

道は緩やかな下り坂になり、藪《やぶ》の向こうに御館町の町並みが隠れた。それを待っていたように、お末の口調が変わった。厳しく、強くなった。

「ままならないどころか、何も悪いことをしていないのに、旦那様は酷《ひど》い目にあわされて」

「御褒禄を戴く身に出世したぞ」

「ちっとも嬉しがっておられなかったくせに」

直弥は黙っていることでごまかした。

「――旦那様」

お末が妙に声をひそめる。

「御館様をご存じだって、本当ですか」

件《くだん》の噂《うわさ》だ。小日向直弥と御館様――御旗奉行配下同心の娘・由良殿のあいだには、けしからぬ関係がある。だから御館様はやたらと小日向を贔屓したがるし、お人よしの殿はその魂胆がわからずに、愛妾の願いを聞き入れてしまわれるのだ、と。

「そんな噂は、根も葉もない出鱈目《でたらめ》だ。だいたい、歳がつり合わないぞ。気にするな」

直弥は茶化《ちゃか》して笑ってみせた。

「そういえば、達之助がこんなふうに言っていたことがある」

――お国様というのは、俺たちの鼻先に暮らしている娘御がなるものなのだな。

男女のことはわからん、とも言っていた。

「確かに由良殿は、御正室様のように、我らから遠くかけ離れた家柄の方ではない。だからといって軽く見るのは間違いだ。それは殿への不忠にも繋がる。おまえは、そんなつまらん気質《たち》の者ではないだろう?」

少しのあいだ返事を渋ってから、やがてお末は小さくこう言った。

「あたしはただ、御館様のせいで旦那様や大奥様がお辛《つら》い思いをするのが悔しいだけです」

「ならば、三郎次様が早く本復されるのを祈ろう。お末も心を込めて祈願してくれ」

光栄寺の古びた山門と、堂々とした瓦葺《かわらぶ》きの本堂が見えてきた。ここから先、道は上り坂になる。

光栄寺は御館町を見おろす小高い丘の上にあるのだ。

やはり、寮から外へ出てきてよかった。この寺の空気に触れると心が落ち着く。山門をくぐり、直弥は大きくひとつ息をついた。

だが、しかし。光栄寺の内では、奇妙な騒動が起こっていた。

二

「これは……何としたことか」

驚き呆れ、その場に立ちすくんだまま、直弥はかろうじてそう呟いた。

「まったく畏《おそ》れ多きこと」

傍らの住職・円也《えんや》和尚の声音も重苦しい。「かほどの狼藉《ろうぜき》に、我らがまったく気づかなんだということも、面目次第もございません」

二人は、光栄寺本堂の西に位置する六角堂のなかにいた。中央に安座されているのは薬師如来像である。

香山の地には、瓜生氏の菩提《ぼだい》寺の古刹《こさつ》、浄土宗蓬栄山光信寺《ほうえいざんこうしんじ》がある。光栄寺は、開基以来四百年以上の歴史を持つこの寺の分院で、だから家臣の多くや御館町の大きな商家が檀家《だんか》になっているのだった。

この薬師如来像も、もとは光信寺の持仏であったのが、五年前に動座されたものである。身の丈四尺足らずの小さな木像なので、六角堂の形をそのまま模した階段状の台座の上に載っておられる。それでようやく、直弥が軽く仰ぎ見るくらいの高さだ。

薬師如来は、衆生を病から護《まも》り癒やす慈悲深い御仏である。無知無学な者にも親しみやすい。また、香山藩が生薬の精製と販売を財政の柱としてからは、生薬を扱う者たちの守護者として、さらに敬い尊ぶべき御仏《みほとけ》となられた。このため、檀家衆ではなくても、住職の許しを得ることさえかなえば、この六角堂を訪れ拝礼する御館町の者はいる。

訪れる誰もが小さな木造《きづくり》の御仏の優しい笑顔の前に心底から浄《きよ》められ、頭《こうべ》を垂れて手を合わせる。ここはそういう場所なのだ。直弥も母と、あるいは奈津や達之助とこの御仏を拝み、心静かなひとときを過ごしたことが、何度もあった。

その六角堂が、荒らされている。

御仏の足元に飾られていた供花が乱され、団子や干菓子など供物が皿ごと台座から落ちて転がり、大小の木っ端が飛び散っている。台座の一部が壊され、無残に引き剝《は》がされているのだ。

薬師如来像を囲む六角堂の内側の壁には、檀家衆が奉納した絵馬がずらりと掛けられているのだが、その列も乱れている。さらに、

「これは、血ですね」

台座のまわりにも、祈願絵馬の表面にも、あろうことか薬師如来像の胸元にまで、赤黒い水滴がいくつもはねかかっているのだ。直弥はその場で膝《ひざ》をつき、手近の供物の皿に飛び散っているその赤黒いものに指を触れてみた。乾いて、固まっている。

「はい。ただ、妙なことに、お堂の内側にしか残っておらんのですが」

円也和尚は小柄な老人である。直弥の肩と、住職の頭が並ぶぐらいだ。その眼差しは不安げに揺れ

ていた。袈裟《けさ》に包まれた痩せた肩も、普段より丸まっている。

「ここで狼藉を働いた者が、傷を縛り血を拭《ぬぐ》って逃げたのでしょう」

「やはり、そうですか」

苦しげな住職の横顔を見つめて、直弥は声をひそめた。

「ご住職、お寺社にはまだお報《しら》せになっていないのですね」

藩の寺社奉行所である。

円也和尚は目を上げ、うなずいた。

「どうやら、この狼藉について、伊吉《いきち》が何か知っているらしいのですよ」

伊吉はここの寺男だ。歳は三十路《みそじ》に近く、身体が大きく力持ちだが、人嫌いというか、人交じりが下手で、少しばかり頭の働きの鈍いところがある。それでも、いつ見かけてもまめまめしく働いているし、円也和尚には忠実だ。伊吉を蔑《さげす》む者は、あれは牛のような忠義だと言うが、直弥はそうは思わない。

「実を申しますと、今朝方、あれが厠《かわや》の梁《はり》に縄を結んで首をくくろうとしよるのを、白円《はくえん》が見つけましてな。一喝して取り押さえたのです」

白円は円也和尚の一番弟子の僧侶だ。伊吉にはかなわないまでも、白円もまた、そうしようと思えば楽々と円也和尚を肩に担ぐことができるほどの体格である。ほかの者だったら、伊吉を押さえることはできなかったろう。

「何とか宥《なだ》めて拙僧のもとへ伊吉を連れてきたのですが、そのように騒いでいるうちに、小僧の一人が六角堂のこの有り様を見つけた次第でございます」

光栄寺にとっては恐ろしく忙しい朝だった。

「以来、伊吉はずっと泣いております。あの大きな身体を縮めて涙を流しながら、しきりと拙僧に詫びるのですが、さて何故《なにゆえ》に詫びているのか、あれのことでございますから、言葉が足りぬのでどうにもわからん」

だが、このふたつの出来事に関わりがないわけはなかろう、という。

「私もそのように思います。伊吉は身体のどこかに怪我《けが》をしていますか」

円也和尚は黙ってかぶりを振った。

二人は申し合わせたように、あらためて六角堂の惨状を眺めまわした。ならば、この血は伊吉のものではない。

「今はどこに?」

「自分から進んで薪《たきぎ》小屋に閉じこもり、なかで泣いておるようです」

「また首をくくろうとしないでしょうか」

「自ら縊《くび》れるようなことをしでかせば、どれほど恐ろしい仏罰が下るか、白円がよくよく言い聞かせましたから、もうその気遣いはございませんでしょう」

直弥が思わず眉をひそめたのを見てとったのか、円也和尚はかすかに苦笑した。

「伊吉には、子供を脅すようにしないと話が通じないのですよ」

なりは大きくても中身は子供なのだ。

「拙僧らでさえ聞き出せない事情を、お役人衆が伊吉から聞き出せるとは思えません。また、それほどの辛抱もしてはくださらんでしょう。何もはっきりしないまま、あの頑是無《がんぜな》い者が厳しいお仕置きを受ける羽目になっては哀れでございます」

その気持ちは直弥も同じである。

「わかりました。ならばご住職、私が少しばかりこの場を検《あらた》めさせていただいてもよろしいですね」

「どうぞご随意に」

言って、円也和尚は枯れ木のような手を上げて顔にあて、ため息を吐《つ》いた。

「先ほど、貴方様がおいでになったときには、これぞ天の助けかと思いました。伊吉は日頃から小日向様によく親しんでいただき、懐いておりますからな」

直弥の顔を見て、彼に問い質してもらうならば、伊吉が何か打ち明けるかもしれない。そう恃《たの》んで、岩田の寮に小僧を走らせようかと思っていたところだという。そこへ直弥の方からひょっこりやってきたのだ。

確かに直弥は伊吉の働きぶりに感心し、会えば何かと声をかけるようにしていた。だがそれは、絵師の菊地《きくち》圓秀がこの寺に滞在し、直弥が彼に会うために、しきりと通うようになってからのことだ。それまでは伊吉のことなどよく知らなかったし、知ろうと思ったこともなかった。

「ご住職」

直弥も和尚を真似て片手で顔を隠し、その手の陰からひそひそと言った。

「詳しい事情はあとでお話ししますが、実は私の方こそ、密《ひそ》かにご住職におすがりしたいことがあって参ったのです」

おや――と、円也和尚は手を下げて直弥の顔を見た。

「では、内密に内密を重ねることにいたしましょう」

枯れ木のようなこの坊様は、話が早くて助かる。

直弥は寮の半纏を脱いで円也和尚に預け、着物の裾をからげて、一歩一歩慎重に、つま先立つようにして、薬師如来像とその台座のそばへ近づいた。

ぐるりと検分してゆく。血の飛び散り方、ものの壊れようから推して、少なくとも二人以上の人物がここでもみ合ったことは間違いなさそうだ。そのもみ合いは、薬師如来像の前のところで行われた。背後には壊れ物も少ないし、血もはねかかっていない。

だが仏像の台座は、背後の最下段の部分がもっともひどく壊されていた。鉈《なた》のようなもので叩き割ったらしい穴が開いている。引き剝がした部分は、そこから手を突っ込んで、さらに穴を広げたのだろう。台座を形作っている板きれは意外に薄く、大人の男ならそれぐらいのことは容易にできそうに思われた。

しゃがみこんで、その穴を覗き込む。埃っぽくかび臭い。

「ご住職。この奥に、何かしまってあったようですね」

明らかに、賊はその〈何か〉が目当てでこんなことをしでかしたように見える。

「足元に気をつけてください」

住職が傍らに来ると、直弥は思わずその痩せた手を取って支えた。円也和尚はそろそろとその場にしゃがみこんだ。

「左様、その奥に」と、台座の下にぽっかり開いた暗がりを指さす。「確かに、そこに納めてございました。ただ、しまってあったのではありません。あれは」

封じられていたのだ、という。

「この御仏をここに安座奉るその際に、光信寺のご住職よりお預かりしたものでございます」

直弥は困惑した。薬師如来像の足元に何かを納める。それはまさに、御仏の御力《みりき》によって、何らかの悪《あ》しきものを封じていただくということだろう。

「いったい、どんなものなのですか」

「絵馬だと聞いております」

両手で、おおよそ一尺四方の形をつくり、

「これくらいの大きさの——ここの奉納絵馬と同じものでございますよ」

直弥は顔を上げ、六角堂の壁に掛けられたいくつもの絵馬を見やった。

「ただ、幾重にも晒で包まれ、その上から二重に荒縄をかけて、結び目には呪符が貼り付けてありました。そうとう古いもののようでございました」

不審と困惑に、直弥はまばたきをした。

「奉納絵馬を封じる?」

香山の絵馬は、仏寺に奉納するという点と、そこに描く絵柄が限られているという点で独特のものだ。

なぜ仏寺に奉納するのかといえば、それはこの絵馬に描かれるものが、死者への贈り物だからである。亡き人の霊が、死者の国、あの世で不便をかこつことがないように、身の回りのもの、着物や装身具、玩具や嗜好品《しこう》を描いて捧げるのだ。

だから時期も決まっている。彼岸だ。彼岸が明け、死者があの世に帰るとき、土産として持たせるという意味を込めて、この絵馬を奉納するのである。彼岸は春と秋、年に二度あるが、一年のうち二度奉納絵馬を作ることができるのは裕福な家だけなので、一般には収穫期の秋に行うことが多い。

この風習は香山に広く根付いており、どんな小さな寺にでも、奉納絵馬を掛ける柵が設けられている。荒れ寺の投げ込み墓の傍らに、手入れする者もいないまま、雨に濡れ、色あせて傷《いた》んだ絵馬をぶら下げて傾《かし》いだ柵が立つ様を詠んだ古歌があるほどだ。

この風習が始まったころには、おそらく奉納する者たちが手作りしていたであろう絵馬だが、今ではそれぞれの寺が仕切り、檀家や信徒の求めに応じてあつらえるものとなっている。奉納する者の財力に合わせて、大きさも材質も様々、使う顔料の質にも差がある。

そしてこの絵馬を描く仕事が、香山藩の下士の家にとって、格好の内職になっているという事情もある。描く素材が決まっているので、少々絵心がある者なら、絵師でなくても描けるのだ。

そういう奉納絵馬だから、画調も至って明るく華やかだし、不吉な絵柄など考えるべくもない。なのに、それを封じるとは。

「ご住職は、その絵馬をご覧になったのですか」

円也和尚は重々しくかぶりを振った。

「拙僧は見ておりません。光信寺のご住職も、申し送りを受けただけで、見たことはないとの仰せで」

誰も見てはならないものなのだ、と。

「だからこそ、結び目に呪符が貼ってあったのでございましょう」

荒縄で縛ってあったというところにも、ただならないものが漂う。

「光信寺でも、この薬師如来様のお足元の台座に隠されていたというお話でございました」

だから、仏像ごとこちらに移されてきたというわけか。

「この薬師如来像がこちらに動座されたのは、ここの檀家衆のたっての願いを、殿がお聞き入れになったからだと聞いていますが」

円也和尚はうなずいた。「おっしゃるとおりでございます。御館町の者たちが、いつでもこの御仏のお顔を拝むことができるようにと」

まさに今の状況である。生薬の精製販売を生業《なりわい》とする者たちにとって、この御仏を身近に仰ぐことは、励みにもなる。

この薬師如来像は、尊いお姿でありながら、愛らしい風情も帯びている。身の丈が小さい上に、お顔がほのかに童顔だからだろうと、これまで直弥は何げなく思ってきた。

身の回りでどんなことが起ころうと、仏像の微笑に変わりはない。ただ、それを見つめる者の心が揺れていると、優しい微笑みも謎めいて見えてくる。

「そもそもその絵馬は、いつ、誰が奉納したものなのでしょうか」

「わかりません。拙僧も教えていただいてはおらんのです。ただ、光信寺に隠されていたということは、瓜生様の――」

円也和尚は口を濁した。直弥もそれ以上は押さないことにした。

そんな剣呑《けんのん》な、不気味な来歴を持つものが、このように手荒に盗み出された。賊の目的は何だ。何をしようとしている？

「賊は、盗みの最中にここで誰かと争って傷を負ったか、相手に傷を負わせたかした上で逃げていると思われます」

「寺の者は、伊吉のほかも、誰も怪我などしておりません。それは拙僧が既に検めました」

円也和尚は、直弥を遮るように素早くそう言った。

「わかりました。伊吉から話を聞き出せるかどうか、私に試させてください」

また小柄な住職の手を取り、そろりそろりと六角堂の出入り口、観音開きの扉のところまで戻った。

「しばらく、ここへ人を寄せつけるわけにはいきませんね」

「言い訳ならば、何とでもいたしましょう。鼠《ねずみ》が出たとでも、雨漏りがしたとでも」

直弥は急いで本堂の裏手へと回った。伊吉が閉じこもっている薪小屋の前には、寺僧の白円と共に、お末がしゃがみこんでいた。小屋の戸口に向けて、しきりと何か話しかけている様子だ。

「あ、旦那様」

お末はぱっと立ち上がり、小さな身体を振り絞るようにしてこう言った。

「伊吉さん、やっと泣き止みました。あんたのような大男が赤ん坊みたいに泣くのはおかしいって、あたし、さんざん叱りましたから」

お末の後ろにぬうっと立っている白円が、苦笑いを噛み殺しながら直弥に一礼した。

「そうか、ご苦労だったな」

直弥はお末の手を引っ張って、顔を寄せ声をひそめた。

「次は私が伊吉と話してみる。だからおまえは白円殿とご住職のもとへ伺って、お二人に、今の私の困った身の上のことをお話ししてくれないか」

お末も声を殺した。「あたしでいいんですか。奈津様のことも?」

「ああ、頼む。おまえはしっかり者だから、任せる。だがお末、騒がしくしてはいけないぞ。この場のことはすべて、内密に内密を重ねねばならない出来事だ。いいな」

「かしこまりました！」

大柄な寺僧と小柄な女中が去ると、直弥はついさっきお末がそうしていたように、薪小屋の戸口の前にしゃがみこんだ。拳を固めて、一度、二度、板戸を軽く叩く。

「伊吉、私だよ。小日向直弥だ。ここを開けて、顔を見せてはくれないか」

すぐと、心張り棒を外したのかがたんという音がして、板戸がごとごと開いた。伊吉の大きな顔が覗く。泣いたせいで、瞼《まぶた》が腫《は》れている。洟水《はなみず》が垂れるのを手で拭うので、鼻の下が赤くなっていた。

縊死《いし》しようという伊吉の試みは、まったく不首尾に終わったらしい。その猪首《いくび》の首筋には何の痕跡もない。ああ、よかった。

「伊吉よ、脅かさないでくれ。何という危ないことをしてくれるのだ。おまえが死んでしまったら、私は悲しい。私の母上も、胸が破れるほどお悲しみになるだろう」

それを聞いて、伊吉はたちまた泣き出した。ぽたぽた落ちる涙も大粒だ。

円也和尚はああ言ってくれたが、伊吉が懐いているのは、直弥よりもむしろ母の希江の方なのだ。檀家衆の誰もまともにかまうことのないこの寺男を、希江が何かと気にかけて、法事や墓参りに来て顔を合わせれば優しく声をかけ、ときには食べ物や、古着を仕立て直した小袖を与えたりしていることを、直弥は知っている。

「うう、ああ、うう」

呻《うめ》くような声をあげ、伊吉は泣いている。

「私もなかに入っていいかい。ゆっくり話をしよう」

薪小屋に入ると、直弥は背後にちらと目を投げ、誰もいないことを確かめてから、板戸を閉めた。

一坪ほどの広さの小屋の半ばを占めて、持ち運びしやすいように束ねられた薪の山が積み上げてある。湿気《しけ》ないように、地べたにじかに置かず、下に簀《す》の子を敷いてある。伊吉の手作りの簀の子だ。彼にこういう気働きがあることを、希江はちゃんと見ていて、愛《いと》しんでいるのだった。

伊吉の手に懐紙を握らせて、彼が涙と洟を拭くのに任せながら、直弥はこんこんと言い聞かせた。六角堂のあの仕儀は、どこにも内緒だ。誰に知られてお咎《とが》めを食う気遣いもない。ただ、伊吉がなぜそのように心を痛めているのか、皆が案じている。

そのうち、やっと伊吉がこう漏らした。

「お、おだのせいでがんす」

六角堂が荒らされたのは自分のせいだと言いたいらしい。

「戸締まりや見張りを怠ったということかい」

きつく目を閉じたまま、伊吉はしゃにむに首を左右に振り、繰り返した。おだのせいだ、おだが悪いんでがんす。

直弥はちょっと目を瞠った。「ならば、それはどういう意味なんだね？　なぜおまえのせいだと言い切れるんだい？」

伊吉は胴震いしながらひとつ息を吐き、うつむいて、泥で汚れ爪の割れた指を擦《こす》り合わせ、いじり回すような仕草をした。

「私はつい先ほど、ご住職から伺って知ったばかりなのだが、六角堂の御仏の足元には、何やら大事なものが納められていたそうだね」

伊吉がまたぶるりと震えた。

「その大事なものは、古い奉納絵馬であるらしい。なぜそんなものがあそこに隠されていて、あのように手荒に盗み出されたのか、誰が何の用があって盗んだのか、ご住職にも私にも、さっぱり見当もつかない。おまえはどうかな」

伊吉の小さな黒目に、硬い光が宿っている。彼は何かしら知っているのだ。

直弥は伊吉のごつい手に手を重ねた。伊吉の手は冷え切っている。

「何か知っているのなら、教えてくれないか。内密にしておかねばならないことなら、私は誰にも言わない。ご住職にも言わない。私とおまえだけの話にしておこう。約束する。だから教えてくれ」

伊吉は意を決したように口をへの字に結ぶと、そっと直弥の手を押し返し、顔を上げた。

「――おっかねえ」

声がかすれていた。

「あれは、おっかねえもんだで」

「隠されていた奉納絵馬は、恐ろしいものだというんだね」

厳重に包まれ、荒縄で縛られ、呪符を貼りつけられていた。

「どのように恐ろしいのだろう」

「お天道様の下に出したら、いかんでぇ」

伊吉の口ががくがく震える。

「ぞうしい災いが起こるがぁ」

ぞうしいというのは香山でも古い言い回しで、〈激しい〉〈甚だしい〉という意味だ。

「伊吉は、どうしてそれを知っている?」

「六爺《ろくじい》に教わったぁ」

六爺、六造《ろくぞう》という爺さんは、先代の寺男だ。幼くして両親《ふたおや》を亡くし、光栄寺に引き取られた伊吉を、ここまで育てた人である。八十過ぎまで長生きをして、一昨年の秋に眠るように死んだ。

「六爺が、死ぬ前に言ったんでぇ。あれはおっかねえもんだから、けっして目ぇ離しちゃいかんて、おらに言ったです」

目を離してはいけない。直弥も少しぞくりとした。

「そのおっかないものは、五年前までは、あの御仏と一緒に光信寺にあったのだ。おまえも知っているだろう？」

忙しくうなずいて、伊吉は思い出すように目を細めた。

「あのありがたい仏様ぁ、ここにおいでになるとき、六爺、えらい怖い顔してぇ、機嫌が悪かったんでぇ。あんときは、おら、なんでかわからなかった。なんで六爺、怒ってんのかってきいても、何も言わんし」

つまり六造は、ずっと以前から、薬師如来と封じられた奉納絵馬のゆかりを知っていたのだろう。だから、それが光栄寺に移ってくることを嫌って、あるいは恐れて、不機嫌だったのだ。

「六爺は、このことをご住職には話さなかったのだろうか」

伊吉は猪首《いくび》をさらに縮めた。

「言っちゃなんね、言っちゃなんね」

おそらく六造もそういう言い方をしたのだろう。厳しく、強い口調だ。

「誰にも言っちゃなんね。あれはおっかねえ。あれは——」

穢《けが》れてる。難しい言葉を諳《そら》んじるように、伊吉はそこだけ言いにくそうに言った。

「祟《たた》るんだぁ。六爺が言ってたで」

穢れ。祟り。光信寺の住職は円也和尚に、そんなことは伝えていなかった。ならば六造は、二人の住職よりも詳しいことを知っていたのだ。

「伊吉は、見たことがあるのかい」

とんでもないというように、伊吉は縮み上がって首を振った。

「六爺は見たのだろうか」

「六爺も、見てねえです。見たら、あげに長生きできんで、小日向様」

見たら命が縮んでしまうのだと、身を震わせながら伊吉は言った。そして、その口がつるりと滑った。

「だからおら、何度も何度も、いけませんって言ったで。圓秀様、おやめくだせ、あげなもん見たら命ぃとられてしまいますって――」

伊吉は口を開いたまま、目もいっぱいに見開いて、そこで黙った。

驚きに、直弥も一瞬、声が出なかった。

「圓秀殿?」

直弥の勢いに、伊吉は逃げ腰になった。大きな身体《からだ》ごと後ずさりしたので、頭と背中が薪の山にぶつかった。

「圓秀殿がどうしたというんだい?」

伊吉の目にまた涙の粒が溜まってきた。直弥は彼の肩をつかみ、ぐいと揺さぶった。

「泣いてはいけない。泣くのはもうやめなさい。それより話してくれ。圓秀殿が、件の奉納絵馬のことで、おまえに何か言ったのか？」

伊吉は口で息をして、懸命に泣くのを堪《こら》えようとしている。

「圓秀様、何でか、あの仏様の足元ンとこに絵馬があるのぉ知っとってぇ」

愕然《がくぜん》とするしかない。あの圓秀殿が？

「見たいって、おらに言うです。どうしても見たいから、伊吉、手伝ってくれぇいうて」

けど、おらは嫌《いや》だったから。伊吉は目をしばたたいて涙を振り落とした。

「いけません、堪忍してくだされって、謝っただぁ。圓秀様、いけません、できませんて。おら、六爺の言いつけを守らんといかんで。だけど圓秀様、何度も何度もおっしゃって、だからあん人がおらなくなって、おら」

菊地圓秀が光栄寺から去り、伊吉はどれほどかほっとしたのだという。

直弥の、伊吉の肩をつかんでいた手が離れた。

圓秀殿が、そんな無理無体を。封印されている奉納絵馬を見たいとせがんで、密かに伊吉を悩ませていたとは。

――どうして？

菊地圓秀は、あの薬師如来の足元に、そのような胡乱《うろん》な絵馬があると知っていた？

香山家中の小日向直弥が知らないことを、光信寺と光栄寺の住職が揃って秘していたことを。その来歴から推して、そうとう重大な秘事であるはずの封じられた絵馬のことを、なぜ他所者《よそもの》の絵師が知っていたのだ。

伊吉がおしゃべりで、あるいは円也和尚がうっかり語ってしまって、たまたまその存在を知ったから、絵のこととなると前後を忘れてしまう気質の菊地圓秀、ぜひとも無理を通して見てみたくなった、というのではない。それだったら、直弥にも納得のしようがある。直弥が知っていると思っていた菊地圓秀はそういう人柄だった。絵のこととなると分別がなかった。

だが、事実はそれとは順序が逆なのだ。圓秀は最初から封印された奉納絵馬が存在することを知っていた。それが問題なのだ。

――あの人は香山に、この御館町に、何をしに来ていたのだろう。

まだあんな絵師と文のやりとりをしているのかと、片眉を吊り上げて諫めた志野達之助の顔が浮かぶ。お末にも叱られた。だが自分は、圓秀殿は身元の確かな方だ、あの人の話も文の内容も、いつだって絵のことばかりだと笑っていたのだ。

笑い事ではなかったのかもしれない。

――あの人は何者なのだ？

軽く触れられて、直弥ははっとして身をすくめた。涙目の伊吉が、心配そうに手を伸ばし、直弥の腕をとろうとしている。

「まンだ、お熱が」

言われて、自分でも気づいた。直弥は震えていた。だから伊吉が案じているのだ。

熱のせいではない。今、直弥の身を震わせているのは怒りだ。不信だ。そして、周囲の懸念をよそに、気のいい旅の絵師を信じきっていた己の軽率さへの、深い後悔だ。私はとんだうつけ者だった。

「済まない。私は大丈夫だ。病はもうすっかり癒えているからね」

今になって慌てても、怒っても、怯《おび》えても追いつかない。落ち着かなくては。

「こ、小日向様」

伊吉はすがるように問うてきた。

「圓秀様、今はどこサ隠れとんだぁ。おら、あん人がお寺から出てって、せいせいじゃぁ思っとっただぁに、まだ御館町にいるだね」

「いいや、伊吉。圓秀殿はもう御館町にはいないよ。香山領内にもいない」

「ンだけど、お堂を荒らしたんは、あん人に決まってるだぁ！」

ほかに誰がいるのかと、伊吉は思い込んでいる。だからこそ、圓秀とのやりとりを隠していた己を責めているのだ。

「そう決めつけるのは間違いだよ、伊吉」

子供のような心を持つ大男の瞳をじっと見つめて、直弥は言い聞かせた。

「圓秀殿がどれほどしつこく件の奉納絵馬を見たがったとしても、それはもう済んだことだ。昨夜、六角堂があのように荒らされたこととは何の関わりもない。圓秀殿はもうとっくに相模《さがみ》の国に帰られた。この香山で何をすることもできない」

話しながらうなずきかけると、心許《こころもと》ない表情ながら、伊吉もうなずき返してきた。「へ、へぇ」

「だからこのことでは、おまえは何も悪くない。何ひとつおまえの咎ではない。さあ、気を取り直して仕事をしてくれ」

強張《こわば》っていた伊吉の口元が、ようよう緩んだ。励ますようにさらに微笑《ほほえ》みかけながら、心中、直弥は頭を抱えていた。

伊吉を納得させたほどには、事は容易ではない。六角堂の件に、菊地圓秀がからんでいないとは、まだ言い切れない。自分は香山から去っても、誰か人に頼んで盗ませたということもあり得る。最初《はな》から誰かと手を組んでいたということも考えられる。

今となっては、どんなことでも考え得る。

本堂では、本尊の安座されている本殿の次の間で、円也和尚とお末がまだ話し込んでいた。住職は憂い顔で、直弥を見ると、さっとあたりに目を配り、お末に仕切りの板戸をきちんと閉めさせた。

「話は伺いました。小日向殿、悠長なことを言っておられずに、このまま当寺に留《とど》まられるがよい。我々が貴方を匿《かくま》いましょう」

お末もその気になっているらしい顔つきだ。だが直弥は断った。

「ご住職、それはいけません」

「しかし――」

「ご住職は、三郎次様が再び〈かんどり〉を病まれたことをご存じでしたか」

「ああ、いや、何の報せもいただいてはおりません。無論、光信寺では承知のことと思われますが」

瓜生氏の菩提寺では、加持祈禱《かじきとう》を行っているだろうから、という。

「昨年秋の、最初の発病のときも、大がかりに執り行っておりましたからの」

円也和尚の口つきは苦々しい。

「本来、そうした祈禱の類いは我らのよくすることではなく、我らの御仏の教えでもございませんが、御館様がお望みになるならば、お応えせせぬわけには参らん」

御館様は、愛しい一子の病を癒やすために、尽くせる手はすべて尽くすだろう。そしてそれがかなわなかったときには、誰かにその咎を負わせようとするだろう。

「これは私と、小日向の家が負わねばならぬ試練です」

直弥がきっぱり言い切ると、円也和尚とお末が顔を見合わせた。

「貴方のお気持ちが固いのならば、致し方ありません」

円也和尚はため息をついた。お末は小さくなっている。

「志野家の奈津様のことは、拙僧が確かにお引き受けいたします。いかようにも取りはからいましょう」

「かたじけない」直弥は深く一礼した。「ご住職、伊吉はもう心配ありません。六角堂が荒らされたのは、自分が見張りや戸締まりを怠っていたからだと気に病んでいたのです。それはおまえの考え違いだと言い聞かせましたら、納得したようです」

直弥は嘘をつくことも、隠し事も苦手な気質である。目の前の円也和尚に申し訳なく、またこの老僧の眼光をこれでごまかせるものか心許なく、背筋に汗が流れるような気持ちだったが、重なる難儀と椿事《ちんじ》に、さすがの住職も気が乱れているのか、あっさり受け入れてくれた。

「ありがとうございました。内密に人を手配し、すぐ六角堂の修繕に取りかかりましょう。伊吉にも手伝わせることにいたします」

「光信寺には」

「今はあちらも、それどころではない」

住職も苦しそうであり、さらに苦いものを噛むような口つきになっている。

「それに、六角堂を荒らしたけしからん賊が、これからどのように動くのか、まだわかりませんからの。意外に、盗んだものを盾に、こちらに何か言ってくるということもあるやもしれん」

直弥は驚いた。その読みは鋭い。

「なるほど。確かに、盗まれた物がものですからね」

封じられた恐ろしい秘密。使いようによっては役に立つ、か。

「ご住職、私のような者でも——いや、今の私のような者だからこそ、こういう折には思い切った働きもできるというものです」

もともと追い詰められている。

「何かありましたら、いつでもお知らせください。馳せ参じます」

力強く言い切り、直弥は光栄寺を後にしたが、来た道を帰る藪のなかでは、お末に叱られた。

「あんな大きな安請け合いをなさって、どういうおつもりですか」

「おまえこそ、和尚の前では縮こまっていたくせに、外へ出た途端に喧しいぞ」

「そんな意地悪をおっしゃるなら、あたしはもう旦那様のことなんぞ知りませんからね」

きついことを言い返しながら、ふと見るとお末は涙目になっている。

「どうした、おまえらしくもない」

お末はうつむいて、手で目元を拭った。

「旦那様は怖くありませんか」

あたしは怖いんですと、小声になった。

「どうしてこんなに、よくないことが次から次へと起こるんでしょう」

「三郎次様の病と、光栄寺のことは別々だよ。だいいち、お末、忘れていないか。いいことだって起きている。私の〈かんどり〉は、これこのとおり治ったんだぞ」

お末は足を止め、直弥の顔を仰いだ。

「――志野様はご無事でしょうか」

虚を突かれて、直弥も表情を繕うことができなかった。

「やっぱり、旦那様もご心配なんですね」

「山番は厳しいお役目だからな」

「違います。今度のはただのお山番じゃなくて、何か大変なことが起きたから、志野様たちは大急ぎで北の五カ村へ行かれたのでしょう?」

直弥は目を細めた。「何故《なぜ》、そんなことを言う?」

「二の輪でも、少しずつ噂になっているんです。五カ村のなかの村がひとつ焼かれたとか、村人がそっくりいなくなっているとか」

「永津野《ながつの》の牛頭馬頭《ごずめず》の人狩りは、今さら珍しいことじゃあるまい」

「いつもの人狩りなら、ご家中《かちゅう》の皆様があんなふうに慌ててお山に入るわけはありません」

「だったら、今度は何だというんだ」

お末は、きっと直弥を見つめた。「永津野と、戦が始まるんですか」

直弥は笑ってみせた。「二の輪の屋敷の奉公人たちは今、寄ると触るとそういう噂をしているのかい?」

力んだ分だけ決まり悪そうに、お末は口をつぐんだが、まだ何か言いたそうだ。

「案じるな、お末」

直弥は小柄な女中の背中を優しく叩《たた》いた。

「この太平の世に、戦など始める愚か者は永津野にもおらんさ。いくら強欲で、乱暴でも」

戦などできるわけがない。

「でも、戦端を開いた途端に、永津野藩は取りつぶされてしまうよ」

「戦端を開いた途端に、お上に弓を引くわけじゃありませんよ。永津野が攻め取りたいのは、あたしたち香山領なんですから」

「お上に安堵《あんど》された領地を平らかに治めるという務めをなおざりに、近隣の藩と争って騒ぐのは、お上に反逆するに等しい不埒《ふらち》なふるまいだ。国の治政というのはそういうものなのだよ」

だからこそ香山藩は、非道な人狩りにあっても事を荒立てることができず、じっと耐え忍んで交渉し、金品と引き換えに人質を取り返すようなことを続けてきたのだ。

「だったら、永津野が堂々と戦を仕掛けてきてくれたらいいってことじゃありませんか。そしたら、あたしたちは救われますもの。悪いのは永津野だってことがはっきりしたなら、ご公儀が永津野を罰して、あたしたちを助けてくださるでしょう?」

直弥は真顔で、お末に向き直った。「お末、めったなことを言ってはいけない」

あいすみませんと、けたたましいはずの女中は顔色を失った。

「さあ、このへんで別れよう。母上を頼む。分不相応に藩の行く末を思い煩うより、小日向家のことにかまけてくれ」

藪のなかの分かれ道でお末を追い立て、小さな後ろ姿を見送ると、寮の半纏の前を合わせて、直弥も早足で歩き出した。

伊吉を慰め、お末を諭《さと》し、しかしそんな己がいちばん動揺している。背中が寒い。

――圓秀殿が、もしや永津野の手の者だったとしたら。

あの気のいい人好きのする御仁は、本当に相模藩御抱《おかかえ》絵師の菊地家の養子、圓秀という人物だったのか。その名と身分を騙《かた》っていただけではないのか。

直弥とのあいだを往来する文も、本当に相模から来て、相模に届いているのか。そう見せかけてあるだけなのではないか。伊吉が口走った疑いは、案外と的を射ていて、菊地圓秀はまだ香山領内に潜んでいるのかもしれない。今度は別の名と別の身元を騙って。間者《かんじや》なら、それくらいのことは朝飯前だろう。

陽《ひ》の下に出したら災いが起こる。そんな、香山藩にとっても瓜生氏にとっても恐るべき秘物の存在を嗅ぎつけ、それを持ち出して何かに用立てようとする。その下手人として、真っ先に疑うべきは永津野の者たちだ。香山領に災いを起こし、その混乱に乗じて――

だが、どんな災いだ？　直弥の思案はそこで乱れる。達之助から聞いた、仁谷《にだに》村の不可解な逃散《ちようさん》。香山の民が永津野に逃げ出した。前後を忘れてそうしなければならないほどの、何かが起こった。その何かと、件の奉納絵馬が持ち出されたことに関わりがあるのか？

いや、待て。それでは前後が逆だ。まず仁谷村の逃散があって、奉納絵馬が持ち出されたのはつい昨夜のことなのだ。安易に結び付けられるものではないはずだ。

――私の方こそ、めったなことを考えてはいけない。

菊地圓秀についても同じだ。一途に悪い方にばかり考えると、他の道筋が見えなくなってしまう。何かもっと呆気《あつけ》ない、種あかしをされたら笑ってしまうような事情なのかもしれない。早まってはいけない。直弥は自分にそう言い聞かせた。

ぐるぐると思いを巡らせながら岩田の寮に帰り着き、こっそり病室へ回り込むと、廊下にいた看護人が飛んできた。

「小日向様、どこにおいでだったんです？　柏原《かいばら》様からのお使いがいらして、こちらは面倒なことになっていたんですよ」

今し方、やっとお引き取りいただいたところだと、冷汗を拭いながら言う。

「手間をかけさせて済まなかった。伊織先生はどちらに？」

「診療部屋においでです。先生は上手に芝居を打ってくださいましたが、柏原様のお使いが、何がなんでも寝込んでいる小日向様の顔を確かめねば帰らんと言い張ったらどうしようと、あたしら肝を冷やしました」

柏原様というのは、香山藩の置家老《おきがろう》・柏原信右衛門《しんえもん》のことである。置家老は藩の役職ではなく、瓜生氏に代々仕えてきた家令の地位であり、柏原家のほかにはいない。もとは〈仕置家老《しおきがろう》〉といったそうで、これは家政の一手を引き受け、家内の些事《さじ》であるならば、いちいち主人に諮らずとも独断で賞罰する権限を持たされていたところからきた呼称だという。今は陣屋の表と奥のあいだを取り持つ役目で、奥の仕切りについては城代家老よりも大きな権限を持っている。当然、主君の身辺や奥に仕える藩士を束ね監督する立場でもあり、実は直弥が児小姓として元服前から陣屋勤めをするようになったのも、この柏原信右衛門に抜擢《ばってき》されたからであった。達之助が、「復職するときは柏原様に願い出て小姓を退き、番士になれ」と言ったのも、そこに理由がある。

柏原信右衛門は温厚篤実な人柄である。そそっかしい機嫌取りではない。その人が検分の使いを寄越したということは、三郎次様の病の再発に、御館様がいよいよ不安と怒りの度を強め、周囲がそれを宥めるのにてこずっているということだろう。

——殿はどうお考えなのだろう。

直弥が神妙に三畳間の病室に籠もっていると、陽がとっぷり暮れ切ってから、大野伊織が足音を忍ばせてやってきた。その険しい顔をひと目見て、直弥は状況が悪化していることを悟った。

「先生、三郎次様のご容体は」

「いけません。重篤です」

昼頃まではまだ、熱と咳に弱りながらも御館様や大野清策医師が声をかければうなずき、湯冷ましを口にするぐらいのことはできたのだが、夕刻になってにわかに大発作を起こし、どっと血を吐き出した後は昏々《こんこん》と眠るばかりだという。

「心の臓も弱る一方です。これは、覚悟しておかねばならぬかもしれません」

医師の眼差しは春の夜よりも暗い。

「由良殿は悲憤のあまり、取り乱しておられます。この苦しみはいったい誰のせいだと、泣き叫んでお静まりにならぬご様子とか」

誰のせいだ。直弥は耳の底に、その悲鳴のような声を直に聞くような気がした。

「事がこのように悪く転がっては、貴方もまた病がぶり返しているなどという言い訳では、最早しのぎきれません」

直弥は呼気さえ乱さぬように努めた。

「私は、覚悟ならとうにできております」

まなじりを決して吐き出したつもりの言葉に、伊織先生はつと目元を緩めた。

「早合点をしてはいけません。小日向さん、取り乱しておられるのは由良殿お一人だけです。殿は、あの方のおっしゃることを真に受けてなどおられません」

直弥ははっと身じろいでしまった。

「昨秋以来、これまでは、由良殿に調子を合わせておられただけです。愛しいおなごの機嫌をとろうというのは、男なら誰でもすること。貴方だって身に覚えがおありでしょう」

確かに少々甘すぎましたと、声をひそめて医師は続ける。「ええ、大いに甘かった。貴方に御褒禄まで許されたのは行き過ぎでした」

だが、害になることではないならよかろう。それで由良が満足し、小日向も養生に専念できるのならばよいではないか。それぐらいのお考えだったのだ、という。

「よく言えば大らか、悪く言うなら大まか。殿の御気性です」

親族の者らしい言い様である。

「しかし、今のような状況になっては、それはいけません。愛妾の思い込みのせいで家臣の一人の身が危うくなっている。殿は、そこまでの行き過ぎを放っておかれるような呆《ほう》け者ではありません」

「しかし、昼間は柏原様から使者が遣わされてきたのでしょう。それも殿の意を受けて」

「まさに殿のご下命で、柏原殿がそのように動いてくださったのです。しかつめらしく検視など寄越して、小日向も確かに病が悪化しておりますと、由良殿にご報告を差し上げるために」

それも調子を合わせてひと芝居打つための算段だったのだ。

「殿は今、ご自身の軽率だったことを深く悔やんでおられるそうです」

——病は誰のせいでもない。〈かんどり〉は、やったり取ったり、他人《ひと》に付けたり他人の分を引き受けたりできるようなものではない。今般の騒動は、私の失策だ。由良があのようなことを言い出したとき、すぐさま叱り、その考えを矯《た》めてやらなかった私がいけない。

直弥は呆然とした。

殿は今、三郎次様を失おうとしておられる。血を分けた我が子が死の床にあるのを目の当たりに、その悲しみと苦しみの最中で、そこまで思いを致しておられるのだ。たった一人の小姓のために。

身体の内からこみ上げてくる恥の炎に、直弥は腸《はらわた》を炙《あぶ》られるように感じた。

「それほどのご厚情を受けながら、私はあの折、『三郎次様の分まで病を平らげてお見せします』などと、賢《さか》しらに軽率なことを申し上げました」

あのとき、御館様のお褒めの言葉に、直弥は確かに得意になったのだ。御館様もまた夢のようなことをおっしゃる方だと、腹の底では軽んじながらも、重用される我が身に、いい気になったのである。

何のことはない。自分の墓を自分で掘ったようなものだ。

「後から悔いるから後悔という。先のことがわかっていたら、人は誰も苦労しません」

ぴしりと言って、伊織先生は直弥を急き立てにかかった。「さあ、着替えてください。貴方はこれから逐電《ちくてん》します」

「逐電？」

「逃げて、身を隠すのですよ」

時を稼ぐにはそれしかない、という。

「このまま三郎次様を亡くされることになれば、いくら殿がおそばで宥め叱ろうと、すぐには由良殿のお気持ちが治まるとは思えません。小日向を捕らえて三郎次様の枕頭に引き据え、首を刎《は》ねてくれろとせがまれるでしょう。それで、貴方の首を刎ねさせられる家臣もたまったものではない」

わざと戯《おど》けて言う伊織先生は、どこかが痛むかのように顔をしかめていた。

「子を失う母親の嘆きも、少しは思いやって差し上げねばなりません」

由良殿とて、ただの我が儘《まま》だけで取り乱しているのではない。

「時が要ります。貴方が消えるのがいちばんよろしい。手はずはついています。間もなく、志野家から迎えの者が来るでしょう」

直弥はぽかんとした。「志野といいますと」

「番方支配徒組総頭《かちぐみそうがしら》の志野兵庫之助《ひょうごのすけ》殿ですよ」

達之助の父である。

「柏原殿と相談の上、志野殿が貴方を匿ってくださることになりました」

直弥が自ら掘った墓穴を、達之助の親父《おやじ》殿までが乗り出して、埋めてくれようというのだった。

三

「一興《かずおき》殿がご存命であったなら」

志野兵庫之助は、直弥の父の名を呼んで、不愉快そうに鼻からひとつ息を吐いた。

「まず、おまえが御褒禄をお受けするというときに、そのように気まぐれな加禄をいただこうなど軽率千万、この身の程知らずの大うつけめと叱りつけ、おまえの頭を丸めて光栄寺に蹴り込んででも、ご遠慮申し上げたことだろう。さすれば、こんなややこしい羽目にはならなんだ」

志野と小日向の二人の父親もまた、今の達之助と直弥がそうであるように、兄弟のような幼馴染《おさななじ》みだった。どちらの親父殿も、どちらの倅《せがれ》にとっても実の父親と同じように厳しく、敬愛し得る人物であった。

「まことに申し訳ございません」

二人は、志野家の裏手にある離れの座敷で向き合っていた。ここは二の輪のなかでも指折りの広い屋敷で、武具蔵も備えてあり、代々、番士の総頭を務める家が住む決まりになっている。だが、この離れは兵庫之助が建てたものだ。

十年前、兵庫之助の妻が〈かんどり〉を病んだ。症状は重く、岩田の寮でふた月も養生し、病そのものは何とか抜けたが、〈かんどり〉の熱に痛めつけられた身体は衰弱し、寝たきりになってしまった。その妻を休ませるために兵庫之助は離れをつくり、結局はそのままここで妻を看取《みと》った。

その離れに、〈かんどり〉が振り出しで窮地に立たされた直弥が匿われる。よくよく二つの家には縁があり、またその縁を切らずにいてくれることがありがたい。直弥は、兵庫之助が苦笑交じりに「もうよい」と許してくれるまで、蛙《かえる》のように平伏していた。

この時刻だというのに、兵庫之助は裃《かみしも》を着け髷《まげ》を整えて、いつでも陣屋に上がれる支度をしていた。側室の子でも瓜生氏の男子がみまかることになれば、重臣たちは陣屋に集まる。兵庫之助は徒組を率いて、格別の警備にあたらねばならない。それに備えているということは、

――やはり、いよいよ危ないのだ。

あらためて、直弥は冷たい手で胸を圧《お》されるように感じた。座敷の行灯《あんどん》が、ぎりぎりまで灯心をし

ぼってあるところも、逃げ隠れする身の後ろ暗さを映している気がした。

「今さらいくら説教を垂れても、繰り言にしかならん。まあ、おまえも病み上がりなのだから、殿と柏原様が事を収めてくださるまで、ここでおとなしくしておるのだな」

「はい。厳に身を慎みます」

志野父子はよく似ている。達之助を二十ほど老けさせ、少し丈を詰めたら兵庫之助になるだろう。大真面目な顔でひょっこり剽《ひょう》げたことを言うのも同じで、

「寮の介護人のふりをして、ふらふら光栄寺へ浮かれ出るようなことも、ここでは許さんぞ」

言われて、直弥は心底驚いた。「なぜご存じなのですか」

問うてしまってから、思い至った。奈津だ。円也和尚から話がいったのだ。

兵庫之助は日焼けした顔に目元の皺《しわ》が粗く、しゃべるとその皺に目尻が埋もれてしまう。機嫌がいいときと悪いときとでは、その埋もれ方が微妙に異なるというのを、奈津から聞いた。父の機嫌は皺の寄り方で読み取れるのですよ。

今、その皺がどっちの機嫌を示しているのか、直弥には読み切れない。

「直弥よ、光栄寺で何があった」

番士の詰問口調である。

「奈津が、おまえのためにも三郎次様のためにも薬師如来様に参ってお慈悲にすがりたいと願い出たら、あの骨董《こっとう》品のような和尚め、六角堂は鼠が出たのでしばらく閉じると断ったそうだ」

鼠だと？　と、鼻先で笑う。

「あの六角堂が、鼠を寄せ付けるようなやわな造りであるものか。つまらん言い訳をする。本当は何

があってお堂を閉じているのだ？」

直弥は迷った。円也和尚にも伊吉にも、それぞれに、事を伏せておくと約束してきたのだから。

だが、志野兵庫之助は番士の総頭の一人である。この先、六角堂を荒らした賊を捕らえるためにも、盗まれた奉納絵馬を捜し出すためにも、番士の力は必要だ。ここは打ち明けた方がいい。

「お話しいたしますが、面妖な出来事です」

語るうちに、兵庫之助の目尻の粗い皺は、直弥にも明らかにわかる不機嫌を示す寄り方に変わっていった。

「志野様はこれまでに、そのような怪しい奉納絵馬があることをお聞き及びでしたか」

兵庫之助は渋面のまま「否《いな》」と答えた。

「もとは光信寺に隠されていたというのなら、家中の者の仕業とは思えん。御家《おいえ》から出たものであるはずだ」

それは直弥もそう思う。

「ただ、仏像と共に光栄寺に移すことが許されたのだから、封印された当時はともかく、五年前には、瓜生家にとってさほど忌むべきものではなくなっていたのではないか。そうでなければ、仏像は光栄寺にやっても、封印物は光信寺に残すだろう」

それには異論がある。六角堂の薬師如来像の台座は、最初《はな》からそのなかにものを隠せるように造れたと見えた。この奉納絵馬を隠すのは、ほかの場所ではいけない、このありがたい御仏に封じていただかなくてはならないという意図が感じ取れる。

「――呪符が貼ってあったというな」

「はい、円也和尚はその目で見たそうです」

「瓜生家の始祖は呪術に長《た》け、祈禱《きとう》によって森羅万象に働きかける力を持っていたという言い伝えがある」

直弥には初耳の話だった。

「儂《わし》も、親父殿から一度聞かされたことがあるだけだが」

兵庫之助は遠くを見るように目を細めた。

「森羅万象に働きかけるということは、つまり天候を左右する力を持つということだ。その昔、戦の勝敗は、双方の戦力や軍師の采配よりも、むしろ天気や風向きに左右されることが多かったのだよ」

ひとつひとつの戦の結果ばかりではない。長雨が続けば病が流行《はや》り、日照りになれば土地が痩せて収穫が落ち、兵糧が切れる。

「だから、天候を左右することができる呪術者は、軍事を司《つかさど》る者たちからも重きを置かれていたのだ」

とはいえ――と、小首をかしげて、

「今日《こんにち》、殿のお血筋にまで、その血脈が残っているかどうかはわからん。呪術の方法となればなおさらだ。どちらかといえば、殿は呪《まじな》いの類いは厭《いと》うておられるし」

三郎次様の〈かんどり〉平癒の加持祈禱も、御館様の意向を受けて執り行われたものだ。

裃を着けた膝に両の拳を置き、志野兵庫之助は直弥の顔を見た。

「呪術や祈禱というものは、それを信ずる者の心に働きかける。信のないところには効き目もない。封じられた怪しげな奉納絵馬があったところで、すぐさま驚き騒ぐのは怯懦《きょうだ》に過ぎるというものだ」

はいと、直弥も神妙に答えた。

「儂はむしろ、その絵師の方が気になる」

兵庫之助の目つきは険しい。

「ただの物見高い絵師ならば幸いだが、絵師の身分を騙る曲者であったなら――」

「やはり、永津野の者でしょうか」

驚いたことに、兵庫之助は「いや」と、直弥を遮った。

「永津野の者が、遠く離れた相模の絵師の身分を騙るというのは、少々唐突に過ぎる。むしろ公儀の手の者かもしれぬ」

神妙を通り越して、直弥は肝が縮んだ。

「しかしご公儀が、怪しげな古い封印物などにこだわられるものでしょうか」

藩政とも、香山藩の公儀への忠誠や恭順の度合いとも、何ら関わりがあるものではない。

「わからん。ただ、諸大名に対するこれまでの将軍家の厳しい措置を見るにつけ、どれほど些細《ささい》な不始末や秘事でも、露見すれば改易や転封《てんぽう》のきっかけになりかねんことは確かだ。封印物の正体も、封印された事情もわからん以上、儂らには計りようがない」

異な出来事には目を光らせ、用心を重ねることしかできない。

「その異な出来事が、たとえば熊が子守をするような笑い話であっても、だ。六角堂のことは、儂の手元で慎重に探らせてみよう」

熊の子守は、北二条五カ村の束ねである本庄村《ほんじょう》に向かう達之助が、鎮守社の境内で言っていたことである。彼はこの家で、父親ともそのような喩《たと》えを持ち出して話し合っていたのだろう。

直弥はひと膝、身を乗り出した。

「志野様、仁谷村の逃散について、達之助たち検視の番士隊からは、何か報せがあったのでしょうか」

兵庫之助の目元の皺が、つと歪んだ。

「鳩《はと》は戻ったのだがな」

香山藩では伝書鳩を用いている。

「第一報では、仁谷村が焼かれて村人が消えているという以上のことはわからなんだ」

「その後は？　使者は？」

はっきりと憂色を浮かべて、兵庫之助はかぶりを振った。

「本庄村の屯所には、もとから山番の番士もいるはずでしょう。あるいは、庄屋が直に使いを寄越してもよさそうなもの」

直弥は途中で言葉を切った。兵庫之助の顔色で、今の問いかけが無意味なものだとわかったからだ。

「検視の番士隊ばかりか、本庄村からの音信さえもないのですね」

ならば、仁谷村に起こった〈何か〉が、北二条五カ村の束ねである本庄村にまで拡大しているのではないか。

「あれから幾日経っています？　番士の増援を送り込むべきではありませんか」

「慌てるな。こうした事には手順というものがある。開拓村の暮らしの厳しさに、逃げ出す者がいたところで不思議はないのだし」

「しかし、かつてなかった事態です。本当に逃散かどうかもわかりません。何より親父殿」

直弥はついそう呼びかけた。

「達之助の安否が――」

「だからどうした」

兵庫之助は眉間に皺を刻み、直弥の言を遮った。

「今のおまえがそのようなことを思い煩ってどうなる。北二条より、小日向家のことを案じるのが先だ。一人、二の輪の家を守っておられる希江殿のお気持ちを考えろ」

「母はあの父の妻です。このような時に取り乱す不心得者ではありません。たとえ殿のお取りなしが届かず、私が腹を切ることになったとしても、母は落ち着き払って」

「この痴《し》れ者め!」

ついに、志野兵庫之助は怒鳴った。

「私も柏原殿も、おまえの腹を案じているのではない。我らが殿に、愛妾の我が儘に負けて家臣を処断するなどという、後世の物笑いの種になるような愚かな真似をさせたくないだけじゃ!」

兵庫之助の唾《つば》が一滴、直弥の頬にはねかかった。生温かい。直弥はぶるりと震えた。

――それが忠義というものか。

「だからこそ」と、兵庫之助は声を落とす。「せめておまえ自身は、希江殿のために、己の命を惜しんで然《しか》るべきではないのか」

それが孝というものだ。

「申し訳ありません」

姿勢を正し、直弥はあらためて平伏した。

「私は考え違いをしておりました」

志野家に守ってもらうべき者は、直弥ではない。希江の方だ。

「どうぞ、母をお願いいたします。私はこの身ひとつ、殿の御威光を傷つけぬよう、いくらでも逃げ回りましょう」

時を稼ぐことさえできればいいのだ。

「しかし、逃げ回るのならば、何もここに籠もっている必要はありません」

直弥は兵庫之助の顔を正面から見つめた。

「私を本庄村へ遣ってください」

志野兵庫之助の、倅とよく似た形の目が大きく広がった。

「何を言い出すかと思えば」

「私は既に逐電者です。山に逃れたとて何の差し支えがありましょう。北二条で何が起こっているのか、この目で確かめて参ります」

もっと早く思いつくべきだった。これなら、無役無用の身でも、香山藩のためにいくばくかの働きができるというものだ。

「あの山中では、何か厄介なことが起こり、皆が身動きとれなくなっているのかもしれません」

「考えすぎだ。おまえは――」

「一報以来、梨の礫《つぶて》とは」今度は直弥が兵庫之助を遮った。「我が香山藩の番士らしいふるまいではありません。達之助らしくもありません。親父殿とて、不審を覚えておられるはずです」

理屈抜きに、手練《てだ》れの番士の直感で。達之助をあの気性に育てた親父殿の体感で。

本音では、今すぐにでも山に入りたいはずなのだ。番士を動かす手順に縛られる立場にさえいなければ。ただ一人の親として身軽であるならば。

「加えて、私はやはり、光栄寺から盗み出された不審な絵馬のことも気になります」

陽の下に出すと災いを呼ぶもの。祟るもの。それがどういう意味を含む表現であるにせよ、胸騒ぎを堪えているのが嫌になってきた。

「それも怯懦に過ぎるとお思いなら、達之助がこの逐電者の首根っこをつかみ、山から引きずって戻った時にこそ、共に腹を抱えてお笑いください」

目を細め、また叱りつけようとするかのように鋭い一瞥《いちべつ》を放ってから、志野兵庫之助は言った。

「一人で行くことは許さぬ」

「は?」

「おまえは山を知らん。一人では、北二条にたどり着くことさえおぼつかんわ」

そしていきなり仕切りの唐紙《からかみ》に向かって、「奈津!」

すぐに「はい」と返事があった。驚く直弥の前で、唐紙を開けて奈津が現れた。いつから控えていたのか。

「聞いてのとおりだ。支度を頼む」

言いつけながら、兵庫之助は袴《はかま》の裾を鳴らして立ち上がった。

「小日向には、やじを供に付ける。支度も、万事あれの言うとおりにすればよい」

「かしこまりました」

指をつき、奈津が身を折って頭を下げる。兵庫之助は娘の傍らをかすめて、

「止め立ては無用だぞ」

言い足して出ていった。

二人きりになると、弱々しい行灯の明かりのなかで、直弥と奈津は見つめ合った。

奈津の頬は透けるように白く、かすかに産毛が光っている。父親とも兄とも似た目元に、瞳がつぶらだ。どんなときでも温かく人を包み込むようなその眼差しの優しさを、直弥は誰よりもよく知っている。

「ご快癒、おめでとうございます」

奈津の声が震えている。直弥はうなずいた。そして奈津に近づき、その手を取った。このひとときには、言葉は要らない。

さて、兵庫之助が〈やじ〉と呼んだのは、先ほど直弥が岩田の寮から志野家へと移るとき、迎えに来てくれた若者だった。

そのときは、こっそり取り次いでくれた伊織先生が「志野家の下男だ」と言っていたし、場合が場合だから、言葉を交わし合うこともなかった。ただ、その背を追って夜の闇にまぎれながら、直弥の方で何となく察するものはあった。

二の輪の屋敷町へ来るには、光栄寺へ行くのとは勝手が違い、木立や藪に隠れて進むわけにはいかない。町中を通れば、そこここに見回りの目もある。だが、若者はまったく臆せず、建物の陰や橋の下、家と家の隙間の狭いところなど、人目につかない場所を巧みに縫って、するすると直弥を案内した。だから思ったのだ。この若者は、たぶん親父殿の〈百足《むかで》〉だな、と。

香山藩では、間者——隠密働きをする者のことをこう呼ぶ。百足のように音もなくどこへでも入り込み、神出鬼没で容易に捕まらないからだ。場合によっては暗殺者の役目を果たすこともあるから、毒のある百足に喩えたのだという説もある。

もとより、日陰の身の者たちだ。経歴のはっきりしない者がこの役目に有り付くこともある。志野家は代々番士だから子飼いの百足がいても何の不思議もなく、いくら直弥が志野家と懇意にしていても、その存在を知らされなくてまた不思議はない。

あらためて間近に見ると、やじは、歳は十七、八というところだ。百足にしては、頼りないほどに若い。身体のつくりは華奢《きやしや》で、だからあんなに音もなく身軽に動けるのかもしれない。

珍しいことに、髪をごくごく短く刈り上げている。丈の短い綿入れを着て、くたびれた手ぬぐいを巻いているので、首から上は修行僧のようなのに、身形《みなり》は農夫だ。町場の職人だとしたら、まだ見習いで印半纏《しるしばんてん》をもらえず、親方に怒鳴られながら追い使われている小僧の出で立ちだ。

顔立ちは整っている。小刀で削いだように鋭い眉、鼻筋、口元の線。頬骨が高く、眼窩《がんか》が落ちくぼんで見える。いわゆる三白眼で、小さな黒い瞳は、どこに焦点が合っているのかわかりにくい。

「やじは当家の下働きですので、これまで直弥様にご挨拶する折がございませんでした」

やじを見返る奈津の眼差しには、親しみがこもっている。

「でも、やじはもう五年もわたくしたちのそばで働いてくれているのです。よく気がつきますし、手先が器用で、ちょっとした修繕なども一人でこなしてくれるのです」

せっかく褒《ほ》めあげてもらっているのに、当の本人は知らん顔をしている。

「なるほど、やじは、志野家の大切な働き手なのですね」

奈津は生真面目にうなずくと、

「はい。そして直弥様、実は、やじも北二条には縁のある者なのですが……」

孤児《みなしご》なのです、と続けた。

「あのあたりの開拓が進む以前、山のなかに妙高寺《みょうこうじ》というお寺があっただけのころ、赤子だったやじが森のなかで泣いていて」

妙高寺の僧に拾われたのだという。

「本来は、そのまま仏道に入るはずだったのでしょうが、働きぶりに見込みがあるというので、父がご住職にお願いして、手元に引き取ったのです」

そして百足に仕込んだわけかと、直弥は内心で納得した。二人に話題にされても、やじは依然、どこを見ているのかわからない眼差しのまま、しんと正座している。

「私は、さっき夜道を先導してもらうとき、やじに少しの迷いも怖《お》じ気もないことに感心しました」

奈津は大きく顔をほころばせた。

「やじは、それはそれはすばしこいのです。遠目も夜目も利《き》きます。およそ何かに驚かされるということがありません」

「そのようですね。頼もしい」

直弥の褒め言葉に、奈津はまたちらりとやじを見返る。やじはまったく反応しない。

「はい、やじはとても頼りになります。山育ちですから、山のことには詳しいですし、気候を読むことにも長けています。風向きと雲の具合をみるだけで、明日のお天気をあててくれるので、わたくしは何度も驚きました」

さても心強い供である。

「人前に出られる身分ではありませんが、剣術は父と兄が教えました。ですから、道案内を務めるばかりではなく、直弥様の御身をお守りすることもできるはずです」

ただ――と、奈津は目を伏せた。

「やじは、ほとんど口をききません」

それは、先ほどからずっとそうである。

「わたくしはずいぶんと馴染みましたけれど、それでも、やじがぽつりと呟《つぶや》くのを聞くのが精いっぱいです。兄などは、ずいぶん長いこと、やじは言葉がわからないのだと思い込んでいましたの。それでもあれだけ気働きがあるのだから偉い、と」

達之助らしいことだ。

「やじはご挨拶も、お返事もできません。その失礼はお許しください」

「言葉が通じないわけではないのですから、私は気にしません」

夜道でも、やじは会釈したり、首を振ったり、手ぶりだけで直弥の先導を済ませていた。それできちんと用が足りていた。

「やじは賢いのです。もしかしたら、わたくしたちが思っている以上に賢いのかもしれません。とても勘が鋭くて……」

兄と同じ真っすぐな気性で、隠し事が下手な奈津が、何か言いよどんでいる様子がある。直弥はしばらく黙って待った。

両手の指を握りしめると、奈津は思い切ったように直弥を見た。「やじは、自分からああしたいこうしたいと言い出すことがありません。言いつけには素直に従いますが、我が儘はもちろん、自分の意見や願いを言うこともございません」

しかし今般、達之助が検視の番士隊として山に入る前に、異例のことがあった。

「やじが、兄について行きたいとせがんだのでございます」

自分も北二条に遣ってくれ、と。

「あんなことは初めてでした。本当に必死で、兄の足にすがるようにしてせがんだのです」

だが、番士隊の一員として山に入る達之助が、勝手に家の者を連れてゆくことはできない。まして、やじはこういう変わり者だ。

「結局、兄が宥めて、しまいには叱るようにして置いていったのですが、以来、やじはずっと落ち着かないのです」

地蔵のごとく落ち着いているように、直弥には見えるのだが。

「普段のやじのことをよく知らないと、わからないと思いますけれど……」

「ああ、いえ、そうなのでしょう」

「直弥様」奈津は、震えをこらえるように口元に手をあてた。「わたくしには、兄が山に入る前から、やじが察知していたように思えてならないのです。北二条に何か、とても危ないことがあると」

直弥自身、鎮守の森で達之助と別れるときには胸騒ぎを覚えた。だがあれは、香山藩にとっては重要な地である北二条五カ村のひとつで起きた奇妙な逃散への不安を、互いの顔のなかに読み取ったせいだ。やじも、達之助の顔色を読んだのではあるまいか。

「しかし、町にいながら山のことを詳しく察知するのは難しいでしょう」

鳥や鼠はよく天変地異を予兆するというし、山犬や狐《きつね》や熊なども、危険には敏感だ。が、人の身にそれは無理な話だろう。

奈津の不安を少しでもやわらげたくて、直弥は微笑みかけた。だが、奈津はかえって真剣な目になり、果断に言った。

「やじなら、できます。やじは山神様の強いご加護を受け、特に選ばれた者であるように、わたくしは思うのです」

おやおや、大きなことを言い出したものだ。大平良山《おおたらやま》におわします、香山と永津野一帯を守護する山神様のご加護とは。

直弥の驚きと、そこにかすかな苦笑も加わっていることを見てとったのか、奈津はいっそう身を乗り出してきた。

「だって、やじが捨てられていたのは、山作りが進む以前の北二条なのでございますよ」

そのころ季節は晩秋で、森の木々はすっかり葉を落とし、朝晩は息が白く見えるほど冷え込んでいたという。

「そんなところで、赤子がひと晩でも生き延びられるでしょうか。飢えもせず凍えもせず、獣に襲われることもなく」

ただ運がよかったというだけではない。

「必ず、山神様のお計らいがあったのです」

やじは山神様の使いだ。山の気を感じ、山に通じ、その異変を察する力がある。だから、

「やじがいれば、何があっても――」

奈津は不意に目を潤ませた。

「ですから直弥様、奈津は、行かないでくださいとは申しません」

震える言葉は、深く直弥の胸を突いた。

やじがただならぬ様子で達之助について行きたがったのに、取り合ってやらなかった。その後悔に、奈津はずっと苛《さいな》まれてきたのだろう。そこに、今度は直弥が北二条へ行くことになった。今こそやじの力を借りよう。そうすればきっとうまく行く。兄も直弥も無事に帰ってくる。奈津の心はその願いでいっぱいなのだ。

笑みを消し、厳粛な面持ちをこしらえて、直弥はうなずいた。

「奈津殿、私は固くお約束します。山に入っては、何事もやじの指図に従いましょう。そして山神様のご加護を受け、務めを果たして、達之助と共に戻って参りましょう」

力強く言い切ったとき、やじが初めて、小さな黒い瞳で直弥を見た。その瞳にも、直弥はしっかりとうなずきかけた。


夜のうちに御館町を脱け出し、北二条へ登る山道に入り、最初の馬留《まとめ》で朝を待つ。もっと山中に分け入るには、陽が昇ってからでなくては足元が危ない。

馬留というのは、山道のところどころに設けられた、筵葺《むしろぶ》きの簡素な物置である。そのなかに草鞋《わらじ》や荒縄、晒《さらし》木綿、薬などを揃えてある。峠道など要所にある馬留だと、炭焼き小屋くらいの構えになり、なかに囲炉裏を切って、雨水を溜めて使う水瓶《みずがめ》を置き、人が急な風雨を凌《しの》いだり、ひと晩くらいは泊まることができる備えをしてある。香山の山里で暮らす人びと、山へ往来する人々にとっては心強い仕組みだ。

そういえば、菊地圓秀がいたくこれに感心し、わざわざ絵を描きに行って、さらに感嘆して戻って来たことがあった。

——まことに便利な仕組みですな。ああして物を置いておいても、何ひとつ盗まれることがないというのも素晴らしい。

香山藩の治政の良さ、領民たちの心映えの優れていることの証《あか》しだ、と言っていた。

そんなことも、圓秀の怪しげなふるまいを知ってしまった今となっては、思い出せば苦々しい。

御館町の外れからこの馬留まで、登り道とはいえ一里足らずだ。それでも直弥は少し息が切れ、足の裏が痛くなった。すっかり身体がなまってしまっている。

直弥は、山番の番士たちと同じ支度を整えている。一方のやじは、志野屋敷にいたときの出で立ちのまま、ただ馬笠をかぶり、腰に小さな革袋を着けただけで、小刀も帯びていない。途中で拾った枯れ枝を手にしているが、あんなものが何の役に立つのだろうか。

東の空に曙光《しょこう》がさしかけ、消え残った星がまばらに瞬いている。直弥がそれを仰いで息を整えていると、やじがこちらを向いた。笠を背中に落とし、枯れ枝を足元に置くと、両手を肩の高さに持ち上げて、軽くぶらぶらと振ってみせる。

「ん？　どうした」

問いかけると、やじは今度は背をそらし、腰に手をあてる。そしてまた両手をぶらぶらさせる。妙な判じ物だ。

試しに、直弥も手をぶらぶらさせてみた。やじはうなずき、両肘《りょうひじ》を横にぐいぐいと張った。直弥がそれを真似ると、またうなずいて、今度は首を回す。

なるほど、こうやって身体をほぐせと促しているのである。

「わかった。おまえのするとおりにしよう」

二人でひとしきりそうやっていると、身体が温まってきた。曲げるたびに軋《きし》む音がしそうだった膝も、ぐっと動きがよくなった。

「やじ、ありがとう」

夜が明ける。朝陽《あさひ》に眩しそうに目を細めるやじは、聞いているのかいないのか、目深に笠をかぶると枯れ枝を拾い上げ、ぷいと背を向けて歩き始めた。直弥も後に従う。

春の陽は力強く、鳥が翼を広げて舞い立つように昇ってくる。山が目を覚ます。土の匂い、新芽の香り、朝露のきらめき。息を弾ませて山道を登る直弥を、やじはときどき振り返り、また手ぶりをする。

「今度は何だ」

やじは立ち止まって足踏みをする。鼻の穴を広げて呼吸《いき》をする。そしてまた歩き出し、また止まって直弥を見返り、同じことを繰り返す。

「おまえと同じ歩幅で歩き、同じ間合いで呼吸をしろというんだな?」

するとやじは、手にした小枝で自分の足元を指した。草鞋の足跡がついている。

「おまえの足跡の上を踏め、ということか。わかったわかった」

言われたとおりにすると、最初のうちはかえって苦しかった。が、次第に楽になり、弾んでいた息がおさまってきた。足元も、やじが踏んだところは、どんな斜面でもしっかりと踏ん張りがきいた。ちょっとずれると小石があったり、滑りやすかったりする。

行く手を阻む小枝や、顔の前に垂れ下がってくる蔦《つた》の類いも、やじは、手にした枯れ枝を動かして巧みに避けた。いちいち伐り落としたりせずとも、ひょいと除《よ》けてしまうのだ。山道を横切る木の根があると、それを跨《また》ぎながら枯れ枝でとんとんと叩き、直弥の注意を促す。それでも歩きにくそうなところがあると、そこで待っていて手を貸してくれた。

直弥はだんだんと理解してきた。やじの山歩きは、山に逆らわない。人が踏みしめた道があるのに、やじがわざわざ藪や下草の方へ踏み込んでいくことがあるのには驚いたが、素直に尾《つ》いて行ってみると、すんなり通れた。やじには、無理のない通り道が見えるのだ。

こうして、北二条へ向かう山道の半ばまで登ったころである。大平良山の峰に消え残る雪が、美しい縞《しま》模様のように見えてきたあたりで、麓《ふもと》の御館町の方向から太鼓の音が鳴り響き始めた。

直弥ははっとして足を止めた。御館町はもう遠く、ひとかたまりの景色になっている。陣屋の曲輪《くるわ》に立つ火の見櫓《やぐら》のてっぺんの半鐘が、陽光を受けてぴかりと光る。

二人は急な登り道の途中にいた。やじが、なぜ止まるのかと問いかける顔つきだ。

「やじ、これは総登城の触れ太鼓だよ」

直弥は、これもやじを真似て首に巻いた手ぬぐいを取り、顔を拭った。そのまましばらく、目を閉じていた。

「三郎次様が亡くなったのだ」

今、この触れ太鼓の理由は、それしか考えようがない。

とうとう、来る時がきた。快復されるかもしれないという望みは、空しく消えた。

母は気丈な人だ。お末もいる。取り乱さずに堪えて、持ちこたえてくれるだろう。寮の伊織先生には、小日向直弥に逐電されてしまったことで、お咎めがあるだろうか。

申し訳ない。だが、ここから戻っては何の意味も甲斐《かい》もなくなってしまう。

「やじ、急ごう」

足を踏み出した直弥を、やじは軽く手をあげて止めた。腰につけた水筒を指さす。

「ああ、そうか。水を飲むのだな」

先ほどもそうだった。休息して汗を拭いたら水を飲む。たくさん飲んではいけない。拭った汗の分だけを補給する。

触れ太鼓の調子はいよいよ急だ。これだけ登り、町から離れると、子供の玩具の豆太鼓の音のように軽く聞こえる。

側室の子とはいえ長子に、なぜ〈三郎次〉と名付けたかといえば、その方が丈夫に育つという験《げん》を担いだからだ。だが、〈かんどり〉はそんな用心をかいくぐって忍び寄り、三郎次様を彼方《かなた》に連れ去ってしまった。

おいたわしい。足場の悪いところで、直弥は精いっぱい威儀を正し、御館町の陣屋に向かって合掌した。

そのとき、やじが出し抜けに動いた。素早く直弥に近づき、右手をその肩に、左手を頭の上にかけて、ぐいっと押す。

「何をする！」

直弥も、さすがに一瞬気色ばんだ。が、やじの表情を見て、怒りは驚きに変わった。

二人はその場にしゃがみこんだ。やじはさらに、身体ぜんたいで直弥に覆いかぶさる。折り重なって、ほとんど伏せるようだ。

一陣の風が、山の上から二人を目がけて吹き下ろしてきた。その風は、鼻が曲がるような臭いをいっぱいにはらんでいた。しかも生温かい。春の気の清々《すがすが》しい温もりとは全く違う、むかつくような温気《うんき》だ。

ごおおおお。生きものが唸《うな》るような音。

ややあって、やじがつと身を起こした。その顔から先ほどの強い表情は消えていた。二人を包む森も、しんと静まった。

――何だったんだ、あれは。

あの風はまるで息のようだった。腸《はらわた》の腐った獣の吐く呼気のようだった。

ふと気がつくと、直弥の二の腕には鳥肌が立っていた。

四

朝陽のあたる溜家《たまりや》の裏庭で、沓脱石《くつぬぎいし》に腰をおろし、蓑吉《みのきち》が一人ぽつねんとしている。

ようやく床から離れ、歩き回ることができるようになった。身体のそこここに打ち身の痕《あと》が濃く目立ってきて、肌が剝《む》けたみたいになっていたところがうっすらと火傷《やけど》の痕のように見えるほかは、そこらを走り回っている子供たちと変わりがない。この年頃の男の子らしい食欲もあらわれてきた。

だが、元気はない。

それも無理はない。縁側の端からそっと首を伸ばし、蓑吉の小さな背中を見守りながら、朱音《あかね》はため息を落とした。

自分の身に、いったい何が起きたのか。その大半を、蓑吉は思い出すことができない。どうしてもその記憶が戻ってこない。

自分の名前。小平良山《おたらやま》に近い山里の仁谷村というところで、源一《げんいち》という鉄砲撃ちのじっちゃと二人で暮らしていたこと。それはすぐにちゃんと思い出せた。だが、裏山で宗栄《そうえい》に見つけられる以前に、その村で何があったのか。話がそこへいくと、蓑吉の小さな顔が強《こわ》ばり、瞼が引き攣《つ》って、目が焦点を失ってしまう。

「蓑吉、しっかりして」

朱音がそっと揺り起こすと、顔に水をかけられたみたいに元に戻る。

「おら、今、あの——え?」

「いいのよ。いいの」

本人は、思い出そうとしているのだ。首をひねり、頭を抱えて。蓑吉自身も何がどうしたのか知りたいのだ。仁谷村で、蓑吉とじっちゃはどうしたのか。なのに思い出せない。分厚い壁にぶち当たったように、記憶が真っ暗だ。

「どうやら、おまえの心がおまえを守るために、思い出せないようにしているらしい」

宗栄にそう言い聞かされて、蓑吉と同じくらい、朱音も驚いた。

宗栄は無精髭《ぶしょうひげ》を撫でながら苦笑する。「朱音殿までそんな顔をしないでくださいよ」

人の心というものは、なかなかよく出来ているのだ、という。

「ひとつの大きな容れ物であるように見えるし、そのような働きをするが、実は内側に細かな仕切りがあり、それぞれの場所に収めるものも、その役立て方も異なっている。仕切りごとに蓋《ふた》を開け閉めすることもできる」

そして蓑吉の心は、仁谷村で起こった出来事については、今はまだ蓋をしておこうと決めているのだ。蓋を開けて中身を出すと、心の持ち主である蓑吉が、その中身の重さに倒れてしまうから。

朱音と蓑吉は顔を見合わせた。そういうことが自然にできるくらい、二人は親しくなっている。

「宗栄様、そんなこと言ってぇ、またおいらをからかってンな」

打ち解けて話すようになると、この子にも、おせんや加介《かすけ》に似た訛りがあるとわかった。

宗栄は懐手をすると、顔の片側だけをわざとらしくしかめて、

「蓑吉、生意気なことを言うなあ。この私がおまえをからかっていると?」

「うん」と、蓑吉は口を尖らせる。「だって宗栄様、いつもそうだもん」

朱音はつい噴き出してしまった。

確かに宗栄は、この子とやりとりを交わせるようになってからこちら、しばしばおかしなことを言ってきた。朱音をさして「天女様だ」とか、自分のことを歩いて海を渡ってきた偉い仙術使いだとか、おせんと加介は「私の式神《しきがみ》だ」とか、この屋敷は私が仙術でこしらえた幻だとか、じいは人の姿をしているが、本当は五百歳の老亀《ろうき》の化身なのだとか。

今の蓑吉に、ここが香山ではなく永津野領であることを教えるのは、まだ酷《むご》い。だから宗栄は、蓑吉が「ここはどこ? あんたたちは誰?」と問うてくるたびに、そうやってこの子を煙《けむ》に巻いてきた。

今も大げさに芝居がかって、

「この私は、天竺《てんじく》で何人もの将軍に天下をとらせた偉大な仙術使いなのだ、わっはっは!」

しかし、宗栄の大ボラを、蓑吉は真に受けてなどいなかったのである。

「ごめんなさいね」

朱音はなかなか笑いを止められず、まだ芝居がかった怖い顔を続けている宗栄と、ほっぺたをふくらませている蓑吉の両方に謝った。

「朱音殿にそこまで手放しで笑われては、立つ瀬がありませんなあ」

ようよう怖い顔をやめにして、宗栄は頭を掻《か》く。

「蓑吉、私はほんの少しでも、天竺の仙術使いらしく見えなかったかい」

「テンジクって何？」

朱音はまたひと笑いした。宗栄としては、せめて「どこ？」と訊いてほしかったろう。

「天竺は、海の向こうにある大きな国だ。そして蓑吉、おまえが今いるここは、村で源一じいさんと楽しく暮らしていたころには、天竺よりも遠い場所だと思っていたところだ」

空とぼけた口調のまま、唐突に宗栄が言い出したので、朱音の笑顔が凍りついた。

「ここは永津野領内の名賀《なか》村という村だよ。仁谷村から見ると、小平良山を挟んで東側になる」

「宗栄様！」

とっさに遮ろうとした朱音に、宗栄は、

「蓑吉は大丈夫ですよ。なあ？」

蓑吉はいっとき宙に目を泳がせて、それから忙しなく瞬きをすると、あらためて朱音を、そして宗栄を見た。探るように、深く見た。

「じゃ、おいらは捕まってるの？」

幼い声で、真っすぐな問いだ。ひるむ朱音を尻目に、宗栄は嬉しそうににっこりした。

「すぐさまそう考えられるということは、おまえのお頭《つむり》は、永津野と香山のいざこざについて、ちゃんと弁《わきま》えているんだな。心も、これはとんでもないことになったと怯えているか？　ここに手を当てて確かめてごらん」

蓑吉は素直に言われたとおりにして、片手を左胸にあてた。

「どきどきしてる」

「そうか。少し怖いんだな。だが、怖がることは何もない。朱音殿はおまえを捕まえたりなさらないし、おまえを捕まえようとする誰かに引き渡したりもなさらない」

「げ、元気になったら、こっそり香山に帰してあげます」

急くあまりにつっかえて、朱音は言った。

「だから安心してここにいていいのよ」

「但し、屋敷の外に出てはいかん。朱音殿、私、おせんに加介にじい。この五人のほかに、顔を見せてもいかん。誰か来たら隠れろ。おまえが見つかってしまうと、朱音殿が困ったことになる」

子供にはきびし過ぎる言い様だ。だが、蓑吉はひるまない。大きくひとつうなずいて、

「うん、わかった」

しっかりしている。源一という祖父に、よく躾《しつ》けられて育ったのだろう。

「おまえの心が、おまえが村で起きた出来事を思い出しても堪えられるようになったと思ったら、今は閉じているその部分の蓋が開く」

蓑吉の心の臓の上を軽く指でつついて、宗栄は続けた。

「すると、我々にもおまえの身に何が起きたのかがわかる。安心しておまえを仁谷村に帰していいの

かどうか、判断がつくようになる。だからそれまではここにいる。いいな?」

そのやりとりがあったのが、半刻《はんとき》ほど前のことだ。以来、蓑吉はああしてぽつんと座り、こちらに小さな背中を見せている。

しばらく、そっとしておいた方がいいのはわかっている。こんなふうに盗み見ているのに気づかれたら、かえってよくない。朱音は自分に強《し》いて、その場を離れた。

このごろの朱音は、機屋《はたや》で一日働くことが多い。新家《しんや》が完成するまでは、養蚕の規模はもう広げようがなく、お蚕様のお世話に要る人手も限られている。一方の機屋では、永津野独特の模様の絹織物を作り出すことができないものかと、女たちがいろいろと案を持ち寄っては工夫を重ねていて、朱音もそれに加わっているのだ。

名賀村の機屋は、庄屋の長橋《ながはし》家が今の場所に屋敷を構える前に使っていた広い平屋を改造したもので、ぶちぬきの板敷きに、ずらりと十台の機を並べてある。板敷きの先の、建物から鉤《かぎ》形に飛び出した部分はもとは厩《うまや》だったところなのだが、そこにも床を張り、反物や絹糸の保管と、糸繰りや道具の手入れなどに使えるようにしてあった。で、ここに見習いの娘たちがいることも多いのだが、今日は違った。見慣れない男が一人、折り畳み式の文机を据え、そこに向かって筆を執っている。

誰だろう。ときどき城下からやってくる絹織物問屋の者か。いつも来る手代は、隙を見ては朱音におべっかを使おうとべたべたまとわりついてきて、夏の蚊柱より不愉快だった。他の者に代わったのならありがたい。

歳のころは宗栄と同じぐらいだろう。襷《たすき》で両袖をくくっているのが様になっており、にこやかな顔つきは、絹織物という美しいものを扱う商人《あきんど》らしい。が、解《げ》せないのはその広い月代《さかやき》だ。大月代は武士のしるしで、商人にはふさわしくない。

「小台《おだい》様、お越しでございますねぇ」

機屋の女たちのまとめ役、老女のお染《そめ》が出てきて迎えてくれた。

「遅くなってごめんなさい」

「とんでもございませんがぁ。榊田《さかきだ》様のお怪我はいかがでござらっしゃいますか」

宗栄が山で怪我をしたという言い訳は、ここでも便利に使っている。

「温和《おとな》しく寝ていてくださらないので、なかなかよくならなくてね。おせんが怒っています」

「まあ。あんまり重くて大変なようでしたらばぁ、庄屋さんのとこへ移ったらええですよぉ。女中も大勢おりますからね。それとも、誰かお手伝いに参りましょかぁ」

とんでもない。本当に、隠し事のために嘘をつくのは難しい。

「いいえ、おせんがいれば手は足ります。それよりお染さん、あちらはどなた？」

件の男は、機屋のなかを眺め回しつつ、にこにこ顔でしきりと筆を動かしている。

「何だか楽しそうだけれど、問屋の人かしら」

「あら、あの方、小台様にご挨拶してなかったんですか。庄屋さんのお客様ですがぁ」

朱音はこの数日、長橋家には近づかないようにしているから、知りようがなかった。

「絵師の人でございますよ」

嚙みにくいものを嚙むように、お染はまばらに歯の抜けた口を大きく動かして言う。初めて口にする言葉なのだろう。

「相模のお人で、庄屋さんのお世話でぇ、しばらく逗留《とうりゅう》されるそうでございます」

旅の絵師か。長橋茂左右衛門《もざえもん》の一存で名賀村に入れるわけはなく、城下から許しを得て来たのだろう。

朱音の視線に気づいたのか、件の絵師は手を止め、筆をおいた。朱音もするすると彼に近づき、互いにかしこまって挨拶を交わすことになった。

「小台様がお見えになったならば、すぐにもご挨拶を申し上げるべきでございました。ご無礼を平にお許しください」

絵師は菊地圓秀と名乗った。菊地家は、相模藩御抱絵師の家柄であるという。ならば大月代も当然だが、当人はいたって気さくにふくふく笑うと、

「わたくしは江戸深川の商家の生まれでございます。縁あって菊地家に養子に迎えていただきましたが、必ず跡取りになると決まったわけではなく、師匠でもある養父の門人たちと、さして変わらぬ立場でございます」

精進を怠れば養父の勘気を買い、家を追い出されてしまうと、けろりと言う。

「永津野には、わざわざ絵を描きにおいでになったのですか」

「陸奥《むつ》の各地を旅して、行く先々で目に触れる景色や珍しい物事を描いております」

それが修行なのだという。

「こうした機屋の様子など、他の土地でも珍しいものではないと思いますが」

「しかし、皆さんのお顔は珍しい」

意味がわからなくて、朱音がつと小首をかしげると、圓秀はまたふっくりと頬をほころばせた。

「お顔が輝いている。ここで働くことが嬉しくて、日々、やり甲斐《がい》がおありなのでしょう。わたくし

はあちこち旅して参りましたが、領民の顔がこのように輝いているところは珍しい」

永津野の民は、これまで立ち遅れていた新しい産業の振興に、心をひとつにして打ち込んでいる。その成果が上がり、暮らしが上向きになれば、さらに士気が高まり意欲が湧いてくる。確かに幸せだ。

しかし、但し書きは要る。曽谷弾正《そやだんじょう》に従順でいる限りは、と。

「この養蚕の奨励策は、小台様の兄君のご発案だそうでございますね」

朱音の屈託も、その〈奨励〉の裏面も知るはずはなく、問いかける圓秀の表情は開けっぴろげに明るい。

「兄は他国者《たこくもの》でございますから、他国で広く行われていることが、なぜか永津野では立ち遅れていると気がついた――それだけのお話でございます」

話を逸らしたくて、朱音は圓秀の手元を覗きこんだ。「まあ、本当に機屋の皆を描いてくださっているのですね」

「はい。まだざっとした下描きですが」

片綴じにした大判の帳面、おそらくこうした下描きや素描に使うものなのだろう、その丁をめくって見せてくれた。機の前に座る女たち。糸繰りをする娘たち。母親たちが機織りをしているあいだ、赤子の守りをしながら機屋の隅で遊んでいる子供たち。矢立ての筆一本だけで、太い線も細い線も、真っすぐな線も丸い線も自在に操り、活き活きとした人の動きや、機屋に流れる空気まで写し取っている。朱音は、ふくふく顔の絵師を見直した。

「お仕事のお邪魔にならぬよう、重々気をつけますので、ここに小台様も描かせていただけますか」

「圓秀様がお描きになりたい絵が見えましたなら、どうぞ」

ほほう――と、圓秀は感心した。

「さすがは小台様。絵師のわたくしに、〈絵が見えたなら〉とおっしゃいますか」

おべっかではなく真に感じ入っているように聞こえる。絵師などという浮世離れした生業の人びとは、たいがいこんなふうに素直で、隠し事がないのかもしれない。少し羨《うらや》ましいような気もした。

その後、朱音がひとしきり機を織っていると、庄屋の茂左右衛門がやってきた。熱心に描き続けている圓秀を見つけて、

「ああ、ここにいらした」

大きな声で言い、子供を叱るときのように両手を腰にあてる。

「朝飯を済ませて出たっきり、どこにいるかもわからない。まったく、〈鉄砲玉〉とは先生のようなお人のことを言うのですよ」

「先生はご勘弁ください、庄屋殿」

圓秀は笑顔で応じつつ、まだ筆を止めない。庄屋が来たことで機屋の女たちに新しい動きが生まれ、景色が変わって面白いのだろう。

「ところで長宝寺《ちょうほうじ》のお蔵のことですが、住職が承知してくれましたのでな。いつでもお好きなときにご覧になれますよ」

ちょうどお八つ時だったので、茶菓を囲みながら茂左右衛門が切り出した。

「しかし、なにしろ古いものですし、しまいこんだきり手入れもしておりませんからな。黴《かび》が生えたり、割れてしまったりして、見るに堪えないかもしれません」

「かまいません。ともかく、この手に取って見てみたいのです」

何の話か、朱音は問いかけるように茂左右衛門を見る。と、圓秀が答えてくれた。

「この地には、昔、奉納絵馬というものがあったそうなのですよ」

「願い事を書く、あの絵馬でしょうか」

茂左右衛門が首を振る。「今はすっかり廃《すた》れておりますからなぁ。小台様はご存じなくて当たり前です」

永津野の奉納絵馬とは、神社ではなく寺に納める。彼岸に渡った死者の暮らしに不足がないよう、身の回りのものを絵に描いて納めるのだ。彼の地ではこのように暮らせるようにという願いを込めて、贅沢《ぜいたく》品を描くことも多い――という。

「ですから、絵馬と申しましても小さなものではなくてぇ」

茂左右衛門は軽く両手を広げて、宙に長四角をつくってみせた。

「手前どもが、毎年秋の彼岸の入りに納めていた絵馬は、これくらいはありました」

「立派なものですね。それもお蔵に残っているといいのですが」

朱音にはまだよくわからない。「その奉納絵馬は、どうして廃れてしまったのですか」

庄屋はちらと機屋のなかに目をやった。女たちは、お八つとおしゃべりを楽しんでいる。

「――ご禁令が出たんでございますよ」

これ以降、寺社に奉納絵馬を奉じること、金品を介して奉納絵馬を描かせること、共にまかりならん。

「ご先祖様のために絵馬を奉納するというだけなら、何もけしからんことはないんでございますが、奉納絵馬が盛んになるにつれて、これを描く仕事が、津ノ先《つのさき》城下でお武家様の内職になりましてな」

圓秀がぽんと手を打った。「ああ、軽輩の家では内職に励みますからな。禄だけでは食べていかれませんから、どこでもそうです」

これまた憚《はばか》るふうもなく口にする。なるほど、奉納絵馬はある程度の絵心と教養がなくては描けないものだから、永津野藩の下士が暮らしの足しの小銭を稼ぐには格好の仕事だったのだ。

さすがに、茂左右衛門はちょっと声をひそめた。「それがお城のお怒りを買いましてぇ。贅沢品を絵に描いて金儲《もう》けをするなど、永津野の武士のするべきことではないと」

二十年ほど前のことだというから、竜崎高持《りゅうざきたかもち》公の父親の代である。先君は武士《もののふ》の歩む道の峻厳《しゅんげん》かつ孤高であることを尊び、武張《ぶば》ったことを好む君主であった。

「この禁令で、当時お寺に納めてあった絵馬はみんな外されて、お焚き上げになったぁでね」

焼き捨てられてしまったのである。

「ただ、檀家衆の願いのこもった絵馬を焼くのは辛いというて、外した絵馬をしまいこんで隠してくれたお寺さんもありましてなぁ」

名賀村の古寺《ふるでら》、長宝寺もそのひとつなのだという。

「圓秀様は、それをご覧になりたいのですね」

やっと話の筋が見えた。圓秀は深くうなずき、目を輝かせる。

「奉納絵馬は、本職の絵師の筆に頼らず、内職という形で描き手が広がったことで、独特の技法が生まれていると思うのです。書はまだしも画《え》となりますと、武家でも軽輩の方々は、筋道立てて習っていないことの方が多《おお》ございますからね」

内職であれば注文を受けて描くわけだし、一応の決まりや基礎を教わりはしても、個々の描き手は見よう見まねで描くから、随所に拙《つたな》さや癖が残って、それが独特の表現に通じるのだと、圓秀は熱っぽく語った。

「素人の工夫が、圓秀様ほどの腕前の方の参考になるとも思われませんが」

「とんでもない。わたくしはまだまだ未熟者でございます。何を目にし、何に耳を傾けても、絵を描くための滋養になります」

茂左右衛門は目元の皺を深くして苦笑する。「城下からお着きになってぇ、すぐにもうちの厩へ座り込んで、画帳を広げられたのには腰を抜かしましたがなぁ」

「名賀村の厩の造りが面白いからですよ。人の住むところと繋がっていますが、曲家《まがりや》とは違い、あいだに厨《くりや》を挟んでいるのですね。中庭があって井戸があるところもある」

圓秀は本人の言葉どおり、陸奥のあちこちを見て歩いているらしい。朱音は水を向けてみることにした。「圓秀様は、永津野に入る以前はどちらに」

「半月ばかり前までは、仙台におりました。その前は遠野に」

指を折りながら、立ち寄った土地の名をいくつか挙げてみせる。

「こちらでは、永津野の景色と風俗を描くほかに、ぜひとも大平良山を描きたいと思っております。山神様がおわすのだそうですね」

「はい。お姿の美しいお山でしょう?」

「登れば険しいのでしょうねえ。神山とはたいがいそういうものです」

「お止め山ですがぁ」と、茂左右衛門がやんわり割り込む。「登ることはできません」

圓秀は、意地悪されて焦《じ》れる子供みたいな顔をする。「何とかなりませんかなあ。遠景と近景、二つを並べて描きたいのです」

「お山のことは、人の勝手にできませんがぁ」

朱音はぺろりと訊いてみた。「香山藩には掛け合ってみられましたか?」

たちまち、茂左右衛門は跳び上がらんばかりになった。

「小台様、何をおっしゃいます!」

二人の間できょとんとしている圓秀には、

「あちらでもきっとお止め山ですがぁ。ずうっと昔から、大平良山は山神様のお住まいだと言われておりますからな」

「はあ、そうですか」

のほほんとした絵師の返答に、朱音は内心がっかりした。圓秀はまだ香山藩には足を踏み入れていないのか。少しでもあちらの様子を知っていたら、こっそり教えてもらおうと思ったのに。

何だか気持ちが落ち着かず、朱音がいつもより早目に溜家に帰ると、おせんとじいと蓑吉は厨に揃っていた。おせんが煮炊きをし、じいと蓑吉が手伝っている。三人で声を揃えて、小台様お帰りなさいと言ってくれた。

「蓑吉は、今日はよぉく手伝ってくれたぁです。ねえ、じい?」

じいも、もともと細い目をさらに細めてうなずいた。

「裏庭を掃いてぇ、豆の皮をむいてぇ、粟と稗《ひえ》をついてぇ」

おせんが言い並べるのに、蓑吉が口を入れた。「た、たけのこを探しに行った」

「まだ早すぎるでしょう」

驚く朱音に、おせんは顔をしかめる。

「宗栄様が連れてったんですがぁ」

「裏山に登ってみて、怖くはなかった？」

蓑吉はぎこちなくうなずく。

「たけのこは、まだなかったけど」

口実としては下手だった。山牛蒡《やまごぼう》を採ると言った方がよかった。

「何か思い出したり、気持ちが悪くなったりしなかった？」

「ちっとも」と、かぶりを振るが、蓑吉のその首の動きがおかしい。頭も少し右に傾いでいる。

「蓑吉、ここが痛いのじゃないの？」

指で触れてみると、首の右側から後ろ側にかけて、かちんこちんになっている。動きがぎこちないのもそのせいで、首を回すことも、後ろへ倒すこともできないようだ。

「急に動き回ったから、痛めていたところが悪くなってしまったのかしら」

そこへ、裏庭を回ってきたのか、勝手口から宗栄がひょいと顔を見せた。

「ああ、腹が減った。いい匂いだな、おせん。晩飯のお菜は何だ？」

嬉しそうに大声で問いかけてから、朱音に気づいた。「朱音殿、お帰りでしたか」

「お帰りでしたかぁじゃないですがぁ！」

当の蓑吉は目をぱちぱちさせているだけで、朱音とおせんが説明すると、宗栄は蓑吉の首に触れ、

「何だ、大騒ぎするほどのことじゃない」

凝《こ》っているだけだ、という。

「こっちへおいで。治してやろう」

蓑吉を従えて、今もこの子が寝起きしている東の間へと行く。朱音もついて行った。宗栄は、出かけて戻って足を洗わずにあがってしまったので、廊下に大きな足跡がべたべた残っている。これでまたおせんが怒る。朱音が笑いを堪えていると、蓑吉もそうしていた。

「入って、そこに腹ばいになりなさい」

蓑吉はちらっと朱音の顔を仰いでから、座敷の真ん中に腹ばいになった。あらためてこうして見ると、背中が細いし足も小さい。

「おまえは、洞のなかに頭を突っ込んで一夜を過ごしたようだからな。首が凝るのもあたりまえだ」

寝違えたみたいなものだ、という。

「でも、今までは何ともなかったのに」

腹ばいになった蓑吉は、畳に鼻の頭をくっつけるようにして言う。

「ほかにもっと痛いところがあるうちは、感じなかったのだよ。人の身体というのは上手《うま》くしたものでな。一度にいくつもの場所が痛むことはないのだ」

蓑吉の脇に座して、宗栄は両手でその身体の首や背中や脇腹に触ってゆく。

「ここが痛いか」

「うん」

「こっちは」

「痛くない」

「足を曲げてごらん」

蓑吉はぴょいと膝を曲げて足を跳ね上げた。勢いがよかったので、その踵《かかと》がちょっと前屈《まえかが》みになっていた宗栄の顔にあたった。

「おいおい、私の方が痛い」

朱音はまた笑ってしまった。

「ふむ、やっぱりただの凝りだ。蓑吉、力を抜いてだらりとしろ」

そして宗栄は、蓑吉の右足の付け根、お尻の下のあたりを揉《も》みほぐし始めた。親指で押すようにしてぐいぐいと揉む。

「へ、へ、へ」と、蓑吉が声を出した。「くすぐったいよ」

ついで宗栄は掌《てのひら》を広げ、蓑吉の右の尻の下にあてて、とんとんと叩き始めた。ひとつ叩くたびに蓑吉の肩まで揺れるから、けっこうな強さのようだ。

それにしても、何か間違っていないか。言った方がいいかどうか朱音が困っていると、後ろで足音がして、おせんが声をあげた。

「あれ？　宗栄様、蓑吉が痛いっていってンのは首ですがぁ。お尻じゃねえ」

そうなのだ。だから朱音も困っている。

宗栄は涼しい顔だ。「わかっとる」

さらにとんとんと叩き、親指で揉む。蓑吉が「ぐうう」と喉《のど》で笑った。

「蓑吉、笑ってちゃいけないよ。宗栄様ぁ、あんたのおつむとお尻をとっちがえていなさるがぁ」

よし、と宗栄は手を止めた。「蓑吉、起きて首を回してごらん」

蓑吉はくるりと身を起こし、朱音たちに向き合って座ると、おそるおそるというふうに首を回してみた。すぐ、その目がぱっちりと大きくなった。

「痛くねえや」

小さな手で自分の首筋に触り、

「かちんこちんじゃねえよ！」

朱音もおせんも驚いて、蓑吉の首筋に触れてみた。本当に、さっきはあれほど凝って硬くなっていた首筋が、やわらかく治っている。

「宗栄様、何をなすったんだぁ？」

宗栄は含み笑いして、「だから、私は仙術使いなんだよ」

朱音もおせんも驚くばかりだ。

「蓑吉、もういっぺん腹ばいになれ。ほかのところもやってみせよう」

蓑吉が、左肩の後ろ、かいがら骨のあたりが少し痛いというと、宗栄はその左腕をとってねじり上げ、掌を天井に向けさせた。

「わ！　蓑吉の肩が抜けてしまうがぁ」

「おせん、いいから見ていましょう」

「蓑吉、私がみっつ数えるまでのあいだ、この格好でいるのだぞ。私はおまえの腕を下げるように力を込める。おまえはそれに負けないように堪える。そして、みっつ数え終えたら、だらんとする。いいな？」

ひとつ、ふたつ、みっつ。宗栄が「よし」と声をかけたら、蓑吉は腕をだらんとした。これを何度か繰り返し、蓑吉を起こして大きく息をさせると、

「どうだ？」

「うん、もう痛くない！」

蓑吉が両腕をぶんぶん回し、その拳が宗栄の鼻に、まともにあたった。

すっかり痛みのとれた蓑吉は、風呂焚きの支度をしている加介を手伝いに、裏庭へ行った。おせんは厨へ戻った。

「あれは、〈活法《かつぼう》〉という技でしてな」

かつては格別珍しいものではなかったと、宗栄は言う。蓑吉にぶたれた鼻の頭が赤い。

「戦場《いくさば》の侍たちが、次の戦でも満足に動けるよう、疲れて痛む身体を整えるために、互いに工夫してかけ合った技なのです」

だから、戦続きの世の中では、武士《もののふ》たちのあいだで広く知られていたという。

「矢傷や刀傷、骨折などは治せません。しかし疲労からくる凝りや攣れ、捻《ひね》って痛めたところならば、急場を凌ぐくらいには癒やせるし、治せる。これは大事なことなのです。勝ち進んでいるときはもちろんですが、戦場では、敗走するときも、できるだけ多くの兵が自力で動ける方がいい」

おせんが盥《たらい》と手ぬぐいを持ってきてくれたので、宗栄は汚れた足を拭いている。

「そういう技がすっかり珍しいものになってしまったのは、世が太平であるしるしです。めでたい、めでたい」

めでたいという言い方に、普段のこの人らしからぬ小さな棘《とげ》があり、ちくりと朱音の耳に刺さった。

宗栄が汚れた手ぬぐいを濯《すす》ごうとしたので、朱音は手を出して遮った。

「やや、朱音殿にこんなことをさせては」

「かまいません」

盥の水で手ぬぐいを洗い、朱音は訊いた。「では宗栄様は、永津野藩の呼び方をするならば番士のお家柄の方であって、お医者様ではないのですね」

「はい。榊田《さかきだ》家は医家ではありません」

言って、宗栄は鼻先で皮肉に笑った。

「気位だけは売るほど持ち合わせている貧乏な御家人です。まさに、武士は食わねど高楊枝ですよ」

その言い方にも毒があった。宗栄は、自分の家とのあいだに何か確執があるのだろうか。そのことと、彼が旅の空にあることとは、関わりがあるのだろうか。

そも貴方は何者ですか。それを問う、今は良い機会かもしれない。思案する朱音の心中を察したのか、宗栄はにっと歯を見せて笑った。

「それでもまあ、私がこうして風来坊を気取っていられるのも、そんな家と身分があってこそなのですから、あまり悪く言っては罰《ばち》があたりましょうな」

ここはこのくらいにして、詮索《せんさく》してくれるな。朱音はそう受け取った。押し隠すほどの必要はなくても、進んで言いたくないことなら誰にでもあろう。朱音にだってある。いや、進んで押し隠したいことがある。

「夕餉《ゆうげ》の前に、悪口で口が不味《まず》くなるのもつまりません」

「左様でございますね」

手ぬぐいをきゅっと絞り、朱音は微笑した。この方には、どうにもかなわない。

「でも宗栄様、どうしても不思議ですわ。なぜ、首の痛いところを治すのに、お尻を叩くのですか」

「いやいや、ただぺんぺんと叩いたわけではなかったでしょう？」

宗栄は照れたように笑う。

「人の身体は、まず骨格があり、その上に肉がついている。そして骨と肉、肉と肉とを繋ぐのは筋、または腱《けん》というものです」

すべて繋がっていますと、自分の腕を曲げ伸ばししてみせる。

「首を支えている肉は、背中からずっと腰を通って尻の下まで、ひと続きになっているのですよ。だから首のあたりが凝ったり攣ったりしているのを、尻のところでほぐして緩めてやると、首も緩むのです。硬さがとければ血の巡りが戻り、動きもよくなる」

糸がぴんと張っているとき、片方を緩めれば自然ともう片方も緩む。それと同じか。

「生きものはすべてそうです。身体は全体が繋がり、動いている」

「では、蓑吉の腕をこう、ねじ上げたのは」

「裏山で倒れていたとき、蓑吉は普通ならあり得ないような姿勢でひと晩を過ごしたわけです。その姿勢で固まってしまった腕の肉を、反対の力をかけることでほぐしたのです」

活法の技は強い力をかけるものではないので、呼吸さえ呑み込めば朱音でもできるという。

「生きものの身体は、傷ついたときや疲れたとき、まず自分で自分を治そうとします。それに少し手を貸すだけですからね」

なるほど、と朱音がうなずいたとき、東の間の窓の向こう、裏庭の方から、魂消《たまげ》るような鋭い悲鳴が聞こえてきた。

蓑吉の声だ。朱音は自分の顔から血の気が引く音を聞いた。宗栄が跳ねるように立ち上がり、窓から外へ躍り出た。朱音も裏庭に駆けつけた。

「どうした！」

薪小屋のそばに、加介と蓑吉がしゃがみこんでいる。二人で、割った薪を束ねて片付けているところだったらしい。鉈は薪小屋の戸口に立てかけてあり、箒《ほうき》が放り出してある。

蓑吉は加介の懐に顔を突っ込むようにして、しゃにむにしがみついている。加介は全身でかばうように蓑吉を抱きしめて、狼狽に目を泳がせていた。

「加介、どうしたの？　蓑吉は――」

朱音が息を切らして問いかけたとき、薪小屋の陰を覗いていた宗栄が振り返った。朱音を見て、眉を寄せて険しい顔をする。

「お、小台様、へ、蛇が出たでぇ」

蓑吉がぎゅうぎゅうしがみつくものだから、加介はぺたりと尻を落としてしまった。

「蛇？」

「青大将ですよ。かなりでかいが」

ぐうぐう寝ていますよ、と宗栄は言う。

「朱音殿、蛇は怖くありませんか」

「わたくしは山育ちですから」

蓑吉の背に手を触れると、震えが伝わってきた。歯を食いしばっているようだ。

「蓑吉、皆が来たから大丈夫ですよ」

優しく背中を撫でさすってやってから、朱音は立って薪小屋の陰を覗いてみた。

思わず、声をあげてしまった。「まあ、本当に大きいこと」

とぐろを巻いているのでわかりにくいが、大人が両手を広げたぐらいの長さがありそうな青大将で、頭は朱音の拳ほどの大きさだ。とぐろの半ばは藪に隠れて、これだけまわりに人影がさしても知らん顔だ。

満腹なのである。兎《うさぎ》でも呑み込んだばかりなのだろう。腹が大きく脹《ふく》れている。

「蓑吉、箒を使っててぇ、小屋の裏手の方へいったら、とたんに大声で叫んでぇ、おらに飛びついてきよったですがぁ」

赤ん坊を抱くように、加介は蓑吉を抱え込んでやっている。

「蓑吉、蛇は腹いっぱいで寝ているんだ。悪さはせん。何も怖くないぞ」

宗栄の呼びかけに、蓑吉は加介の懐に首を突っ込んだまま、いやいやをした。朱音がそばに寄り、また背中を撫でてやろうとするとびくっとして、加介を突き飛ばすようにして逃げ出した。

「おい、待て！」

宗栄が大股で追いつき、蓑吉の襟首をつかまえて引き戻した。蓑吉は目を瞠り歯を食いしばり、両手で空をひっかき足を跳ね上げて逃げようとする。

「蓑吉、しっかりしろ！」

宗栄は蓑吉の身体をつかむと、くるりと回して向き直らせ、両肩をつかんで揺さぶった。子供の頭がぐらぐらする。黒目が上に寄っている。

「私を見ろ。蓑吉、私を見ろ」

宗栄が鼻先をくっつけるようにして大声で呼びかける。蓑吉は全身を突っ張らせて抗《あらが》い、まだ逃げようとする。

中腰になったまま、困り顔の加介が蓑吉に呼びかける。「お山の蛇はぁ、今はまだ土ンなかから出てきたばっかだで」

蓑吉の頬を、宗栄が手でぱんと張った。上に寄っていた黒目がもとに戻り、首のぐらぐらが止まった。

加介は懸命に言い募る。「蛇も寝ぼけてるからぁ、こげなところサのこのこ出てくンだ。悪さはしねっがら」

朱音はすり足で薪小屋に近寄り、首を伸ばして覗いてみた。腹いっぱいの寝ぼけ蛇も、さすがにこの騒ぎが気になったのだろう。とぐろをほどいて、ずるずると藪のなかに消えてゆくところだった。

「蓑吉、蛇はもういませんよ。行ってしまいました。もう怖くありませんよ」

蓑吉の目が焦点を結び、間近にぐいと迫っている宗栄の顔を認めた。

「――お、おいら」

声が濁っている。宗栄が帯に挟んでいた手ぬぐいで、蓑吉の口元の泡を拭ってやる。

「どうだ、少し落ち着いたか」

宗栄の目を見つめ返して、蓑吉はうなずく。それから朱音を見て、加介を見て、今度は声に出して
「うん」と答えた。

「私と一緒に、大きく息をしろ」

吸って、吐いて、吸って、吐いて。蓑吉の顔に血の気が戻ってきた。

朱音は加介に囁きかけた。「こちらはいいから、おせんを手伝ってやって」

加介は心配そうに振り返り振り返り、家のなかに戻っていった。

「蓑吉、ひとつ尋ねる」

その華奢な肩を抱いたまま、宗栄は声音を厳しくした。

「おまえは、ああいう大きな蛇に出くわして、怖い目に遭ったことがあるのか」

蓑吉の頬を、大粒の汗がひと筋伝う。

「ううん」

「ならば、なぜそんなにも蛇が怖い？」

子供のすべすべした額に皺が寄る。蓑吉は言葉を選び、考えている。

「蛇――じゃねえけど」

あいつは蛇に似てたから、と呟いた。

訝《いぶか》しそうに、宗栄の眉間にも皺が寄る。

「あいつ？」

蓑吉の目玉がまた上を向きそうになったが、今度はそれを自分で堪えた。くちびるを噛みしめ、両手を拳に握って。

「そんで、うんと、でっかいんだ」

また歯を食いしばっているのだろうに、それでも蓑吉は細かく震え始めた。

「蓑吉、よくわからん。あいつとは何だ」

詰問調の宗栄に、見かねて朱音は口を出した。「宗栄様、そんなに強く訊いては」

「お静かに」

宗栄はぴしゃりと朱音を制し、蓑吉から目を離さない。

「あいつというのは、何だ。蛇に似ているが、蛇とは違うのだな？」

少し間があって、蓑吉はうなずいた。

「で、大きいのだな。どのくらいだ」

「番小屋よりでっかい」

「番小屋というのは？」

「うち。じっちゃのうち」

「蓑吉とじっちゃの家か」

「うん」

「この薪小屋ぐらいの小屋か」

「もっと大きいよ！」

蓑吉はいやいやをするように首を振り、急にムキになったようにまくしたてた。

「じっちゃは村の番人だもん。番小屋は、じっちゃが村の若い衆に助けてもらって建てたんだ。おいらも、もうちっと大きくなれば、小屋を建てるくらい手伝えるって言ってたのに」

「わかった、蓑吉、よくわかったから」

蓑吉は息を切らし、ちょっと黙ってから、低く呟いた。

「ありゃ――お山じゃ」

「ん？　どういう意味だ」

「伍助《ごすけ》さんが言ってた」

「伍助とは誰だ。仁谷村の者か」

「うん」

「蓑吉と一緒にいたのかい？」

「けど、すぐいなくなっちまった」

「はぐれてしまったのかな」

蓑吉は答えない。そのまま固まったようになった。何かを思い出し、心の目で見ている。見直している。もう一度体験し直している。

やがてぶるりと胴震いすると、初めて自分から宗栄の目を覗き込み、こう尋ねた。

「宗栄様、いっぱい旅をしてなさるだろ」

宗栄は軽くまばたきした。「ん？　まあ、あちこち行ったことはあるが」

「他所のお山にも、あんなものがいる？」

そこで言葉が途切れた。蓑吉の目が泳ぎ、身体は小刻みに震え、膝頭《ひざがしら》が合わなくなる。

宗栄はさらに蓑吉に顔を寄せ、声をうんと低くして、ゆっくりと尋ねた。

「あんなものというのは、どんなものだ」

蓑吉は歯を食いしばっている。

「もっと詳しく言ってくれ。どんなものだ」

朱音も息を詰めて、蓑吉の小さな顔を見つめた。何を言いたいの。何を見たの。

囁くような声で、蓑吉は言った。

「か、かいぶつ」

その言葉で堰《せき》が切れた。蓑吉の両目から涙が溢れ、身体が震えて、歯が鳴った。

「村のみんな、あいつに、あの怪物に喰われちまった！　伍助さんも、じっちゃも戻ってこねえ。村いちばんの鉄砲撃ちなのに！」

わあっと声をあげて泣き出した蓑吉を、宗栄は押さえようとせず、むしろ手を離して自由にしてやった。蓑吉は両手で顔を覆い、身を揉んで泣いた。

「おいらも、山道で、あいつに呑まれたんだ。逃げらんなかった。あいつのでっかい口が目の前にあって、苦しくって、真っ暗で、何もわかんなくって、おいら、おいら」

溜まりに溜まった恐怖を、怒りを、まとめて吐き戻すようなその叫びに、朱音と宗栄は、ただ呆然とするばかりだった。

五

やじの背中だけを見つめ、黙々と山道を登って登って、小日向直弥がようやくたどりついた仁谷村は、覚悟していた以上の無惨な有様になっていた。

すっかり打ち壊され、焼け落ちている。まったく人気《ひとけ》がない。あるのは死の気配と、死のような静寂ばかりだ。山の鳥たちの囀《さえず》りも聞こえず、鼠一匹いない。村の南側を流れる小川からは魚影が消えていた。

検視に来ているはずの番士隊も、どこへ消えたのか。馬笠のひとつも落ちていない。

言葉を失う直弥に代わって、ここで初めてやじが口をきいた。

「ここにはもう、生きものはいない」

表情は険しいが、落ち着いている。ただ、思いがけずやわらかな声だった。

「そ、そうか」と、直弥は言った。いかん、私が臆してどうする。

「まわりを調べてみよう」

二人で手分けをして瓦礫《がれき》と焼け跡を調べた。村人たちが手近な農具や道具を用いて何かと争ったような跡が見つかった。火事の火元はひとつではなさそうだ。騒動のなかで灯火が倒れて火が出たところもあれば、明らかに油が撒《ま》かれて燃えたところもある。

村を囲む森の奥深くに足を踏み入れてみると、さらに面妖なものが見つかった。

「これは何だ？」

下草が平らに踏みつぶされている。円座ほどの大きさだ。

やじは素っ気なく応じた。「足跡だ」

形からして、直弥もそう思ってはいた。指のような形がうっすら見える。が、信じられないからこそ訊いたのだ。

「こんなに大きいのに？」

やじはうなずき、鼻面に皺を寄せた。「臭いも残っている」

動揺しているせいか、直弥には何も感じとることができない。額の汗を拭い、青空を仰いだ。今はこの明るい日差しが心強い。

「ここにいても仕方がない。本庄村へ向かおう」

本庄村は北二条の五カ村の束ねだ。庄屋の秤屋《はかりや》・出水金治郎《いずみきんじろう》がおり、山番の屯所《とんしょ》もある。検視の番士隊も、今はそちらにいるのかもしれない。

御館町から仁谷村までは半日ほどかかるが、仁谷村から本庄村まではおおよそ二里。病み上がりの直弥の足でも、一刻あれば充分たどり着ける。

「おまえも、早く達之助に会いたいだろう」

やじは、仁谷村へ向かう達之助についていきたいと、その足にすがるようにしてせがんだという。その心中を思って声をかけたのに、返事はなかった。やじの横顔は冷ややかで、直弥の方を一瞥もせずに、とっとと先に立って歩き出した。

村から西へ向かう小道の端には、何事もなかったかのように白い小花が咲いている。道はよく踏み均《なら》され、まわりの木々の枝が刈ってある。仁谷村の人びとの勤勉な暮らしぶりの一端が見えるようだった。

だが、しばらく進むと、そこには目を疑うようなものが待ち受けていた。

強烈な腐臭を放つ奇怪な塊だ。不用意に目を近づけて、直弥は腰を抜かしかけた。その塊は、何人分かの骸《むくろ》と衣服が混じってできていたのだ。溶けてどろどろになっている。

「こ、これは」

ねばついた塊の隅から、人の足先が突き出している。こみあげる吐き気に、直弥は思わず背中を向けて身を折った。冷汗がどっと噴き出してくる。

「――ひどい」

やじの呟きが聞こえた。

「きっとほかにもある。探すか？」

問われて、直弥は何とか顔を上げた。「探して、何か足しになるだろうか。誰かを助けることはできると思うか」

やじはかぶりを振る。

「ならば、先を急ごう」

逃げるような足取りになってはいけない。直弥は己を叱咤《しった》した。

さらにその少し先では、森の木の枝に馬笠がひとつ、放り投げられたように引っかかっているのを見つけた。刀の鞘《さや》が崖下のくぼみに落ちているのも見つけた。山番が使う短い馬上槍が、藪の奥の地面に転がっているのも見つけた。柄がへし折られている。

今や不安を通り越して恐怖を覚えながら、それでも直弥はすがるように思っていた。金吾、おまえは無事でいるよな。本庄村の村人たちを守り、この事態をどうするか、策を練っているのだよな。

「やじ、教えてくれ」

黙っていることに堪えられず、息を切らしながら、やじの細い背中に問いかけた。

「奈津殿が、おまえは山のことには詳しいと言っていた。これがいったい何事なのか、何ものの仕業なのか、見当はつくか？」

やじは無言だったが、そこで直弥が足を滑らせると、素早く腕を伸ばしてつかまえ、引き起こしてくれた。そして言った。「早く行こう」

その眼差しは決然としている。

「早く、生きている者に会おう」

会って話を聞き出すのだ。今はそれが急務なのだ。あれこれ思い、怯えていては動きが鈍るばかりである。

「そうだな。済まない。さあ行こう」

しかし、着いてみれば、本庄村も無人と化していた。

火災の様子はない。だが、ここにもまたありありと破壊の痕跡が残っている。仁谷村より三倍は大きな村で、建物も多いのに、目立った損傷がないのは山番の屯所と庄屋の屋敷ぐらいなものだ。あとの小屋や家々は壁が抜け、板葺《いたぶ》き屋根が壊れ、柱が折れている。井戸が突き崩され、樽《たる》が転がっている。樽のなかには、踏み割られたような壊れ方をしているものもあった。

「おおい、おおい」

やじが呼びかけても、返答はない。春まだ浅い山の風が吹き抜け、土埃を舞いあげる。

「――遅かったか」

直弥の気がくじけ、膝がくじけた。やじの肩を借り、屯所の詰め所へ入ってみると、武具の棚も、土間の足跡も乱れている。

「まわりを見てくる」

やじは素早く屯所を出て行った。疲労と落胆に、直弥は動けない。我ながら情けなく、面目ないが、動くことが怖い。

もしもここでまた、あの酷く奇っ怪な骸の塊を見つけてしまったら。そのなかに、達之助の顔を見つけてしまったら。

目の前が暗くなる。手で顔を覆った。奈津の微笑みが瞼の裏に浮かんだ。志野兵庫之助の叱責が耳の奥に響く。

しっかりしろ、小日向直弥。望んでここへ来たのではないか。

走る足音が近づいてきた。やじだ。戻ってきた。

「人の足跡が残っている」

村の北西、ここからさらに山の上の方へ向かっているという。

「何人もでまとまって、踏み分けていったような足跡だ。まだ新しい」

心なし、やじの声がはずんでいる。強い眼差し。地面を踏みしめる両足。

直弥は大きく息をついた。私も腑《ふ》抜《ぬ》けてはいられない。その新しい足跡の先には、人がいるかもしれない。希望はある。

直弥はやじに、自分の手を差し出した。

「やじ、この軟弱者の手を引っ張ってくれ。肩が抜けてもいい。強く引いてくれ」

手加減抜きで、やじは強く引っ張った。直弥はその勢いで立ち上がった。

「よし、行くぞ」

ぶるりと胴震いが出た。

藪を掻き分け、枝をくぐり、斜面を登る。普段、人が通るようなところではない。踏み分けていったらしい足跡も、やじでなければ見分けられなかったろう。お山を知らない直弥は、ただ一心についていくだけだ。

峠をひとつ越え、前方にさらに急峻な岩山が見えてきたところで、どこか近くで出し抜けに、明るい声が弾けた。

「あ、お山番様だぁ！」

見上げれば、野良着姿の若い娘である。剥き出しの岩場の縁に立ち、後ろを振り向いて両手を振り上げながら、さらに大きな声でこう呼ばわった。

「庄屋様、みんなぁ、お山番様が来てくださったよぉ！　助けに来てくださったよぉ！」

本庄村の人びとは、庄屋の秤屋・出水金治郎の采配で、この岩山の横っ腹に穿《うが》たれた洞窟に逃れ、隠れていたのだった。

直弥とやじは、すぐさま金治郎の出迎えを受け、洞窟のなかに導かれた。ほの暗い洞窟は、入り口は小さいが奥行きが深く、いくつか枝分かれしている。

「うんと昔ぃ、徳川様の天下取りの戦よりも昔の話でぇございます。香山でも、永津野のように金が掘れなぁものか、金が駄目なら銀でも銅でも、何でもいいから掘り当てようと、お山をあちこちほじったことがあったそうでございますがぁ」

ここもその名残のひとつで、もともと小規模な洞窟があった場所を、さらに人力で掘り抜いてこのようになったのだという。

初めて見る景色に直弥は驚いたが、やじはやっぱりまったく平静だ。

「結局、何も掘り当てられませんでしたがぁ、こんな形でここが役に立つとは……。親父の昔話を聞かされておいてぇ、よかった」

秤屋の金治郎は、歳は四十。先年病没した父親から代替わりしたばかりだが、その充実した気力と体力が、村人たちには頼もしかろう。直弥も、ここまでの経緯《ゆくたて》を語る金治郎のきびきびした口調と、落ち着いた立ち居振る舞いに、大きな荷物をいったん預けたような心地になった。

鎮守の森で達之助から聞いたとおり、仁谷村の惨事を最初に知ったのは本庄村である。金治郎は屯所の山番に指示を仰ぎ、男手を集めて仁谷村に出向くと、ひと目で、ここではただならぬことが出来《しゆつたい》したと悟った。

「屯所の山番様方も、村の者たちもぉ、また永津野のぉ牛頭馬頭《ごずめず》の仕業じゃと嘆いておりましたがぁ、私には最初《はな》からそうは思えませんで」

さりとて、ただの逃散なら、なぜ火が出て焼けているのかわからない。

「何かに襲われてぇ、村の衆が逃げたのだとしたら、獣の仕業だろうと思いましたがぁ」

明言することはできない。ともかくも一行は急ぎ本庄村に帰り、〈何か〉の襲撃に備えを固めることに専念した。そこへ、志野達之助を含む検視の番士隊たちが到着したのである。まず仁谷村を見てから本庄村に来た番士たちは、やはり、てんでに狐《きつね》につままれたような顔をしていたという。

「そのあと、森のなかでいくつか、大きな足跡のようなものもみつかったそうでぇ」

直弥も見たものである。

「それを伺って、私はぁもう獣の仕業に間違いないと申し上げましたがぁ、検視の隊長様はえらくお怒りになりましてなぁ」

この、たわけ者め。莫迦《ばか》なことを言うな。熊か、山犬の群れか、いったいどんな獣が村をひとつ空にすることができるのだと、屯所の天井にまで響き渡るほどの怒声をあげたという。

「確かに、それはおっしゃるとおりでぇ……」

屯所詰めの山番と、検視の番士たちのあいだでも意見が分かれ、今後どう手を打つべきか、話し合いは紛糾した。なかには、これは人狩りに決まっている、すぐにも永津野側の砦に攻め込むべしという強硬論もあった。

既に夜は更けていた。そして、仁谷村を襲った謎の〈解〉が、本庄村に現れた。

本庄村では村の東側に張り番をたて、かがり火を焚いていた。山番の番士と、村の鉄砲撃ちも、交代で見張りについていた。

それは、そんなものなどものともせず襲いかかってきた。

「あんな生きものは、これまで見たことも聞いたこともぉ、ございません」

怪物でございます——と、金治郎は言った。

「大きな蜥蜴《とかげ》のような、蛇のような、蝦蟇《がま》のような、それでいて吼えたてる声は熊のようで」

襲来の次第を語るその口調は、淡々と平らかなままだった。取り乱さずに、夜の闇の混乱のなかで己が見たものを、できるだけ詳しく伝えようとしているのはよくわかったが、聞けば聞くほどに奇っ怪で不可解で、信じがたかった。

「本庄村にはぁ、屯所詰めの三人のお山番様を入れて、三十二人おりました。ここには十三人残っております。欠けた者のなかにはぁ、山に逃れ、そのまま他の村や御館町までたどり着いた者もおるかもぉしれませんがぁ」

仁谷村のような全滅を免れたのは、一にも二にも番士たちがいてくれたおかげだという。屯所では侃々諤々《かんかんがくがく》と議論していた彼らも、いざという急場には、即座に呼吸を合わせて奮戦したのだ。

岩山の洞窟の枝分かれした通路の奥、おそらく昔は道具置き場だったのだろう、四畳分ほどの広さに掘り抜かれたところで、ここまで聞いて、直弥は辛抱が切れた。

「検視の番士隊のなかに、志野達之助という者がいたはずですが――」

言い終えないうちに、秤屋金治郎の顔が辛そうに歪んだ。

「志野様は……」

その表情だけで、聞かずともわかった。

――金吾は、本庄村を守って討ち死にしたのだ。

直弥の顔色に、金治郎も悟ったのだろう。合掌するように手を合わせ、

「隊長様がぁ、たわけたことを申すなぁと私をお叱りになったときぃ」

――隊長、おやめください。山のことは、山に住む村人たちの方が、我らよりよく知っているはずです。秤屋の言を、無下《むげ》に退けてはなりません。

「志野様がぁ、かばってくださいました」

達之助らしいことだ。目を伏せたまま、直弥は何度もうなずいた。

背後には、やじがひっそりと控えている。そばにいても気づかないほど気配のないやじだが、このときは何かが伝わってきた。悲しみ、後悔、そして口惜《くちお》しさ。敢えてそれを確かめるのが憚られ、直弥はやじを見なかった。

「番士は一人も残らなかったのですか」

「お二方ぁ、残られました」

どちらも検視隊の番士で、一人は大怪我を負って今も人事不省、一人は怪物に何やら唾《つば》のようなものを吐きかけられ、右肩から背中に火傷を負ったが、その怪我を押して、襲来の夜が明けるとすぐに、御館町目指して山を下りていったという。

「香山じゅうの番士をかき集めてぇ、あの怪物を倒さねば、この腹がおさまらんと申されましてなぁ」

その番士の名は高羽甚五郎《たかばじんごろう》という。直弥は聞き覚えがあった。年長者だが、隊のなかで達之助が親しんでいた人物だ。

最初の襲来をかわし、この洞窟に逃げ込んで以来、金治郎たちは息を殺して、一日、また一日と生き延びてきた。しかし、御館町から番士の大軍が馳せ参じてくる様子はない。

高羽甚五郎は、山を下りきれずに力尽きてしまったのか。それとも、御館では彼の話をまともに受け取ってもらえず、時がかかっているのか。確かに、この目で見なければとうてい信じられない出来事ではある。

高羽甚五郎は、怪物に何かを吐きかけられて火傷をしたという。直弥は、仁谷村の森で見つけた無残な骸の山を思い出さずにいられない。人の身体が溶かされていた――。

「この洞窟は、とりあえずは安全なのですね」

「はい。あの大食らいの怪物の気配はございませんでぇ」

村人たちは着の身着のままで逃れてきた。水は近くで何とか調達できるが、食糧や衣類は村に置き去りだ。だから、男たちが数人一組になり、ときどき村に取りに戻っている。

「村の方にも、あれから怪物が寄りついた様子はぁございません。けども、皆で戻れば、またどうなるか知れませんのでぇ」

直弥もそう思う。秤屋は果断で、賢明だ。

「五カ村の他の村は？」

「使いの者を出すのが恐しゅうてぇ、報せようがぁございません。ただ高羽様が、あとの三カ村は人が少なぁし、もっと西側になりますからなぁ、すぐには襲われることもなかろうとの仰せでございました」

――それより、人喰いの怪物が次に襲うなら、まず永津野の砦であろう。

そうか。それは考えてみなかったが、もっともな意見だ。永津野の砦は仁谷村からの距離も近いし、春先、ここらの山の気まぐれな風は、東から西に、山肌を巻くように吹くことが多い。その風が、仁谷村近辺をうろつく怪物の鼻に、砦に駐屯する牛頭馬頭たちの匂いを届けるかもしれない。

「ここに、自力で歩けない怪我人はどれくらいいますか」

「五、六人は……」

となると、番士の守りもなしに、十三人まとめて御館町まで下ろすのは難しい。人が集まって移動していれば、怪物に気取られる恐れもある。せっかく安全な場所にいるのだから、今はうかつに動かない方が得策か。

「事情はわかりました。私とやじは、急ぎ御館町へ戻ります」

志野兵庫之助に、この事態を報せなくては。

「お二人でぇ？　危のうございますよ」

「やじがいれば大丈夫ですよ」

「帰り着く前にぃ、陽が落ちますがぁ」

心配ないと金治郎を宥め、直弥は言った。

「私は番士ではありませんが、番方支配徒組《かちぐみ》の総頭、志野兵庫之助様直々《じきじき》の命を受けております」

総頭様にお報せすれば、すぐにも番士の隊を寄越してもらえる。皆、無事に山から下りることができる。もう少しの辛抱だと、固く約束した。どれほど突飛《とっぴ》な怪物の話だろうと、余さず伝えれば信じてもらえる。

いや、必ず信じてもらわなくてはならない。

「――にわかに信じがたい話ではあります」

朱音は、自室の脇の小座敷で宗栄と向き合っている。

名賀村のあたりでは、この季節でも陽が落ちるとまだ冷え込みがきつい。行灯と手あぶりが、淡い灯と温もりを放っている。

自分の体験したこと、見聞きした出来事をあらかた吐き出した蓑吉は、疲れ果てて、肩の荷をおろしたような顔で眠っている。

「しかし、蓑吉が作り話をしているとは思えません。そもそも、あの子にはそんな嘘を言い並べる理由がない」

朱音の胸には不安があった。

「でも、蓑吉はここが永津野領内だと知っています」

宗栄は鼻筋を掻いた。「私のいい加減な嘘の皮は、見破られていましたからね」

「だから、本当は牛頭馬頭の人狩りに遭ったのに、正直にそう訴えることができなくて、人を喰う怪物の話にすり替えているのではないでしょうか」

宗栄が噴き出した。「蓑吉は賢い子ですが、そこまでの知恵はありませんよ」

「そうでしょうか……」

「朱音殿、貴女の悪い癖です。よろしくない出来事をすぐ兄上と結び付けて、兄の咎はわたくしの咎でございますという顔をなさる」

ひそひそ声ながら、愉快そうに笑う。朱音は何とも気まずい思いをした。

「いや、申し訳ない。それにこれは笑い事ではありませんな」

笑みを押し潰して、宗栄は続けた。

「蓑吉が出くわした怪物の正体が何であれ、香山藩の仁谷村で大規模な獣害が起きたことは明らかだと思います」

あれが蓑吉の悪い夢でないのなら、それで仁谷村は壊滅したことになる。

「山の獣のせいで、そこまでのことが起こるものでしょうか」

朱音とて、蓑吉の言葉を疑うわけではないのだ。だが、薪小屋より大きな山の生きもので、しかも人を襲って喰らうとなると、あまりにも突拍子がなさ過ぎる。

「そもそも、このあたりのお山にそんな大きな人喰いの獣がいるなんて……。おとぎ話の大ウワバミの話だって、ここらでは本当らしく聞こえないほどですのに」

北国《きたぐに》の自然は野山の生きものにとっても厳しい。小屋より大きな生きものが育つほど、ここらの山は豊かではない。

仁谷村では確かに何か変事が起こったのだろう。もしかしたら、そのきっかけは、本当に山犬や熊による獣害だったのかもしれない。だが、事を大きくして村を滅ぼすもととなったのは、あわてふためく村人たち自身の恐怖と疑心暗鬼ではなかったか。

山の闇のなかで、それが〈怪物〉になった。

だが、朱音がそのように説けば説くほど、宗栄は険しい顔つきでかぶりを振る。

「朱音殿、お忘れですか」

「え?」

「蓑吉の背中に点々と残っていた、おかしな傷痕です。あれは歯形だったのですよ」

朱音は言葉に詰まった。

「そう、怪物の歯形です」

緩い弧を描いていた、奇妙な傷。

「それに蓑吉は最初、魚の腸《はらわた》が腐ったような臭いを放つ、べとついたものにまみれていた。そのせいで、あの子の肌は剝けそうになっていた」

あの臭い。蓑吉を寝かせた東の間のなかにも漂っていた。

「あの子は、〈おいらも呑まれた〉と言っていましたね。ならば、あの臭いものは怪物の唾《つば》か涎《よだれ》でしょう。あるいは、脾胃のなかの酸水だったのかもしれない」

話がさらに突飛になる。朱音は強いて笑ってみせた。

「宗栄様、あの子の言うことをすっかり真に受けておられますのね」

「もちろんです。きちんとつじつまが合っていますからね」

「でも、あの子は生きています。どこも囓《かじ》られたり溶かされたりしていませんわ。本当に怪物に呑み込まれてしまったのなら、そうはいかないでしょう」

「おそらく、いったん呑まれたものの、吐き出されたんですよ」

宗栄があんまり自信たっぷりに言うものだから、朱音は今度は少し本気で笑った。

「蓑吉は、怪物の口に合わなかったのでしょうか」

「そういうことでしょう」

宗栄は大真面目だ。

「その怪物は蛇ではないが、蛇に似ている。ならば蛇に似た習性を持っていても不思議はありません。朱音殿、ご存じありませんか。蛇のなかには、獲物を呑み込んで満腹したばかりでも、もっと滋養のありそうな、または腹持ちのよさそうな獲物を見つけると、腹のなかのものを吐き出して、新しく喰い直すという意地汚いやつばらがいるのですよ」

朱音が黙っていると、

「まあ、単に蓑吉は運がよかったのかもしれませんがね」

そう言い足して、また鼻筋を掻いた。

黙ったまま、朱音は火箸で手あぶりの炭を軽く突《つつ》いた。宗栄はその手つきを見守っている。

「これからどうすればいいのでしょうか」

蓑吉をどうしてやったらいいのだろう。

「本当に何が起きたのか、調べましょう」と、宗栄は即答した。

「蓑吉のほかにも、仁谷村の生き残りがいるかもしれません。いや、必ずいるはずです。蓑吉の祖父《じい》さんにしても、死んだとは限らない。あの子の身を案じて、今も必死で捜しているかもしれない」

そうであってほしいと朱音も思う。

「でも、永津野と香山のあいだでは、容易《たやす》いことではありません」

「無論、いきなり香山側へ踏み込むことは無理でしょう。しかし、永津野側にある砦まで行くことならできる」

「それだって、理由もなしには――」

するとと宗栄がにわかに座り直し、がばりと一礼した。

朱音はきょとんとした。「宗栄様?」

「申し訳ありません。お許しください」

手をついて謝ったかと思うと、面《おもて》を上げてにやりとした。

「おせんには黙っていてください。露見《ばれ》たら、またこっぴどく叱られます」

何を謝られているのか意味を悟ると、朱音は唖然《あぜん》としてしまった。

「そ、宗栄様、砦へいらしたんですか」

「は」

「は、ではありませんわ。なぜそんな危ないことを」

「いや、裏山をぶらついていろいろ探しているうちに、何となく砦へ近づいてしまいまして、遠くから様子を覗《うかが》うくらいならかまわんだろうと」

「番士に悟られてはいませんか」

「今までのところは無事でござる」

「今までのところって――」

一度や二度ではないというのか。

「宗栄様!」

「や、朱音殿、お声が大きい」

両手をあげて朱音を押し返す仕草をしながら、宗栄はバツが悪そうに笑っている。

「言い訳にもなりませんが、私も最初《はな》からそのつもりがあったわけではないのです。ただ、蓑吉を拾ってから——そう、二度目に裏山に登ったときですよ。あの子が逃げてきたらしい道筋をずうっと検分しているうちに、森のなかで二人組の番士に出くわしましてね」

朱音はまた色めき立ちそうになり、宗栄はまた「まあまあ落ち着いて」などと言う。

「とっさに藪に隠れまして、しまった、蓑吉のことがもう知られてしまったのかと肝を冷やしましたが、番士たちは名賀村へ下りてくる様子ではなかった」

二人組の番士は両刀のほかに弓を着けていたが、騎乗はしておらず、弾正の牛頭馬頭の印である面もかぶっていなかった。しきりとあたりを見回し、藪をかき分けては覗き、ときには膝をついて、地面に顔をくっつけるようにしている。

「彼らもまた誰かを、あるいは何かを捜しているらしいと思えました」

気配を悟られないよう、宗栄は充分に離れて彼らを観察していたので、やりとりは聞こえない。もどかしかったが、そのうちに、番士たちがあたりを探りながら、ときどき鼻をうごめかせて臭いを嗅ごうとしていることに気がついた。

「こう、くんくんとね。そして何か話しながら首をひねったりしている。蓑吉の身体にまといついた臭いに、我々も同じようにしたものですよね」

朱音はようやく口を閉じ、うなずいた。

「それで、思ったのですよ。ひょっとすると、誰か仁谷村の者が砦にいるのではないか。捕まったのか助けられたのか、生きているのか死んでいるのか、どちらもわかりません。ただ、砦の番士たちも蓑吉を助けた我々と似たような立場にあって、あのおかしな臭いを感じ、お山でいったい何が起きているのかと、事態を訝っているのではないか、と」

そこで宗栄は、翌日は朝早々に溜家を抜け出し、今度は真っすぐ砦を目指して裏山へ分け入った。

「名賀村側から砦に近づく抜け道は、ほとんど道なき道でしたが、じいに教わったのです。私がせがんで教えてもらったので、じいを叱らないでやってください」

じいは名賀村一の長寿者である。このあたりの山のことなら、自分の掌の如く知っている。ただ、それを問う者は長らくいなかった。

「私が漠然と思っていたほど、砦はたいそうな建物ではないのですね」

実用一点張りだ。雪に降り込められる冬場はたいそう凍えるから、番士の皆様はお辛いと、庄屋の茂左右衛門が言っていた。

「人のいる場所より、厩の方が広いぐらいだ。で、その立派な厩のすぐ裏手に、明らかに急ごしらえの檻《おり》がありましてね」

地べたに竹矢来を立て回して仕切ったもので、槍を手にした見張りがついていた。

「その檻のなかに、男が二人、閉じ込められていたんですよ」

身形《みなり》からして、山里の者たちである。関所破りを試みた賊の類いではない。

「二人とも泥だらけで、衰弱しきっているようでした。一人は加介ぐらいの若者で、何とか座っていましたが、もう一人の方は老人で、ぐったり横になっていました」

朱音の胸騒ぎは、不吉な鼓動の速まりへと変わった。

「仁谷村の人たちでしょうか」

「あんな扱いを受けているのだから、推して知るべしでしょうね」

宗栄の口つきは苦い。「あの檻は、名賀村と砦を往来するまっとうな道を通っていっては目に入りません。一応、隠されています」

見張りが厳しく、囚われ人に近づくことは難しかった。それでも宗栄は、時を変え隙を狙《ねら》って何度か試みてみた。

「三度目に忍んで行ったときには、二人とも姿が消えていました」

宗栄が何度も砦へ近づいていたことに怒るより、朱音はその無残な有り様を思って胸が潰れそうになる。

「二人が死んだ――あるいは殺されたのならば、骸がどこかにあるはずです。その顔を検め、身に着けているものを何か持ち帰ることができたら、蓑吉に見せて、手がかりになるかもしれないと思いましたので」

宗栄は、砦の周辺の山を探ってみた。

「造作なく見つかりましたよ」

砦の北側の斜面に、これまた大急ぎで掘って埋めたらしく、ぞんざいな塚ができていたという。

「ただ、それがどうにも」と、宗栄は顔をしかめる。「檻のなかにいた二人の骸を埋めたにしては、大げさにすぎるのです」

「では、ほかにも人が」

「おそらくは」

砦に囚われてすぐ死んだのか。最初から死骸で見つかったのか。いずれにしろ、一人や二人ではなさそうだという。

「あの大きさの塚では、素手でちょいちょいと掘り返すわけにはいきません。道具と人手が要るし、もたもたしていたらこちらが見つかってしまう。ひとまずは諦めるしかありませんでした」

ひとまずなどと、あっさり言ってくれる。この人は本当に、豪胆なのか、ただの太平楽なのか。

「その人たちがみんな仁谷村から逃げてきたのならば、砦からは当然、城下の兄に報せが行っているはずですが……」

国境《くにざかい》の出来事は、どんな些細なことでも曽谷弾正の耳に入るはずだ。

「曽谷殿はお忙しい身体だ。すぐ視察に駆けつけるわけにもいきますまい」

「でも、香山藩からこちらに人が逃げてくるなんて、本来はあり得ないことです」

強く言って、朱音ははっとした。「砦に囚われていたのが本当に仁谷村の人たちだったならば、どうして番士が山狩りをかけないのでしょう。山にはまだ、逃げている人たちがいるかもしれません。この村にだって、すぐにも捜しに来てよさそうなものです」

「怪しい者が、名賀村に逃げ込んではいないかと？　曽谷弾正様に心服している長橋茂左右衛門が庄屋を務めるこの名賀村が、香山から逃げてきた者を匿っているかもしれないと疑うのですか？」

宗栄が片方の眉毛をつり上げた。

「まあ、砦の代官や番士たちから見れば、村の庄屋など吹けば飛ぶような者です。名賀村に捜索に踏み込んで、茂左右衛門殿の顔をつぶしてはいけないと、気を使ってくれるはずもない」

だが貴女は違う、という。

「ご自身の内心はどうあれ、身分としては朱音殿、貴女は弾正殿のお身内、誰よりも強力な味方なのです。その貴女の、小台様のお膝元である名賀村に、あろうことか香山藩からの逃亡者を匿っていると疑いをかけて探り回るなど、弾正の牛頭馬頭たちからしたら、天に唾する行いでしょう」

そんなことは朱音だって百も承知だ。だからこそ、思い切って一存で蓑吉を匿うことにしたのだから。それを、いちいちご親切に説いてくれるものである。

「でも、わたくしに対する遠慮だけでは、名賀村がいつまでこのままでいられるかどうかはわかりませんわ」

「おっしゃるとおりです。しかし私は、彼らもやはり、今の我々と同じように困惑しているのではないかと思うのですよ。砦にいる仁谷村の者たちが、蓑吉と同じようなことを申し立てているとしたら、おお、左様か、それは大事だと鵜《う》呑《の》みにするわけにはいかないのも当然でしょう」

番小屋より図体《ずうたい》の大きな、人を喰う怪物に追われて、命からがら逃げてきた。

——みんな喰われちまった。

「少しは調べて確かめてみないと、番士たちも軽率に動くことはできないということでしょうか」

御筆頭様のお耳に、右から左へこんな莫迦げた話を入れられるものか、と。

「私が彼らなら、そう考えます。実際、私も、今日ああして蓑吉が口を開いてくれるまでは、もうしばらくのあいだは砦の動きを見張っていて、番士たちが何か見つけてくれるのを待とうと思っていたのですが」

もう、そんな余裕はなくなった。宗栄は急に座り直した。

「裏山で番士たちに出くわしたとき、彼らが何やら臭いを追っていたのは、砦にいる仁谷村の者たちが蓑吉と同じように臭ったから、その臭いを身につけた、他の逃亡者を捜しているのだと思いました。しかし、それだけではないのかもしれません」

「ほかに何があるというのです?」

宗栄はぴたりと朱音の目を見据えた。

「あの生臭い臭いが、砦の近くで漂っているのだとしたら。番士たちがそれを追い、その源を捜しているのだとしたら?」

すぐにはぴんとこなかった。宗栄が何を言っているのか解《わか》った途端に、朱音は噴き出してしまいそうになり――

しかし、笑うことはできなかった。

「香山の仁谷村を襲った怪物が、この永津野の国境を守る砦の近くにまで迫っているということですか」

「だとしても、少しも不思議なことではないでしょう」

子供の足で越えることができた山だ。番小屋より大きな生きものなら、楽に登ってくるだろう。

「仁谷村は壊滅し、もう獲物はいない。怪物は餌を求めて山中をうろついているはずです。香山藩の、小平良山の麓《ふもと》のあたりがどんな様子になっているのか知りませんが、名賀村だってここらではぽつりとひとつだけ拓《ひら》けた村です。香山でも、事情はさして変わりますまい」

仁谷村から人が消えれば、怪物は次の獲物を探して移動することになる。

「怪物が人気《じんき》を求めて――餌の匂いを嗅ぎつけて永津野側にやってくるとしたら、国境にある砦はいちばん手近だ」

そして砦の次はここ、名賀村である。

「砦の番士たちは村人とは違い、武装した武士《もののふ》どもです。怪物が現れたら、倒してくれるかもしれません。それならそれで目出度いことです」

「はい、ええ、そうですね。そうですわ！」

朱音が飛びつくようにうなずいたので、宗栄は破顔した。

「それにしても、黙って見ているのも歯がゆい限りだ。ですから朱音殿、私は明日にでも、砦へ行ってみようと思います」

正々堂々正面から訪《おとな》うのだ、という。

「口実ならいくらでもつけられましょう。私は溜家の、小台様の用心棒です。また山犬が出たとか」

そこで顎の先を指でつまむと、

「近ごろ、溜家のまわりで魚の腸が腐ったような臭いがすると言って、番士たちに鎌をかけてみる手もありますな」

朱音は口を引き結び、しばらく返事をしなかった。考えていたのだ。

やがて腹を決めて、言った。「それは良いお考えではありません」

「ほう。いけませんか」

「宗栄様は他国者でいらっしゃいます。しかも禄を離れた気楽なご身分です。お武家様同士とはいえ、万事に武張った砦の番士たちが、軽々に気を許すとは思えません」

「彼らから見れば、私は武士のうちに入りませんかな」

「きっとそうでしょう。だいたい貴方様には、胡乱なところがおありです」

宗栄がぼさぼさの頭を掻く。「いやはや、これは手厳しい。しかし、他に妙案はおありですか」

「砦には、わたくしが参ります」

朱音はわざとしかつめらしい顔をした。

「兄の鷲鼻《わしばな》を思い浮かべれば面憎《つらにく》い気はいたしますが、曽谷弾正の妹としてこの名賀村に居着いている以上、わたくしもそろそろ折れて、こちらから砦に誼《よしみ》を通じてもいい頃合いです。この時期、名賀村から砦へお伺いを立てる、いい口実もございますし」

口実？　首をひねる宗栄に、今ばかりは〈小台様〉の貫禄を見せて、朱音はにっこり笑いかけた。


下山では、やじは行きと違う道を選んだ。

「やじ、なぜ違う道を行くんだ」

やじは即答した。「同じ道を通ると、覚えられる」

危ない、と言う。

「そうか。それが山の獣の習性なのか」

やじは首を振った。「違う。けど、あの怪物は賢い」

推測ではなく断言だった。

「もしかしたら、やじにはあの怪物に心当たりがあるのかい。お山に昔話が残っているとか」

「そんなものじゃない」

「奇っ怪で、恐ろしいからか」

やじはちょっと間をあけて、低く答えた。

「禁忌だからだ」

どういう意味なのか、直弥には理解しかねた。やじが、「禁忌」という硬い言葉を使ったのも、新鮮な驚きだった。

行きに触れ太鼓を耳にしたあたりまで下りたころには、陽は暮れきっていた。雲が半月を隠し、星も見えない。やじが腰につけた提灯《ちょうちん》だけが明るい目印だ。

そして、御館町の灯を見おろして、直弥は立ちすくんだ。

ただの町灯りではない。御館と町全体を取り囲むように、要所要所でかがり火が焚かれている。対照的に、いつもなら陽が落ちてからの方が賑わう繁華な町筋は灯が消えて、息をひそめているかのようだ。商家の多い通りも、表の灯をみんな消してしまっているらしく、まだかすかに青みを残した浅い夜空の下でも、見分けがつかない。

後者は、三郎次様の喪に服すため、歌舞音曲を禁じて早じまいしているのだろう。だが、物々しいかがり火の輪は、この理由では説明がつかない。

その謎は、ほどなく解けることになった。やじがぱっと駆けて藪の暗がりに飛び込んだと思ったら、人を引っ張り出してきたのだ。山番の出で立ちをした大男である。

「や、高羽殿ではありませんか」

間違いない。顔に見覚えがある。本庄村で生き残ったという番士だ。やはり、山を下りきれずに行き倒れていたのか——と思えば、気を失った大男の肩には包帯が巻かれ、傷薬の匂いもする。手当てがほどこされている。

直弥は大声で何度も呼びかけ、やじが水筒の水を口元に垂らすと、高羽甚五郎は正気づいた。彼も

直弥の顔を認めて、

「小日向、おまえは小日向か」

「はい、よくぞご無事で」

「儂が無事でも何にもならん。よく聞け、今は誰も御館町に出入りすることはできん」

番方によって封鎖されている、と言う。

「なぜそんなことに？　貴殿がこの姿で五カ村の急難を報せても入れてくれないというのですか」

「北二条のことなど、かまってくれるものか。今の御館はそれどころではない」

三郎次様の死のせいだ。

「あれは〈かんどり〉ではなかった。三郎次様は呪詛されて亡くなったのだ」

つまり暗殺だ。御館は上を下への大騒ぎになり、直ちに下手人捜しが始まった。そのために番士は全員駆り出され、御館町は厳重に封鎖されてしまったのだという。

直弥は、すぐには返す言葉がなかった。高羽甚五郎は不躾《ぶしつけ》に言い放った。

「おぬしは小姓ではないか。このような仕儀を招来しかねぬ危うい芽が奥に芽生えていることに気づかなんだとは言わせんぞ」

殿が御館様を深く寵愛され、三郎次様を愛でれば愛でるほど、不安を覚える者たちがいたはずだ。

「それは確かに……。しかし、殿が御正室様と若殿を軽んじるはずがございません」

「殿がどうなさるかよりも、こういうことでは、まわりの者どもの思惑と忖度《そんたく》の方が厄介なのだ」

若殿と三郎次様を担ぐ党派に分かれ、勝手に反目し合う。己の党派が担ぐ御輿《みこし》を勝たせようと、つまらぬ謀《はかりごと》をする。

「どこでも、お世継ぎをめぐる騒動はこうして起こっている。それが人の性《さが》、世の習いだというのに、どうしてもっと早くに手を打っておかれなかったのか。柏原《かいばら》様も役に立たん。置家老の身分ばかりがかさむ、張り子の虎ではないか」

怪我と疲労で衰弱しているのに、高羽甚五郎は大いに嘆き、はらはらと落涙した。

「その挙げ句のこの騒動で、情けなや、徒組随一の槍の名手、殿より賜った朱塗りの長槍を使うこの儂《わし》が、御館どころか二の輪の口を通ることもできず、門前払いを喰ってしもうた」

三郎次様を弑《しい》した不埒の一党を根こそぎ捕らえるまで、何人《なんぴと》の出入りも許さん。立ち去れ、と。

「ならば高羽殿、この手当ては何処《どこ》で」

「ああ、岩田の寮よ」

御館町では、窮したときには誰でも伊織先生の顔を思い出すのだ。

「病人ばかりがいるところだから、さすがに警備が手薄でな。何とか忍び込んで、大野先生に診ていただいたのだ」

そして先生から事情を聞き、何をどう訴えようと今の御館は耳を貸してくれず、そんな余裕もなく、北二条の人びとに助けを寄越してくれそうにないと見切りがついたから、一人で引き返してきたのだという。あんな恐ろしい怪物がうろついている北二条に、無力な村人たちを置き去りにしているなど、山番の名折れだ、と息巻く。

「それなのに、山中で不覚にも目を回してしまっての」

無理もない。高羽甚五郎は、触れてすぐわかるほどの高熱を出している。

「高羽殿、岩田の寮に戻りましょう」

甚五郎は目を剝いた。「何を言う！　本庄村の者どもを見捨てろというのか」

「貴殿がこの身体で戻られても、足手まといになるだけです」

「何を、陣屋勤めのうらなり顔が、この高羽甚五郎を侮るかぁ」

がなりながら、へたへたとくずおれてしまう。やじが無造作に抱き起こし、直弥も反対側から大男の肩を担いだ。

何とか山を下り、岩田の寮の灯が見えると、思い出したように疲労に足が震えた。安堵はない。北二条の山中も御館町も、事情は違えど困難のまっただ中にあることは同じだ。

やじが寮の垣根を越えて忍び込み、ほどなく戻ってきて手招きした。裏木戸に、伊織先生その人が燭台《しょくだい》を手に、蠟燭《ろうそく》の炎を掌で隠して待っていた。「早くこちらへ」

甚五郎を、直弥が使っていた三畳間に隠し、手当てを終え、先生の診療部屋に移って、ようやく落ち着いた。

「ここにも番士の見回りは来ますが、しばらくは大丈夫です。まったく――あの身体で山に登るのは無理だと言ったのに」

伊織先生の顔にも疲労の色が濃い。

「小日向さんも無事でよかった。しかし、北二条で人を喰らう怪物が暴れているというのは本当の話なのですか。それとも高羽殿が乱心しているのですか」

「残念ながら本当です。高羽殿は正気で、本庄村の者どもを案じているのです」

やじは診療部屋の隅の闇にまぎれて座している。伊織先生は嘆息した。

「しかし突飛な話です……」

「おっしゃるとおりです。でも先生、私には、三郎次様が呪詛されて亡くなったという話の方も、同じくらい突飛に聞こえます。いったい、どんな呪詛だというのでしょうか」

両手を膝に、先生はもうひとつ嘆息した。

「子細は私もまだ知らないのですが、何でも、三郎次様の居室の床下から、呪文を記した人形《ひとがた》が出てきたのだそうで」

この人形のせいで、三郎次様は二度も〈かんどり〉を病んだのではあるまいか。驚き騒ぐうちに奥女中の一人が逃げ出し、追って捕らえて問い詰めると、舌を噛み切って死んだ。それが騒ぎの発端だという。

直弥は呆れるしかなかった。他所の土地ならともかく、人の病を治す生薬で財政を成り立たせようと励んでいるこの香山で、しかも陣屋の内に、まだ人形だの呪いだのに信を置く者がいるとは。

「何と愚かな……」

伊織先生は渋い顔をした。「そうですね。しかし小日向さん、人と病をやったりとったりするというご高説なら、私も貴方も、うんざりするほど聞かされていますよねえ」

どきりとして、直弥は目をしばたたいた。

「先生、では」

「ええ。貴方もこの呪詛による暗殺を企んだ一味と関わっているのではないかと、番士たちの追跡が、さらに厳しくなっています」

それは二重の言いがかりだと反論しかけて、直弥は口をつぐんだ。今の御館には、いや御館様とそのまわりを固める人びとには、まともな理屈は通じないのだ。

「母は？　母は捕らわれてしまったのでは」

「ご安心なさい。柏原様のお取りなしがあって、ご母堂の御身柄は光栄寺お預かりとなっています」

希江は、円也和尚のもとにいるのだ。

「お末がついていますし、奈津殿も一緒におられますよ」

「え、奈津が？」

思わず呼び捨てた直弥の心の親《ちか》さに、伊織先生は微笑んだ。

「許婚《いいなずけ》の母御ならば母と同じ、ぜひおそばでお世話をさせてほしいと、たって願い出て光栄寺に行かれたのです」

「そうですか……」

「お父上の総頭様は御館に詰めきり、兄上は山番で不在。志野家もだいぶ混乱しておられるようですから、奈津殿ご自身も、光栄寺に身を寄せている方が心丈夫でしょう」

頼りのやじもここにいて、奈津を助けることはできない。そして達之助は――

「奈津の兄は、本庄村で死にました」

呻くように、直弥は言った。

「村人を怪物から守って死んだのです」

伊織先生も沈黙した。直弥は膝立ちになった。「先生、私は光栄寺に行ってきます。奈津と母に会いたい」

「いけません！」

制止ではなく叱責の口調だった。

「御館町は今、猫の子一匹歩き回ることができぬほど厳重な警備が布《し》かれているのですよ。ここで貴方が捕らわれてしまったら、事を面倒にするだけだとわかりませんか！」

ひるむ直弥を、やじも厳しい眼差しで見つめている。

「ならば、真っ直ぐ御館に参ります。殿に、それがかなわぬならせめて柏原様にお目通りを願い、事の次第を」

「それも無理無体な話です。ただでさえ突拍子もない怪物の話を、疑惑にまみれて追われている貴方がどれほど真摯《しんし》に訴えようと、誰が信じてくれるものですか」

少しは落ち着いてお考えなさいと、直弥の頬を打つような言だ。

「山に戻る」

やじがぼそりと言った。声は低いが、動かしようのない決意を込めた宣言だ。

「助けはこない。なら、村人を守らないと」

「そんなことは私だってわかっている！　だが、我々二人で戻ったところで何ができる？」

「ともかく、二人とも少し身体を休めなさい。今、食べるものを持たせましょう」

伊織先生はせかせかと立ち上がった。

「私は薬を用意します。傷薬に火傷の膏薬《こうやく》に熱冷ましに——高羽殿のお話では、その怪物とやらは口から何やら厄介なものを吐くそうですね」

「はい。たちまち人の身体を焼いて溶かしてしまう、恐ろしいもののようですが……」

伊織先生は顔をしかめる。「ならば、それは脾胃《ひい》のなかの酸水でしょう。しかし、そんな強い酸水を持ち、しかも吐き出して獲物を襲うような生きものがいますかね……。やや、ともあれ、酸水に対抗する手立てがないか、調べてみます」

伊織先生と入れ替わりに、ここでよく直弥の世話をやいてくれた看護人が、握り飯と白湯《さゆ》を運んできてくれた。やじの風体に面食らいながらも、直弥の無事を喜んでくれる。

「かたじけない」

「おらはぁ、伊織先生のお言いつけを聞くだけでぇございますがぁ」

頭も心も混乱し、目を閉じてもとうてい眠れないと思ったのに、疲れ切った身体は正直で、いつの間にかうとうとしたらしい。人の声に目を覚ますと、伊織先生が薬の包みをやじに渡し、何か話していた。

「酸水を避けるのには、武具や防具などの金物よりも、むしろ板や生木や蔦などの方がよいようです。金物は酸水で溶け、有害な煙を発する。その煙を吸うと肺の臓を傷めます」

顔をこすり、直弥は起き直った。

「看護人たちが、手強《てごわ》い汚れ物を洗うとき、熱い湯に〈おろ〉という木の実を磨りつぶしたものを入れて使っているのですが、これを塗っておくと、火傷をしにくくなるそうです。怪物の吐く酸水を防ぐにも、いくらか効くかもしれません」

「〈おろ〉ですか」

「知ってる」と、やじが言った。「本庄村の森にはいっぱい生《な》ってる」

香山は生薬の産地だ。こうした知恵を活かさぬ手はない。

二人は手早く身支度を整えた。

「高羽殿が少し回復されたなら、私から兄を通して柏原様へお目通りを願います。高羽殿のあの大怪我を見せたなら、怪物の話にも信憑性《しんぴょうせい》が加わるでしょう」

首尾よく御館を動かすことができたなら、

「できるだけ早く、私も北二条へ参ります。怪我人の手当てをしなくては。今いる洞窟が安全ならば、そこを動かない方がいい」

「そうします。先生は高羽殿から聞かれましたか。あの人は、大食らいの怪物が人気《じんき》に引き寄せられるのならば、次に狙うのは永津野の砦だというのです」

「何と、そうか」

伊織先生は目を瞠り、ふと明るい顔になる。「小日向さん、もしそういう運びになったら、希望が出てきませんか」

「希望?」

「永津野の牛頭馬頭は精強なのでしょう。怪物を返り討ちにしてくれるかもしれない」

それは思ってもみなかった。怪物が東へ行ってくれれば、ただ時間稼ぎになると思っていただけだが、確かにそうではないか。

だが、やじは首を横に振っている。

「牛頭馬頭でも怪物を退治できないか?」

やじは首を振るのをやめ、くちびるを噛みしめた。「不意打ちをくったら駄目だ」

驚き慌て、目の前の光景に狼狽しているうちに圧倒されてしまうと言う。

「人は、人を喰う獣に弱い」

直弥は伊織先生と顔を見合わせた。

「いや、それでも」伊織先生は声を励ます。「一度襲撃を受けても、永津野の牛頭馬頭がいきなり全滅してしまうことはありますまい。北二条と違い、あちらの砦は孤立しているわけでもない。使いを走らせれば、すぐにも周辺や城下から番士の応援を駆り出すこともできるはずだ」

武門の誉れを以て鳴る永津野侍の面目にかけても、意地汚い怪物を退治にかかる。

「いっそ我らも、永津野に助けを求めてもいいのかもしれませんね」

直弥は言葉を失った。身体じゅうの血が音をたてて逆流するのがわかる。

「先生、何をおっしゃいますか！」

「し、声が大きい」

「非道な人狩りで我らの領民を苦しめてきた永津野の牛頭馬頭に助力を請うなど――」

「では、どうやって村人を助けるのですか。一刻を争うこの急場に、貴方に何ができるのです？」

切り返されて、返事ができない。

「香山と永津野は、もとをたどればひとつの国だったのですよ」

伊織先生は声をひそめ、説きつけるように直弥の方に身を乗り出してきた。

「いつまでも相争い、憎み合うのは不幸なことです。この怪物退治をきっかけに和睦《わぼく》できるならば、まさに禍《わざわい》を転じて福と成すことになりましょう」

大野家は香山藩主・瓜生家の親族なのに、なぜこんなことが言えるのか。直弥は怒りに胸がつかえて苦しいばかりだ。

「――砦へ行ってみる」

かわりに、やじが応じた。伊織先生にうなずきかける。伊織先生もやじに応じた。「うむ、頼んだぞ」

「私は承知しません！」

憤る直弥をかわすように、先生は言う。「仁谷村から逃げ延びた村人が、永津野の砦で捕らわれている、あるいは助けられているということもあるかもしれませんよ」

そうか。なぜそこに思い至らなかったのだろう。この出来事の発端は、香山の民が永津野領に逃散したことだったのだ。

「砦に行く」

直弥を置いて、やじは腰を上げた。「急げば、まだ間に合うかもしれない」

怪物が永津野の砦を襲う前に報せることができれば、迎え撃つ支度を整えることができる。伊織先生の言うように、そこに仁谷村の者がいるならば、助けることもできよう。

理屈は直弥にもわかる。しかし、香山藩士としての心が許さない。

「おれ一人でいい」

直弥はやじの顔を見た。人に交じれば影のよう、山に入れば風のようなやじが、初めて「おれ」という言葉で意志を露わにしている。

さらに、やじは冷たく言い放った。「おまえ様には無理だ」

「な……何を言う！」

「おまえ様は金吾様ではない」

やじのような身分の者が、口にしていい言葉ではない。直弥はこの場で刀を抜き、やじを斬って捨ててもいい。いや、そうするべきだ。

だが、力が出てこない。空しく胴震いが起こるだけだ。

確かに、達之助ならば今このとき、早急に打つべき手を打つことに全力を傾け、余計なことは考えないだろう。義憤だろうが憎悪だろうが、香山藩士の矜恃《きょうじ》だろうが、そんなものは後回しだ。

「――先生」

黙したままこのやりとりを見守っていた伊織先生に、奥歯を噛みしめて直弥は言った。

「あとのことをお願いいたします」

「引き受けました」と、医師は応じた。「くれぐれも気をつけて。貴方がたも、命を粗末にしてはいけません」

闇にまぎれて寮を抜け出し、直弥とやじは再び山道へと戻った。今度はまっすぐ国境を目指す。やじの足取りに迷いはない。拳を握りしめ、直弥は必死でついていく。

第三章 襲来

一

砦へ行くために、朱音《あかね》の思いついた〈口実〉は、〈笠の御用〉であった。

永津野《ながつの》の武士たちが使う馬上笠は二種類ある。冬物は笠の直径が小さく、縁をぐるりと革でかがってある。雪が凍りつくのを防ぐためである。夏物は、強い日差しを遮るために直径が大きめで、ぐるりを麻紐《あさひも》でかがってある。この笠の調達と交換が〈笠の御用〉で、城下では御用笠屋が定められているが、山里では代官所や砦の近くにある村がこの役目を果たす。

年に二度、春と秋に行われるこのしきたり、今はちょうど春のその時期だ。古い笠を引き取り、冬のあいだに作っておいた新しい笠を納めるのだが、その前に、まず庄屋の長橋《ながはし》家から〈御笠御用立目録〉を差し出し、砦の長《おさ》である代官に納入の許しを得るという手続きもある。笠の御用を賜るのは村の名誉なので、いちいちもったいをつけるのだ。だから、この目録を持参するのは庄屋茂左右衛門《もざえもん》である。

その茂左右衛門に同行して砦に入ろうというのが、朱音の考えだった。朱音が砦の番士たちにいい顔をしていない――つまりは兄の曽谷弾正《そやだんじょう》に対して不忠の気配があることを気にしている茂左右衛門の機嫌とりもできて、一石二鳥だろう。

果たせるかな、朱音の申し出に、庄屋は手放しで喜んだ。

「小台《おだい》様がぁ、御自らお代官様をお訪ねになり、番士の皆様を労《ねぎら》うお言葉をかけるなど、何ともったいないことでしょうかぁ」と、朱音を拝むようにする。

「笠の御用でお伺いするのは、村にとっても大切なしきたりですものね。わたくしも、いつかはお伴させていただきたいと思っていました」

朱音もすまし顔で言ってみる。

「んならばぁ、もっと早くおっしゃってくだされればよかった」

「とんでもない。国境《くにざかい》を守る砦のような大切な場所に、おなごが足を踏み入れるなど、うかうか許されていいことではございませんもの」

これで細工は流々と思ったものの、ひとつ誤算が起きた。あの絵師の菊地圓秀《きくちえんしゅう》が、どう話を聞きつけたのか、自分もぜひ砦へ行きたい、連れていってくれと言い出したのである。

「永津野と香山《こうやま》の国境を守る砦の番士の皆様は、この太平の世にありながら、厳しく戦支度《いくさじたく》を整えて守りについておられると聞きました。他所《よそ》の土地では見ることができぬ光景です。ぜひともこの目で見てみたい。お許しが得られるならば、絵に描かせていただきたい」

この人もまた、榊田宗栄《さかきだそうえい》とよく似た太平楽だと、朱音は呆れた。妙に耳ざといようなのに、砦の番士が武装しているのは人狩りに出るためだとは知らないのだろうか。それとも、牛頭馬頭《ごずめず》の所業を知っていて知らないふりをしているのか。

——絵師というのは、みんなこんなに物見高いのかしら。

さすがに茂左右衛門も渋っていたが、圓秀は私人ではなく、相模藩という後ろ盾がある。彼が永津野に来る際には、あちらから相応の挨拶があったらしい。

「城下からこの村にお迎えする際も、お城の留守居役様からぁ、賓客《ひんきゃく》として丁重に遇するようにと、厳しく言いつかりましてなぁ」

なかなかたいそうな絵師なのだ。ならば、これを誤算ではなく、好機にしてしまえばいいか。何でも見たがり描きたがる圓秀をだしにして、砦のなかを案内してもらえばいいのだ。

長橋家から砦へと使いが行き来して、宗栄との相談からなか一日をおいただけで、朱音は砦へ赴くことになった。

その間、おせんが騒がしいといったらなかった。小台様、何をお召しになりますか。髪はどう結いあげますか。

「おせんったら、わたくしは遊びに行くわけではないのですから」

「小台様ぁ、遊びに行かれるんでねぇから申し上げてるんです。笠の御用で砦へ伺うときは、庄屋様は紋付き袴《はかま》ですよぉ。小台様も正装なさらねばぁ」

結局は髪を島田に結って、朱音が上州の自照寺《じしょうじ》から一枚だけ持ってきた綸子《りんず》の慶長小袖を着た。母の形見である。

「輿《こし》をお支度できんでぇ、まっこと面目ないことでございます」

「何をおっしゃいますか。庄屋様も徒《かち》で行かれる道のりでしょう」

名賀《なか》村に、馬に引かせる荷車はあっても、輿や駕籠《かご》の備えはない。永津野の山は険しく、土が硬いので、騎馬には高度な技《わざ》と修練が要り、番士でさえも、山道に不慣れなうちはつい落馬することがあるという。そんな土地だから、人びとは己の丈夫な脚が頼りだ。

菊地圓秀はと言えば、足元こそ脚絆《きゃはん》で固めてあるが、いつもの出で立ちの上に黒羽二重の羽織を着込んで現れた。相模藩御抱《おかかえ》絵師菊地家の紋付きである。

「このような折のために、羽織だけはいつも持ち歩いているのです」

茂左右衛門、朱音、圓秀の三人に、長橋家の家人《けにん》と荷物持ちの下男、女中が二人従い、実際に御用笠を作っている村の家〈笠処《かさどころ》〉の主人とその供も加わり、一里余りの山道を、砦へと向かう。花々が咲き乱れ、山ツバメが飛ぶ春の朝だ。

笠の御用伺いは堅苦しいお役目だが、関わる人びとにとっては慣れ親しんだ行事でもある。宗栄の言葉を借りるなら「名賀村と砦を往来するまっとうな道」はよく整備されており、好天続きで乾いているから、歩みに苦労することもない。

小台様のお世話について行きたいとせがんだおせんを、いつになく厳しく退けて、置いてきぼりにしてきた。帰ったら謝ろうと思うほどに、朱音は落ち着いていた。

蓑吉《みのきち》の〈怪物〉の話。そこから宗栄が導き出した推論。どちらも笑い飛ばすわけにはいかないが、こんな明るい日差しを浴びて森を抜けてゆく道中では、不安が薄れる。この美しいお山に、人を喰う怪物が潜んでいるかもしれないなんて——。

その朱音の背後で、道々、笠処の主人と長橋家の家人が語らっている。

「今年はぁ、山ツバメの群れをあんまり見かけませんねぇ。村の近くの森には、巣をかけておらなんだかなぁ」

「ツバメだけでなぐてぇ、ほかの鳥たちも、この春はぁ静かなようです」

「そういえば、溜家《たまりや》には早々に山犬が寄りついたそうでぇ、小台様がご無事で何よりでございましたなぁ」

山の生きものたちの、小さな異変。朱音はつい耳を傾けてしまい、足取りが乱れた。

「小台様、いかがなさいましたか」

菊地圓秀がすぐ脇を歩いていた。さっきは道端の八重桜の色合いが珍しいとか騒いで、皆から遅れていたのに。

「圓秀様は、こうした山歩きには慣れておられるようですね」

絵師は今日も上機嫌で、元気に満ち溢れているように見える。

「格別慣れているわけではありませんが、あちこち旅をしておりますと、足腰は丈夫になるようでございますよ」

「わたくしは、絵師の方はお部屋に籠もり、筆を手に真っ白な紙に向かって、何日も何日も呻吟《しんぎん》するのがお仕事で、旅どころか外歩きをされることさえ珍しいのではないかと思い込んでおりました」

「ああ、それは絵師の目指すところによって違いがあるのです」

心地よさそうに森の匂いを吸い込みながら、圓秀はにこにこと言う。

「その絵師が、何を描きたいと望み、願い、志しているかによる、と申しましょうか」

山ツバメが一羽、一同の行く手を横切って、風の上を滑るように飛び去ってゆく。圓秀は目を細めてそれを見送った。

「この世の景色を描き尽くしたいと願う絵師は広く旅をして歩き、人の心の内にあるものを写したいと志す絵師は家に籠もる――まあ、その逆のこともございますが」

外を描くために内を見つめ、内を写すために外を見つめるのだ、と言う。

「難しゅうございますね」

「御仏《みほとけ》の教えと同じで、難しく考えれば難しくなり、易しいと思えば易しくなります」

またぞろ榊田宗栄と似て、この絵師も他人《ひと》を煙《けむ》に巻くのが好きなようである。

そのとき、先を歩む茂左右衛門が一同を振り返って声をあげた。

「砦が見えて参りましたぁ。小台様、あの森の向こうでぇございます」

朱音は笠の縁を軽く持ち上げ、その方向を仰いだ。そしてすぐに笠を取った。

永津野と香山の国境を守る小平良山《おたらやま》の砦は、遠目にも黒々と、新緑の森のなかにうずくまっていた。

「鴉《からす》のようにぃ、黒いでしょう」

少し汗ばんだ顔をほころばせて、茂左右衛門が自慢げに言う。

「外壁《そとかべ》や床や屋根を、すべて〈焼板《やきいた》〉で張ってあるんでございますよぉ」

表面を火で焦がして、炭のようにしてある板だという。

「火矢を射かけられても、燃えませんでなぁ」

これは驚いたと、圓秀がはしゃいでいる。その浮き立つ声が、朱音には耳障《みみざわ》りだ。

火矢に強い？　そんなに戦に備えたいのか。あるいは戦を仕掛けたいのか。

宗栄は何も言っていなかった。彼には珍しい眺めではなかったか。朱音がとっくに知っていると思ったのかもしれない。

筋道立った理由はない。理屈もつかない。だが、青空を不吉に切り取る黒い砦を目前に、朱音は不意に怖《お》じ気づいてしまった。


一方、そのころ溜家では。

「おせんさん、いつまぁでもむくれてないでぇ、厨《くりや》を片付けてしまいなってばよう」

外回りの掃除を終えた加介《かすけ》が、勝手口から顔を覗《のぞ》かせて声をかけてきた。

言われたおせんは、この言葉にかえってむくれる。

「誰がぁむくれてますかぁ！　そんなのとっくに済んだで！」

確かに片付いた。今し方まで蓑吉も手伝っていたのだ。器を洗って拭き、膳を清め、今朝使った鍋釜を磨いていたところだ。

「あ、蓑吉もいたかぁ」

照れ笑いをしながら、加介は蓑吉に目を向ける。

「掃除のついでにぃ、四方に〈蛇よけ〉を下げといたからなぁ。もう怖いことないでぇ」

うん、とうなずき、お礼を言おうと蓑吉が口を開きかけたところへ、おせんが割って入る。「加介さん、余計なこと言うがぁ！　わざわざ思い出させてぇ」

蓑吉を背中にかばうようにする。加介はへどもどと引き下がった。

「はあ……そいつは悪かったぁ」

「ンなことねえよ。ありがとう」

蓑吉がはっきり口をきいたので、おせんと加介は揃って目を丸くした。

「み、蓑吉」

「おいら、もう平気だぁ。あっちこっちの痛いのも、みんなよくなったよ」

ありがとうともう一度言って、ぺこりと頭を下げた。

「いいんだよぉ、蓑吉」

「あんた、しっかり者なんだねぇ。ちゃんと挨拶できるんだ。いい子だぁ」

二人の笑顔に、蓑吉も心が温かくなった。嬉しい。一緒になって笑ってみる。うん、笑い方を忘れてはいない。

「おせんさん、次は何をする？　おいら手伝うよ」

「そっか。なら、井戸端の盥《たらい》に洗い物が山積みだぁ」

「おらの掃除の方も助《す》けてくれろ。今日はお屋敷の床をみんな拭くからなぁ」

にぎやかに、三人は仕事にかかった。

――永津野のひと、鬼なんかじゃねえ。

優しくて働き者で温《あった》かい。ひそかに、蓑吉は思う。おいらの村の衆《しい》と同じだ。

物心ついたころから、小平良山の向こうとこっちは、地獄と極楽だと教わってきた。永津野は地獄で、そこに住んでいるのはおっかない鬼か、哀れな亡者のような人びとばかりだと。

その教えを疑うような材料は、蓑吉のまわりにはなかった。北二条の山作りに励む五カ村の人びとは、日々の暮らしを繋いでいくことに精いっぱいで、目の前のことしか見ていなかった。遠くへ目をやる必要はなかったし、下手に見やったら厄介な羽目になるとばかり思い込んでいた。

あの恐ろしい出来事に呑み込まれ――そう、文字通り呑み込まれて、真っ暗ななかにいて、なぜかそこから飛び出して、あとはもうただ逃げて、逃げて、逃げて、どこかで力尽きて倒れてしまったらしい。そのあたりのことは、今もまだ細かく思い出せない。

ここの座敷で目を覚ましたときには、蓑吉は、おいらはあの世にいるのだと思った。おいら、やっぱり死んだんだ。なにしろここには天女様がいらっしゃる。おいらは天女様に抱かさって、あの世まで連れてきてもらったところなんだ、と。

でも、天女様だと思ったのは朱音様で、次にはおかしなホラばっかり吹く宗栄様が現れて、さらにはおせんさんと加介さんに、仙人より歳をとってるみたいなじいちゃんもいた。五カ村は開拓村だから、気力と体力の細い老人は住み着くことができない。溜家のじいちゃんみたいな年寄りに、蓑吉は初めて会ったのだった。

それでも、ここはあの世ではない。ちゃんとこの世に、蓑吉は留《とど》まっていた。ただ、無我夢中で逃げるうちに、国境を越えてしまったらしいのだ。

地獄の永津野。

そんな気配は、溜家のなかには欠片《かけら》もなかった。温かいし、食べ物もたくさんあるし、こざっぱりしたものを着せてくれる。朱音様は優しくて、そばに寄るといつもいい匂いがする。おせんさんは大きな声でよく笑い、同じくらい大きな声で宗栄様と加介さんを叱っていて、二人はいつも恐れ入っている。でも仲が悪いわけじゃない。

ここでは朱音様がいちばん偉くて、その次が宗栄様のようだ。お武家様なのに朱音様より偉くないのは、月代《さかやき》を剃ってないし、くたびれた袴をはいているからかな。おせんさんと加介さんとじいちゃんは溜家の奉公人。三人とも働き者だけど、びっくりするのはじいちゃんがしゃんとしていることだ。昨日も今日も、梯子《はしご》をかけて屋根にのぼっている。春になると、仁谷《にだに》村でもそういうふうにしたから、何をしているのか蓑吉にも見当がついた。冬のあいだに傷《いた》んだところがないか、屋根を調べているのだ。けど、あのじいちゃんが。

誰も、危ないからよせなんて止めない。じいちゃんは無口であるだけでなく、影みたいに静かに動き回るので、みんな気づかないのかもしれない。気がついても、じいちゃんなら大丈夫だと、みんな安心して任せているのかもしれない。

溜家は立派なお屋敷だ。暮らしも豊かだ。朱音様はきっと、溜家から外に出ても偉い人なのだろう。だから、ここだけが地獄じゃないのかな。この村は名賀村というのだそうだ。名賀村は地獄で、溜家だけ別なのかな。けど、奥の座敷で養生しているあいだ、風に乗って、村の方向から、人びとの笑い声が聞こえてきたことがある。ならば、名賀村も地獄ではないんだろう。

地獄は、あの夜の仁谷村の方だった。

——じっちゃ。

おいらはしっかりしなくてはいけない。じっちゃは山道まで逃げてこられなかった。村から逃げ出せなかった。じっちゃはもう生きてない。あれじゃあ、無理だ。誰も生き残ってなんかいない。いったんは逃げ出した伍助《ごすけ》さんも、蓑吉自身も逃げ切れなかった。

あいつ。怪物が追いかけてきたから。

蛇みたいにぬるぬるしていた。あの夜のかすかな光にも、その様が見てとれた。そしてあの、狐罠《きつねわな》をうんと、うんと、うんと大きくしたみたいなでっかい口。

ダメだ。思い出しちゃ駄目だ。だけどおいらはどうして助かったんだ？　あいつが、怪物が来るってみんなに教えられるように、山の神様がおいらだけ逃がしてくださったのか。

「——あれぇ、ホントだ。加介さんたらこげなとこに百足《むかで》サ下げてぇ」

おせんが頓狂な声をあげたので、蓑吉は我に返った。

「ほら蓑吉ぃ、これが蛇よけのお守りだよう」

両手いっぱいに洗ったものを抱えて、おせんが笑顔で振り返る。蓑吉は盥のそばから立ち上がった。

溜家の井戸は裏庭にあり、すぐ脇は物干し場になっている。地面に何対か支柱を立て、そこに竹竿《たけざお》を渡してあるのだ。

手前の支柱の横っ腹、蓑吉のおへその高さのところに、細い釘で小さな藁《わら》細工が打ち付けてあった。百足の形をしている。

「蛇はね、百足が苦手なんだぁ。だから百足の藁細工はぁ、蛇よけのお守りになるんだよ。小さいから、ちっと足の数が少ないけンど、よくできてるね。加介さんは器用者だぁ」

昨日、蓑吉があんなふうに取り乱したから、すぐお守りをこしらえてくれたのだ。蓑吉の心に、また温かいものがこみあげてきた。

ちょうどそこへ、建物の角を回って、宗栄と加介がやってきた。宗栄は筒袖と野良袴に脚絆を着け、刀は脇差しだけにして、背中に鍬《くわ》をくくりつけている。

「おお、いたいた、おせん」

宗栄は闊達《かったつ》に声を張り上げ、どしどしと近づいてきた。

「溜家には、筍《たけのこ》を掘る道具があるそうだな。貸してくれんか」

彼に追いすがり、加介はおろおろしている。「ですから宗栄様ぁ、筍にはまンだ」

「早すぎます！」

加介に代わっておせんが一喝した。

「宗栄様、痩せても枯れてもお武家様がぁ、何て格好ですかぁ。野良仕事でもなさるおつもりかね」

「だから、筍を掘るのだ」

しらっとした宗栄に、加介が困りおせんが怒る理由《わけ》は、蓑吉にも見当がついた。

「宗栄様、裏山に入るなら、おいらも連れていってくれろ」

蓑吉の言い出したことが意外だったのか、その口調のしっかりとしていることに驚いたのか、三人は一様に固まったようになった。

喉《のど》をごくりとさせてから、蓑吉はもういっぺん言った。「おいらも裏山に行きたい。山を歩いたら、あの夜のこと、もっといろいろ思い出せるかもしれないでぇ」

最初にほどけたのは宗栄だ。立ったまま蓑吉を見おろし、きっと見据えて、言った。

「また怖いことを思い出すぞ」

「うん」

「我慢できるか」

蓑吉は拳固《げんこ》を握った。「うん。我慢しないと、村のみんながどうなったか、ずっとわかんねえから」

宗栄は、ふむ、と鼻息を吐いた。

「実はな、私が掘ろうとしているのは怖い筍なのだ。なぜ怖いかと言えば、その筍は、我々は知らんが、おまえならよく知っている筍かもしれないからだ」

おせんが思いっきり眉をひそめる。「宗栄様、またホラ話なすってぇ」

と、珍しいことが起きた。加介がおせんの口を遮ったのだ。「おせん、宗栄様にゃお考えサあるんだぁ」

珍しいことをされたおせんは、素直に怯《ひる》んだ。「だ、だって」

加介はおせんにかまわず、蓑吉のそばに寄って、その肩に手を置いた。

「蓑吉、宗栄様がこう仰せだでぇ。おまえ、本当に一緒に行くかぁ」

蓑吉だけがよく知っているかもしれない筍。それは、仁谷村の筍だろう。

すとん、と解《わか》った。

――村の誰かを捜しに行くってことだ。

蓑吉は加介の目を見返して、「うん」と言った。宗栄の顔を仰いで、「連れてってくれろ」と言った。

「何もしないより、宗栄様をお手伝いしてぇ」

「よし。ならば、ついてこい」

顎を引き、宗栄はうなずいた。今朝はどういうわけか、無精髭《ぶしょうひげ》をきれいに剃っている。そのつるつるの顎をちょいと指で掻《か》いて、口元をほころばせた。

「やはり、おまえはなかなか腹の据わった子供のようだ」

「だったら、おらも参ります」

加介が言い出して、おせんが跳び上がりそうになった。

「加介さんまで、どうしたんだぁ。小台様がお留守だってぇのに、みんなして溜家を空けて裏山に入るなんてぇ」

これまた珍しいことに、宗栄は武骨な手でおせんの頭をくりくりと撫でた。

「済まんな、おせん。だが、朱音殿が砦へいらして、番士どもの気を散らしてくださるからこそ、今が絶好の機会なのだ」

蓑吉にはよくわからないが、朱音様と宗栄様は、何か打ち合わせをしていたのか。

「ちっと待ってくだせ。支度しますでぇ。蓑吉、こっちゃこい」

加介が手早く支度を整えてくれて、自分と蓑吉には、宗栄が背負っていたのより柄の短い鍬をひとつずつ用意した。竹筒の水筒を三つ。何か持ち帰るときのために、加介は空の荷籠《にかご》を背負い、蓑吉の首には手ぬぐいを巻いてくれた。

「こりゃぁ、印のねぇ手ぬぐいだで」

裏庭に戻ると、調子を取り戻したおせんに、宗栄がけんけん叱られていた。なしておらだけ仲間外れにするですかぁ。小台様に叱られても、おらは知らねっがらね！

「宗栄様、これを」

加介が、懐から小さなものを取り出した。あの藁細工の百足だ。

「蛇よけでがんす」

「蛇は百足が嫌いなんだって」と、蓑吉も口を添えた。

宗栄は目を細めた。「おお、そいつはありがたい。三人分あるか？　よしよし、蓑吉もつけておけ。帯に挟めばいいんだな」

「本当はぁ、これに煙管《きせる》の脂《やに》をとってなすると、もっと効き目があるんだぁ」

「蛇は煙草《たばこ》の脂も苦手なのか。ふうん、いいことを教わった」

「宗栄様ぁ」

今朝方、朱音様に置いてきぼりにされたときみたいなむくれ顔に戻って、おせんが言う。

「山で誰かにめっけられたらぁ、蓑吉のこと、どう言い訳なさいますで」

「そうだな、うん、う〜んと」

考えていなかったらしい。

「城下から、宗栄様ンとこお使いに来た旅籠《はたご》の小僧さんだぁいいますか」

宗栄は目を丸くした。「加介、おまえ気がきくなぁ。それでいこう。名前は――みよきちだ。あんまり変えると、本人が忘れる」

「みよきち」と、蓑吉は指で鼻の頭を押さえて覚えた。「おいら、みよきち」

「城下からわざわざ使いに来てくれた小僧に土産を持たせるために、筍を掘りに連れてゆく、と」

「山牛蒡《やまごぼう》」すかさず、おせんがむすっと言う。「筍は早すぎるってぇ、なんべん言わせるかね」

「わかったわかった、山牛蒡」

「そンでも、めっからねぇのがいちばんなら、宗栄様、お顔と手を汚していかねば」

人の顔や手足の肌は、野山では意外なほど白く目立って見えるのだ。それは蓑吉も、じっちゃに教わって知っている。

「なるほど。で、どうすればいい？」

「土をつけますんで。あ、庭のそっちの土はいかんで。肥をまいたばっかだぁ」

自分でも驚いたことに、蓑吉はくすくす笑ってしまった。その笑顔につられて笑いそうになったおせんが、意地になったみたいに口をへの字に曲げた。

「あのね、蓑吉。宗栄様も加介さんもほんだらべぇだから」

「え？　なに？」

「ほんだらべぇだよ。香山じゃ言わねっが？　そそっかしくて向こう見ずなことだよ」

ほんだらべぇの二人が、蓑吉の額とほっぺたにも土をなすりつける。

「だから、砦番の番士様にめっかったら、あんただけでも逃げ帰ってくるンだよ」

「おせんさん、おいら番士なんか怖くねぇよ」

「何言ってるだぁ。あんたら香山の衆に、砦番が怖くねぇはずはねぇ」

おらたちだって怖いんだもん――おせんは、ついでのようにちらと言い足した。

蓑吉ははっとした。永津野の人たちも、牛頭馬頭を怖がっている？

「よし、では行こうか。おせん、留守を頼む。なぁに、昼前には戻るよ」

大らかに言い置いて、宗栄が先に立って裏山への道を登り始めた。少し登ったところで、蓑吉の後ろで加介の声がした。

「あ、じい」

溜家の屋根の上から、じいが三人を見送っている。腰に命綱を付け、屋根のてっぺんにつかまるようにしている。加介が手を振ると、じいも手を振り返してきた。

宗栄は、裏山に分け入ることに慣れているだけでなく、今は明らかに急いでいた。彼の足取りについていくために、蓑吉はときどき息が切れた。

晴れた空と、山の森。獣道のような険しいところを縫って登っていても、いやだからこそ、この季節の山の美しさにすっぽりと包まれて、蓑吉はほとんど恐怖を感じなかった。あの夜の恐怖の遁走《とんそう》の道筋を、いまだによく思い出せないことが、かえって幸いしている。

溜家が見えなくなるほど登ったあたりでひと息つき、宗栄が言い出した。

「蓑吉、昨日のおまえの話を、加介にも聞かせていいか？」

「うん」

宗栄は手早く語り、さらに、「私が掘ろうとしているのは、実は急ごしらえの塚――まず間違いなく墓だろうと思う」

仁谷村の人びとが、確かに砦に囚われていた。幾人かは既に死んで埋められている。蓑吉がすうっと顔色を失うと、〈怪物〉の話を聞いても戸惑ったように首をかしげただけの加介が狼狽した。

「そ、宗栄様、それぐらいで」

「いや、蓑吉なら大丈夫だ。覚悟した上でついてきたのだから。そうだな？」

蓑吉はぐいと口を引き結んでうなずいた。「うん、おいら平気だ」

「けンどぉ、宗栄様。そげな怪物がいるかもしれねぇならぁ、なんで今日はお刀を置いてきてしまったんでぇ？」

「あ？　いや、脇差しだけで充分なのだ。あれは竹光だから」

「ええぇ」

「去年の今ごろだったかなぁ。酒田の町で路銀が尽きてな。刀を質に入れて、結局はそのまま流してしまった」

「えええええぇ」

加介が剽軽《ひょうきん》に呆れている。蓑吉は手ぬぐいで顔の汗を拭き、震えがきそうなのをぐいと押し隠した。

――どっちにしろ、あいつには刀じゃかなわねぇ。

出くわしたら、逃げるしかない。

また登り始めて、宗栄が言う。「しかし加介、おまえも豪胆だな。怪物の話を聞いても怖くはないか」

「山には獣がいろいろおりますでぇ」

蓑吉には歯がゆいほど、落ち着いている。

「おらのとっちゃは木樵《きこり》ですんでぇ、いろいろ聞いてます。獣が人にかかってくるときは、よっぽど飢えて見境なくなってるかぁ、手負いになってるかぁ、子供を連れているときでぇ」

それでも、山のなかで鉢合わせしない限りは、めったに大事に至るものではない、という。

「獣も、人には近づきたくねぇですよ。とりわけ昼間は、あっちからの方がよく見えるからねぇ」

獣の方が鼻がきくし、という。

「山犬みたいに夜目がきく獣は、夜サならねば群れて襲ってきたりせんですしぃ」

急な登りに、前屈《まえかが》みになって手をついて、宗栄はちょっと唸《うな》った。

「じゃあ加介は、蓑吉が見た怪物の正体は何だと思う？」

加介は気遣うように蓑吉に目を向けて、

「蛇みたいに見えたっちゅうても、そんなにでっかいんじゃぁ、やっぱり熊かなぁ」

「熊は蛇のように肌がぬるぬるしてはおらんぞ」

「病や怪我《けが》で、毛が抜けとるとかぁ」

思わず、蓑吉は言い返した。「あんなでっかい熊がいるもんかい！」

力んだせいで、足が滑った。転びかけるのを加介が支えてくれた。

「夜はぁ、見慣れないもんがでっかく見えるんだぁよ。おらのとっちゃがよく言っとったで」

「ふむ……。怪我や病で餌《えさ》がとれず、飢えて分別を失っている熊なら、村を襲ってきても不思議はないか」

違う、違う、違う。そんなんじゃねえ。蓑吉は心のなかで叫んでいた。宗栄様も加介さんも、あいつを見てねぇからそんなことを言う。いっぺん見たら、おいらの言うことが本当だってわかるのに。

——あんなもんを見たら逃げるしかねぇわ。

伍助のふやけた声が耳に甦《よみがえ》る。

——ありゃ、お山じゃ。

あのときは何だかわからなかったけど、今は伍助の言いたかったことがわかる。あれはお山だ。怪物はお山の化身だ。

なぜだろう？　なぜ今の蓑吉には得心がいくのだろう。

思い出してみようと、心の目を凝《こ》らしてみる。あのでっかい口。大きな影。下藪《したやぶ》をするすると縫って近づいてきた、あれは、あれは——

駄目だ。蓑吉は見ようとするのに、心の目が閉じてしまう。

「お、私が付けておいた印だ」

傍らの木の枝に、枯れた蔓《つる》がぐるぐると巻きつけてある。

「右手へずうっと回り込んでいくぞ。岩がごつごつ盛り上がっているので、その裾に隠れて行けば、砦の方からは見えにくい」

「宗栄様、よっぽど何度も来なすったですねぇ」

「おせんには言わないでくれよ」

岩場の陰に身を屈めて隠れるというより、斜面が急なので、そうやって這《は》うようにしないと進めない。

「蓑吉、ここを逃げてきたんじゃねえよねぇ」

「……わかんねえ」

「私がおまえを見つけた場所は、もっとずっと下だ。帰りに寄って教えてやろう」

宗栄は、本当に筍掘りにでも来たみたいに呑気な言い方をする。

岩場を迂回《うかい》し切ってしまうと、また立って登れるようになった。すぐと、加介が前方を指さした。

「宗栄様、この近くでがんすかぁ」

「ああ、もうすぐだ。わかるか?」

「木が伐《き》ってあって、開けてますでぇ。山ンなかで人が住み着いてるとこでこういうふうにするのは、ごみ捨て場を作るときでぇ」

三人とも汗を掻き、息をはずませて、とうとう目的地へと登りついた。

宗栄が〈塚〉だというのは、そのてっぺんに、目印だろうか、棒きれが突き立ててあるからだろう。それがなかったら、ただの大きな土盛りだ。

「これを、掘るんでぇ」

「うむ、そうだ」

宗栄は背中の鍬をおろす。加介はしゃがんで塚に触り、手で掻いてみて、

「土はぁ軟らかいでぇ。埋めたばっかです」

それから急にびくついたみたいに、

「宗栄様、砦はどっちです?」

宗栄は、中天を目指して少しずつ空の高いところへと動いているお天道様と、塚を挟んで反対の側を指した。西だ。

「あの森の向こうだ。ここからだと存外遠いぞ」

「じゃあ、やっぱりここはごみ捨て場じゃねえかなぁ」

「ともかく、掘ってみよう」

三人で横に並び、塚に隠れるようにして、その横っ腹を掘り始めた。間もなく、宗栄の鍬の先に、布きれがまといついてきた。

「ん、何だ?」

引っ張り出してみると、裂けた手ぬぐいの一部だ。ほんの端っこなので、柄や印があるかどうかはわからない。

「蓑吉、ちょっと下がっていなさい」

宗栄は大きな背中で蓑吉の視界を塞《ふさ》ぎ、柄が短い方の鍬で土をかき始めた。

やがてその手が止まり、宗栄は低く声をあげた。

「加介、これを見てくれ」

宗栄の手元を覗きこんだ加介は、驚いて叫びそうになって、危うく堪《こら》えたようだ。「むぐぐ」と喉に詰まった声が漏れた。

「蓑吉、こっちを見ちゃいかん」

しかし蓑吉は、思い切って前へ出た。とっさに宗栄は押し戻そうとしたが、その一途な目つきに圧《お》されたのか、

「気の毒なことだ」

そう呟《つぶや》き、蓑吉の肩を抱いてくれた。

宗栄が掘り当てたのは、腕だった。右腕で、ほっそりしているから女の腕だろう。土にまみれ、血の気が抜けている。かなり傷んでいるが、虫はたかっていない。

宗栄は鍬を置き、両手を使って、細い腕のまわりを丁寧に掻いていった。土を取りのけてゆくと——

それは、肘《ひじ》のところで断たれていた。

今度こそ加介が「ひゃっ」と言った。

蓑吉は目を瞠《みは》り、ただただその肘から先の腕を見つめていた。五枚の爪、全部のあいだに土が入っている。仁谷村の女衆《おんなし》はみんな働き者で、男衆《おとこし》と交じって力仕事をすることもある。これだけでは、誰の腕なのかわからない。

「刀傷ではない」

腕を検分しながら、宗栄が言う。

「砦の番士の仕業ではなさそうだ」

蓑吉はうなずいた。「喰われたんだ」

傷口は、まるでボロ布みたいだ。引きちぎられたみたいにも見える。

「あの怪物の喰い残しだぁ、宗栄様」

宗栄は無言で、千切れた腕に触った自分の指を擦《こす》り合わせている。ついで、鼻先を寄せて臭いをかぐ。

「あのときの蓑吉のような臭いはしない。だいぶ日にちが経っているからな」

蓑吉は手で土を掻いた。もっといるはずだ。ほかにも誰かいるはずだ。

加介はこわごわ頭を持ち上げてまわりを見回すと、

「おら、あっち側から掘ってみます」

二人から離れ、塚の反対側に移った。手で目元を拭《ぬぐ》っている。怖いし哀れだし、泣けてきたのだろう。

蓑吉は、不思議と涙は出なかった。いつか宗栄が話してくれたとおり、心のなかの涙を出す部分が蓋《ふた》をされているのかもしれない。その蓋を開けてしまったら、ただ泣くばかりでほかのことが何もできなくなる。今はそれではいけない、と。

ほどなく、今度は鍬の刃に髪の毛がまとわりついてきた。すぐさま宗栄は鍬を放し、手で土を掘った。蓑吉もそれを手伝った。

人の頭が出てきた。幸い、向こうを向いている。まわりの土を取りのけてから、宗栄が、優しい手つきでこちらを向かせた。空っぽの眼窩《がんか》が蓑吉を見上げた。髷《まげ》がほとんどほどけてしまっている。首から下、がっしりとした肩がまだ土の下に埋もれている。ちゃんと着物を身につけている。

顔立ちと、その着物の柄に見覚えがある。「市《いち》どんだ」

村長《むらおさ》の家に住んでいた甥っ子である。早くに両親《ふたおや》を亡くして、おらはおじサの居候だからと、よく働く力持ちの若者だった。

「もっと土を取りのけないと、市どんを出してやれないな」

言って、宗栄がいったん腰を伸ばした。両手についた土をぱんぱんと払う。そして、その場で動かなくなってしまった。

「宗栄様？」

宗栄は塚の向こう側、加介がしゃがみこんで柄の短い鍬を使っている、その背中の後ろの方を見ている。まばたきもせずに見ている。

蓑吉は立ち上がり、宗栄が見ているものを見ようと、少し横に動いた。

加介が気づいて、「何だぁ？」

蓑吉まで、凍ったようになって加介の後ろを見つめる。

「お、おらの後ろになんかいるのかぁ?」

薄気味悪くなったのか、加介はこっちへ来ようとした。宗栄が鋭く止める。

「待て、加介。そのままそこにいてくれ」

「け、けンど」

「危ないものはいないよ。おまえがそこにいて影ができたおかげで、見えるんだ」

「な、何が見えるんでがんす」

「後ろを振り返ってごらん。中腰のままがいい。立ち上がると、影の長さが変わってしまう」

鍬を抱き、加介はへっぴり腰で振り返る。

「見えたか」

加介はがっくんがっくんと全身でうなずいた。

そこらは砂利混じりの地面で、枯れ枝や葉っぱが落ちかかり、まだらに雑草が繁《しげ》っている。多少のデコボコがあっても目につかない。宗栄が言うとおり、加介の影が格好の角度で落ちなかったら、すぐそばを通っても気づかなかったろう。

だが、一度見分けられると見間違えようがなかった。ひとつ見分けられると、ほかのところのも見えるようになった。

点々と続いている。但し、この〈点々〉の間隔はとても広い。人の歩幅の何倍もある。

足跡だった。

くっきりと地面に食い込む、三本指の跡。人でいうなら足の裏にあたる部分は逆さまにした三角形で、円座ぐらいの大きさがある。

「蓑吉、加介、ああいう足跡を残すイキモノに心当たりはあるかい」

加介は答えず、ただ首を振っている。

「蛇のようにぬるぬるしていて、足がある。蝦蟇《がま》に似ているな」

言われてみればそうだ。だが、蓑吉の心のなかでは、あの怪物とうまく結びつかない。

「でも、蛙《かえる》なんかと比べものにならないくらい、動きが速かったんだ」

「じゃあ、蜥蜴《とかげ》か」

それにしてもでかい――と、宗栄は唸る。

「どれほどでかかろうが、せいぜい熊ぐらいの大きさだろうと思い込んでいたが、この足跡から推すと、それどころじゃおさまらんな」

蓑吉の頭にぽんと手を置き、

「すまん。おまえの話を軽んじていた」

「それよか、宗栄様」

蓑吉は足跡のひとつを指さした。

「こっちへ来て、帰ってるよ」

「ん？」

「この足跡、森の向こうから塚の手前まで来て、また森のなかへ引き返してる」

ほら、ほら、ほら。蓑吉は足跡をひとつひとつ目で追いながら、指さしていった。

塚の反対側で、加介ががっくんがっくんし始めた。「み、蓑吉の言うとおりだぁ」

宗栄は伸び上がったり中腰になったり、目を細めたり、額の上に手をかざしたりして左見右見《とみこうみ》した。

「私にはそこまで見てとれん。おまえたちにははっきり見えるのだな？」

蓑吉と加介は顔を見合わせ、「うん」「へえ」と応じた。

「ならば、たどってみるぞ」

「ええええええぇ」

加介がのけぞる。宗栄は、掘った土と掘り出した亡骸《なきがら》や腕を、丁寧に手早く埋め戻し始めた。

「こうして埋めてあっても、怪物の鼻には人の肉の臭いがしたのだろう。喰い残したものなら、己の臭いもついている。だからここへ寄ってきたのだ」

またやって来ることもあり得る。ここは既に怪物の縄張りだ。

「じっと留まっていたら、かえって危ないかもしれん。それより、こっちから追っていって奴めの尻尾をつかむんだ」

「へえ……そうだかなぁ」

「加介、風はどっちから吹いている？」

加介は人差し指を舐《な》めて立てると、風向きを確かめた。「あっちですがぁ」

「よし。私が前、蓑吉を挟んで加介が後ろだ。我々がいつも風下にいるように、よく気をつけていてくれよ」

獣を追う時は必ずそうする。ただ、山の風は場所によって巻いていたり、ちょっと高さが変わるだけでも向きが変わるので、判別が難しい。じっちゃが言っていた。

蓑吉は森のとっつきまでたっと走ると、木立を見上げてぐるぐると見繕った。えっと、どれがいいか。

　やわらかそうな蔦《つた》が、大人の胴ほどの太さの橡《とち》の木にからみついている。葉っぱに鼻をくっつけると、青い匂いがする。

「蓑吉、何をしてる？」

「宗栄様、これ」

　蔦をたぐり寄せて引き千切り、蓑吉は掲げてみせた。

「これ、身体に巻いて。あと、葉っぱを噛《か》むんだ。森の匂いに紛れられる」

「そんただやり方、おら初めて聞いたでぇ」

「じっちゃがやってたんだ」

　宗栄はさらに長い蔦を引っ張って千切ると、まず蓑吉に、それから自分の身体にと巻きつけた。加介もぐるぐる巻きにしている。

「よし、これでいい」

　三人は森に分け入った。この様子を見ている人がいたら、きっと笑うだろう。身体に蔦を巻きつけ、顔や手足は土で汚し、当人たちは勇んでいるつもりでも、いささか腰が引けている。

　森のなかには道らしい道がない。が、人が行き来した痕跡は、そこここにあった。邪魔な枝が切り落とされていたり、藪を払ってあったりする。

「砦の番士は馬に乗るのだろう？」

　声をひそめて、宗栄が訊く。

「へい。名賀村へ来るときはいつも馬に乗ってこられます。人狩りに出るときも――」

「しかし、ここらには蹄《ひづめ》の跡が見当たらんな」

「こんなところには馬で入れませんがぁ」

そもそも永津野を囲む山々は馬の足には酷《むご》いところなのだと、加介は言う。

「したからぁ、お山で馬を乗りこなす番士の皆様は、それだけでもご立派なんでぇ」

「なるほどな。蓑吉、香山ではどうだ。おまえなど、いい馬子ではないのか」

蓑吉はかぶりを振った。「仁谷村にも馬はいねぇよ。やっぱりお山が険しいから」

よく蹄を痛めるし、飼い葉が足りないのですぐ元気を失ってしまう。

「山作りが済んだ南や西の村には馬も牛もいるんだって。北二条の五カ村も、もうちょっとなんだけど」

「山作りというのは何だ?」

「山を開いて薬草畑にするんだよ」

加介がふうんと言う。「おらたちが桑畑をつくるのと似てるなぁ」

「桑畑なら、香山のお山にもあるよ。お蚕さんも飼ってる」

「してもぉ、お蚕様のお世話をするより、薬草をつくる方が盛んなのかぁ?」

「だって、いい稼ぎになるからさ」

加介は首をかしげている。蓑吉の方も同じ気持ちだ。永津野には生薬の素になる薬草が生えないのかな。

「永津野と香山は、山をひとつ隔てただけの隣同士なのだから」と、宗栄が言った。「いくつか異なることはあっても、似ていることの方が多かろう。おまえたちのお国訛りとて、私の耳には同じに聞こえ――」

言いさして、宗栄は急に口をつぐみ、足も止めた。蓑吉と加介もきゅっと黙る。

宗栄は右手の指を立て、二人に注意を促した。

「何か音がしないか」

蓑吉は耳を澄ました。この季節、山の森の枝から枝へ、撫でるように吹き抜ける風が木立を鳴らして、心地よいざわめきを起こしている。ただそれだけだ。

同じように耳を澄ませていた加介の右耳が、ぴくりと動いた。

「はい宗栄様、聞こえますでぇ」

加介は呟き、首をすくめてまわりを見まわした。

「何かの声だで」

蓑吉にはまだ聞き取れない。

「加介さん、どんな声？」

「妙な声だぁ……まるで……まるで」

真顔で、宗栄が言った。「鼾《いびき》のようだ」

突飛《とっぴ》な喩《たと》えで、普段なら笑うところだが、誰も笑わなかった。

「あの足跡は続いているよな？」

「へえ、そこにひとつ」

加介が左手の前の方を指さしたとき、蓑吉にも聞き取れた。低く、腹の底を震わせるように伝わってくる。確かに鼾に似ている。それも大鼾、高鼾だ。酔いつぶれて寝ているときの伍助がこんな鼾をかいては、みんなに白い目で見られていた。

「近くにいるのかもしれない」

仕事を怠けて森のなかで昼寝している番士が――ではない。

「身を低くしろ。ゆっくり進むぞ」

「宗栄様、もう一枚葉っぱを噛んで」蓑吉は蔦の葉っぱを千切り取った。「ケモノは、おいらたちの息の匂いを嗅ぐから」

三人はすり足で進み始めた。宗栄の腰のあたりに蓑吉がつかまり、加介が蓑吉の肩につかまっている。三人ともぐっと息を殺しているが、かえって鼻息が荒くなる。

「足跡が途切れましたぁ」

かわりに、何かもっと大きなものをずるずる引きずったかのように、下草がつぶれているところがある。

加介の声を待っていたかのように、鼾に似た声――物音も止まった。

宗栄が背中を伸ばし、ひとつ大きく息を吐いて、手ぬぐいで額の汗を拭った。

「砦が見える。あれは物見台かな」

左手のずっと高いところ、森を越えた向こうに、黒い建物の一部が頭を出している。砦の足元をずうっと迂回するようにして、三人は森を抜けてきたのだ。

「どうしてあんなに真っ黒なの?」

「戦に備えて、焼板を張ってあるのだろう。私もこういう砦を見たのは初めてだった」

なるほど永津野は喧嘩《けんか》好きだと、宗栄は冷やかすように言った。

「真っ黒な砦など、朱音殿が嫌《いや》がりそうな眺めだな。今ごろどうしておられるか」

そうか、朱音様は砦のなかにいるんだ。蓑吉は急に心配になってきた。早く溜家に帰ればいいのに。

「加介、どうした」

加介は目をしばたたき、かわりばんこに首を左右に傾けながら、前方を見ている。

「あれ……変ですがぁ」

指さす先は、森がそこだけ開けていて、うらうらと陽《ひ》があたっている。どれほど深い森でも、ときどきこういう場所があることは、蓑吉も経験で知っている。地面のすぐ下に大岩があって木が根を張れないとか、水脈が通っているとか、毒気を持つ草が生えているとか、理由は様々だ。

ただ、加介が「変だ」という場所は、確かにちょっと変わっていた。ただ陽があたっているだけでなく、そこだけこんもりと盛り上がっている。大きなこぶができているかのようだ。

そのうえ、まばらに苔が生えている。森のほかの場所には、そんなところはない。苔は木の幹に生えのぼっているが、地面にはない。

「また塚――ではないよな」

宗栄が一歩前に出ようとしたとき、ぶるんというような音が聞こえた。三人はぴたりと動きを止め、呼吸も止めた。

ぶるん。もう一度。

そして、あの鼾のような物音を三倍ぐらい大きくした音が、あるいは声が。

「ぶろろろぉん」

森のなかの大きなこぶが身震いした。一度、二度。震えるたびに、土や砂利や枯葉《かれは》が振り落とされ

てゆく。蓑吉は、耳のすぐそばで何かがカタカタ鳴るのを聞いた。加介の歯が鳴っているのだ。思わず飛びついて、

「しっ、静かにせんと」

すると、加介は両手で自分の口に蓋をした。と思ったらぱっと片手だけ放して、その手で蓑吉の口を塞いだ。何のことはない、蓑吉の歯も鳴っていたのだ。

宗栄は身構えて、脇差しの柄に手をあてている。目の底が光っている。

大きなこぶが、今やはっきりと胴震いをして起き上がった。身体の下に巻き込まれ、隠れていた尻尾が現れる。呆れるほど長い。一瞥《いちべつ》では長さの見当がつかない。太いところは丸太ほど、細いところでも、大人の手首ほど。ここからでは、先端が見えない。

蓑吉はぞくりとした。おいら、あの尻尾を蛇と見間違えたのかな？　だけど、ちっともぬるぬるしてない。今は土や葉っぱをかぶってるからかな。

土まみれの怪物は、こちらに完全に尻を向けている。日向《ひなた》ぼっこして眠っていたのだろう。三人には気づいていない。まだ寝ぼけているのかもしれない。

「加介、蓑吉」

宗栄が、食いしばった歯の隙間から押し出すような、かすかすした声を出した。

「身動きするな」

また、ひときわ大きく「ぶろぉぉぉん」というような声がした。怪物が大口を開け、あくびをしたのだ。

鼻が曲がりそうな、生臭い臭いが漂ってきた。蓑吉は胃の腑《ふ》がでんぐり返りしそうになった。この

臭い。おいら、覚えてる。

怪物が少し動いた。小山のような身体を支える、太くて短い脚が見える。脚の格好だけなら、蜥蜴にそっくりだ。踵《かかと》の側に蹴爪《けづめ》は見えない。しかし、前の三本の爪の鋭く大きなことといったら、爪というより牙のようだ。

身体は蝦蟇、脚は蜥蜴、尻尾は蛇。その皮膚はだんだら模様になっている。

かちりと音がした。宗栄が脇差しの鯉口《こいぐち》を切ったのだ。

――そんな刀じゃ、かなわねぇよ。

蓑吉は言いたかったけれど、喉が干上がってしまって声が出てこない。

突然、怪物が動き出した。小山のようなその身体がまずまん丸になり、それからぐいっと伸びた。その動きに、一陣の風が立った。土埃《つちぼこり》が舞い上がり、砂利が礫《つぶて》となって蓑吉の顔に飛んできた。つい目を閉じ顔を背《そむ》けて、声を出さないように両手で口を覆った。まず加介が、ついで宗栄が蓑吉を庇《かば》うように覆い被さってきた。

風が静まった。

怪物は消えていた。あの大きな身体が、小山が、森に飛び出したこぶが、消えていた。

「どこへ――行った？」

足音はしない。森の木立にぶつかる音もしない。ただ消えた。その動きだけならば、怪物はやっぱり蛇にそっくりだ。

「二人とも下がっていろ」

宗栄は身を屈め、そろそろと、さっきまで怪物がいた場所へ近づいてゆく。そこの地面には、怪物の巨体、太い胴がどすんと居座っていた痕跡がくっきりと残っていた。あいつはうんと重たいのだ。

手近の藪に半分身を隠し、そこから乗り出すようにして様子を覗《うかが》っていた宗栄が、大きく肩を上下させて息をついた。

「おらん」

その言葉に、一気に呪文が解けたみたいになって、蓑吉と加介も宗栄に駆け寄った。

「何て素早い奴だ」

「へ、蛇だぁ」と、加介が震え声で言う。「あいつ、脚を引っ込めてぇ、蛇みたいに森ンなかを滑っていったんでぇ」

砦の方へ向かう斜面に、下草が押し潰された跡が残っている。加介の言うとおり、脚を引っ込めたときは、怪物は身体をうねらせて進むらしく、その跡にも浅いところと深いところがあった。

「加介、蓑吉を連れて名賀村へ帰れ」

宗栄の目元も口元も、今まで見たことがないほど厳しく引き締まっていた。

「怪物がいることがはっきりした。名賀村が危ない。庄屋に会って、おまえが見たものをすべて打ち明けて、村の守りを固めるよう掛け合うんだ」

「し、庄屋様は今、小台様とご一緒に砦に行っておられますだが」

宗栄は、やさぐれ者のように舌打ちをした。「くそ、そうだった。ならば太一郎《たいちろう》でもいい。誰でもいい。みんなに触れて回れ。一人ぐらい、おまえの話を真剣に聞いてくれる者がいるだろう」

「守りを固めるってぇ、どうすればええですか」

「女子供を村の中心部に集める。誰も一人では出歩かないように。山に入っている者たちは、すぐ使いをやって呼び戻せ。その使いも一人で行ってはならん」

はい、はいと加介はうなずく。

「村のまわりに物見を立てて、怪しい動きがないかどうか見張るんだ。松明《たいまつ》もたくさん用意しておけ。男たちには、鍬でも鋤《すき》でも鉈《なた》でもいいから、みんな武器を持たせるように。それから、うんと湯を沸かしておけ。いざというときには、熱い湯は充分な武器になる」

言い並べながら、宗栄は自分でもいちいちうなずいている。

「あの怪物の皮膚は、えらく分厚い鎧《よろい》のようだった。下手な刀より、熱い湯の方が効き目があるかもしれん」

それに、たいていの獣は火を嫌う。蓑吉は思い出した。「仁谷村が焼けたのは、誰かが怪物を追っ払おうとして、火をかけたからかもしれない」

「そうだな。だが、火事になると人も逃げ場を失ってしまう」

命じられたことを頭に叩き込んだのか、ごくりとひとつ喉を鳴らして、加介は草鞋《わらじ》の紐を締め直した。

「ンじゃ蓑吉、行くで」

蓑吉はかぶりを振った。「村には加介さん一人で戻って」

「何言うだぁ、おまえ」

「宗栄様は怪物を追っかけるんでしょ」

「奴は砦の方へ向かったからな。番士たちにも知らせんと」

「おいらも付いて行く。こっそり砦に入り込んで、仁谷村の衆を捜すんだ」

蓑吉はぐいと拳を握ってみせた。宗栄は一瞬だけためらったが、すぐに言った。

「よし、わかった。蓑吉は私と行く。加介、今なら名賀村にはまだ猶予がある。あんな怪物に、一人だって喰われてたまるか。しっかり頼むぞ。備えてくれよ」

「へえ。宗栄様、小台様をお守りくだせ」

「もちろんだ」

転がるように来た道を戻り始めた加介の背を見送って、宗栄は蓑吉を促した。

「この先は、いつまた怪物に鉢合わせするかわからん。気をしっかり持てよ」

怪物の痕跡をたどりながら、斜面を登ってゆく。二人とも両手を地面について、這うように進んだ。

「宗栄様、刀じゃ、あいつにはかなわねえよ」

「どうやらそのようだな。だが、あれも生きものだ。どこか柔らかい場所があるだろう。目玉とか、喉もととかな」

つまり急所だ、という。

「しかし厄介だな。あの様子だと、怪物は、まわりの様子に合わせて身体の色や艶《つや》を変えることができるようだ。景色に溶け込んで、己の姿を見えにくくするのだ」

だからぬるぬるだったり、地面に出っ張ったこぶみたいだったりする。

「足跡を残すくらいなんだから、達者に歩くんだろう。一方、さっきのように脚を引っ込めて、蛇さながらに腹で滑ることもできる」

解《げ》せん——と、宗栄は息を荒らげながら呟いた。

「あいつはいったい、何ものなんだ?」

二

朱音は砦で、退屈を堪えていた。

焼板を張り巡らせた外観にふさわしく、内部も実用一点張りで、飾りらしい飾りもない。ただ掃除はよく行き届いており、塵《ちり》ひとつ落ちていない。柱も床も、顔が映りそうなほどに磨き込まれていた。〈御笠御用立目録〉を献上する儀式は、そんな砦の奥の、そこだけ妙にきらびやかな客間で執り行われた。花鳥風月をみっしりと彫り込んだ彩色欄間《さいしきらんま》。床の間の柱にも何やら装飾がほどこしてある。唐紙《からかみ》には金箔《きんぱく》をあしらった松に名月の絵柄。もったいぶった儀式のあいだじゅう、圓秀は口を開けて見惚《みほ》れているような、呆れているような、今にも笑い出しそうな、微妙な表情をしていた。

ここの代官は腹の出た四十過ぎの小男で、永津野の山奉行配下では相当な家柄の出身であるらしい。顔を合わせたばかりの朱音にもそんなことがわかるのは、儀式が済んだ途端に昼餉《ひるげ》の酒宴になり、彼が嬉しげに朱音にすり寄ってきて、自慢たらしいことをあれこれと話しかけてきたからである。

儀式のあいだはそっくり返って上座にいた代官は、座がほどけるなり朱音も上座に引っ張り上げ、涎《よだれ》を垂らさんばかりにでれでれする。やれ御筆頭様の妹御は天女さながらの美女だ、しかも機織《はた》りの名人ならばまさに織姫だと、次から次へと歯の浮くような台詞《せりふ》を並べ立てる。

どうやらこの小男の趣味であるらしいけばけばしい客間に、ひとつだけ朱音の目を引くものがあった。西の方角、つまり香山領に向けて、簡素な表装をほどこしただけの軸がひとつ掛けてあるのだ。

——兄様《にいさま》のお手だわ。

〈報恩〉と、たった二文字。曽谷弾正の手跡だ。右肩上がりのクセが強く、文字の端のところで勢いが余ったように墨がはねている。

この客間は砦の天守のすぐ下に位置している。唐紙があるのは床の間の向かい側だけで、上座から見て左手には細かな桟の入った板戸、おそらくその奥は武者隠しだろう。右手も敷居があるから、同じような板戸があるのだろうが、今は戸を外して開け放たれている。その横には細い板張りの通路があり、押し上げてつっかいをする形の窓が並んでいた。香山藩と戦をするならば、攻め寄せてくる軍勢に矢を射かけるには絶好の造りである。

だからこそ解せない。兄はなぜ、香山側に向けて〈報恩〉の文字を掲げるのか。曽谷弾正が報いるべき大恩を受けたのは、東方にある津ノ先城《つのさき》におわす竜崎高持《りゅうざきたかもち》公であるはずだ。

この軸を際立たせるためだろう。床の間には軸はなく、やっぱり代官の趣味を思わせる派手な彩色の壺《つぼ》がひとつ、ぽつんと置かれているだけだ。生花はない。砦には、来客のために花を活ける嗜《たしな》みを持つおなごがいないことは、先ほどから酒や料理の膳を運んでくるのが揃いのお仕着せ姿の男たちばかりだということから容易に察しがついた。

もうひとつ、見え見えのことがある。この女好きの代官は、床の間の壺と同じ置物だ。ただの御輿《みこし》で、曽谷弾正の傀儡《かいらい》でさえない。

藩の職制と秩序を守るため、形ばかりの代官を置かねばならないが、それには頭も中身も羽根のように軽い御仁《ごじん》がいい——という兄の考えが、茂左右衛門や圓秀を相手に早くも裃《かみしも》を乱して酔っている代官の腑抜けた姿の向こうに、朱音には透けて見えた。

この砦は、城下の曽谷屋敷と同じく、兄のものなのだ。御筆頭様が主人だ。

そして、ここの真の頭《かしら》に仕える手下たちの一人が、儀式の始めから酒宴の盛り上がる今まで、にこりともせず、西の窓際の通路の末にじっと控えている。

「これは磐井《いわい》半之丈《はんのじょう》と申す者でしてな」

酒宴の前に、代官はぞんざいに手を振って彼を朱音に紹介した。

「ご覧のとおりの若輩者で、馬廻《うままわり》組の軽輩ではありますが、御筆頭様の覚えがめでとうて、昨年秋、城下からここを守る番士に引き立てられて参りました」

「初めてお目にかかります。朱音でございます」

朱音の言葉に、当人は両の拳を床にあて、朱音に深く辞儀をするとあらためて名乗り、もったいのうございますと、強い声を返した。

「今日はこの磐井が、朱音様とそちらの——ええと」

「菊地圓秀でございます」と、絵師は愛想《あいそ》良く応じる。

「お二人のお供をいたしまして、砦のなかをご案内いたします。朱音様はこのような武張《ぶば》ったところをお訪ねになるのは初めてだそうでござるな」

「はい。ですからたいへん興味深いのです。名賀村に住まう者として、わたくしどもをお守りくださる砦の番士の皆様のお仕事ぶりも、ぜひとも拝見したいと思いますし」

「私も小台様と同じ気持ちでございます」

こんなやりとりのあいだにも、磐井半之丈は身動きひとつせず、目を伏せて、呼吸しているのかどうかさえ定かでなかった。

なるほど若い。それは城下の曽谷屋敷でも同じだった。曽谷弾正に心服してついてくる者たちは、一様に若くて血気盛んだ。

ここの侍たちはみな武装している。代官と四、五名の役方の者を除いては、誰も裃姿ではない。筒袖に裁付袴《たつつけばかま》を穿き、鎧こそ着込んでいないものの、鎖帷子《くさりかたびら》や肩当て、胴当てを着け、脛当《すねあて》てをがちゃがちゃと鳴らして闊歩《かっぽ》している。その武具は一様に、漆を塗ったようにつやつやと黒い。鱗《うろこ》のような

圓秀は目を輝かせていた。確かに美しく、精悍《せいかん》だ。絵師を引きつける素材であろう。だが、不吉でもある。

酒宴に付き合わされていた長橋茂左右衛門は、実はちっとも呑んでいなかったらしく、朱音が閉口していることも察していた。

「お代官様、大変なご馳走《ちそう》をいただきまして楽しゅうございますが、そろそろ――」

そこできりがついた。名残惜しそうな代官に、形だけ丁重な辞儀をして、朱音はするりと座を離れ、下座の若武者に呼びかけた。

「そなた、磐井とやら、お立ちなさい。案内《あない》を頼みます」

こんな口のきき方をするのは初めてだ。実は口から心の臓が飛び出しそうだったが、今はこの方がふさわしいはずだ。

果たせるかな、磐井半之丈は小気味よく「はっ」と応じた。

「圓秀様、参りましょう。最初にどこをご覧になりたいですか」

邪気のない笑顔の絵師は、けっこう杯を重ねていたはずなのに、酔ったふうもない。川遊びにゆく子供のようにうきうきと、

「どうしましょうか。迷ってしまうなあ。どこもここも珍しい眺めですから」

「では、とりあえず下まで下りましょうか」

朱音は言って、半之丈にうなずきかけた。彼は先に立ち、急な梯子段を下りてゆく。その足取り、ちょっとした身のこなしもきびきびと無駄がない。

横歩きで慎重に段々を下りながら、圓秀が言い出した。「そうそう、ここには大きな厩《うまや》があるそうでございますね。見せていただけますか」

厩。朱音はびくりとした。宗栄が見た急ごしらえの檻《おり》は、厩の脇にあったという。

「菊地先生は、軍馬に格別のご興味がおありなのですか」

普通に話すと、磐井半之丈は若者らしく涼しい声音だ。永津野訛りはほとんどない。

「いえねえ、長橋家で伺ったのですよ。ここらのお山は本当に険しいので、馬を乗りこなすのが難しいのだそうですねえ」

朱音たちが通ってゆくと、張り番をしたり、武具の手入れをしたり、机についていたり、役務に追われる番士たちが、いちいち立ち上がって姿勢を正す。そのたびに彼らの防具が騒がしく鳴り、朱音は戦《いくさ》場を駆け抜ける伝令にでもなったかのようだ。

何も気にしていないふうの圓秀は、

「ですから番士の皆様の馬術の腕前ときたら大変なものだと。また、馬を大事になさることにおいても、平地暮らしの者とは比べものにならないそうでございますね」

「確かに、我らにとって、山中で足となる軍馬は朋輩《ほうばい》と同じほど大事なものでござる」

梯子段を下りきって、地階へ着いた。式台があり、お白洲《しらす》がある。捕らえた人びとを取り調べるためのものだが、はたしてこの砦では、こんな〈正式な〉設備に用があるのだろうか。

「但し、険しい山地を踏み越え、雪崩《なだれ》よりも足が速い永津野の馬は、勇猛なだけに気性が荒く、人見知りをいたします。不用意にお近づきになっては、先生の御身が危ない」

「ああ、そうなのですか」

「腰を据えてお描きになるならば、山地での働きを終えて城下に下りた馬がよろしいでしょう。津ノ先城の馬場に何頭かいるはずです」

「では、長橋家を通してお願いしてみましょう。しかし、私はその気性の荒い馬というのが描きたいなあ」

忍び返しのある外塀に沿って、建物の裏へ回る。若い番士と絵師のやりとりを聞きながら、朱音は心中、はらはらしていた。こんなにあっさり、本当に厩を見せてくれるのかしら。まずくはないのかしら。

いつの間にか朱音より前に出ていた圓秀が歓声をあげた。厩だ。馬の足音、鼻息が聞こえる。やはり真っ黒けな建物で、馬房の柵まで黒いのだから念が入っている。扉にはすべて、金泥《きんでい》で竜崎家の家紋が描かれているが、風雨にさらされて消えかけている。

その脇に、竹矢来を巡らせた檻はない。

当然か。朱音が来るとわかっていたのだ。万が一にもその目にとまらないよう取り壊し、片付けてしまえば済むことだ。

囚われていた人たちは？　宗栄が見た二人は、既に死んだのだろう。ほかにはいないのか。いたとしても――

そこで初めてあることに思い至り、朱音は胸が潰れるような痛みを覚えた。

その人たちもまた、朱音が来るから片付けられてしまったのでは？

宗栄の考えは違うようだったが、朱音は、この砦で起こることは、すべて曽谷弾正の耳に入ると思っている。些事《さじ》だから、莫迦《ばか》げた話だからと、ここの番士たちが御筆頭様への報告をためらうとは思えない。香山領の人びとに関わることとなればなおさら、どんな些事でも莫迦話でも、ご注進に及ぶだろう。誰かに心服するとはそういうことだ。

――兄様が、仁谷村の人たちを殺したのだわ。

何でも兄・弾正の咎《とが》にし、それは自分の咎でもあると結びつけるのは朱音の悪い癖だと、宗栄は笑っていた。だが事実がそうなのだから、仕方がない。

「おお、おお、これはこれは」

見知らぬ人間が近づいてきたので、馬たちが興奮して脚を踏み鳴らす。厩係が宥《なだ》める。酒を飲んでも赤くならなかった圓秀の頬が、この景色を喜んで紅潮している。

「小台様、少しお待ちいただいてよろしゅうございますか」

矢立てと下絵帳を取り出し、厩係が腰掛けを持ってくるのにもかまわずに、立ったまま筆を使い始めた。

「はい、どうぞご存分に」

朱音も腰掛けを勧められたが、断った。少し脚を伸ばしたい。

磐井半之丈は傍らに控えている。彼の腰には両刀のほか、おなごの懐剣ほどの短刀が備えられていた。そういえば、砦のなかで見かけた番士たちも、大方がそうだった。

「その短刀は、何に使うのですか」

尋ねると、磐井半之丈は驚いた顔をした。朱音に親しく声をかけられるなど、彼の予想を超えていたのだろう。

目元がきりりとし、睫《まつげ》が長い。長い冬が終わったばかりだからまだ日焼けも薄い。これほど鍛え上げられていなかったなら、美少女と見間違えそうな美丈夫《びじょうふ》だ。

「山の森で、小枝や藪を払うのです」

「まあ、そうなのですか。わたしが生まれ育った上州の山のなかでは、小枝や蔓は馬を追う鞭《むち》で叩《たた》き落としていたものです。それには少しコツがあって、下手をすると鞭をとられて落馬してしまうのですけれど」

半之丈の目に、さらに驚きの色が浮かんだ。「小台様は馬術をたしなまれるのですか」

朱音は笑った。「年老いて、たてがみもまばらになった馬の背に揺られたことがあるだけです。とても温和《おとな》しい馬で、鼻面を撫でてやると大喜びするのですが、涎を垂らすので袖が濡れてしまって困りました」

懐かしい。上州の暮らしの、こんな細かなことを思い出すのは久しぶりだ。

朱音の笑顔の明るさ、衒《てら》いのなさが通じたのだろう。半之丈の口元が緩んだ。

と、そのとき。ひときわ高く、悲鳴のようないななきが起こって、厩に繋がれている馬が数頭、頭を振り立てて暴れ始めた。

「おい、どうしたどうした！」

厩係や、居合わせて愛馬の世話をしていた番士が駆けつける。葦毛《あしげ》、ぶち、黒毛、いずれも体軀《たいく》が太く脚の関節がしっかりとした大型の馬ばかりだ。

「わたくしはかまいませんから、お手伝いしてさしあげて」

半之丈を促すと、彼は「失礼 仕《つかまつ》ります」と言い置いて、厩へ駆け寄っていった。厩係と一緒になって、荒れる馬の引き綱を引き、声をかけて宥めにかかる。

「どう、どう。落ち着け落ち着け。何を怖がっているんだ、おまえたち」

馬は存外に臆病で、ちょっとした物音や、見慣れないものの影がさしただけで驚き騒ぐことがある。それは朱音も知っているが、

――でも、変ね。

荒れ騒いでいる馬たちがいる一方、同じ厩のなかでも、首を垂れ身を寄せ合い、人に喩えるなら「縮みあがっている」様子で、隅っこの方に固まっている馬たちもいる。

菊地圓秀は夢中になって絵を描いている。描きながらときどき立ち位置を変え、時にはしゃがみ込んで仰いだり、首を伸ばして覗き込んだりと忙しい。

朱音は周囲を見回してみた。厩で騒ぎが起こったぐらいでは、この砦は動じないらしい。人が出てくる様子はなく、どこか近くで――曲輪《くるわ》の内、建物の反対側だろうか、鍛錬をしているかけ声が聞こえてくる。えい！　とや！　とお！　と勇ましい。

厩のあるこちら側は急な斜面に面し、竹林が密集していた。そのせいか塀が切れている。方角は東だから、朝陽《あさひ》がよくあたるはずだ。見上げるような竹林に朝陽が透けて、きっときれいな眺めだろう。

こんな立派な竹林でも、筍にはまだ早いわねと、朱音は思い出し笑いをした。

馬たちがようやく落ち着いてきた。青空には雲が浮き、風には緑の森の匂いがする。

朱音は目を閉じ、ひとつ深く息をした。次はどうしよう。圓秀はどこを見たがるだろう。こういう

場所で、捕らえた人を隠しておくといったらどこかしら。建物の上の方ではあるまい。だいいち狭すぎる。この砦は、構えは大仰だが大きな建物ではないのだ。

地下。地下牢があるとか?

竹林が騒いでいる。風が吹いて——

ぴゅん、ぴゅん。

朱音は瞼《まぶた》を開き、竹林の方へと目を投げた。風にそよぐしなやかな竹の群れ。だがそれだけではない。何かに押しやられ、跳ね戻って音をたてているのだ。

ぴゅん。ひとつ跳ね戻り、次から次へと。

これほど丈の高い竹林だ。地面の近くで人が動き回ったくらいでは、あんなふうにはなるまい。馬が数頭、それも駆け抜けたとしても、朱音の片手では指が巻ききらぬほどの太さがあるあの竹を、容易に押しやることはできそうにない。

心の隅が、ぞくりと震えた。

まさか。

その場を動くことができず、ぴゅんぴゅんと音をたて続ける竹林を凝視する。竹が押しやられては跳ね戻っているところは、左手の斜面の方から厩へと近づいている。

竹林が切れて斜面が終わるところまで、あと四、五間《けん》。もうすぐそばだ——

と、そこで竹林の動きが止まった。ひときわ高い音をたてて数本の竹が跳ね戻ると、ただ風にそよぐばかりになった。

朱音は、知らぬ間に止めていた息を吐いた。

馬たちも静まった。荒れていた馬たちばかりではなく、怯《おび》えたように厩の隅に固まっていた馬たちも、のんびりと動き始めた。厩係が声をかけ、首や胴を撫でてやると、嬉しそうに鼻面をすりつけて甘えている。

「磐井様」

朱音は、自分の声の調子がおかしくなっていないことに安堵《あんど》した。

「そろそろ他所へ参りましょう。圓秀様は、放っておいたら一日中でもここで馬たちを描き続けておいでになりますわ」

とっさの思いつきで、こう続けた。

「先ほどいただいたお料理は、どれもこれも美味《おい》しゅうございました。この山深いところで、食材を調達し、傷まないようにとっておくのは大変な手間でしょう。兵糧庫はどちらですか。何か工夫をなさっているのならば、ぜひともご教示いただいて、溜家の奉公人にも教えてやりたいと存じます」

「兵糧庫でございますか」

さっき口元を緩めたときと同じように、ほんのかすかに、そして素早く、半之丈は眉をひそめた。

「蔵や物置の類《たぐ》いなど、何をしまってあるかにかかわらず、小台様にお目にかけるような場所ではございません。お召し物も汚れます」

見せたくないと言っている。だが、なぜそんなに嫌そうな顔をする？

「それは失礼をいたしました。でも」

「小台様、小台様！」

圓秀が、下絵帳を小脇に挟んで傍らに駆け寄ってきた。目をまん丸にしている。

「今そこで伺ったのですが、番士の皆様は国境の巡視にお出かけになるとき、揃ってお顔に面をつけて行かれるそうでございますよ。ずいぶんと変わったしきたりですねえ。少なくとも、私は他所で聞いたことも見たこともございません」

朱音は「まあ」としか言えなかった。磐井半之丈も、今度は一瞬、かすかではなくはっきり顔をしかめた。おしゃべりな厩係め、知りたがり屋の絵師に、余計なことを教えよって。

「磐井様、そのお面を見せていただけませんでしょうか」

半之丈の袖にすがるようにして、圓秀はねだる。

「ただの木彫りの面でござる。我らがお役目の際につけるというだけで、格別に変わったものではありません」

「いえいえ、充分に珍しゅうございますよ。どうか見せてはいただけませんか」

愛想良くふくふくと笑い、どこでも絵を描き、子供のようにはしゃぐかと思えば意外と酒に強い。この人の好《よ》さそうな絵師を、朱音は初めて薄気味悪く感じた。

いきなり厩を見たいと言い、次には牛頭馬頭の象徴である面を見せろとせがむ。朱音の心の引っかかるところ、永津野藩の急所とも言えるところを、正確についてくる。偶々《たまたま》そうなっているだけなのか。それとも、朱音やまわりの者たちが思っている以上のことを知っていて、探りを入れているのか。

——本当にただの絵師なのかしら。

ごく丁重に、圓秀から一歩後ろに退いて、磐井半之丈は言った。「かしこまりました。ではお見せいたしましょう」

「おお、ありがたい！」

跳びはねんばかりに喜ぶ圓秀は、ついでに朱音の手を取って、恭《うやうや》しく頭を下げた。

「この面をつけるしきたりは、小台様の兄上様、御筆頭様の御発案なのだそうでございますよ。どういう謂《いわ》れがおありなのでしょうねえ」

「そ、そうですか、わたくしは存じませんでした」

「面は、厩の物置に、馬具と一緒に保管してございます。こちらへどうぞ」

踵《きびす》を返すとき、ちらりと見えた半之丈の横顔は明らかに怒っていた。

物置は厩の裏手にあるという。馬房のあいだの狭い通路を通る。馬の鼻息が間近に聞こえ、独特の匂いがつんと鼻をつく。

物置は、厩の一角を焼板の壁で仕切ったもので、意外にも広々としていた。支度部屋でもあるのだろう。鞍《くら》や鐙《あぶみ》、轡《くつわ》などが整然と並べてあり、ぶら下げてある。

ここにも押し上げてつっかいをかける形式の窓があって、今はそこから陽光がさしかけている。高さは朱音の胸のあたりなので、厩係が一人、外を掃除しているのか、竹箒《たけぼうき》を手にした姿が胸から上だけ見えている。半之丈と朱音の姿を見ると、ぱっと手を止めて控えた。

「よろしいのですよ。そのまま続けて」

朱音が呼びかけ、半之丈にもうなずきかけられて、厩係は粛々と仕事に戻った。鬢《びん》のあたりに白髪の目立つ老人だ。柿色のお仕着せを着ている。

物置の一角に、角を金具で補強した葛籠《つづら》が置いてあった。半之丈はそこに歩み寄ると、蓋を開けた。錠前を付ける金具はあるが、錠はかかっていない。

「どうぞ、お手に取ってご覧ください」

脇に退いて、半之丈は素っ気なく言った。圓秀は小躍りせんばかりに前へ出る。

「何と、素晴らしい……」

芝居ではなく、心底感じ入ったという声である。

葛籠のなかには、大人の顔よりひとまわり大きいくらいの木彫りの面が、無造作に積み重ねてあった。もっと大仰なものを想像していた朱音は、ちょっと拍子抜けした。圓秀がひとつ手に取り、舐めるように検分している面は、本当にごく素朴な木彫りで、有り体に言うなら鍋蓋の目鼻の部分だけをくり貫《ぬ》いたような代物である。鍋蓋と異なるのは、上の部分が左右に出っ張っていることで、これは角を表しているのだろう。だが、見ようによっては猫や犬の類いの耳のようでもある。

着けるときは、面の左右の穴に通した木綿の紐で耳にくくりつけるらしい。色は黒――くすんだ黒色だ。木綿の紐も黒い。

「面には煤《すす》をなすりつけてあるのです」

朱音の疑問に答えるように、半之丈が言った。「巡視から戻るたびに、新しい煤をなすっておきます。次の巡視に出るころには木目に煤が馴染《なじ》んでおりますので、我らが面を着けても顔が黒くなるようなことはありません」

そうですかと、朱音は小さくうなずいた。圓秀は我を忘れた様子で、次から次へと面を取り出しては検分している。

「皆様お一人お一人に、専用の面があるわけではないのですね」

「このようなものですから、誰がどれを着けてもさしたる違いはございません故に」

「いいえ、違いはございます」

ちゃんと聞いているらしく、圓秀が二人を振り返った。

「ひとつずつ、微妙に顔つきが違いますよ。これはどこで作っているものなのですか。こちらに面師がおられるのですか」

半之丈は苦笑した。「面師を住まわせておくほど、ここは長閑《のどか》な場所ではござらん。面は城下で作られ、ここへ運び込まれるのでござる」

「では、その手配は兄がしているのですね」

「はい。御筆頭様のお計らいでございます」

「兄は何を考えてこのようなものを作らせ、皆様に着けさせているのでしょうか」

朱音の口調に、隠し切れない棘《とげ》が潜んでいたからだろう。半之丈は軽くまばたきをして、威儀を正した。

「この面は、我ら砦の番士が人ではなく、永津野を守る御定法《ごじょうほう》の体現者となるための印にございます」

人では——なく？

「この永津野は長き冬に閉じ込められる北の山国。生計《たつき》の道は限られており、かつては賑わっていた金山が涸《か》れてからは、民草は長く貧に喘《あえ》いで参りました」

その国を建て直し、民を肥やし、国を富ませる。そのためには新しい産業と、それを振興するための強い御定法が必要だ。

「しかし番士も人の子です。御定法に背き、富国を怠る民草を罰することがお役目といえども、人として対峙すれば心が揺れ、迷い、情に流されることもござる」

国境を守り、養蚕の振興策に背く民草を狩る番士は、誰からも畏《おそ》れられる存在でなくてはならぬ。目こぼしを請う声に負ける、人らしい心があってはならぬ。

「この面を着けるとき、我らはお上が定められた御定法の化身となり申す。人ではなくなる。故に、民草の涙にも揺らぎませぬ」

朱音は思わず問い返した。「人狩りに遭う人びとの嘆きにも、命乞いにも動じなくなるということでございますね」

驚いたのか、圓秀がそっと朱音の肘に手を置いた。「小台様、何をおっしゃいますか」

朱音は磐井半之丈の顔から目を背けなかった。正面から若者を見つめ、その瞳の奥を見つめていた。半之丈もそれに応えた。ご照覧あれとばかりに涼しい目を瞠り、まったく動じない。

――この人は本気なのだわ。

曽谷弾正に真《まこと》を捧げている。

悔しいけれど、朱音は先に目を伏せた。

「それほどまでに皆様の信を集め、兄は果報者でございます」

寄る辺ない流れ者、生まれ落ちたときから除《の》け者であったのに。

磐井半之丈は軽く息を吐き、二人のあいだでさすがに頬を強張《こわば》らせている圓秀に言った。「この面が簡素な作りであるのは、我らを御定法の化身と変えるための印、ただの道具に過ぎぬものが、独り歩きをして価値や権威を持ってしまってはならぬという御筆頭様の御深慮故にございます」

城下で、曽谷弾正の一存で作らせていることも、そこに権益や利害を生じさせないためだという。

「あるいはこの面は、城下の女房どもの内職で作られているやもしれません。それで一向にかまわないのです。しかし菊地圓秀殿」

「は?」

角張って呼びかけられ、圓秀は我に返ったようになった。

「貴殿も相模藩に仕える御身柄ならば、おわかりいただけるでしょう。我ら藩士にとって、お上の命《めい》を守り抜くことは己が命よりも大事。しかし、その守り抜く様は、白地《あからさま》に他者に見せつけるものでも、居丈高《いたけだか》に誇るべきものでもござらん。ましてこの面は、永津野藩の内でのみ、意味を持つ品でござる」

「わ、わかります」

「この面を絵に描くことだけは控えていただけませんか。このとおり、お願い申す」

その場で、磐井半之丈は頭を下げた。

お上──それは藩主・竜崎高持様ではなく、曽谷弾正ではありませんか。ならば、それは専横というものではありませんか。

朱音が問いかけを嚙み殺し、圓秀が面を手にして、つと俯《うつむ》いたその時。

それはほとんど同時に起こった。

「うわ」

物置の外で声がした。ついで、かたんと音がたった。そして窓が閉まり、日差しが翳《かげ》った。

「無礼な。何事だ」

すっかり日陰に呑まれてしまった物置のなかで、半之丈が厳しい声を放ち、脛当てを鳴らして窓に近づいてゆく。

すぐと窓を押し開けて外を覗く。誰もいない。ただ、またかたんと音がした。何か軽いものが倒れたような音だ。

「おい、どうした」

「今のは何だ？」

人声が近づいてくる。半之丈は窓から身を乗り出したが、つっかいは下に落ちてしまったらしく、手が届かないようだ。

「磐井様」

朱音の心の臓が早足になり始めた。

「かまいません。もうここを離れましょう」

圓秀は面を葛籠に戻し、蓋をした。陽がさしかけているところは明るいが、その分だけこちらは暗く翳っている。

「誰の声だったのですかねえ」

圓秀ののほほんとした問いが終わらないうちに、また馬房の馬たちが騒ぎ始めた。いななく声が悲鳴のようだ。

「磐井様、厩を通らなくても外に出られますか」

「はい、こちらから――」

半之丈が奥の板戸を開けると、切り込むように陽光が差し込んできた。早く、早く明るいところへ出たい。

馬たちが騒ぐ。蹄を蹴立て、馬房のなかをぐるぐると廻っている。宥める厩係たちの声もうろたえている。

一歩外へ踏み出した途端に、朱音はまた竹林がぴゅんぴゅんとしなって鳴る音を聞いた。

「これはいったいどうしたことだ」

後ろから半之丈が続き、はっとしたように身構えながら朱音の前に出た。

「小台様、お下がりください」

朱音は立ちすくんでいた。竹林が乱れている。先ほどよりもずっと激しく、ずっと広く乱れ騒ぎ、葉や小枝も散って落ちてくる。

生臭い。この臭いには覚えがある。

「半之丈、何事だ！」

厩の角を廻って、大柄な番士が一人、こちらに駆け寄ってきた。胴当てをつけ、鉢巻きを巻いている。やや年上のようだが、半之丈の朋輩だろう。

「さっぱりわからん。ついさっき、勘吉《かんきち》がここにいたのだが」

それで朱音も気がついた。掃除をしていた老人だ。竹箒。窓の下に転がっている。その少し先に、窓のつっかいも。

〈人〉だけが消えている。

「やけに臭いが、あれは何だ。つむじ風か？」

乱れ騒ぐ竹林に、二人の番士は険しく目を細める。

「砦のなかに入りましょう」急き込んで、朱音は言った。「ここにいてはいけません。さあ、早く」

圓秀が困惑顔をする。

「事情は後でお話しします。今はとにかく逃げなくては」

宗栄の言ったとおりだった。あの臭いの源が、砦のそばまで迫っている。

仁谷村は滅びて、餌がなくなった。人気《じんき》を求める怪物は、次はどこへ行くか。

「おい半之丈、あれを見ろ」

大柄な番士が指さす。朱音も、圓秀も見た。竹林のなかを、柿色のお仕着せがふわりふわりと舞い落ちてくる。上着の方だ。

――勘吉という老人のお仕着せだ。

着物だけあって、中身がない。

「勘吉のだろうか。取ってくる」

足を踏み出した半之丈を、朱音は止めた。

「いけません！」

若い番士の口元に、宥めるような笑みが浮かんだ。「小台様、ご案じめさるな。ここは山中で、高所でござる。気まぐれな風が竹藪を乱しているだけでございましょう」

「いいえ、違います！」

両手をあげて止めようとする朱音をそっとかわして、「御免」と、半之丈は大股で竹林のなかへ踏み込み、斜面を登り始めた。

「小台様、お顔の色が真っ青です」

圓秀が心配そうに寄り添ってくる。そのとき、竹林のなかから魂消《たまげ》るような大声が聞こえてきた。

「うわあああ！」

驚愕の声。そして、ぷつりと絶えた。

「半之丈」

大柄な番士も唖然《あぜん》としている。

もう駄目だ。朱音は圓秀の手を摑《つか》むと、ぐいと引っ張って駆け出した。

「急いで！　砦のなかへ！」

今の大声を聞きつけて、ばらばらと番士たちが飛び出してくる。彼らの流れに逆らおうとするので、なかなか前に進めない。

「小台様、危のうございますよ」

圓秀が庇うように盾になってくれた。朱音は思わず、その肩にすがりついた。

「圓秀様、どうかお聞きください」

「は、はい」

「このお山には――」

言いかけて、朱音は口をつぐんだ。

朱音を守るように身を丸めている圓秀の頭の上に、何かがぬうっと現れた。

何か。蓑吉があれほど怖がっていた、大きな蛇。うわばみ。

それは後方から、厩の建物の角から、その身をうねらせている。のたくっている。鎌首をもたげている。

でも、蛇ならば頭があるはず。それに、こんなふうに二股に分かれているわけがない。

これは、尾だ。

朱音の心がそれを理解するのを待っていたかのように、地響きと共にけだものの野太い咆哮《ほうこう》が轟《とどろ》いた。

三

蓑吉は棒を呑んだようになった。彼の傍らで、宗栄もまたぎくりと強張った。

「あれは――」

たった今咆哮があがったのは、二人が向かう砦の方角だ。宗栄は黒い砦を仰ぐ。その顔からみるみる血の気が引いてゆく。

彼らがさっき見かけたとき、怪物は寝ぼけていた。今のあの声は、はっきり目覚めている。狩りが始まったのだ。飢えを満たす、食餌《しょくじ》の時間がやってきた。

「蓑吉、しっかりしろ」

声をかけられて、蓑吉は己を叱咤《しった》して身体を動かした。肘を伸ばす。膝《ひざ》を曲げる。口を開ける。

ひとつひとつ、そうしようと努力しないとできない。蓑吉の身体は、固まったまま石になってしまいたがっている。石になれば何も感じない。怖くない。山の森や石ころは、どんな怪物が現れようと怖がらない。

「た、たぁ、たいへんだぁ」

わざと大きな声を出して言ってみる。恐怖で舌が回らない。

「あ、朱音さま、を、助けなぐちゃ」

でも口に出してそう言うと、心が少し強くなった。朱音様は砦にいる。今、怪物が襲っている砦に。

「いいぞ、その意気だ！」

宗栄は蓑吉の頭をぐりりと撫でると、よし急ぐぞと駆け足になった。蓑吉も続く。

砦を取り囲む森が騒いでいる。ここから仰ぐ砦のてっぺんに、ばらばらと人影が現れた。また咆哮。続いて雄叫びの声。こちらは侍たちのものだ。出合え、出合えと叫ぶのが、切れ切れに聞こえた。

「永津野の砦番たちは、それはもう精強であるそうな」

息を切らして進みながら、宗栄が言う。「怪物を倒して首を上げてくれるぞ」

蓑吉は歯を食いしばって言い返した。「あいつの、首は、おいらが落とすんだ」

仁谷村のみんなの仇《かたき》だ。

「おお、そうだったな。すまんすまん」

森は深く、木立のあいだをすり抜けてゆく二人にはもどかしいほど砦は遠い。仰ぎ見れば近そうなのに、斜面を伝ってゆくとむしろ遠ざかってゆくようにさえ感じられる。蓑吉は焦るあまりに何度か足を滑らせ、宗栄に引き起こしてもらった。

砦の番士たちは、総掛かりで怪物にあたっているのだろう。雄叫び、指示を飛ばす声、悲鳴、わめき声。ごっちゃまぜになって、どんどん高くなり、風に乗って二人の耳を打つ。

どすん！　地面が揺れ、蓑吉は前のめりにすっ転んだ。宗栄も両手を地面について這《は》いつくばる。

「こ、こりゃたまらん」

もう一度、足の下から震動。森が揺さぶられ、木っ端が舞い落ちてくる。

「怪物《あいっ》の足踏みか」

言って、宗栄は蓑吉を助け起こし——

「いかん、伏せろ！」

身体ごと蓑吉に覆い被さってきた。

間一髪、二人の上を生臭い突風が吹き抜けてゆく。砦の方角から吹き下ろしてきた、腐った腸《はらわた》のような臭いをはらんだつむじ風。森の木立が揺れるだけでおさまらず、小枝が折れ散ってあたりに飛んだ。

「まさか、鼻息のわけはあるまい」

蓑吉は思い出した。あの夜の仁谷村でも、同じようなつむじ風が村の家々のあいだを吹き抜けていた。

「怪物が、あの風を連れてくるんだ」

「何だと？」

「怪物が暴れると、お山も暴れる。宗栄様、あの風はお山の風なんだよ」

蓑吉も宗栄も、鼻が曲がりそうな臭いが身に染みついてしまった。あの風に巻かれた者は、みんなそうなる。

——お山のお怒りを受けたしるしだ。

後《のち》になっても、朱音はそのときのことをよく覚えていた。思い出そうとしなくても、何かの拍子にふいと脳裏に甦り、鮮やかに目に見える。何度も、何度も。だから覚えているというよりも、忘れられないという方が正しいかもしれない。

菊地圓秀は、眼前の朱音の恐怖の表情に、いったい自分の背後に何があるのかと、振り返ろうとした。同じ立場に置かれたら、誰でも同じようにするだろう。

その瞬間に、怪物が咆哮した。他の音とは聞き間違えようのない、生きものの声以外のものではあり得ない咆哮だが、いちばん低いところに、大きな銅鑼《どら》に似た金気《かなけ》のものを打ち鳴らすかのような、震動としてじいんじいんと身体に伝わる音が混じっていた。その震動に朱音は膝が震え、足が萎《な》えそうになった。

圓秀もそうだったのだろう。同時に、彼はけだものの怒声に仰天し、とっさに首を縮めた。そのふたつの動作が彼を救った。

今まさに圓秀の首に巻きつかんとしていた怪物の尾は、標的を失ってついと横に逸れた。そしてもう一度高々と持ち上がる。朱音はそれこそ蛇に睨《にら》まれた蛙のように身動きもできず、ただ圓秀の手を握ってその場に固まっているだけだった。

そのとき、数本の矢が空を切って飛び来《きた》り、怪物の尾をかすめて去った。

怪物の咆哮に聾《ろう》されていた朱音の耳が、元に戻った。番士たちの猛々《たけだけ》しい声が聞こえる。

「射よ、射よ！」

「何だ、この醜い蝦蟇のできそこないは」

「くらえ、化け物め！」

雨のように矢が飛んでくる。番士たちは、続いて刀と槍で攻めかかる。怪物の尾は、それ自体に意思があるかのようにぐいと鎌首をもたげ、横様に空を薙《な》いで番士たちの方へと向かっていった。

「こちらへ！　砦のなかへ！」

朱音は圓秀の手を引いて走り出した。

「お、小台様、あれはいったい」

「走って！　逃げなければ死にます！」

竹林に踏み込んだ磐井半之丈はどうしたろう。ひと呑みにされてしまったのか。

「危ない！」

圓秀が朱音の背を突き飛ばし、朱音は顔から突っ込むようにして地面に転んだ。離れ矢が一本、朱音の頭をきわどいところでかすめ、今朝、おせんが美しく結い上げてくれた髷の髻《もとどり》を断ち切って飛んでゆく。朱音の豊かな髪がほどけて肩に落ちた。

「ああ、これは何というご無礼を」

「いいえ、ありがとうございます」

ぐずぐずしていたら、怪物もろとも射殺《いころ》されてしまう。朱音は乱れた髪もそのままに、圓秀と手に手を取り合うようにしてお白洲のそばまで逃げ込んだ。息が切れ、心の臓が口から飛び出しそうだ。

「上へ、高いところへ上《のぼ》りましょう」

砦の上の方でも、盛んに番士たちの声がしている。物見台から怪物を攻めているのだろう。何人かが転げるように急な梯子段を下りてきて、大きな金槌《かなづち》のようなものを手に外へ飛び出していった。

「さあ、早く」

圓秀は、黒羽織の裾を帯のあいだに挟み、朱音を促す。

「小台様がお先に。足元に気をつけ――」

その言葉を待っていたかのように、砦ぜんたいがずしんと揺れた。手すりもない梯子段で、朱音はたちまち転げ落ちそうになり、圓秀に抱き留められた。

「あの金槌で、怪物を叩いているのかなぁ」

圓秀の口調だけは、しぶとくおっとりとしている。

「ともかく、高いところへ」

あの怪物の目の届かぬところへ。たった一匹で、蓑吉の仁谷村を壊滅させたもの。朱音は両手両足で這い、梯子段に食いつかんばかりにして上っていく。

どしん！　また揺れた。頭上からぱらぱらと煤が落ちてくる。目に入ったのを、しゃにむに拭ってさらに上る。

二階にも三階にも、窓際や物見台に番士たちが集まって、弓矢や投げ槍を使い、礫を投げ、地上で怪物と対峙する朋輩たちに指示を飛ばしたりしている。まったく戦場《いくさば》のような眺めだ。

ぱんぱん！　階上《うえ》で鉄砲の音が弾《はじ》けた。圓秀が笑顔になる。

「おや、鉄砲を撃ちかけていますよ！」

朱音の心もはずんだ。撃って撃って、撃ち殺してください。あの怪物を倒してください。

階上は酒宴の行われた代官の部屋だ。二人で後先になって上ってゆくと、梯子段のそばに長橋茂左右衛門が座り込んでいた。

「庄屋様！」

「お、小台様、よくご無事で」

圓秀も膝でにじり寄って庄屋の手を取った。「ひどいお顔だ。お怪我は？」

「いえ、怪我は……ありませんが……」

座敷のなかは、喧嘩沙汰でもあったかのような荒れ様だ。膳がひっくり返り、器が割れ、円座が乱れてあっちこっちに散っている。

砦の鉄砲隊は、ここの窓際に陣取っていた。二列になって、盛んに眼下に向かって撃ちかけている。火薬の臭いがつんと鼻をつく。

「お代官様は？」

姿が見えない。さっさと逃げたのかもしれない。茂左衛門は口を半開きに、ただ首を横に振るばかりで、目がうつろだ。

圓秀がきょろきょろしている。「下絵帳を落としてきてしまった」

それでも懐から矢立てと墨壺《すみつぼ》を取り出し、後ろの唐紙を振り返った。破けて穴が開いている。圓秀はそれを破り取った。

「これに描くことにしましょう」

「何を呑気なことを！」

「小台様、ご案じなさいますな。もう大丈夫でございますよ。いくらあの化け物が大きかろうと、尻尾が長かろうと、ここまで届くわけがございません」

ううう、と、茂左衛門が呻《うめ》いた。庄屋はただ座り込んでいるのではなく、腰が抜けて動けないのだ。

また続けざまに鉄砲が鳴った。青白い硝煙が漂い、きつい臭いが鼻の奥を刺す。鉄砲隊の番士たちは意気盛んだ。

「狙え、狙え！」

「化け物め、眼はどこにあるのだ？」

「まるで太った蜥蜴《とかげ》のようだ。頭の脇、人なら耳のあるところに眼があるに違いない」

「眼を狙《ねら》え！　脚を撃って動きを止めろ！」

一発ごとに先端から筒に弾を込める先込銃《さきごめ》は、二発続けて撃つことができない。この鉄砲隊の番士たちは、二人一組で二挺《にちょう》の鉄砲を持ち、一人が撃つ係、一人が弾を込める係に徹して連射をしている。よく訓練された流れるような動きに乱れはない。

「もう間もなく、ここの皆様が怪物を倒してくださいますよ」

どすんと、また砦ぜんたいが揺れた。朱音は床に手をついたが、圓秀は笑いかけながらそう言う。

「怪物め、もう臨終が近くてまともに立っておられないのではありませんか」

ふらついて、砦の建物にぶつかっているというのだろうか。

「私はあれが生きているうちに、ぜんたいの姿と、動きを見ておきたいのです」

言うが早いか、圓秀は及び腰で窓際に寄っていった。鉄砲隊の番士たちが群れているところだから、呑気な見物客の入り込む余地はない。それでも、さながら残飯を漁《あさ》る野良犬のように、おどおど、びくびく、外の様子を覗おうとしている。弓手《ゆんで》に唐紙の破れ紙、馬手《めて》に筆を持って、その勇んだ横顔だけなら番士たちも顔負けだ。

茂左右衛門がまた低く呻き、片手で朱音の袖を摑むと、片手を圓秀の方に伸ばした。

「い、いけません」

「庄屋さま。危ない――」

そのときだ。窓際に群れている鉄砲隊の番士たちのところへ、下の方からひとかたまりの水が飛んできた。

その刹那《せつな》に朱音が思ったのは、加介やおせんが洗い物や水浴びで残った水を、よいしょと盥《たらい》を持ち上げて、地面にまくときの景色だった。ちょうどあんなふうに、ひとつの容れ物からまとまった水が宙にまかれて、ざあっと散らばりながら落ちかかってくる。

眼下にいる怪物を撃つため、揃って頭を下げ、前屈みになっている番士たちは、その水をてんでに頭から浴びることになった。

次の瞬間、彼らは叫び始めた。

ただ大声をあげるだけではない。その場で踊り出した。手を上げ、足を踏み、顔を掻きむしり、身に着けている防具を剝《は》ぎ取ろうとしたり、地団太踏んで転び、そのまま起き上がれずに転げ回る。

彼らの身体から煙が出ている。硝煙ではない。白く濁った蒸気のような煙で、鼻の奥が焼けそうな異臭と、しゅうしゅうという異音を放っている。

「熱い、熱い！　顔が焼ける！」

番士の一人が手甲をむしり取り、別の一人は胴当てを剝ぎ取った。どちらも溶けかけて、さらに溶け続けている。手甲をしていた番士は手首の方まで真っ赤に焼けている。

「こ、これは何だ！」

「目が、目が見えぬ！」

顔を掻きむしっていた番士の一人が身体の均衡を失い、窓枠にぶつかって、悲痛な叫び声を残して落ちていった。

「ああ、ああ、ああ」

茂左右衛門が呻き続ける。涙と洟水《はなみず》を流し、朱音の手をきつく握りしめる。

眼前の阿鼻叫喚に、庄屋と同じように腰が抜けてしまった朱音は、しかし気づいた。

——この臭い。

べとべとと気持ちの悪い、臭いものにまみれた蓑吉の肌は、赤く剝け、溶けたようになっていた。

あの怪物の唾《つば》か涎《よだれ》か、脾胃のなかの酸水。宗栄はそう言っていた。

「圓秀様、そこから離れて！」

驚愕に立ちすくんでいた圓秀が、今や鉄砲を取り落として立ち騒ぐ番士たちから後ずさりすると、尻餅をついた。

一瞬、その場が翳った。何か大きなものが素早く窓際に寄ってきて、日差しを遮ったのだ。

朱音は見た。酸水を浴びせられ、押し合いへし合いしながら乱れ騒ぐ番士たちを、人の腕の長さほどの幅がありそうな肉色の帯がひと舐めに、三、四人は束にして、ぐるりと巻き取ってさらってゆく。

「うわわぁぁぁ！」

さすがの番士たちもさらに狼狽し、窓に取りついて叫ぶ者、四つん這いになって逃げようとする者。鉄砲は倒れ、脱ぎ捨てられた防具からまだしゅうしゅうとあがっている蒸気でむせかえりそうだ。

再び、陽が翳った。

「危ない、逃げて逃げて！」

朱音は精いっぱいの声で叫んだ。番士たちはわめき騒ぎながら窓際から逃げ出す。

肉色の帯が、濡れた洗い物を床にたたきつけるような重たい音をたてて、窓枠の一角に張りついた。

下から、地上から延びてきている。そして窓枠を一気に下へと引っ張ったのだろう。呆気《あっけ》ないほど簡単に、窓枠が剝がれ壁板が割れ、瞬くほどのあいだにそちら側の壁が半分方消え失せた。風が吹きつけてきた。一瞬の静寂に、竹林が騒ぐ音が耳に届いた。

がつん。

朱音は目を疑った。茂左右衛門は目を閉じてしまった。圓秀は目を剝いた。

壁が半分なくなり、宙に浮かんだ形になった窓際の廊下の縁に、三本の鉤爪《かぎ》ががっきと食い込んでいる。

怪物の鉤爪だ。ここへ登ってこようとしている。

「くそ！　化け物めがぁ」

「落とせ、落とせ！」

気丈に立ち直った数人の番士が、鉄砲を取り、弾を撃つのではなく、その銃座で目の下の怪物に打ちかかった。

咆哮。朱音の耳の奥まで震える。臭い息の突風に、番士たちが顔を背ける。その隙に、彼らの横手から怪物の尾が宙に弧を描くようにして襲いかかった。

横薙ぎになぎ倒され、番士たちは呆気なく地上へと払い落とされた。怪物の尾が空を切る音《くう》を、朱音ははっきりと耳にした。次の瞬間、ぐるりと回って戻ってきたあの二股の尾が、残っていた壁板に激突して粉砕した。代官ご自慢の客間は、見るも無残な難破船のように穴が開き、しかも今では傾きかけている。

そう、朱音は感じた。身体が斜めになっているせいではない。この居室ぜんたいが窓際に向かって左に傾いているのだ。

「お、お、小台様」

圓秀が這って戻ってきた。彼の後ろでは、ほんの数人残った番士たちが傷に呻いている。顔が見分けられないほどに焼けただれている者は、もう死んでいるのだろう。

「に、逃げましょう。下へ、し、下へ」

がつん！　もう一方の鉤爪が床板に食い込み、つかみ直そうとして一旦《いったん》離れた。と、怪物の重みを支えきれなくなったのか、通路の部分の床板がそっくりもげて、怪物もろとも、派手な音をたてながら落下してゆく。そこに倒れていた番士たちも、使い手がいなくなった何挺もの鉄砲も道連れだ。

地響きが轟いた。怪物が地面に落ちたのだ。その激しい震動に、砦ぜんたいもまた震えた。今までいちばん大きな、地震《じぶる》いのような震えが伝わってきた。

この客間だけではない。砦そのものが傾き始めているのだ。

「小台様、庄屋様、お気を確かに。逃げるんです。下に下りなくては」

ここは崩れますと、圓秀が言う。血の気のない顔に、目ばかりが充血している。

「這って、足から先に段々を下りていきましょう。赤子と同じようにするのですよ。立っていてはまた次の揺れで」

板壁が消え失せ、ぽっかりと青空が見える。猛り、怒る怪物の咆哮が響き渡り、もう何度目かわからない震動がきた。

「振るい落とされてしまいますからね。さあ、行きましょう」

朱音と圓秀の二人がかりで、手取り足取り、何とか茂左右衛門の腰を上げさせた。瘧《おこり》にかかったように震える庄屋は、膝立ちになることさえおぼつかない。

「しっかりなさいませ。ほら、外では番士の皆様がまだ戦っておられます。きっとあの化け物を退治してくださいますよ」

なるほど圓秀の言うとおり、怪物の咆哮にかぶって、いきり立つ番士たちの声も聞こえてくる。勢いは衰えていない。だが、戦うための鬨《とき》の声というよりは、恐怖に上ずった悲鳴のようにも聞こえる。

「お、お代官様も、あのように」

茂左右衛門は涙を垂らしながら言った。

「心地よく酔ったぁと、窓にぃ寄られてぇ、いきなり、宙にさらわれてぇ」

怪物の尾か、あの肉色の帯——おそらく怪物の舌だろう、あれに巻き取られ、呑み込まれたのか放り出されたのか。

「庄屋様はご無事でよか——」

よかったと言い切る前に、ひときわ大きな揺れがきた。真下から何かで突き上げられたかのようだ。と、客間の畳が手妻のようにばらけて跳ね上がり、床の真ん中に大穴が空いた。同時に居室ぜんたいがさらに傾き、どうにか中腰になっていた茂左右衛門が足をすくわれて、仰向けにひっくり返った。

建物が軋《きし》む。これもまた悲鳴のようだ。しかもだんだん高くなる。それに呼応するように、客間も板壁が消えた側に向かって傾いて、

「庄屋様！」

朱音も圓秀も手を差し伸べたが、茂左右衛門の手や袖を摑むには、ひと呼吸遅かった。がくん！今回ははっきりどこかが壊れて折れた。この黒い砦が、深手に堪《たま》らず膝をついたのだ。たちまち傾斜が急になり、頭が向こう側にひっくり返った庄屋は、なすすべもなくずるずると板壁が抜けた方へと

滑っていって、とっさに床に空いた穴の縁にすがったが、ささくれだった板の裂け目に噛まれたのか、あっと手を離し、するともう止めようがなく、目も口も開けっ放しにしたまま、人形のように中空へと放り出されていった。

朱音も圓秀も、手近なものに摑まっていなくては、茂左衛門と同じようになってしまう。必死で梯子段までたどり着き、上ってきたときと同じように、段々に食らいつくようにして下へ、下へと下りてゆく。

すぐ下の階は、もう人がいなかった。何がどうしてこうなったのか、床を支える梁《はり》の一本が折れて、床板から突き出している。怪物の吐き出す酸水の臭いはしなかったが、溶けた武具と防具があちこちに散らばっていた。

「ここも皆さん、怪物に――」

圓秀の言葉の途中で、天井が落ちてきた。さっきまで二人がいた客間の床だ。朱音は耐えきれずに悲鳴をあげ、頭を下げ目を閉じて、ともかく梯子段を這い下り続ける。

どすん！　がくん！　続けざまに揺れる。砦の軋みが大きくなり、外の番士たちの怒声に、隠しようのない悲鳴が混じり始めた。

「あの怪物、砦を壊す気です」

「そんな悪知恵のある化け物など、作り話でも聞いたことがありません。読み物にだって書かれていませんよ」

しかし、現にこうして砦は激しく揺さぶられ、痛めつけられ、断末魔の声をあげながら傾《かし》いてゆくではないか。

どうにか地階まで下りると、広い土間に出て、朱音も圓秀も足が萎えたようになってしまった。

壁がない。竹林に面している側の砦の板壁は、見るも無残に打ち壊され、ひん剝かれたようになっている。外の地面にはたくさんの矢が散らばり、血しぶきだろう、黒っぽい染みが飛んでいて、番士が何人か倒れている。

戦いの場は、竹林に面した砦の裏側へと戻っているようだ。地鳴り、ものを打つ音、番士たちの叫び声、激しい震動。そしてまた怪物が吼《ほ》えたて、いくつもの悲鳴が重なって聞こえてきた。熱い！　熱い！　ぎゃああ、助けてくれ！

「圓秀様、ここから離れましょう。名賀村に帰るのです」

番士たちが、何とか怪物と渡り合ってくれているうちに。

「ここにいても、私たちでは何の助けにもなりません。早く名賀村に帰って、皆にこのことを報《しら》せなければ」

怪物が番士たちを喰らい、文字通りの意味で砦を平らげてしまえば、次は名賀村だ。それはもう時間の問題のように思える。

またぱらぱらと煤や塵が降ってきた。この天井も危ない。

「――煙だ」

衝撃のあまり腑抜けてしまっていた圓秀の顔に、ぴりりと緊張の色が走った。

「煙が臭いますよ、小台様」

朱音には見えないし、臭いも感じとれない。鼻がきかなくなっている。どこにもここにも怪物の吐く腐臭が充満しているせいだ。

「どこかで火が出たのです。厨《くりや》でしょうか」

「それより、早く外に出ましょう」

くるりと身を返したとき、前方に、ちろりと炎の舌が見えた。

板壁の裾の地べたに、一本の筋。炎がその上をすうっと走ってゆく。朱音と圓秀が逃げてゆこうとする、まさにその通り道。

朱音の鼻も嗅ぎ取った。煙の臭いではない。油だ。誰かが油を撒《ま》いて火を点けた。何と愚かなことを。火事になったら人が逃げ場を失ってしまう。

微風を巻き立てながら、一本の筋だった炎が板壁を駆け上った。

「この砦は火に強いと――」

圓秀はあわあわ言うが、意味が違う。火事に強いのではなく、外から射かけられる火矢に強いだけだ。内側から火が出たら、ほかの建物と変わらない。

ぶわり。炎は一気に膨らみ、朱音たちの退路を塞いだ。熱気が吹き寄せる。

「こ、これはいかん！」

圓秀が顔を背けて叫び、前後を忘れ、すぐ左手の壁の抜けているところから外へと逃げてしまった。

朱音もその後を追う。

飛び出した場は、まさに怪物と番士たちの戦いのまっただ中だった。そして形勢は明らかになっていた。

ちゃんと立っている番士は、もう数人しか残っていない。あとはみんな倒れている。うずくまっている。踏みつぶされている。それを全て勘定に入れても人数が減っている。喰われてしまったか、どこかへ放り出されてしまったのだ。

朱音は初めて、怪物の全身を目の当たりにした。

二人は、怪物のほぼ真後ろにいた。揃って口を開けてぽかんと見上げるのは、頭上に高々と持ち上がっているあの長く強靭《きょうじん》な尾。番士を二人巻き取って、締めつけている。一人は両足を巻かれて逆立ちの格好になっており、だらりと垂れた二本の腕が宙でぶらぶらしている。もう一人は胴を巻かれているが、こちらもまったく抗《あらが》っていない。朱音たちの方を向いている目は開きっぱなしで、首ががくりと右に傾いでいる。傾ぎすぎだ。折れている。

怪物の図体《ずうたい》は、まさしく小山のようだ。固太りに太り、目を疑うほど大きく育ってしまった奇形の蜥蜴。

朱音たちに気づいたのか、怪物がこちらを向いた。

ぜんたいにずんぐりと丸い。頭と胴体が同じくらいに太い。そのあいだが少しだけ括《くび》れているから、どうにか見分けがつくという程度だ。四本の脚は短く、三本の鉤爪が生えた大きな脚が、巨体を支えつつもその下敷きになっているかのように見える。

この身体は何だ。硬そうな鱗に覆われ、その鱗が陽の下で少しずつ、絶え間なく色を変えている。竹林に面した側の半身は竹林の色を映し、砦に面した半身は、どんどん傾ぎ、軋んで揺らぐ建物の黒い焼板の色を映して煤のよう。しかしその煤が、見る間に灰色になり、緑がかった蛙の皮膚の色になり、また煤の色へと戻ってゆく。その変化の途中で、怪しく濡れ濡れと光る。そのときだけを見るなら、蓑吉が言っていたとおり、蛇に似ていた。

朱音は、怪物がこちらを振り向いたと思った。圓秀もそう思ったはずだ。じりじりと後ずさりしてゆく。

何を根拠に振り向いたと思ったのか。そこに口が見えたからだ。今は閉じている。横幅は、優に一尋《ひとひろ》はありそうだ。蜥蜴の口。蛇の口。蝦蟇の口。その上にはたぶん、あれが鼻なのだろう、薄べったく潰れた腫れ物のような突起があり、一対の穴が開いている。

しかし、これをして〈顔〉だと見定めるには、決定的に欠けているものがある。

眼だ。この怪物には眼球がない。眼窩《がんか》もない。読み物に出てくる一つ目の化け物どころではない。

眼が、全く、ないのである。

――これは生きものではない。

身動きできず、瞬きさえ忘れて、朱音はただそう思った。

これは何かの化身だ。穢《けが》れや邪気や、悪意の凝り固まったモノだ。

――なんて不幸な、なんて忌まわしい。

おまえに名はあるの。おまえは、ほかの生きものと同じ〈命〉を持っているの。

声にならない朱音の、心で叫ぶような問いかけに答えようというのか、怪物の口がゆっくりと開き始めた。赤黒い口内にしまいこまれている鋭い歯の列が、ぞろりと起き上がってくるのが見える。あの、肉色の恐ろしい舌の肉の盛り上がりも見える。

牙のように尖った歯のあいだに、様々なものが挟まっている。人肉の断片、布、折れた矢。

怪物の反対側で番士たちが矢を放った。もう数が尽きかけている。二本、三本、飛んできて怪物の頭や喉元にぶつかり、どこを傷つけることもできず、羽虫のように空しく落ちてしまった。

矢も、鉄砲も無力だったのだ。この不可思議な鱗か、皮膚か、怪物の鎧には歯が立たない。眼を狙えと叫んでいた番士は、狙う眼がどこにも見つからないことを見てとったときには、どれほど驚いただろうか。

雄叫びをあげ、番士の一人が大刀《だいとう》を抜いて斬りかかった。肩当てが外れ、脚絆が溶けて脛の皮膚が剝け、血まみれだ。

怪物は鋭く見返った。あの肉色の舌が飛び出すと、向かってくる番士を玩具のようにはね飛ばし、その勢いのまま他の番士たちも掬《すく》い上げて、竹林の彼方《かなた》へと放り出す。

続いて、頭上で激しい破壊音がたった。怪物の尾が、巻き取ったままの二人の番士を、ちょうど人が拳を固めてものを打つように、砦の三階の壁に向かって叩きつけたのだ。既に焼板の壁が抜けかけていた三階は、この打撃に呆気なく打ち壊され、半分以上の部分が木っ端微塵《みじん》になった。

尾が波打ち、次に見えたときには、巻き取られていた二人の番士は消えていた。二股に分かれた先端で、これまた人が物を摑むように、怪物は三階の床の残りの部分を摑んで、建物ぜんたいを引きずりおろすようにした。

砦が揺らぐ。人がふらついて頭から倒れてゆくように。物見台に転がっていた番士たちの骸《むくろ》と、骸の一部がばらばら落ちてきた。それとほとんど同時に、建物の内部に回っていた火が、この破壊で出口を見つけ、躍り上がるように外気のなかへと燃え立った。

「崩れます！」

圓秀が叫び、朱音の腕をつかんで反対側へ逃げ出した。

燃えながら、瓦礫《がれき》が降り注いでくる。朱音は倒壊する砦から目が離せない。燃えながら、柱が、屋根が、梁が、床板が怪物の上に倒れかかってくる。どうぞそのまま、埋めてしまって。怪物を押し潰してしまって！

　次の瞬間、またぞろ信じ難いことが起きた。目にもとまらぬ速さで怪物は舌を引っ込め、尾を巻き取って後ろ脚のあいだに入れると、さらに四本の脚をたたんだ。たたんだという言い様《よう》しか、朱音には思いつかない。巨体に比しては小さいものの、鉤爪のついた頑丈な脚なのに、怪物の下腹にぺたりとくっついて見えなくなったのだ。

　そして怪物は、巨大な、太った、蛇のような蛭《ひる》のような姿に変じると、ぬるりと全身を翻して、崩れかかってくる砦の瓦礫から、呆れるほど狡猾に身をかわしてみせた。

　地響きをたてて、砦は倒壊した。

　怪物の姿が消えた。また身体の色を変えたのだ。竹林が騒ぎ、大きくしなる。あちこちで馬たちが甲高くいななく。厩から逃げ散っていたのが、火を見て怯えているのだ。

　圓秀に腕を引っ張られ、背中を押され、気がついたら朱音は走っていた。曲輪の外へ飛び出し、森の道へと走り出る。着慣れない晴れ着が重い。裾が足にからまる。顔を引き攣《つ》らせて逃げる圓秀は、朱音の手を離さない。朱音の足は追いつかない。

「ま、待って！」

　叫びながら転んだ。足首に痛みが走る。

　圓秀に助け起こされる。背後で怪物の咆哮が、二度、三度。煙と熱気。

「き、彼奴《きやつ》め、どこへ行ったのか」

　圓秀はわなわなと声を吐き出す。目が泳いで定まらない。

「目玉がないくせに、どうやってまわりを見ているのだろう」

再び咆哮。近づいている。朱音たちを追っているのだ。匂いか、音か。それとも、人の身には想像もつかないような突飛な仕組みで〈見る〉ことができるのか。

「小台様、なにしろ彼奴は動きが速うございます。走って逃げては間に合いません。森に入って隠れましょう」

朱音は息が切れ、捻《ひね》ってしまった足首の痛みを堪えながら、手早く帯を解き始めた。

「な、何をなさいます？」

「こんな晴れ着、邪魔です」

朱音が帯と小袖を脱ぎ捨てると、圓秀も思い出したように着物の裾をまくって尻っぱしょりし、こちらに背中を差し出した。

「小台様、私におぶさりなさい」

「いいえ、大丈夫です」

また怪物の雄叫びがあがる。それに混じって、どこからか、かすかに「朱音殿」と呼ぶ声がする。朱音ははっとして耳をそばだてた。

「そうだ、木に登ろう！」圓秀の顔に喜色が走った。「小台様、木登りをなさったことはありますか」

「こ、子供のころには得意でした」

「よし、木の上で、彼奴をやり過ごしてしまいましょう」

真っ黒な砦の異様な威容は消え失せた。立ち上る黒煙に火の粉が混じる。

また「朱音殿！」と聞こえた。空耳ではない。朱音はすがるようにあたりを見回したが、圓秀にぐいと腕を取られた。

「さあ、立って。こちらへ！」

圓秀に引きずられ、森に入って手頃な木立を探したが、いざそのひび割れた幹に手をかけ、背伸びしても届かない枝を仰ぐと、朱音は絶望に目の前が暗くなった。無理だ。わたしはもうすばしこい子供じゃない。登れない。

「圓秀様、わたしはそこらの藪か下草のなかに隠れます。あなたは木に登ってください」

そんな朱音を嘲笑《あざわら》うように、熱気と腐臭を孕《はら》んだ横風が強く吹きつけてきて、藪を騒がせ下草をなぎ倒した。

「無駄でございますよ。どこへ身を隠そうと、地面の上にいたら、すぐ見つかってしまいます」

圓秀は、厩で取り乱していた馬たちさながらに、その場で足踏みをしながら周囲をぐるぐる見回した。やがて、

「お、あれは？」

声をあげ、さっと駆け出したかと思うと、緩い斜面を駆け上がってゆく。そしてまた「おお、おお」と声をあげ、駆け戻ってきた。

「小台様、井戸がございます。だいぶ深そうですが、石がたくさん投げ込んでございます」

あそこへ隠れましょうと、圓秀は朱音を引き起こした。こけつまろびつも何とか走り、ほらあれをと圓秀が指さすのは、確かにぐるりを丸石で寄せ固めた古井戸である。丸石と丸石の隙間に雑草が生え、苔がむしている。腐りかけた木の蓋が、すぐ傍らに放り出してあった。圓秀が取り去ったのだろう。

「こ、こんなところに」

覗き込むと、赤子の頭ほどの大きさの石と土くれが積み重なっている。水はまったく涸れている。

放置された涸れ井戸なのだ。

「どうやって隠れるのです?」

「しごきを解いてください。それを小台様の胴にこう、巻きつけて、縛ってください」

言うとおりにすると、圓秀は丈夫でしなやかな絹のしごきの一端を持って、手近な立ち木に近寄り、大人の胴体ほどの太さのその幹にぐるぐる巻きつけて、端を固くこぶにして結んだ。木の幹と朱音のあいだで、しごきは長く弛《たる》んでいる。それを圓秀がたぐり、幾重にも掌に巻きつけて握った。

「しっかり持っておりますからね」

「でも圓秀様は」

「私はこの木に登ります。小台様、お早く!」

怪物の声は聞こえず、気配も感じられなくなった。それがなおさら恐ろしい。

履物も足袋《たび》も脱ぎ裸足《はだし》になって、朱音はしごきを両手でつかみ、井戸のなかへ下りていった。かすかに黴《かび》の臭いがする。

「いっぺんに下りなくて大丈夫でございますよ」

力を入れているから、圓秀は奥歯を食いしばっているらしい。声が潰れている。

絵師の身分では、およそ力仕事には縁がないだろうに、することに間違いはなかった。しごきは確実に少しずつ繰り出され、裸足の爪先《つまさき》を井戸の内壁にくっつけ、ゆっくりと下りてゆく朱音を支えてくれる。

「小台様、しごきはこれでいっぱいいっぱいです。底に着きましたか?」

二階屋の高さほど下りたろう。いちばん上に転がっている大きな石ころに、すれすれで爪先が触る。

頭上にすぽんと丸く青空が抜けて見える。

「底には着いていません」朱音は声を張り上げて応じた。「でも、ぶら下がっていられます。圓秀様も早く隠れてください！」

「わかりました、小台様、お気を確かに。きっと逃げ延びられますからね！」

場違いに明るい呼びかけを残して、圓秀の声は絶えた。

朱音は独り、古井戸のなかの筒型の暗がりに隠れ、できるだけゆっくりと息をしようとした。胸と腹のあいだに締めたしごきが、自分の身体の重みで少しずつきつくなってゆく。呼吸《いき》は浅く、速くなる。恐怖がさらに拍車をかける。苦しい。頭がぼうっとして、目がかすむ。

出し抜けに涙が溢れた。溜家の皆のことを思ったのだ。おせん、じいと加介、宗栄、そして蓑吉。怪物は本当にいた。あの子は真実、本当のことを語っていた――

ぽろぽろと涙を落とすうちに、だんだん気が遠くなっていった。


蓑吉と宗栄は、ちょうど朱音と圓秀の反対側から砦へたどり着いた。曲輪の内に通じる簡素な木戸があり、普段は張り番がいるはずだが、今は無人だ。それどころか木戸が開けっ放しだ。二人はいったん、その木戸の陰に身を潜めた。曲輪の内は騒然とし、人の騒ぐ声に混じって馬のいななきと蹄の音も入り乱れて聞こえてくる。

「あれが、そうなのか」と、宗栄が呻く。

蓑吉も初めて、昼日中の陽光の下で、まともに怪物の全身を目にした。その姿、その大きさ、その身体の色合い。みんな蓑吉の記憶とは異なっていたし、それでいてその動きは、小平良山へ向かう夜の山道で遭遇した忌まわしいものとぴったり同じだった。強靭で、柔らかで硬い。どっしりと重く、ぬるりと速い。

巨大な体軀と、それに負けない大きさの不細工な頭。獲物をくわえ込む狐罠を思わせる口。度はずれて大きく太りかえっているが、蜥蜴や蝦蟇とよく似ている。四本の脚の形は、湿っぽい暗がりを素早く逃げてゆく蜥蜴のそれと同じ形だ。

夜の闇のなか、蓑吉が蛇と見まごうたのは、怪物のふたつの部分だった。ひとつは、先端が二股に分かれた長い尾。もうひとつは、肉厚で幅広の長い舌だ。

蓑吉は全身で思い出した。おいらはあの舌に巻き取られて呑み込まれたんだ。ぬらぬらしたあの感じは、怪物のべろだった。頭から呑まれる刹那に覗き込んだ暗闇は、怪物の胃の腑へ通じていたのだ。

「彼奴め、身体の色が変わるぞ」

怪物の皮膚は、焼板で覆われた砦に近づけば黒っぽく、地面の近くでは土埃の色に、次から次へと変じ、またもとへ戻る。

変わらないのは、くわぁっと開いた口のなかと、別の生きもののようによく動く舌の、濁った血に似た赤黒い肉色だけだ。

その色を見せつけて、怪物が吼えた。

砦の番士たちは、果敢に怪物に立ち向かっていた。国境《くにざかい》を守る曽谷弾正直属の精鋭たちだ。己の目ばかりか正気をも疑いたくなるような怪物の襲来に、けっして怖じてはいない。矢を射かけ、槍で突きかかり、大刀をふるう。頭上でぱんぱんと続けざまに音がした。鉄砲だ。天守の下の階に鉄砲隊が並び、鉛の弾を雨あられと撃ちかけている。

しかし、効き目はない。矢はみんな跳ね返されている。槍も刀も、怪物の皮膚に傷ひとつつけられない。打ちかかっていった番士はたちまち呑み込まれるか、舌や尾のひと振りで放り出されるか、鋭い鉤爪のついた不格好な脚で踏みつぶされる。

さらに、怪物はときどき奇妙な動きをしていた。頑丈な頭をぶつけて、あるいは後ろ脚を蹴り上げて、ときには前脚で横殴りに、砦の二階の高さのところを攻撃する。そのたびに焼板が割れ、さらに攻撃されて床が抜け、柱や梁までへし折れる。

「宗栄様、あいつ、砦を倒そうとしてる」

「わざと？　あんなけだものが」

「うん」

そんな莫迦なと、宗栄は言わなかった。この怪物が何をしても、もう驚くまい。

「朱音殿はまだ砦のなかだろう。行こう、蓑吉。あそこに勝手口がある」

宗栄が指さす一角は、この武張った目的の建物のなかで唯一暮らしの匂いがするところで、樽《たる》が積み重ねてあったり、洗い物が干してあったり、蓑《みの》が幾枚もぶら下げてある。

「おおい、朱音殿、ご無事か？　朱音殿！」

宗栄は大声で呼びかけ、走る二人の足元で、地面が揺れた。番士たちの怒声に悲鳴が混じる。砦が揺れている。

もう一度。そしてもう一度。衝撃と震動。とっさに頭上を仰いだ蓑吉は、黒い天守が少し、おじぎをするように向こう側へ傾いてゆくのを見た。

いちだんと大きな破壊音と、番士たちの叫び声があがった。宗栄も蓑吉も、頭をかばってその場にしゃがみ込んだ。

「熱い、熱い！」

番士たちの悲鳴だ。言葉にならぬ、苦痛と恐怖のわめき声も混じっている。

「何だ、熱いって、何を騒いでる？」

今の一撃で、砦は大きく軋んで傾いだ。厩にも破壊が及んだのか、恐怖に度を失って柵を蹴破ったのか、蹄の音も高く、ばらばらと馬たちが逃げ出してきた。着けかけの鞍や鐙《あぶみ》を引きずっている馬もいる。目が見えなくなったかのように外塀に体当たりをしたり、建物のまわりを巡って正門の方へと逃げたり、木戸をくぐった馬もいれば、軽々と塀を跳び越えた馬もいる。数頭が、しゃがんでいる宗栄と蓑吉のすぐ脇をかすめて走りすぎた。

「彼奴は、馬は喰わんようだ」

「人を喰う方が楽だもん」

よろず野山の獣が人を襲うようになるのは、そういう知恵がついたときだ。じっちゃが教えてくれたことがある。人は馬より、鹿より動きが遅い。丈夫な脚と蹄で蹴って抗うこともできず、野兎《のうさぎ》のように穴に隠れることもできず、噛みつくこともできず、楽ちんに捕まえることができる。それでいて肉は柔らかく、腸《はらわた》はみっしり詰まっていて、たっぷりと食いでがある。

「おぉい、そこに誰かぁいるかぁ」

突然の声に、蓑吉と宗栄はしゃがんだまま顔を見合わせた。どすん！　激しい地震いに、きりきりと不吉な甲高い音が続く。

「誰かいるのかぁ。ここから出してくれぇ」

宗栄は素早く立ち上がり、まわりを見回しながら大声で問い返した。「どこだ？　どこにいる？」

「ここだぁ。出してくれぃ」

精いっぱい張り上げてはいるが、かすれた声音だ。少しくぐもって、足元から聞こえてくる。

「宗栄様、樽の後ろ！」

三段に積み上げた樽の陰に、風抜きのような小さな格子窓があり、そこから指先が二本突き出していた。

「ここだぁ、ここだよう」

泣くような男の声だ。蓑吉ははっとした。聞き覚えがある。

「そこはどの部屋だ？」

「厨の奥の物入れだぁ」

「善蔵《ぜんぞう》さん？　善蔵さんじゃねえか？」

男の声は一瞬黙り、それから高く跳ね上がった。「おめえ、蓑吉かぁ？」

「うん！　すぐ助けてあげるよ！」

勝手口から中に飛び込むと、柿色と藍色のお仕着せを着た男たちが四、五人、顔色を変え、跳び上がるようにして振り返った。宗栄は脇差しを抜き放つと、一喝した。

「ここにおっては喰われてしまうぞ。ぐずぐずしとらんで、森へ逃げろ！」

お仕着せの男たちは、砦の使用人だろう。せめて火の気で怪物を遠ざけようというのか、松明だの薪《たきぎ》の束だの燭台《しょくだい》だの、とにかく火の点くものをかき集めていた。なかには料理人もいるのか、包丁を手にした男もいた。

「番士たちに加勢する気か？　生憎《あいにく》、そんなものじゃ気休めにもならん」

宗栄の叱責《しっせき》にかぶって、どどどっと、建物ぜんたいが揺れて軋んだ。青ざめて怯えきっているお仕着せの男たちは、さらに縮み上がる。

蓑吉は言った。「裏木戸から森へ逃げるといいよ。さっき、馬がいっぱい逃げ出してった」

「物入れはどこだ？」

白刃を見せて宗栄が凄む。こ、この奥ですと一人が指さし、宗栄と蓑吉は奥へ走る。また砦が揺れて、お仕着せ男たちが泣き声をあげながら逃げ出していった。

物入れは食糧庫であり、厨で使う道具の保管庫でもあった。木箱や筵《むしろ》でくるんだ包み、俵、瓶《かめ》、ぎっちりと詰まっている。

「善蔵さん、どこ？」

「ここだぁ、ここだぁ」

積んである俵の陰だ。二人がかりで俵を取り除けると、しゃがんでぐるくらいの高さの格子戸があった。その向こうに人の姿が透けて見えている。間違いない、仁谷村の善蔵だ。夫婦二人で薬草畑を造っていた。

「さあ、早く」

善蔵は這うようにして半身を覗かせた。出入り口が低いからではない。すぐには立てないのだと、蓑吉にもわかった。すっかり弱り切っている。乾いてひび割れた泥にまみれ、身体には無数の擦り傷と打ち身、着物は破れて血の染みが飛び散っている。痩せこけて青ざめ、お化けのようだ。

「お、おっかぁもいるだ」

「おえんさん？」

蓑吉もよく知っている。青豆の季節になると、雑穀に混ぜて塩気を利かせて、旨《うま》い豆飯を炊いてくれる小母《おば》さんだ。

「おえんさんも無事？　おえんさん、蓑吉だよ！」

返事はない。善蔵が骸骨のように痩せた顔を歪めて、充血した目をしばたたく。

「おっかぁは死んだ」

善蔵は、女房の亡骸と一緒にここに閉じ込められていたのだ。

「ともかく、早く出なさい。女房殿も出してやろう」

宗栄が手を貸し、二人を物入れから引っ張り出した。蓑吉が善蔵に肩を貸し、宗栄はおえんの亡骸を担いで、厨へ引き返す。お仕着せの男たちは逃げ散っていた。

それだけのことをしているあいだにも、砦は激しく揺さぶられ、頭上から木っ端や漆喰《しっくい》の欠片が降ってきた。いちだんと凄い震動がきたときにはばりばりと音がして、どこかの天井が抜けたらしい。

塵と埃を頭からかぶって、宗栄は呻いた。「蓑吉、おまえの言うとおりだ。彼奴め、この砦を打ち壊すつもりだぞ」

「お侍様、ありがとうごぜぇます」

善蔵が枯れ木のような両腕を差し出した。

「おっかぁは、わっしが連れていきます」

自分一人で立っていることさえ危なそうな善蔵に、宗栄は一瞬ためらったが、すぐおえんの身体を預けてやった。善蔵は女房の亡骸を受け取り、抱きかかえながらその場に座り込んでしまった。

「よし、蓑吉。この人たちと外に逃げろ。さっきの木戸のところに隠れて待っていてくれ。私は朱音殿を捜してくる」

「宗栄様、こんな騒ぎじゃ、朱音様ももう外に逃げてるかもしれないよ」

「そうだといいのだが」

やりとりのあいだにも、砦は揺れる。厨から奥へ移った宗栄は、すぐ引き返してきた。

「くそ、階上《うえ》の天井が落ちて通路が塞がれてしまった。ほかの入り口を探してみる。蓑吉、早く外へ出ろ。ここも危ないぞ」

「う、うん」

朱音殿、朱音殿！　誰憚ることなく大声で呼びながら、宗栄が遠ざかっていく。蓑吉は思い出したようにぶるりと震え、すると砦もまた軋む悲鳴を放って震動した。

まだ命があるからこそ、傷の痛みと、閉じ込められているあいだの飢えと渇きにも痛めつけられている善蔵の姿は、正視できないほどに酷《むご》い。しかし、おえんの死に様《ざま》はそれよりもさらに酷かった。身体の半分が焼けただれ、溶けている。とりわけひどいのは顔から胸までで、おえんをよく知らなかったら、見分けられないかもしれない。口の左側が溶けて、歯の列が見えた。

「善蔵さん……」

蓑吉は善蔵の袖をつかみ、引っ張った。

「外へ出よう。この砦は今に潰れちまうよ」

思いがけず優しい笑みを浮かべ、善蔵は蓑吉の顔を見た。

「よう助かったぁ。おまえは強い子じゃ。源じいはどしたぁ」

蓑吉は黙ってかぶりを振る。善蔵は笑みを消した。「そうか。けンど、おまえが命を拾ったのが何よりの孝行じゃ」

蓑吉はこみ上げるものを堪えた。「うん」

善蔵は腕のなかの亡骸をひしと抱きしめ、下から掬うように蓑吉を見据える。

「おめえ、村の誰かと一緒かぁ」

「おいら一人。逃げる途中で伍助さんに会ったけど、はぐれちまって」

「あげな酔いどれはどうでもええがぁ。それじゃ蓑吉、あのお侍さんはどこの人《しい》じゃ」

問うておいて返事を待たず、「永津野の人じゃな」と続けた。

「うん。おいら、助けてもらったんだ」

言って、蓑吉も大事なことに気がついた。「善蔵さんこそ、おえんさんと二人だけ？　ほかに誰かいないの？」

おらん、と善蔵は答えた。低く唸るような声の響き。うつろだった瞳が、何かの気が通ったかのように底光りした。

「みんなぁ、死んだ。ここへ連れてこられたときは、うちのおっかぁも多平《たへい》も次郎吉《じろきち》じいさんも、おきよもまだ何とか生きとったんだが」

村の人びとの名前がぽんぽんと出た。

「みんなぁ、あの化け物《もん》のせいで怪我してぇ、ひどい有り様じゃった。おきよなんぞ、喰われかけて片腕がなかったんだぁ」

なのに、この永津野の砦の鬼どもは。

「わっしらを閉じ込めて、手当てしてくれるどころか、水も食いものもようくれん。わっしらが声をからして、仁谷村が化け物に襲われて、命からがら逃げてきたっちゅうても、耳をかさん。でたらめ言うな、何で国境を越えてきたぁ、おまえらは何者じゃぁ、何を企んどるってぇ、責めて責めて」

善蔵は小刻みに震え始め、涙をぼたぼた垂らすと、ますます強くおえんをかき抱いた。骸はとうに傷み始めており、善蔵の骨張った指が食い込んだ皮膚はへこんで破れそうだ。

砦が揺れ、外から聞こえてくる怪物の咆哮が大きくなった。番士たちは押されている。もう猛々しい鬨の声はあがらない。

「善蔵さん」蓑吉は言葉がない。

ふらふらと、善蔵はおえんを抱いて腰をあげた。食糧庫から厨の広いところに出る。善蔵の目がそこらを見た。

そして、ある一点で据わった。

頭上から落ちかかる破片は、今や塵や埃から大きな木っ端や漆喰や壁土の塊になっている。急がなくては。蓑吉は戸口から首を突き出し、外の様子を覗《うかが》った。ほんの一瞬、善蔵から目が逸《そ》れた。

「蓑吉、本当におめえ一人だな」

声に振り返ると、善蔵は小脇におえんの亡骸を抱え、厨の板場に転がっていた包丁を握りしめていた。

「ぜ、善蔵さん」

「永津野の人《しい》なんぞ、信用しちゃならね」

「だけど、あの人たちは」

「去《い》ね、蓑吉。達者で暮らせぇや」

善蔵は包丁の切っ先を蓑吉に突きつけた。「わっしはここへ残る。おっかぁの、みんなの弔いサ、派手にしてやるんだでぇ」

ちょうどいい、ちょうどいいと、そこらにあるものをなめ回すようにしている。お仕着せの男たちがかき集めていた、火の点くもの。

「あの化け物サ、わっしが今度こそ焼き殺してくれる。牛頭馬頭どもも道連れだぁ」

善蔵は恨みと怒りに乗っ取られ、人が変わってしまっている。

「化け物退治のついでに、永津野の砦をひとつおとしてやるだぁ！」

「善蔵さん、駄目だよ、やめて！」

「去ね！　わっしを止めンなら、おめえも牛頭馬頭の仲間だぞ、蓑吉！」

包丁を振り立てられ、蓑吉はたまらずに後ずさりし、厨の戸口の敷居を踏み損なってどっと転んだ。跳ね起きると、目と鼻の先に破れた天井板がばりばりと落ちかかり、戸口を塞いでしまうところだった。

「善蔵さぁん！」

地面が揺れる。砦ははっきりと向こう側におじぎしていて、屋根が半分方見えなくなっている。

ウソみたいな眺めだ。悪い夢のようだ。

「蓑吉！」

宗栄の声だ。見れば肩に人を担いで戻ってくる。紋付き袴姿の男だ。両手両足がだらりと垂れ、衣服もあちこち破れている。

「宗栄様、それ」

「名賀村の庄屋殿だ」

宗栄は背中にしょっていた鍬《くわ》を失い、脇差しは腰におさめていた。身体じゅう塵と埃まみれで、空いた手に血がついている。

「木の枝に引っかかっていた。ひどい怪我だが、まだ息がある」

「朱音様は？」

「おらん。あちら側からでは、もう砦のなかに入れん。そこらじゅう骸の山だ」

ひときわ高い、怪物の咆哮。二人が思わず身をすくめた次の瞬間、激しい破壊音と共に、砦は完全に身を折り、てっぺんから崩れ始めた。そこからぱっと火の手があがる。

「莫迦な！　なぜ火が」

宗栄の白っちゃけた顔が大きく歪み、蓑吉は泣けてきそうになった。

「善蔵さんが、今度こそ化け物を焼き殺すって。永津野の牛頭馬頭も道連れだって」

「愚かの極みだ」

宗栄は首を振り、庄屋を背中に負うと、

「蓑吉、とにかく我々も逃げるぞ」

蓑吉は立ち上がり、二人は前後して、あの木戸を目指して走り出した。そこへ、背後からおそろしく生臭い突風が吹きつけてきて、二人の足元をさらい、木の葉のように軽々と地面から巻き上げて、およそ二間ばかりの距離を吹き飛ばした。

背中の庄屋をかばい、宗栄は顔からまともに地面に落ちた。身の軽い蓑吉はもっと遠くまで吹き飛ばされ、くるりと身を丸めて素早く起き直る。

そして信じ難いものを見た。

怪物だ。さっきの風は、今度こそあいつの鼻息だった。ほんの二間の距離に迫っている。

「そ、宗栄様」

蓑吉は怪物に魅入られ、手足が石になったみたいに動けない。宗栄は呻きながら身を起こし、首をよじって、この危機を知った。

「――蓑吉、私から離れろ」

「だ、だって」

「尻で後ずさりして、ゆっくり離れるんだ」

怪物はこちらに顔を向けている。あのでかい口があるんだから、こっちが〈顔〉のはずだ。だけど、こいつ、とんでもなく変だ。

「宗栄様、こいつ、目玉がねえよ！」

宗栄は気絶したままの庄屋を抱き起こし、自分も起きたが、そのまま立ち上がろうとしない。

「ああ、そのようだ」

つまり、まっとうな生きものではないのだな、と言う。悟り澄ましたような、諦めてしまったような静かな口調だ。

怪物は蓑吉と宗栄を〈見つめて〉いる。大きくて不格好な頭を傾げて。尾は垂れているのか巻き込んであるのか、こっちからは見えない。舌もしまいこんでいる。

何だろう、このごろごろいう音は？

怪物の腹が鳴っているんだ。それとも喉かな。湿っぽい、中身がいっぱい入った醤油樽《しょうゆ》を転がすみたいな音。そういえばこいつ、山のなかでいびきをかいて寝ていたときより、腹がでっぷりしている。食べ過ぎて腹が膨らんで、今にも弾けてしまいそうな感じだ。

怪物が反対側に首を傾げ直した。目の前の獲物をどうやって喰おうか、どの順番で喰おうか、吟味しているみたいに。

鳴動が大きくなった。喉が――頭から胴に続いて、ちょこっとくびれている部分がぐぐんと波打つ。口が開いた。舌が出てくる。蓑吉は後ずさりをやめて、身を硬くした。

怪物の肉色の口中が見えた。歯がしまいこまれている。盛り上がった舌がぬらぬら光る。

今朝、溜家を出てから今までのあいだに、一生分の信じられないことを見た。でも、まだおまけがあるらしい。唖然として固まっている蓑吉と、庄屋を抱えたまま塵と埃にまみれて座り込んでいる宗栄の前で、怪物は吐き始めた。口をぱくぱくさせ、喉と腹を波打たせながら、腹の中身を吐き戻してゆく。

猛烈な異臭に、蓑吉も戻しそうになった。あまりにも臭いので、目も開いていられない。鼻をつまんで口で息をしても、臭さが味になって喉の奥へ入り込んでくる。

でっぷりと膨らんでいた怪物の腹がへこんでゆく。吐き出されたものはその場で山になる。

人、人、人だ。武具や防具を着けたままの番士たち。お仕着せを着た男。身体がそっくりそのまま。あるいは腰から上だけ。脚が一本。手が一本。骸と、骸の断片。どれもこれもどろどろに溶けかけて、ねばついた臭い水気にまみれている。

「蓑吉、どうやら、おまえもこうやって吐き出されたらしい」

すっかり溶かされる前で、運がよかった。

「こいつ、食い過ぎて腹がくちくなると、こうして空きをつくるんだな」

意地汚いぞ。宗栄は叱るように言う。

「だいたい、胴当てや鎖帷子《くさりかたびら》まで一緒に丸呑みじゃあ、苦しくなるのが当たり前だ、化け物め」

何を言ってるんだよ、宗栄様。

「幸運も、二度は続かんかもしれん。蓑吉、早く私から離れろ」

「そ、宗栄様はどうするの？」

「何とかする」

まるで雨漏りでも直すかのように気楽なことを言って、宗栄はゆっくりと膝立ちになった。目は怪物を見据えたまま、ぐったりしている庄屋を地面に横たえると、その身体をまたいで前に出る。

怪物は腹の底まで空っぽになったのか、げっぷをするように大きな口を開け、ぐうというような音を出した。そして頭を持ち上げ、宗栄の方を向く。目玉がないからどこを見ているのかわからない。鼻先は宗栄を向いていても、実は蓑吉を食おうと狙っているのかもしれない。その場を動かずとも、あの長い舌ならべろりと楽々届く距離だ。

蓑吉はまた尻でずって、ちょっと下がった。怪物の喉が鳴るのが聞こえた。

宗栄は立ち上がり、背中を丸め両足を踏ん張り、脇差しの柄《つか》に手をあてて身構える。

「――蓑吉」

喉が干上がってしまって、蓑吉はすぐ声が出ない。ただただうなずいた。

「私が三つ数えたら、立って走って逃げろ。振り返ってはいかん。一目散に逃げろ」

「は、は、はい」

「いくぞ。いち」

怪物の頭が右に傾く。

「にい」

怪物の鼻から息が漏れ、湿ったぷしゅうという音がたった。

「さん！」

蓑吉は跳ね起き、身を翻して逃げ出した。宗栄は脇差しを抜き放ち、怪物に向かって突進した。

怪物が咆哮した。その臭い息の勢いに、宗栄が押し戻されて思わずたたらを踏む。そこへ怪物の舌が伸びてきた。太く、分厚く、弛んでいるときにはただの肉の塊のようにしか見えないのに、その動きはまさに蛇の如く素早く、狙いすました鞭の一撃のように正確無比だった。目にもとまらぬ早業で宗栄の身体に巻きつき、ぐるぐると巻き取り締めあげると、頭よりも高く持ち上げた。

宗栄の両足が大きく宙をかく。

「とりゃ！」

かけ声とともに、抜き放った脇差しを振り下ろして、怪物の舌に斬りつけた。自分の身体に巻きついている部分を、そのまま長い舌から切り離そうというのだ。一撃、二撃、白刃を振り下ろすと、怪物が悲鳴をあげ、傷口から血が迸《ほとばし》った。

悲鳴に、たまらず蓑吉は振り返った。顔に怪物の血の滴が降りかかってきて、思わず手をあげた拍子に転んでしまった。

「そ、宗栄様！」

宙に持ち上げられたまま、宗栄は総身の力を腕に集めて、懸命に刀を振り下ろしている。何という気力だろう。あんなふうに締め上げられ、呼吸《いき》もできないだろうに、腕を緩めない。何度も何度も斬りつける。そのたびに傷が深くなり、怪物は苦痛と怒りに身もだえしながら地団太を踏み、噴き出してはまき散らされる血は雨のようだ。

怪物が血を流している。あいつも生きものなんだ。無敵なわけじゃない。刀で斬られたら、血が出るんだ。

「宗栄様、頑張って！　切れてる、ちゃんと切れてるよ！」

怪物の舌は三分の一ほど切れて、その分だけ力を失い、宗栄の身体ががくんと下がった。地面まであと一間ほどの高さだ。

「化け物め、これでどうだ！」

ひときわ強い一太刀が浴びせられ、怪物は喉いっぱいに咆哮した。

やった！　と蓑吉が起き上がった瞬間、怪物は地団太を踏みながらその巨大な頭を振り立て、力を振り絞ると、自分の身体《からだ》越しに宗栄を後ろへ振り飛ばした。風が起こるほどの勢いに、怪物の舌は宗栄が斬りつけた傷口から二つに裂けた。宗栄は、ぎっちりと巻きついた怪物の舌ごと、遥《はる》か彼方へ飛ばされていってしまった。

何てことだ。蓑吉はその場に凍りつく。こいつ、自分でベロを千切っちゃった。

怪物が舌を巻き取り、口のなかにしまい込む。それでも血が口のあいだから流れ落ちてくる。喉が鳴る。今度は息の喘ぐ音ではなく、遠雷のようなごろごろだ。

みしり。怪物が前脚を踏み出し、蓑吉に一歩近づいてきた。紙つぶてのように後ろに放り捨ててしまった宗栄のことなど、もう忘れてしまったのか。その鼻の穴がぴくぴくと動き、蓑吉の匂いを嗅いでいる。

みしり。もう一歩踏み出した。ぶっとい鉤爪。そのすぐ先には、宗栄が助け出してきた名賀村の庄屋が気を失って横たわっている。庄屋の着物にも、怪物の血が点々と飛び散っている。

――このままじゃ、踏みつぶされちゃう。

蓑吉は両手両足を地面につき、一瞬だけ固く目を閉じて心を決め、ぱっと立った。両手をあげ、前に出る。一歩目はふらついてよろけてしまったが、二歩目はしっかり踏みしめた。

「ほら、こっちだ。こっちだよ」

両手をひらひら振り、左手の方へ移動しつつ、後ずさりしてゆく。

「こっちだ、でかぶつ。おいらはここだぞ」

声だけじゃ足りないようだ。頭の上でぱんぱんと掌《てのひら》を打ち鳴らしてみた。

怪物の身体の向きが変わった。鼻の穴が飢えたように動く。よし、いいぞ。

「おいらはこっちだ。こっちサ来い」

怪物は蓑吉の声に従い、蓑吉を追い始めた。口の端からまだ血がしたたる。真っ赤な血で地面が黒く染まる。

「腹ンなか空にしちゃって、また腹ぺこなのかぁ。おまえ、バカだなぁ」

後ずさりを続ける。怪物は蓑吉の動きについてくる。庄屋の方には気がいかない。身体の向きは完全に逸れた。いいぞ、いいぞ。

「おいらを食いたいのか？　ベロが痛いだろ。そンでも食いたいのか。食いしん坊め。餌があるなら、あるだけ食いたいんだな。酒があったら、あるだけ飲んじまわないと気が済まない伍助さんとおんなじだぁ」

震えながらも、蓑吉は声を出し続けた。

「おまえ、いったいどんなケモノなんだぁ？　おまえみたいな意地きたねぇ大食いが、お山のヌシ様であるわけがねぇ。おまえ、どこから来た何もんなんだよう」

ずっと後ずさりをし続けるのは難しい。小石に足をとられ、よろめいた。怪物はじわりじわりと距離を詰めてくる。その小山のような身体の後方で、長い尾がゆっくりと持ち上がってゆくのが見えた。

ベロが痛くて使えないから、尻尾でおいらを巻き取ろうというのか。巻き取って、大口を開けてぽいっと放り込んで、おしまい。今度という今度は、おいらも。

幸運も二度は続かない。だが蓑吉は後ずさりを続ける。ほかにどうしようもない。

怪物の尾が、頭の真上まで持ち上がった。二股に分かれた先端が、ぴたりと蓑吉に狙いを定めている。

もう駄目だ。蓑吉の膝が笑い、その場に座り込むように尻餅をついてしまった。

怪物の脚の動きが止まった。尻尾だけがゆるゆると頭上で揺れている。

そのとき。

「ぶるるん」

鼻息だ。蓑吉の後ろだ。ぶるるん。また聞こえた。怪物じゃない。もっと小さい鼻息。

怪物から目を離すのは怖い。でも、後ろに何があるのか見ないのも怖い。

どっちも怖くて動けない。まばたきさえできない。目に涙がにじんでくる。

「ぶるるぅん」

さらに、蹄の音が聞こえた。近寄ってくる。気配がする。これは——馬だ。

慌てて振り返ろうとしたとき、蓑吉の着物の後ろ襟を、馬の口がぐいっと噛んだ。噛んで持ち上げて引っ張る。身体を後ろに持っていかれそうになる。と思ったらその口が離れ、またぶるるんぶるるんと鼻息がして、長い鼻面が、こつんと頭にぶつかってきた。

おそるおそる、蓑吉は目を上げた。栗毛の馬が一頭、すぐ後ろに寄り添っている。

砦の厩から逃げ出した馬だろう。鞍も鐙《あぶみ》も着けておらず、馬体は艶々と美しい。

——喰われちまうのに、なんでこんなとこにいるんだよ。

栗毛の馬は蓑吉を見おろしている。額に、花みたいな形の風変わりな白い星がある。目が合った。優しげにまばたきをする。

こいつ、怪物が怖くないのか。

馬は軽くいななき、頭を上下に振ると、また蓑吉の後ろ襟を噛んで引っ張った。蓑吉を怪物から引き離そうとしている。立て、といっているようにも思える。ばさりばさりとしっぽを振っている。

怪物の動きは止まっている。頭も脚も尾もじっと動かない。鼻の穴だけをひくつかせ、喉を鳴らすのはやめた。

栗毛の馬は蓑吉の後ろ襟を引っ張り上げる。着物が脱げそうになってしまい、蓑吉は吊り上げられるみたいにして立ち上がった。

「ひひん」

蓑吉を放して、馬がいないた。猛っているのではない。蓑吉は促されたように感じた。「行こうよ」、と。

怪物が、すうっと頭を後ろに引いた。

飛びかかり、食らいつこうとして身構えたのではない。喧嘩に負けた犬みたいに頭を下げたのだ。さらに信じがたいことに、その巨体の腰も引けている。用心しているというか、警戒しているというか、怖がっているようにさえ見える。

蓑吉は怪物に目を据えたまま、栗毛の馬に寄り添って、その首を抱いた。馬の体温。鼻息が蓑吉の頬にかかる。

「ぶろろろろぉ」

怪物は一対の鼻の穴から一気に息を吐き出すと、凶悪な鉤爪を引っ込め、四本の脚をたたんで身体にくっつけた――と思ったら、土埃を巻き上げながら身を返し、巨《おお》きくてぶっとくて重たい蛇のように総身をくねらせ、砦の方へと戻り始めた。手妻のような早業で、すさまじい速さだ。

長い尾が宙を舞い、弧を描き、蓑吉と栗毛の馬の頭上をかすめて去った。呆然と口を半開きにしていた蓑吉の耳に、ぴゅんぴゅんと竹林のしなる音がかすかに聞こえ、やがて地面が震動した。

ごくりと、蓑吉の喉が鳴った。いっぺんに呼吸が戻ってきて、咳《せ》き込んでしまった。

栗毛の馬が、蓑吉に鼻面をこすりつけてくる。蓑吉はその首に抱きついた。

「助けてくれて、ありがとう。おまえ、えらいなあ。怪物より強いんだなぁ」

首をさすったり頬ずりしたり、ひとしきり夢中で馬の温《ぬく》もりを味わった。こいつのおかげで命を拾った。

そうだ、庄屋様は無事だろうか。慌てて駆け寄り、助け起こすと、庄屋は半目を開いた。

「庄屋様、庄屋様、しっかりして」

半目がまたたき、のろのろと瞼が開いた。瞳の焦点が合っていない。

「庄屋様、早くここから逃げねえと、また怪物が戻ってくるかもしんねえ」

蓑吉は庄屋を揺さぶり、栗毛の馬を振り返った。おとなしくその場にいて、軽く足踏みしながら尻尾を振っている。

「あそこに馬がいるの、見えるかい？　何とかして起きて、あれに乗っておくれよ。おいらが引いていくから、名賀村に帰ろう」

庄屋は低く呻き、顔をしかめながら頭を持ち上げた。血の気の失せた唇が開き、

「おまえ……どこの子だね」

よかった。これなら何とかなりそうだ。

「それより、早く起きて！」

宗栄様は、朱音様はどうしたろう。不安と恐怖と悲しみに、胸の奥を抉《えぐ》られるようだ。だが、ここで無駄に時を費やしてはいけない。蓑吉ひとりでうろうろしたところで、二人を捜し出すなんて無理だ。それより今は庄屋様を助け、名賀村に帰ってみんなに報せなければ。ここに宗栄様がいたなら、きっとそうしろと言うだろう。蓑吉は、奥歯で涙を噛み潰す。

「庄屋様、おいらにつかまってくれろ！」

おだいさま、おだいさま。

騒がしく呼ばれている。うろたえた、調子っぱずれの声だ。おだいさまおだいさま。うるさい。頭

がぐらぐらするようだし、誰かに頬を叩かれている。

わたしに何をするんですか――

朱音は目覚めた。ぽっかりと青空が見える。古井戸の底で仰いだまん丸な空ではなく、頭上いっぱいに広がっている。

その空を切り取って、三つの頭が朱音を見おろしていた。陽が真上にあるので、影になってしまって顔はわからない。だが、そのひとつがさっきの騒がしい声を出した。

「小台様、ああ、お目覚めになった。よかったよかった！」

誰かの手が肩にかかり、背中を支えてくれて、朱音は身を起こした。すぐそばに古井戸が見える。外に出たのだ。見れば、身体をぐるぐる巻きにしていたしごきも解かれている。

「小台様、怪物は消えましたよ。うまいことやり過ごしました。私もこれこのとおりに無事」

騒がしいのは菊地圓秀だった。土埃に汚れた頬に、汗が伝って縞《しま》になっている。

「圓秀様――」

まだぼんやりと曇った頭を振って、朱音は身じろいだ。圓秀と、あとの二人は誰だ？

「私は小日向直弥《こびなたなおや》と申します。これは私の従者で、やじと申す者です」

圓秀の傍らで、山歩きの出で立ちの若侍が、片膝をつき背を伸ばして朱音に会釈した。とっさに、朱音は砦の番士・磐井半之丈を思った。年格好も顔立ちもよく似ている。ただ、この若侍は月代を伸ばしていた。

朱音を抱き起こし、支えているのが、やじという従者だった。短く刈り込んだ髪に、こちらも山歩きの身形《みなり》だ。怜悧《れいり》に整った顔立ちに、くちびるが薄い。

「こびなた――さま？」

ずっと胸を締めつけていたせいか、声がかすれてうまくしゃべれない。

「ご安心ください」と、圓秀がはしゃいだように言う。「小日向様と私は昵懇《じっこん》の間柄でございましてな。私が香山に滞在しているときには、それはそれは懇意にしていただき」

浮かれたおしゃべりを、当の小日向という若侍がえへんと咳払《せきばら》いをして遮った。

「圓秀殿、おやめください」

「は？　ええ、はいそうですねえ」

圓秀はバツが悪そうな顔になり、急に慌てて黒羽二重の羽織を脱いだ。どうするのかと思ったら、朱音に着せかけてくれる。そうだ、晴れ着を脱ぎ重い帯も解いて、朱音は下着姿だったのだ。

「助けていただいたのですね。ありがとうございます」

朱音は座り直し、地面に手をついて、小日向という若侍に頭を下げた。

「ここはご覧のとおりの有り様でございます。小日向様は、津ノ先城下から、砦においでになったのですか」

砦の火事で立ち上る煙に、名賀村だけでなく、周辺の他の村々も気づいたろう。だが、そこから駆けつけてくるにしては早すぎる。

「圓秀様とお知り合いなのですね。こんなときにここで出会うとは、何という偶然でしょう」

が、圓秀はまた気まずそうになり、小日向という若侍も困ったように眉を寄せる。

「わたくしの名は朱音と申します。近くの名賀村に住まっております。この惨事を早く村に報せなくてはなりませんし、ここに留まっていては、怪物が戻ってくるかもしれません。危のうございます。

どうか小日向様も、ご一緒に名賀村へおいでくださいませ」

立ち上がろうとするところを、やじという従者に肩を押さえて止められた。

「小台様、御み足を痛めておられるのですよ。お忘れですか」

圓秀の言葉より先に、右足首に鋭い痛みが走って、朱音は小さく声をあげた。

「捻挫《ねんざ》のようです」小日向という若侍が言った。「腫《は》れていますから、だいぶひどい。山道を歩くのは無理でしょう」

「私が背負って差し上げます。さあ、参りましょう」

背中を差し出す圓秀を手で制して、小日向直弥は朱音の目を直視した。

「ここで言い繕ったところで、事が面倒になるだけです。直截《ちょくさい》に申しましょう。我らは名賀村には参りません。いえ、参れません」

「でも、ここにいては危ないのです！」

「我らは香山藩の者でござる」

朱音はぽかんとした。そういえば先ほど、圓秀はこう言ってなかったか。私が香山に滞在しているとき、と。

「我が藩の北の開拓村で変事が起こり、子細を調べるため、山に分け入って参ったのですが」

胸に理解の光が灯り、今度は朱音が彼の言を遮った。「それは仁谷村のことでございますね？」

小日向直弥の瞳が驚きに広がった。

「ご存じなのですか」

「危うく生き残った、村の男の子に聞きました。蓑吉という子です。今は、わたくしの住まう溜家に匿《かく》っています」

　無事ですと、朱音は急き込んで続けた。

「蓑吉が、村が怪物に襲われたと話してくれたとき、最初のうちは、わたくしどもみんな、まともに取り合いませんでした。でも、怪物は本当におりました。あの子から聞いた以上に、恐ろしい怪物でございました」

　しゃべりながら、朱音は思い出したように震え始めた。歯が小さく鳴る。その肩先に、小日向直弥が軽く掌をあてた。

「怪物なら、私もやじも、山の上から姿を見ました」

　冷たい眼差しで朱音を見据えるやじは、返事もしない。従者にしてはあまりに不躾《ぶしつけ》だし、無礼だ。だが小日向直弥に咎める様子はない。

「それ以上おっしゃらずとも、あれの恐ろしさならば、我々も承知しております」

　その口調は苦渋と痛みに満ちていた。

「砦が壊され、番士たちが倒され食われてゆく様も見ていました。このような有り様になる前に報せたかったのですが、ひと足遅かった。我々二人だけでは助太刀にもならない――」

　言葉に詰まり、かさついたくちびるを噛む。

「手をつかねて見守るよりほかに術《すべ》がありませんでした。お許しください」

「いいえ、それでよかったのです」

　朱音は呟いた。「お二人はお命を無駄にせずに済みました」

　圓秀もうなずく。「はい、はい、本当に小台様のおっしゃるとおりでございます。私も、あの木の上から小日向様のお顔を見つけたときには、ああ何という奇縁か、これぞ天の助けだと」

「圓秀殿、おやめください」

小日向直弥は、またも冷たく圓秀の言を遮った。

「あの怪物が消えた後、せめて生き残りはいないかと探し回っているうちに、圓秀殿の呼びかける声を聞きました。確かに奇縁にほかならぬのですが」

ここで、ぐっと圓秀を睨みつける。絵師の方は亀の子のように首を縮めた。

「今それを喜んでいる余裕はござらん。早晩、国境の異変を察知して、永津野藩士が駆けつけてくることでしょう。私もやじも、ここで囚われるわけにはいかない。早く香山領内に戻り、この惨事の詳細を伝えなくては」

恐ろしい奴だ——と、今さらのように顔を強張らせ、小日向直弥は言った。

「焼板で覆った砦をああも易々《やすやす》と叩き壊すとは、信じがたい」

「どれほど人手を集め、武器を揃えたところで無駄でございますわ」

朱音の瞼の裏に、砦の内外で目の当たりにした惨劇が甦る。

「わたくしは見ました。あの怪物には矢も鉄砲も効きません。刀も跳ね返されてしまいます。槍で突きかかっても、鎧のような鱗——あるいはただ分厚いだけの皮なのかもしれませんが、あのぬるぬるとした身体を突き通すことはおろか、傷ひとつつけることはできませんでした」

あれはまともな生きものではない。

「大きな邪気の塊です。悪意の塊が仮初《かりそ》めの命を持ち、動いているのです」

「お、小台様、お気を確かに」

宥める圓秀に取り合わず、朱音はきっと小日向直弥を見据えた。

「お近くでご覧にならねばおわかりになりませんから、お教えしましょう。あの怪物には目がありません。目玉がそっくりないのです。なのにあのように素早く、狙った獲物は逃さず捕らえて喰らってしまう。あの図体で、長い舌と尾を操る上に、人の皮膚を焼き溶かすものを口から吐き出す。砦の番士の多くが、それで命を奪われてしまいました。とうてい、人の手で倒せるものではありません」

「それでも倒さねばなりません」

思わずというふうに、小日向直弥が言い返してきた。目元も口元も力んでいるが、顔は青ざめ疲れている。

——怯えているのだわ。

砦を叩き壊したあの怪物の脅威に、朱音と同じくらい打ちのめされ、くじけてしまっているのだ。

取りなすように、圓秀が二人のあいだに割り込んだ。「と、ともかく今は、ここから逃げましょう。ねえ？」

小日向直弥も朱音から目を逸らし、従者にうなずきかけながら腰を上げた。

「やじ、引き揚げよう」

従者の方は落ち着いていて、表情も変わらない。無言でするりと立ち上がる。

「小台様、参りましょう。私の背におぶさってください」

差し出された圓秀の背中から顔を背け、朱音は自力で立ち上がろうとした。「わたくしは名賀村へ帰ります」

「貴女お一人では無理でしょう」

お一人？

「圓秀様は村にお帰りにならないのですか。名賀村の皆が案じられませんか」

絵師はひるんで、額から汗をかき始めた。その様子に、またぞろどういう理由《わけ》からか小日向直弥が苦い顔をして、

「圓秀殿には香山に急ぎの所用が生じ、永津野にお帰しするわけにはいかなくなりました。私と共に来ていただきます」

こんなときに、何とも妙な言い訳だ。出任せに決まっている。

「どうぞご勝手に。わたくしは帰ります」

「小台様、お一人でいらして、途中で怪物に襲われたら、ひとたまりもありませんよ！」

すると、やじが音もなく朱音にすり寄り、胴に腕を回してひょいと持ち上げると、その肩に朱音を担ぎ上げてしまった。さほどの体格ではないのに、力が強い。

「何をするの。無礼な！　下ろしなさい！」

平手でやじの背中をぶっても、まるで動じない。小台様小台様と、圓秀がまた宥めにかかる。やじは悠々と朱音を担ぎ、歩き出した小日向直弥のあとに続く。

「小台様、本当に申し訳ありません。しかし今は、小日向様とご一緒の方が心強うございますよ。このやじという者も、ここらの山道に精通しているそうでございますし」

お気楽な旅の絵師め、勝手なことを言う。朱音は、頭をやじの背中の方に、半身を折って担ぎ上げられた格好のまま、身をくねらせて暴れた。

「下ろして！　下ろしなさい！」

無言のままのやじの無愛想を埋め合わせるように、肩越しにちらっと振り返り、小日向直弥が言った。「ご無礼は重々承知の上の仕儀でござる。朱音殿、永津野では相当のご身分のお方とお察しますが、今は我らに従っていただくほかに道はありません」

「勝手なことを！」

言い返したとき、朱音はふいと気づいた。何だろう、この柔らかな感触は。この、やじという従者の身体の――

そのとき、圓秀がまた頓狂に甲高い声をあげた。「やや、あれは何でしょう？」

西に向かうため、四人はいったん砦のそばに引き返す道筋をとっていた。古井戸のある森のあたりでは薄かった煙の臭いが、だんだんと濃く戻ってくる。焼け跡の熱気も残っている。

が、そのなかにまた別の異臭が混じってきた。朱音の鼻はこれを覚えている。蓑吉の身体から臭った。砦の鉄砲隊がやられてしまったときにも臭った。

やじが足を止め、小日向直弥の声が聞こえてきた。

「この先しばし、酷《むご》い眺めが続きます」

沈痛な声音だ。

「朱音殿、私が合図いたすまで、どうか目を閉じていてください。お願い申します」

朱音の胸の奥に鋭い痛みが走った。どんな酷い眺めでも、今さら驚くものか。その酷さに見当がつくからこそ、辛いのだ。

「お気遣いなく。それより下ろしてください」

やじが歩きだそうとしたので、朱音はさらに頼んだ。「どうかお願い、下ろしてください。あの怪物がどんなことをするのか、詳しく知っていればいるほど、村の皆を守る知恵を絞るもとになるでしょうから」

ちょっと間があいて、「あいわかりました」と、小日向直弥が答えた。「やじ、下ろして差し上げろ」

担ぎ上げたときと同じようにあっさりと、やじは朱音を肩から下ろし、そのまま身体を支えて地面に立たせてくれた。後ろで蒼白《そうはく》になっている圓秀の顔が見えた。

朱音は息を止め、ゆっくりと振り返る。

まだ燻《くすぶ》っている砦の残骸《ざんがい》のそばに、三、四人の番士の骸が転がっていた。首や手足が千切れている者がいる。顔が潰れている者もいる。砦が倒壊したとき高所から落ちたか、あの鉤爪のついた足に踏みつぶされたのだ。

思わず目を背けたが、その先の木立の枝には、あと二人の番士が引っかかっていた。怪物の長い尾に打たれ、吹っ飛ばされたのだ。

圓秀が手で顔を押さえ、涙声を出した。

「何ということだ……何という……」

朱音の喉元にもこみ上げてくるものがあった。あの争乱と惨劇の渦中では、泣くことも吐くこともできなかった。今、遅れてきた心の大波に吞まれてしまいそうだ。

「圓秀様」朱音は小声で呼びかけた。「涙を拭いて、わたくしを背負ってくださいまし」

圓秀は泣き泣き朱音をおんぶした。

周囲の様子を慎重に覗いながら、四人は先に進んでいった。砦の北側の竹林が見えるあたりまで戻ると、さらなる惨状が待ち受けていた。溶かされかけ、身体がばらばらになりかけた番士たちの骸が、こんがらがってひとかたまりの山になっている。

「むぐぐ」と圓秀が喉を鳴らし、息を喘がせて吐き気を堪えた。

「あの怪物は、腹に溜まったものを吐き戻す習性があるようです」

小日向直弥が、声を抑えて言った。「さあ、早く行きましょう。見ても酷いだけです」

朱音たちには知る由もなかったが、それはまさに、しばらく前、蓑吉と宗栄の目の前で、怪物が吐き戻してみせた骸の山だ。

その骸の山のなかに、朱音は見つけた。あの端正だった顔の半分は見る影もないが、半分は残っている。一人だけ仰向けになって、陽の下にさらされている。

「――磐井半之丈ですわ」

圓秀がはっとして、足を止め合掌した。

身を硬くして突っ立っている小日向直弥のそばから、やじがすうっと離れた。姿を消したと思ったら戻ってきて、手に何か持っている。

どこに落ちていたのだろう。牛頭馬頭の着ける、あの木の面だ。

やじは進み出て、半之丈の顔の上にそっと面を載せた。

「ありがとう」と、朱音は言った。「あなた方にとっては敵《かたき》でしょうに」

葬列のようにしめやかに、しかし脱兎《だっと》のように、四人は香山領を目指していった。

第四章
死闘

一

——ますます厄介なことになった。

本庄村《ほんじょう》の者たちが待つ洞窟へと山道を急ぎながら、小日向直弥《こびなたなおや》は重苦しく考える。

——いったい何の因果だろう。

まさかこんな形で、こんな事態の最中に、かの菊地圓秀《きくちえんしゅう》と再会するとは。これが神仏の計らいであるのならば、その意を疑いたくなるような成り行きである。

やじと共に、直弥が永津野《ながつの》の牛頭馬頭《ごずめず》の巣が見える場所までたどり着いたとき、砦はまさに怪物の襲撃を受けていた。二人は小高い丘の上に立ち、視界は広く開けており、そこからはすべてが見えた。

直弥は初めて、怪物を見た。蛇のような鱗《うろこ》。蝦蟇《がま》のような腹。大きな顎《あご》。独立した別の生きもののように自在に動き回り、攻撃を仕掛けてくる長い舌と尾。

砦の外壁をよじ登り、壁の一部を巻き添えにして地面に落ちると、したたかに起き直って尾を巻き上げ、喉《のど》を鳴らして咆哮《ほうこう》する。その力強く素早い動きには、否応なしに目を奪われ、心を盗られてしまうような、人知を超えたものだけが持つ不可思議な力があった。

何より、ときおり肌の色を変え、姿が見えなくなってしまうことがあるのが恐ろしい。あれだけの図体《ずうたい》の生きものが、あんなふうに消えるとは。

いっとき立ちすくみ、しかしすぐ我に返って、直弥は砦を目指して駆け下りようとした。だが、や

じがそれを許さなかった。あろうことか直弥の後ろ襟をつかんで引き戻し、

「無駄だ。もう遅い」

「何を言う！　私は武士《もののふ》だ。この有り様を、ただ眺めてなどいられるものか」

「侍だろうが農夫だろうが、あいつにとってはただの餌《えさ》だ」

「やじ、無礼にもほどがあるぞ。放せ！」

やじの腕も身体も、強靭《きょうじん》でしなやかな革紐《かわひも》のようだった。直弥にはふりほどくことができない。挙げ句に、今度は胸ぐらをとられて強く揺さぶられた。

「おまえ様はここへ、犬死にしにきたのか！」

一喝されてひるむ直弥の首をねじ曲げ、砦の方へと顔を向けさせた。砦は既に傾き始めていた。

「もっとよく見ろ。目の奥に焼きつけろ。あれがどう動くのか、どんなことをするのか、何ができるのか、覚えておけ」

やじの強い言葉に、直弥の心が萎《な》えた。怪物の脅威に、膝《ひざ》が萎えた。やじはつと傍らを離れ、手近の木の枝を上ってゆく。直弥はその場にへたりこんだままだった。

やがて、さんざんに砦を打ち壊し、たらふく喰った怪物は姿を消した。砦からは火の手があがっている。

やじが枝から下りてきて、短く言った。「怪物は東へ向かった」

「そうか」

気力を振り絞り、直弥は立ち上がった。

「生き残りを探そう」

火勢はまだ収まっておらず、砦の残骸は危険な状態だった。それでも声を励まし、すくみそうになる足を押し出して、灰をかぶりながら瓦礫《がれき》のあいだを巡り、倒れ伏している者の顔を覗《のぞ》き込み、時には声を張り上げて、

「誰かいないか！　仁谷《にだに》村の者はいないか！　助けにきたぞ！」

しかし、応じる声はなかった。直弥とやじが見つけたものは、怪物がこしらえた、あの無惨な骸《むくろ》の山である。しかも出来たてだ。仁谷村ではかろうじて堪《こら》えたものの、今度はとうてい堪えきれず、直弥は吐いた。さすがのやじも頰を強張《こわば》らせていた。

砦の曲輪《くるわ》の外、東側まで探索を進めて、もう何度目かに声を嗄《か》らし、

「誰かいないかぁ！」

呼びかけた声が木の上の菊地圓秀に届いて、

「ここに、ここにおりますぅ」

たった二人の、貴重な生き残りだった。

とはいえ。

——本当に厄介なことになった。

復路でも、直弥の前を行くやじの、しっかりした足取りに変わりはない。そして直弥の後ろには、あの二人。

絵師と共にいた朱音《あかね》という女人は、気力が尽きたのか、山道に入るとすぐに、圓秀の背中で気を失ってしまった。やじは朱音の首筋に指をあてて脈をはかり、眉をひそめた。

「だいぶ弱っている。早く戻ろう」

圓秀は狼狽した。「どこへ戻るのでございますか。御館《みたち》町でございますか。ならば、なぜ下り道を行かないのでしょう」

やじが答えそうになったので、直弥は素早く制した。「やじ、何も教えなくていい」

いったん声を荒らげたら、腹立ちを抑えきれなくなった。直弥もまた弱っている。自分を律することが難しくなっている。

「この圓秀殿は、私の前ではただの絵師を気取っていたが、実は違う顔をお持ちの御仁だ。用心しろ」

圓秀はぎょっとしたばかりか、ひどく心外そうに目を剝《む》いた。

「小日向様、そのおっしゃりようはあんまりでございます」

抗弁する口つきが面憎く、直弥も言い返す。「私を謀《たばか》っておきながら、まだぬけぬけとそのような言い訳を――」

「やめろ」

刃物で断ち切るような、やじの制止。

「しゃべれば息が切れ、足が遅くなる。黙ってついてこい」

従者に叱り飛ばされ、直弥は面目丸つぶれだが、ここはやじが正しい。圓秀も気を吞まれたのだろう。それからは神妙になった。やじがどこを目指しているのか、ときどき不安そうな目をするものの、黙っている。

直弥も黙々と足を運んだが、物思いが胸の奥で膨らみ、様々な思案が頭のなかで渦巻くようだった。

圓秀は、やはり永津野の間者《かんじや》だったのか。朱音のことを、「小台様《おだいさま》」と呼んでいた。香山では、これは親族のなかの女人に対する敬称だが、永津野ではどうなのだろう。

異様な災厄から危うく逃れてきたばかりでも、朱音はろうたけて美しく、その仕草や言葉つきには品があった。きっと、ある程度の身分があるのだ。ならば、圓秀を操る立場の者なのか――いずれ本人の口を割らせればいいだけのことだ。今は考えるな。だが、そうやって疑念を押し殺すと、今度はあの壮絶な光景が甦《よみがえ》ってきて、直弥の心を覆ってしまう。

――私は金吾《きんご》ではない。金吾にはなれない。だが私も香山《こうやま》侍だ。臆するものか。

自分で自分に言い聞かせ、己を保つだけで精一杯だ。

仁谷村まで戻ったところで、やじが小休止をとった。直弥と圓秀を休ませ、朱音を木陰に寝かせて、小川から水を汲んできた。

さらにやじは、腰に提げた革袋から丸薬を取り出し、朱音の口に含ませた。やっと正気づいた朱音だが、まだぼうっとしている。

「……ここは？」

「仁谷村です」と、直弥は言った。

「ここが」

ゆるゆるとまばたきをして、朱音は焼け落ちた村の廃墟を見回した。

「ここが、あの子の村」

囁《ささや》くようにそう言うと、いっそう肩を落としてしまった。目がうつろだ。

洞窟から発つとき、秤屋金治郎《はかりやきんじろう》が、花の蜜を煮詰めた飴玉《あめだま》を包んで持たせてくれた。北二条で山歩きをする者には必携の品であり、貴重品でもあるという。甘くて少し塩気もある。それを少しずつ口にすると、圓秀の顔にはやや生気が戻った。自分ではわからないが、きっと直弥も同じなのだろう。

「小台様と私は、〈笠の御用〉で砦に伺っていたのです」

思い出したように、圓秀がぽつりと呟《つぶや》いた。

「名賀《なか》村の庄屋様もご一緒でした」

そこで、飴玉が喉につかえたかのように急に短くむせ、手で目を覆った。

「あ、あいすみません」

やじが絵師の背を叩《たた》いた。「あとひと頑張りだ。脚絆《きゃはん》を締め直せ」

絵師はうなずく。「はい。物思いは後まわしにしましょう」

その目の縁が赤い。張り詰めていた気が少し緩んで、涙ぐんだのだ。この正体不明の男にも、そういうところがあるのか。

やじは朱音の手を取って促した。「この先は、おれにおぶされ」

「……いいえ、歩けます」

弱々しく退けた朱音だったが、やはり、いくらも進まないうちに無理だとわかった。

「やじ、私が背負おう」

直弥が申し出ると、圓秀がかすかに怯《おび》えるような目になり、すぐそれを恥じるように頭を下げた。

直弥は黙って朱音を背負った。朱音はぐったりしている。

歩く、歩く、歩く。ゆっくりと陽《ひ》が傾いてゆくが、直弥は時の流れを感じなくなった。案山子《かかし》になって、ただ歩いている。

そして——

「あ、お帰りになったぁ！　庄屋様、小日向様がお帰りになったよう！」

着いたのだ。見張り番の村娘の元気な声に、我に返る。目眩《めまい》がするほどの疲労が押し寄せてきた。

今はひとまず、地獄から戻った。

「なんとまあ……散々なことで」

肩を落とし、目をしばしばさせて、秤屋金治郎はそう呟いた。

「小日向様、よぉくご無事でお戻りくださいましたぁ」

再び洞窟の奥である。蠟涙《ろうるい》にまみれた百目蠟燭《ろうそく》の灯りが、直弥と金治郎の顔を照らしている。

永津野の二人は村人に預け、介抱を頼んだ。精魂尽き果てた様子の圓秀は、静かな洞窟に落ち着き、村人たちの親切に触れると、ようやく安心したのか崩れるように寝入ってしまった。朱音も人事不省のままだ。逃げられる心配はなかろう。

食べ物を供されたが、直弥は白湯《さゆ》しか呑み込むことができなかった。やじはさして疲れたふうもなく食事を済ませ、

「見張りをする」と、洞窟のどこかへ消えた。

そして直弥は金治郎と向き合っている。御館町へ下りる途中で高羽甚五郎《たかばじんごろう》を助けたところから、三郎次様の死、今の御館町が封鎖されていること、北二条の山にとって返して国境《くにざかい》を越え、永津野の砦までたどり着いて、そこで目にしたこと。話すべきことはすっかり話せたが、身体は疲れきり、一度ならず金治郎に肩をさすられ労《いたわ》られた。もういいから少し休め、横になれと勧められても、直弥はまだそこまで気を緩めることができない。

「砦に、仁谷村の者たちが囚われていたのかどうかはわかりませんでした。いたとしても、助けるこ

とはかなわなかった。なにしろ、牛頭馬頭どもまで喰われてしまったのです。彼奴《きやつ》らの巣も焼け落ちて失くなりました」

「あの砦が、ねぇ……」

怪物に打ち倒され、呆気なく灰燼《かいじん》に帰したのだ。幾度も牛頭馬頭の人狩りの恐怖にさらされ、その力の前に無力感を嚙《か》みしめてきただろう金治郎が、にわかに信じられなくても無理はない。

それにしても、落ち着いて考えてみるならば、皮肉な話だ。これが怪物の仕業ではなく、竜巻やら雪崩《なだれ》やら、何か当たり前の災厄であったなら、秤屋はむしろ溜飲が下がったろう。牛頭馬頭が滅んだぞ。村人たちはやれ嬉しやと手を打って、祝い飯を炊いてもいいほどだ。

一方で、もしも今回、牛頭馬頭が怪物を打ち倒してくれていたなら、金治郎たちの眼前の災厄は消えても、牛頭馬頭への恐怖はいや増すことになったろう。あんなけだものを、よってたかって倒してしまう牛頭馬頭は、怪物よりも恐ろしい。

どちらがより幸いで、どちらを望むべきだったのか。いや、少しでもましなのは、どちらの方だったのか。

だが、確実な朗報もひとつある。直弥は声を励ました。「怪物は、砦からさらに東へ向かいました。そちらには村があるそうです。その人気《じんき》に惹かれるなら、まず当分はこちらに戻ってくる気遣いはない」

しかし、金治郎の表情は暗く沈んでいる。ぼそりと声を落として言った。

「御館から、番士の皆様がぁ、助けに来てはくださらないんですなぁ」

直弥は目をしばたたいた。ああ、金治郎はそちらを気に病んでいるのか。

「それはほんの一時限りのことです。そう落胆してはいけない。庄屋殿、気をしっかりお持ちなさい」

金治郎はのろのろとうなずいた。

「御館町が封鎖されているのは確かですが、高羽殿を追い返した番士は、支配の命令をただ鵜呑《うの》みにするだけの大うつけだったのでしょう。高羽殿が話せるようになり、伊織《いおり》先生を通して御館に訴えかけてもらえれば、必ず事は違ってきます」

「してもぉ、おつぎ様が亡くなったなぁ、たいへんなことでぇ。私らのことなんぞ、御館の皆様がかまけてくださるか……」

御館様の長子の三郎次を、領民たちは〈おつぎ様〉と呼んでいる。お世継ぎではないが、その次に尊い身分の方という意味が、こなれた呼称だろう。

「もちろん、三郎次様のことは一大事です。だが、今そのことで我々が心を悩ませても仕方がない」

問題は、御館が番士の一隊を差し向けてくれるまでここに留《とど》まるか、怪物が東へ行っているうちに西へ逃げて、残りの三カ村の村人と合流して助けを待つかだ。

「怪我人《けが》がおりますでぇ、見捨ててはいかれません。私らはここにいねばぁ」

「しかし、西へ逃げるなら今が好機なのですよ。ここに留まっていては、いずれ食糧のやりくりも厳しくなってくる」

直弥とやじの口がふたつ増えただけでも、負担になっているだろう。

「西へ行きましょう。あとの三カ村のなかで、いちばん西側にあるのはどこですか」

「谷川村でぇございます」

「ならばそこまで行こう。私が村の者たちを説得し、怪我人を運ぶ算段をして、皆を率いて行きましょう」

秤屋金治郎は、労るような目をした。「小日向様はぁ、お山番ではござらっしゃらんでしょう。西にぃ向かうこの先の道は、険しゅうて辛《つろ》うございますで」

せっかく果断に言い切ったのに、それに水をぶっかけるような秤屋の言が、直弥の癇《かん》に障った。山村の庄屋ごときにまで侮られるか。

「余計な心配をするな。私も香山の民を守る武士《もののふ》だ！」

「守るのは香山の民だけでございますか」

凛と、女人《にょにん》の声が響いた。驚いて振り返ると、張り番のやじを押しのけるようにして、朱音がそこに膝をついている。村の女に借りたのか、野良着姿に着替えていた。姿勢こそ低く控えめだが、表情は硬く声音は強く、直弥を難詰《なんきつ》するかのようだった。

「や、やじ」

見張りはどうしたのかと直弥が叱る前に、やじは薄いくちびるをへの字に曲げ、両眉を動かしてから、さも（おれは知らん）とでも言いたげな顔をした。いったいどちらの味方なのだ。

どこから話を聞かれていたのだろう。三郎次様の死を、うっかり永津野の者に知られていいわけがない。

「手当てをしていただいたおかげで、足の痛みがずいぶんと薄れました」

朱音はまず金治郎に頭を下げた。

「心よりお礼を申し上げます。でもわたくしは、ここにいるわけには参りません。すぐにも村に戻りたいのです。どうぞ帰してくださいさい。お願いいたします」

言葉つきも丁重に、金治郎にばかり話しかける。直弥はうろたえて、

「秤屋、この女人は――」

「わたくしは永津野の者でございます」

朱音は顔を上げ、進んできっぱり言い切る。

「砦の近くの名賀村に住まっております。今しがた小日向様が、怪物が次に向かうとおっしゃったのは、わたくしの村でございます」

きつい非難の口調だ。なぜ詰《なじ》られるのかもよくわかる。

「小日向様はどうやら、永津野の民はいくらでもあの怪物の餌になってかまわぬとお思いのようでございますが」

「そんなつもりで言ったのではござらん」

「ではどのようなおつもりですか」

食いつくように直弥を見据え、朱音は抗弁する。しかし、間近に迫るその瞳には、うっすらと涙が浮かんでいた。

「永津野の者も、人でございます」

直弥のなかで意固地になっていたものが、ふと緩んだ。

「――申し訳ない」

言葉が口からこぼれ出た。その先は続かない。

「怪物が名賀村を襲えば、わたくしが親《ちか》しく共に暮らしてきた人びとが餌食《えじき》にされてしまいます。皆のことが案じられ、胸苦しくてたまりません」

朱音の声は震えていた。

「小日向様、貴方は砦の瓦礫のなかで、おっしゃいました。あんな怪物を倒せるわけがないと取り乱すわたくしに、それでも倒さねばならないと」

確かに、直弥はそう言った。

「貴方がたにとっては憎い敵《かたき》の永津野の番士たちもまた、同じ思いで怪物に立ち向かってゆくはずです。領民を守るため、永津野の地を守るため、武士の矜持《きょうじ》を守り、その務めを果たすために。せめてそこに一片の情けをかけ、思いを致してはいただけませんか」

直弥は耳が熱くなるのを感じた。朱音を宥《なだ》めてその台詞《せりふ》を吐いたときの己はどんな顔をしていたのだろうと思えば、いっそう恥ずかしい。

私はお山のことを知らない。その怖さも、その厳しさも。永津野の牛頭馬頭の所業を憎しと思っても、領地を侵され怒りに燃えても、しかし彼らと直《じか》に刃《やいば》を交えたことはなく、さらわれた領民を取り返すため、屈辱を忍んで彼らと交渉し、頭を垂れたことはなかった。すべて山番たちに任せていた。

みんなみんな、頭で理解していただけだ。頭で腹を立て、頭で憎んでいた。

――私は金吾にはなれない。

羞恥《しゅうち》に身を焼かれるようだ。朱音の顔を見ることができず、直弥はうなだれた。

「永津野のぉ、朱音様」

金治郎が穏やかに割って入る。

「私はぁ、ここら香山藩北二条の村を束ねる庄屋の秤屋金治郎と申します。不躾《ぶしつけ》にぃ申し上げますのを、お許しくださぁ」

朱音は野良着の袖で涙を拭《ぬぐ》った。「はい」

「あなた様のお気持ちはぁ、私らよぉくお察しいたしますが、そンでも、これからお一人で山サ入ってお住まいの村へお戻りになろうとしてもぉ、怪物を倒す足しにはぁなりませんで。お命を危なくするだけでございますでぇ」

「でも、でも……」

「朱音様は、あの怪物が蛇のように地べたサ滑って走るのをごらんになりましたかぁ。あげな速さで山を走られたらぁ、人の足では追っつけませんがぁ。ですから朱音様はお身体《からだ》を休めて、私らとご一緒に、ここに隠れてぇ」

金治郎の言葉を聞きながら、朱音はかぶりを振った。涙を拭った目尻が赤い。

「それでも、わたくしは、できるだけ早く永津野に帰らなければいけないのです」

一刻の猶予もない、と言う。

「ごめんなさい。わたくしが浅はかでございました。砦の古井戸から助けていただいたとき、その場から這《は》って逃げてでも、皆様から離れるべきでした。わたくしは香山領内に来てはいけなかったのです」

「しかし、貴女は怪我をして歩けなかったのですよ」

「はい。ですから、いっそあの場で自害するべきでございました！」

悲痛に吐き出す。堪えきれなくなったのか、涙が次々と頬を伝う。直弥は金治郎と顔を見合わせた。

そこまで言うとは――

「朱音殿、あなたは何者なのです」

命と引き換えにしてでも、けっして香山には足を踏み入れてはならない、永津野の者。名賀村という山の村で「小台様」と仰がれるだけの立場なら、そこまで強く縛られはしまい。朱音は、もっと高い身分の女なのだ。

朱音が顔を上げると、短い蠟燭の明かりに、濡れた頰が光った。

「わたくしは、永津野藩主・竜崎高持《りゅうざきたかもち》様の御側番方衆《おそばばんかた》筆頭、曽谷弾正《そやだんじょう》の妹でございます」

牛頭馬頭を束ね、非道な人狩りを指揮してきた地獄の獄卒の長《おさ》の、妹。

これには、直弥も言葉を失った。金治郎は喉の奥でしゃっくりのような音をたて、ただ両目を瞠《みは》っている。

濡れた頰をそのままに、朱音は手早く語った。〈笠の御用〉で、名賀村の庄屋と共に砦を訪ねていたこと。もう今ごろは、朱音たちが戻らぬことで、名賀村でも騒ぎが起きているだろうこと。

「異変の報《しら》せが名賀村から城下に届けば、兄はきっと大勢の番士を遣わし――いいえ、自ら先頭に立ち、国境へ押し出してくることでしょう」

そこで怪物と戦うか、戦って倒せるかまた犠牲者を出すだけに終わるか、わからない。ただひとつはっきりしていることは、

「わたくしを見つけない限り、兄は諦めません。それどころか、わたくしを探すことを正々堂々の口実に」

朱音を遮り、先んじて直弥は言った。「一軍を率いて、堂々と香山領内に攻め込んでくる、と」

朱音はうなずき、三人のあいだに、洞窟の岩壁よりも固く、冷たい沈黙が落ちてきた。沈黙に圧《お》されて呼気が止まりそうだ。

「――わたくしは、兄に与《くみ》する者ではございません」

小声で、しかし訴えるように切なく、朱音は呟いた。「ですから津ノ先《つのさき》城下を離れ、一人の領民として名賀村で暮らしておりました。香山の方には言い訳にしか聞こえないでしょうけれど、わたくしはわたくしなりに、兄の非道なやり口に憤っていたのです」

なのに、何という皮肉だ。朱音は両手で顔を覆った。

「わたくしなど、砦で怪物に喰われてしまえばよかった」

ぎこちなく強張って座したまま、直弥は考えていた。いや、己では考えているつもりだが、頭はただ空回りを続けているだけだ。傍らの金治郎はといえば、まだ目を見開いたまま、朱音の身を揉《も》むような苦悶《くもん》を見つめている。

朱音の背後から、やじの声が飛んできた。

「口実なら、怪物だけでも充分だ」

あとの三人ははっとした。

「怪物退治だけでも、永津野の軍が国境を越える理由にはなる」

やじはこちらを向き、身を丸めた朱音の背中をきっと睨《にら》み据えていた。

「それだから、おまえ様は命を拾い、香山に来てよかったのだ。香山は、おまえ様を助けたことで永津野と取引ができる」

あっと思った。やじの言うとおりではないか。直弥はなおも上ずって空回りを続ける己の頭を止めるために、強く額を叩いた。

「これはしたりだ！　やじ、おまえは正しい。まったくおまえこそ何者なのだ。志野《しの》の親父殿《おやじ》は、よほど力を入れておまえをここまで育てあげられたと見える」

どうして立派な〈百足《むかで》〉ではないか。足が百本あるばかりではない。百人分の知恵と力だ。

伊織先生が言うような、あっさりとした和睦《わぼく》などは望むべくもない。だが取引ならできよう。朱音がいれば、曽谷弾正を動かすことができる。道が見えた。

「ならば、むしろこちらから働きかけてみようか。怪物を倒すため、手を携えて戦おうと。そのためにも、朱音殿には我らと共にいていただく方がいい」

「永津野の侍にすがるのでございますかぁ」

金治郎が低く呟いた。開きっ放しの目が一点を見つめている。

「秤屋、済まない。あなた方がこれまでどれほど牛頭馬頭に苦しめられてきたか、それはわかっている。だが今は——」

「いえ、いえ、いいえ」

金治郎は首を振る。

「かまいませんでぇ。御館の皆様は、私ら香山北二条の者どもをお見捨てになったでぇ」

「み、見捨てたわけではない。ただ事情が事情で、番方も動きがとれないだけだ」

「高羽様が命がけで山を下りてくださったのにぃ、耳を貸してくださらんかったのでしょう」

「だからそれは、見張りの番士が暗愚で」

「これまでも、私らがぁ永津野の人狩りの非道を声を嗄らして訴えてもぉ、御館の皆様はお聞き届けくださらんかった。ほんの一握りの山番の方々がぁ、親身になってくだすったただけです」

秤屋金治郎の声音には、直弥にそれ以上うむを言わせぬ、抑えに抑えた恨《うら》みの響きがあった。これもまた、御館に詰め御館町の暮らししか知らない直弥には、いきなり頬を張られたような厳しい言だった。

「小日向様、貴方様だってもぉ」

金治郎は直弥に向き直った。

「番方支配の志野様直々《じきじき》のご命令で北二条においでになったとおっしゃいますが、私らぁ、そのような突飛《とっぴ》なお話は聞いたことがございません。貴方様は番士でもなく、志野様の懐刀のようにも見えませんでぇ」

ひるむ直弥に、金治郎は続けて言った。

「詮索《せんさく》はぁいたしません。そんでもぉ、小日向様お一人をお寄越しになったぁところで、どうなるものでもなぁに」

気まずさに、直弥は唇を噛んだ。何を思うのか、やじが目を細めている。

「お山番の皆様も、ああして怪物と戦って亡くなったのにぃ、御館の皆様は町を閉ざして知らぬ顔じゃあ、死に損じゃ」

淡々と、しかし容赦のない言い分が続く。

「私らは山作りしかできん。無力でございますでぇ、この急場を助けてくださるなぁ、どなた様でもおすがりいたします」

その場で座り直すと、秤屋金治郎は両手をついて、深々と朱音に頭を下げた。

「お願い申し上げます、朱音様ぁ。兄上様にお取りなしくださいい。私らをお救いくださいませぇ」

直弥は愕然《がくぜん》として悟った。さっき金治郎が目を見開いて一点を見つめていたのは、放心したのではない。落胆したのでもない。考え、見切って、見限ったのだ。北二条の窮状を放置する御館の人びとを。

「金一《きんいち》、金一」

女の声が呼ぶ。声に続いて、頭に手ぬぐいをかぶった痩せぎすの女が、出入り口を守るやじの身体を両手で押すようにして、こちらに首を伸ばしてきた。

「おだぁさぁ、ご無礼じゃぁ！」

金治郎が叱る。女は秤屋の身内らしい。金一は彼の呼び名なのだろう。

「用があるから呼んでるんだよう。お侍様、奥様、お許しぃくだせ。あれ、この人はなんだよぉ、つかまないでおくれ！」

押し戻そうとするやじに口を尖らせ、勝ち気に前へ進み出てくる。

「奥様、お許しくだせ。おらは秤屋金治郎の姉で、もんと申します」

小さくなって頭を下げてから、おもんは涙に濡れた朱音を仰ぐ。朱音は身じろいだが、乱れた髪に手をあて、女に応じた。

「わたくしは奥様ではありません。どうぞ朱音と呼んでください」

「はい、あかね、さま」

確かめるようにその名を口のなかで転がすと、おもんはさらに朱音ににじり寄る。

「おらぁ、そのお名前に聞き覚えがあってぇ。それにお顔が——生き写しじゃからぁ」

「こら、おだぁさ。何を言い出すんじゃあ」

「黙っとれ。金一、おまえにはわからん」

「わたくしが誰かに似ているのですか」

朱音の問いに答えぬまま、おもんは両手でそっと朱音の手を取り、尋ねた。

「朱音様、おいくつになられますでぇ」

「三十八でございます」

朱音の手をさすり、うなずきながらさらに問う。「兄上様がぁ、おいででございましょう。双子の兄上様じゃ」

この問いに驚いたのは朱音だけだった。双子？　これはどういう謎なぞなのだ？

朱音は答えた。「は、はい。わたくしと兄は双子でございます」

と、おもんは出し抜けにほろほろと涙を落とし始めた。朱音の手を押し頂いて頬をすり寄せ、「そんなら、おらのぉ勘違いじゃねえ。あなた様はあの朱音様じゃぁ。ああ、よう香山にお帰りになりましたぁ」

一同、やじさえもさすがに目をぱちくりするばかりで、声がない。

「わ――わたくしが、香山に帰った？」

問い返す朱音の目が泳いでいる。

「はいぃ。覚えておられませんかぁ。朱音様も市ノ介《いちのすけ》様も、お小さかったからなぁ」

今度は、朱音がその場で跳び上がらんばかりになった。「い、いちのすけ？　なぜ知っているの？」

そして直弥と金治郎に、「市ノ介は兄の幼名でございます！」

「おだぁさ、落ち着いてぇ、ちゃんと話してくれろ。いったい何だでぇ」

金治郎は姉を宥め、一同を見回した。

「姉は秤屋の長女でぇ、八つ年上でございますでぇ、昔のことを申しておるんだぁ思います」

「さぁでございます」おもんは朱音の手を握りしめ、「朱音様はぁ、兄上様とご一緒にぃ、赤子のときから三つになるまで、今の香山北二条の妙高寺《みょうこう》でお育ちになったんでございますよぉ」

驚きのなかにも、〈妙高寺〉という名は直弥にも聞き覚えがある。やじが拾われ、養われた寺ではないか。当のやじも両の眉毛を吊り上げて、食い入るようにおもんを見ている。

「お寺へいらしたときはぁ、お二人の母上様もご一緒でぇ。おらのおっかぁがお世話をさせていただきましたぁ。おらもおっかぁにくっついて、妙高寺におりましたからぁ、よう覚えておりますでぇ」

「は、は、秤屋は」

つっかえつっかえ、金治郎が言い出した。「北二条で山作りが始まる前には、ここらの杣衆《そましゅ》の束ねでございましたでぇ。山のお寺さんにも出入りしてぇ、ご住職にも親しくしていただいておったそうでぇ」

おもんは、年下の金治郎が知らない、その当時のことを語っているわけだ。

「わたくしが……香山の生まれで……母と、兄と、この山にいた……」

朱音は呆然と呟く。おもんは大きくうなずきを返した。

「朱音様はお母上様にそっくりじゃあ。お顔を見て、すぐわかりましたがぁ」

朱音の顔とその名前に、おもんは胸が騒いでたまらず、ここへ割り込んできたのだろう。

「おもんさん……わたくしは……。母は？　母はどうして？　兄もわたくしも、親の顔を覚えていないのです」

おもんは声を落とした。「朱音様のお母上様はぁ、妙高寺で亡くなられました」

母は死んだ。朱音は身震いする。

「教えて、おもんさん。母と兄とわたくしは、なぜ妙高寺にいたのです？」

おもんは困ったように首を振る。「おらも小さかったからぁ、よう存じません。朱音様と市ノ介様のお父上様も、お寺ではお見かけしませんでしたでぇ。お母上様が亡くなってぇ、ご兄妹《きょうだい》がお寺から他所《よそ》サおいでになるとき、おらは後を追って泣いて、和尚《おしょう》様にたんと叱られました。お二人はもうお戻りにならん、みんな忘れろとぉ、それはそれはきつい仰せでしたがぁ」

けども、こうしてお戻りになられた。おもんはまた涙をこぼし、朱音の手を押し頂く。

「ああ、よかった。お懐かしゅうごぜえます」

その手を優しく握り返すと、朱音は思い切ったように金治郎を見た。「妙高寺というお寺は、ここから遠いのですか」

「仁谷村からさらに北に登りますがぁ」

「遠くはない」と、やじが言い切る。その目に、今までにない光が宿っているように、直弥は思った。謎の鍵を握る妙高寺は、やじにとっても縁《ゆかり》のある場所だ。

「連れて行ってください。もっと詳しいことがわかるかもしれません」

「しかし、朱音殿」

割って入った直弥に、朱音は強い一瞥《いちべつ》をくれた。「津ノ先城下から国境へ、兄が押し出してくるまでには、まだ間があります。それまでにおもんさんの話を確かめておけば――」

事情は一変することになる。武芸を買われて永津野藩で微禄を得、知略を以て藩主の側近に成り上がった他所者、素性の知れぬ犬侍とばかり思われてきた曽谷弾正、香山領を荒らす憎き敵《かたき》の牛頭馬頭の長が、実は香山の者だったならば。

「己の真の出自を知り、兄の心が和らげば、永津野と香山が力を合わせることがかなうかもしれません。それなら、あの怪物を倒すこともできるかもしれない。ぜひとも事情を確かめ、わたくしの口から兄に説かなくては！」

二

北二条に生まれ育った蓑吉《みのきち》に、馬は馴染《なじ》みのある生きものではない。だが、額《ひたい》の印から名付けた〈ハナ〉、この馬に限っては格別だった。庄屋の茂左右衛門《もざえもん》を乗せ、蔦《つた》をより合わせた急ごしらえの手綱を取る蓑吉に温和《おとな》しく従うばかりか、蓑吉が山道に踏み迷いそうになると、先にたって案内するかのように進んでくれた。

溜家《たまりや》の屋根が見えたところで、蓑吉は大声でおせんとじいを呼んだ。ほとんど泣きわめくようになって二人を呼び、ハナを引っ張り裏山の道を駆け下りた。

加介《かすけ》は無事に名賀村に帰り着いており、事情は伝わっていた。飛び出してきて蓑吉を迎えたおせんは、ハナにもその背中で気を失っている庄屋にも、目が飛び出しそうになるほど仰天して、頭のてっぺんから声を出した。

「蓑吉、無事だったんだね！　庄屋様はどうしたの？　死んじまったの？　宗栄《そうえい》様は？　ああ、加介さんは庄屋様のとこにいる。じい、じい、蓑吉が帰ってきたよぉ！」

箍屋《たがや》、長橋《ながはし》家の屋敷では、既に大がかりに怪物への備えを固めていた。

誰も見たことも聞いたこともない、人を喰う怪物の話である。加介の言葉だけなら軽んじられたかもしれないが、

「宗栄様の仰せだぁ。宗栄様が、村を守れとおっしゃったでぇ」

その言は利《き》いた。庄屋の跡取りの太一郎《たいちろう》は、宗栄に助けられた恩がある。その人となりを知り、彼を〈先生〉と仰いでいる。

「先生がおっしゃるなら、笑い話じゃねえ」

それでも半信半疑の村人たちを急《せ》き立てているところへ、蓑吉が茂左右衛門を連れ帰ったわけで、加介の話に蓑吉の体験が加わり、あの煙は砦の火事だったのかと納得もいって、そこから本当の上を下への大騒ぎが始まった。おかげで蓑吉は、太一郎がひとところの采配を終え、今また昏々《こんこん》と眠ったままの祖父・茂左右衛門の枕頭《ちんとう》につくまで、素性を訊かれることもなかった。

茂左右衛門の手当ては、生薬作りに長《た》けたおせんの父親が行った。彼もまた半信半疑組の一人ではあったが、蓑吉が、怪物が口から吐く酸水で人を溶かすし、腹のなかの溶けかけをげろげろ吐き出すと話すと、胸が悪くなったように呻《うめ》き、

「そいつはまるでぇ、蛇みたいだが」

「うん。腹はぶっとい蛇そっくりだったぁ」

「ンなら、毒はあるか」

嚙まれた者が毒にあたったような様子はなかった。嚙み千切られるか、振り飛ばされるか呑み込まれるかだった。だが、あの怪物のことだ。何があるかわからない。

「毒消しの用意が要るな」

おせんの父が慌ただしく去り、眠る茂左右衛門を挟んで蓑吉と二人になると、太一郎はあらためて蓑吉に問うた。おまえはどこの子だ。蓑吉は素直に白状した。

「そうか」太一郎は傷だらけの祖父の寝顔を見つめる。「小台様はぁ、ぜんぶご存じでぇ、おまえを匿《かくま》っておられたんだぁな」

「おせんさんが……おらが持ってた手ぬぐいのしるしに気がついて」

秤屋のしるしだと言うと、太一郎はうなずいた。「秤と分銅と杵《きね》は、香山側の庄屋のしるしだからなぁ。あっち側の庄屋のしるしは、こっちじゃ使っちゃならねえんだぁ。だから逆に、みんな知ってるでぇ」

蓑吉は、溜家以外の名賀村の人に会うのは初めてだ。太一郎は下ぶくれの優しそうな顔をしていて、声音も穏やかだった。目元が茂左右衛門とよく似ている。

その目がまばたき、蓑吉が腰紐《こしひも》にくっつけている百足の藁《わら》細工にとまった。

「その蛇よけは、誰がぁくれた?」

蓑吉は慌てて蛇よけを手で握りしめ、隠した。と、太一郎は笑った。

「責めようってんじゃねえよう。ンな顔をするな。おまえはじいさんを助けてくれたぁ」

長橋茂左右衛門は、口を半開きにして眠っている。顔色は蠟のように白い。

「――ハナが、いてくれたから」

「ああ、あの馬か。だいぶ歳がいっとるが、いい馬だぁ」

言って、太一郎はうんと首をひねる。

「しっかしぃ、面妖だぁ。そげな大きな怪物が襲ってきたんなぁ、臭いや音だけでも、馬は怖がったはずだに」

「うん、厩《うまや》の馬たちは、怪物が来たらみんな逃げちまったんだ。けど、ハナだけは」

「怪物の方が尻込みしたってぇいうんだな。おかしいなぁ」

蓑吉もそう思う。「それにあの怪物は、馬を喰わなかったよ」

もしも馬たちが逃げ散らずに厩に残っていたとしても、怪物に襲われることはなかったのではないか。思い出してみると、どうにもそんな気がしてくる。

「襲うのは人だけかぁ」

祖父の寝顔を見つめながら、太一郎は小さく訊いた。「先生は、いかんかなぁ」

蓑吉にはわからない。わからないと答えたい。あんなふうに怪物に吹っ飛ばされたら、まず生きていまいとは言いたくない。

「先生も蛇よけをつけておられたかぁ」

「うん、加介さんがくれたから」

「ンなら、きっとご無事じゃ」太一郎は目を細めて笑顔をつくった。「小台様をお助けして、お二人でお戻りになる。なぁ?」

うなずいて、蓑吉は拳で顔を拭《ぬぐ》った。

「さあ、厨《くりや》へいって何か食ってこぉ。女衆《おんなし》が炊き出しをしとる。おまえは名賀村の庄屋様の命の恩人だでぇ、たらふく食ってええ」

言われたとおりに厨へ行ってみると、立ち働いていた女衆がわらわら寄って来て、こぞって蓑吉の世話をやいてくれた。

いろいろ話しかけられたが、余計なことをしゃべると太一郎を困らせることになるかもしれない。それに、腹がくちくなったら急にくたびれて、頭を持ち上げているのも辛いくらい眠くなってきた。厠《かわや》に行くと言って、蓑吉は厨を抜け出した。

お山から戻って、まだ加介の顔を見ていない。おせんとじいは溜家にいるのだろう。

ハナはどこだろう。溜家の人びとと同じくらいに、今の蓑吉はハナが恋しかった。重たい足を引きずって屋敷の裏手に回ってみると、厩があって五頭の馬が繋がれていた。いちばん手前がハナだ。

股引《ももひき》に、〈箍〉のしるしの入った半纏《はんてん》を着た男が馬の世話をしていた。この家の厩番だろう。藁を丸く束ねたもので、一頭の馬の身体を拭いている。蓑吉を見て声をかけてきた。

「おお、ぼっこ、具合はどうだ」

「おじさぁ、おいら、ここにいてもいいか」

「あぁ？　奥へぇ上げてもらえようが」

厩番にも、蓑吉が庄屋を連れ帰った功があることは知られているらしい。

「ここがいいんだ。ハナといたいんだ」

「ハナ？　おまえが連れてきた砦の馬かぁ」

厩番はハナに顎の先を向ける。「もうじいさん馬じゃがぁ、賢いのう。だから砦の番士様にも大事にされとったんじゃなぁ」

ちょっとかまうだけで、それぐらいはわかるらしい。そうだ、ハナは賢い。だからやたらに怪物を怖がらなかった。こっちから向かっていけば、怪物の方が尻尾を巻いてしまうって、わかっていたのかもしれない。

「ええがぁ、村の馬はまだハナにもおまえにも馴染みがねえがらぁ、蹴飛ばされンなよ」

蓑吉はハナにすり寄り、馬の足元に山盛りになっている藁をかき分けて、そのなかに潜り込んだ。

ハナが首を下げて、蓑吉の頬をぺろりと舐《な》める。厩番の男が笑った。

「もうすっかり、ぼっこに慣れとるなぁ」

蓑吉は手を伸ばし、ハナの前脚に触った。その温《ぬく》もりに、涙が出てきそうになった。

ハナといれば安心だ。ハナがいれば怪物も怖くない。ハナはおじいさんなんだって。でも強くて賢いんだって。じっちゃと同《おんな》じだ――

ようやく、蓑吉は眠った。


騒がしい。馬たちがぶるんぶるんと鼻を鳴らし、足踏みをしている。

眠りのなかから飛び出すように、蓑吉は目覚めて跳ね起きた。さっきの厩番の男にもう一人、半纏姿の若者が加わって、馬たちを外に引き出そうとしている。

「ぼっこ、起きたか。おまえ、ハナを引いてくれろ。こいつらを満作《まんさく》の家に移すからなぁ」

おいら、どれくらい寝てたんだ？　頭がぼうっとして考えが取り散らかる。その蓑吉を、厩番はさらに急き立てた。

「急げや。こいつらは村の大事な馬だぁ」

「したってぇ、もっと大事な馬が来るんじゃ。つべこべ言うなぁ」と、若者が厩番を諫《いさ》める。

「ぼっこ、起きろ起きろ。おまえ、汚ねえ顔だな。もう、そんななりで奥へ行くなよ。こりゃ一大事なんだからなぁ」

「か、怪物が来た？」

蓑吉の〈一大事〉はそれしかない。が、厩番と若者は失笑した。「ンなぁ、わけわからんもんじゃねえ。大変なお客様がおいでなすったんじゃぁ」

「御筆頭様の御家来衆の馬を休ませるでなぁ、早くここを空けて掃除せんと」

蓑吉にはちんぷんかんぷんだ。ごひっとうさま？　誰のことだ。ごけらいしゅう？

蓑吉の混乱ぶりに焦《じ》れたのか、厩番がせかせか近づいてきて腕をつかみ、蓑吉をしゃんと立たせると、身体についた藁を払ってくれた。

「庄屋様がお怪我で伏せっておられるにぃ、太一郎さんも難儀なことだぁ。わしらに粗相があっちゃなんねぇ。ほれ」

厩番は蓑吉に、ハナにつけた手綱を持たせた。鞍《くら》はないが、轡《くつわ》をかませてある。

「さっさとぉ、ついてこう」

行き先の「満作の家」というのは村の南側で、ちょっと小高くなっているところにあるらしい。厩から出て屋敷の裏手をぐるっとめぐり、登り道の途中で何げなく振り返り、蓑吉は驚いた。

庄屋の屋敷の玄関に、きらきらと飾りのついた乗り物が据えられている。そんなものを目にしたのは生まれて初めてなので、〈乗り物〉と思うのも、その箱のようなものの脇の簾《すだれ》が巻き上げてあり、奥に円座のようなものが見えたことと、どうやら人が前後について担ぐ仕組みになっているらしく、太い担ぎ棒が一本通っていることから、見当をつけただけだ。

「おじさぁ、あれ何じゃ」

馬たちを導いてゆく厩番は、蓑吉の問いかけに、なぜかしら声をひそめて答えた。

「ありゃぁ、駕籠《かご》じゃ。えらい豪勢じゃのぉ。ここらじゃ駕籠なんぞ、目の果報じゃ」

傾きかかった春の日差しが、駕籠の色とりどりの飾りに跳ね返り、眩しいほどだ。

「よおく見とけよ。んな、まともにぃ見ちゃいかん。拝め、拝め。ありゃあ、御筆頭様の奥方様のお駕籠じゃゃでぇ」

忙《せわ》しなく言う厩番は、畏《おそ》れ入って声をひそめているのであった。

ごひっとうさまの、おくがたさま。その人たちが乗ってきた馬を、屋敷の厩で休ませねばならないということか。

満作の家には厩などなく、馬たちは裏庭に繋がれた。慌てて世話を焼きながら、雨の心配がなくてよかったなどと、庄屋の厩番が話している。名賀村の馬たちは庄屋のものではない。一頭で人の十倍の力持ちの、大切な働き手なのだという。だから労って使っている。荷車を引かせても、道のいいところしか歩かせない。

〈ごひっとうさまのおくがたさま〉とやらが庄屋の屋敷に来たのは本当にえらいことであるらしく、満作の家でも、居合わせた人びとがしきりとおしゃべりを交わしていた。嬉しげに興奮している。

怪物のこと、村の備え、忘れちゃってないか。蓑吉は溜家に帰りたくなった。

馬たちが繋がれているところへ行ってみたが、人がいて、勝手にハナを連れ出せない。諦めて一人で溜家へ向かった。

溜家の前にはじいがいた。前庭の崖になっているところの端に立ち、片手を目の上に庇《ひさし》にかざして、村の様子を眺めている。蓑吉が呼びかけると、その手をおろし、曲がった足腰で精いっぱい早く近づいてきた。何か言いたげに歯の抜けた口を動かし、でも何も言わずに蓑吉の頭を撫で回す。

「あ、蓑吉！」

おせんが出てきて二人に加わった。

「あんた、どこにいたんだぁ」

さっきは泣いている余裕さえなかったが、今度は手放しでぼろぼろ泣き出した。ずいぶん前から泣いていたらしく、瞼《まぶた》がぽっこり腫《は》れている。宗栄様と朱音様のために泣いていたんだと思うと、蓑吉の鼻先もつんとした。

「加介さんも戻ってる。こっちサおいで」

宗栄と加介と三人で裏山に入ったのは、今朝のことである。今はやっと日暮れだ。長い一日だった。加介はお山で別れたときと同じ格好で、何をしていたのかと思えば、裏庭に杭を立て縄を回して、そこに金物をいっぱい下げていた。

「おらは男衆たちと交代で見張り番にいってしまうしぃ、おせんも炊き出しや水汲みに行くしぃ」

じいと蓑吉も溜家を空け、村人の家に移る方がいい、という。

「あげな柵じゃ、怪物はとめられん。そンでもありったけぇの金物を集めてぶら下げたで、怪物が裏山を下りてきたらわかる」

村人は村の真ん中に固まっていた方がいい。それができるなら、全員で庄屋の屋敷にこもった方がいいなどと加介は言う。溜家の三人はここのことに手いっぱいで、〈ごひっとうさまのおくがたさま〉のことを知らないらしい。

蓑吉が見聞きしたことを話して聞かせると、おせんと加介は腰を抜かさんばかりに驚いた。が、じいはひょうひょうとしている。

しゃべる。

もごもごがやっと言葉に変わった。じいの声は嗄《しやが》れていて、永津野訛りよりもさらにのぉんびりと
「ごじゅんしじゃろうて」

「ご巡視？　でも奥方様だよ、じい」

「御筆頭様のぉ奥方様はぁ、御蔵《おくら》様の姫様じゃでぇ、ここらにはぁ、ご縁がおありなさる」

蓑吉には〈おくらさま〉がわからないが、おせんと加介には通じたらしい。

「ああ、ここらは昔ぃ、〈御蔵様〉のお山だったからだね」

「ンでもぉ、奥方様だけでおいでになるなんてぇ、おかしいが」

泣きぶくれた顔で小生意気に呟いたおせんは、すぐにびっくり顔になった。「じい、でもなんでそんなに奥方様のこと知ってるがぁ？」

じいはにこにこしているだけだ。

蓑吉は心配になってきた。満作の家でもそうだったけれど、ここでもまた、名賀村の人びとは貴いお客様の到来に浮かれて、怪物のことが頭から消えてしまっているのではないか。

「こんなときに、あいつが襲ってきたら」

加介はしっかりしていて、蓑吉の小声に「ん」と応じた。「ンなことがあっちゃ困るがぁ、ますます備えねばぁな。けど蓑吉、奥方様には御家来衆がお付きだろぉ」

「うん。馬に乗ってきたって」

「御筆頭様の御家来衆なら、もののふのなかのもののふだぁ。心強いよう」

「だけど、信じてもらえるかなぁ」

「庄屋様が正気づいてぇ、お話しになってくれるといいがなぁ」

蓑吉と加介が不安な眼差しを交わしていると、おせんが急にきりりと顔を上げた。

「あんたらぁ、手と顔を洗ってぇ、着替えな」

「何だぁ、おせんさん」

「庄屋様のお屋敷サ行って、太一郎さんに助太刀せねばぁ。怪物に出くわした、あんたらでないとできん！」

助太刀とはつまり、太一郎が、今の名賀村には突飛で大きな危険が迫っているということを、御筆頭様の奥方様御一行に説きつけるお手伝いという意味だろう。

加介はたちまちへどもどした。「そ、そンなおせんさん、おらなんかが奥方様の御前に出られるわけがぁ」

「太一郎さんの言葉じゃ足らんなら、あんたらが申し上げねばなんねぇ。どんな見苦しい顔でもぉ、奥方様の御前に出なくばぁ。おそれいってぇたいへんなことになるより、そっちの方こそが忠義ってもんだぁ」

おせんの腫れた瞼の下の眼に、強い光が宿った。「小台様なら、きっとそうなさる」

「小台様はおらたちとはご身分が違う」

「加介さん、ぐずぐずうるさい！　顔を洗ってこいってばぁ！」

みんなで一緒に庄屋様の屋敷に行くんだ。息巻くおせんに、じいはもごもごにこにこかぶりを振った。「わしはぁ、ここにおる」

「じい、またそんな分からず屋なぁ」

「そうだよ、怪物が来たら」

「わしはぁ、人気《じんき》が涸《か》れとるでぇ」

じいは曲がった腰をいっそう屈《かが》め、蓑吉の鼻先に顔を近づけて、言う。

「もう、お山の木や石とおんなじじゃ。けだものの鼻にもぉ、におわん」

そして、目元の皺《しわ》をいっそう深くして、考え深そうにまばたきをした。

「お山の化け物ぉ、わしも見ないとなんねぇ」

じいのまばたきする目元は、ハナのまばたきする目元を思い出させた。どんなものにも動じない。落ち着きと温かみがある。ハナが怪物を恐れなかったように、じいも恐れない。むらむらとそんな気がした。

根拠といったらそれしかないのに、蓑吉はとっくり得心してしまった。じいってば、と呟いたおせんも、やっぱりそれ以上は何も言わなかった加介も、同じ気持ちなのだろうと思えた。

溜家を離れる三人の背中ごし、裏山の向こうに、褪《あ》せた血の色の夕陽《ゆうひ》が落ちてゆく。

三

大平良山《おおたらやま》と小平良山《おたらやま》を包み込む夜空に、満天の星が輝いている。

今夜は目を瞠るような星月夜である。今まで見たことのない景色だ。どうやら彼岸に渡ってしまったらしいぞ——

と思いながら身を起こそうとすると、背中が痛い。尻も痛い。湿っぽくてふかふかした寝心地だが、身体じゅうが軋《きし》んで痛む。

生きていた。

榊田《さかきだ》宗栄は己の強運に呆れた。腹の底から可笑《おか》しくなって、くくくと笑った。

「お武家様ぁ、目が覚めたかね」

しわがれて、しかし野太い声が呼びかけてきた。宗栄は仰向けになっており、夜空は見えるがまわりが見えない。

と、目の前にぬうっと顔がひとつ現れた。煮染めた荒縄のような肌をした老人である。

一瞥でそこまで見てとれたのは、星の光のおかげだけではなかった。老人の左右に大きく張り出した耳に、後ろからちらちらと炎の明かりが照り映えている。焚き火だ。

「私はどうしたんだろうか」

問うてみる。声を出すと首の後ろが痛い。

「さあ、わっしも見とったわけじゃねぇがぁ、藪《やぶ》に落ちてぇ、命を拾いなすったようじゃ」

老人の声音も、皺っぽい口元も笑っていた。

「起きてみなさるかぁ」

言うが早いか、老人は宗栄の片腕をつかみ、背中に手を差し入れて、ぐいと引き起こした。一瞬、耐えがたいほど腰と尻が痛んだが、気がついたら座っていた。冬のあいだに積もった枯葉《かれは》が腐り、土のように練れたところに寝かされている。

「ご老体、あんたが助けてくれたのか。かたじけない」

「わっしは何もぉしとらん。お武家様を拾っただけじゃ。運の強いお方じゃの」

焚き火は小気味よく音をたてて燃えている。ここは森のなかの小さな窪地のようで、周囲には木の根が盛り上がっていた。

宗栄はまず両手の指を動かしてみた。すべて支障なく動く。草鞋《わらじ》は脱げたのか脱がされたのか裸足《はだし》になっていたので、足の指も動かしてみた。それから右手でうなじを、左手で腰をさすってみた。膝もちゃんと曲がる。明日の朝陽の下では、青あざだらけの我が身を見ることになるだろうが、大きな怪我はなさそうだ。まったく運が強い。

「お武家様、あの意地汚ねえ大食いに吹っ飛ばされただぁな。んでも、喰われんでよかった」

老人は言う。野良着の上に綿入れのちゃんちゃんこを着込み、布をあてた脛《すね》の半ばまでぎっちりと編み上げる、珍しい形の草鞋を履いていた。小枝を折って焚き火に放り込みながら、口調は淡々としている。

「それは、あの怪物のことか」

老人はうなずく。「わっしの村もやられた」

なるほど、そうか。「仁谷村だな」

老人は驚いたようだ。こっちを向くと、白髪まじりの長い眉の、右側の端だけが薄い。古い傷痕《きずあと》があるせいだ。

ただの農夫ではなさそうだ、と思うまでもなく、傍らのひときわ太い木の根に、鉄砲が一挺《いっちょう》、立てかけてあるのが見えた。宗栄の心の臓がことりと打った。

「ご老体、あんたは仁谷村の鉄砲撃ちだな。村の番人なのだろう」

老人は宗栄を怪しむ目つきになった。

「蓑吉という孫がいるな？　十ばかりの、すばしっこくて賢い子だ」

今度こそ、驚きのあまり老人は、手にしていた小枝を取り落とした。「お武家様、わっしの孫を知っとろうかぁ！」

「ああ、知っている。あんたは蓑吉のじっちゃなんだな」

仁谷村の番人、鉄砲撃ちの源一《げんいち》に、宗栄は蓑吉のことを話して聞かせた。途中で源一が竹筒の水をくれた。

「――んじゃぁ、蓑吉は永津野の砦におったんかぁ」

宗栄は座り直そうとしたが、さすがにあちこち痛んでまだ無理だったから、そのままの姿勢で頭だけ下げた。

「そうだ。私が連れていった。なのにあの子を守りきれず、一人だけ吹っ飛ばされてこの有り様だ。面目次第もない」

少しのあいだ、焚き火が爆《は》ぜる音だけがしていた。宗栄がそっと目を上げると、揺れる炎を見つめる源一の目は輝いていた。

「蓑吉は足が速いでぇ、お武家様があの大食らいとやりあっとるうちにぃとっとと逃げてぇ、きっと無事じゃ。頭なんぞ下げんでくだせ」

「……そうか。あんたも無事でよかった」

宗栄は手で顔をさすった。頬骨のあたりが痛いし、乾いた血がこびりついている。

夜風が吹いてきた。この窪地はけっこうくぼんでおり、風は頭の上を吹き抜けてゆく。焚き火の煙の流れで、今いるところは風下だとわかった。北二条の山をよく知る源一に出会えたのは心強い。

「ところで、ここはどこだ」

「大平良山の麓《ふもと》の森だぁ」

「ということは、まだ永津野側か。あんたはずっとここらにいたのかい？」

老人は無言でうなずき、手を伸ばしてそばにあった丈夫そうな布袋を引き寄せると、そのなかから小さくて真っ黒なものをいくつか取り出し、宗栄にくれた。

干し柿である。噛んでみると歯が立たないほど固い。

「村がやられた後、いっぺん戻ってみたがぁ、生きてる者《もん》には会われんかったからの」

「しかし、一人じゃどうにもならんだろう。香山城下に助けを呼びに行くとか――」

源一は鼻で笑った。「お武家様ぁ、山で狩りをなすったことはねえがぁ」

「ああ、野でも山でも、まったくない」

「あれは大けなけだものじゃが、一匹だけじゃでぇ。一人で追う方が早え」

宗栄は目を瞠った。「あんた、あの怪物を仕留めるつもりなのか」

「仕留めんとぉ、また北二条の者《もん》が喰われる。喰われちまった者《もん》らの仇《かたき》も討てんがぁ」

焚き火の炎を映し、源一の目が底光りする。狩人の目だ、と思った。

「しかし、あれは手強《てごわ》いぞ。砦が襲われる様子は見ていたか？　刀も矢も鉄砲も効かん。長い舌と尾で砦を打ち壊し、鉤爪《かぎ》のついた脚で何もかも踏みつぶしてしまう」

源一は何度もうなずいた。先刻承知だ、わっしはこの目で見てきた、と。

「わっしもここらをずうっと歩き回って、いろいろ見たがぁ。したが、あれを仕留めるには、ねぐらをめっけるしかねえ」

怪物の巣ということか。

「あれは大平良山から来たがぁ。わっしも、お山サ登る」

確信に満ちた断言だ。ただそれが、山を知る狩人の勘なのか、何かそれ以上の裏付けがあっての結論なのか、宗栄には判じかねた。

「永津野の人なぁ、ご浪人様は珍《しい》しいがぁ。お武家様、お役目をし損じたかね」

源一はずけずけと聞く。宗栄は固い干し柿を嚙み嚙み、つい笑ってしまった。

「私は永津野の藩士でも領民でもない。旅の者だ。覚えず長居になって、この騒ぎに巻き込まれてしまっただけだよ」

「へえぇ」

夜気《やき》に背中が冷えてきて、宗栄は両手で身体をこすった。源一が立ち上がろうとして顔をしかめ、腰を押さえる。

「お武家様、そっちに簑《みの》がある。寒かったらかぶりなせぇ」

簑を取ってくれようとしたのか。宗栄はそろそろと起き上がった。

「私は榊田宗栄と申す。宗栄でいいぞ、じっちゃ」

「わっしは蓑吉のじっちゃじゃ」

「じゃあ、源じいと呼ぼう。源じい、腰はもともと曲がっているのか。それとも痛めたのか」

「村がぁ、襲われたときにぃ」

「じゃあ、ここに横になれ。私に診《み》せろ」

「あ？　何だぁ」

「いいから、いいから」

いったん動き出すと、軋んでいた宗栄の身体もだんだん楽になった。源一の身体を検《あらた》めると、痛めているのは腰というより尻だ。どこかで転んだか、転がり落ちたかしたときに、強く打ちつけたのだろう。

「薬の類《たぐ》いは持っているか？」

「その袋に。馬留《まどめ》からもらってきたがぁ」

薬包がいくつかある。宗栄は鼻をくっつけて匂いを嗅いでみた。粉薬ばかりで膏薬《こうやく》の類いはない。

「香山では生薬の精製が盛んで、山作りもその材料を育てる作業なのだろう？　あんたは薬に詳しくないのかい」

「わっしは番人じゃで。お山と鉄砲のことしかわからんがぁ」

「仕方がない。少し痛いが、我慢して私の言うとおりにしてくれよ」

宗栄が心覚えの治療をほどこすと、源一の顔つきが変わった。

「お武家様、お医者かぁ」

「いやいや、これは活法《かっぽう》という技でな」

源一は膝も痛めていた。そちらはちょっと荒療治になり、源一はぎゃっと声をあげたが、活法が済んだらすいと立ち上がれるようになり、手妻でも見たような顔をする。

「お武家様、やっぱりお医者じゃで」

「違うんだよ。今度は私を助けてくれ」

自分に活法をかけるには、源一の介添えが要る。腕をねじって引っ張ってもらったり、そこ、ここと場所を示して叩いてもらったりするうちに、宗栄の痛みも薄らいできた。

仕上げに、薬包の薬をひと包みずつ飲んだ。馬留にある薬は「痛み止めか熱冷ましか腹下しの薬」というから、三つに一つの確率であたれば幸いだし、外れても害にはなるまい。

「……宗栄様、変わったお武家様じゃあ」

源一は呆れたように吐き出したが、その言葉には親しみがこもっていた。

「源じい、私と一緒に、名賀村に行かんか。どうせ永津野領に入ってしまっているんだ。怪物のねぐらを捜しに行くにしろ、村で入り用なものを調達してからの方がいい」

源一はかぶりを振った。「わっしはこのままでぇいい。鉄砲さえありゃ、用は足りる」

「あれに鉄砲はきかないのだよ」

「どんな生きものにも、急所はあるだぁ」

宗栄自身も蓑吉に似たようなことを言った覚えがあるが、しかしあの怪物に弱点などあるか。

「わっしはあいつのねぐらで待ち伏せてぇ、一発で倒すで。宗栄様はお帰りなされや。風下をよって森を抜ければ、あんじょう帰り着く」

「蓑吉に会いたくないか。あの子もきっと名賀村に戻っているぞ」

「無事なら、また会えるがぁ」源一はしっかりと生え揃った歯を見せて、にやりと笑う。「それまで蓑吉を頼みますでぇ、先生」

この老人の身体に満ち、顔にも照り映えている心中の感情は、自信ではない。怒りと恐れと義務感。そしてもうひと匙《さじ》そこに加えて、

——知識、か？

「源じい、さっきから聞いていると、あんたはあの怪物のことを何か知っているようだな。前にも見たことがあるのか」

源一は素早くまばたきをした。「いんやぁ、とんでもなぁ」

少し返答が早すぎ、眼差しが揺れた。

「だが、およそ見当もつかない化け物に、生まれて初めて出くわしたというふうには見えない。もしも何か知っているなら教えてくれ。どんな些細《ささい》なことでもいい。頼む。私もあいつを倒したいのだ」

源一は眉を寄せ、まっこうからしげしげと宗栄の顔を見た。宗栄も逃げずに見つめ返した。眼力と眼力のぶつかり合い――ではなく、さっきの活法の掛け合いで、両者のあいだに通った親しみが、結局は宗栄に味方してくれた。

「先生はぁ、もとはどこのお方じゃ」

「江戸から流れて来たのさ。今は諸国を旅する風来坊だよ。永津野にも香山にも、縁もしがらみもない」

「刀がねえだがぁ」

「大刀は旅先で質屋に入れてしまった。山に入るとき差してきた脇差しは、怪物に吹っ飛ばされたときに失くしてしまったようだ」

源一はため息をついた。そのときだけ、じじむさい口つきになった。

「あの怪物のことはぁ、わっしも親父から聞いて、親父も親父から聞いてぇ」

聞き覚えだが、と言う。

「あれは、ここらのお山の悪気《あつき》を集めたもののけだぁ」

「まっとうな生きものではないのだな」

「ンだ。この土地の障《さわ》りじゃ。したからぁ、あれを倒せるのは、ここらの者だけじゃ。他所者にはできん。永津野者か、香山者。昔は、ひとつの国だったからなぁ」

しばし、宗栄はその言葉を噛みしめた。土地の障り。山の悪気。そういえば、「怪物が現れる前に、妙に生臭い風が吹きつけてきて、そのとき蓑吉が言っていた。この風はお山の怒りのしるしだ、と」

お山ががんずいとる——

源一は目を細くしてうなずいた。「蓑吉には、まだちっとしか教えてなかったがぁ、覚えてたんだなぁ」

「がんずいているというのは、飢えて怒っているという意味だそうだな」

「ん。あれはもののけだでぇ、喰っても喰っても腹がくちくならん。だから怒って暴れるだぁ」

遠い昔に、この山に生まれた障りだ——

「親父は言っとったぁ。春先からあの風が吹いて、山犬や鳥が逃げ出したらぁ、よおく気をつけろってぇ」

なるほど。しかし源一はさっき、怪物は大平良山から来たと、きっぱり言った。大平良山は山神のおわすところのはずだ。

「怪物は山神の化身か。使い魔なのか?」

源一は宗栄を睨んだ。「めったなことを言うでねぇよ、先生。山神様があだら醜いお姿で、人を喰らったりなさるもんかぁ」

「だったら、怪物は山神の仇なのか？」

さも苛立《いらだ》たしそうに、源一は口をひん曲げる。「わっしは、先生のようにものは知らん。ただ親父にぃ聞いた話しか知らん」

「わ、わかった。それを教えてくれ。頼む」

源一は焚き火をつつき、まだ少し渋い顔をしていたが、やがて低く言った。

「わっしの親父は狩人で、若いころはここらのお山を渡り歩っておったがぁ」

香山藩で〈山作り〉が始まる、ずっと以前のことだ。

「そのころ聞いた話だぁ。仲間の伍平《ごへい》ちゅう狩人が、あるとき道に迷ってぇ」

源一はここで、臭いものを嗅いだように鼻に皺を寄せた。

「伍平は酔っ払いで、山歩きンときでも猿酒かっくらってなぁ。倅《せがれ》の伍一《ごいち》も孫の伍助《ごすけ》も酔っ払いになったから、あの家の衆《しい》は筋金入りじゃあ」

それはともかく、酔って道に迷った伍平は、東西南北はおろか、上りと下りもわからなくなるほど混乱してしまい、

「村の灯と、お山の端にかかる星の光を見間違えてぇ、どんどこ大平良山サ登ってしまったことがあったんだと」

そして山神のおわす深い森のなかで、かすかな鼾《いびき》のような音を聞き、魚の腸《はらわた》が腐ったような異臭を感じて、酔いが醒めた。

——この先へ進んじゃならん！

「おっかなぐてぇ、小便ちびりながらぁ、森を抜けて藪を掻《か》き分けてぇ、転がるように下ったそう

だぁ」

鼾と異臭。それは確かにあの怪物を思い起こさせる。しかし昔の話なのだから、

「伍平が見たのは、今暴れている奴の親か。怪物はつがいで、大平良山を縄張りにしているということだろうか」

源一は険しい顔でかぶりを振る。「いんや、お山におるのはあれ一匹じゃ。きっと、一匹しかつくれんかったんじゃ」

「つくれなかった？」

「先生、後ろをごらんなせえ」

言われたとおりにしてみると、近くの木の根元に、何やら胡乱《うろん》な黒い塊がある。

「先生の胴に巻きついていた、あいつの舌だぁ」

源一が宗栄を「拾った」ときには、既に真っ黒に変じていたという。

「引っぺがしてそこへ捨てると、みるみるうちにそんなふうになってぇ」

宗栄はそれに触れてみた。指でつつくと穴が開き、そこから崩れてゆく。まるで湿った灰の塊か、生乾きの泥のようだ。

「腐ったんじゃねえ。もう臭いもせんでぇ」

宗栄はうなずいた。「生きものの肉は、こんなふうにはならんよな」

「だから言うとるんじゃ。あれは悪気の集まったもののけじゃあ」

寿命もないし、繁殖もしない。

「源じい、では、誰があれをつくった？」

源一は黙って焚き火を見つめている。

「そこまでは知らんのか。それとも、知っていても口に出せぬほど恐ろしいのか」

焚き火が爆ぜ、火の粉が舞う。

「――瓜生《うりゅう》の殿様のお血筋には、呪《まじな》いが伝わってるんでぇ」

宗栄はにわかに己の耳を信じかねた。

「呪い？　呪術のことかな」

「お山に呼びかけて風を呼んだり、雨を降らしたり、水の流れを変えたりするがぁ」

お山の、命を生む力をも操る業《わざ》だという。

「ならば、あの怪物もその呪術で？」

そんなことができるとしても、いったい何のために？

「瓜生家は、この地に旧《ふる》くから根づいている郷士の家柄だと聞いたが……」

「ああ、そうじゃ」

「その瓜生様が、大事な領民を片っ端から襲って喰らってしまうような怪物をつくって、どうしようというんだ」

源一は顔をしかめる。「先生も、存外わかりの悪いお方じゃ。最初《はな》から味方を喰わせようちゅうてぇ、怪物をつくるバカはねえ」

怪物をけしかけて敵を倒すのだ、と言う。

何と突拍子もない。宗栄は呆れ、あやうく笑うところだった。

「それはつまり――合戦に、侍の代わりに怪物を駆り出して戦わせるということか」

「んだ。けンど、戦《いくさ》になれば味方も死ぬ。そりゃ、怪物がいようがいまいが同《お》ンなじだぁ」

その言の厳しさに、宗栄の笑いはかき消えた。ちょっと鳥肌が立った。

怪物は武器と同じだ。武器は敵と戦う道具だが、味方に向ければ同じように傷を与える。戦は敵とするものだが、ひとたび武器を取れば味方も無傷では済まぬ。

「権現様のぉ、天下取りの戦のころ」

関ケ原の合戦は、百年も昔の出来事である。

「香山一帯は、たまたま永津野竜崎の領地に戻っとってなぁ」

異なことを言う。「たまたま？　香山は昔、永津野とひとつの国だったのだろう」

「んだ。けども、合戦続きの世の中で、永津野だって、けっして大きな国じゃなかったからの。上杉や武田や伊達や、方々から攻められてぇ、そのたんびにあっちへ転び、こっちへ転び」

強い軍勢に降《くだ》るその都度、永津野竜崎氏は、恭順の証《あか》しとして、香山一帯の山々とそこに暮らす民を、相手方に差し出していたのだという。

「昔はまだ山作りをしとらんかったから、今ほど盛んじゃなかったが、香山の生薬づくりはそのころから名高くってぇ」

原料となる草木の生える山々と、それを用いて生薬を精製する知識と技術を持つ民は、どの軍勢にとっても貴重だったのだ。だから香山は、時には人質として、時には戦利品として重宝された。差し出されたり、奪い取られたり、別の勢力に横取りされたり、それを取り返してもらってひととき竜崎氏の自領に戻されたりと、転々流々を繰り返してきた。

宗栄は思い出した。香山はかつて「永津野竜崎氏の捨て石」と呼ばれていたと、庄屋の長橋茂左右衛門から聞いたことがある。茂左右衛門はそれをさも見下したように言っていたが、そういう意味だったのか。

そして、永津野竜崎氏の重臣の一員だった時代の瓜生氏は、一族の故郷でもある香山一帯を預かり、その禄を食《は》んでいた。主君の都合で、進物のようにあっちへやられこっちへやられる土地と民と運命を共にして、堪え忍んでいたのである。

その瓜生氏が、理不尽な竜崎氏の支配から逃れ、これこそが香山を独立させる千載一遇の好機と恃《たの》み、大きな賭けに打って出たのが、天下分け目の関ケ原の戦役だったのだという。

「そのころ、永津野竜崎の殿様は上杉にお味方しとったでぇ」

天下を二分した合戦の西軍である。

「けども香山の瓜生の殿様は、この戦の勝ち目は東軍にあると読んでぇ、こっそり使いをやって、権現様の方に通じたんだとぉ」

己の主君の命に背《そむ》き、密《ひそ》かに東軍・徳川方に与したのである。

その賭けの結果は吉と出た。関ケ原の戦役では東軍が勝った。天下はようよう定まり、江戸幕府が開かれ、徳川将軍家の治政が始まる。その治政下で、香山瓜生氏は小さな外様《とざま》大名としてこの地に立つことができたが、意外にもそして無念にも、隣の永津野竜崎氏もまたそこに残っていた。

「なるほどなあ」

名賀村で、折々に聞かされることはあっても、聞き流していただけでは理解しきれなかった永津野と香山の確執の所以《ゆえん》が、宗栄にもようやくわかってきた。

永津野の竜崎氏は、いまだに武張《ぶば》ったことが大好きなあの家風だ。西軍の旗頭のひとつだった上杉氏に与《くみ》して、よほど勇猛果敢に、一途に戦ったのだろう。獅子身中の虫の瓜生氏の裏切りを埋め合わせる分まで、お味方に誠意を見せねばならぬと邁進したろう。

これから晴れて武士の治政を始めようという徳川幕府にも、その侍魂は通じた。だから潰されずに許されたのだ。かの戦役にからむ逸話に、そうした敗軍の将の美談はいくつも残っていて、軍記語りのいい種になっている。関ケ原敗戦後の上杉氏の外交上手も、そこについた多くの武将たちを救ったことだろう。

かたや香山の瓜生氏は、戦の最中には東軍に馳せ参じたお味方でも、戦が終わってみれば敵方からの寝返り者である。竜崎氏に背いた叛臣《はんしん》は、徳川家の臣となってもまた背くかもしれない——と、冷めた視線を向けられた。どれだけ言い訳を立てようと、一度《ひとたび》背信した者は二度と信を得ることができないのはこの世の習いだ。

瓜生氏は、裏切りの対価として一大名の地位と香山の地を得た。竜崎氏は、裏切られ敗れてなお家と領地と面目を保ってもらった。二つの藩のあいだに残された主藩と支藩という関係は、幕府が双方に据えた灸であり、軛《くびき》だ。

永津野と香山は、いわば痛み分けで二つの藩に分かれたのだ。その結果、怒りも猜疑心《さいぎしん》も根深く残り続けることになったということか——

「わっしゃ、くわしいことまでは知らん」と、源一は素っ気ない。「親父も知らんかったろう。けど、この話はあの怪物の話なんじゃあ」

一人でいろいろ考え込んでいた宗栄は、はっとした。「じゃ、怪物がつくられたのは、その時代だというのか?」

源一は額に皺を刻んでうなずく。「永津野の殿様から見りゃあ、瓜生の殿様は裏切り者だがぁ。東軍と西軍の戦は終わっても、まだ攻められるかもしれねぇだろ」

両者の力の差は歴然としている。まともに攻められてはひとたまりもない。

「だから、香山は呪術で怪物をつくって迎え撃とうとしたわけか……」

「ンでもぉ、そのときは使わずに済んだらしいてぇ、親父は言っとったがぁ」

使わずに済んだ――永津野・香山間の内戦は起こらなかったのだ。

「永津野にも、香山を攻めるほどの余裕がなかったのかな。あるいは、今は戦はいかん、堪えておこうと思うくらいの分別はあったのかな」

天下分け目の決戦が終わっても、それですべてがいっぺんに片付いたわけではない。大坂の役で豊臣家が滅ぶまで、言葉の真の意味での太平はなく、将軍家と諸大名のあいだには一定の緊張感が残っていた。そんな状況下で奥州の片田舎の弱小藩同士が内輪もめの戦をしたら、何がどう災いするかわからない。せっかく安堵《あんど》された地位を失う羽目になったら、元も子もない。

「だからあの怪物はぁ、それっきりずっと、大平良山でぇ、大鼾かいて寝とるんだで」

源一は、怪物が昼寝でもしているかのように言うが、宗栄が思うに、呪術でつくられた怪物なら、おそらく呪術で封じられたのだろう。山神がおわすお止め山の、どこかに。

その怪物が、なぜ今になって現れた？

封じる術が切れたのか。それとも、術を使う者が怪物を目覚めさせ、今度こそ永津野と戦おうとしているのか。

――永津野の曽谷弾正と、牛頭馬頭の人狩りがきっかけか？

狩られて泣く瓜生の山の民のために怒り、怪物は目覚めたのか。なのに何故《なぜ》、当の瓜生の民を喰らうのか。

宗栄の腕に、また鳥肌が浮いた。戦が起これば、敵も味方も等しく傷つく。武器は、それ自体の意志で敵と味方を見分けることはできない。怪物にとっては、香山の民も香山の村も、永津野の番士も永津野の砦も、〈武器〉として戦って平らげねばならぬ対象としては同じに見えてしまう。

あれは、存在そのものが〈戦〉なのだ。山の夜気のせいではなく、宗栄は悪寒《おかん》に震えた。

「源じい、ならばあいつを倒すには、まず瓜生家に伝わるというその呪術の使い手のことを探るべきではないかな」

源一は目を剝き、小鼻をふくらませた。

「どこにおるかわからんがぁ」

「一族の者なのだから、香山城下にいるんだろう。相応の身分の人物で――」

「だったらなおさら、わっしなんぞが会えるか」

まったく聞く耳を持たない。

「先生よぉ、呪《まじな》いでつくったっちゅうても、素《もと》は何かの生きものじゃ。蝦蟇《がま》か蛙《かえる》か蜥蜴《とかげ》か」

生きものを芯に、土塊《つちくれ》や泥を固め、そこに悪気と瘴気《しょうき》を封じ込めて、あの醜い姿へとこね上げる。

怪物の切り落とされた舌が瞬く間に崩れてしまったのも、あれに仮初《かりそ》めの命を与えている〈素〉になった生きものから切り離されてしまったからに違いないと、源一はきっぱり言い切るのだった。

「ンだからぁ、急所を撃ったら殺せるでぇ。きっと心の臓じゃ。さもなきゃ眉間じゃ」

老いた鉄砲撃ちは、やおら傍らの得物を引き寄せると、手ぬぐいで拭き始めた。鉄《くろがね》が鈍く光る。

宗栄は少し心許《こころもと》なくなってきた。

「あの怪物には目玉がないんだ。だから眉間もないぞ」

「目玉がねぇだぁ？」

「ああ。目玉の収まるべき穴もない。ともかく奇っ怪なでかぶつなのだ。もしも心の臓もないとしたら、どうする？」

源一は鼻白んだ。「先生、なにも無理にわっしについて来なさることはねえんだで」

「すまん、私も臆していないわけではないのだ」

宗栄はぼさぼさの頭を掻く。

「なあ、源じい。怪物がらみのこの辺の話——とりわけ、瓜生氏の呪術のことを知っている者に、ほかに心当たりはないだろうか。私もそれなりに見聞は広いつもりだが、こんな面妖な話は初めて聞いた」

「信じねえなら、わっしはかまわんがぁ」

「そう短気を起こさず、頼む。誰かおらんか」

武器は鉄砲一挺、あとは臆測と勘だけを頼りにあの怪物と渡り合うのは、まだちと早い。もっと手がかりがほしい。

手ぬぐいを使う手を止めて、源一は渋い顔で考え込んだ。ややあって目を上げる。

「妙高寺の和尚だなあ」

北二条よりさらに登り、山深いところにある古寺だという。

「山作りが始まる前からある寺じゃ。すっかり荒れ寺でぇ、和尚が一人で守っとる。たまに村の者が様子を見に行っとるがぁ」

そういえば和尚は無事だろうかと、源一は急に、ちょっと慌てた。

「あの寺のことなんぞ、わっしも忘れとった」

「普段はあまり行き来がないのだな」

「なにしろ山奥なんでぇ」

「由緒のある寺なのか」

「さあ、謂《いわ》れは知らん」

そんなことなど気に留めたこともないというように目をしばしばさせ、源一は、そこで何か思い出したみたいに眉をひそめた。

「そういやぁ、妙高寺には鐘がないんじゃ」

鐘楼はあるが鐘はない。最初《はな》からなかったらしい、と言う。

「妙高寺の〈鳴らずの鐘〉言うてな。お山の不思議のひとつだぁ。はて、あれも怪物と関わりのある話だったような……」

親父は何と言っとったかなぁと、源一はしきりと首をひねる。

「あっこの和尚はぁ、わっしが若いころからもう年寄りじゃった。今じゃ、人よりもののけに近いような歳になっとろう。昔のことなら何でも知っとるがぁ」

「よし、ともかくその寺へ行ってみよう」

半ば祈るような気持ちで、宗栄は腹を決めた。

四

夜更けて、名賀村は寝静まっている。

蓑吉は一人、満作の家の屋根に上がっていた。ここにはハナがいる。小高い場所にある家なので、見通しもいい。夜気をしのぐために筵《むしろ》をひっかぶり、龕灯《がんどう》を手に、溜家の後ろに黒々とうずくまる裏山に目を凝《こ》らし、加介がぶら下げた金物が鳴る音がしないかと耳を澄ましていた。

おせんに鼓舞されて長橋家に戻ったものの、あれから加介と蓑吉が太一郎に呼ばれることはなかった。庄屋の具合はどうか、奥がどんな様子なのか、御筆頭様の奥方様と御家来衆に、名賀村に迫りつつある怪物の脅威を太一郎がきちんと伝えることができたのかどうか、何もかもさっぱりわからない。そのうち、加介もおせんもそれぞれの仕事に追われて、またバラバラになってしまった。

庄屋の長橋家の奥には、深夜でもまだ明かりが灯っている。まわりの家々には、村人たちが集《つど》って雑魚寝している。屋根の上からぐるりと見回せば、村のあちこちに龕灯や提灯を手にした見張りがいる。

でもかがり火はないし、村の男たちが武器になりそうなものを集めておくことも禁じられてしまった。これは太一郎の命令だという。蓑吉は不満で不安だったから、それを口に出して言った。すると、馬たちのためにここに一人で残っているあの厩番の男に、

「ぼっこ、おめえも無茶だなぁ。御筆頭様の奥方様がおいでなさるのに、わしらがかがり火を焚いて鍬《くわ》や鎌を持っててどうする？　一揆でも起こすように見えるがぁ」

頭から叱られて、おでこを叩かれた。

蓑吉は歯がゆい。宗栄様がいたら、朱音様がいたら、もっとちゃんとできるのに。

――だいたい、よりによってこんなときに、おくがたさまって何しにきたんだぁ。

長橋家の厨でちらりと聞こえたが、小さい姫様もご一緒だという。

むかっ腹が立つ。しかもその腹はぺこぺこだ。

今夜は星が美しい。蓑吉が夜空を仰ぐと、ちらちらと瞬きかけてくる。そういえば、蓑吉がまだうまく口をきけなかったころ、朱音様が小さくてきれいなお菓子をくれたことがある。星のかけらみたいで、口に入れると甘くてびっくりした。あの星も食えるといいのに。

朱音様も宗栄様も、どこにいるのか。もう戻ってはこられないのか。

そんなことを考えては駄目だ。弱気の虫を押し返し、蓑吉は強くかぶりを振る。はずみで龕灯のなかの小さな蠟燭の炎が揺れた。

屋根の上で立ち上がり、溜家の方を見やる。じいも起きているのか、屋敷の奥の方に、ごく小さな明かりが灯っている。

静かだ。馬たちも寝入っている。鼻息も足踏みの音もしない。

蓑吉は振り返り、う〜んと両腕をあげて伸びをしながら、庄屋の屋敷ごしに、村の出入り口の方へと目を投げた。街道へ通じる坂道が、緩やかに森の狭間《はざま》を下っている。御筆頭様の奥方様の美しい駕籠も、あの道を登ってきたはずだ。

坂道のとば口に、見張りが一人立っている。丸い明かりだから提灯《ちょうちん》だ。右へ左へ、ゆっくりと行ったり来たりしている。立っていると眠気がさしてくるからだろう。

蓑吉の腹が鳴った。おせんに言われて握り飯を食べたのは、何刻ごろだったろう。もっとたくさん詰め込んでおけばよかった。

ため息が出た。どうにも気が弱る。空いている方の手で両目を擦《こす》り、ほっぺたをぺんぺんと張ってからしゃんと顔を上げる。

村の出入り口の明かりが見えなくなっていた。

見張りが位置を変えたのかもしれない。庄屋の屋敷の方に戻ってきているのでは？　もっと右か、左か、それとも坂を下りている？

いない。見えない。明かりが消えている。

そうだ、消えただけだろう。蠟燭が尽きた。油が切れた。きっとそうだ——

まばたきし、もう一度目を凝らす。と、村の出入り口から街道に通じる坂道が見えなくなっていた。さっきまでは星明かりの下、うっすらと白い道筋が浮き上がって見えたのに、今はまわりの森と同じ、闇に塗り潰されている。

蓑吉の胸の奥で心の臓が跳ねた。

その闇が動いていた。

ぬるり。形のある闇。

ああ、あいつはあんなふうに動く。脚をたたんで蛇のように滑る。森のなかを。夜の闇の底を。おいらは知ってる。知ってるけれど、あんなふうにここへやってくるなんて、信じられない、信じたくない。

闇の塊は坂道を登り、名賀村のなかまで入り込んできた。庄屋の長橋家の手前、村人たちが集って眠っている家と家のあいだまで、重たい泥を含んだ黒い水が流れるように。

そして、それはそこで形を成した。

起き上がる。脚が立つ。大きな頭が持ち上がる。あの尾が、二股に分かれた先っぽが、星月夜を切り取ろうとするかのように高々と巻き上がってゆく。

叫ぼう。蓑吉が胸いっぱいに息を吸い込むと、鼻が曲がりそうな異臭が押し寄せてきた。途端に、足元で馬たちが騒ぎ始めた。

「かいぶつだぁ！」

蓑吉の叫びと同時に、怪物も雄叫びをあげた。笑っているように聞こえた。嬉しいのだ。腹が減ってたまらなくて、やっと飯にありつける。食いものだ！　食いものがいっぱいある！　片っ端から喰らってやる！

雄叫びだけではない。怪物は一瞬、後ろ脚だけで立ち上がり、鉤爪のついたあの前脚を打ち鳴らした。そしてその場で小躍りした。食いものだ、食いものだ、食いものだ！

「ハナ、怪物が来た！」

蓑吉は転がるように屋根から降りた。

あちこちで明かりが動く。新しい明かりも点く。恐怖と驚きの声があがる。すかさず怪物の尾がしなって、傍らの家の屋根を叩き潰さんばかりに一撃する。

山で見たときより、後ろ脚が頑丈そうになっている。首が細く引き締まり、いっそう蜥蜴に似てきた。長い舌が飛び出す。走って近づいてきた見張りの明かりが、たちまち消えた。

「ハナ！　おじさぁ！」

厩番が飛び出してきた。寝ぼけ眼から一瞬で覚めて、目が飛び出しそうになる。

「な、何だ、ありゃ」

「だからあれが怪物だよ！」

ほんの今まで、村そのものが寝息を立てて穏やかに眠っていたのに、悲鳴が、怒声が、ものが壊れ人が慌てて走り回る音が、それにとってかわる。人が騒げば怪物も高ぶる。ここの人びとは砦の番士たちとは違う。誰も怪物に立ち向かおうとはしない。ひたすら逃げるか、腰を抜かすばかりだ。怪物は易々《やすやす》と追いつき、踏みつぶし、舌で巻き取り大口を開けて喰らい、人びとを守る脆《もろ》い殻のような家々を、尻尾でもって叩き壊す。

「おじさぁ、馬を放そう！」

蓑吉はハナの手綱を取る。

「バカ言うな、だ、大事な馬を」

村の馬たちは怯えて騒いでいる。頭を振り立て、口から泡を吹いている馬もいる。

「なだめてやって、怪物のそばまで連れて行くんだよ！　大丈夫だから。馬が向かっていけば、怪物は尻込みするんだから」

厩番は目をひん剝いたまま、首を左右に振って後ずさりする。「駄目だ、駄目だ」

そして馬たちの綱を解くと、尻を叩いて怪物の反対側、溜家の方へと追い立てた。

「いけ、いけ、逃げろ、逃げてくれぇ」

「駄目だよ、おじさぁ！」

ハナの手綱も奪われそうになり、蓑吉は抗《あらが》った。厩番の顔は恐怖で引き攣《つ》っている。

「か、勝手にしろぉ！」

厩番も馬たちを追って逃げてしまった。蓑吉は手綱を指に巻きつけて握りしめると、ハナの目を見た。

「よし、行こう」

ハナを連れ、満作の家から庄屋の屋敷に向かって駆け出した。怪物は既に手近の家を二軒叩き壊し、長橋家の方に向かっている。

「みんなぁ！　森へ逃げろぉ！」

蓑吉は喉いっぱいに叫んで、また走る。前後を忘れ、目の焦点を失って、枕を抱えて逃げてくる男がいる。その後ろには、子供を背負って逃げる女がいる。怪物の尾が弧を描いて空を切る。

「危ねぇ、伏せろぉ！」

女はとっさにしゃがんだが、背中の子供は尻尾にさらわれた。我が子を取られ、悲鳴をあげる女を、戻ってきた尻尾がしたたか打ってはね飛ばした。

どっと足音と怒声が聞こえた。村の男たちだ。手に手に鍬や鎌や万能《まんのう》を構え、火の点いた松明《たいまつ》を振りかざす者もいる。そして怒鳴りながら怪物に突進していく。

「おらおらぁ、いぐどいぐどぉ～！」

「うわぁ～！　うわぁ～！」

恐怖と動転に、ほとんど言葉になっていない。ただがなっているだけだ。それに応じるように、怪物の腹と喉がごろごろ鳴る。蓑吉の耳には恐ろしく馴染《なじ》んだあの音だ。

「下がれ、寄っちゃ駄目だぁ！」

怪物が酸水を吐く。みんな溶かされてしまう。蓑吉は立ちすくんでしまった。

「どけぇどけぇ！　みんな下がれぇ！」

右手の家のなかから、珍妙なものが出てきた。見れば、加介だ。戸板に十字に荒縄をかけて持ち手を作り、それを両手で捧げ持ち、自分の身を隠して進んでくる。

怪物の「ごろごろ」がひときわ高まった。蓑吉はハナを引いて後ろに下がりながら、必死で声を張り上げた。「みんな隠れろぉ！」

怪物は口を開き、げろぉと音をたてて胃の腑のなかのものを吐きかけてきた。

加介は腰を落とし、捧げ持った戸板でまともにそれを受けた。酸っぱい異臭が広がり、じゅっと音がたった。跳ね返った酸水が足元で飛び散る。

怪物は口を半開きにしたまま、大きな頭を右に傾《かし》げた。〈防がれた〉ということが解《げ》せないのだろう。動きも止まった。

今だ。蓑吉はハナを引っ張って走り出す。が、蓑吉よりも早く、加介の後ろに駆け寄った者がいた。太一郎だ。走りながら勢いをつけて、怪物の顔をめがけて何かを投げつけた。

ぱしゃん！　軽い音がして、怪物の口の端が濡れた。壊れた土器《かわらけ》が鉤爪の上に落ちかかる。ついでもうひとつ。太一郎が投げつける。今度は怪物の鼻にあたって砕け、だらだらと水のようなものが滴る。油だ。土器に油を入れてある。蓑吉ははっとまわりを見回した。火種ならいっぱいある。提灯に松明。いつのまにか、長橋屋敷の前には鉄籠に薪を入れたかがり火も燃えていた。あれで火を点けようというのだ！

投擲《とうてき》はさらに続いた。太一郎は両手に持てるだけの土器を持っていた。前に進み出て、ついには加介と一緒に戸板の陰に入り、前後左右に動きながら狙《ねら》いをつけて投げつける。だが土器はみんな怪物の顔にあたるだけで、でっかい口のなかには入らない。

「加介さん、加介さぁん」

呼びながら、ハナを引いて蓑吉は走った。

「下がってぇ！　もう下がってぇ！」

加介は驚きで腰を抜かしそうになった。太一郎が戸板の荒縄をつかんで支える。

「蓑吉、来るなぁ！」

「おいらは平気だ、ハナがいる！」

場違いなほど長閑《のどか》な蹄《ひづめ》の音をたてて、ハナは蓑吉についてくる。尻尾が揺れ、耳がぴんと立っている。

てきめんだった。怪物の腰が引けた。関節が深く折れ、より力強くなったように見える後ろ脚ががたたらを踏んだ。怪物はハナから顔を背け、喘《あえ》ぐように口を開いた。

「今だぁ！」

太一郎が戸板の陰から立ち上がり、渾身の力で土器を放った。それはまっしぐらに飛んで怪物の口のなかに飛び込み、下の歯にあたって割れた。たらたらと油が流れる。

「火だ、火だ、打て打て！」

太一郎の号令に、後方から一斉に小さな火玉が飛んできた。火矢だ。数人の男たちが手に手に半弓を持ち、綿玉に油を沁ませたものに火をつけて、矢に刺して放っている。戸板にしろ土器にしろこの火矢にしろ、太一郎はちゃんと備えていてくれたのだ。

火矢は続けざまに怪物の顔に当たって落ちた。口のなかで炎が燃え上がった。怪物が叫び声をあげる。初めて耳にする苦痛の叫びだ。狼狽の叫びだ。蓑吉の心にも希望が燃えた。

「ハナ、こいつを村から追い出すぞ！」

蓑吉は思い切ってハナの背中によじのぼった。馬に乗るのは初めてだ。鞍もついていない。が、蓑吉がまたがると、ハナは上手に乗せてくれた。手綱をひとつ打つと、頼もしくいなないて前に進んだ。

怪物は頭を振り立て、火を消そうとしている。熱さにじっとしていられず、後ろ脚があっちこっちを踏んでいる。頭の方に気をとられているせいか、尻尾は垂れて引きずっている。村の男たちがわっとたかり、手にした鉈《なた》や万能で断ち切りにかかる。男たちの顔にぱっと返り血がはねかかる。

怪物がこっちに頭を向けると、蓑吉はハナを前に出す。怪物が逃げるとそっちに回る。そうやって一歩、また一歩と後ずさりさせてゆく。火矢は尽きて飛んでこなくなったが、怪物の身体や口のなかの油はまだ燃えていた。尾っぽも、あとひと打ち、ふた打ちで、叩き断ってしまえそうだ。

それにこいつ、今夜は、人を喰らうときには舌を使っても、舌で攻撃してこない。

——宗栄様のおかげだ！

山で、宗栄が怪物の舌を断ったからだ。

人が熱いものを口に入れて慌ててしまうのと同じように、怪物も不格好な前脚を持ち上げ、燃える顔と口を押さえて右往左往している。それでも思うように動けないのは、村の男衆《おとこし》に尻尾を押さえられているからだと気づくほどの余裕はなさそうだ。

その男衆たちから歓声があがった。

「おう、やったどぉ！」

「ざまあみやがれぇ!」

怪物の尾が、あの二股に分かれた先端から一尋《ひとひろ》ほどの長さのところで断ち切られた。本体から切り離された側は、釣り針にかかった魚のように暴れている。本体に残った側は逃げ出すように背中の方へと巻き上がり、噴き出す血は雨のごとく、そこらじゅうに降り注いだ。怪物自身も頭に、背中に肩に、己の黒い血を浴びて濡れ濡れと光る。

何かが爆ぜるような音がし始めた。

ハナを駆り立て、怪物を追い詰めることに夢中で、蓑吉は最初、その音を聞き損ねた。まわりの男衆も、太一郎も加介もそうだったろう。加介のほかにも戸板の盾を掲げた男たちが増えており、その陰に身を隠しながら、怪物に向かってものを投げたり、落ちた矢を拾ってまた射かけたり、松明を振り立てたりしていた。恐怖に打ち勝つためにてんでに声を張り上げ、わけのわからないことを叫び、気合を入れている。その喧騒《けんそう》の底に、ぱちぱち。じゅうじゅう。焚き火にかざした串刺しの魚が焼けるような音。

怪物の顔と口のなかの炎が、ようやく消えた。燃えていたところは焼け、黒焦げになるか赤く爛《ただ》れていた。手傷を負ったせいで、まわりの景色や明るさに合わせて肌の色合いを変える力が失われたらしく、夜の闇にまぎれる真っ黒から、蛙のような体色へと変わっていた。背中はだんだらで、腹は白い。

その背中のだんだらが、変だ。蓑吉は、音よりもそちらの方に先に気づいた。だんだらが動いてる?

動いているのではない。剝けているのだ。尻尾の切り口からまだ噴き出している血を浴びて、その血が降りかかったところからどんどん剝けてゆく。

剝けて、新しい皮膚が生じてくる。鉄《くろがね》のように底光りする黒色の鱗で鎧《よろ》うた、新たな身体が現れる。

ハナのいななきにたじろぎ、後ろに退きながらも、怪物は後脚で立ち上がった。蓑吉は思わず、「え?・」と声をあげた。

怪物の姿が変わってゆく。肌が鎧に覆われてゆくだけではない。丸かった頭が少しずつ細くなり、口が尖る。さらに首が細くなる。頭だけを見るなら完全に蛇だ。

だがそれと同時に両肩が張り出し、前脚の付け根に肉が盛り上がる。丈は短いままだが、関節が太く浮き出してくる。

後脚はさらにどっしり据わり、でっぷりした胴は引き締まってゆくので、怪物は立ち上がってもふらつかなくなった。自身の変化を確かめるかのように、むくむくと肉を付けてゆく前脚を顔の前に持っていって、三本の鉤爪を動かしている。かちり、かちりと爪が鳴る。

尻尾を断ち切られ、頭が小さくなり、胴が細って、全体にひとまわり小さくなった。だが、ちっとも安心できない。小さくなってひ弱になったという気がしない。

全身の変色が終わった。腹の真ん中の一部を残して、すべて黒い鎧に覆われた異様な姿。細くなった身体とは不釣り合いなほどたくましい後脚と、力強く、動きが素早くなった前脚。

その頭が軽く傾ぎ、口の端から赤い舌がちろりと覗いた。先が二股になった蛇の舌だ。宗栄が斬り落とし傷つけた舌ではない。脱皮と変身で、別のものになってしまったのだ。

生きものは、こんなふうにはならない。脱皮で傷が治りはしない。自分の血を浴びて変身したりもしない。こいつは、本物の化け物なのだ。

凍りついたように動けない名賀村の人びとの眼前で、怪物は顔を動かし、ありもしない目であたりを睥睨《へいげい》した。その動きが、長橋家の前のかがり火のところで止まった。

怪物は顎を引いた。その口が開く。

そして咆哮が轟いた。新たな雄叫び、生まれ変わった怪物の鬨《とき》があたりを震わせる。

蓑吉は見た。怪物が雄叫びと共に吐き出した息を受けて、長橋家の門前のかがり火が燃え上がる。その炎はたちまち軒へ、屋根へと燃え広がってゆく。

怪物が頭をこちらに向けた。松明を手にした男に向かって吼《ほ》え立てる。かがり火と同じように松明の炎も燃えさかり、たちまち男を呑み込んだ。

頭がついていかない。怪物は火を吐いているのか？　違う、油みたいに〈燃えるもの〉を吐いているのだ。

あの、人を溶かす酸水は、火が点くと燃えるんだ！　火の気のないところでも、怪物の息に吹かれた男衆が転げ回って苦しんでいる。熱い、溶ける！　そしてそこに火の粉が舞い落ちると、今度はぱっと炎が立つ。

蓑吉はぞうっと震えた。砦でも、あんなに火のまわりが速かったのは、善蔵《ぜんぞう》が火をかける以前に、多くの人や物が怪物の酸水を浴びて燃えやすくなっていたからなのだ。

叫び、吼え立てては炎を燃え上がらせながら、怪物は前脚で家々の屋根を叩き、後脚で壁を蹴り、再び村の中心へと進み始めた。

「火を消せ、火種を消せぇ！」

太一郎の声が割れている。構えていた戸板をおろして、加介が呆然としている。

「水をかけろ、湯を持ってこぉい！」

指図する誰かの声が、ぎゃあっという悲鳴に変わって途切れた。地響きがする。怪物は足元のものを端から踏みつぶし、今、首を下げて何かを咥《くわ》えた。助けてくれぇという哀訴が呑み込まれてゆく。燃え広がる火災に、さすがのハナも怯え始めた。蓑吉は溜家へ逃げようと思った。

「加介さん、溜家へ行こう！　早く！」

蓑吉の声に、加介はようやく我に返った。戸板をどうしようかと躊躇《ためら》っている。

「そんなもん置いて、早く！」

怪物が近づいてくる。身体がよろめきそうなほどの地響き。雄叫びに続く悲鳴。熱い、熱いと叫ぶ男たち。

戸板を手放し、蓑吉とハナに駆け寄ろうと踵《きびす》を返した加介の足元に、龕灯がひとつ転がってきた。外側の覆いは曲げわっぱでできている。ころころと半円を描いて、なかでは短い蠟燭が燃えている。

怪物がこちらを見返った。すべてを見通しているかのような素早さ、賢さ、そして冷酷さ。一瞬の躊躇いもない。容赦もない。

時が停まったようだった。加介はこちらに駆けてくる。蓑吉は手を差し伸べる。ハナが急かすように足踏みをする。

怪物の蛇のような頭が下がった。口が開き、すぼまる。音は聞こえない。ただ異様に熱い。ひりひりと肌を焼く臭い息が吹きつけてきて、身体にべったりとまといつく。

地面に転がった龕灯のなかの、ちびた蠟燭が燃えあがった。炎は流れ、逃げる加介の背中へと燃え移る。怪物の呼気、身体に吹きつけられた湿った霧が炎に変わる。

蓑吉は叫んだ。炎に包まれて、加介も叫んでいた。両手が空をつかみ、膝が折れる。

炎からきわどく身をかわし、地面を蹴って、ハナが逃げ出した。蓑吉は身を伏せてその首にしがみつく。涙がだらだら流れ落ちる。顔が痛い。酸水の霧のせいだ。右目が開かない。それでもハナは駆けてゆく。溜家への道を駆け登ってゆく。

「どう、どう、止まれ！」

男の大声がして、ハナが驚いたようにいななき、足どりが乱れた。白髪まじりの小さな髷《まげ》を乗っけた老人が、大手を広げて立ちふさがっている。旅装束のお侍だ。足を止めたハナの手綱をむんずとつかむと、

「音羽《おとわ》様、どうぞこちらに」

老人は背後を振り返り、呼びかけた。

「ささ、お乗りくだされ。一ノ姫様もおいでなされ」

ハナに乗れだって？　勝手なことを言う。蓑吉はかっとなって叫んだ。

「ハナに触るなぁ！　おまえらどこのどいつだ」

するといきなり殴られ、ハナの背からはたき落とされた。

「この無礼者めが！」

地面に落ちた蓑吉の後ろから別の手が伸びてきて、無理やりに引き起こし、土下座をさせようとする。やはり旅装束の、こちらはもっと若い侍だ。偉そうに小鼻をふくらませているが、目元は引き攣っている。

「控えんか！　ここにおわすは御蔵様、大井竜崎家の音羽様と、ご息女の一ノ姫様じゃ。おまえのような下賤《げせん》の者が――」

遠くで激しい破壊音が響き、蓑吉も侍たちもびくりと跳び上がった。ここは溜家へ登る道のまだ半ば、おせんが〈新家《しんや》〉と呼んでいた普請中の建物のすぐそばだ。森の木立を透かして、あかあかと火の色が見える。

ああ、まただ。名賀村も燃えている。また食い止められなかった。

誰も、何も、あの怪物にはかなわない。

蓑吉は泣いた。最初はしゃっくりをするようだったのが、すぐ号泣になった。どれほど大きな声で泣いても足りない。この怒りと悲しみを吐き出しきれない。

右目が痛い。瞼はぎゅっとくっついてしまい、開けることができない。それでも涙は溢れ出てきて、焼けるような痛みが増す。蓑吉は拳で地面を打ちながら泣いた。

何か柔らかなものが肩先に触れた。それからそっと顎にも触れた。

いつの間にか、すぐそばに、幼い女の子が寄り添っていた。綿入れの夜着にすっぽりと身を包まれているが、その下は白い寝間着のようで、足も裸足だ。痛々しいほど小さく、やわい足である。

「どうして泣くの」

蓑吉の顔を覗き込み、女の子は囁きかけてきた。小さな指が軽く蓑吉の頬に触れる。

「目がいたいの？」

「い、一ノ姫様！」

さっきの老侍が我に返った体《てい》で飛んできて、また蓑吉を乱暴に突き飛ばそうとした。と、一ノ姫と呼ばれた女の子が、小さな身体いっぱいに、思いがけないほど凛と強い声を発した。

「越川《こしかわ》、この子をいじめちゃだめ！」

老侍はにわかに畏れ入り、蓑吉にあげた手をおろしただけでなく、その場でおろおろと平伏した。蓑吉はあんまり驚いて、茹《ゆ》でた貝みたいに口を開けた。何だこの子。今、このじいさん侍を叱ったよな？

「小夜《さよ》、そのように大きな声を出してはいけませんよ」

優しげな女の声が割り込んできて、すぐその声の主の姿も見えた。

一瞬、蓑吉は朱音かと思った。白い肌も、下げ髪にした長い黒髪も、ほのかにいい匂いがするのも同じだ。

だが、その女人は朱音ではなかった。朱音よりもずっと若く、世間を知らない蓑吉の目にも何だか儚《はかな》く、頼りなげに見えた。一ノ姫と同じように白い寝間着に裸足だが、その上から豪奢《ごうしゃ》な打ち掛けをかぶっている。

やっとわかった。この人たちは、庄屋の長橋家の貴い客人たちに違いない。この母子こそが、あの駕籠の主なのだ。

「許してくださいね。わたくしたちは馬を置き去りにしてきてしまったの」

蓑吉の前にしゃがみこむと、奥方様はそう話しかけてきた。

「供の者たちともはぐれてしまって、この越川と浦野《うらの》の二人だけ……」

老侍が越川、若くて偉そうな方が浦野だ。

「長橋の家で、この先の溜家というところへ逃げろと勧めてくれたのだけれど」

溜家の造りは頑丈だし、村の中心からは離れている。きっと太一郎がそう勧めたのだ。

「森が深くなるばかりで、恐ろしくなりました。道を間違ってしまったのかしら」

「おいらも溜家に行くんです。この道だぁ」

「ならば、どうぞ連れていってください」

寝間着の上に、手近にあったものを寒さしのぎにひっかぶっただけの母子。供の二人は旅装を解かずに不寝番をしていたのか、野袴《のばかま》にも羽織にも皺ができている。

「こ、こっちです」

蓑吉は両手をついて立ち上がり、ハナの手綱を取った。

「あの怪物は、人は喰うけど馬には弱いんだぁ。ハナがいれば安心だからぁ」

音羽と一ノ姫をハナの背に乗せ、浦野が介添えする。越川は少し足を引きずっていた。あの大混乱のなかから逃げ出すとき、痛めたのかもしれない。

蓑吉はハナを急かしながら、何度も後ろを振り返った。怪物はまだ村のなかをうろつきまわっているのか。

早く、早く。溜家がこんなに遠いなんて。見上げる馬の背の一ノ姫の顔はお月様のように白く、ハナに回した手は小さくて力弱く、しっかりと首につかまっていられずに、たてがみをつかんでいる。

ちりん、かちん。道の前方から、金物がぶつかり合う音がしてきて、蓑吉は足を止めた。

加介がぶら下げた金物。あれが鳴っている？　じゃ、怪物は裏山の方へ回ったのか。

――おらたちを待ち伏せしてる？

そんな莫迦《ばか》な。そんな殺生な。けど、砦から逃げるときも、気がついたら間近にあいつが迫っていたのだった。

この先、道は緩く右に曲がっている。怪物が飛び出してくるのか――

ちりんちりん、かちん。近づいてきた。淡い提灯の明かり。足音もする。呼気の音も。人のそれのみではない。

馬だ！　三頭、前後に繋いで、先頭の馬の手綱は厩番の男が持っている。金物が鳴っているのは、馬たちを繋ぐのに、加介が裏庭の杭に渡したあの綱をそのまま使っているからだ。

「おじさぁ！」

蓑吉の声に、へっぴり腰の厩番が顔を上げた。その脇にはじいがいた。両手を懐に入れ、いつもよりいっそう腰を曲げて、どこか痛いみたいによろよろと下ってくる。

「どこサ行くんだ！　村は危ねえ！」

ハナと客人一行から離れ、蓑吉は厩番に駆け寄った。近づくと、厩番は恐怖に涙目になっている。じいは蓑吉に目もくれず、危なっかしい足取りで下ってゆく。腰につけた提灯は今にも火が消えそうだ。

「おれにもわからんがぁ。せっかく溜家まで逃げたのにぃ、じいが行くと言ってきかんでぇ」

厩番はさらにわけのわからないことを言う。「じいは、あの恐ろしいけだものを追っ払えるっちゅうがぁ」

おぼつかない足取りで、じいはどんどん下ってゆく。ハナたちの脇も通り過ぎてしまった。音羽たち一行が、啞然《あぜん》として見送っている。越川も浦野も、無礼者と怒ることも忘れているらしい。

啞然とするのは蓑吉も一緒だ。

「怪物を……追っ払える？」

そのとき気づいた。足元に点々と何かが滴《したた》っている。じいが歩いたところに。

血だ。じい、血を流している。いったいぜんたいどうしたっていうんだ。

「おじさぁ、なして馬を連れてくんだ」

「じいが、馬がいれば、出合い頭に喰われんで済むちゅうから」

「じゃ、おらが連れてく。おじさぁは、あの衆《しい》を溜家に連れてって、隠れててくれろ！」

金物をちりんかちんと鳴らす三頭の馬を引き連れ、蓑吉はじいを追いかけた。すれ違うとき、ハナの背の一ノ姫がすがるような目を向けてきた。姫様、おいら、姫様を置き去りにするんじゃねえよ。ただ、じいについていかなくちゃ！

「じい、じい、待ってくれ」

追いつくと、じいが血を流していることは間違いなかった。脛《すね》を伝って流れ落ちてくる。着物の腹にも血の染みがある。

「じい、どうしたんだよ。何してンだよ！」

じいはうなだれたまま足を止めず、ゆらゆらと歩きながら、小声で何か呟いていた。念仏だ。なまんだぶ、なまんだぶ。

「じい、怪物を追っ払うって、どうやるんだ？　おいらにも手伝えるか？」

村の火事はおさまりつつあった。馬たちは鼻息が荒いが、暴れずに歩んでいる。

「――蓑吉かぁ」

やっと気づいたというように、じいはまばたきをして蓑吉の顔を見た。そして、信じられないことにうっすらと笑った。

「心配せんでもええ。わしゃぁ、心得とるでぇ。このためにここにおったでなぁ」

何を言ってるんだ、じい。

「こげな歳になるまンでぇ待たされたがぁ、よかったのか悪かったのかぁ。そンでもこいが、わしのお役目じゃからなぁ」

村から煙が流れてくる。馬たちが狼狽して首を返そうとする。蓑吉は懸命に宥める。砦にいたハナと違い、この馬たちは大事に養われているばかりの村の宝物だ。ハナほどの勇気はないかもしれない。かえってまずいことになるかもしれない。

ちりん、かちん、ちりん。道を下りきって、視界が開けた。

村の中央の家々は大方が焼け、火のかかっていないところも屋根が落ち、壁が抜けている。長橋家は半分がそっくり叩き壊されて、折れた梁《はり》や柱が燻《くすぶ》っている。

煙の向こうで、漆黒の怪物が身を起こした。半分だけ残った長橋家の陰で寝そべっていたのだ。鎧の鱗に、消え残った炎が映る。

ちりん、かちん。金物の音が怪物を引きつける。食いものの匂いがするぞ。鼻の穴がうごめく。

馬たちが騒いで逃げ出す――蓑吉は無事な左目も閉じて身を縮めた。が、ぶるんぶるんと鼻息をたて、足踏みをしながらも、三頭ともその場に留まっている。怪物はすぐそこにいるのに。

馬たちは、何か不思議なものでも見るように、大きな目をしていた。もう怖がってはいない。怪物に対峙すると、恐怖ではなく興味がわくのだろうか。人が奇妙なものをもっとよく見ようとするように、馬たちもまた怪物に注目している。

怪物は頭を引き、ごつい後脚も一歩引いて、馬たちから距離を開けた。

――嫌がってるんだ。

不吉な、ごろごろという音がする。

「蓑吉、ここにおってくれやぁ」

じいは言って、ふらりと前に出た。ちょっとだけ振り返る。

「その目ぇ、おせんの親父に診てもらえ」

蓑吉は動こうとした。手綱を放し、じいを追いかけようとした。怪物がしゅっと喉を鳴らし、こっちに首を伸ばしてきた。

じいが懐から両手を出し、高々と持ち上げた。その姿勢のままさらに歩み、怪物に近づいてゆく。掌からぽたぽた血が滴る。脛を伝って流れる血も止まらない。じいが一歩進むごとに、血に染まった草鞋の跡が、煤《すす》に汚れた地面に残る。

「つちみかどさまぁ」

両手を挙げて、じいは怪物に呼びかけた。蓑吉が知る限り、じいがこんなによく通る声を発したのは初めてだ。

だけど、何だって？〈つちみかどさま〉？

「お鎮まりくだされぇ、つちみかどさまぁ」

信じがたいことだが、ハナを、馬を嫌って退いたように、怪物は寄ってくるじいから後ずさりした。じいはそれを追い、後退してゆく怪物の正面へ、よちよちと回り込んでゆく。

「つちみかどさまぁ、わしは瓜生の臣《おみ》じゃでぇ、どうぞお鎮まりくだされぇ」

ひときわ高く、もう一度そう呼びかけると、じいは血の滴る手をもどかしげに動かし、諸肌を脱いだ。

蓑吉はあやうく叫びそうになった。じいの腹から血がだらだら垂れている。

鎮火しつつある炎の照り返しに、じいの痩せた腹が浮かび上がる。くっきりとついた二つの傷。上下に一本ずつ、太い横線が並んで、それを丸で囲んである。血はその傷から流れ出ているのだった。

見覚えのある図柄だ。香山のお山番の半纏についていた。屯所《とんしよ》の旗指物にも描いてあった。あれは〈丸に二つ算木《さんぎ》〉、瓜生のお殿様の家紋じゃないか。

「つちみかどさまぁ、どうかぁ、お山にお帰りくだされぇ」

じいは怪物に歩み寄り、挙げた両手を動かして、怪物を押し戻すようにした。掌《てのひら》の方がこっちを向いた刹那《せつな》、そこにも〈丸に二つ算木〉の傷があるのが見えた。じいは自分の身体に瓜生家の家紋を刻み、血を流しながら怪物に呼びかけているのだ。

怪物は、その呼びかけに反応している。じいを怖がっているみたいに、いやいや後退してゆく。半壊した長橋家を半周し、さらに後ずさりして村の中央から外れてゆく。

「つちみかどさまぁ、お頼み申します。お山にお帰りくだされぇ」

じいの声が割れ、身体が大きくよろめいた。手が宙をつかみ、そのまま前のめりに倒れてゆく。掌から血が跳ね、怪物に跳ねかかった。じいはそれほど近づいていたのだ。

「ぐろろろろぉ！」

これまで発したことのない悲鳴のような声をあげ、鱗の鎧に覆われた身を翻すと、怪物は地面を蹴立てて逃げ出した。脚をたたんで滑るのではなく、後ろ脚で駆け出して、勢いがついたところで一蹴り、地面を蹴って村を囲む森のなかへ飛び込んだ。

悲鳴が遠のいてゆく。怪物の逃げる道筋も見える。森の木立がへし折られてゆくからだ。あの力強い前脚でなぎ倒し、道を切り開いているのだろう。やがてその声は森の向こうへ消え、跡には怪物の通り道だけが残った。

じいが手を下ろし、その場で膝を折ると、ゆっくりと地面に突っ伏した。

夢を見るように呆《ほう》け、立ちすくんでいた蓑吉はようやく我に返り、倒れ伏したじいに駆け寄って抱き起こした。

「じぃ！　じぃ！」

その声が合図になったかのように、あちらからもこちらからも人びとが現れた。怪我人を助け起こし、いぶる焼け跡に水をかけ、しぶとい炎を叩いて消し、互いに名を呼び合って無事を確かめ合う。

じいの身体から流れ出る血は生ぬるい。だが手足は冷え切っている。顔は蠟のように白い。血と一緒に命が流れ出ていく。

人影が覆い被さってきた。庄屋の孫の太一郎だ。顔じゅう煤だらけで着物はあちこち破れ、肩口に血がついている。

「血止めをせんとぉ。あっちへ運ぼう」

だがそのとき、じいが血の気の抜けたくちびるを動かし、言った。「聞いて、くれろ」

「じい、しゃべっちゃだめだぁ」

「聞いて、くれろ」

蓑吉に、耳を寄せろと指を動かす。蓑吉と太一郎はいっぱいにかがみ込んで、じいに顔を近づけた。

「わしゃぁ……これがお役目じゃったでぇ」

さっきもそう言っていた。

「わしゃ、もとは……香山の瓜生の者じゃあ」

じいが弱々しくまばたきすると、目尻に涙が浮いてきた。

「いつかぁ、こげなことがあったときのぉ……ためにぃ、ここにおったでぇ」

「こげなことって、怪物が出てきて暴れるってことか?」

じいは目を閉じ、顎をうなずかせた。

「つちみかどさまがぁ、国境《くにざかい》を越えちゃ、なんねえからなぁ。そったら……戦になってしまうから……なぁ」

わしら、罰《ばち》あたりじゃあ。じいは涙を流しながら、囁くような声で言う。以前にも同じことを言っていた。瓜生の衆は昔から罰あたりだった、と。

「お山でぇ……つちみかどさまをこしらえて」

罰あたりじゃあ。じいは泣く。

「人には、やってええこどとぉ、いかんこどがあるでぇ」

「じい、しゃべっちゃ駄目だよう」

蓑吉は止める。なのに太一郎は、凄むように太い声で問いかけた。「〈つちみかどさま〉っちゅうのは、あの怪物のことだぁな、じい」

「太一郎さん、そんなことどうでも」

「よくねぇ。じいはもういかん。だからぁ、おれらに聞いといてほしいんだぁ」

じいはまたうなずいた。掌からはまだ血が滲んでいるが、腹の傷の血は止まった。それがかえって怖い。もう血がなくなってしまったのじゃないか。

「あの怪物は、あげな恐ろしい生きものだがぁ、瓜生でつくられたもんなのか。人形《にんぎょう》みてぇに、つくられたもんなのか」

「……ンだ」

「どうすりゃ、やっつけられる？」

じいは二人に、もっと耳を寄せろと指で招く。声が出ないのだ。

「つちみかどさまはぁ……瓜生の障りじゃあ。竜崎の殿様が憎うてぇ、怖《こ》おうてぇ、こしらえたんだのにぃ……」

蓑吉にはぜんぜん呑み込めない。しかし太一郎にはじいの言うことがわかるらしい。衝撃と疲労に曇っていた目が晴れる。

「そうかぁ、わかった。だからじい、どうやったらあいつを倒せるんだぁ？」

じいの瞼が震え、半目が開いた。

「……わしゃぁ……長生きをしすぎたがぁ」

「じい、どうやったらあいつを倒せる？」

「あげなもの……見とうなかったぁ」

じいにはもう何も聞こえない。ただ呟いている。蓑吉はじいの手を握りしめる。握り返してくれることはない。

「……つちみかどさまぁ……なしてぇ、目ぇさましなすったぁ」

詰るように、その言葉だけちょっと語気が強くなった。それまでだった。じいは事切れた。

「じい、じい、じい」

呼びかけながらじいを揺さぶる蓑吉を、太一郎が押しとどめた。「もうよせぇ」

そしてじいの目を閉じてやった。太一郎の手は火傷《やけど》で爛れている。

「聞いたか、蓑吉ぃ。あの怪物はつくりものなんじゃ」

太一郎は据わったような目をしている。

「瓜生の家が、あいつをつくったんだぁ。竜崎のお殿様を憎んでぇ、この永津野を滅ぼそうとしてつくったんだぁ」

「太一郎さん、しっかりしてよ！」

蓑吉は泣き顔のまま、今度は太一郎にむしゃぶりついて揺さぶった。

「あれはお山から来たんだよ！　お山のお怒りだよ！　人の手でこしらえられるようなもんじゃねえ！」

「ンでも、じいは何と呼んでたぁ？〈つちみかどさま〉だぞぉ」

おめえ、知らねえのか。太一郎は訝《いぶか》しそうに蓑吉の顔を見る。

「〈土御門様《つちみかどさま》〉っちゅうのは、土で作ったお雛《ひな》様のことじゃ。土人形のことじゃあ」

蓑吉は知らなかった。でも、それで呑み込めた。だからさっきも太一郎は、いきなり「人形」と言ったのか。

「あいつはつくりものなんじゃ。人形なんじゃ。香山のやつばらに操られてぇ、おれら永津野の衆を喰らおうと暴れとるんだぁ」

「違うよ、太一郎さん！」

蓑吉は必死に太一郎を揺さぶり、それでも足りずにぱんぱんとその胸を叩いた。

「おいらの村は、香山の村だ！　香山の衆もあいつに喰われたんだよ！」

太一郎と目が合う。蓑吉はたじろいだ。何て冷たい目だ。今までと全然違う。

「知るか。そげなぁ、自業自得いうもんじゃぁ」

人を喰らおうとして喰らわれる。報いが身に返る。

「ざまあみろじゃ」

太一郎の口の端が酷薄に歪んだ。

そのときである。名賀村の焼け跡と瓦礫《がれき》のなかで右往左往する人びとのなかに動揺が起こり、ひときわ高い女の声が近づいてきた。

「太一郎さん、あ、蓑吉！　あんたその目はどうしたの！」

おせんだった。身体じゅう煤だらけ、顔も真っ黒だ。じいを認めると、あっと叫んで抱き起こす。

「じい、じい」

「それよりおせん、何だぁ？」

泣き顔のおせんは、太一郎に腕をつかまれて顔を上げると、ああ、ああとうろたえた。

「あれ見て、太一郎さん。あれ何だろう」

おせんが指さすのは、村へと登ってくるあの一本道の方だ。緩やかな坂の向こうが明るい。眺めていると、すぐにも、いくつもの灯が横に並んで近づいてくるのが見えてきた。

気がつけば夜明けが近い。東の空がうっすらと明るくなっている。それを背に粛々と近づいてくるのは——騎馬武者の一隊だ。旗指物が揺れている。

「ああ～」太一郎が顎が外れたような顔をして、ぐらぐらと立ち上がった。「ありゃ、御筆頭様じゃ！」

　えっ本当と声をあげ、おせんが跳びはねる。

「御筆頭様がおいでになった！　そりゃそうだよねえ、小台様がご心配だもん！」

　また〈ごひっとうさま〉だ。ホントにもう、誰のことなんだ。

　蓑吉が尋ねると、おせんは固まった。

「蓑吉──ああ、そうかぁ。あんたは知らないもんね。誰も言ってなかったよねぇ」

「御筆頭様は、曽谷弾正様だよ。でね、小台様の兄上様なんだよ」

　真っ黒けなおせんの顔。両目が気まずそうにまばたきをする。

　蓑吉はすぐには驚かなかった。事が意外すぎて呑み込めない。

「こりゃいかん」

　太一郎は狼狽で冷汗をかいている。

「どうしよう、どうしたもんだぁ」

「何を慌ててんだぁ、太一郎さん」おせんが一喝する。「御筆頭様は、おらたちを助けに来てくださったんだよ！」

　助けに来る？　蓑吉は混乱する。おいらたち香山の民にとっては地獄の獄卒も、永津野の民にとっては頼もしい守り手だ。そして朱音様はおいらたちの敵《かたき》の妹なんだって──

「あげな恐ろしい怪物が来てぇ、砦も小台様も大変なことになったって、あんたが城下にお知らせしたからぁ、御筆頭様が番士を引き連れて駆けつけてくだすったんだろぉが」

　おせんの甲高い声に、太一郎は顔を歪め、頭を抱えた。

「それがぁ、城下に使いは出してねぇんだ」

「え？　なんで？　なんでぐずぐずしてたんだよぉ！」

「だってもぉ、奥方様に頼まれたんだぁ。小台様がぁお戻りになるまで、城下には知らせンでぇ匿ってくれろってぇ。お供の御家来衆もおっかねえ顔するしぃ」

「おっかねぇ顔ってぇ――」おせんは呆れる。「太一郎さん、ぜんたい、御筆頭様の奥方様は、この村に何しにいらしたんだぁ？」

「だからぁ、逃げてこられたんだよぉ」

「御筆頭様からぁ？」

「ンだ。御筆頭様が一ノ姫様の縁談を決めようとなすってぇ、けども奥方様はその縁談がお嫌でなぁ。姫様を連れて、小台様を頼って逃げてこられたんだよぉ」

――義姉上《あねうえ》様におとりなしを願いたいのです。義姉上様ならきっと、御筆頭様を諫めて、わたくしが望まぬ一ノ姫の縁談を進めることを、やめさせてくださいます。

「ありゃぁ」おせんはいささか呑気すぎるくらい間抜けな声を出した。「夫婦喧嘩かぁ」

「おせん、そげなやさしいもんじゃねぇ」

太一郎は頭を抱えたまんまだ。

「奥方様は、御筆頭様のまわりの衆は誰も信用できねぇからって、わざわざご実家の御家来衆をお連れになったくらい――あ、そうだ！」

今さらのように身じろいで、太一郎が蓑吉にすがるようにした。「蓑吉ぃ、奥方様は溜家へおいでになったよなぁ？」

「う、うん。厩番のおじさぁが、連れて行った。ハナも行った。溜家にいるはずだよ」

「ご無事だよなぁ。ああ、よかった」

へたへたと脱力する。おせんは「もう、何がなんだかねぇ」と、深々とため息をつき、真っ黒けな顔を手で拭った。

先触れの野太い声が響いた。騎馬隊が近づいてくる。今、村の出入り口を通った。馬たちの蹄の音。揺れる旗指物《はたさしもの》。難しい字がいっぱい並んでいて、蓑吉には読めない。ただ、丸に入山形の家紋は永津野竜崎氏のものだ。蓑吉は直接人狩りに追われた経験はないが、香山のお山で、この旗印を掲げた牛頭馬頭の一隊から身を隠したことは何度もある。

――曽谷弾正。

牛頭馬頭の頭《かしら》はその昔、人と斬り合って左目を失ったのだそうな。だからすぐ見分けがつくだろう。みんな黒ずくめで、厳《いか》めしく武装し、朝の空気を重々しく、また不吉に震わせる武者たちのなかにあっても。

まわりに散っている生き残りの名賀村の人びとが、その場で平伏する。手を合わせて拝む。ありがとうござぇます、御筆頭様が来てくだすった、これで救われます、ありがとうござぇます――

太一郎は座り直し、地面に手をついた。おせんも蓑吉を引っ張り、平伏しようとする。

だが蓑吉は見ていた。隻眼《せきがん》の、漆黒の侍が馬から下りてくる。重々しく武具が鳴る。

一夜の悪夢は終わった。夜明けと共に始まるのは、新しい戦いだ。

第五章

荒神

一

「北二条の仁谷《にだに》村、か」

黒い脛《すね》当てに包まれた足が、蓑吉《みのきち》の前をゆっくりと行ったり来たりする。

溜家《たまりや》の土間である。蓑吉は背中で両手を括《くく》られ、その場に平伏させられていた。ときどきぴしりと音がするのは、この牛頭馬頭《ごずめず》の長《おさ》が手にした馬用の鞭《むち》を鳴らしているのだろう。

傍らには太一郎《たいちろう》とおせんがいる。二人とも蓑吉と同じように縛られ、頭を垂れている。蓑吉が香山《こうやま》の者だと知っていながらかばっていたから、蓑吉と同じ扱いを受けているのだ。

三人の後ろには、無造作に筵《むしろ》で包まれたじいの亡骸《なきがら》が転がされている。

引っ立てられているのは、蓑吉たちばかりではなかった。奥方様と一ノ姫、家来の越川《こしかわ》と浦野《うらの》という二人の武士も、漆黒の武具と防具に身を固めた弾正の手下たちの手で、ここの奥に押し込められている。さっきまではひとしきり、越川と浦野らしい激した声が抗弁する言葉や、一ノ姫のか細い泣き声が聞こえた。今はそれも絶えている。

蓑吉も太一郎も、これまでの経緯《ゆくたて》と、知っている限りのことを白状した。朱音《あかね》のことも、じいが残した言葉も、じいが怪物を追い払ったときの様子も、すべて話した。隠しておいてどうなるものでもない。

以来、曽谷弾正《そやだんじょう》は意味ありげに行ったり来たりしながら考え込んでいる。

蓑吉には訴えたいことがまだまだあった。じいの亡骸を葬らせてくれ。太一郎とおせんは悪くない。餌《えさ》のある場所に、怪物はまたやってくる。名賀《なか》村を守るために備えてくれ。朱音様と宗栄《そうえい》様を探してくれ——

太一郎は青白い顔をして押し黙っている。怪我《けが》の手当てもしてもらえず、血で汚れた着物もそのまだ。おせんは肩を震わせ、声を呑んで泣いている。

どこにも逃げ場はない。溜家は、かつてそうであったように牛頭馬頭どもの屯所《とんしょ》になり、厳しく警《けい》固《ご》されている。村の人びとがどうしているのか知りようもなかった。

曽谷弾正の足が、蓑吉の正面で止まった。

「小僧」

馬の鞭が伸びてきて顎の下に入り、蓑吉の面を上げさせた。

「おまえの村の近くには、妙高寺《みようこう》という古寺《ふるでら》があるだろう。知っているな」

蓑吉は牛頭馬頭の長の隻眼《せきがん》を見つめ返す。悔しいけれど怖い。何と冷たい眼差しだろう。

「答えよ、小僧」

曽谷弾正に付き従う武士が強い声を放った。他の牛頭馬頭たちより年かさで、この侍だけ、黒い鉢《はち》金《がね》に朱色の縁取りが入っている。弾正に次ぐ立場の副官か。

蓑吉はうなずいた。傷ついた右目の痛みはとまったけれど、瞼《まぶた》を開くことはできない。このまま見えなくなってしまうのかもしれない。

「おいらの村より、もっとお山の高いところにあるお寺ですがぁ。和尚様《おしよう》が一人でいらっしゃる」

弾正はやや意外そうな顔をした。「和尚だけか。ほかに人はおらんのか」

「すごい荒れ寺だもの」

村の子供たちのあいだには、あんなところに一人でいる和尚様は、実は人ではなく、山のヌシ様ではないかという噂《うわさ》があった。その正体は大狸《おおだぬき》だとか、ウワバミだとか。

「おまえは場所を知っているか」

「う、うん。険しいけど、道もあるし」

「ならば、我らの道案内を務めろ」

馬の鞭で軽く蓑吉の頬を叩《たた》くと、弾正は副官を見返った。「左平次《さへいじ》、隊を二つに分ける。一隊は儂《わし》が率いて香山に入り、一隊は漆原《うるしばら》に任せてここの護《まも》りにあてる」

はいと、名を呼ばれた二人の声が応じた。

「さらに、急ぎ増援を請う。早馬を出せ。漆原、村人を逃がしてはならんぞ。外から入ろうとする者も捕らえて足止めするのだ」

「かしこまりました」

左平次という副官は弾正を仰ぐ。「では、御筆頭様御自ら、朱音様の捜索にあたられるのでございますか」

「うむ。しかしまずは妙高寺に赴く」

副官もやや訝《いぶか》しげに眉をひそめたし、蓑吉はもっと怪訝《けげん》に思った。大事な妹のはずの朱音様を探すのを後回しにして、弾正はなんで妙高寺にこだわるのだろう。あの古い山寺のことを知っているようにも聞こえる。

顔は副官を向いていたが、まるで蓑吉の疑問に答えるようなことを、弾正は言った。

「儂にはちと心当たりがあっての」

口の端に薄い笑みを浮かべる。

「案ずるな。朱音は無事だ。あれが怪物に喰われてしまうことはあり得んからな」

けっしてない、と言い切る。

「しかし砦は倒壊し、火災も起きたそうではありませんか」

「朱音は生き延びておる。儂にはわかる」

怪訝そうな眉のまま、副官は黙った。蓑吉はますますわからない。もちろん朱音様に生きていてほしいけれど、何の根拠もなしに、どうして無事だと言い切れるのか。

「左平次、儂は狩りをすると言うておるのだ」

薄い笑みを広げて、弾正は続けた。

「村を襲った怪物を追い、捕まえよう」

「は。無論、そのような害獣を放置しておくことはできませぬ」

「ただの害獣ではないぞ。使いようによっては大いに永津野《ながつの》の益になる。大砲《おおづつ》よりも頼もしい武器だ」

この言葉には、思わずという様子で太一郎がぱっと身を起こした。蓑吉も、あれこれ考える前に叫んでいた。「なに寝ぼけたこと言ってンだ!」

途端に、副官の手甲をはめた手で張り倒され、蓑吉はじいのそばまで吹っ飛ばされた。

「小僧、控えよ!」

無事な左目から火が出てちかちかする。弾正の愉快そうな高笑いが聞こえた。

「まあ、そう怒るな左平次。無力な子供が怖がるのは当たり前だ。おまえたちとて、怪物を目の当たりにすれば怖《お》じけて腰が引けるかもしれんぞ」

この世のものではないのだからな――と、曽谷弾正は言った。

「そこの、死んだじじいの言によれば、件《くだん》の怪物は、永津野竜崎《りゅうざき》憎しの一心でつくりあげられた呪詛の塊だというではないか」

確かにじいはそう言っていた。が、曽谷弾正の口調には、何かそれ以上の確信というか、裏があるように、蓑吉は感じた。副官の表情もさらに訝しげに歪んだから、きっと蓑吉の思い過ごしではない。

「左様、その呪詛の塊を、ではどのようにして狩りましょう。熊や山犬の類《たぐ》いを追うのとは勝手が違います」

問いかけに答えず、弾正はじいの亡骸に歩み寄ると、無造作に足で蓑吉の身体を脇に退け、馬の鞭の先で筵をめくった。じいの掌《てのひら》が現れた。丸に二つ算木《さんぎ》の血のしるし。

「瓜生《うりゅう》につくられた怪物は、瓜生の家紋を畏《おそ》れ憚《はばか》る。しかし永津野の者には、骨まで喰らおうと襲いかかってくる」

弾正の声音も呪詛のような響きだ。

「それを利用するのだ。怪物の鼻先に餌をぶら下げて、おびき出してやろう。そして捕まえる。そのためには秘策が要るが、その秘策が妙高寺にあるのよ」

我慢が切れたのか、副官は直截《ちょくさい》に訊いた。「御筆頭様は、怪物とやらの何をご存じなのですか」

「察しがいいな、左平次」弾正はまた笑った。「それは、時が来ればわかる。まずは妙高寺に足場を置き、朱音を探すとしよう。あるいは朱音だけでは足らず、朱音にないものも探すことになるかもしれんが、妙高寺の和尚が神妙に我らに従うならば、その手間も省ける。左平次、儂を信じろ」

聞けば聞くほどにわけがわからず、不審ばかりか不安も芽生えてきた。見れば、太一郎もおせんも怯《おび》えて縮み上がっている。

「御意のままに」と、頭《こうべ》を垂れた副官は、しかし弾正の次の言葉に目を瞠《みは》った。

「音羽《おとわ》を連れてゆく。あれこそ、怪物の餌にはもってこいだ」

その場の者全員が息を呑んだ。副官の顔色も変わる。

「し、しかし御筆頭様、音羽様は――」

「永津野竜崎氏の古き血を継ぐ御蔵《おくら》様の娘。香山瓜生の呪詛を招き寄せるには、これ以上の餌はなかろうよ」

「御筆頭様の奥方様にござる！」

「忘れたか。音羽は既に儂の妻ではない」

弾正は声を強めず、しかし聞く者の耳を刺すように鋭く言い放つ。

「儂の意に逆らい、殿の命に背《そむ》いたばかりか一ノ姫をさらって逃亡を図った。音羽は御家《おいえ》に仇《あだ》なす反逆者となり果てたのだ。皆も遠慮を捨てぃ！」

副官も、居並ぶ牛頭馬頭たちもたちまち平伏した。場が静まりかえる。

蓑吉は吐き気がする。身に染みてわかった。曽谷弾正は、急を聞いて名賀村を救いに駆けつけたのではない。意に染まない縁談を嫌って逃げてきた妻子を追いかけて、たまたま押し寄せて来ただけなのだ。

音羽様。一瞬、朱音様と見間違った。天女のようにきれいで、儚《はかな》く頼りなげな人。小さく愛らしい姫様のおっかさま。

――どうして泣くの。

蓑吉を案じ、慰めるように問うてくれた、姫様のつぶらな瞳。

曽谷弾正は、あの姫様とおっかさまを引き裂いて、怪物の餌にするという。

「お、畏れ、畏れながらぁ申し上げます」

太一郎が泣き顔で、膝《ひざ》でずっていって、弾正の足元にすがりつこうとする。

「御筆頭様ぁ、いけません。奥方様をお山にお連れになってはいけませんがぁ。そげなぁ畏れ多いことぉ、なすってはいけませんがぁ」

貴方様は他国者《たこくもの》じゃ。太一郎は訴える。

「永津野の衆《しぃ》にとって、御蔵様がどんなに貴いお家柄かご存じねぇ。バチがあたりますがぁ。怪物の餌ならぁ、おらがなります。おらをお連れくだせぇ。お願《ねげ》ぇでございます」

土間に額をこすりつける太一郎を、弾正は仁王立ちで見おろす。そして短く言った。

「左平次、斬れ」

止める間も、逃げる間もなかった。

白刃がひらめき、血が飛び散った。太一郎は声もなく横様に倒れる。おせんが泣き叫び、前後を忘れて逃げようとした。副官は血刀をおせんにも向け、一歩踏み出した。

蓑吉は身体ごとおせんにぶつかっていって、小さな背中でかばった。

「お許しを！　お許しくだせぇ！」

隻眼の曽谷弾正の、健常な右目が吊り上がっている。白目はどこまでも白く、黒目は小さく点のように縮んでいる。その目を真っ直ぐ見据えて、蓑吉は声を振り絞った。

「おいら、道案内でも何でもします！　けっして逆らいません！　だからおせんさんは勘弁したってくだせ！」

息が切れる。気が遠くなりそうだ。それでも蓑吉は頑張った。

弾正が、腹立ちを吐き出すようにひとつ深く息をついた。

「この小僧を引っ立てろ」

牛頭馬頭の一人が進み出て、蓑吉を乱暴に引き起こした。がくがくしながら、蓑吉は言った。「ハ、ハナを一緒にお連れくだせ」

「何だと？」

「砦の馬だぁ。怪物に怖じけない、勇敢な馬だぁ。きっとお役に立ちますから」

溜家の土間から引きずり出されるとき、おせんの顔が見えた。蓑吉は必死に目顔で語りかけた。大丈夫、おいらは大丈夫。

それからほどなく、弾正の隊の支度が調《ととの》い、蓑吉はハナの背にまたがった。

牛頭馬頭たちに囲まれて、音羽様も馬の背に揺られている。長橋家から逃げてきたときのままの格好だが、酷《むご》いことに、豪華な打ち掛けの上から荒縄で縛りあげられている。音羽様を連れてゆく曽谷弾正の横顔には、一片の哀れみも張りついていない。

通りがけに見返った溜家の裏庭には、斬首された越川と浦野の亡骸が転がっていた。蓑吉の耳からは、姫様がおっかさまを呼ぶ悲痛な泣き声が離れない。

すぐ脇で、馬に揺られる曽谷弾正。

ここにも怪物がいると、蓑吉は思った。

二

山の洞窟で一夜休んで曙光《しょこう》を待ち、直弥《なおや》とやじ、庄屋の金治郎《きんじろう》と圓秀《えんしゅう》、そして朱音の五人は妙高寺を目指して登り始めた。

なぜ圓秀も一緒に行くのか、朱音も金治郎も訝るので、直弥は語気荒く応じた。

「私は、圓秀殿を村の者たちと共に残したくないのです。私の目で見張っておきたい。引きずってでも連れて行きます」

当の圓秀は、気まずそうに黙っていた。道中も、さすがに疲労が溜まって辛《つら》そうなのに、もっと辛そうな朱音をかばいながら、文句のひとつも言わずについてきた。

陽《ひ》が中天にかかるころ、ますます険しくなる山道をまさに這《は》うように進んで、ようやく、

「あれ、あそこでございます」

金治郎の指さす、森の切れ目から覗《のぞ》く古びた山門。その向こうには、まさに荒れ寺があった。

しかし、本堂、講堂、厨《くりや》のある僧坊と、手入れこそされてはいないが、きちんと整っている。立派な鐘楼もある。だが訝しいことに、肝心の鐘がない。間が抜けたような、妙に据わりの悪い眺めだ。

直弥は鐘楼に近づき、何気なく上を仰いだ。そして、さらに奇妙なことを見つけた。屋根の内側の板葺《いたぶ》きの部分に、びっしりと透かし彫りがほどこされているのだ。

――何だ、これは。

花鳥風月のような風雅な柄ではない。さりとて経文や願文でもない。すべて蚯蚓《みみず》がのたくったような曲線だ。

朱音と圓秀は心細そうに身を寄せ合い、境内を見回している。直弥は声をあげて二人を呼び寄せた。

「まあ、ここは」

「鐘楼です。しかし鐘がありません」

おかしいですねと、朱音も首を傾《かし》げる。「不思議な眺めですわ」

「貧乏なお寺さんのようですから、売ってしまったのではありませんかねえ。鐘は高価なものですから」

言って、圓秀はすぐ天井の透かし彫りに目を留めた。「やあ、見事な彫刻だなあ」

「どこか他所《よそ》でもこのような装飾を見たことがありますか」

絵師は首を振った。「初めて見ましたし、話に聞いたこともございません」

珍しいものだと、かすかに目を輝かせる。まだそれくらいの元気はあるらしい。

朱音は鐘楼の柱にそっと手を触れている。

「貴女は何か思い出せませんか」

直弥の問いかけに、申し訳なさそうに目を伏せてかぶりを振った。

「和尚様ぁ、和尚様ぁ」

そこらを歩き回り、建物に出たり入ったりしながら、金治郎が大声で呼びかけている。

人気《ひとけ》はない。金治郎は何度も大声で、和尚様、和尚様ぁと呼びかける。返事もない。

「仁谷村があんなことになったとき、すぐに使いを遣って、和尚様にも急をお知らせしようとしたんでございますがぁ」

その使いが行ったきり戻らず、安否の確かめようもなく、今まで日が経ってしまったのだと、金治郎は心苦しそうだ。

「和尚様も……あの怪物に……」

無人の荒れ寺を、春なお寒い深山の風が吹き抜ける。五人はとりあえず、本堂の端の一間に上がって足を休めた。

「それにしても、この寺はいったい何です」

香山北二条の山作りが始まる以前に、なぜこれほどの規模の寺が造られたのか。

「念仏寺でぇございます」

「秤屋《はかりや》はここの檀家《だんか》なのですか」

「いえ小日向《こびなた》様、ここはそういうお寺じゃございませんのでぇ」

戦乱の昔、このあたりの山で戦死した瓜生の侍たちを弔うための寺なのだ、という。

「ですから、墓地にあるお墓もぉ、古いものばっかりでぇございます」

「では、瓜生氏が建てた寺なのか……」

なのに今は忘れ去られ、見捨てられている。解《げ》せない話だ。

「鐘楼に鐘がありませんね。それに、天井にはおかしな透かし彫りがあった」

「鐘はぁ、もともとございませんのですよ。こんなところでみだりに鐘を撞《つ》いては、お山の気を乱してしまいますからなぁ」

だから、〈妙高寺の鳴らずの鐘〉というのだそうだ。

「鐘がないのですから、鳴りようがございませんわけでぇ」

「だったら鐘楼も要らないでしょう」

「はあ、まあそうでございますなぁ」

透かし彫りは、どんな意味があるものなのか、知らないし教えられたこともないという。金治郎には、あれが格別に珍しいものだと思う機会もなかったのだろう。

「きっと、深い謂《いわ》れがございますんでしょうがぁ」

わかったようでわからない。

「住職はどのようなお方ですか」

「明念《みょうねん》様とぉ、おっしゃいます。お歳はさて、お伺いしても、忘れたと笑うばかりでぇ」

「いつも住職お一人だけで、ここに？」

「はい。村の者がときどきお手伝いに伺っておりましたがぁ」

ただ、金治郎が子供のころには、住職のほかにも僧侶がいたし、人が住み着いていたという。彼の姉のおもんもそう言っていた。

「わたくしもここで暮らしていたのね……」

あたりを見回しながら、朱音がゆらりと立ち上がった。夢見るような眼差しだ。

「墓地はどこでしょう。わたくしの母の墓があるかもしれません」

案内に立とうとする金治郎を制して、やじが言った。「おれが行く」

朱音に寄り添い、座を離れながら、

「和尚は、きっと山だ」

「一人で山を歩いているというのか？」

やじはうなずく。「報《しら》せなくても、怪物のことはわかっている。だから大平良山《おおたらやま》に入っているのだ。待っていれば戻ってくる」

推量ではなく、断言だ。

「なぜここの和尚がそんなことをするのだ。大平良山に、どんな用がある？」

直弥は焦《じ》れて、声が上ずった。

「やじ、この寺はおまえにとっても実家《さと》のようなところだろう。知っていることを教えてくれ」

「和尚に聞け」

やじは突き放すように答え、

「それより先に、おまえ様は、その怪しげな絵師をどうにかするがいい」

圓秀がちぢこまる。金治郎も不安げに直弥の顔を見返った。

怒りと失望に、直弥の口のなかは苦い。

「――嘘をついて、申し訳ありませんでした」

うちしおれて背中を丸め、圓秀はぼそぼそと言い出した。

「小日向様がお怒りになるのは当然でございます。しかし私はけっして、貴方様を謀《たばか》るつもりではございませんでした。むしろ、ご迷惑になってはいけないと思いまして」

「私の迷惑になる？」

「はい。香山から直《じか》に永津野に入れば、香山で私と親しくしてくださった小日向様にお咎《とが》めが及ぶと教わりましたから」

相模《さがみ》の養家に文をやり、直弥から音信があったらすぐその内容を報せてくれるよう頼んでおいたのだという。そして、さも相模に帰っているかのように装ってやりとりしつつ、永津野に滞在していたのだ。

親切ごかしな言い様が、直弥にはさらに腹立たしい。

「それほど私の身の上を案じてくださるなら、なぜ寺男の伊吉《いきち》に無理強いして、光栄寺《こうえい》の薬師如来像に隠されている奉納絵馬を見ようとしたのですか」

事情を知らない金治郎はきょとんとする。圓秀も呆気にとられたような顔だ。空々しい。直弥は声を張り上げた。

「空とぼけても無駄だ！　あの奉納絵馬のことを、他所者の貴方がなぜ知っていた？　絵師の振るまいとは思えない。菊地圓秀、貴方はいったい何者なのだ。香山の何を探り出そうとしている？」

圓秀は口を半開きにして、直弥ではなく金治郎を見た。金治郎の方はたじたじとなり、二人の顔を見比べる。

「小日向様」圓秀はだらしなく口元を緩めた。「何をおっしゃっているのか、私にはわかりません。私は本当に、ただの絵師でございます」

「この上、嘘を言い並べるな！」

「う、嘘ではございません。あの奉納絵馬のことも、私が言い出したのではございません。あれは伊吉に教えられ、いったい何が描かれた絵馬なのか見たくはないかと、誘われたのでございますよ」

今度は直弥の方が唖然《あぜん》とする番だ。

「伊吉が？」

バカバカしい。怒りに顔が熱くなる。

「あの伊吉がそんなことを言うものか」

「でも、あの人は奉納絵馬のことを知っていたじゃありませんか」

「それは先代の寺男の六造《ろくぞう》から聞いて——いや、ともかく伊吉は心の清い忠義者なのだ。香山藩の秘事を、貴様のような他所者に漏らすわけがあるものか」

ははあと、圓秀は声をあげた。

「伊吉は心の清い忠義者でございますか。本当にそうでしょうか」

居直ったか、このいんちき絵師め。

「小日向様、貴方様がそれほど力を入れて、伊吉をかばうことができるのは、あの寺男の頭が少し鈍いとお思いだからではございませんか？　伊吉には人を騙《だま》すほどの知恵などないと、見くびっているからでございましょう」

とんでもないと、圓秀は言う。

「なるほど、伊吉は一見頭が鈍いようにふるまっておりました。奉納絵馬の話を持ちかけられるまでは、私もすっかり騙されて、そのように思い込んでおりました。でも、違います。あの男の阿呆は見せかけだ。私を籠絡《ろうらく》しようと、目を底光りさせてこう申したのですから」

圓秀は、怒りに震える直弥ににじり寄る。「お堂に隠されている奉納絵馬には、陽の下に出すと災いを起こすという恐ろしいものが描かれているらしい。圓秀さん、見てみたいだろう、おらが手引きするから、こっそり見てみなされ——」

「何を言うか！」

直弥は膝をついて素早く起き直ると、腰の大刀《だいとう》に手をかけた。金治郎が飛びついてくる。「小日向様、いけません！」

「放せ！　放せというんだ、秤屋！」

揉《も》み合っているところに、朱音が戻って来た。あっと小声で叫ぶと、圓秀と直弥のあいだに割り込んできた。

「何をなさいます！」

「そこを退け！　香山を脅《おびや》かす薄汚い間者《かんじゃ》を斬り捨ててやる」

金治郎に全力でしがみつかれ、刀の鯉口《こいぐち》を切ることができない。そこへ、朱音の平手打ちが飛んできた。「おやめなさい！」

直弥は凍りついた。女人《にょにん》に頰を打たれて気骨を折られるなど、武士にあるまじきことだ。しかし、朱音の気迫は彼を圧倒した。

「見苦しいとは思いませんか、小日向様」

止《とど》めに一喝され、直弥はがくりと腰が砕けた。金治郎も直弥に抱きついたまま、一緒になってへたりこむ。

「いったい、どういうことですの？」

呆《ほう》けてしまった直弥に代わり、横目でちらちらとその顔色を覗《うかが》いながら、圓秀が彼の言い分を言う。それを聞くうちに、朱音の、直弥の母親でもおかしくない歳の女人とは思えない、童女のような瞳に影がさしてきた。

「何と不気味な絵馬でしょう。圓秀様、それは今も、その光栄寺にあるのですか」

「私は伊吉の誘いを撥《は》ねつけ、間もなく香山を離れましたので、後のことは……」

激した感情が鎮まり、直弥は悪寒《おかん》に包まれた。あの伊吉が、まさか。圓秀は嘘つきだ。伊吉にそんな裏表があるはずがない。

「小日向様、その絵馬はどうなりました?」

朱音に強く問われ、直弥はやっと顔を上げた。「――何者かに持ち去られ、今は行方がわからなくなっています」

光栄寺の六角堂の狼藉《ろうぜき》について話すと、朱音はもちろん、圓秀までもが怯えてみせる。その表情は芝居ではないのか。この絵師は、やはり一介の絵師に過ぎないのか。

「恐ろしい、疑わしいことでございますね」

直弥の前で座り直すと、朱音は言った。

「わたくしは、永津野の手の者であろうと、ご公儀の差し回した者であろうと、間者や隠密のことなど何も存じません。でも小日向様。ここな圓秀様は、内密の探索など務まる方ではございませんわ。絵師であって、それ以外の何者でもない。それだけは、わたくしも申し上げられます」

そうですそうです、小台《おだい》様ありがとうございますと、圓秀はぺこぺこ頭を下げる。

「わたくしも、名賀村で初めて圓秀様にお会いしたときには、少し素性を疑いました」

変わったお人だと思ったから、と言う。

「でもそのうちに、この方は絵のことしか頭にないのだとわかったので、疑いを消したのです」

そこで朱音は、堪《こら》えきれぬように小さく笑った。「だってこの方は、絵を描くこととなると見境がないのですもの。怪物が砦を襲ってきたとき、目の前であれが暴れ、番士が大勢で打ちかかっているというのに、そこらの紙を破って絵を描こうとなすったのですよ」

「で、ですが、めったにない機会でしたから」

圓秀の弁解に、朱音はさらに笑う。「怪物の姿をこの目で見てみたいと、戦う番士たちのなかに割り込んでいこうとなさいました。まったく分別の欠片《かけら》もない、正気の沙汰とも思えないふるまいです。こんなお人に、どうして間者など務まりましょうか」

金治郎もやれやれと嘆息し、圓秀はいたたまれぬように顔を背けた。

「小台様のおっしゃるとおりでございます。私は、絵のことしか頭にない虚《うつ》け者……」

小声で、打ち明けるように言う。

「そのくせ、絵師としては凡手に過ぎません。これまで、一度たりとも養父を満足させる絵を描くことができませなんだ」

お恥ずかしいと、身を丸めた。

「まあ……。わたくしは、けっして圓秀様が凡手だとは思いませんが」

「ありがたいお言葉でございますが、小台様、これは技《わざ》の優劣の話ではないのです。問題は、眼《まなこ》にございます。私は絵師としての目が曇っている。だから、見るべきものを見ることができないのでございます」

つくづく悲しげだった。

「養父からも、おまえの目は節穴だと叱られてばかりでございました。その目を覆っている鱗《うろこ》を剝《は》ぎ落としてくれる目覚ましいものに出会ってこいと、こうして旅に追いやられているわけでして」

それでもいけません、と嘆いた。

「もう二年近く、旅から旅へ、諸国を巡っておりますが、未《いま》だに凡手のままでございます」

絵師の丸まった小さな背中を見やって、直弥は脱力した。もう、何を信じていいのかわからなくなってきてしまった。

「その奉納絵馬には、いったい何がぁ描かれているのでしょうかねぇ」

金治郎が腕組みをする。

「世に出してしまうと、ぞうしい災いを起こすんでぇございましょう。まるで、あの怪物のことのようだぁ」

直弥はすぐ言った。「ああ、それは私もそう思った」

「え?」と声をあげ、圓秀がこちらに向き直る。「確かに古来、力ある絵師の手で描かれたものが命を得て、絵から抜け出しこの世に現れるという逸話はいくつもございます。もしかしたらあの怪物も
――」

拳を固め、熱心に身を揉みながら、己の額を打つ。「そんなことだったなら、やはり、あのとき見ておくべきだった!」

朱音が直弥に、(ほらね?)というように微笑《ほほえ》みかけてきた。この方はこういうお人。

「そうね。圓秀様が伊吉という人の誘いを断ったのは意外に思えます」

「あの場では、伊吉の方がよっぽど恐ろしかったのですよ。私はあの男の豹変ぶりに怖じけてしまったのでございます」

誘いを固辞する圓秀に、伊吉はさらにこんなことも言ったという。

――ならば、このことはぁ、香山では誰にも言っちゃいけませんがぁ。とりわけ小日向様にはぁ、内緒にしておかんと。

「私がおおっぴらに香山から永津野に移ると、小日向様のご迷惑になると言ったのも、実は伊吉なのですよ」

本当です信じてください、という顔で直弥を見る。朱音がまた微笑して、

「そういえば圓秀様は、名賀村で、長宝寺《ちょうほう》の絵馬を見に行きたいと仰せでしたわ」

「ああ、はい、左様でございます。今となっては空しい夢のようですが――」

「戻って、ご覧になれますでぇ」と、金治郎が励ますように言う。

さいですねと、絵師は弱々しい笑みを見せた。「あれも、香山で伊吉とそんなやりとりがあったから思いついたことなのでございますよ。お隣同士の永津野と香山ですから、同じしきたりが残っているかもしれないと思って訊いてみたら、大当たりでございました」

「永津野では、今はもうすたれた、古いしきたりでございますがぁ」と、金治郎が言った。「けども、悪いしきたりではありませんがぁ。死んだ者があちらで楽しく暮らせるようにぃ、願いを込めてぇ、贅沢《ぜいたく》なものだの、生前に好きだったものだのを描いてぇ、納めたんです」

そこに、恐ろしいものを描くわけがない。

「ですからぁ、光信寺《こうしん》というお寺に隠されていたその奉納絵馬は、形は絵馬でもぉ、何か別のものだったんじゃございませんかねえ」

朱音が、はっとしたように目を見開いた。「あるいは、順序が逆なのではないかしら」

「は？　何ですか、小台様」

「絵に描いた怪物が世に現れ出てきたのではなく、かつてこの世にいた怪物を絵に描いて閉じ込め、呪符で封じていたのではないのでしょうか」

金治郎は目を丸くしている。「なのにぃ、その絵を陽の下に出してしまったからぁ」

「ええ、怪物が甦《よみがえ》ってしまったのです」

四人はとりどりの思念に囚われて黙った。

絵のなかに何かを封じ込める？　絵に描いたものが世に現れる？　直弥には、伊吉のあの人柄が見せかけのものだったというのと同じくらい信じ難い。

それは、念が事に働きかけるということだ。つまり呪詛と同じだ。呪詛が効く、呪詛で病や障《さわ》りを起こし、人を害することができると信じるのと同じである。

だが、病には病の素《もと》があり、障りには原因がある。それを取り除くからこそ、生薬は効く。香山の者は皆そう教わってきたのだし、そこに誇りを抱いているのだ。

そもそも、六角堂が荒らされ奉納絵馬が持ち出されたのは、怪物が現れるよりも後のことなのである。順番が後先だ。

――いや、本当に後先か？

仮に、伊吉が圓秀の言うような怪しい者であったなら、もっと以前にこっそり奉納絵馬を持ち出すことだってできたのではないか。圓秀に誘いをかけたのは、それが露見したとき、圓秀の仕業だと見せかけるためではなかったか。

「おや、この匂いは」

金治郎が鼻をふんふんさせ、腰をあげた。

「こりゃ、〈おろ〉じゃあ」

本堂の外から、薬臭い湯気が流れてくる。

「厨の方からですね」と、朱音もうなずく。

やじが戻ってきた。直弥にうなずきかけて、「おろを採ってきて、煮ている」

怪物の酸水を避けるのに、〈おろ〉が役立つかもしれない。伊織《いおり》先生の助言であった。

一同は本堂から厨に渡った。広い厨の竈《かまど》は埃《ほこり》をかぶっていて、火が入った形跡はない。やじは七輪に鉄鍋をかけて〈おろ〉を煮ていた。

その煮汁を取り分けて、人肌に冷まして顔や手足に塗る。着物にも染みこませる。しばらく、その作業に没頭した。

見ると、朱音が手を止め放心している。

「いかがなされた」

声をかけると、まばたきして我に返った。

「昔、同じことをしたような……」

誰かに世話を焼いてもらい、こうして顔や手足に何か塗った覚えがある。

「この場所、この厨で」

それを思い出したのだという。

「もしや、わたくしがここにいた頃にも、あの怪物が現れたのでしょうか」

勢い込んだ朱音の声を、嗄《しわが》れてしかし張りのある声が、びしりと遮った。

「いや、それは虫よけを塗ったときのことでございましょう」

厨の裏口に、枯れきって生気が失せ、ねじくれて節々に小さな瘤《こぶ》を宿した古木が、ぼろぼろの墨染めの衣をまとって佇《たたず》んでいる。

「和尚様」

たちまち、やじが膝をついて平伏した。

これが明念和尚であった。

いったい何歳《いくつ》だろう。一瞥《いちべつ》では見当もつかない。その目が動き、口元に笑みらしきものが浮かんだから、やっと人だと見分けられるほどだ。それほどに枯れている。この姿で森に交じっていたら、古い衣をかけたただの古木だ。

「驚かして済まぬ。馬齢を重ね、この通りの見苦しい有り様になり申した」

朱音と圓秀が怯えているからだろう。老住職は穏やかに、二人に語りかけた。その手首や指の節々は瘤のようになっている。

脂《やに》を擦《こす》ったように煤《すす》けた顔に、目は活き活きとしている。直弥の肩まで届かぬほどの小柄だが、その体軀《たいく》から放散される〈気〉に圧《お》されて、直弥は威儀を正した。

明念和尚は言った。「やじ、よう戻った」

はいと応じ、やじは頭をうなずかせた。直弥は驚いて目を疑った。やじの両目から、出し抜けに涙が数粒落ちたからだ。

「おう、おう、泣くな。すべては巡る因果の糸の引き合い、絡み合う業《わざ》の末に過ぎぬ。この日が来たのは、誰の咎でもない」

そして明念和尚は、晴れやかと言っていいほど明るい眼差しを朱音に向けた。

「朱音様もお戻りになられた。愚僧のこの皺顔《しわがお》を、見覚えてはおられますまいが」

なにしろ貴女様はお小さかったと、慈しむように朱音を眺めて続ける。

「お母上の秋音《あきね》様に生き写しじゃ」

慇懃《いんぎん》に頭を下げてみせる老僧の前で、朱音は髪の先まで震えている。

「わたくしは、つい昨日までは、自分が香山の生まれであることも、このお寺のことも、何も知らなかったのでございます」

和尚はうなずいた。「まわりの者どもが、何も知らせぬ方が貴女様のためになると思ったからでございますよ」

思い出すことや目に浮かぶ人の顔でもあるのか、朱音はつと遠い眼差しになった。

「はい、きっとそうなのでございましょうね。でも、わたくしはこうして戻って参りました。和尚様、それも因果の糸のなせる業でございますか」

「左様。貴女様はやはり賢いお方じゃ」

うなずいて、明念和尚はにわかに苦しげに声を絞った。

「ここに戻られたからには、すべてを知っていただかねばならぬ。香山の永き宿痾《しゆくあ》、〈つちみかどさま〉を平らげるためには、貴女様の御力《おちから》が要ります」

「つちみかどさま？」

直弥より先に、当惑した金治郎が問うた。「和尚様、何ておっしゃいましたでぇ」

「うむ、秤屋もおったか。よう聞け、今、お山で暴れておるあの怪物の、それが正体じゃ」

土で作られた人形。仮初《かりそ》めの命。

「つちみかどさま」今度は朱音が呟《つぶや》いた。「土でできたお雛《ひな》様のことでしょう？　あの怪物がそんな作り物だというのですか」

「左様、呪詛の力で作られたものでございます」

一同は驚き呆れるばかりだ。

明念和尚に従い、皆で本堂に戻った。驚きと衝撃で朱音はふらついており、圓秀が支えている。先に立つ和尚の歩みも病人のそれであり、一歩進むごとに身体が傾ぐ。

——ここに至り、またしても呪詛という言葉を耳にするとは。

最早、信じ難いと疑っているだけでは先に進めない。あらためて明念和尚と向き合い、直弥は己の立場も包み隠さず、ここまでの経緯《ゆくたて》を手短に語った。和尚はどんな話にも驚きを見せなかった。怪物の騒動だけでなく、三郎次《さぶろうじ》様が亡くなったこと、その死が暗殺であること、そのために御館《みたち》が封鎖されていることを聞いてさえも、びくともしない。

「和尚、ご存じだったのですか」

たまりかねて問うと、

「この寺の成り立ちや、あの怪物の素性ほどに驚きに満ち、恐ろしいことなど他にはございません」

朱音が口を開いた。「ならばどうぞ、それをお教えくださいませ」

どんなことでも知りたい。自分にできることなら何でもする。この女《ひと》は、早くも心を決めている。何と強い心だろう。ここ数日、命の危険にさらされ、いくつもの驚きに直面してきたろうに、折れぬ心。直弥の目にはその横顔が眩しく、先ほど朱音に打たれた頬が、またほんのりと熱くなった。

明念和尚は深くうなずいたが、圓秀と二人、後方で畏れ入っている金治郎に声をかけた。「秤屋よ、酷《むご》い仕儀になったのう」

和尚に労《いたわ》られ、金治郎が初めて心弱いところを見せた。目に涙がにじむ。

「おまえもまた因果の糸に引かれてここに来た。難に遭《お》うた皆に成り代わり、心して聞いてくれ。そこな絵師の方も――」

呼びかけて、和尚は突然むせるように咳《せ》き込んだ。傍らのやじが背中をさする。

「貴方がここにおられることは、因果の糸ではなく、御仏《みほとけ》のお計らいであろう。我らが愚行の行き着くところを見届けていただくために、御仏が貴方をお招きになったのじゃ」

はいと応じて、圓秀は平伏した。

明念和尚は、朱音に向かって語り始めた。

「古くからここ香山に根付く瓜生氏は、この地、この山々に働きかける術を使うことができましてな。なに、術といっても陰陽道《おんみょうどう》とは違う。加持祈禱《かじきとう》、左道《さどう》の類いとも異なる、ごく素朴なものでござります」

その術は、この地と瓜生氏との固い結びつきと、知識としての呪文と、それを行使し得る資質を持つ血筋、その三つが揃って初めて成り立つものだという。

「古《いにしえ》の時代には、人びとが集《つど》って暮らす土地ごとに、雨乞いをし、風を呼び、豊作を祈願し疫病鎮圧を願うその土地の呪術者がおったのでござろう。瓜生氏も、そうした〈祈る者〉の裔《すえ》じゃ」

土地の郷士であり豪農でもある瓜生氏には、いくつかの分家があった。

「瓜生氏の者が、誰でもこの呪術を使えたわけではない。これを行う資質のある者を生み出す血筋の分家は、ひとつのみ」

祈禱の際に柏の葉を用い、代々その住まうところに多く柏を植え育てていたことから、この分家を柏原瓜生氏《かいばら》という。

直弥は思わず声をあげた。「柏原とは!」

「うむ。置家老《おきがろう》の柏原家は、もとをたどれば主家瓜生氏の一族だったのじゃ。後年、〈つちみかどさま〉を作り、その失策の責を負うて臣下に下り、瓜生の姓を捨てたのだがな」

「失策?」

耳ざとく問い返す朱音に、明念和尚は、まず関ケ原の戦役を契機に起きた出来事を語った。香山の者なら、子供のころから何度となく言い聞かされて知っている昔話だ。戦乱の世、強国に脅かされ、永津野竜崎氏がそこに恭順するたびに、人質として差し出されてきた香山の民と、瓜生氏の苦難。そこからの脱出と、香山の立藩。

「それでも、まだ永津野からの侵攻はあるやもしれぬ。だからこそ、柏原瓜生氏は秘術を尽くして怪物を作ろうとしたのだが――」

完成しなかったのだ、という。

〈つちみかどさま〉は、形ばかりで命が宿らなかったのだ。そこには、動かぬ、巨《おお》きな、不気味な土の塊があるだけだった。

「術がどれほど優れていようと、この世にあらぬものを作り、そこに命を吹き込もうというのじゃ。易々《やすやす》と成るわけがない」

実際には永津野が攻め入ってくることはなかったから、〈つちみかどさま〉は目覚めなかったのだ、もしも内戦が起きていたら、きっと〈つちみかどさま〉は命を得て起き上がったことだろう。言い訳がましく、そう述べる者もいた。

「しかし、儂はそうは思わぬ」と、明念和尚は言う。「本来、人には許されぬ所業を為そうとした。だから失敗に終わったのだ。それは、当の術者がいちばんよくわかっていたろうて」

時の柏原瓜生の当主は切腹し、〈つちみかどさま〉になり損ねた醜い土の塊は、山神様がおわす大平良山の懐に抱かれるよう、そこに埋《い》けられ、その上には祠《ほこら》が建てられた。

この失敗は、術者としての柏原氏の面目も大きく損なうことになった。

「〈つちみかどさま〉を作るには、蝦蟇《がま》や蛇などの醜く恐ろしい生きものを贄《にえ》に用いたが、人の血も入り用でござりましたそうで」

朱音が囁《ささや》くように問う。「それは、領民の血でございますか」

「いや、家中《かちゆう》の武士《もののふ》どもの血じゃ」

永津野竜崎氏を倒し、ようやくひとつの国として立った香山を守るためなら、己の命など惜しくはないと、進んで生け贄になり生き血を捧げた者たちがいたのだ。

「置家老として主家に仕える体裁を整え、いかに忠勤に励もうとも、柏原の手は同朋の血で汚れておる。それも、無駄に費やされた血で」

無論、限られた少数の人びとにしか知られぬ、深く暗い秘事ではある。だが、固く秘しても恥は恥、罪は罪だ。

話に聞き入っていた直弥は、そこではたと思い当たることがあり、口に出した。

「置家老は、もとは仕置《しおき》家老と言ったそうでござる。いちいち殿のご指示を仰がずとも家中の者を仕置きする権限を与えられた重き家柄で、だから柏原家のみなのだと」

しかしそれは目くらましであって、実は、〈仕置きを受けた家老〉の意味が隠されていたのではないだろうか。

「さて、いかがじゃろう」と、和尚は薄く微笑んだ。「真実がどうであれ、柏原が大きな過ちをおかし、それを一家の咎として背負ったことだけは間違いございません。その後ろめたさがある故に、柏原は呪術を捨て申した。なかったこととして、すべてを葬ったのでございます」

明念和尚は、古木の幹のひび割れのような目をしばたたき、朱音を見た。

「柏原の家のなかで、術者になり得る強い力を秘めた子が生まれる際には、お山がそれを知らしめまする」

季節を問わず、朝であれ夜であれ、そんな赤子が生まれ落ちるときには、大平良山の頂上で雷光が閃《ひらめ》く。

「柏原の使う術は、お山の力に通じるものだからでありましょう」

その紐帯《ちゅうたい》は、柏原が術を捨てても切れず、適した赤子が生まれる度に、大平良山はそれを知らせた。

「するとその赤子は、家を出され、この寺で育つことになるのでございます」

呪術を封印した柏原にとって、大平良山の雷鳴と共に生まれ落ちる子は、祝福の子ではない。呪われた子だ。

「――わたくしも」

「左様。貴女様と、兄上の市ノ介《いちのすけ》様じゃ」

双子は珍しい。男女の双子はさらに珍しい。市ノ介は、同時に生まれ落ちた妹よりもひとまわり身体が大きく、成長も早く、まるで一日でも早く大人になって、妹を守ろうとするかのように見えた、という。

「お二人を哀れみ、先行きを案じられた母御の秋音様は、進んで婚家を去られ、この寺においでになりましたのじゃ」

そして、深山の厳しい暮らしに命をすり減らし、早世してしまった。

「秋音様亡き後、お二人が上州植草郡自照寺《うえくさごおりじしょうじ》へ移されたのは、秋音様の元の婚家のお計らいでござった。香山藩の家士には珍しいが、法華宗《ほっけ》の宗徒であられたのでな」

「そうでしょうか。兄とわたくしを遠くにやってしまいたかっただけではございませんか」

「どうであろうの。貴女様の伯父上、柏原信右衛門殿ならご存じかもしれぬ」

朱音はご家老の姪なのか。もともと、直弥にとって敬するべき人だったのだ。

「この寺は」と、明念和尚は目を上げて、うらぶれた本堂の梁《はり》を見上げた。「〈つちみかどさま〉が大平良山に埋けられたとき、柏原の肝煎《きもい》りで建てられたものにござります」

術を封印し、術者になり得る子を密《ひそ》かに囲うための場所として。

「その折に、愚僧の父が出家いたし、ここをお守りすることになり申した」

和尚の父親は柏原家に仕える下士であり、「愚僧の兄、嫡子《ちゃくし》を、〈つちみかどさま〉を作る儀式に捧げておりました」

この寺は、〈つちみかどさま〉に命を捧げた者たちを供養する場であったのだ。

「時が流れ、柏原の人びとも、代替わりするうちに術者としての過去を忘れた。大平良山の雷鳴と共に生まれる子供も、だんだんとおらなくなりましての」

市ノ介と朱音の後には、男の子と女の子が一人ずつ現れたが、どちらも夭折《ようせつ》した。

「その後はこの十年ばかり、柏原の子が生まれても、大平良山は沈黙を守っておりました」

ようやく終わったかと、明念和尚は呟いた。

「お山とこの家を繋ぐ力も切れた。柏原はそう思った。思いたかったのでござりましょう」

北二条の山作りが始まると、妙高寺は開拓に励む者たちの菩提寺《ぼだいじ》とされ、柏原はこの寺から手を引き、目を背けた。寄進が減り、今では城下から訪《おとな》う者はいない。妙高寺は深山の荒れ寺となっていった。

「――でも、終わってはいなかった」

朱音の声音が、かすかに震えつつ響いた。

「和尚様、なぜでございましょう。百年以上も前に作られ、そのときには働かなかった呪詛が、なぜ今になって効いたのでございましょう。わたくしどもが何か間違いをおかし、怪物を呼び覚ましてしまったのでしょうか」

一途な悲しみと怒りを嚙《か》みしめて、朱音は訴える。

「私らのぉ、山作りがいかんかったかなぁ」

金治郎が小声で呟く。お山を荒らしたかなあ。また泣き顔になっている。

心に強く閃くものがあって、直弥は言った。「いや、違う。三郎次様が亡くなった――弑《しい》されたからだ。そうではありませんか、ご住職」

側室の子とはいえ、三郎次様は瓜生氏の直系の男子だ。その子が酷《むご》く暗殺された。本来、瓜生氏を守るために作られた〈つちみかどさま〉が、この非道に怒って目覚めたとしても不思議はあるまい。

だが明念和尚はかぶりを振る。

「忠義者じゃのう、小日向様」

「――は？」

「だが〈つちみかどさま〉は、もとはただの土塊《つちくれ》。貴方様のような心など持とうはずがない。瓜生の子の生死《いきしに》など知ったことではないわ」

それは言葉が過ぎる。抗弁しようとする直弥を、朱音がつと手を伸ばして制した。

「〈つちみかどさま〉は、ただ、時満ちてあのお姿になり得たから現れた。それだけじゃ」

時が、満ちた。

「かつて、出来損ないの呪詛の塊として大平良山に帰された〈つちみかどさま〉は、しかし、お山の土には還らなんだ。そのまま、永く眠っておられた」

眠りつつ、お山に育まれていた。

「永い年月のうちに、少しずつ少しずつ、〈つちみかどさま〉はお山の力を吸い込んだ。それを糧《かて》にして身を養い、人の手では完成させ得なかったあのお姿にまで自ら育ち上がり、この春、お生まれになったのでございますよ」

その身の内に、果たされなかった呪詛の黒い力を秘めて。

「そんな莫迦《ばか》な！」

直弥の怒声に、朱音が声をかぶせる。「いいえ、莫迦なことではありません」

柏原の術者はお山の力を借りる。術の源泉はお山の〈気〉、お山そのもの。

「そこに埋けられた〈つちみかどさま〉が、ただの土に還らず、むしろ経る年月によって命を得ていったと考えるのは、少しもおかしなことではございませんわ、小日向様」

「〈つちみかどさま〉がお山で朽ちてはおらず、ただ眠り続けていたことを示す証《あか》しもあるのでござります」

　朱音の真っ直ぐな眼差しと、和尚の確かな口調に圧されて、直弥は声を呑んだ。

「大平良山の懐に埋けられた〈つちみかどさま〉のことは、これまで固く秘されて参った。領民どもは何も知らされておらん。だが、ひとにぎりの例外はござります」

　北二条の山作りが始まる前から山に棲み、山を渡ってきた狩人たちである。

「彼らは、お山の懐深くに入りまする。故に、折々に奇妙な出来事に相まみえる。大平良山から大鼾《いびき》が聞こえる、生臭い風が吹く。そういうことが続く年には山犬が騒ぎ、冬眠から覚めた熊が早々に尾根筋から逃げてしまう」

　それによって、彼らは知った。大平良山には〈何か〉がいる。

「彼らの話を聞き、問われれば、愚僧はお山に埋けられた怪物のことを話して聞かせた。山に棲む者に隠し遂《おお》せることではござりません」

　狩人は、山で見聞きしたことを里へは持ち込まない。山の秘事は山だけのこと。秘密は保たれ、話は切れ切れに、しかし代々の山の者たちのあいだにだけ残っていった。

「此度《こたび》の酷い出来事でも、〈つちみかどさま〉のお姿に、あれこそがお山の怪物であったかと、畏れつつも膝を打っている者がおることでござりましょう」

　目眩《めまい》を覚え、直弥は片手で顔を押さえた。

　人の都合で作り、うち捨てたもの。忘れ去ってきたものが起き上がり、今、その怒りを滾《たぎ》らせている。

　あの怪物は、人の咎だ。

　直弥の恐れを読み取ったかのように、明念和尚は彼の目を見据えてうなずいた。

「〈つちみかどさま〉」の芯にあるのは、敵を平らげようと欲する人の業の塊じゃ。それ故に、人は襲っても獣は喰わぬ。その怪しき気配を忌み嫌われ、騒がれても、お山の獣どもの前では、〈つちみかどさま〉はむしろ弱々しくなることでありましょう」

哀れじゃ――と、和尚は言った。

「あのぉ」妙に飄々《ひょうひょう》とした圓秀の声がした。「そうしますと、光栄寺の封印された奉納絵馬は、〈つちみかどさま〉という怪物とは関わりがございませんのでしょうか」

「はて、奉納絵馬とは」

訝しげな明念和尚に、圓秀は訥々《とつとつ》と語る。直弥も言った。

「我らはその絵馬に、怪物の姿が描かれているのではないかと考えていたのです」

あり得ないことだと、和尚は断じた。

「柏原が〈つちみかどさま〉の絵姿を残したりしようはずがない。そのような絵馬のことなど、愚僧は何も存じません。父からも聞いてはおりませんぞ」

「ご住職が知らされていなかっただけではありませんか」

柏原の者が密かに、〈つちみかどさま〉が無事お山の土に還ることを願い、絵馬を作って奉じたのかもしれない。

「いいや、けっして!」

明念和尚の声に、初めて怒気が混じった。

「そのような迂遠《うえん》な願《がん》などかけずとも、もしも万が一、〈つちみかどさま〉が目覚めたときのための備えならば、この寺にござりまする」

呪文じゃ、と言う。

「〈つちみかどさま〉を鎮める呪文じゃ。切腹して果てるとき、柏原の当主が残したものを、父と愚僧が守り伝えて参った」

しかし、これを使える者は柏原の血筋、術者の資質を持つ者のみ。

「だから、わたくしが必要なのですね」

朱音の言葉にうなずき、明念和尚はその場で一同に背を向けた。やじが手を貸し、その破《や》れ衣《ごろも》を脱がせにかかる。

和尚が諸肌を脱ぐと、誰もが息を呑み込んでたじろいだ。

皺の浮いた皮膚、痩せた背中一面に、びっしりと文字が書き込まれている。漢字のようにも梵字《ぼんじ》のようにも見えるが、そのどちらでもない。直弥には読めない。朱音も圓秀も、目を瞠るばかりで声もない。

「この寺を守る者は、この呪文を守る者」

背を見せつけながら、明念和尚は言う。

「愚僧はこれを使わねばならぬ時が来ることを恐れ、来ぬよう願っておりました」

生きて、生き続けて待ち、老い衰えても待ち続け、安らかな死を希《ねが》うほど老いさらばえても、己の死の後にこの呪文が要る時が来《きた》ればと思えば、死ねぬ。

「おれが、継ぐと言ったのに」

明念和尚と会ってから、初めてやじが口を開いた。その目が泣いている。

「和尚様に助けられた命だ。和尚様の助けになりたい。そう言ったのに」

背を向けていても、明念和尚が優しく笑ったのが聞こえた。「いいのだよ、やじ」

あわ、あわ、あわ。誰かと思えば金治郎だ。一人だけ明後日の方を見て、腰が抜けたような格好で声をあげている。

「あわ、あわわ、大変だぁ」

朱音と直弥が顔を見合わせ、金治郎の目の先へ振り返ろうとしたとき、場を圧するような活力のある声音が響き渡った。

「話は済んだようですな」

呆然としながらも、直弥はとっさに身構えた。いつの間にか本堂は取り囲まれている。漆黒の武士の隊。その列のなかから長身隻眼《せきがん》の男が一歩、前に歩み出た。

「――兄様《にいさま》」

朱音が魅入られたように呟く。凜としていたその姿勢が崩れて前のめりになるのを、直弥は慌てて抱き留めた。

衣を着けて向き直った明念和尚に、曽谷弾正は親しげに笑いかけた。

「和尚、お久しゅうござる」

「柏原市ノ介殿」と、和尚は応じた。「今では曽谷弾正殿か。何故《なにゆえ》、貴殿がここにおられる」

「さて、これもまた因果の糸のなせる業でしょう。愛《いと》しい妹との再会もかない申した」

弾正の部下が構える何挺かの鉄砲が、直弥たちを狙《ねら》っている。それを背に、曽谷弾正はゆっくりと近づいてきた。

「朱音、元気そうで何よりだ。おまえは実に兄想いの、得難い妹よ」

探す手間が大いに省けた、と言う。

「わたくしをお探しに？」

朱音の白い頬が紅潮した。胸に片手をあて、身を乗り出す。「兄様、お聞きください。わたくしは今ここでご住職に」

妹の言を遮り、曽谷弾正は素っ気なく言い放った。「我らの背負う業《ごう》ならば、儂はとうに知っておる。十六の歳に植草郡を離れたとき、自照寺の慈行《じこう》和尚を問い詰めた。そして一度密かにこの寺に立ち戻り、ここな和尚にも会《お》うておるからな」

弾正が片手で軽く合図をすると、牛頭馬頭たちが迫り、直弥たちを取り囲んだ。圓秀と金治郎は取り押さえられてしまう。

朱音の驚きに明念和尚はうなずき、牛頭馬頭に手向かおうとするやじを制した。

「──兄様は、何もかもご存じでしたの」

「だからこそ、儂はこの時を待っておった。いつかお前にも全てを教え、我ら兄妹の胸の憂《うれ》いを晴らす、この時をな」

ところで朱音──と、手にした馬鞭《ばべん》の先で直弥を指す。

「おまえにたかる、この虻侍《あぶざむらい》はどこの誰だ」

虻だと？　直弥は腰の刀に手をかけ、気合をかけて躍り上がった。

「おやめください、小日向様！」

牛頭馬頭どもが色めき立つ。多勢に無勢。直弥の眼前で景色が止まった。ここで死ぬ。

一発、銃声が轟《とどろ》いた。

直弥と打ち合わせようと白刃を振りかぶった間近の牛頭馬頭が、肩を撃たれてあっと叫んだ。圓秀が頭を抱えてうずくまる。皆の動きが凍ったように止まった。

本堂脇の戸口に、男が二人立っていた。鉄砲を構えた老人と、蓬髪《ほうはつ》の浪人者。老人の鉄砲の筒先からは薄い煙が立ちのぼる。

「いいところに間に合った」

不敵に笑いながら、浪人者が嘯《うそぶ》いた。

「まさかここでお会いできるとは、御仏のご加護ですかな。朱音殿、ご無事でよかった」

しかし——と頭を掻《か》き、ゆっくりと両手を挙げる。

「あまり、いいところではなかったかな」

三

妙高寺は境内も荒れていて、草木が茂り放題だ。森がじりじりと輪を狭め、寺を呑み込もうとしている。

その森の大木の枝に、縄でぐるぐる巻きにされ、蓑吉はぶら下げられていた。道案内が終わったと思ったら、すぐにこれだ。殺されないのはよかったが、これじゃ蓑吉じゃなくて蓑虫《みのむし》じゃないか。

曽谷弾正と牛頭馬頭たちは、寺の本堂を囲んだかと思ったらしばらくじっとしていて、それから中に踏み込んでいった。和尚様しかいないお寺なのだから、斬り合いなんか起こりようもない。音羽様は僧坊の方に連れて行かれて、あたりが静かになったかと思ったら、お寺の左手の方から人が二人、藪《やぶ》を掻き分けるようにして現れた。

その顔に、蓑吉は魂が口から飛び出しそうになるほど驚いた。じっちゃだ！　それに宗栄様だ！

二人とも生きていた。なして一緒にいるんだ？

大声で呼びかけようとして、危うく思いとどまった。じっちゃは鉄砲を構え、宗栄様は頭を低くして中の様子を覗っている。

で、二人とも蓑吉に気づかぬまま本堂に踏み込んでいって、鉄砲が一発鳴ったのでまたびっくりした。それっきりだ。以来、ときどき牛頭馬頭が出入りするだけである。

馬たちは、山門のそばにひとまとめに繫がれている。何がどうなっているのかさっぱりわからず、腹が減った。寒い。小便したい。

じっちゃはどうしたろう。宗栄様は。

――音羽様もどうなさってるかなあ。

きっと怖くて泣いていなさる。一ノ姫様を想って泣いていなさる。逃がしてあげたい。それにはまず蓑吉が逃げねばならないが、いまいましいこの縄目がどうやっても緩まない。ぶら下げられているので、自分の体重で締まっていってしまうのだ。こういうところが牛頭馬頭のやり口だ。

くそ、くそ、くそ。足をばたつかせても、胸がぐいぐい締めつけられるばっかりだ。

と、頭の上の木の枝のあいだから声が呼びかけてきた。

「そんなに暴れるとぉ、しまいにゃ肋《あばら》にひびが入ってしまうどぉ」

男の声だ。何か間延びしている。蓑吉は身体を捻《ひね》って頭上を仰ごうとした。誰か、この大木に反対側から登っている。

「ぼっこぉ、おまえ、何をしたがぁ」

蓑吉は急き込んで答えた。「何もしてねぇよ。あんた誰だ？　助けてくれろ！」

声はさらにのんびりと、「どうしようかなあ」と応じた。ちょっと笑っている。

「なかなかの見世物《みせもの》だでぇ、おらは見物しとるのよ。もうちっと待っとりゃあ、また動きがありそうだぁ」

「今度、牛頭馬頭がきたら、おいら斬られちまうかもしれねえ」

「そいつぁ気の毒だなぁ」

何を他人事《ひとごと》みたいなこと言ってんだ。こんなところにいたら危ないのに。

「あんた誰なんだよ」

「おらかぁ。おらは——誰だろうな」

と言って、春の柔らかい木の葉の群れを手で除《よ》け、ぬうっと顔を突き出してきた。

蓑吉は呆れた。何だ、こいつ。声ばかりではなく、顔ものんびり間が抜けている。

粗末な身形《みなり》で、汚れた手ぬぐいでほっかぶりをしている。大きな顔だ。手も大きい。ここからではわからないが、大男のようだ。

「ぼっこは何て名だぁ？」

「お、おいらは蓑吉」

「んじゃあ、おらは蓑助だ。そうしよう」

ホントの名前なんぞねえからな、と言って、男は手の甲で口元を拭《ぬぐ》った。わあ、涎《よだれ》だ。こいつ、口元が緩いんで涎が垂れるんだ。

「嫌《いや》げな顔をしてくれるなぁ」

いんちき蓑助は涎顔で笑う。「長いこと阿呆のふりサしてきてぇ、見かけは本物の阿呆になってしもたがぁ、おらは阿呆じゃねえど」

枝を伝い、蓑吉に近づいてきた。やっぱり大男だが、身のこなしは猿のように軽い。

「なら、おいらを助けておくれよ！」

「おんや？　ちっと待て」

本堂脇の格子戸が開いて、どやどやと人が出てきた。

「そうら、動きがあったでぇ」

じっちゃだ。宗栄様もいる。庄屋様も一緒だ！　若いお侍と、もう一人はどこの誰だろう。みんな縄で後ろ手にくくられ、数珠つなぎになって引っ立てられてゆく。取り巻く牛頭馬頭どもは三人。僧坊の方へ行くらしい。本堂の反対側の角を曲がって姿が消えた。

「ぼっこの知ってる顔はぁ、あったか」

「お、おらのじっちゃ」

「北二条の村の者《もん》かぁ。本庄村《ほんじょう》かぁ」

「仁谷村だよ。あんたも香山の人《しい》なのかい？」

いんちき蓑助は、蓑吉の問いには答えない。「仁谷村で逃散《ちょうさん》があったちゅうのは、本当かぁ。村がめちゃめちゃなのは、おらも知っとる。大けな獣の足跡みたいなものを見たがぁ、ありゃ何じゃ」

「怪物だよ！　ここらで、人を喰う怪物が暴れてるんだ」

いんちき蓑助は木から下り始めた。

「どこ行くんだよう！」

「まあ、そのまんま待っとれ。様子を見てくる」

地面に飛び降りたと思ったら、もう姿が見えない。どこに潜んだのか、気配さえ消えた。いったいぜんたい何者なんだ。

本堂の方から、ひと声、女の高い声が響いてきた。朱音様だろうか。怒っている？　泣いている？じっとしていられずに、蓑吉はまたじたばたともがき始めた。


激高し、我を忘れて兄に飛びかかろうとした朱音は、しなやかなやじの両腕で羽交い締めにされ、それでも叫んだ。

「なんて酷《ひど》いことを！　兄様は人の心を失くしてしまわれたのですか？」

弾正は馬の鞭を弄《もてあそ》びながら、さも心外そうな顔をする。

「おまえこそ酷い言い様をするものだ。儂が人でなしであるならば、あの有象無象どもなどとうに斬り捨てておるぞ。おまえが世話になった者どもだというから、ああして助けてやったのだ」

宗栄たちのことである。多勢に無勢、弾正とその部下たちの前に、手をあげて投降するしかなかった。それでも宗栄は、朱音に向かって素早く言った。「蓑吉は無事です。蓑吉のじっちゃもこのとおり、生きていた」

そこで牛頭馬頭に殴りつけられ、話は切れてしまったが、引っ立てられてゆくときも、宗栄は目顔で朱音に笑いかけ、うなずいていた。お互い、ここまで生きのびた。まだ何とかなる。何とかします。

朱音には、どれほど心強い励ましだったろう。だがしかし、明念和尚と朱音、頑として和尚のそばを離れようとしないやじだけをその場に残すと、弾正は朱音が耳を疑うようなことを言い出したのだ。

ここに音羽を連れてきた。永津野の御蔵様の娘である音羽を囮《おとり》に、怪物をおびき出す——と。

「〈つちみかどさま〉が永津野を倒すために作られたものであるならば、音羽は格好の餌になるだろう」

それを迎え撃つために、儂とおまえがここに揃った。柏原の術者の血を受け継ぎ、術を使う資質を持つ我ら双子の兄妹《きょうだい》が。

「和尚の隠し伝えてきた呪文に、いよいよ出番が到来した。これ以上の舞台はあるまいよ」

「音羽様は兄様の妻なのですよ！　一ノ姫の母御です！」

「音羽を欠こうとも、姫には既にふさわしい縁組みがまとまっておる」

「縁組み？」

朱音は一瞬ぽかんとしたが、すぐに理解が追いついてきた。弾正は、己の権勢を増すための道具として、一ノ姫を使おうというのだ。

「まだ幼い姫を、どこへ嫁がせるおつもりですか。一ノ姫をどこにやれば、兄様の望む権力者と誼《よしみ》を通じることになるのでしょう。音羽様がそれをお許しになるとお思いなのですか」

「殿のお許しはいただいておる。すべては永津野藩の繁栄と平穏のためだ」

何という言い草だろう。弾正は音羽を、ただ子をなすための道具に使っただけなのだ。これが忠臣の心の有り様であるわけがない。

朱音は身を震わせながら、兄ではなく、彼に付き従う牛頭馬頭たちに向き直った。この場に残るは三人、その一人一人の目を見て問いかける。

「あなた方は、これでいいのですか。御蔵様の娘を怪物の生け贄にし、その子を人質同様に他所へ嫁がせて、それでも永津野が繁栄するならば、それを正義となさるのですか」

三人のうち二人は、朱音の目を見て動じることがなかった。素顔であっても、あの木の仮面を着けているのと同じだ。

ただ一人、弾正が「左平次」と呼ぶ副官らしい者だけが、逃げるように目を伏せた。弾正は鋭くそれを見咎める。

「左平次、何をたじろぐ」

左平次は無言のままながら、拳を床につけて頭を垂れた。

「関ケ原以来、瓜生が統《す》べる香山は、永津野竜崎氏の身の内に巣くった性質《たち》の悪い腫物《しゅもつ》も同様よ。これを切り取り、裏切りに抉《えぐ》られた傷を癒やすことがかなえば、ようやく永津野の戦は終わるのだ」

「戦など、とうに終わっております。兄様がただ一人勝手に、人狩りを続けておられただけでございます」

弾正が怒声を放った。「佞臣《ねいしん》に横領された領地と領民を取り戻すことの、何が悪い！」

朱音も叫び返す。「兄様は、ご自分の栄達のため、永津野と香山の不幸な過去を利用しているだけではございませんか！」

弾正はきつく口を結び、鋭く目を尖らせた。やじはまだ、朱音を守るためにこそ朱音をとらえて、離してくれない。

「栄達だと？」

低く呟き、弾正は武具を鳴らして朱音に歩み寄ってきた。馬鞭を投げ捨て、その場に片膝をつくと、朱音の顎《あご》の先をつかんだ。

「儂が真に望むものが栄達だと、おまえは思うのか、朱音」

その口元が歪み、笑いがこぼれる。朱音も、朱音を押さえているやじも、思わずすくんでしまうような笑みだ。

「権勢など、栄達など、儂にはどうでもいい。ただ瓜生と柏原のやつばらを追い払うことがかなうならば、儂は一介の浪人者のままでもよかった。ほかの誰でもないおまえに、何故それがわからんのだ」

朱音は目を瞠った。声音から、隻眼の光から、兄の心が伝わってくる。やじもそれを察したのか、腕を緩めた。

「兄様」

朱音は兄の手首をつかんだ。

「――兄様は、恨《うら》んでおいでなのですね」

柏原の術者の血を受けた子供だというだけで、市ノ介と朱音は家を追われた。母は悲嘆のうちに病死した。寄る辺ない双子は、本来は市ノ介が継ぐべき柏原の家を失い、武家の子女が生きるべき暮らしから遠ざけられ、他所の土地に追いやられ、山寺に封じ込められなければならなかった。

「この仕打ちを恨まずにおられようか」

生き血を絞り出すように、弾正は呻《うめ》く。

「十六の歳、上州の養家を出奔し、儂がこの妙高寺に立ち戻ったのは、和尚にすがり、なぜ儂とおまえが家を失い、親を失い、故郷を失ったのか、その理由を知りたい一心からだった」

しかし、知り得た真実の何と愚かで信じがたく、莫迦げていたことだろう。

「百年も昔の、し損じた呪術だと？　できそこないの怪物だと？　そんなもののために、儂とおまえが人生を奪われたのだと？」

そんなおとぎ話のようなもののために。

「そのとき、儂は腹を決めた。どれほどの艱難辛苦《かんなんしんく》を嘗《な》めようと、必ずこの恨みを晴らしてくれよう。瓜生と柏原の者どもを根切りにしてくれよう。そして儂が奪われたものをすべて取り戻そう、と」

兄の声を聞きながら、朱音はかぶりを振る。「でも、怪物はおりました」

「おお、そうよ。信じ難い莫迦話、絵空事だとばかり思っていたが、本当におるというではないか」

弾正の隻眼に喜色が浮かび、強い光に変わってゆくのを朱音は見る。

「つちみかどさまは目覚めた。なぜ今になって命を得、動き出したのだと思う？」

儂の願いが通じたのだ――

「儂とおまえの苦しみ、悲しみ、恨みが通じたからだ。いや、儂らばかりではあるまい。儂らの前にもいた、柏原の術者の子らの恨みだ。生きるべき人生を取り上げられ、他所に追いやられて無念のうちに貧しい生を終えねばならなかった儂とおまえの同胞《はらから》の想いが、今この時に満ち、遂につちみかどさまのなかに結実したのだとは思わんか、朱音よ」

ならば、山中で飢え、怒り猛《たけ》っているという怪物は、味方だ。

「儂らと共に怒っておる。出来損ない、呪われていると永く放置されてきた恨みを共にし、儂らのためにこの山を攻め取ろうと暴れておるのだ」

頬に温かいものが流れる。いつのまにか、朱音は泣いていた。

「――兄様は、あの怪物をご存じない」

あれがどれほど恐ろしいものなのか、身に堪えて知ってはいない。だからそんな途方もないことを考えるのだ。

「あれが誰の味方になりましょう。誰のためになりましょう」

弾正は吼《ほ》えるように短く笑った。「朱音、何を怯えておる。つちみかどさまは作り物の人形ぞ。儂ら柏原の術者は、その人形使いだ」

そして、ここには明念和尚の呪文もある。

「儂らが呪文を唱えれば、怪物を鎮めることができるというのだ。あるいは、自在に操ることもできようぞ！」

自在に操る？　怪物を倒すのではなく、捕らえて馴らそうとでもいうのか。正気の沙汰とは思えない。

朱音は思い出す。永津野の砦の天守の間に、香山の方に向けて掲げてあった「報恩」の額。弾正が書いたと思《おぼ》しいあの二文字は、実は「報復」の意が込められた、皮肉な二文字であったのだ。

その二文字が、兄の心の目を塞いでいる。

朱音の身体から力が抜けた。両手を床につき、半身ががっくりとくずおれる。

「兄様、どうぞお気を確かに。あの怪物は、兄様の思うようになるものではございません。兄様とわたくしならばそれがかなうというのならば、二人でこの命を賭し、あれを倒すよりほかに道はございません」

ふん、と弾正は鼻息を吐いた。「気丈に見えても、おまえは所詮おなご、心弱いな。まあ、見ておれ」

怪物を活かすも殺すも、曽谷弾正の胸一つ。

「いずれにしろ、この難物を平らげることには変わりがない。その後には、災いの前に手をつかね、村人たちが喰われ村を焼かれるままに放置していた瓜生の失策を、永津野竜崎氏は、主藩の藩主として厳しく咎めねばならぬ。香山の領民どもの民心も儂に——我らが殿に傾くことになろう。香山を取り戻すためには、それは大いに力になる」

かろうじて、竜崎高持公のことも思い出したらしい。朱音は精いっぱいの皮肉をこめて言った。

「そのような甘い筋書きを、ご公儀がお許しになるとは思えません」

弾正は鼻先で笑った。「ものを知らんおなごが、聞いたふうな口をきくものではない。公儀の腹の内など、先刻承知の上だ」

朱音ははっとした。今の言葉、香山藩を併呑《へいどん》するために、永津野藩では既に根回しをしているという意味だろうか。

人の繋がり。賄賂《わいろ》の流れ。そういうことか。一ノ姫の縁組みも、公儀のご機嫌をとるための策のひとつなのかもしれない。

朱音の顔色を読んだのか、弾正はさらに言う。「この騒動のあいだじゅう、香山の瓜生久則《ひさのり》は陣屋に閉じこもり、御館町を閉ざしておる。側室の子が不慮の死を遂げたためだ」

暗殺されたらしい、という。

「嗣子《しし》をめぐる権勢争いの一端が、ほころびを見せたのだろう。折も折、何という悪い巡り合わせだろうな」

香山藩士の小日向直弥は、それを知っているのだろうか。知っていても、軽々に口に出せることではないだろうが——

「なぜ、兄様がそんなことを？」

「香山という蟻塚の内で起こることなど、永津野には筒抜けだ。殿は香山領内に、多くの目と耳を放っておられるのだから」

永津野の間者だ。この自信に満ちた口ぶりからすると、そのなかには、弾正自身の手の者もいるのだろう。

公儀に取り入り、香山の内情もお見通し。朱音はそれに期待すればいいのか。絶望すればいいのか。

そのときである。低く念仏が聞こえてきた。弾正と宗栄たちが現れてからここまで、呪文の記された背を隠し、呼気の音さえたてなかった明念和尚の声である。

「空しや、悲しや」

念仏を止め、古木の幹のひび割れのような目をしばたたかせて、呟く。

「市ノ介殿、二十数年の昔、愚僧がそなたにその運命の酷さの所以《ゆえん》を説いて聞かせたのは、誰を恨ませるためでもございません」

そなたの命が大事であった。

「あの折に、愚僧は申し上げたはずじゃ。柏原の術者の子として死ぬか、主も家も失うても生きるか、そなたの選ぶ道はふたつにひとつであると」

それがどうしたと、弾正は声をあげた。

「術者の子として香山に残れば、忌まれて殺されることになる。どれほど悔しかろうと、惨めであろうと放逐されて生きのびよと、あのありがたい教えなら念仏同様、唱えても唱えても詮無いものであったわ」

憎々しげに顔を歪め、御仏をも足蹴にするような言い様《よう》に、和尚は肩を落とすと、朱音の方に顔を向けた。

「朱音様、ではあなた様に申し上げまする」

「は、はい」

朱音は野良着の襟を整え、座り直して手をついた。やじはつと離れると、そうして座して語る力も尽きかけているかのように前屈みになってゆく老僧の傍らに戻った。

「つちみかどさまがお目覚めになってしまった以上、柏原の術者の子に、そのお命を捧げていただかねばならぬ。何故ならこの呪文は」

と、肩に片手をあてる。

「念仏のように唱えるものではございません。これは、術者がその身に記し、つちみかどさまに喰われることによってのみ、初めて効力を表すものなのでございますから」

朱音ばかりか、さすがの弾正も声を失う。その顔にうなずきかけ、和尚は続けた。

「つちみかどさまは心を持たぬ。術者は自らの肉を捧げてつちみかどさまと一体になり、その心となる。そして初めて、つちみかどさまを鎮め得るのでございます」

おわかりか。和尚の低い問いかけに、朱音は戦《おのの》きつつも、目の前の霧が晴れたような気がした。

心なきものの心となる。魂となってそれを鎮め、自ら鎮められる。確かに、それならば、あの怪物にも通用する手立てになろう。

「あなた様か市ノ介殿か、お二人のどちらかに、この呪文のための贄《にえ》になっていただかねばならぬ」

贄。その恐ろしい通告の響きが消えぬうちに、曽谷弾正が腰の大刀を抜き放った。

「クソ坊主め、この期に及んでまだ儂を謀《たばか》るか！」

明念和尚をかばい、やじが飛び出す。白刃の閃きが朱音の目を射る。しかし血を見ることはなかった。和尚を斬り捨てようとふるった弾正の刃《やいば》を、副官の左平次が鞘《さや》ぐるみの大刀を掲げて割って入り、防いだのだ。

「御筆頭様、おやめください」

「左平次、下がれ！」

「下がりませぬ」

明念和尚は、やじの腕に支えられながらも、面《おもて》を上げて弾正を仰いでいる。

「愚僧の命ならば差し上げましょう。しかし市ノ介殿、ここで愚僧が息絶えれば、背中の呪文も消えまする。この呪文は人の生気によってのみ永らえ得るもの」

弾正の健常な右目が泳ぎ、大刀の切っ先が揺れた。

「人の……生気だと？」

「左様。嘘だとお思いならば、この場で愚僧の首を落とされるがよい」

「おやめください！」

我に返り、朱音は兄の足にすがりついた。

「怪物を倒す、ただひとつの手段です。失ってはいけません！　兄様、刀をおさめて」

左平次も早瀬を割る巌《いわお》のように動かない。

明念和尚を睨《にら》み据えたまま、曽谷弾正はゆっくりと刀を戻した。

「さても底意地の悪い呪《まじな》いだな。どこまでも儂らに祟《たた》るものよ」

くるりと踵《きびす》を返し、朱音たちに背を向けると、そのまま問う。

「和尚、怪物をおびき出す手段はあるのか」

「ございます」

夜更けに、境内の鐘楼の四隅にかがり火を焚けばよいという。

「あの鐘楼の屋根の内側には、入り組んだ透かし彫りが施されておりまする」

その下でかがり火を焚けば、立ち上る温気《うんき》が透かし彫りの筋のあいだを通り抜け、独特の音を生じる。

「その音が、大平良山の山中——つちみかどさまが埋けられた場所と、この寺のあいだになりますが、そこに置かれた鐘に共鳴するのでございまする」

大平良山ぜんたいに、森を越え夜空の月をも震わせて伝わるその音色に誘われて、怪物は妙高寺にやってくる、という。

肝心の鐘を欠いたあの鐘楼は、何とも奇妙な眺めだった。深山の森のなかに置かれた鐘の眺めも、きっと摩訶不思議なものだろう。朱音は思わずため息をついた。

「そんな仕掛けが……」

大平良山の懐にぽつんと置かれた鐘。朱音はそれを思い浮かべてみる。

鐘は、永き年月を風雨にさらされてきたのだ。いつか来るかもしれず、永遠に来ぬかもしれぬ、つちみかどさまの災いを待ち続けて。

それは、朱音の人生と同じだ。

鐘は、何故《なにゆえ》己がそこに置かれたのかを知らない。いざという時が来《きた》れば、己がどんな音を出すのかも知らない。ただ己は当たり前の鐘だと思ってきた。しかし、その真の使い道は別のところにあった。

山の春には花が咲き乱れ、夏には蒼天《そうてん》に入道雲がかかり、秋の紅葉が雨に濡れ、冬には山々の峰が白い綿帽子をかぶる。鳥が渡り、山犬が吼え、熊の親子が森を抜けて早瀬を渡る。そうした景色を、出来事を眺めながら、己の抱く不穏な秘密をつゆとも知らず、鐘は永い時を過ごしてきたのだろう。これまた、何も知らず己の人生を生きて、そのなかで喜び悲しみ、時にはささやかな幸せを噛みしめ、時には身に染みる孤独に泣いた朱音と同じではないか。

「左平次、増援は」

「南の砦からの一隊は、夕暮れまでに間に合うかと」

「では到着を待ってかがり火を焚こう」

弾正は振り返り、かすかな笑みを含んだ目で明念和尚を見た。

「音羽を餌にして怪物を引き寄せ、呪文のための贄には、和尚になっていただく」

朱音が驚くより早く、やじが怒りの声をあげた。「何を言う！」

「和尚は既に呪文を身に宿している。そのまま贄になっていただけば手間があるまい」

今度はやじが弾正に飛びかかろうとするのを、朱音は必死に止めた。

「兄様、和尚様のお話をお忘れですか。術者でなければ呪文は効かないのですよ」

「百年も昔の言い伝えだろう。聞き間違いということもある。いや、和尚がまたぞろ儂らを騙そうとしているのかもしれんぞ」

朱音は驚き、呆れ、一瞬胸がむかつくほどに兄が哀れになった。

己の出生の秘密を知って以来、市ノ介の胸にあったのは、報復の二文字のみであった。長い年月の苦難を乗り越え、孤独を堪え忍び、今ようやくそれを果たそうというのに、まだままならないことが立ちふさがる。それが腹立たしく苛立《いらだ》たしく、我慢がならないのだ。子供のような怒りではないか。

「和尚様は、今さらわたくしどもを騙したりなさいません。大事な呪文のことを、聞き違いなどなさるはずもありません。呆けたことをおっしゃいますな」

「喧《やかま》しいぞ、朱音！」

「兄様、それほど命が惜しいのですか。ならば隠れて震えておられるがいい。わたくしが贄になります！」

弾正はたちまち朱音に迫ると、手の甲で頬を張った。渾身の力を込めたひと打ちに、朱音は横様にどっと倒れた。

すかさず、やじが助け起こしてくれた。また守るように朱音をかき抱き、「臆病者めが」と、弾正に毒づいた。「おなごに手をあげる、おまえは真《まこと》の武士《もののふ》ではない！」

弾正の顔色が変わった。「この山猿が！」

「おやめなされ。やめい！」

和尚の一喝に、場が固まった。見れば、明念和尚の顔色は古びた障子紙のように変わっている。息が切れ、苦しそうだ。

「何度でも、申し上げる」

胸元をつかんで、顔を歪めながらも訴えかける。

「愚僧の命など、喜んで差し上げましょう。しかし、術者の力を持たぬ贄で、呪文が効かなかったならば、いかがなされる」

弾正はその問いには答えず、石のように固まっている二人の牛頭馬頭を振り返った。

「久松《ひさまつ》、和尚を取り押さえよ。小十郎《こじゅうろう》、矢立てを持て」

抗《あら》おうとしたやじを脅しつける。「おまえがおとなしくせねば、和尚が痛い目にあうぞ」

「やじ、よいのじゃ。控えておれ」

呪文を写すぞ、と弾正は部下に命じた。

「小十郎、矢立てを持て」

明念和尚は、やじに支えられてやっと身を起こしている。顔色がますます白い。

「市ノ介殿、これは生き身の上でなければ保たぬ呪文じゃと申し上げておる」

「だから生き身に写すのよ」言い捨てて、弾正は声を強めた。「左平次！　音羽をここに」

左平次はすくんだように棒立ちになった。

「何をしておる。音羽を連れてこい。あれの背に呪文を写すのだ。写しがあれば、呪文は何度でも使えよう。贄など、いくらでも調達できるわ」

朱音は左平次の顔を仰いだ。いかつく、日焼けしている。凍ったように弾正を見つめている。

ああ、どうか。朱音は狂おしく心のなかで願った。どうかこの方だけでも、心が仮面とひとつになりきっていませんように。

「――御筆頭様」と、左平次の低い声。「それがしの背をお使いくだされ」

言うなり、さっと座し、まるで切腹の支度に取りかかるかのように胴当ての紐《ひも》をほどき、着物の前をはだけ始めた。

弾正も隻眼を瞠る。「左平次、気が触れたか」

「は、この畑中《はたなか》左平次、深山の気に惑うて正気を失い申した。その呪文とやらを身に帯びとうてたまりません。小十郎、早くせい！」

副官の叱咤《しった》に、しかし小十郎という若侍は応じない。矢立ての筆を手にして和尚の背中へと回り込み、そこで固まってしまっている。

その口元だけが小さく動いている。呪文を読んでいるらしい。読める文字だったのか。

「おお、いかん」

息も絶え絶えに喉《のど》を鳴らしながら、和尚が声をふり絞り、小十郎から離れようとする。

「この方に呪文を読ませてはいかん！　お放しくだされ」

「逃げる気か、このクソ坊主めが」

そのとき、朱音は気づいた。何だろうこの臭いは。何かが焦げているような——

突然、小十郎が悲鳴をあげた。筆を放り出すと、右手を顔の前に持ち上げて、食い入るように眺めている。その指が黒く変色しつつあった。この臭いは、肉が焦げる臭いなのだ！

「小十郎！」

「ご、御筆頭様、これは、これは何ですか」

黒変は、たちまち小十郎の五本の指すべてに回った。朱音は己の目を疑う。この黒変は、ただのしみや影ではない。文字の形をしている。文字が、若侍の肌を這いのぼりながら黒焦げに焼いてゆくのだ。

「た、助けてくれ！」

掌を這い、早くも手首にまで達しようとする黒い文字の動きに、小十郎は狼狽し狂乱した。助けようと、久松という若侍が明念和尚をまたいで飛び出す。小十郎の方は、誰彼かまわずそばの者にすがろうとする。弾正はそれを非情に突きのけ、久松も、「いかん、触るな！」と左平次に引き戻された。

黒い文字の動きは、墨汁が水に混じるよりも速い。みるみるうちに広がってゆく。

小十郎はその場でぐるぐる回り、身体を揺らし、右へ左へと足踏みをし始めた。その顔は引きつり、叫びに叫んでいる。痛い、熱い！

黒い文字の動きは容赦なく、帷子《かたびら》の袖の下を通って腕を這い上ると、首筋からさらに上へと現れた。そのおぞましい光景と鼻が曲がるような異臭に、久松が思わずげえっとえずく。

「うわぁぁぁあ〜！」

黒変はついに小十郎の顔を覆った。残った片手をあげて顔を掻きむしり、よろけつつまろびつつ、小十郎は本堂の板戸を破って隣の小座敷へと転げ出た。

「痛い、痛い、痛いぃぃぃ！」

転げ回るその身体の黒装束の下で、黒変はさらに広がってゆく。若侍は胸を掻きむしり、腹を押さえる。だが残った手も真っ黒に変わり、力が抜ける。膝ががくりと折れ、立つことができなくなる。叫び声が嗄《か》れる。芋虫のようにのたうち、羽をもがれた蛾《が》のようにひくつき、哀れな若侍は黒変に焼き尽くされてゆく。しゅうしゅうと薄い煙がたつ。

ついに小十郎は動かなくなった。その様は、あたかも大きな黒い結び目のようだ。

気がつけば、朱音は弾正の背にしがみついていた。無残な光景の前に、兄が盾となってくれている。

刹那《せつな》、朱音は胸が詰まった。

兄様はやはり、たった一人の兄様。あの十六歳の夜の、兄の言葉が甦る。

——この世にいるのは敵《かたき》ばかりだ。

「和尚、これはどういうことだ」

弾正がさっと身を返し、明念和尚に詰め寄った。和尚はすっかり弱り果て、やじの腕に抱きかかえられて、呻くように答えた。

「この呪文は、鏡文字でござります」

和尚の身体の内側に向かって、外側から見れば文字が裏返しに記されている。

「それと判《わか》れば、漢字とかなの組み合わせでござりますが故に、どなたにでも読めましょう。しかし心弱き者、未熟な者が読めば、あのように魅入られ、焼き尽くされまする」

久松は顔色を失くして本堂の隅にうずくまり、左平次も着物の前をはだけたままの格好で呆然としている。

弾正は言った。「――儂は魅入られぬ」

「では、お試しになられるがよい」

すぐさま、左平次が遮る。「御筆頭様、しばらく」

「おまえは儂が未熟者だと言うか！」

「かくも胡乱《うろん》な呪文に頼ろうというのが、そもお考え違いでござる！」

声を張り上げる副官は、必死の形相だ。

「山中の荒れ寺に潜むこの念仏坊主は、狐狸《こり》の類いやもしれませぬ。その口車に乗せられるなど、御筆頭様らしからぬおふるまい。目を覚まされよ！」

人喰いの害獣など、永津野の御側番方衆《おそばばんかた》が一丸となれば必ず倒せる、と言い切る。

「我らが真の武勇をお見せする、千載一遇の好機をお与えくだされ」

諫言《かんげん》に、怒っていた弾正の肩から力が抜けた。つと足を踏み出す。何をするかと思えば、先ほど投げ捨てた馬鞭を拾い上げた。

「おまえの言うとおりだ、左平次」

儂が悪かった。その口元に苦い笑み。荒かった呼気も静まってゆく。

「まず、怪物を迎え撃つ支度を調えよう。深山にこれだけの人気《じんき》が集まっておれば、それだけでも飢えた獣《けだもの》を引き寄せようからな」

結局、まともに戦うというのだ。朱音の目の前が暗くなる。それではあの砦の惨事と同じことを繰り返すだけだ。

もう、朱音が心を決めるしかない。ここはいちばん、知恵を絞らなくては。

弾正は本堂に陣を構えるつもりらしい。てきぱきと指図を始めた。和尚とやじと引き離され、朱音は左平次に僧坊へ連れていかれた。本堂よりも荒れ様がひどい。板戸で外気を遮ってあるが、障子や唐紙《からかみ》は破けているし、床があちこち抜けている。

「音羽様はどこにおいでなのですか。ほかの人たちも無事なのでしょうか」

朱音はさすがに縄をかけられることはなく、ただ無言の左平次に急《せ》き立てられて、埃だらけの廊下を進んでいる。

いななきが聞こえた。弾正たちの乗ってきた馬だろう。むっつりと押し黙っている左平次に、朱音はわざと見高《けんだか》に言った。

「これはご挨拶ですこと。御筆頭様の妹のわたくしが、馬と同じ扱いですか」

その声に、どこからか、か細い女の声が応じた。「――義姉上《あねうえ》様?」

音羽の声だ。朱音は前後を忘れて廊下の先へと駆け出した。

僧坊の棟の端の部屋だ。傷《いた》んで壁が崩れているのをいいことに、馬たちを引き入れて繋いである。

その隅に、あり合わせの敷物を敷き板きれや布で風を防いであり、音羽が身を小さく丸めていた。

「音羽様！」

ひしと抱きしめ、朱音は大急ぎで音羽のいましめを解きにかかった。のしのしと追いついてきた左平次はそれを邪魔しないばかりか、一人だけついていた見張りを追い払うと、朱音と音羽を守るようにその場に立ちはだかった。

音羽はすっかりうちひしがれ、すぐには口もきけない様子だ。その肩と背中を擦り、髪を撫でてやりながら、朱音は左平次を振り仰いだ。「ありがとう、ありがとう」

左平次は無言のまま近づき、そこに片膝をついた。顔が硬い。

朱音は尋ねた。「一ノ姫様は何処《いずこ》に？」

「――名賀村の庄屋の家におわします」

「無事なのですね。よかった」

音羽が静かにすすり泣き始めた。

「音羽様を馬と同じところに押し込めたのは、畏れ多いことにござる。しかし名賀村で聞いた話では、かの怪物は馬を恐れるとやら。呪詛の力でこねあげられたけだもの故に、人は襲っても、他の獣には弱い。ならばここが最も安全な場所と存じます」

左平次の厚い思いやりだ。本堂で、すかさず己の背を差し出したこの侍は、曽谷弾正の副官としての責務と、御蔵《おくら》様への忠義とのあいだで引き裂かれている。

「ごめんなさい。貴方がどれだけ苦しいか、わたくしもわかっているつもりです」

左平次は、そも一ノ姫を抱いた音羽の逃亡から始まるここまでの経緯《ゆくたて》を語った。

「我ら一隊が名賀村に着いた時には、怪物の襲来は終わっておりました。しかし、村の惨状を見るだけでも充分でござった」

半壊となった名賀村の様子が、朱音の目にありありと浮かぶ。怪物の吐くあの酸水が燃え上がると聞けば、先の砦の凄《すさ》まじい炎上にもさらに得心がゆく。

「村の者の話によれば、怪物を追い払ったのは、名賀村で小台様にお仕えしていた下男の老人だそうで」

血を流しながら怪物と対峙したじいの振る舞い。じいが残したという言葉。

「じいは〈つちみかどさま〉を知っていたのね」

ならばきっと、じいも柏原の家に繋がる者だったのだろう。つちみかどさまが目覚めたときのために、永津野に送り込まれていたのだ。

「――可哀想なことをしました」

朱音の目から涙が溢れた。じいもまた、山中の鐘と同じ。朱音と同じ。

ならば今度は朱音の番だ。

「畑中様とおっしゃいましたね」

朱音はひたと左平次を見つめる。

「どうかお願い、もうひとつ、わたくしの願いを聞いてください」

左平次の顔が苦しげに歪んだ。「それがしに何をお望みでござる」

その低い呟きに、朱音の希望は明るく燃えた。

「兄を裏切れとお頼みするのではございません。音羽様をお助けし、一ノ姫様のもとへお返しする。

永津野藩の家臣として、永津野の民を守る。そのために、わたくしを手伝ってください」

朱音が己の考えを語ると、左平次は首を振った。「小台様、先ほどの惨事をお忘れか。和尚の背からあの呪文を写すことができるのは、おそらく、術者の血筋である御筆頭様と小台様だけでござる。しかし御筆頭様は、小台様を怪物の贄《にえ》にはなさいません」

「写せるお人が、もう一人います」朱音は断言した。「ここに囚われているのです」

菊地《きくち》圓秀。あの呪文を文字として読まず、珍しい絵だと思って無心に写すことのできる者。彼の顔を思い浮かべ、朱音は思わず微笑した。

「大丈夫、きっとうまくいきます」

四

同じころ、僧坊の反対側の端では、荒れ放題の部屋のなかで、小日向直弥が苦渋を噛みしめていた。

金治郎《きんじろう》と圓秀、あとから加わった源一《げんいち》という鉄砲撃ちの老人と、榊田《さかきだ》宗栄と名乗る素浪人。五人とも縄で手足を縛られ、数珠《じゅず》つなぎにされている。

ときどき外から人声がして、牛頭馬頭たちが動き回っているのはわかるが、見張りはいない。悔しいが、この有り様では逃げることができない。何とかしようともがくと、かえって縄目がきつく締まってくる。

「お武家様ぁ、そう暴れんでくだされや」

シラッとして諭《さと》す源一も面憎い。この老人は、鉄砲を取り上げられるとき薄笑いを浮かべて、

「わっしの鉄砲は古物ですがぁ、おまえ様方に使いこなせるものじゃねえ。うっかりすると指を吹っ飛ばされますでぇ」

牛頭馬頭に言い放ち、したたか殴りつけられたがケロッとしている。

蛙《かえる》の面に小便の体といえば、宗栄という素浪人も同じだ。こういう時は休むのがいちばんと、あろうことか繋がれたままごろ寝を決め込んでいる。さっきは軽い鼾までたてていた。そういえばこの男は、一度怪物とやり合った際に取り落としてしまったとかで、腰には脇差しの鞘しか差していなかった。

金治郎と圓秀は疲れ果て、意気消沈して黙り込んでいる。何とかこの二人だけでも逃がしてやりたい。牛頭馬頭たちが手薄な今なら、森に逃げ込めば勝機はある。

と、頭上から呑気な声が聞こえてきた。

「こらまあ、えらい眺めだぁ」

振り仰ぎ、直弥と圓秀は同時に「あっ」と声をあげた。

「伊吉！」

口元の涎を手の甲で拭いつつ、あの食わせ者の寺男が天井板の破れ目から覗いている。

「貴様、なぜここに？」

いきり立つ直弥に、伊吉は天井からへらへら笑う。「小日向様が北二条に登るちゅうからぁ、追っかけてきたんですがぁ」

「私を追ってきただと」

「北二条でぇ、大けな人喰いの怪物が出たとかねえ。山番の高羽《たかば》さんが大怪我して戻られたでしょう

がぁ」

そこまで知っている。やはりこの男は——直弥は肝が冷え、腸《はらわた》が煮えくりかえる。

「おまえさん、間者か」

胴間声《どうま》は榊田宗栄のものだ。むっくり起き上がる。

「香山に入り込んでいたんだな。しかし、この事態のただ中でそんなところから覗いているんじゃや、永津野の間者じゃあるまい」

公儀の手の者かと、宗栄はあっさり問いかける。伊吉はだらしなく笑って涎を拭う。

公儀の間者だと？　直弥は圓秀と顔を見合わせる。

「どこの誰でもいいが、事情を知っているなら助けてくれんか」

これこのとおりだと、宗栄は縛られた手首を持ち上げてみせた。

「このままだと、我々は怪物の前に据え膳だ」

「ンでも、永津野の衆《しい》は怪物を倒すって支度しとるどぉ」

宗栄は鼻で嗤《わら》った。「無理無理、無駄だ」

「そうかぁ。おらも、和尚の言うとおりに、呪文を使うのがいいと思うがねぇ」

「呪文？」宗栄が、初めてきりりとした。「そりゃどういうことだ。教えろ」

「ここの和尚の背中に、怪物を鎮める呪文が記してあるんだとぉ。けンどぉ、その呪文を効かせるにはぁ、曽谷弾正か、妹の朱音ってぇ人が生け贄になるしかねえらしいどぉ」

騒げば見張りに聞きつけられる。わかっていても、数珠つなぎの一同は色めき立った。

伊吉はちょっと顔を隠し、すぐまた現れた。

「今ンとこ、永津野の衆はあんたらにかまっとる暇がなさそうじゃぁ」

ひらりと天井から降り立って、一同のそばにしゃがみ込む。

「曽谷弾正は、その呪文をどうするつもりだろう。なぜ彼奴《きやつ》と朱音殿でなければ呪文が効かんのだ？」

「さあ、血筋とからしいどぉ。だども、牛頭馬頭の長もぉ、妹を生け贄にするつもりはなさそうだぁ」

宗栄が安堵《あんど》のため息をついた。「そうか……」

「けンど、近くの砦から増援がくるがぁ。あんたらも逃げるんなら、今のうちだなぁ」

「わかった。伊吉、この人たちの縄を解け」

急き込む直弥の顔を、伊吉はじっと見る。

「小日向様、おらは寺男の伊吉じゃねえだ」

「そんなことはどうでもいい。頼む。私はいいんだ。ここで戦う。だが金治郎と圓秀殿は」

「そうだな。二人は逃げろ」と宗栄も言う。「我ら三人の縄は、いったん解いてから縛り直してくれ。締まっているように見えて、いざという時にはすぐ解けるようにな。あんたも間者なら、それくらいの技は持ち合わせているだろう？」

伊吉は小首をかしげ、宗栄の顔をしげしげと見る。「お侍さん、人にものを頼むのにぃ、遠慮がねえだなぁ」

「この際だ。使える者は鬼でも使うさ」

「面白いお人だねえ」

伊吉は笑い、金治郎の縄を解き始めた。庄屋はがたがた震えている。

「私もここに残ります」と、圓秀が言って自分の足を見せた。傷だらけであちこち血が滲み、足首が丸く腫《は》れ上がっている。

「もう山道は歩けません。金治郎さんの足手まといになるだけでございます」

「しかし、ここに残っていては」

「牛頭馬頭が怪物退治をするというなら、その隙に何とかするさ、小日向さん」

宗栄はおおざっぱなことを言う。

「貴殿もここに残って戦うのなら、逸《はや》らずに好機を待った方がいい」

「うん、おらもそれが得策だと思うがぁ」

金治郎が自由になり、手首足首を擦っている。伊吉は庄屋に、腰に差した竹筒を差し出した。水だ。

「森に入ったら、増援に行き合わねぇようにぃ、気ぃつけなされやぁ」

「は、はい。小日向様――」

「あの洞窟に戻り、今はまだ皆と身を隠していなさい」

あの怪物の由来は置家老・柏原家にあるのだ。真っ直ぐに御館へ報せたところで、すぐ助けに来てくれるとは限らない。いや、来てくれたとしても、怪物ごと直弥たちも握りつぶされ、もみ消されてしまうかもしれない。

伊吉が外の様子を覗い、板戸を開けて金治郎を逃がした。それから直弥たちの縄を解き始めた。

源一がようやく口を開く。「あんた、お上の百足なぁ、香山の何を探っとったが」

「山爺《やまじじい》の知ったことかぁ」

ふんそうかと、源一は鼻を鳴らした。「本堂の方も探ったかぁ。わっしの鉄砲を見たかぁ？」

「鉄砲は知らんが、外の森にちっこい蓑虫が一匹つながれとるどぉ」

「蓑吉か！　無事でいてくれたんだな」

宗栄は喜んだが、源一はこれまででいちばん驚いた様子だ。

「何であれがこげなところへ」

「牛頭馬頭どもに連れてこられたらしいでぇ」

「逃がしてやってくれたのか？」

「うっかり逃がすとまた見つかってぇ、斬られるだろ。そのまんまぶら下げとる」

「じゃあ、我々の様子を知らせてから逃がしてやってくれ。あとのことは案ずるな、と」

「人使いが荒いお侍さんじゃあ」

「旅の者には親切にしておくものだぞ。どんな果報が返ってくるかわからんからな」

何故こんなときに笑えるのか、宗栄も伊吉も愉快そうだ。

「――伊吉」

直弥は、呼びかける名をほかに知らない。

「なぜおまえがここにいる？」

伊吉は返事をしない。その指の動きは器用で、目にははしこい光があった。大男で頭の鈍い、気のいい寺男の顔は、やはり仮面だった。

「光栄寺の六角堂に隠された奉納絵馬には、いったい何が描かれていたのですか」

厳しく問うのは圓秀だ。

「あんたが私を焚きつけて、盗み見させようとした絵馬です。私が香山を去った後、誰かに持ち出されたそうじゃありませんか。あんたの仕業ですか。おかげで私は根も葉もない疑いをかけられてしまった」

圓秀の声音は恨みがましい。直弥はその顔を見られない。

「私も知りたい。伊吉、答えてくれ」

伊吉は源一の縄を解きながら、薪割《まき》りでも終えたかのような気軽さで言う。「おらの香山での用はもう済んだがぁ。けンど、引き揚げる間際になってぇ、北二条で獣が出たとかぁいうからなぁ。様子を確かめておかんと、おちおち江戸に戻れん」

「どうしてですか」と、圓秀が問う。伊吉は、呆れたように分厚い肩をすくめてみせた。

「あんたら、〈生類憐れみの令〉を知らんのかぁ。江戸表じゃぁ、野良犬一匹打ち殺しただけでぇ、死罪になるでぇ」

確かに、時の将軍家から、生きものの殺生を固く禁じ、とりわけ犬を大切にするべしという政令がくだされていることは、直弥も知っている。が、江戸と鄙《ひな》の山深い藩とでは事情が違う。これまで香山藩で、この禁令のために家臣や領民たちの暮らしが変わったことはない。

しかし伊吉は言う。「どこだろうとぉ、獣を無体に狩ったらぁ、その御禁令に触れる」

うむむと、宗栄が唸った。そうか、この男は江戸者だった。

「しかし、あの怪物はお犬様とはわけが違うぞ」

「お上のご裁断は知らんがぁ、おらは見て見ぬふりをして帰るわけにはいかんでぇ」

「じゃあ、おまえが怪物に喰われてくれればええな」と、源一が言い捨てる。

「へへえ、おらは命を大事にするがぁ」

伊吉はまたへらへら笑う。

その邪気のない笑顔は、寺男の伊吉そのままだ。直弥は、怒りとは別のもので胸が塞がるような気がして、つい問いかけた。

「おまえはそうやってへらへら笑いながら、まわりの皆を偽ってきたのか」

伊吉は答えない。薄笑いのまま、口元の涎を拭う。

「その偽りは、いつから始まった？　孤児《みなしご》だったとはいえ、おまえは香山生まれだろう。なぜ故郷を裏切り、公儀に飼われたのだ。おまえを慈《いつく》しんで育ててくれた六造に、申し訳ないとは思わないのか」

そこまで言って、直弥はふととんでもないことに気づいた。光栄寺の先代の寺男・六造が、伊吉の正体をまったく知らなかったと言い切れるか。あるいは六造も――

「おやめなさい、小日向さん」

榊田宗栄が穏やかに遮った。

「この手の間者を問い詰めたところで、真の答えが返ってくるわけがない。聞けば聞くほど、何が真実で何が嘘なのかわからなくなるだけだ」

「しかし！」

「熱くなりなさんな。少なくとも今のところ、この男は我々の敵じゃない」

伊吉はしたり顔だ。「このご浪人さんの仰せのとおりだぁ、小日向さん」

「この男は間者だ。裏切り者です！」

「そう決めつけるのはつまらないような気がするがなあ」

宗栄はどこまでも飄然《ひょうぜん》としている。

「公儀の間者として立ち回ることが、必ず香山への裏切りになるとは限らんでしょう。むしろ香山のためを思うからこそ、この男は公儀の懐に入り込んだのかもしれない」

これには直弥も虚を突かれた。

「そ、そうなのか、伊吉」

「だから、そう問い詰めるなと言っているのですよ」

宗栄が苦笑するばかりか、源一まで口の端をひん曲げて笑っている。

当の伊吉は作業を終え、ぽんと手をはたいて立ち上がった。「さあ、お望みどおりに縛ったでぇ。その結び目は、強く引っ張ればすぐ解ける」

直弥は諦めきれない。まだ問わずにいられない。

「待ってくれ。おまえの〈香山での用〉とは何だ。それはなぜ終わった？」

そして、なぜこんな手間を踏んで助けてくれるのだ。放っておいてもいいだろうに。

伊吉は直弥を見おろすと、手の甲で口の端の涎を拭った。

「小日向さん、あんたはここで死ぬよ。怪物に喰われるか、永津野の衆《しゅ》に斬られるか、どっちにしろ後はねえどぉ」

同情しているような口ぶりではない。

「――わかっているよ。私も覚悟している」

部屋の隅の床板が緩んでいる。伊吉はそこに歩み寄り、床板を持ち上げた。

「もし、奉納絵馬のことは？」と、圓秀が食い下がる。「あんたのせいで疑われて、私は面目丸つぶれだ。私もここで死ぬんだから、冥土《めいど》の土産に教えてくださいよ！」

床板に手をかけたまま、伊吉は振り返ってにっと笑った。冥土の土産かぁ。絵師の先生は、言うことが洒落《しゃれ》とるがぁ」

そうだなぁ、あれはよう、と気を持たせる。

「――絵馬だからちゅうて、絵が描いてあるとは限らんだろ」

字も書けようがぁ。

「あの絵馬には、生薬の調剤法が記してあったんでぇ」

〈かんどり〉そっくりの症状を起こすことができる毒薬の調剤法だ、と言う。

「物騒なもんだがぁ、あればたいそう便利だなぁ。香山瓜生が隠すわけじゃあ」

他の三人にはぴんとこないようだが、直弥は理解の雷《いかずち》に撃たれて凍りついていた。

そんな毒薬が香山に存在するというのならば、三郎次様の二度目の〈かんどり〉に、筋が通る。

――あれは、その毒薬による暗殺だったのではないか。

頭のなかが真っ白になり、背筋を戦慄が駆け上《のぼ》る。

伊吉は半ば面白そうに、半ばは気の毒そうに、顔色も言葉も失った直弥を見守っている。

「その調剤法は、瓜生の御家の秘事だぁ。めったなところには隠せんがぁ。うっかり文書《もんじょ》にしておいても危ねぇだ。だから絵馬にしたんだろうがぁ、ついでに原料になる草や木の絵も描いておけてぇ、わかりやすくて一石二鳥になったたなあ」

直弥に代わり、なるほどと、宗栄が感心したように合いの手を入れた。「何だかよくわからんが、そっちはそっちで大事のようだ」

「ほんにそのとおりで、ご浪人さん」

「私の名は榊田宗栄だ」

「へいへい。なあ小日向さんよう」と、伊吉は続ける。「あの絵馬はなぁ、作られてすぐに光信寺に隠されたがぁ。けンど、薬師如来様が光栄寺に移されるときに取り出されて、それからはずっと、別のところにあったんだよう」

光栄寺の六角堂にあったのは、偽物なのだという。

「ふむ。万にひとつ、本物の存在が外部に露見したときにも、容易に探し出されないよう、偽物を置いたというわけだな」

宗栄が言う。伊吉はうなずき、涎が乾いてきてむず痒《がゆ》いのか、無造作に口元を掻いた。「ご苦労なこったよなぁ」

何という言いぐさだ。身内からわき上がってくる怒りで、直弥は立ち直った。ここでぐずぐずひるんでいてはいけない。伊吉の方にぐいと身を乗り出した。

「しかし、おまえは本物を探し出したんだな？　だから用が済んで、香山から引き揚げようとしていたのか」

伊吉の〈用〉とは、それだったのか。

「本物の絵馬はどこにあった？　誰が隠していたんだ？」

胸が痛み、声がかすれる。

「三郎次様は、その毒薬で殺されたのか。誰の仕業なんだ。おまえは知っているのか。知っているのなら教えてくれ。それとも、あるいはおまえが――おまえが三郎次様を」

他の者たちは目を丸くしている。伊吉だけは横目になって、またへらりと笑った。

「見損なってもらっちゃあ困る。小日向さん、おらは子供を殺《あや》めたりしねえがぁ」

そんな非道なことをする理由もない、と言い切る。

「ちっとしゃべり過ぎちまった。おらも口が軽すぎだぁ。まあ、あとのことは御館に戻って聞くといいがぁ」

生きて戻れればの話だがと、意地悪く付け加える。悲しく、悔しく、歯痒く、直弥はぎりぎりと歯がみした。

「な、ならば、六角堂のあの狼藉は何だったんだ？」

「ああ、ありゃあどこぞの間者の仕業だぁ。お堂に香山藩の大事な宝物があるって、半端に聞き込んでぇ、探りに来たんだよ」

行儀の悪い奴で、薬師如来様の台座を乱暴に壊した上に、物音を聞いて駆けつけた伊吉に斬りかかってきたのだという。

「しょうがねえから、返り討ちにしてやったがぁ」

あの日の真夜中の出来事だったから、寺の者たちは誰も何も知らない。

「亡骸を転がしとくとぉ、おらにも厄介な羽目になるからなぁ。他所へ運んで埋めたけんどぉ」

抜け目なく狡猾な光が、初めて伊吉の目の底でちろりとした。

「あの場はあのまんまにしとけばぁ、おらにも都合がいいと思ってな」

「都合がいい？」

「光栄寺から消える言い訳になるだぁ」

自分が見張りと戸締まりを怠ったが故に、お堂を荒らされてしまった、と。

「申し訳ねえがらおいとまいたしますぅゆうたら、あとから疑われる気遣いがねえ」

一瞬、ほかの感情が吹き飛んでしまうほど、直弥は呆れた。「たったそれだけのために、おまえはあれだけ泣いて、首をくくる真似までしてみせたのか！」

「やるんなら、それぐらいせねばなぁ」

しかもその大芝居の最中に駆けつけた直弥には、菊地圓秀への疑いを植え付けるようなことを言った。いったいどこまでしたたかな嘘つきなのだ。

愉快そうに、宗栄がくっくと笑っている。

「だから言ってるだろう、小日向さん。間者というのはそういうものなんだよ」

どれが真実でどれが嘘なのか、その境目もわからない。

「その間者は永津野の手の者だったのかな」と、宗栄が尋ねる。

「どうかねぇ。まあ、曽谷弾正が幅を利かすようになってからこっちは、永津野からはけっこうな間者が入り込んででぇ」

邪魔くさかったがぁと、伊吉は顔をしかめる。

「おっと、小日向さん。こんな話を聞いたからってぇ、誰でも彼でも疑いなさんなよう。あのおかめの女中なんざ、正直者だで」

お末《すえ》のことだ。伊吉の目つきと声音がちょっと優しくなった。

「あの娘が怪物に喰われるような羽目になったぁ、気の毒じゃあ。小日向さん、ここで踏ん張って怪物を退治してくだされや」

伊吉はひらりと床下に消えた。

あれもこれも一気にかきまわされ、直弥は放心してしまった。

「小日向殿、しっかりなさい」

直弥を叱咤した榊田宗栄は、縛られた手で顎を掻きながら思案している。

「とんだ幕間《まくあい》だったが、本番はこれからだ。とにもかくにも、怪物はここで倒すしかなくなったようじゃないか。さて、どうするかな」

五

蓑吉が蓑虫よろしくぶら下げられているうちに、陽は徐々に西に傾いてきた。そのなかを、ざっと二十騎余りの牛頭馬頭の一隊が妙高寺へと到着した。近在から来たにしても、速い。牛頭馬頭はいつもそうだ。だから魔群と恐れられてきた。

そんな彼らにも強行軍だったのだろう。馬たちは土埃にまみれている。蓑吉はハナを想い、奥方様を想った。ホントにおいら、こんなところで何やってンだ。

頭上でがさがさと音がした。いんちき蓑助だ。戻ってきてくれた！

「遅いよ！」

「声が大きいでぇ、蓑虫めがぁ」

いんちき蓑助は蓑吉を枝の上に引き上げ、懐から包みを出して広げた。餅だ。

「縄、縄を解いてよ」

「そのまんま食え」

蓑吉は文句を言わず、犬のように口から迎えにいって食った。喉が鳴る。

いんちき蓑助は蓑吉を繋いだ縄の端を持ったまま、本堂と僧坊の様子を話してくれた。香山訛りのこの男の言葉が、蓑吉に聞き取れないわけはない。が、話の内容は突飛《とっぴ》にすぎて、餅よりも呑み込みにくかった。

「呪文って、何だ？　朱音様が生け贄になるなんて、ンなバカな話があるかぁ」

涎顔のいんちき蓑助は、小さな目をしばしばと瞬いて蓑吉を見る。

「おまえは香山の子だらぁ。永津野の鬼の妹の身を案じるかぁ」

「だって朱音様は優しくて——おいら、助けてもらったし」

蓑吉には、ほかに理由が見つからない。曽谷弾正と朱音様を結び付けて考えることなんて、どうしてもできない。

「あんたにも助けてもらったな。じっちゃも宗栄様も、縄を解いてもらったならきっと何とかするよ。朱音様のことも助けてくださる」

本堂から曽谷弾正が姿を現した。途端に牛頭馬頭たちが活気づく。弾正は張りのある声で一同に呼びかけ、何か指図を始めた。

「怪物狩りをするらしいどぉ」

なるほど、新たに到着した一隊は武装も物々しく、大型の弓や投げ槍、投網《とあみ》なども運んできた。弾正の采配できびきびと動き出して、それらを仕掛けたり、戦の支度を調え始めている。

蓑吉はかぶりを振った。「あんなの、何にもならねえ。無駄だよ」

いんちき蓑助はふうんと言う。「怪物ってぇのは、そんなに凄いのけ。おらは、焼け跡やどろどろになった骸《むくろ》の山は見たけンど――」

そこで言葉を切った。蓑吉は、これまで見聞きしてきたことをいっぺんに思い出してしまい、記憶に溺れて呼吸《いき》が荒くなる。

「そっか、わかった。もうええ」

思いがけず優しく、いんちき蓑助は蓑吉の肩を軽く叩いた。

「さあ、ぼっこは逃げろ。ここらの山道には明るかろぉ」

「おらは逃げねえ。じっちゃと宗栄様のところへ行く。奥方様も助けなくちゃ」

「へえ。ぼっこにそげな義理はねえどぉ」

「あんただって。でもホント、あんた誰だ？」

「おらか。おらは」

いんちき蓑助はうっすり笑い、ふと、蓑吉が帯につけた百足の藁《わら》人形に目をとめた。

「おらはそれだぁ。〈百足〉だよう。香山じゃ、そう呼ぶだらぁ」

「百足？　こいつは蛇よけの御守りだよ」

加介が作ってくれたのだ。

「おらは、そっちの意味は知らんがぁ。けンど、これでもおらは北の百足の束ね、大百足だったんだぞう」

涎を拭いて、ちょっと胸を張る。

「じゃ、本物の阿呆じゃねえの？」

「おうよ。おらが本当は大百足だって知らんやつばらにはえらく侮られたもんじゃが、阿呆の前では、みんなぺらぺらようしゃべりよる。便利じゃったどぉ」

それでも優しゅうしてくれたお人もいた、と言う。

「だからその分、ちっとだけ恩返しをしてきたまでよ。この先は、もう関わらん」

急にさばさばした口調になった。

「ぼっこともこれまでじゃ。ンでも、おまえがどうしても永津野の鬼の奥方様を助けるんなら、あの建物に、馬と一緒におるでぇ」

本堂の脇の建物を指さし、「気ぃつけや」と言ったと思うと、いんちき蓑助はいなくなった。

蓑吉の縄も解けていた。手妻みたいだ。いつ解いたんだ？

「あン人《しぃ》——」蓑吉は思わず呟いた。「山神様のお使いかな」

蓑吉たちを哀れんで、山神様が助けを寄越してくださったのかな。

いんちき蓑助が教えてくれた建物に近づくには、森に潜んでぐるっと回っていくしかない。牛頭馬頭たちが境内いっぱいに散らばっているから、よほど気をつけないと。

蓑吉がじわりじわりと移動するあいだも、牛頭馬頭たちは作業に忙しい。本堂の裏手に入って穴を掘る者、大弓を地面に据え付ける者。なぜだか、鐘のない鐘楼を掃き清めて、かがり火を焚く支度をする者もいる。蓑吉は舌打ちした。火なんか焚いたって、また火事になるだけだってのに、何もわかってねえ。

馬たちが繋がれている場所が見えてきた。あ、ハナもいる！　無事で、元気だ。嬉しくて、藪のなかから飛び出そうとしたそのとき、後ろからぎゅっと首ねっこを摑まれた。

「げげ！」

「黙れ」

手荒く引き起こされると、細面の顔が目の前にあった。髪を短く刈り込み、野良着を着た――これ、誰だ？

そいつの方から訊いてきた。「おまえが鉄砲撃ちの爺《じい》さんの孫か？」

おいらを知ってるのか！「う、うん」

「爺さんなら無事だ。おまえは何をしている」

「みんなを助けに行くんだ。奥方様は馬と一緒にいるんだって」

「おまえ一人でか」

「悪いかよ。あんた誰だ？このお寺には女中さんなんかいなかったはずだぁ」

と、相手は目を丸くした。「じ、女中って」

何を驚いてンだ。蓑吉はつい笑った。

「だってあんた女だろが。どこの者《もん》だぁ。和尚様のお世話をしてたのかぁ？」

「おれが女だと、なぜわかる」

しつこいなあ。

「男みたいな格好してるけどさ、匂いが女だ」

蓑吉はついでに鼻をくんくんしてみせる。「〈おろ〉も臭うけど、洗いものでもしてたのかぁ」

男ぶった女はうんざり顔をした。

「山の小猿は鼻だけは利く」と、怒ったように言う。「おれの名前はやじだ。そう呼べ」

「う、うん。あんたも牛頭馬頭に捕まってたのか？　よく逃げ出せたな」

「捕まってなどいない。小猿、手伝え」

皆を逃がす、と言う。

「牛頭馬頭どもが怪物と戦うというのなら、ちょうどいい」

「あいつら、みんな喰われちまうよ」

「その隙に、おれたちは皆で山を下りる」

情け容赦のない言い様だ。

「和尚様と朱音様がご無事なら、この先、怪物退治は何とでもなる。わかったか、小猿」

呪文がどうとかいう話か。蓑吉にはさっぱりだが、四の五の言ってる暇はない。

「わかった。早く行こうよ」

今日はよくよく奇妙な人に会う。もしかすると、このやじという女も山神様のお使いなのかもしれないと、蓑吉は思う。

だったら、おいらはツイてるってことだ。

六

増援が到着し、妙高寺の内がにわかに騒がしくなった。僧坊の荒れた部屋に西陽が差し込んでくる。

「だいぶ忙しそうだ。見張りもおらんし、そろそろ頃合いかな」

榊田宗栄はのんびり言って、圓秀を振り返った。「絵師の先生、あんたは森に隠れろ。建物のなかにいると危ない」

小日向直弥もうなずいた。「また木に登っているといい。一夜を凌《しの》いで足を休め、朝になったら山を下りなさい」

源一はとっとと縄を解き、手首をさすりながら腰を上げた。「わっしは鉄砲を探す」

「源じい、ちょっと待て」

宗栄が声をかけたとき、出し抜けに破れ障子がすいと開け放たれた。朱の線の入った鉢金《はちがね》を着けた、弾正の副官が仁王立ちになっている。小脇に鉄砲と、小日向直弥の両刀を抱えている。

「おっと」と、宗栄は声をあげた。

副官は、いましめを解いて涼しい顔をしている源一に目を剝くと、その足元に鉄砲を放り出した。

源一がすかさず拾い上げる。

「この先は永津野番方衆の戦じゃ。鉄砲撃ちの爺に用はない。去《い》ね」

源一は手早く鉄砲を検《あらた》め、口を尖らせた。「弾がねえ。火種も火薬袋も」

「知らん。そんな古物は杖にでもするがいい」

そして副官は小日向直弥を見おろした。「おぬしも消えろ。香山侍の出番はない」

さすがに彼の刀を放り出すことはせず、くるりと柄《つか》の方を向けて差し出した。

「逃がしてくれるというのならありがたいが」言って、宗栄も手首を強く引っ張り、縄を解いた。

「我々だけで逃げるわけにはいかない」

「私もだ」

両刀を腰に収め、小日向直弥は副官に一礼した。「武士の情け、痛み入る。この上は私も怪物との戦に加えてくれ。事ここに至って、永津野も香山もないでしょう」

もともと疲労と憔悴《しょうすい》の色が濃かった小日向直弥は、あの伊吉とかいう男が現れてからこちら、ますますうちひしがれていた。今の台詞《せりふ》も、凜々しいというよりは、どこか捨て鉢な響きがある。

副官の顔色は険しい。「縄目が緩かったようだな」

宗栄は彼に笑いかけた。「いいや、あんたと同じように親切な御仁が緩めてくれたのだ」

このひと言に、副官は怯《ひる》んだ。「誰だ？　誰が緩めた？」

「さあねえ。教えてもいいが――」

嘯《うそぶ》いて、宗栄は鎌をかけてみることにした。「引き換えに教えてくれ。馬どものそばで囚われている、あの女人は誰だ？」

源一と共に妙高寺に着いたとき、境内の一角に繋がれた馬たちとその鞍《くら》の印に、永津野の番方衆が来ていることを知った。驚きつつ、様子を探るうちに、僧坊の方で女のか細い泣き声がするのを聞きつけたのだ。覗いてみると、豪奢《ごうしゃ》な打ち掛けの上から荒縄で縛り上げられた下げ髪の女人が泣いており、牛頭馬頭の一人がしきりと宥めたり慰めたりしていた。

副官は、奥歯を食いしばっている。何だか知らんが的を射たようだ。宗栄はたたみかけた。

「私は風来の浪人者で、永津野家中のことを詳しくは知らん。だが、あんたらと御筆頭様とは今、必ずしも心ひとつではないような気がする。高貴な女人に泣かれて、見張り番も困っていたぞ」

追い詰められ、副官は狼狽を噛み切った。ぐいと宗栄を睨み据えてから、

「絵師、菊地圓秀とやら、来い」

小台様がお呼びだ、と言う。圓秀も宗栄も驚いた。

「お、小台様が？」

「朱音殿は今どこに」

「黙ってついて来ればわかる」

及び腰の圓秀に、宗栄は言った。「よし、私も行こう」

「おぬしに用はない！」

「じゃあ、大声を出そうかな」

副官は怒りに蒼白になった。ここは宗栄の口八丁の勝ちだ。

「小日向さん、済まんが今しばらく留守番を頼みます。見張りが来たら、皆で殊勝に囚われているような芝居をしてください」

「わ、私ひとりで？　どうやって」

「何とか頼みますよ。源じいは――」

とっくに姿を消していた。まったく、しぶとい爺さんだ。

曽谷弾正も牛頭馬頭たちも、怪物を迎え撃つ支度に手いっぱいなのだろうし、この副官の立ち回りも周到なのだろう。見張りの姿は見当たらない。三人は忍び足で廊下を急いだ。

見覚えのある場所に出た。馬の数が増えている。にわか厩《うまや》の隅にあの女人と、その細い肩を抱きしめて朱音が座っていた。

「おお、朱音殿！」

朱音は宗栄を見ると、何かが折れるような、今にも泣き出しそうな、それを押し隠して気丈を通そうとするような顔をした。

どんな場所にいて、どんな身形《みなり》をしていようと、この人は美しい。宗栄は、最初に朱音に会ったときと同じ驚きを覚えた。白い珠《たま》がほのかに輝くように美しい。

それはたぶん、この人の心根の優しさと強さの輝きだ。そう確信したのは、あの日、香山の子の蓑吉を助けると、瞬時の迷いもなく踏み切った朱音の横顔を見たときだった。

「宗栄様もご一緒に……」

朱音はなぜか、肩を落とした。

「でも、いっそこれでいいのだわ」

己に説くように言い切ると、「畑中様、ではお願いいたします」

副官はうなずいた。「猶予はござらん。お急ぎくだされ」

はいと応じ、朱音はあの女人を副官に託すと、宗栄と圓秀を促して隣の間に移った。元は物置だったのか、板張りの粗末な部屋に、蓋《ふた》のない櫃《ひつ》や破けた行李《こうり》などがごろごろしている。それを板戸の前に積み、反対側からは容易に入れないように工夫してあった。

「これは何の仕掛けですかな」

朱音は宗栄に微笑もうとした。「これからここで秘事を行うのです」

そして二人を近寄せると、朱音は語った。弾正と朱音の出生の秘密。明念和尚の背中の呪文。〈つちみかどさま〉を鎮めるため、成すべきこと、音羽のこと――

あまりの話に、宗栄は言葉がない。圓秀は神妙な顔つきで黙している。

絵師のその手にそっと手を置いて、朱音は迫る。

「圓秀様、お願い申し上げます。わたくしの背に、和尚様の呪文を写してください。貴方なら出来ますね？　呪文を文字だと思わず、珍しい絵だと思ってくだされればよろしいのです」

「そんな……そんな……」

圓秀は奥歯が鳴るほど震えている。やっと宗栄も我に返った。「朱音殿、呪文を写して怪物の贄《にえ》になるなどと、正気でおっしゃるか」

「はい、わたくしは正気でございます」

「なぜ貴女一人がそのような」

「それがわたくしの役目なのです」

今度こそ本当に、朱音は宗栄に微笑みを見せた。「わたくしも救われます」

宗栄は気色ばんだ。「いったい何から救われるというのだ！　兄上の罪科《つみとが》ですか」

「こ、声が大きいです」

遮る圓秀を押しのけ、宗栄は言い募る。

「曽谷弾正が何をしようが、妹の貴女に責任があるものか。いつもいつもそうやって、兄の罪はわたしの罪ですとくよくよと思い悩むのはよくないと、何度言ったらわかるんですか」

朱音はまったく動じない。微笑みは穏やかで、こんな場でも見とれるほどに美しい。

「兄もわたくしも罪人なのです、宗栄様」

確かに罪人なのだと、朱音は言い切る。

「これまでは己をごまかして、忘れようとして参りました。忘れることができると思ったこともございます」

でも、無理でした。

「このお山で、兄とわたくしの罪の証しに出会ってしまいましたから」

わけがわからない。圓秀がまた震え出す。

「それをわかっていただくには、お二人に、わたくしの恥をお聞かせせねばなりません」

二十年も昔、上州植草郡で、市ノ介と朱音が十六のとき。養家を出奔した市ノ介が、朱音に別れを告げようと、ひそかに自照寺を訪れた夜――

「誰にはっきり言い聞かされずとも、わたくしは、幼いころから感じておりました。兄もわたくしも、何らかの深い理由があって、世を憚って生きねばならぬ身の上なのだと。こうして命を繋いでいるだけでも幸せであり、それ以上を望んではいけないのだと」

だが、市ノ介は身の不幸に怒り、鬱屈《うっくつ》していた。彼のただ一人の身内の朱音は、その気持ちも痛いほどよく知っていた。

「だからあの夜、別れてゆく兄を、わたくしは止めませんでした」

――この世におるのは敵《かたき》ばかりだ。

「兄の言うとおり、何の後ろ盾もない出奔者の若侍に、誰がお味方してくれましょう。どんな生きる道がありましょう。二度と会うことはあるまい。そう思いました」

今生の別れだ。だから、朱音は。

「兄とわたくしは家も両親も失い、互いにたった一人しかいない肉親。しかもわたくしどもは双子でございます。身体《からだ》はふたつでも、こころはひとつだと思い、その想いを支えに生きて参りました」

我が身の半分と別れ行く。その辛さ、寂しさは互いの身に食い込み、我を忘れさせた。

だから朱音はあの夜、兄に押し流された。

呼気に近いほどのかすかな囁き。

「わたくしは兄と、間違いをいたしました」

宗栄の目の前が翳《かげ》った。聞き違いではない。朱音はかつての一夜、双子の兄と通じたと告白している。

「翌朝、一人残されて我に返れば、すべてが夢だったようにも思われたから……」

語る朱音の瞳が潤んでいる。頬の血の気が抜けて、くちびるばかりが赤い。

「忘れてしまおうと思いました。時の流れの向こうに埋めて、忘れる道を選ぶべきだと」

でも、できなかった。できなかったからこそ、朱音は慈行和尚亡きあと、曽谷弾正へと成り上がった兄の招きで、永津野に引き寄せられてしまったのだ。

「宗栄様」いっそ無残なほどの勇気を奮って、朱音は真っ直ぐに宗栄に向き合う。「〈つちみかどさま〉は兄とわたくしの生家、柏原の術が生み出したものでございます。あれは柏原の裔《すえ》。兄とわたくしと、同じ血を継いだもの」

ここに来て、ようやくわかった——

あの怪物は、市ノ介と朱音の子だ。

「ならば、飢えて暴れ、怒り騒ぐ子を、母のわたくしが鎮めてやらずに何としましょう」

詭弁《きべん》だ。筋が通っていない。だが宗栄には抗弁する言葉が見つからない。抗っても抗っても、朱音のこの想いは正しいと覚えてしまう。

——今は、私が朱音殿に押し流される。

泡を噴くような音がする。圓秀だった。ぎくしゃくと平伏し、泣き声をあげた。

「申し訳ございません、申し訳ございません。伺ってはいけないことを伺いました」

が、しかし。ひとつ息を吐き、思い決めたように身を起こすと、絵師の顔つきは変わっていた。朱音の想いが乗り移ったかのようだ。凄惨にして静謐《せいひつ》。

「かしこまりました、小台様。お引き受けいたしましょう。菊地圓秀、一世一代の大仕事でございます！」

絵師の力強い言葉に、朱音は落涙した。「ありがとうございます」

間もなく、あの畑中左平次という副官が、明念和尚をここへ連れてくるという。

「では、すぐ支度をいたします」

精進潔斎は無理でも、手と顔を洗い、心を静めねばならない。圓秀は素早く去り、宗栄は朱音と二人になった。

朱音は指で涙を押さえ、彼から身を遠ざけようとした。まるで、宗栄を穢《けが》してはならぬとでもいうかのように。そして小さく囁いた。「後生ですから、わたくしを止めないでくださいね」

それで宗栄の自制が切れた。言葉より先に身体が動き、朱音を引き寄せて強く抱きしめた。その身の震えが伝わってくる。

やがて朱音は彼から離れると、その手をとって、涙に濡れた自分の頬にあてた。

「溜家での日々は楽しゅうございました」

宗栄はただ、うなずいた。朱音は堪えきれぬように嗚咽《おえつ》し、すぐそれを呑み込むと、甘やかな目をして彼を仰いだ。

「でも宗栄様、貴方は本当に何者なのですか。機屋《はたや》では一時、貴方が香山の間者ではないかと囁く女たちもおりましたのよ」

宗栄も、やっと笑えた。「貴女はどうお思いでしたか」

「天竺《てんじく》から来た仙人だと」

今度は二人で穏やかに笑った。

「なぁに、私は江戸の貧乏御家人の次男坊ですよ。家督は兄のものだ。私は道場の師範代や手習所《てならい》の師匠などをしては、その日暮らしをしていました。そうそう、これでなかなか傘張りも巧《うま》いのです」

身分もない、金もない、妻子もいない。

「昨年、霜月の中頃でしたか、その兄が下男を一人、手討ちにしましてな」

何か器物を損じたとか、ささいな不始末を咎めたのだ。

「癇性《かんしょう》な兄らしい短慮で、私は怒りました。その下男は山形の室野庄《むろのしょう》というところからの出稼ぎ者で、永いこと、冬場になると我が家に来ては、忠義に仕えてくれていたのに」

そんな働き者を、問答無用で斬り捨てる。しかもそれが許される。元禄太平で世は浮かれ、武士の道は体面ばかりのものに成り下がった。だから、かえってすぐ居丈高になる。そんな有り様が、宗栄はつくづく嫌になった。

「出稼ぎの季節は始まったばかり、下男の奉公仲間らは、江戸を離れられません」

それなら自分が、せめて亡き者の遺髪を室野庄に届けてやろう。

「里であれの帰りを待っている妻と子に、ひと言詫びたいとも思ったのです」

室野庄では責められることなどなく、むしろひたすら頭を下げられて、宗栄はもっと辛くなった。

踵《きびす》を返して江戸に戻る気にはなれず、「剣術修行」を名目に奥州を気ままに旅して、永津野にも立ち寄ったのである。

「しかし、私も気が利かぬ男だなあ」

どうせ風来坊を気取るなら、もっと早く旅に出て、行けばよかった。

「どちらへ……?」

「二十年早く、奥州ではなく上州の山寺に。貴女が十六になるその前に」

そして朱音を連れ出せばよかった。どこへだろうとかまうものか。今のこの場に行き着かずに済む場所なら、どこへだって。

朱音は、宗栄の手を強く握りしめた。瞼を閉じ、優しい笑みを浮かべる。

「そのお気持ちだけで、朱音は充分に幸せでございます」

嘘だ、と言いたい。本当の幸せは、こんな悲しいものではないはずだ。時を巻き戻せぬことが歯がゆく、悔しい。

「宗栄様、お願いがございます。貴方様にだからこそ、きいていただきたいお願いが」

朱音は彼の胸にすがりついてきた。

「兄は、わたくしが〈つちみかどさま〉を鎮めたならば、どう出るかわかりません」

操ろうかとまで嘯いていたという。

「あの怪物を、永津野の武器として使おうということですか」

「はい。兄は己が柏原の術者の血を持つことに、強く恃《たの》んでいるのです。確かなあてなどありませんのに」

朱音自身とて、どのように怪物を鎮め得るのかわからない。明念和尚の言葉を信じ、ただ、あれの〈心〉となれるのを祈るばかりなのにと、唇を噛む。

「ですから、わたくしが〈つちみかどさま〉とひとつになったなら、必ず、必ず倒してください」

生かしておかないでくれ。だが、殺すのではない。朱音もろとも怪物を救うのだ。永き呪いと怒りから解き放つのだ。

酷《むご》いことをねだる女《ひと》ではないか。

「承知しました」

宗栄に、最早ほかの返答はない。

「この榊田宗栄、命に代えても貴女とのお約束を果たしましょう」

二人の時はそこで尽きた。朱音は立ち上がろうとする。

「もう、和尚様がいらっしゃいますわ」

隣で馬たちが鼻息をたてている。と、仕切りの板戸がほとほとと鳴り、ひょいと蓑吉の顔が覗いた。

驚き喜ぶ間もなく、「こら！」と声がして、その顔が引っ込んだ。

「なんでダメなんだよ！　やっと朱音様と宗栄様をめっけたのに」

蓑吉のほかに、小日向直弥の従者のやじという若者もいた。これまたしぶとい。

「ご無事で」と、やじは短く言う。「あの侍が、和尚様をお連れする、と」

「おお、うまく連れ出せたか」

「呪文を写すって――本当に」

うむと、宗栄はうなずいた。

「そういうことだ。わかってくれ」

やじは無言で、口を強く結んでうなだれた。蓑吉はきょとんとしている。

「宗栄様、さっきはじっちゃも一緒にいたろ？」

「うむ、蓑吉、源じいは近くに潜んで怪物を撃つ気でいるぞ」

「じゃ、おいらも手伝う。おいらが指笛を吹けば、じっちゃにはわかるから」

山ではぐれたときの合図なのだという。

「よし、そっちは任せた。手はずを決めたら、私は得物を調達せんとならん」

いくら畑中左平次がかばってくれようと、いつまでも大勢でいてはまずかろう。

「床下を通るといい」と、やじが言う。「おれは屋根裏に上がる」

御免《ごめん》と、低い声がした。畑中左平次が戻ってきたのだ。死人のような顔色になってしまった明念和尚を背負っている。彼のほかに一人、牛頭馬頭がついていた。宗栄には見覚えのある童顔だ。音羽に泣かれて困っていた見張り番である。今は目ざとい鼠のようにまわりに気を配っている。

どうやら味方が増えたらしい。曽谷弾正は、御蔵様に対する永津野侍の忠誠を小さく見積もりすぎていたようだ。

「お支度はよろしいか」

急いている畑中左平次の右頬に、長いみみず腫れができていた。やじが気まずそうだ。事情をわかり合う前に、ひと揉めしたか。手強《てごわ》い従者もいたものだ。

朱音がくすくす笑った。そして指先でやじを手招きし、小声で囁く。やじの目が驚きで広がり、頬がさあっと紅潮する。

朱音の囁きに、宗栄も仰天した。「おまえ、おなごなのか」

「宗栄様、なんでびっくりすンだ？」

さらに仰天だ。「蓑吉は知ってたのか」

「おれのことなど、いい」

やじは照れて——いや、はにかんでいる。その仏頂面に、朱音は言った。

「ごめんなさいね。黙っていた方がよかったのでしょう。でも、砦から逃げるときあなたに背負ってもらって、すぐ気づいてしまったの」

おなご同士ですなあと、宗栄が感嘆する。やじはもっとむくれた顔になる。

「あなたはずっと和尚様のそばにいてくれたの？」

やじは首を振った。「そうしたかったけど——」

和尚様が許してくださらなかった。

「おれが呪文を背負うと言ったのに」

「それはあなたの役目ではないのですよ」

やじは抗議するように、鋭い目つきで朱音を見つめる。「でも、和尚様のためならどんなことだってしたかった。おれは赤子のときに、この山に捨てられたんだ。和尚様が拾ってくださらなかったら、とっくに死んでた」

和尚様に助けられた命だ、と言い張る。

「だからこそ、大事にしなくてはね」

朱音の声音は温かい。

「ねえ、やじ。あなたはお山に捨てられていたのではなく、もともとお山の子なのではないかしら。わたくしはそんな気がします。だって、あなたがいてくれて、これまでどれほど心強かったことか」

しっとりと微笑みながら、朱音は宗栄に言った。「やじは、山神様のお使いなのかもしれませんわ」

すると、蓑吉が剽軽《ひょうきん》な声をあげた。「やっぱり！　おいらもそうじゃないかって思ったんだ」

やじは慌てる。「小猿、おかしなことを言うな」

蓑吉は悪びれない。「朱音様、山神様のお使いなら、おいら、もう一人会ったよ」

「まあ」と、朱音は目を瞠る。

「そいつは図体がでっかくて涎を垂らしてて、おかしなことばっか言ってたけど、猿みたいに身が軽くて、餅をくれた」

おいおい、それは公儀の間者、伊吉という食わせものの男だ。

だが宗栄は黙っていた。もしかしたら、朱音と蓑吉の言うとおりなのかもしれない。進んで身を捨て、人びとを助けようとする朱音を、山神も哀れみ愛おしんで、慈悲をかけてくれているのかもしれない。

いや、きっとそうだ。そう願おう。

「やじ、怪物がいなくなったなら、あなたの心配も、心残りも消えるでしょう。お山を下りて、本来のあなたにお戻りなさい。そして幸せになるのですよ」

やじは瞬きもせずに朱音を見つめる。朱音は優しくうなずき、蓑吉に目を向けた。

「蓑吉もね。元気で、いい子でいてちょうだい」

「うん。けど朱音様、またすぐ会えらぁ。一緒にお山を下りようよ」

無邪気な笑顔が眩しい。その場の誰もが目を伏せた。

朱音だけが一人、やはり眩しい笑顔で応じた。小娘のように明るく弾んで、ただひと言。

「うん！」

七

また星空がお山を覆ってきて、蓑吉は妙高寺本堂の屋根の上にいる。

境内のそこここに松明《たいまつ》が置かれ、牛頭馬頭たちが動くと龕灯《がんどう》の光が行き来する。真っ暗なのは鐘を欠いたあの鐘楼だけだ。四隅にかがり火の支度がしてあるのに、火は点いていない。

——どうすンのかなあ。

あれから今まで、屋根裏に上がったり、建物を出て森に隠れたり、牛頭馬頭たちに見咎《みとが》められないように努めつつ、やじの指図に従ってきた。みんなを逃がすんじゃなかったのかと尋ねると、「うるさい」と叱られる。

森では何度か指笛を吹いてみたが、じっちゃが応える指笛は聞こえない。でも、近くにいることは確かだ。さっき、鉄砲使いらしい牛頭馬頭たちが、火薬袋の数が合わないと騒いでいたからな。じっちゃがくすねたに決まってる。

香山の小日向様というお侍はずっと囚われたきりだし、そのうちに宗栄様も一緒になって囚われたふりを始めたので、蓑吉は牛頭馬頭の持ち物から水や食いものをくすねて、二人に運んでいった。ついでに小日向様の刀と、宗栄様が見つけてきた古ぼけた脇差しを床下に隠した。

そうやって蓑吉が立ち働いていると、小日向様はひどく心配顔をして言った。

「そんなことにかまわなくていい。おまえは早く逃げろ」

「小日向さん、この子は大丈夫ですよ」と、宗栄様が言う。

「大丈夫なものか！　これから何が起こるか――」

蓑吉はしゃんとして言い返した。「宗栄様には、怪物を倒す策があるんだって。おいら、お手伝いするよ」

すると小日向様は、くしゃくしゃに顔を歪めて黙ってしまった。

「おお、頼んだぞ」と言いながら、宗栄様も何だかちょっと、どこかが痛いみたいな顔をした。

鼠みたいにすばしこく、蓑吉は動き回った。ただ、奥方様に食べ物を運ぼうとしたら、「近づくな」とやじに叱られた。

「おまえのせいで露見《ばれ》たら困る」

何がバレるのか知らないが、奥方様の泣き声がやんだのにはほっとした。

――ほかの村は、無事かな。

そのときだけふっと、里心がついた。

もう一人、やじが、絵師だって言う人もいる。日暮れ時、蓑吉が宗栄様と朱音様と会ったところから這うようにして外に出てきて、気絶してしまった。助けようかと思ったら、さっきのみみず腫れ付き牛頭馬頭がずかずか近寄ってきて、後ろ首をつかんで引きずって、ハナたちの足元に放り込んでしまった。

朱音様は、一度だけお見かけした。本堂に移って曽谷弾正と何か話していたけど、すぐ見張りと一緒に僧坊へ戻っていった。

「小猿」

囁き声がして、隣にやじが並んだ。こいつもいんちき蓑助と同じで、まるで気配をさせずに動き回るから、かなわない。

「もうすぐだ。用意はいいか」

「あんたの合図で、ハナに奥方様を乗せて森へ逃げればいいんだろ」

何度もしつこく言い聞かされて、耳に胼胝《たこ》ができそうだ。やじばかりか、小日向様にも言われた。

森に逃げ込んだら身を隠せ。我々が怪物を倒すまで、身を潜めて隠れていろ。

「けどさぁ、みんなで逃げねえんなら、おいらはじっちゃを手伝う」

「あの爺さんは一人で平気だ」

「和尚様や朱音様や宗栄様は？」

「うるさい」

蓑吉がふくれてみせると、やじはむすっと言った。「皆様のことは、おれが守る」

「あんた一人じゃ無理だぁ」

「無理なものか。おれは山神様の使いだ。おまえ、自分でそう言っただろうが」

「けど、おなごだからなあ」

「見損なうな。おれは番士の志野《しの》達之助《たつのすけ》様の従者だ」

志野様なら蓑吉も知っている。腕っぷしが強くて、みんなに優しくて、いつもにこにこしているお山番様だ。

「へえ、あんた志野様の従者なのか。何だよ、早く言えよう」

「わかったら口を閉じろ」

「でもあんたはおなごだから、志野様と相撲をとったことはねえだろ？　志野様は相撲が大好きなんだ。強いんだぞ。村においでなさると、いつもおいらたちを集めて——」

あれ。やじ、変な顔をしてる。

「やじ、どしたンだ」

しっ！　と鋭く制して、やじは蓑吉の頭を押した。「伏せろ」

下から曽谷弾正の声が聞こえる。本堂から境内に出てきたのだ。牛頭馬頭たちを鼓舞している。

「相手が何者であろうと、我ら御側番方衆の敵ではない。ここぞ永津野侍の武侠《ぶきょう》を天下に鳴らす好機と心得よ！」

おう、おうと、牛頭馬頭たちの意気が上がる。増援を足しても三十人と少しだ。砦の番士たちよりは人数が多いが、怪物にかなうとは思えないのに。

いざとなったら、またハナと馬たちであいつを追い払おう。もっといざとなったら、じいがやってくれたことを真似してみよう。あのときじいは、「わしは瓜生の臣《おみ》じゃ」と言っていた。香山の者だということだろう。香山者の血と、瓜生のお殿様の家紋で怪物が逃げ出すというのなら、蓑吉にだってできる。

「始まるぞ」と、やじが低く言った。「いいな、小猿。この先は何があっても、何を見ても、邪魔してはいけない。ただ言いつけられたとおりにする。それがおまえの役目だ」

すごむような目つきと口調に、蓑吉もうなずくしかなかった。

牛頭馬頭が境内を走り、鐘楼で松明が揺れる。四隅に置かれたかがり火が、次々と燃え上がった。火の粉が舞い上がる。

鐘楼を取り巻き、牛頭馬頭たちが守りを固める。弾正の率いる数名は、彼とともに騎乗する。馬の蹄《ひづめ》の音が高い。

やじは屋根を覆う夜の闇の一部になったように動かない。蓑吉も動けない。

やがて、風変わりな音が聞こえてきた。

泣き声だと、最初は思った。また奥方様が泣いている。だが、違った。とうてい人の声とは思えないほど大きな音なのだ。

鐘のない鐘楼から聞こえてくる。高く、低く、うねりながら震え、くぐもったかと思えば笛の音のように澄み渡る。

空っぽの鐘楼で、何が鳴っているというのだ。しかも、聞き入るうちに、その音が割れてきた。ひとつの音色ではない。聞こえてくる方向もふたつに分かれた。

お山だ。夜の帳《とばり》に隠れた大平良山の森の奥から、もうひとつの音色が響いてくる。

「鐘が鳴っているんだ」と、やじが言った。「和尚様のおっしゃるとおりだった」

そしていっそう強く、蓑吉の頭を押さえた。

「じっとしてろ。つちみかどさまが来るぞ」

そう長く待つことはなかった。

うぉおおおおおおお——

屋根に俯《うつぶ》せになっていても、蓑吉は総身が震えて膝が笑うのを感じた。あの唸《うな》り声。仁谷村、砦、そして名賀村。これで四度目。あれがやってくる。

蓑吉はやじの手をはねのけ、屋根の上で身を起こした。遠く見遣る夜空、鎌のように細い月ときらめく星の下、大平良山の森がかすかに揺れている。蓑吉の目の迷いではない。真っ暗な影が揺れている。

油が流れるように名賀村へ襲い来た。己の血を浴びて、さらに凶暴に変身した。木々をなぎ倒し、鉤《かぎ》爪を鳴らし、喰い千切る獲物の血に猛って小躍りする怪物。

夜の底を震わせて、咆哮《ほうこう》が近づく。

本堂から漏れる明かりのなかに、人の動きが起こった。牛頭馬頭が二人並んで、一人は明念和尚を担ぎ、一人は頭からすっぽりと打ち掛けを被せられた奥方様を引っ立てて、足早に鐘楼へと進んでゆく。

「やじ、和尚様が、奥方様が！」

「黙れ」

鐘楼の土台に足をかけて、牛頭馬頭は和尚様をその場に下ろし、奥方様の肩を押さえて座らせた。和尚様の首が傾いでいる。気絶しているのか。ぐたりと前のめりになってしまった。あれはもう死んでいるんじゃないのか。

奥方様は怯えている。きつく打ち掛けをかぶり直して、背中を丸め身を縮めている。

ひゅ、ひゅ、ひゅる。鞭が空を切るような音がする。森を割って黒い影が迫り、夜空を切り取って怪物の頭の輪郭が浮かびあがると、蓑吉にもわかった。あいつが二股の舌を出し入れする音だ。食いものを前に、舌なめずりをしているのだ。

傍らで、やじが思わずというふうに声をあげた。「あれか？　姿が違うぞ」

「名賀村で変わっちまったんだ」

ひとまわり小さく、だがより凶暴に、素早くなった。怪物は獲物を狙うように頭を低く下げると、一気に妙高寺の境内へと踏み込んできた。もう腹で滑ることはできない。だが力強く踏み出す一歩の、何と敏捷《びんしょう》なことか。

刀と盾を構え、牛頭馬頭たちが騒ぐ。弾正が声高く指示を飛ばし、馬の腹を蹴って、迫ってくる怪物の脇へと回り込んでゆく。

「そりゃ！」

かけ声とともに、境内の立ち木の上から投網が飛んできた。

「射よ、射よ、射よ！」

弓が飛ぶ。礫《つぶて》が飛ぶ。山門前に据えられた大弓を、二人がかりで引き絞っている。ぎりぎりぎり。狙いをつけるその面前で、怪物は鉤爪をふるうと、あっさり投網を断ち切った。

「だから、あんなもん役に立たねえって言ったんだぁ！」

怪物は口を開き、頭を振り立てながら一気に境内へと踏み込んできた。牛頭馬頭たちがわっと取り囲む。その手の龕灯や松明の炎が、黒光りする鱗に映る。

蓑吉は肝が縮み、冷汗が噴き出してきた。無理だ、無駄だ、むちゃくちゃだ。牛頭馬頭が束になってかかったって、あの怪物にはかなわない。蟻の群れが蟷螂《とうろう》に勝てるものか。命の無駄遣いだ。

今度こそ、おいらたちみんな、ここで死んじまう。

「やじ、どうしよう」

震える蓑吉の弱音をかき消し、曽谷弾正の哄笑《こうしょう》が高らかに響き渡った。

「おお、暴れろ、暴れろ。それでこそ呪詛の塊よ。頼もしい限りだわい」

馬にまたがり、牛頭馬頭たちの輪の後ろを行き来しながら、いななく馬の手綱を引き絞り、氷のように輝く白刃を掲げて声を張り上げる。

「ものども、ひるむな！　この怪物は、儂には勝てぬ。彼奴《きやつ》は人形、儂は人形使いじゃ！」

その言葉の意を解したかのように怪物は歯を剝《む》き出し、弾正の方へ向き直りざま、前脚を大きく横に払った。その足元まで迫っていた牛頭馬頭が、それこそ人形のように掬《すく》い上げられ、鐘楼の屋根を飛び越して吹っ飛ばされる。その手を離れた投げ槍が、弾正めがけて飛んでゆく。

蓑吉は息を吞んだ。

馬上の弾正は、飛んできた投げ槍を発止とつかむと、くるりと逆さまに持ち直してすぐさま怪物へと投げ返した。怪物はしなやかに首をくねらせる。槍の穂先がその額《ひたい》の端をかすめ、小さな火花が散った。

怪物は怒りに燃えて咆哮する。地響きが起こり、境内を囲む森の木々が震撼する。

「いいぞ、いいぞ！」

弾正はさらに笑う。その哄笑が、しかし蓑吉には怒声のようにも聞こえるのはなぜだろう。曽谷弾正は、怪物と一緒になって怒っている。怒りながら、なぜ喜んでいるようにも見えるのだろう。

「おまえは飢えているのだろう。さあ、ここに求める餌があるぞ！　こっちへ来い。寄って来い」

牛頭馬頭たちは鬨《とき》の声をあげて包囲の輪を狭め、怪物を鐘楼へとおびき寄せ、追い立てようとする。

と、そのとき。

鐘楼の屋根の下で丸くなっていた奥方様が、すうと背を伸ばした。進んで打ち掛けを脱ぐと、素早く優しい手つきで、それを傍らに伏した明念和尚の身体に被せ、立ち上がった。白い帷子《かたびら》一枚の姿だ。四隅のかがり火が、その顔を照らし出す。

奥方様じゃねえ――

「やじ、朱音様だ！」蓑吉は跳ね起きて叫んだ。「朱音様があんなところに！　何でだよ。駄目だ、駄目だよ朱音様！」

「騒ぐな！」やじは蓑吉の頬を張り手で打った。「さあ行け！　ハナを引いて森へ逃げろ」

「嫌だ！　朱音様を助ける！」

捕まえようとするやじの手を逃れて、蓑吉は本堂の屋根から転がり落ちた。とっさに屋根の縁をつかんでぶら下がり、そこから地面に、尻から落ちた。

牛頭馬頭たちも驚愕《きょうがく》の体だ。みんな口を開き、凍りついて、怪物に向き合う朱音様に見とれている。

何と、曽谷弾正その人までもが。

「あれは――音羽ではない。朱音か？」

馬上ですくんだままひと言呻くと、たちまち逆上した。

「朱音がそこで何をしている！　者ども、朱音を引き戻せ！」

いななき、後ろ脚立ちになる馬から飛び降りると、鐘楼に向かって駆け出した。

「朱音、逃げろ！」

「なりません、御筆頭様！」

大柄な牛頭馬頭が、身体ごとぶつかるようにして弾正の突進を阻んだ。

「何をする、左平次！」

「小台様の御意志でござる」

ここで見守られよ、と弾正の肩をつかむ。

蓑吉も見た。すらりと立った朱音様は、怪物に向かって微笑んでいる。その口元がかすかに動いている。

怪物は朱音様と向き合って動きを止めた。舌が引っ込み、口が閉じた。喉を鳴らす。ごろごろという あの音ではない。ふるふると、もっと小さく、やわらかい音だ。

かがり火。朱音様の白い頬に炎の色が映る。怪物の黒い鱗に、焔《ほのお》の放つ光が踊る。

朱音様は怪物から目を離さぬまま、身を包んでいる帷子を脱ぎ落とした。雪のような半身が露わになる。

その肌を這い、上へ下へと黒い筋が動き回っていた。背中から胸へ、肩から首へ。朱音様は小さく口ずさんでいる。念仏か？　いや違う。歌みたいに聞こえる。

——呪文？

朱音様は呪文を唱えているのか。でも、何も読んではいない。真っ直ぐに怪物を仰ぐ眼差しは揺るがない。

呪文が勝手に歌っているのか。朱音様の喉を使い、朱音様の唇を通って、妙なる音曲のように怪物へと響いてゆく。

朱音様は微笑したまま目を閉じ、胸の前で合掌した。そのあいだも呪文の歌声は続く。

怪物がまず右に、次に左に首を傾げた。一歩近づく。もう一歩踏み出す。だが襲ってはこない。朱音様に引き寄せられているのだ。

朱音様は目を開いた。そして、まるで怪物を抱き取ろうとでもするかのように、ゆっくりと両腕を広げて差し出した。

「つちみかどさま」

その微笑みはどこまでも優しい。

「さあ、おいでなさい」

ふるふる、ふるるる。怪物の喉が鳴る。

駆け寄ろう。蓑吉は起き上がろうとする。尻が痛い。足が痺《しび》れる。もどかしい。時が止まったみたいに感じる。

まわりのすべてが止まっている。動いているのは舞う火の粉、かがり火の炎。そして朱音様の唇だけ。聞こえるのは不思議な歌声と、それに応じるように、合わせるように、怪物が喉を鳴らす音。

次の瞬間、怪物の頭が動いた。流れるように首が伸びた。大口が開き、舌とぞろりとした歯が見えた。朱音様がふわりと浮いた。宙に浮いた。舞い上がった。

頭から怪物の口のなかに消えてゆく。ほっそりとした一対のふくらはぎが、蓑吉の目のなかに焼き付く。

「朱音さまぁぁぁ！」

怪物は朱音様を呑み込むと、蜥蜴《とかげ》のような胴を震わせた。鉤爪が鳴り、両腕が持ち上がる。二本の脚が地団太を踏む。

と、その顔が真上を向いた。口を開いて喘《あえ》ぐ。いっそう高く喉が鳴る。溺れかけてでもいるかのようだ。

怪物は身もだえし始めた。苦しんでいる。

額の真ん中に、ぽつりと白い点が浮く。それはどんどん数を増し、つながって線へと変わってゆく。そしてさらに増えながら広がってゆく。その動きは、さっきまで朱音様の肌を這っていたものと同じだ。あれも呪文か。呪文が怪物に乗り移り、その身体の表面を覆ってゆくのか。

また変身が始まった。呪文の文字の動きに押しやられ、頭から胸、腹、足元へと洗い流されるように、黒光りする鱗が消えてゆく。鱗が失くなると呪文そのものも消え、透き通るような白い肌が現れる。

怪物は両手で頭を抱えた。身体の形も変わってゆく。胴体に吸い込まれるようにして尻尾が消えた。鉤爪も消えた。飛び出した脚の関節が平らになり、両脚がつるりと伸びる。両手の五本の指も伸びる。

その指で顔を覆って、怪物はうずくまる。

音もなく、呪文は怪物の全身を走って消えた。残ったものは——

人だ。

怪物はほとんど人の形になった。頭が尖り、髪がなく、耳もない。だからそこだけまだ蛇の面影がある。滑らかな身体は真っ白に底光りしている。

どんな生きものにも似ていない。だが、もっとも人の形に近い。その姿に変わった怪物が、両手を離して顔を見せた。

目が、開いていた。

一対の黒い眼《まなこ》だ。瞳がくるりと上に動き、今度は下がる。瞬きをする。

かすかに、かち、かちという音。指の爪だ。もう鉤爪ではない。長い爪も人のそれの形。蓑吉は、朱音様のきれいな指を思い出す。

呼吸音が聞こえる。怪物の胸が膨らんではしぼむ。息をしている。両脚で立ち、両腕をゆっくりと身体の脇に垂らし、頭もかすかに上下している。くちびるこそ見えないが、女のように優しげな口元。

「——朱音」

曽谷弾正がふらふらと前に出てきた。大刀を取り落とす。目は怪物に釘付けだ。酔っ払ったような足取りだ。

誰も声を出すことができない。身動きもかなわない。時は止まったまま。

「これが呪文の力か」

弾正の声が上ずっている。

「これが、儂ら術者の子の力か」

千鳥足で怪物に歩み寄る。もう誰も止めない。牛頭馬頭が何人か腰を抜かしている。

「——美しい」

怪物と正面から相まみえ、弾正は言った。

「何と美しい。何と力強い」

心からの賛辞と、満面の笑み。さっき朱音様がそうしていたように、弾正もまた生まれ変わった怪物に向かって両の腕《かいな》を広げる。怪物は弾正を見つめ返す。新たに得た双眸《そうぼう》で見つめ返す。その黒い瞳に隻眼の男を映し、静かに呼吸を繰り返している。

「朱音よ、これが儂ら兄妹の運命《さだめ》か！」

漆黒の男は歓喜に叫ぶ。

違う、違う。蓑吉はその場にへたりこんだまま首を振る。あれは朱音様じゃない。あれが朱音様であるもんか。

弾正は高々と言い放った。「ならば言祝《ことほ》ごう。朱音よ、儂と共にこの山を統べよう。いいや、天下までも統べてやろうぞ！」

咆哮の如き哄笑。怪物の双眸がひたとそれを見つめる。

そして、くるりと白目を剝いた。

怪物は滑らかな口をいっぱいに開け、蛇のように素早く半身を伸ばすと、弾正に食いつき、呑み込んだ。哄笑がぷつりと途切れた。

「御筆頭様ぁ！」

我に返った牛頭馬頭たちが、武器を手にして殺到する。怪物は仰向いて腹を波打たせ、この姿になって初めて声を発した。女の悲鳴だ。鋭く、切なく誰かを制するような、必死に抗うような声音が響いた。

怪物の左目が弾《はじ》けた。真っ赤な血が鐘楼の屋根に飛び散る。月光を帯びたように白く滑らかなその肌に、またぞろ異変が生じ始めた。足先から、革のようにつるりとして、鋼《はがね》のように黒い鱗が戻ってきた。

「いかん、早く倒さねば！」

宗栄様の声だ。刀を手に本堂の陰から飛び出してきた。小日向様も一緒だ。牛頭馬頭たちに向かって声を張り上げる。

「あれが朱音殿の心を持っているうちに倒すのだ。見ろ、変わってゆく。あの黒い鱗は曽谷弾正の心だ！　怪物を私《わたくし》し、この地を平らげようとする。邪魔する者をすべて食い尽くし、滅ぼそうとする心だぞ！」

怪物は暴れ始めた。牛頭馬頭たちを見てはいない。その身の内でぶつかり合い、争う二つの心が怪物を踊らせているのだ。

黒い鱗は瞬く間に怪物の腿《もも》まで駆け上がり、さらに腰の高さに達した。慌てて斬りかかる牛頭馬頭たちの刀も、突きかかる槍も跳ね返す。

「駄目だ、効かん！　弓を、弓を射よ！」

雨のように矢が飛ぶ。怪物の黒い心と白い心は、腹のあたりでせめぎ合い、押し上ったり押し返したりしている。その手が潰れた左目を押さえ、指の隙間から血が流れる。

「蓑吉、指笛を吹け！」

宗栄様の声が飛んだ。蓑吉は土まみれになって這い起きる。

「源じい、いるか！　怪物の急所がわかった！」

宗栄様が暗い森に向かって呼びかける。蓑吉は指笛を鳴らす。一拍置いて、鐘楼の背後の森から応える指笛が聞こえた。

「源じい、首を狙え！　背中側の首の付け根だ！」

人と同じ形なら、人と同じ弱点がある。首の付け根から、足まで筋が繫がっている。

「そこを撃てば、脚が萎《な》えるぞ！」

一発、鉄砲の音が轟いた。

暴れる怪物の肩にパッと血がしぶく。怪物は悲鳴をあげ、鐘楼の屋根に倒れかかった。胸の高さまで上っていた黒い鱗が、怯んだように腹まで退く。その手が空をかいて鐘楼の柱を叩いた。ずしんと震動が来て、屋根が傾く。かがり火が倒れる。

「撃て、撃て、撃て！　首の付け根だ。今こそ、皆で力を合わせるのだ！」

宗栄様の叱咤に、牛頭馬頭たちも我に返った。続けざまに発砲があった。立て続けに首の付け根に的中する。怪物は叫ぶ。

「嫌だ、嫌だ！　撃たないで！」

蓑吉も声を限りに叫んだ。泣いていた。だってあれは朱音様だ。お山の怪物が朱音様になってしまった。だけどあれは曽谷弾正なのか。白い肌と黒い鱗。潰れて血を流す左目と、黒水晶のように澄んだ瞳の右目。

どっちがどっちだ。蓑吉にはわからない。声を張り上げて泣くだけだ。胸が張り裂けて、この場で息が絶えてしまう。

「蓑吉、我らは朱音様をお助けするのだ」

誰かの手が背中に触れた。見れば、小日向様だった。顔に血が跳ねている。蓑吉を抱き起こし、掌で涙を拭ってくれた。

「泣いてはいけない。おまえたちこの山に住む者のために、朱音様は御身を擲《なげう》ち、怪物を鎮めようとなさっている。そのお気持ちを無にしてはいけない」

強く諭す、小日向様の目も泣いていた。

「おいらたちの……ために」

「そうだ。さあ、立て。おまえは一度も怪物に負けなかったというではないか。最後まで勇敢なところを、朱音様にお見せしよう」

また続けざまに鉄砲が鳴る。そのなかで今一度、指笛が響いた。じっちゃの合図だ。わっしはここにおるぞ、蓑吉。

蓑吉は、妙高寺を囲む夜の森に向かって叫んだ。「じっちゃ、朱音様をお助けして！」

発砲。怪物の首の後ろで、爆《は》ぜるような音がして血が飛んだ。やみくもに暴れ回り、脚を踏み鳴らし、両腕を振り回していた怪物が、がくりと体勢を崩した。脚から力が抜けたのだ。

「いいぞ、もうひと息だ！」

「撃て、撃て！」

火薬の臭い。流れる薄煙。耳をつんざく鉄砲の音。一発、二発、三発。

ついに怪物の両脚が萎えた。ぐらりとよろめき、傾いた鐘楼の屋根に覆い被さる。瓦が割れる。その巨体を支えきれず、鐘楼が倒れてゆく。かがり火が巻き添えになり、燃える薪《たきぎ》をまき散らす。

きぇぇぇぇぇぇぇ！

水鳥のような鳴き声を上げ、怪物は鐘楼の屋根を下敷きに、膨らんだ腹をさらして仰向けにどうっと倒れた。

「よし、かかれぇ！」

あのいかつい副官が気合を飛ばし、牛頭馬頭たちがわあっと怪物に攻め寄せる。小日向様も駆けてゆく。座り込んだ蓑吉の傍らを、やじが風のように走り過ぎた。

白黒に二分された怪物の身体に、多くの刃が閃き、斬りかかる。槍が突き出される。血が飛び、流れ、黒い鱗が消えてゆく。白い肌が増し、そして血の色に赤く染まってゆく。

「おお、これを見ろ」

とうとう黒い鱗が消え失せた。全身が白い肌に戻ると、怪物は動きを止めた。小山のような身体から力が抜けてゆく。腕も脚も、だらりとのびる。

怪物は死んだのか。朱音様は死んでしまったのか。蓑吉はやっと立って、足を引きずりながら崩れた鐘楼に近づいていった。

怪物を囲む、誰もが肩で息をしている。蒼白な顔。真っ赤な顔。引き攣《つ》った目。涙に血走った目。

怪物の頭の脇に、宗栄様が突っ立っていた。手にした脇差しは刃こぼれしている。

怪物は、潰れていない右目を大きく見開いていた。瞳にうっすらと膜がかかったように見えるのは、

――泣いてるんだ。

黒水晶のような瞳が動き、自分を取り囲んで見おろす人びとを見回したようだ。

そしてゆっくり、瞼を閉じた。

白蛇の顔。何てきれいなんだろう。

蓑吉は見とれてしまう。宗栄様も見とれているから、あんな顔をして、棒みたいに突っ立ったままでいるのかな。

ふと気がつけば、宗栄様ばかりではない。瀕死の怪物を取り囲む牛頭馬頭たちも、誰も動かない。動けない。

そのなかで一人、何かを吹っ切るようにひとつ強く首を振ってから、小日向様が宗栄様に歩み寄った。

「――榊田殿」

その声がかすかに震えている。

「私がこのようなことを申し上げるのは、差し出がましいかもしれませんが」

小日向様は自分の刀をいったん鞘に納めると、それごと腰から抜いて、宗栄様に差し出した。

「武家の女人の、覚悟のご最期です。介錯《かいしゃく》を」

宗栄様は刀を受け取った。

「かたじけない」

嫌だ。おいらは見たくない。蓑吉はきつく目をつぶり、背中を向けた。

遠く、大平良山の山中で、ひときわ高く涼やかに、あの不思議な共鳴が鳴り響き、そして止んだ。

どれくらい、そうして背中を向け、拳を握りしめて俯《うつむ》いていただろう。ぐいと頭を撫でられて、蓑吉は顔を上げた。

「――じっちゃ」

じっちゃの顔は煤だらけ、着物は土まみれ、身体は垢じみていた。鉄砲は背中にくくりつけてある。

「おまえも見届けんとぉ」

じっちゃに促され、振り返る。

怪物の白い身体が、頭のてっぺんと足先の両方から、じわじわと灰になってゆく。

不思議だ。鐘楼は怪物の下敷きになり、かがり火はみんな倒れて、薪がそこらじゅうにばらまかれている。まだ燃えているものもあるが、大方は消えた。

なのに、怪物だけが燃えている。青白い炎がその身の内側から燃え上がり、灰に変えてゆくのだ。

大平良山から風が吹き下ろしてきた。生臭い風ではない。お山のお怒りではない。目に見えない清流が流れ来るかのようだ。

誰もが自然と顔を上げ、その涼やかな風を面《おもて》に受けた。着物の袖が、乱れた髪が風になびく。寒くはない。ただ浄《きよ》い。すべてが洗われてゆくような心地がする。

怪物の灰も消えてゆく。風に乗ってふわりふわりと舞い上がり、人びとの頭を越え、森の木立を越え、三日月と星々の宿る夜空へと。

天に昇るのだ。

「山神様のお慈悲じゃ」

じっちゃが呟いた。目を細めている。

「――うん」

うなずいて、蓑吉はふと気づいた。瞬きしてみる。それから指で目を擦ってみる。

名賀村で傷めたきり、開くことができなかった右目が治っていた。

八

東の空が白み始めた。

牛頭馬頭ども――永津野の番士たちが馬を揃え、引き揚げにかかろうとしている。

本堂の前に佇み、直弥はざっと彼らの数を数えた。怪物の襲来で、十人ほど減った。怪我人も多い。隊を率いるのは畑中左平次だ。闘いのなかで、あの朱色の線が入った鉢金がとれてしまい、頰の蚯蚓《みみず》腫れが目立っている。

その左平次に労られながら、曽谷弾正の妻・音羽が馬に乗ろうとしている。一夜の恐怖と朱音を失った悲しみに弱り切って、一人では腕を持ち上げることさえおぼつかない様子だ。

が、その音羽がこちらを振り向いた。左平次の手をそっと退けると、その場で身を折り、ふらつきながらも恭《うやうや》しく、直弥に一礼した。

直弥もとっさに跪《ひざまず》き、礼を返した。少しの躊躇《ためら》いも抵抗も覚えなかった。この人もまた、朱音が守ろうとした人だ。

部下に音羽を託すと、畑中左平次がのしのしと直弥に歩み寄ってきた。

「おぬしらの助力のおかげで、音羽様はご無事だった。其《それがし》からも礼を申す」

礼を申さねばならぬ、ではなかった。

「――貴殿らは、素直に津ノ先《つのさき》城へ戻られてもいいのですか。曽谷弾正殿は、主君の意に背いて逃亡をはかった己の妻を追ってきたのだと聞きましたが」

「御筆頭様はもうおらん」

左平次の声は低いが、口調はきっぱりとしていた。

「もともと、殿も御筆頭様に、一ノ姫様の縁組みを厭《いと》う音羽様を説き伏せ、連れ戻すようご命令になったのだ。音羽様を成敗しろと仰せになったわけではない」

直弥はゆっくりとうなずいた。粛々と出立の準備をする永津野の番士たちは、重苦しい雰囲気のなかでも、何か憑きものが落ちたような顔をしている。

――彼らもまた、曽谷弾正の香山・柏原氏への怨念という呪いに操られていたのか。

直弥は思う。もしもあの時、弾正が朱音とひとつになった〈つちみかどさま〉に喰われず、逆に操ることに成功していたら、どうなったろうかと。

弾正は〈つちみかどさま〉を駆り、香山藩に攻め込んで平らげようとしたのではないか。そして香山を手中に収めたら、次はどうする？　いつかは、源をたどれば香山とひとつであった永津野の地をも手にしようと考えたのではないか。なにしろ、〈つちみかどさま〉という無敵の武器を擁しているのだ。

弾正は忠義の侍ではなかった。領民を思いやる士でもなかった。彼の内にあったのは、その心底《しんてい》に燃える彼だけの願い、己のため愛しい妹のために、奪われた人生を取り戻したいという執念と執着のみだったのだ。

「ああ、これが香山側から仰ぐ大平良山のお姿か」

少しずつ明るみ、星々が消えてゆく空に顔を向けて、左平次が言った。その眼差しの先には、確かに大平良山の輪郭が浮かび上がっている。

「瞼の裏によく焼き付けておこう。我らは、二度とこちらへ足を踏み入れることはないからな」

はっとして、直弥は彼の顔を見た。

「不毛な争いは、もう終わりだ」

左平次は言って、直弥にうなずきかける。

「我らは共に、秘事を背負った。この山で起こった出来事は重い」

直弥も深くうなずいて応じる。

「我らには音羽様のお取りなしがござるが、それでも、山中で人害をもたらす獣を狩ったなどと、声高に言い立てるべきではなかろうよ」

「生類憐れみの令があるからですね」

「名賀村の者どもにも、よく説いて聞かせねば」

「我々も同様です」

ちょうどそこへ、永津野の番士の一人に背負われて、菊地圓秀がやってきた。目を開き、顔を上げてはいるが、見るからに様子がおかしい。酒に酔ってでもいるかのように頭をぐらぐらさせながら、しきりと何かぶつぶつ呟いている。

「呪文を写したあと、気絶してしまったのでな。僧坊に寝かせておいたのだが」

あの闘いの最中に正気付き、一部始終を目にしてしまったらしい。

「以来、ほとんど言葉が通じん。呆けたようになって、美しいだの恐ろしいだの、譫言《うわごと》を言い並べているばかりだ」

そのとき圓秀が急に声を張り上げて、番士の背中でのけぞるようにして叫んだ。

「筆と紙をくれ！　お師匠、圓秀は目覚ましいものを見ましたぞ！」

痛ましい。直弥は目をそらした。

「圓秀殿が落ち着いたなら、小日向が詫びていたとお伝えください」

「うむ、請け合った」

左平次は分厚い掌でぱんと直弥の肩を張ると、隊の者どもが集まっているところへと引き返してゆく。と、途中で足を止めた。

「おい、用心棒！」

見れば、倒壊した鐘楼のそばに、榊田宗栄が立っている。

「早く来んか。引き揚げるぞ」

呼びかけられ、つと振り返ると、宗栄はこちらにやってきた。

「名賀村のことは心配だが、私は戻れば首を刎《は》ねられるのではないかなあ」

口調は相変わらず飄々としている。

「知らん。だが、この出来事を殿に言上するには、おまえのような口達者がおれば便利だ。四の五の言わずに一緒に戻れ」

「ふうん。じゃあそうするか」

そこで宗栄は直弥に笑いかけた。「小日向さん、では御免」

「はい」

宗栄の心中を察すると、直弥にはそれ以上の言葉がなかった。

「あ、宗栄様ぁ！」

本堂の縁先から飛び降りて、蓑吉が転がるようにこちらに駆けてくる。後ろから源一ものっそりと現れた。

蓑吉は、やじに手当してもらったらしく、腕に晒《さらし》を巻いている。まっしぐらに走ってきて、宗栄に飛びついた。

「名賀村に帰っちゃうんだね」

「ああ。おせんには、おまえが無事だとちゃんと伝えよう」

蓑吉は宗栄の袖をつかんでいる。今にも泣き出しそうなのに、堪えている。

宗栄はしゃがみこみ、蓑吉の頭を撫でた。「元気で、いい子でいろよ。朱音殿と約束したのを忘れるな」

「――うん」

「おまえは大した肝っ玉の持ち主だ。源じぃに負けぬ立派なお山の番人になれる」

「うん、きっとなるよ」

「なに、これきりということはあるまいさ。縁があったら、また会える」

にっこりとそう言い置いて、宗栄は行ってしまった。

永津野の番士たちも発ってゆく。役目を終えた妙高寺は、今度こそ、無人の荒れ寺になる。

「我らも行こう」

「んだな、小日向さん。ちっと急いだ方がよさそうだぁ」

源じぃが少しも急いでない口調で言い、蓑吉は飛び上がった。「そうなんだ！　小日向様、やじがめっけたんだよ。麓《ふもと》から松明の列が登ってきてるって」

「何と、そういうことは早く言え！」

御館から番士隊がやって来たのだ。高羽甚五郎《じんごろう》の訴えを、ようやく聞き届けてもらえたか。しかし、今となっては、その番士隊の意図を疑わねばならなくなった。いや、番士隊を差し向けた者の意図を、だ。

――高羽殿は無事だろうか。

直弥の胸がきりきりと痛む。あのときはまだ怪物の由来など知らなかったのだから仕方がないが、彼を御館町に下ろすべきではなかった。

置家老・柏原信右衛門は、今どういう腹でいるのだろう。すべてはそこにかかっている。

「松明の列は仁谷村の方へ向かってるがぁ、まンだ間があるだぁ」

源一の言葉に、直弥は慌ただしく考えた。

「よし、それなら源じいと蓑吉は、本庄村の者たちがいるところへ戻ってくれ。皆、村の北西の岩場にある洞窟のなかにいるんだ」

「ああ、あの洞窟かぁ」

「知っているなら話が早い。頼むぞ」

先に逃げた秤屋金治郎が、無事に帰りついているといいのだが。

「先の見通しが立つまで、皆で隠れているんだぞ」

源一と蓑吉はきょとんとする。

「なんで？」

蓑吉は素直に問い返したが、源一はさすがに年の功で、直弥の顔色を読み取ったようだ。その眼差しが鋭くなった。

「――ええがらぁ、小日向様のおっしゃるとおりにする」

「だからなんでさ」

「なんでもええがぁ。蓑吉、おめえはいつからじっちゃに逆らうようになったぁ」

蓑吉はちょっとふくれた。「小日向様はどうするの？」

「私の身は何とでもする」

心に鞭をくれて、直弥は言い切った。

――達之助、見ていてくれ。

今度は私が、北二条の者たちを守ろう。

直弥とやじはまっしぐらに山を下り、密かに御館町に入った。目指すは二の輪の志野家の屋敷である。まず志野兵庫之助《ひょうごのすけ》に会い、事の次第を打ち明けた後、殿にお目通りを願う。これならば、誰に邪魔される気遣いもない。

志野屋敷に帰りつくと、やじは奥へ消え、直弥はあの離れで待った。やがて、やじを従えて、志野兵庫之助が現れた。

「小日向直弥、戻りましてございます」

一礼し、直弥は一瞬、気が遠くなりかけた。あれから何日経ったろう。

直弥にも長い数日だったが、向き合う兵庫之助にとっても同じだったようだ。ろくに寝ていないのか、顔色が青黒くなっている。馬上袴《ばかま》に陣羽織を着けていた。

「三郎次様のご葬儀が終わるまで、御館町の封鎖は解けぬ」

今も警備の指揮に奔走しているのだ。

「よく戻った。やじ、ご苦労であった。下がっておれ」

何故やじを追い払う？　やじの方も、素直に姿を消した。

「志野様――」

身を乗り出す直弥を、兵庫之助は軽く手で制して、言った。「仁谷村に番士隊を送ったのは私だ。高羽甚五郎の訴えを聞き、殿も北二条の者たちを案じておられる」

兵庫之助はまっこうから直弥の目に目を合わせ、強く見据える。

「人を襲う怪物が現れたという、高羽の話は真実か」

「はい」うなずき、直弥は言った。「しかし、既に退治されました」

いくつもの犠牲を払って。

「私はその顚末《てんまつ》を見届けて参りました。志野様、いえ親父《おやじ》殿、急ぎ申し上げます」

「待て」

再び直弥を遮り、兵庫之助は自ら立ち、仕切りの唐紙の前にかしこまると、「ご家老」と、呼びかけた。

直弥は大きく目を見開いた。

柏原信右衛門だ。置家老その人が、直弥の前に進み出てくる。そして、ぴたりとそこに座した。

「おまえの帰りを、ご家老も待っておられた」

脇に控え、兵庫之助が言った。

柏原信右衛門は兵庫之助より五つ年長だ。髷《まげ》の大方は白髪に変わっている。奥の采配に温和かと思えば厳しく、生真面目だが優しい。依怙《えこ》のない人柄を、直弥はこれまで敬愛してきた。そう、むしろ慕ってきたのである。

その人物と、このような気持ちで直に向き合うとは。

「小日向」

聞き慣れた声音だった。

「よくぞ生きて戻ってくれた。儂に教えてくれ。何ひとつ包み隠す必要はない」

そなたは、北二条のお山で何を見たのか。

直弥は語った。まずは怪物のことに話をしぼり、逸り焦る心を強《し》いて落ち着かせて、できる限り詳しく語った。

語るうちに、悟っていった。

——ご家老は、何も隠すおつもりはないのだ。

聞き入りながら、柏原信右衛門はどんどん小さくなっていく。そう見えた。肩が落ち、顎が下がり、背中が重荷を負うように丸まってゆく。

何かをもみ消そうとか、己の立場を守ろうとか、邪《よこしま》な算段をしている顔ではない。北二条で起きた事のすべてが、この方にも意外で、予想外で、恐ろしい事だったのだ。

ようやく直弥の語りがひと区切りついたとき、柏原信右衛門が最初に呟いたのは、この言葉だった。

「——朱音が、役目を果たしてくれたか」

その名を覚えていたのか。

「あれにも市ノ介にも、済まぬと思っておった」

眉間に深い皺を刻んで瞑目する信右衛門を労るように、志野兵庫之助が言う。

「高羽甚五郎の話を聞いてすぐにご家老は上州植草郡に人を遣わしたのだ。市ノ介と朱音は、その地の自照寺という寺にいるはずであったからな」

「それでは、兄妹の確かな所在を、ご家老はご存じではなかったのですか」

驚きのせいで、思わず直弥は詰《なじ》る口調になってしまった。「ほかでもない市ノ介が、永津野の曽谷弾正であることにも気づかなかったと?」

のろのろと面を上げ、苦渋を噛み殺して、置家老は言った。「殿の陣屋の奥にぬくぬくと住まい、すっかり長閑《のどか》になってしもうた、この老体の物忘れを笑うてくれ」

何から何まで、昔話だと思っていた。

百年も前の祖先の過ち、出来損なった〈つちみかどさま〉が、目覚めることなどあり得ないと思っていた。

「あの兄妹を上州へ放逐したのは、当時の置家老であった儂の父じゃ。言い訳がましいことは承知の上で言うが、あの折でさえ、父のその決断を、儂は酷だと思うておった」

――父上、今さら起こるとも思えぬ災いのために、幼い兄妹を追いやるのは酷すぎましょう。

「父は、それでもこれが柏原家のけじめだと申した」

市ノ介と朱音が哀れであった。だから二人のその後の人生を、厳しく見張らせようとは思わなかったのだ。

「赤子のときにたった一度顔を見ただけではあるが、儂の甥と姪じゃ」

山で怪物が暴れている。高羽甚五郎の訴えに、柏原信右衛門は耳を疑った。怪我と高熱に浮かされながらも、高羽の申し状には一定の筋が通っており、その筋書きは、信右衛門が柏原家の内で代々言い聞かされてきた〈万に一つの災厄〉の有り様とそっくりだった。

だから、上州に兄妹を迎えに行かせた。信じ難いと思いつつ。間違いであってくれと願いつつ。

再び、信右衛門が瞑目する。その老いた身体は、今にもくずおれそうだ。直弥は、かける言葉と問いかけるべき疑念を見失った。

「早く本庄村に人を遣り、安堵させてやらねばならんな」と、兵庫之助が呟く。

「お、親父殿」

「戻ってきたときのおまえの形相から推すと、村の衆には、まだ隠れておれとでも命じたのではないか」

あっさり見抜かれていたか。

「儂もご家老も、おまえには信用がなかったようだ」

直弥が何か言う前に、兵庫之助は続けた。「おまえのような経験をしたら、誰も信じることができなくなっても、無理はないか」

「――申し訳ありません」

「ただ、生き残った者たちにも、害獣を狩ったことをおおっぴらに語られては困る。それはよしなに言い聞かせんと」

永津野の畑中左平次と同じことを、香山の番士の総頭《そうがしら》も考えている。

畳に手をつき、柏原信右衛門が身を起こすと、思いがけず厳《おごそ》かに呼びかけてきた。「小日向直弥よ」

直弥も臣下としてかしこまった。「は！」

「そなたの見た〈つちみかどさま〉は、恐ろしいお姿であったか」

「は、恐ろしいお姿でした。ただ――」

直弥は、朱音が宿り、双眸を見開いた怪物の白い顔を思い出す。

「その最期は、この世のものとは思われぬほど美しいものでございました」

満足したように、置家老はうなずいた。

柏原信右衛門が去ると、兵庫之助はあらためて直弥に向き直った。

「岩田の寮に戻るか」

「は？」

「失念したか。表向きは、おまえは寮にいることになっているのだ」

ああ、本当に忘れていた。

「戻れば高羽甚五郎と枕を並べて休めるぞ」

「高羽殿は回復なさっているのですか」

「もう命の危険はないそうだ」

よかった。

「ともかく、少し休んで身を清めておけ。その見苦しい姿で殿にお目にかかるわけにはいかん」

そこで兵庫之助はいったん口をつぐみ、表情を変えず、やがて低く言った。

「柏原様はお腹を召されるぞ」

切腹するというのだ。

「三郎次様を〈かんどり〉で失っただけでも、奥を仕切る置家老の負うべき責は重い。それに重ねてこの難ではな」

直弥の胸がざわつき始めた。三郎次様の死。そちらにも、解かねばならぬ疑念がある。

しかし、どう切り出そう？　直弥の疑念の拠り所は、伊吉の言葉だけだ。裏付けになるものは何もない。

――親父殿、私は北二条で公儀の百足に出会いました。その間者が言うには云々《うんぬん》かんぬんで、その毒薬が三郎次様に使われたのではないでしょうか。

考えるだけ莫迦らしい。光栄寺の狼藉のことも、肝心の絵馬がないのだから、裏付けにはなり得ない。もっと厄介なのは、〈つちみかどさま〉のこと以上に、こちらの件には誰がどう関わっているか見当もつかないことだ。

いやそれ以前に、直弥はやっぱり、伊吉に騙されているのかもしれない。あれは真っ赤な嘘、伊吉の作り話ではないのか。

「三郎次様の居室の床下から出てきたという人形《ひとがた》の件は、その後、どうなったのでございましょうか」

兵庫之助は、意外そうにちょっと目をしばたたかせた。「誰に聞いた」

「高羽殿を寮に担ぎ込んだとき、大野先生から聞いたのです」

ふんと、兵庫之助は鼻を鳴らした。「くだらんことを漏らす医師だな」

「くだらないことでしょうか」

「あれはただの嫌がらせ、まあ性質《たち》の悪い悪戯《いたずら》の類いだった」

御正室様与党の者が、御館様の奥での専横を憎み、女中を抱き込んでやらせたものだったのだという。

「あんなもので人を害せるわけがない」

「では、三郎次様が暗殺されたというのは」

「あり得ん」

妄説だと、兵庫之助は言い切った。「ただ、御館様はまだ納得してくださらんのでな。御館町の封鎖はそのままになっておるのだ」

「そうでしたか……」

「他国ならともかく、この香山でまだ呪詛などという愚かなものを信じるとは」

不愉快そうに言いかけて、兵庫之助は気まずく言葉を切った。

「親父殿、私もそう思いました」と、直弥は言った。「その考えは、たぶん間違ってはいないのでしょう。瓜生の御家が薬草の生産に励み、より効能のよいものを求めて努力を重ねてきたのは、百年前、〈呪詛〉というものに頼って失敗したことへの深い反省があったからではありませんか」

しばし無言のまま直弥を見つめ、やがて兵庫之助は言った。そうだな、と。

「――ご苦労だった」

直弥は平伏した。


もうすっかり陽が高い。春の好天だ。

直弥は離れの縁側に出た。目を閉じ、眩しい日差しを顔に受けていると、気配がした。目を開くと、やじが足元にしゃがんでいた。

直弥はつい苦笑してしまった。「少しは休んだのか？　やじは不死身だな」

顔を洗ったのか、こざっぱりしている。

「光栄寺に行ってきた」

「え？」

「奈津《なつ》様と小日向の大奥様に、おまえ様の無事を知らせてきた」

二人、手を取り合って喜びに泣いていたという。

「……ありがとう」

母に、奈津に会いたい。だが今しばらくは我慢だ。

「お末という喧しい女中も泣いていた」

「喧しいが、心根の優しい娘なんだ」

「ふん」と、やじは鼻先で言う。「そういえば、おまえ様が北二条へ登ったのと前後して姿を消してしまった寺男のことも、しきりと案じていたぞ」

はっとした。そうだ、伊吉は六角堂の狼藉を苦にしたという口実で、あの寺から去ったのである。何も知らぬ直弥の母やお末は、これからもずっと、伊吉のために心を痛めるのだろう。

直弥の顔つきが変わったからだろう。やじは針のように鋭い目つきになった。

「その寺男が、どうかしたか」

やじはずっとこうだ。おなごだと露見《ばれ》てからも、ぶっきらぼうな口調は変わらない。

心に重いものを抱え切れぬとき、直弥はいつも達之助に打ち明けてきた。その達之助はもう亡い。彼が信頼し、彼を慕っていたやじに、今は代わりを務めてもらっても、達之助は許してくれるだろう。

「やじ、もう少し寄れ。大きな声では話せぬことだ」

こうして、直弥は伊吉のことを語った。やじは静かに聞き入っていた。

「とんでもない話だ」

聞き終えて、眩しいものを見たように目を細くする。

「小日向の大奥様は、光栄寺で、ずいぶんとその寺男に優しくなすっていたようだけど」

「ああ、母上はよく伊吉のことを気にかけていた」

「だから、伊吉という男は、小日向の大奥様のために、おまえ様の命を助けたのだな」

そんな思いやりを、公儀の間者が持ち合わせているものだろうか。ましてやあの男が。

「確かに縄目は緩めてもらったが、それで助かるかどうかはわからなかったぞ。伊吉は、はっきり言っていた」

——小日向さん、あんたはここで死ぬよ。

やじはしゃがんだまま考え込んでいる。両腕で膝を抱き、ゆるゆる身体を揺すりながら。

「小日向様」

初めて、ちゃんと呼びかけられた。

「おれには知恵が足りない。でも一生懸命考えている。だから助《す》けてくれ」

「な、何を助けるんだ」

やじは考え考え言い出した。「曽谷弾正は、竜崎の殿様の許しを得た上で、自分の姫をどこかに縁づけようとしていたのだよな」

「うむ」

「朱音様はそれを、姫を政略の道具に使うことだと怒っていらした。どういう意味だ?」

「ああ、だからそれは」

直弥も考え考え答えねばならない。

「曽谷弾正の娘というより、永津野の旧家の御蔵様の血を引く一ノ姫を嫁に出すことで、竜崎氏はどこかの有力者と繋がりをつけることができる。それを狙っていたのだろう」

「どこの有力者だ?」

「奥州の譜代大名は限られているし、苦心して取り入っても、すぐ益があるわけでもない。狙うなら幕府の重臣だろう。老中か目付か奉行か」

あるいは、近ごろ江戸で権勢を伸ばしているという、綱吉公の側用人かもしれない。

「それに、首尾良く縁組みがまとまれば、化粧料（持参金）として堂々と先方に大金を渡すことができる。実は賄賂にほかならない金なのだが」

「その賄賂で、永津野は何を計らってもらいたいのだろう」

やじは勘所《かんどころ》を突いてくる。

「いろいろあろうさ。幕府の要人に取り入るのは、どこの藩でもやることだ。それによって役職をねだったり、面倒なお手伝い普請を免れようとしたり」

だが今の永津野で、かの曽谷弾正が狙っていたことならば、ひとつしかない。

「永津野の支藩の関係にある香山を、晴れて併呑するための運動だろうな」

やっぱりと、やじはうなずいた。

「小日向様、それなら、香山の方だって似たようなことをしてもおかしくないはずだ」

永津野藩の働きかけを妨害し、瓜生氏と領民を守るために、別の要人に働きかける。見返りを提示し、庇護を願う。

「それは——そうだろうが」

「そのとき差し出せる、金よりも嫁御よりも貴重なものを、香山藩は持っていないか」

息を詰めて、直弥はやじの顔を見た。

「奉納絵馬に記されていた、その薬だ」と、やじは言った。「便利な毒薬だ。ひいては、それほどのものを作ることができる、香山瓜生氏の知恵と技術だ。伊吉は、それを確かめていたのではないかな」

それがあの男の〈用〉だった――

「ちょ、ちょっと待て、やじ」

直弥の心の臓が激しく打つ。

「そういうことなら、何も伊吉はぐずぐずと光栄寺にいる必要はないぞ。調剤法を入手したら、すぐ立ち退けばいい」

「そうじゃない。これは香山側から持ちかけた取引なんだから」

公儀の間者として光栄寺にいた伊吉が、その取引に携わることになった以上は、

「これが調剤法だ、これがその薬だと引き渡されて、はいそうですかと帰るのじゃあ、子供の使いだ」

効き目を見なければ、取引は成立しない。それも一度や二度の試験では駄目だ。人を変え、条件を変え、季節を変え、何度も何度も試させて、立証させなければ。毒薬の作用が〈かんどり〉と同じで、誰にも見分けられぬと確信できるまで。

「――やじ」

直弥は愕然として口を開く。座っているのに膝が震えてきた。

「それならおまえは、三郎次様も毒薬の試験に使われたというのか?」

やじは動じない。眼差しは揺るがない。

「殿のお子だぞ!」

「だからこそ立派な試験になる。香山藩が本気だと示すことができる」

「大事なおつぎ様だ」

「若様ではない。おつぎ様だ」

確かに、瓜生氏を継ぐ嫡男《ちゃくなん》ではない。

「しかし、そんな取引は——殿がご存じないはずはない。殿のお許しもなく進められる話ではないんだ」

だったら、殿が我が子を試験に使い、みすみす死なせてもいいと承知したということになる。

取り乱す直弥に、やじは小さくため息をついた。「おつぎ様が、薬の試験で亡くなったとは限らない」

「え？」

「小日向様はどうして、おつぎ様の二度目の発病が薬のせいだと決めつけるんだ。一度目の方かもしれないじゃないか」

かかって、軽く済んだ方の〈かんどり〉だ。

「死なせるつもりなどなかったんだ。軽く病にかからせて、すぐ薬を止める。その試験は上手《うま》くいったんだ」

だが皮肉なことに、それから半年も経ずに、三郎次様は本当の〈かんどり〉にかかり、重篤になった——

「おまえ様は、おつぎ様の一度目の発病のときに、〈かんどり〉になった」

直弥はやじを見つめてうなずくしかない。

「それも、実は病ではなかったのじゃないか。おつぎ様と同じ時期に、陣屋の奥で薬を試されたんじゃないのか」

震える手で、直弥は口元を押さえた。

壮健な若者なのに、病がなかなか癒えなかったのは、薬を与えられ続けていたからだ。他の患者と分けるために、寮では隔離されていた——

そして何よりも、御褒禄だ。

御館様がねだったからとは言え、殿があっさりと許されたのは、直弥の〈病〉の真実を、殿がご存じだったからではないのか。

「おれが伊吉という男でも、この事情を知っていたなら、おまえ様に同情する」と、やじは言った。「知らぬ間に薬の試験に使われて、厄介な立場に追いやられて、挙げ句に山奥の寺で怪物に喰われそうになっている」

——一人息子がこげな死に方をしたらぁ、希江様がお気の毒だぁ。

だから助けてくれたのか。

「それにおれ、実は、去年の暮れに、志野の御前《ごぜん》様と金吾様がお話をされていたことも思い出したんだ」

——まだ癒えぬとは、直弥の病は、まことに〈かんどり〉だろうか。

——ほかに何か考えられましょうか。

——私は〈かんどり〉のことならよく知っているつもりだ。直弥の歳でかかって、こんなに拗《こじ》れるのはどうにも解せぬ。

そのように訝られていたのか。

やじは急いで言い足した。「だから、御前様が毒薬のことなんかご存じないのは確かだよ」

「ああ、それはもちろんそうだろう」

幕府の要人に取引を持ちかけているのは、徒組の総頭などより、もっとずっと上層の者のはずだ。殿を取り巻く、ほんのひと握りの者だろう。そして、そのうちの一人の見当はつく。

薬を使うのなら、医者が要る。

藩医の大野清策《せいさく》だ。弟の伊織先生も、直接に手を下したかどうかはともかく、事情を知っているのではないか。だから、直弥にも親切にしてくれたのではないのか。

大野家は主家瓜生氏の親族だ。この大きな取引を発案し、殿を動かして実行するに不足のある立場ではない。

直弥は、ついに両手で頭を抱えた。

やじの声が耳のそばでぼそぼそ呟く。「小日向様が気になるのなら、おれは探ってみるけれど」

顔を伏せたまま、直弥は息を整えていた。吸って、吐く。吸って、吐く。

「いや、いいよ、やじ」

少なくとも、今はその時ではない。騒いだところで何も元には戻らず、伊吉が携わった〈取引〉も、もし成立しているのだとしたら、破れてしまう。

「もう少し時が経てば、自然にほころびて判ることもあるだろう」

やじは不満げだ。直弥は胸に突き上げてくるものを押し殺した。

「やじ、悲しいと思わないか」

「何がだ」

またひとつ深く息を吐いて、直弥はようやく、こう言った。

「こうしたことをみんな、誰も悪いと思ってしているのではない。よかれと思ってやっているのだ」

呪詛にしろ、お山の怪物にしろ、曽谷弾正が永津野でやった養蚕の振興策や、人狩りでさえもそうだ。我が藩を富ませるため。我が藩の領民のため。大事な家族のため。この地に生きる民を守るため。

「だから、追及すればするほどに、悪事は消えていってしまう。残るのは悲しみと不信ばかりだ」

——小日向さん、誰でも彼でも疑いなさんなよう。

直弥は拳を固め、ぐいと顔を拭った。しっかりと背中を伸ばす。

「私は生きて山を下りてきた。何の役にも立たなかった私が生かされたのは」

きっと、誰かがこの事を覚えていなくてはならないからだ。

人の性《さが》を。人の業を。罪は、忘れられても消えぬということを。

「よかれと思い、より良き明日を望んで日々を生きる我々が、その望み故に二度と同じ間違いをせぬように、心弱い私こそが、しっかりと覚えておかねばならない」

お山の怪物を。最後に涙して、しかし満足げだった朱音のあの瞳を。

「今はそれでいい。それでよしとしてくれ、やじ」

やじは答えない。無言ですいと腰を上げた。

「盥《たらい》を持ってくる。おまえ様は、まず行水せねば」

そして思い切り顔をしかめ、「臭い」と言い放った。「鼻が曲がる」

「それはおまえもだ、やじ」

言い返して、直弥もようやく笑った。

結《むすび》　春の森

蓑吉はハナを引いて、小平良山の山道を登っている。

今日は上天気だ。青空に、綿を千切ったような雲がのほほんと浮いている。風は優しく、日差しは温かい。本庄村から休まず歩いてきて、蓑吉はうっすら汗ばんでいた。

ハナが歩みを止め、鼻を鳴らした。

「小猿、遅いぞ」

木陰から、すうっとやじが現れた。不意を突かれて、蓑吉はびっくりした。

「何だよ、馬留《まとめ》で落ち合うって言ったのに」

「待ちくたびれた」

「あんた、足が速すぎるんだ。お化けみたいに出てきて、人を驚かせるし」

やじはハナに寄り添い、その首を撫でる。

「ハナはおれに気づいたぞ」

「鼻がいいもん」

二人はこれから妙高寺に行き、大平良山に登る。山中にあるという鐘を、この目で確かめるためだ。やじも、和尚様から鐘の話を聞いたことはあり、場所の見当もつくけれど、見たことはないのだそうだ。鐘のあるところは永津野領だから、一人でこっそり行ってこっそり帰るというから、おいらもついて行きたいと蓑吉はせがんだ。おいらは小猿だから、やじと同じくらい山歩きが達者だよ。

「けっこうな荷物だな」

やじがハナの背中に載せた籠《かご》を見遣《みや》る。花や供物でいっぱいだ。

「村のみんなが、お供えしてくれって」

妙高寺に着いたら、ハナはそこに繋いでおく。二人の足なら、お寺から鐘のところまで往復しても、一刻もかからないはずだとやじは言う。

明念和尚というたった一人の主を失い、妙高寺は本当の荒れ寺になり果てていた。倒壊した鐘楼の跡もそのままだが、あれから何度か雨が降り、松明《たいまつ》の煤《すす》や、ここで起こった出来事の荒々しい痕跡を、きれいに洗い流してくれた。

蓑吉とやじは手分けして、境内と本堂を手早く掃き浄めた。

「ここ、どうなるの」

「じきに、新しいご住職が来なさる。普請が入って、建物も修繕される。志野様がおっしゃっていたから、間違いない」

そっちの志野様は、お山番の志野達之助様の親父様のことだ。番士の束ねである総頭《そうがしら》のお一人で、偉い方なのだそうだ。

それを聞いて、蓑吉はちょっと気になることを思い出した。

「やじ、昨日、御館町から登ってきた薬屋の人が言《い》ってたんだけど――」

本庄村にも、ようやく人が来られるようになったのだ。

「御館で誰か偉い人が腹を切ったたって、本当かぁ」

やじはむすっと答えた。「山の小猿には関わりのないことだ」

たぶん、そうなのだろうけれど。

「――小日向様じゃないよね？」

珍しいことに、やじは目をぱちくりさせた。それからもっと不機嫌そうになって、言った。「あの方はそんなに偉くない」

「じゃ、違うんだよね？」

「心配するな」

その言い方は、少し優しげだった。

掃除を済ませると、二人は本堂の裏手の森に分け入った。ちょっと小高いところ、お寺ぜんたいと、ささやかな墓所も見渡せるところに小さな土盛りがあって、まだ木の香のする墓標が立ててある。明念和尚の墓だ。

あの夜、鐘楼が倒壊する寸前に、間一髪で、やじは和尚様の身体を引っ張り出した。だが、命を助けることはできなかった。蓑吉があのとき思ったことは正しく、牛頭馬頭《ごずめず》に担がれて鐘楼に座らされたとき、既に和尚様は息が絶えていたのだった。

――呪文を写し終えると、眠るように亡くなった。

不思議な呪文は、ひとつしかなかった。朱音様の背中に写すそばから、和尚様の背中からは消えていってしまった。

——呪文の力でかろうじて命を繋いでいたのであって、人としての和尚の身体は、とうに力尽きていたのかもしれないな。

宗栄様はそう言っていた。ほかにも宗栄様は、あの夜の出来事を、何にどういう意味があって成されたことなのかを話してくれたけれど、蓑吉には半分くらいしかわからなかった。確かなのは、朱音様が蓑吉たちを助けてくだすったということだけだ。もう、朱音様にはお会いできないということだけだ。

その宗栄様とも、あの夜明けに別れたきりだ。牛頭馬頭たちと一緒に、永津野の名賀村に戻っていった。

——縁があったら、また会える。

「おや」

和尚様のお墓に花を供えようとして、やじが眉をひそめた。

「これ、何だ。草鞋《わらじ》か」

墓標の横に、藁《わら》で編んだおかしなものが落ちている。土に汚れてはいない。蓑吉は拾い上げ、よくよく検《あらた》めて、やっとわかった。

「蛇よけの御守りだよ。藁の百足《むかで》だ」

だけど下手くそだなあ。やたらでっかくて形が歪んでるし、足の長さも不揃いだし、数が足りないから百足に見えない。

「なんでこんなものがここに」

やじは怪しんでいる。蓑吉も不格好な百足をいじりながら首を傾《かし》げたが、

「あ、もしかして」

ピンときた。

「いんちき蓑助だ。あいつが編んだんだ」

自分のこと、北の大百足だとか言ってた。

「そりゃ誰だ。どんな話だ」

蓑吉は、蓑虫よろしく木からぶら下げられていたときのやりとりを話して聞かせた。やじの目つきがどんどん険しくなる。

「その涎《よだれ》たらしの男は、自分で自分のことを、はっきり〈百足〉だと言ったのか……」

「うん。でもおいらは、山神様のお使いじゃないかって思ったんだ。だって、わけわかんねえヤツだったけど、助けてくれたから」

やじは蓑吉の手から藁の百足を取り上げると、指で擦《こす》ったり、裏返したりしてとっくりと検分した。そして独り言のように呟いた。

「――しかと見届けたぞ、ということか」

「へ？」

「それとも、供物のつもりかな」

「こんな下手くそな百足がぁ？」

やじは丁寧な手つきで藁の百足をもとの場所に戻した。

「まあ、いい。それにしても不器用な奴だ。おまえに言われなかったら、百足だとわからん」

「おいらが言わなかったら、みんなやじがおなごだってわかんなかったのと同じだなぁ」

鐘のあるところまでは、道なき道だった。獣道さえ見当たらない。やじに負けないと威張った手前、へたばることはできない。蓑吉は歯を食いしばって頑張った。

その甲斐《かい》はあった。それをひと目見たら、いっぺんで疲れが吹っ飛んだ。

「わぁ……」

鐘は、本当にあった。そこだけ森が開けているところに、出し抜けな感じでぽんと伏せられていた。

蓑吉の両腕が回りきらぬ大きさだが、鐘が地べたに座っているみたいで、おかしな愛嬌がある。

鐘は、びっしりと赤錆《あかさび》に覆われていた。

「こんなんで、どうして鳴ったのかな」

「正しくは、〈共鳴した〉と言うんだそうだ」

やじは指で鐘の表面に触れた。赤錆が剥《は》がれ、かさこそと落ちてゆく。

「表面に何か刻んであった跡がある。鐘楼の屋根の裏側の彫り物と同じかな」

だから共鳴したのかな、と言う。

「何か、ぶすぶす指が入るね」

ちょっと強く押したら、ひとさし指の頭が鐘に突き刺さってしまった。

「脆《もろ》くなってるな」

「金気のものじゃねえみたい。灰みたい」

やじは蓑吉に近寄り、その手を押さえた。

「そっとしておけ。これも役目が済んだんだ。雨が降って、風が吹いて、お山の土に還る」

帰ろうと、蓑吉を促す。

「そうだね。ぐずぐずしてて、牛頭馬頭にめっかったら大変だ」

「砦は潰れてしまったし、今は牛頭馬頭もそれどころじゃなかろうが」

錆びた鐘に最後の一瞥《いちべつ》をくれ、やじはそこで一礼した。蓑吉も、それに倣《なら》った。

二人の周囲で、森の木立が囁《ささや》く。優しいそよ風だ。鳥たちがいっせいに囀《さえず》る。

蓑吉は胸いっぱいに風を吸い込む。

「――いい匂いだなぁ」

春のお山の、花の匂いだ。


名賀村の溜家で、おせんは拭き掃除の手を止めて顔を上げた。その頬を微風が撫でる。

この春は、山犬の動きがおかしかったほかは、いつもの春と変わりがないと思っていた。けれど、あんなことがあって、村が半分壊れて、人も大勢死んで――

落ち着いて振り返ってみると、ちっともいつもの春ではなかった。鳥の声が聞こえず、花の香りもしなかった。

大平良山の足元のここらのお山では、春になると花という花がいっぺんに咲き揃う。だから、いつもなら、お山から吹き下ろす風は、むせるほどの濃厚な花の香りを含んでいる。それを今年は感じなかった。たった今まで感じなかった。

溜家は、今日でまた空き家に戻る。おせんは掃除を済ませたら家に帰り、これからは機屋《はたや》で働くことになる。

じいは死んだ。加介も死んだ。

あの日、山から戻ってきたのは宗栄様だけだった。御筆頭様の奥方様と、御側番方衆《おそばばんかた》と一緒だ。蓑吉はいなかった。いないというなら、御筆頭様のお姿も見えなかった。

番方衆は御筆頭様の奥方様を御守りし、すぐと溜家に入った。それから間もなく、そのうちの一人と宗栄様が来て、まだ囚われていたおせんを解き放ち、山で起こった出来事を話してくれた。

辛いとか悲しいとか、怖いとかいうよりも、おせんには、わけがわからないことだらけだった。あの恐ろしい怪物。この目で見て、この耳で聞き、目の前で起こった惨事でも、すぎてしまったら悪夢のようだ。村の建物の瓦礫《がれき》を目にすると、ああの時打ち壊され、燃えたのだと頭ではわかるけれど、心はついてこない。

だもの、なおさら、見ても聞いてもいないことが心に沁みるわけがなかった。

小台様は亡くなったってぇ。怪物を倒すために、命を捨ててくださったってぇ。

そんなことってあるか？

「泣くな、おせん」

宗栄様はそうおっしゃった。

「おまえが泣いては、朱音殿が悲しむ」

そうだろうか。おせんは泣いて、泣いて、目が溶けるほど泣くべきではないか。朱音様が大好きだった。あんなお優しい人には会ったことがない。あんな綺麗《きれい》な人にも会ったことがなかった。

だけど涙が出てこない。胸が苦しく、叫び出したくなった。悔しいのか。腹立たしいのか。こんなことになったのは、いったい誰のせいなのか。誰に怒りをぶつければいいのか。

あの襲撃で殺された村人たちの弔いは、慌ただしく執り行われた。庄屋様も、跡継ぎの太一郎《たいちろう》様も亡くなり、名賀村は束ね役を失って、年長の男たちが相談し合いながら采配をした。おせんの父も、その一人だ。

その父も、「泣くな」と言った。「起きてしまったことは仕方がねえ。泣いても、死んだ者は帰ってこねがぁ」

死人には、骸《むくろ》が満足に残っていない者たちも多かったから、弔いは簡素でよかったのかもしれない。じっくり向き合ったら、みんな心が砕けてしまう。

お山から戻った御側番方衆は、おせんの目にも疲れきっているように見えたが、溜家ではたった一日休んだだけで、慌ただしく名賀村から引き揚げていった。宗栄様と、御筆頭様の奥方様と一ノ姫様を乗せた駕籠《かご》も一緒に。

奥方様も、ひどくお疲れだったろう。それでも、あんな恐ろしいことがあったこの村には、もう逗留したくなかったか。駕籠は逃げるように名賀村から遠ざかっていった。

そういえばもう一人、庄屋様と朱音様にくっついて砦に行った、菊地圓秀という旅の絵師もいた。この人も命を拾って戻ってはきたものの、気の毒なことに身体ばかりか心もぼろぼろになってしまったらしく、まるで奇人になり果てていた。始終ぶつぶつ独り言を言い並べており、眼差しはあらぬ方向へさまよっている。飯の膳を出しても手を付けず、汁物に箸を突っ込んで、壁に絵を描こうとしたから驚いた。

「これはいかんなあ」

宗栄様も困ったような、悲しそうな顔をしておられた。

「津ノ先城下で静養させて、菊地家から迎えを寄越していただくしかなかろう」

「宗栄様は、城下でご用が済んだら、村にお戻りになりますかぁ」

「――わからん」

そしておせんの肩をぽんぽんと叩《たた》くと、

「縁があったら、また会える。蓑吉にもそう言ってやった。それが人の世の面白いところさ」

もしも、二度と会えなくても。

「時が経てば、いいことも思い出せるようになる。私も、そう努めるよ」

おせんには、そんな器用な真似はできそうになかった。心の箍《たが》をまた締め直し、何ひとつわけがわからないまんま、何も信じねえでいた方が楽だ、と思った。

皆様が発ち、いったん空いた溜家には、入れ替わりに、怪物に家を壊されてしまった村の者たちがやってきた。そのなかには怪我人もいたし、身体は無事でも、あの一夜の恐怖ですっかりうちひしがれてしまい、病人のようになってしまった者もいた。夜になると怯《おび》えて泣き叫ぶ子供らもいた。

生き残った村の女たちと助け合いながら、おせんは彼らの世話に追われた。ここ十日ばかり、朝早くから夜更けまで働きづめだったけれど、それでかえって救われた。動き回っていれば何も思い出さずに済むし、考え事もしない。

だが、それも今日でひと区切りだ。瓦礫が片付き、筵《むしろ》掛けの粗末なものながら小屋もいくつか建ったので、みんなぱらぱらと村に帰っていった。多少の不便は忍んでも、もとの暮らしに戻ろう、その方が早く立ち直れると、おせんの父は言った。

こうして、溜家は本当に空っぽになった。

仕方のないことだ。そして、これでいいのだ。

――だって、みんないなくなっちまったがぁ。

溜家を我が家としていた人びとは、もう誰もいない。おせんだけ、ぽつりと一人で取り残されていると、消えてしまいたいような気持ちになる。

拭き掃除は済んだ。雑巾を洗い、盥《たらい》の水をあけて干す。人気《ひとけ》の失せた溜家は、高い天井にまでうらうらと陽《ひ》がさしかける。

おせんは裏庭に出た。物干しのところまでぶらぶら行って、ひとつ、片付け忘れていたものを見つけた。加介が作った蛇よけの御守り、藁で編んだ小さな百足だ。物干しの柱に止め付けたままになっている。

それを剝がすと、掌《てのひら》に載せた。

途端に、おせんの心の堰《せき》が切れた。

朱音様と宗栄様と、じいと加介と、おら。蓑吉も加わって、にぎやかだった。楽しかった。どんなに楽しかったことか。

――おら、蓑吉に命を助けてもらったにぃ、ありがとうも言わねえまんまだぁ。

おせんは声をあげて泣いた。

溜家の裏庭の森が騒ぐ。さわさわと、たおやかに枝を鳴らす。風が吹き抜けてきて、おせんを包み込む。甘やかな、ふくよかな香りの風だ。おせんの濡れた頰に、首筋に、うなじに、握りしめた指のあいだに、その香りが染みこんでくる。

おせんははっと目を瞠《みは》り、森を仰いだ。

――朱音様だ。

この香りは、朱音様の髪の匂いだ。これは朱音様の温《ぬく》もりだ。

なぜ気づかなかったんだろう。

裏山の森のさらに向こう、大平良山の高みに、澄み渡る青空の下に、朱音様はいらっしゃる。これからはずっと、ずうっと。

今やっと、このお山に、ここに生きる人びとすべての上に降りかかった出来事が見えた。心の目に見えて、呑み込めた。

それが終わったことも、わかった。

春の山の香りに包まれて、おせんは一人、いつまでもいつまでも佇《たたず》んでいた。

＊

相模藩御用達絵師・菊地家の菩提寺には、奇妙な絵が一幅残されている。元禄の御代の半ば、三代目当主・菊地園柳《えんりゅう》の養子の圓秀が、二年余りの奥州の旅から戻った後に描いたものである。

圓秀は身は健勝、人柄は明朗であったが、絵師としては、技こそ優れていても、その作品に今ひとつ冴えたものがなく、本人も懊悩《おうのう》していた。彼の奥州行脚は、筆一本を供とした修行の旅であり、彼のなかの眠れる才気がこれにより開眼することを、当の父子ばかりか菊地家の弟子一門も強く望んでいた。

しかし、旅から戻った圓秀は、窶《やつ》れた病人になっていた。身体は弱り、心は砕けていた。

何かに取り憑かれたように独り言を呟き、些細《ささい》な物音にしばしば怯え、夜半に一驚の声を放って飛び起きる。しきりに筆と画材を欲しがるので、与えると、わけのわからない線を描き殴る。時には筆先を己の眼に突き立てようとする。

数カ月を経ても奇行がやまない圓秀のために、菊地家では遂に座敷牢を造った。圓柳は深く悲しみ、哀れみ、圓秀との養子の縁を切ることはなかったが、彼を四代目として菊地家を継がせることは諦めざるを得なくなった。

ところが、それからほどなくして、圓秀はにわかに正気に戻った。旅に出る前と同じように大らかで優しい顔をして、世話役の者に画材をねだり、穏やかにこう言った。

——やっと、どう描いたらいいのかわかりました。

それからまる三昼夜をかけて作品を仕上げ、その傍らに突っ伏すようにして、圓秀は死んだ。死顔は満足げに微笑んでいた。

完成した絵を見たのは、義父の園柳ただ一人である。絵師は手ずからこれを幾重にも布でくるみ、紐で縛り、菊地家の花押《かおう》で封をほどこして、厳重に隠してしまった。そして圓秀を葬ると、その後を追いかけるように、この封印された養子の最後の作品も寺に預けてしまった。

弟子たちは訝《いぶか》り怯え、師にその理由を問うた。園柳は端的にこう答えた。

——圓秀畢生《ひっせい》の傑作だが、残念ながら、この世にあってはならぬもの、人が目にしてはならぬものを描いている。

だから後世、この絵を見た者は、誰もいない。

初出　朝日新聞　二〇一三年三月一四日～二〇一四年四月三〇日
単行本化に際し、大幅に加筆修正しました

宮部みゆき（みやべ・みゆき）

一九六〇年東京都生まれ。八七年「我らが隣人の犯罪」でオール讀物推理小説新人賞を受賞してデビュー。九二年『龍は眠る』で日本推理作家協会賞（長編部門）、『本所深川ふしぎ草紙』で吉川英治文学新人賞、九三年『火車』で山本周五郎賞、九七年『蒲生邸事件』で日本SF大賞、九九年『理由』で直木賞、二〇〇一年『模倣犯』で毎日出版文化賞特別賞、〇二年司馬遼太郎賞、芸術選奨文部科学大臣賞（文学部門）、〇七年『名もなき毒』で吉川英治文学賞、〇八年英訳版『ブレイブ・ストーリー』（『BRAVE STORY』）でThe Batchelder Awardを受賞した。他に『小暮写眞館』『ソロモンの偽証』『桜ほうさら』『泣き童子』『ペテロの葬列』など著書多数。

荒神《こうじん》

二〇一四年八月三〇日　第一刷発行

著　　者　宮部《みやべ》みゆき
発 行 者　首藤由之
発 行 所　朝日新聞出版
〒一〇四－八〇一一　東京都中央区築地五－三－二
電話　〇三－五五四一－八八三二（編集）
〇三－五五四〇－七七九三（販売）

印刷製本　中央精版印刷株式会社

Published in Japan by Asahi Shimbun Publications Inc.
ISBN978-4-02-251204-8
定価はカバーに表示してあります